A Esposa Bórgia

SUMA de letras

JEANNE KALOGRIDIS

Incesto, veneno, traição.
Três presentes de casamento para

A Esposa Bórgia

Tradução
Vera Ribeiro

SUMA
de letras

Título original:
The Borgia Bride

Todos os direitos desta edição reservados à
EDITORA OBJETIVA LTDA. Rua Cosme Velho, 103
Rio de Janeiro – RJ – CEP: 22241-090
Tel.: (21) 2199-7824 – Fax: (21) 2199-7825
www.objetiva.com.br

Capa
Silvana Mattievich

Revisão
Isa Laxe
Maria Beatriz Branquinho da Costa
Antônio dos Prazeres

Diagramação
ô de casa

CIP-BRASIL. CATALOGAÇÃO-NA-FONTE
SINDICATO NACIONAL DOS EDITORES DE LIVROS, RJ

K22e

Kalogridis, Jeanne
A esposa Bórgia / Jeanne Kalogridis ; tradução Vera Ribeiro. - Rio de Janeiro : Objetiva, 2007.
Tradução de: The Borgia bride
Inclui bibliografia
ISBN 978-85-60280-13-1

1. Borgia, Lucrezia, 1480-1519 - Ficção. 2. Borgia (Família) - Ficção. 3. Romance americano. I. Ribeiro, Vera. II. Título.

07-0836. CDD: 813
CDU: 821.111(73)-3

AGRADECIMENTOS

Este romance narra a história de uma mulher lançada no papel de heroína. Os heróis são incomuns, mas tive a bênção de deparar com um bom número deles em minha vida e gostaria de nomeá-los aqui.

Primeiro, sou grata a Jane Johnson — especialmente por sua extrema paciência, seu talento arguto e ilimitado como editora e sua recusa a aceitar menos do que o melhor de mim. Sem seus comentários e sugestões inspirados, este livro simplesmente não existiria. Devo também um agradecimento a sua companheira da HarperCollins no Reino Unido, Emma Coode, por todas as suas sábias contribuições. Juntas, elas ajudaram, de maneira nada insignificante, a moldar este romance para melhor.

Sou também profundamente grata a meu heróico agente nos Estados Unidos, Russell Galen, por sua santa tolerância, seu apoio resoluto e seu jeito constante de me dar a mão; além disso, quero agradecer a meu agente no exterior, Danny Baror, por sua tenacidade ímpar como meu defensor. Esses dois cavalheiros são negociadores brilhantes, e é minha sorte tê-los a meu lado.

E agora, o maior de todos os heróis: meu marido, George, que suportou com bom humor o que nenhum companheiro deveria ter que tolerar — ajudar uma romancista extremamente irritadiça a editar seu manuscrito volumoso. Seu olho para detectar frases repetitivas e lacunas lógicas não tem igual, e ele deu numerosas idéias (que roubei animadamente) para fazer com que as cenas maçantes deste romance ganhassem vida. (Suas sugestões sobre a noite de núpcias de Sancha e Jofre ajudaram a tornar esse encontro muito mais pungente.) Nos vinte e tantos anos em que venho escrevendo, George tem sido pressionado a me oferecer seus préstimos inúmeras vezes, durante todas as etapas dos livros. Aqui vão meus sinceros agradecimentos a você, querido, embora eu saiba que eles fazem pouco pela diminuição do sofrimento.

Para Jane Johnson,

Pela oportunidade

Afonso V, o Magnânimo
(1394-1458)
c. D. Margarita de Híjar

Fernando (Fernando) I de Nápoles
(1431-1494)
c. (1) Isabel de Clermont
c. (2) Joana de Aragão

Afonso II (1448-1495)
c. Hipólita Sforza (1445-1484)
Trusia Gazzulo

(1) Leonor
(1450-1493)

(1) Frederico IV
(1452-1504)
Ana de Sabóia
(1455-1480)

Carlota de Aragão
(1479-1506)

(1) Fernando II
(Ferrandino)
(1469-1496)
c. Giovanna

(1) Isabel
(1470-1524)

(1) Pedro
(1472-1491)

A CASA DE ARAGÃO

(1) João
(1456-1485)

(1) Francisco
(1461-1486)

(1) Beatriz
(1457-1508)

(2) Giovanna
(1478-1518)

(2) Carlos
(1480-1486)

Sancha de Aragão
(1478-1506)

c. Jofre Bórgia

Afonso de Aragão
(1481-1500)
Lucrécia Bórgia

Rodrigo de Aragão
(1499-1512)

Domingos de Borja
(1340-1428)
c. Francina (Marti)

Afonso de Borja,
PAPA CALISTO III
(1378-1458)

Isabel de Bórgia
(1400-1462)
c. Jofre Lanzol
(1400-1457)

Pedro Luís
(*m.* 1485)

Rodrigo Bórgia
(1431-1503),
PAPA ALEXANDRE VI
com (1) mulheres desconhecidas
com (2) Vanozza Catanei
(1442-1518)

César Bórgia
(1475-1507)
Charlotte d'Albret

(2) Juan Bórgia
(1477-1497)
c. Maria Enriquez

Luísa
(?)

Juan
(1494-1543)

Isabella
(1498-1557)

(ileg.) Giovanni,
INFANTE ROMANO
(1498-1548)

(2) Rodrigo de Bisceglie
(1499-1512)

(3) Hércules

A CASA DOS BÓRGIA

Pedro Luís,
I Duque de Gandía
(1462?-1488)

(1) Isabella
(1467?-1541)

(1) Girolama
(1469?-1483)

(1) Rodrigo
(*n.* 1503)

(2) Lucrécia
(1480-1919)
c. (1) Giovanni Sforza
c. (2) Afonso de Aragão
c. (3) Afonso d'Este

(2) Jofre
(1481-1517)
c. Sancha de Aragão

(3) Hipólito
(1509-1572)

(3) Leonor
(1515-1575)

(3) Francisco
(1516-1578)

(3) três filhos
(mortos na primeira
infância)

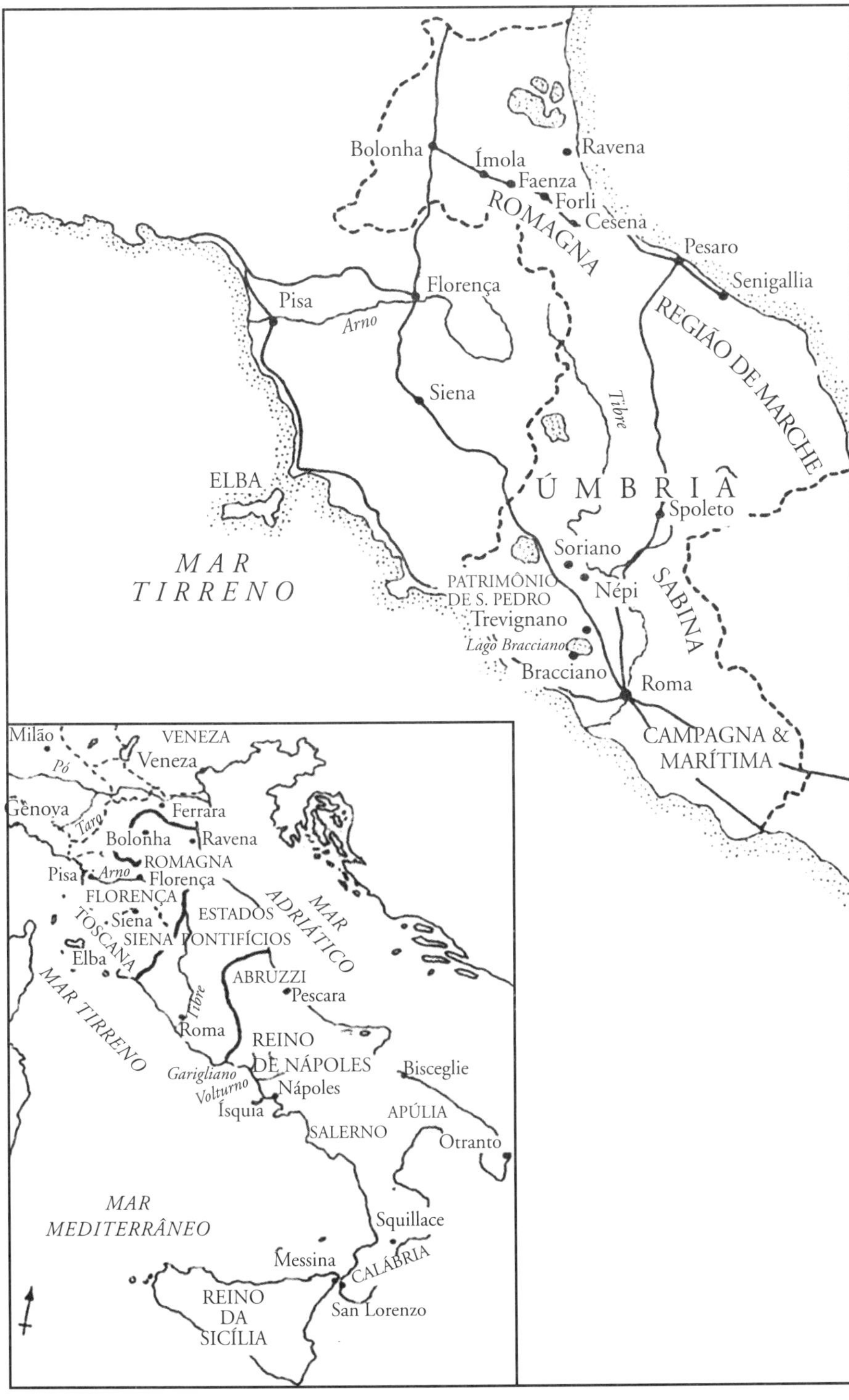
Bolonha
Ímola
Ravena
Faenza
Forli
Cesena
ROMAGNA
Pesaro
Senigallia
Florença
Pisa
Arno
REGIÃO DE MARCHE
Siena
Tibre
ELBA
ÚMBRIA
Spoleto
Soriano
MAR
TIRRENO
PATRIMÔNIO
DE S. PEDRO
Népi
SABINA
Trevignano
Lago Bracciano
Bracciano
Roma
CAMPAGNA &
MARÍTIMA
Milão
VENEZA
Veneza
Pó
Gênova
Taro
Ferrara
Bolonha
Ravena
ROMAGNA
Pisa
Arno
Florença
FLORENÇA
MAR
ADRIÁTICO
ESTADOS
PONTIFÍCIOS
Siena
TOSCANA
SIENA
Elba
ABRUZZI
Pescara
MAR TIRRENO
Tibre
Roma
REINO
DE NÁPOLES
Bisceglie
Garigliano
Volturno
Nápoles
Ísquia
APÚLIA
SALERNO
Otranto
MAR
MEDITERRÂNEO
Squillace
Messina
CALÁBRIA
REINO
DA
SICÍLIA
San Lorenzo

PRÓLOGO

Canterella, é assim que o chamam: um pó venenoso tão letal que seu mero borrifo é capaz de matar um homem, derrubá-lo em questão de dias. Os efeitos são apavorantes. A cabeça dói como se estivesse presa num torno, a visão se embota, o corpo treme de febre. A evacuação libera um fluxo ensangüentado e as vísceras se apertam numa agonia que faz a vítima uivar.

Dizem os boatos que só os Bórgia conhecem seu segredo: como prepará-lo, guardá-lo e administrá-lo, para esconder seu sabor. Rodrigo Bórgia — ou, melhor dizendo, Sua Santidade, o papa Alexandre VI — aprendeu o segredo com sua amante favorita, Vanozza Catanei, a dos cabelos de fogo, quando ainda era cardeal. O irmão mais velho de Rodrigo, Pedro Luís, sem dúvida teria sido eleito papa... não fosse pela administração sutil e oportuna da *canterella*.

Sendo pais generosos, Rodrigo e Vanozza compartilharam a receita com sua prole — ou, no mínimo, com sua filha de meigas feições, Lucrécia. Quem melhor do que ela para tranqüilizar os ariscos e levá-los ao descuido, com seu sorriso recatado e sua voz suave? Quem melhor, para assassinar e trair, do que ela, saudada como a maior inocente de Roma?

A "febre dos Bórgia" dizimou Roma como uma peste, reduzindo a tal ponto as fileiras dos prelados, que todo cardeal possuidor de terras e alguma riqueza vive aterrorizado. Afinal, quando um cardeal morre, sua fortuna passa imediatamente para a Igreja.

E é preciso muita riqueza para financiar as guerras. Muita riqueza para reunir um exército grande o bastante para tomar todas as cidades-Estado da Itália, e para que alguém se declare líder não apenas das coisas espirituais, mas também das seculares. Esse papa e seu filho bastardo, César, querem mais do que o Paraíso; estão dispostos a ficar também com a Terra.

Entrementes, sento-me no Castelo Sant'Angelo com as outras mulheres. Da janela de meu quarto, vejo o Vaticano aqui perto, os apartamentos papais e o Palazzo Santa Maria, onde um dia morei com meu marido. Deixam-me passear pelos jardins e me tratam com cortesia, porém já não tenho *status* e sou mantida sob vigilância, uma prisioneira. Amaldiçôo o dia em que primeiro ouvi o sobrenome Bórgia; rezo pelo dia em que ouvirei tocarem os sinos pela morte do velho.

Mas a liberdade virá. Neste exato momento, seguro o frasco contra o brilhante sol romano, que inunda o aposento que me foi generosamente designado. O recipiente é de vidro veneziano, cor de esmeralda, e brilha como uma pedra preciosa: o pó dentro dele é de um cinza-azulado pardacento, opaco.

Canterella, sussurro. *Linda, linda canterella, salva-me...*

Outono de 1488

I

Sou Sancha de Aragão, filha natural do homem que se tornou Afonso II, rei de Nápoles, durante um ano e um dia. Tal como os Bórgia, meu povo veio para a península italiana pela Espanha, e, tal como eles, eu falava espanhol em casa e italiano em público.

Minha mais vívida lembrança infantil formou-se no fim de meu 11º verão, no dia 19 de setembro do ano da graça de 1488. Era Dia de São Januário, o padroeiro de Nápoles. Meu avô, o rei Fernando I, escolhera essa data particular para comemorar o trigésimo aniversário de sua ascensão ao trono napolitano.

Normalmente, nós, da realeza, não comparecíamos à cerimônia realizada no grande Duomo de São Januário, a catedral construída em sua homenagem. Preferíamos celebrar no conforto da Chiesa Santa Bárbara, a igreja encerrada nos magníficos jardins murados do palácio real, o Castel Nuovo. Naquele ano, porém, meu avô julgou político comparecer à cerimônia popular, dado o aniversário. Assim, nosso grande cortejo entrou em procissão no Duomo, observado a certa distância pelas *zie* — as tias — *di San Gennaro*, as carpideiras vestidas de negro que imploravam ao santo que protegesse e abençoasse Nápoles.

Nápoles precisava de bênçãos. Fora palco de muitas guerras; minha família, pertencente à nobreza aragonense, havia conquistado a cidade numa batalha sangrenta fazia apenas 46 anos. Embora meu avô tivesse recebido pacificamente o trono de seu pai, o reverenciado Afonso, o Magnânimo, Afonso arrancara Nápoles com violência dos angevinos, que apoiavam o francês Carlos de Anjou. O rei Afonso fora amado por haver reconstruído a cidade, erigido grandiosos palácios e *piazzas*, reforçado as muralhas e reabastecido a biblioteca real. Meu avô era menos querido. Interessava-se mais por manter um controle rigoroso dos nobres locais em cujas veias corria sangue angevino. Passara anos em guerrinhas com diferentes barões e nunca chegara a confiar em seu próprio povo. Em troca, o povo nunca confiou nele.

Nápoles também fora palco de terremotos, inclusive um a que assistira o poeta Petrarca, em 1343, que arrasara meia cidade e afundara todos os navios no porto, normalmente plácido. E havia também o monte Vesúvio, que ainda era propenso a erupções.

Por essas razões, fôramos fazer nossas súplicas a São Januário naquele dia e, com sorte, assistir a um milagre.

A procissão para o Duomo foi simplesmente magnífica. As mulheres e crianças da realeza entraram primeiro, escoltadas até a frente do santuário por guardas em trajes azuis e dourados, passando pelos plebeus de roupas negras, que se curvavam diante de nós qual trigo ao vento. A rainha de Fernando, a núbil Joana de Aragão, ia à nossa frente, seguida por minhas tias Beatriz e Leonor. Atrás delas ia minha meia-irmã Isabel, ainda solteira, a quem fora confiada a tarefa de cuidar de mim e de meu irmão de 8 anos, Afonso, assim como da filha caçula de Fernando, minha tia Giovanna, nascida no mesmo ano que eu.

As mulheres mais velhas usavam o traje tradicional das nobres napolitanas: longos vestidos negros de saia rodada, corpetes firmemente apertados sobre os espartilhos e mangas estreitas nos ombros, que depois desabrochavam até a largura de sinos nos pulsos, de tal modo que desciam em drapeados até bem abaixo dos quadris. A nós, crianças, as cores eram permitidas: eu usava um vestido longo de seda verde viva, com um corpete de brocado bem amarrado sobre os seios ausentes. De meu pescoço pendiam pérolas marinhas e um pequeno crucifixo de ouro; sobre a cabeça eu levava um diáfano véu preto. Afonso usava túnica e calções de veludo azul pálido.

Meu irmão e eu caminhávamos de mãos dadas logo atrás de minha meia-irmã, tomando cuidado para não tropeçar em sua saia volumosa.

Eu fazia o máximo para parecer orgulhosa e segura, restringindo o olhar às costas do vestido de Isabel, enquanto meu irmão fitava livremente a assembléia. Permiti-me uma olhadela de esguelha para as grandes rachaduras de um arco entre duas altas colunas de mármore; acima dele, uma pintura redonda de São Domingos dividira-se em duas. Logo abaixo havia um andaime, que marcava os últimos reparos de um terremoto que havia devastado o Duomo, dois anos antes de Fernando subir ao trono.

Eu me sentia desapontada por ter ficado aos cuidados de Isabel, e não de minha mãe. Meu pai costumava convidar minha mãe, a Sra. Trusia Gazullo, uma extasiante nobre de cabelos dourados, para todas as cerimônias. Deleitava-se particularmente com a companhia dela. Creio que meu pai era incapaz de amar, mas decerto teria chegado bem perto disso nos doces braços de mamãe.

O rei Fernando, contudo, havia considerado impróprio levar para o interior de uma igreja a amante de meu pai, como parte do cortejo real. Com igual vigor, meu avô insistira em que meu irmão Afonso e eu comparecêssemos. Éramos crianças, não podíamos ser responsabilizados pelo acidente de nossa ascendência. Afinal, o próprio Fernando era filho ilegítimo.

Por essa razão, meu irmão e eu fomos criados como filhos da realeza, com todos os direitos e privilégios, no Castel Nuovo, o palácio do rei. Mamãe tinha liberdade de ir e vir conforme os desejos de meu pai e, muitas vezes, permanecia no palácio com ele. Apenas alguns lembretes sutis de nossos meios-irmãos, e outros mais contundentes de nosso pai, recordavam-nos que éramos criaturas inferiores. Eu não brincava com os filhos legítimos de papai, que eram muitos anos mais velhos, nem com minha tia Giovanna ou meu tio Carlos, ambos próximos da minha idade. Por outro lado, meu irmãozinho Afonso e eu éramos companheiros inseparáveis. Embora fosse xará de meu pai, ele era o inverso deste: louras madeixas encaracoladas, rosto meigo, bem-humorado e uma inteligência aguçada, singularmente isenta de malícia. Tinha os olhos azul-claros da Sra. Trusia, enquanto eu tinha uma semelhança tão notável com nosso pai que, se fosse um filho varão, seríamos gêmeos separados por uma geração.

Isabel conduziu-nos para uma nave na frente do santuário, que tinha sido isolada por um cordão; mesmo depois de nos acomodarmos em nosso lugar no Duomo, meu irmão e eu continuamos de mãos dadas. A imensa catedral nos apequenava. Lá no alto, a uma distância de vários Paraísos, ficava a maciça cúpula dourada, deslumbrante sob o sol que se infiltrava em réstias pelas janelas em arco.

Logo depois vinham os homens da realeza. Meu pai — Afonso, duque da Calábria, aquela rústica região esparramada bem ao sul, no litoral leste — liderava a procissão. Herdeiro do trono, era famoso por sua ferocidade na batalha; na mocidade, arrancara dos turcos o estreito de Otranto, numa vitória que lhe trouxera a glória, se não o amor do povo. Cada movimento seu, cada olhar e gesto, era imperioso e intimidativo, efeito este que era acentuado por seu severo traje carmesim e negro. Ele era mais belo que qualquer das mulheres presentes, com um nariz perfeitamente reto e as maçãs do rosto altas, inclinadas para cima. Seus lábios eram vermelhos, cheios e sensuais sob o bigode fino, e os olhos azul-escuros, grandes e marcantes, eram encimados por uma coroa de reluzentes cabelos negros.

Só uma coisa maculava sua beleza: a frieza da expressão e dos olhos. Sua mulher, Hipólita Sforza, morrera quatro anos antes; os criados e nossas parentas murmuravam que ela havia desistido da vida para escapar à crueldade do marido. Eu tinha dela a vaga lembrança de uma mulher frágil, de olhos protuberantes, uma mulher infeliz; meu pai não se cansava de lhe recordar suas falhas nem o fato de que eles tinham feito um casamento de conveniência, porque ela vinha de uma das famílias mais antigas e poderosas da Itália. Ele também garantia à pobre Hipólita que sentia muito mais prazer nos braços de mamãe que nos dela.

Observei-o passar adiante de nós, mulheres e crianças, formando uma fileira bem em frente ao altar, num dos lados do trono vazio que aguardava a chegada de seu pai, o rei.

Atrás dele vinham meus tios, Frederico e Francisco. Depois, o filho primogênito de papai, que recebera o nome do avô, mas era afetuosamente chamado de Ferrandino, o "pequeno Fernando". Estava com 19 anos, era o segundo na linha sucessória e o segundo homem mais bonito de Nápoles, porém era o mais atraente, pois tinha um temperamento caloroso e expansivo. Quando passou pelos fiéis, ecoaram suspiros femininos às suas costas. A ele se seguiu seu irmão mais novo, Pedro, que tinha o infortúnio de se parecer com a mãe.

O rei Fernando I foi o último a entrar, usando calções e manto de veludo negro, e uma túnica de brocado prateado, rebordada em delicados fios de ouro. Na cinta, embainhada, levava a espada cravejada de pedras que havia recebido na coroação. Embora eu o conhecesse como um velho com uma claudicação exacerbada pela gota, nesse dia ele se deslocava com graça, sem a menor hesitação no andar. Sua beleza fora desgastada pela idade e pelo amor aos prazeres. Ele tinha o cabelo branco e ralo, revelando um couro cabeludo rosado pelo sol, e, sob a barba bem aparada, uma papada volumosa. As sobrancelhas eram escuras e espantosas, especialmente de perfil, pois cada fio de cabelo parecia tentar lançar-se numa direção diferente. Elas encimavam olhos notavelmente parecidos com os meus e os de meu pai — de um azul intenso, com toques de verde, e capazes de mudar de cor, dependendo da luz e dos matizes circundantes. O nariz de Fernando era vermelho, marcado por cicatrizes de varíola, e as bochechas, cobertas de veias partidas. Mas seu porte era ereto e ele ainda sabia calar uma multidão com sua simples entrada num aposento.

Sua expressão solene, ao entrar no Duomo de São Januário, reproduzia pura ferocidade. A multidão curvou-se ainda mais, de joelhos, e esperou que o rei se acomodasse num trono próximo ao altar.

Só então ela ousou levantar-se; só então o coro iniciou seus cânticos.

Espichei o pescoço e tive um vislumbre do altar, onde um busto de São Januário feito de prata, usando sua mitra episcopal, fora colocado em frente aos círios acesos. Logo adiante havia uma estátua de mármore, de tamanho um pouco maior que o natural, exibindo Januário com todas as suas insígnias, dois dedos de uma das mãos erguidos numa bênção e um báculo apoiado na dobra do braço.

Uma vez acomodado o rei e silenciado o coro, o bispo de Nápoles surgiu e pronunciou a invocação; depois apareceu seu ajudante, carregando um relicário de prata sob a forma de lanterna. Atrás do vidro havia alguma coisa pequena e escura; eu não podia ver com clareza, do lugar em que estava, por ser muito baixa — tinha a visão bloqueada pelas costas de minhas tias, vestidas de seda negra, e pelos mantos de veludo dos homens —, mas espiei por entre as brechas. Sabia tratar-se de um frasco que continha o sangue seco de São Januário, martirizado, torturado e brutalmente decapitado por ordem do imperador Diocleciano, há mais de mil anos.

Nosso bispo e o padre oraram. As *zie di San Gennaro* soltaram gemidos sonoros, fazendo súplicas ao santo. Cuidadosamente, sem tocar no vidro, o padre virou o relicário de cabeça para baixo, uma vez, depois duas.

Pareceu passar-se uma eternidade. A meu lado, Isabel havia baixado a cabeça e fechado os olhos, movendo os lábios numa prece silenciosa. Do meu outro lado, o pequeno Afonso baixara a cabeça solenemente, mas, por baixo dos caracóis dos cabelos, espiava o padre, fascinado.

Eu acreditava fervorosamente no poder de Deus e dos santos de interferir nos assuntos humanos. Considerando mais seguro seguir o exemplo de Isabel, baixei a cabeça, fechei os olhos bem apertados e murmurei uma oração ao santo padroeiro de Nápoles: *Abençoai nossa amada cidade e guardai-a em segurança. Protegei o rei, meu pai, minha mãe e Afonso. Amém.*

Um murmúrio de assombro percorreu a multidão. Tive um vislumbre do altar, do padre exibindo orgulhosamente o relicário de prata, erguendo-o para o exame da multidão. *"Il miracolo e fatto"*, proclamou.

O milagre se fez.

O coro conduziu a congregação no cântico do *Te Deum*, dando graças a Deus por nos conceder aquela bênção.

De onde me encontrava, eu não podia ver o que tinha acontecido, mas Isabel segredou em meu ouvido: a substância escura e seca no frasco havia começado a derreter, depois borbulhar, e o antigo sangue se liquefizera mais uma vez. São Januário indicava ter ouvido nossas preces e estar satisfeito; protegeria a cidade à qual servira como bispo durante seus anos mortais.

Era um bom augúrio, murmurou ela, especialmente para o rei em seu aniversário. São Januário o protegeria de todos os inimigos.

O bispo atual de Nápoles pegou o relicário com o padre e desceu do altar até o trono. Ergueu a caixa quadrada de prata e vidro diante do rei Fernando e esperou que o monarca se erguesse e se aproximasse.

Meu avô não se levantou nem se ajoelhou na presença de tamanha maravilha. Continuou instalado em seu trono, forçando o bispo a levar o relicário até ele. Só então Fernando curvou-se a um antigo costume e encostou os lábios no vidro, sob o qual se achava o sangue sagrado.

O bispo retornou ao altar. Em seguida, os homens da Casa Real de Aragão aproximaram-se um a um, meu pai à frente, e beijaram a santa relíquia. Então os acompanhamos, as mulheres e crianças — eu e meu irmão ainda firmemente agarrados um ao outro pela mão. Encostei a boca no vidro, aquecido pela respiração de meus parentes, e fitei o líquido escuro lá dentro. Tinha ouvido falar de milagres, mas nunca vira nenhum; estava admirada.

Fiquei ao lado de Afonso quando chegou sua vez; depois, retornamos a nossos lugares reservados.

O bispo devolveu o relicário ao padre e fez o sinal-da-cruz, com dois dedos da mão direita cortando o ar, primeiro sobre meu avô, depois sobre a família real reunida.

O coro irrompeu num cântico. O velho rei ergueu-se, meio enrijecido. Os guardas saíram de sua posição ao redor do trono e o precederam na saída da igreja, até onde as carruagens esperavam. Como sempre, seguimos atrás.

O costume exigia que toda a congregação, inclusive os membros da realeza, permanecesse em seus lugares durante a cerimônia, enquanto cada membro se adiantava para beijar a relíquia — mas Fernando era impaciente demais para esperar pelos plebeus.

Voltamos diretamente para o Castel Nuovo, aquela massa trapezóide de tijolos cor de lama, construída duzentos anos antes por Carlos de Anjou para lhe servir de palácio. Primeiro ele mandara retirar os restos dilapidados de um convento franciscano dedicado à Virgem Maria. Carlos valorizava mais a proteção do que a elegância: cada quina do castelo, que ele chamava de *Maschio Angiono*, o Guardião Angevino, fora reforçada por uma vasta torre cilíndrica, cujos merlões denteados projetavam-se contra o céu.

O castelo erguia-se diretamente junto à baía, tão perto da água que, quando menina, era comum eu esticar o braço por uma janela e imaginar que acariciava o oceano. Naquela manhã, uma brisa se elevava do mar e, enquanto eu seguia na carruagem aberta entre Afonso e Isabel, inalei com prazer a maresia. Era impossível morar em Nápoles e não avistar constantemente a água, não passar a amá-la. Os antigos gregos haviam chamado a cidade de Parténope, em homenagem à antiga sereia, meio mulher, meio pássaro, que se atirara ao mar em razão de seu amor não correspondido por Odisseu. De acordo com a lenda, ela fora lançada às praias de Nápoles; ainda menina, eu já sabia que não tinha sido por amor a um homem que ela fora atraída para as águas.

Tirei o véu para melhor desfrutar da brisa. Para ter uma visão melhor — do côncavo crescente lunar da linha costeira, com o violeta escuro do Vesúvio à direita e a ovalada fortaleza do Castel dell'Ovo logo à esquerda —, pus-me de pé na carruagem e virei o corpo. Isabel fez-me tornar a sentar no mesmo instante, com um forte puxão, embora sua expressão se mantivesse composta e régia, a bem da plebe.

Nossa carruagem passou com estrondo pelo portão principal do castelo, ladeado pela Torre da Guarda e pela Torre Média. As duas eram ligadas pelo Arco Triunfal de Afonso, o Magnífico, erigido em mármore branco por meu bisavô para comemorar sua entrada vitoriosa em Nápoles, como novo governante da cidade. O arco marcara a primeira das muitas reformas feitas por Afonso no palácio decrépito e, uma vez instalado, o rei rebatizara sua nova residência de Castel Nuovo.

Passei sob o mais baixo dos dois arcos e olhei, lá em cima, para o baixo-relevo de Afonso em sua carruagem, acompanhado pelos nobres que o saudavam. Muito mais acima, com a mão estendendo-se para além das torres, uma exuberante estátua de Afonso, em tamanho maior que o natural, gesticulava para o céu. Eu também me sentia exuberante. Estava em Nápoles, com o sol, o mar e meu irmão, e me sentia feliz.

Não podia imaginar que algum dia essa alegria me pudesse ser roubada.

Uma vez no pátio interno e com o grande portão fechado, descemos das carruagens e entramos no Grande Salão. Ali, a mesa mais comprida do mundo exibia um banquete: travessas com azeitonas e frutas, pães de toda sorte, dois javalis assados, com as bocas escancaradas por laranjas, aves assadas e recheadas, e ainda frutos do mar, que incluíam suculentos lagostins. Havia também muito vinho — o *Lachrima Christi*, ou lágrima de Cristo, feito de uvas Greco cultivadas nas férteis encostas do Vesúvio. Afonso e eu tomávamos o nosso diluído com água. O Salão estava enfeitado com todas as variedades de flores; as vastas colunas de mármore tinham sido envoltas em festões de brocado dourado, debruados de veludo azul, aos quais se prendiam guirlandas de rosas cor de sangue.

Lá estava nossa mãe, a Sra. Trusia, para nos saudar; corremos em sua direção. O velho Fernando gostava dela, e não se importava nem um pouco com o fato de ela ter dado dois filhos a meu pai sem o benefício dos laços matrimoniais. Como sempre, ela cumprimentou cada um de nós com um beijo leve nos lábios e um abraço caloroso; para mim, era a mais encantadora das mulheres presentes. Ela resplendia, qual uma inocente deusa de cabelos dourados em meio a um bando de corvos intrigantes. Tal como seu filho, era de uma bondade simples e passava os dias inquietando-se não com as vantagens políticas que pudesse obter, mas com o amor e o consolo que pudesse dar. Sentou-se entre mim e Afonso, com Isabel à minha direita.

Fernando presidiu o banquete à cabeceira da mesa. Atrás dele, ao longe, erguia-se um grande arco que levava a sua sala do trono, depois a seus aposentos particulares. Sobre o arco pendia uma enorme tapeçaria com as insígnias reais de Nápoles, lírios dourados contra um fundo azul-escuro — um legado dos tempos de dominação angevina, sob a forma de uma *fleur-de-lis*.

Esse arco exercia um fascínio especial sobre mim nesse dia; esse arco seria minha passagem para o descobrimento.

Encerrado o banquete, trouxeram os músicos e começou a dança, à qual o rei assistiu de um trono. Sem nos dar sequer um olhar de soslaio, meu pai pegou minha mãe pela mão e a levou para dançar. Aproveitei a diversão para escapar do olhar semi-atento de Isabel e fazer uma confissão a meu irmão.

— Vou procurar os mortos de Fernando — disse-lhe. Pretendia entrar nos aposentos privados do rei sem sua permissão, o que era uma violação imperdoável do protocolo, mesmo para um membro da família. Praticada por um estranho, constituiria um ato de traição.

Por cima da taça, os olhos de Afonso se arregalaram.

— Não, Sancha. Se a apanharem... é impossível dizer o que papai fará.

Mas fazia dias que eu lutava com uma curiosidade insuportável, e já não conseguia reprimi-la. Ouvira uma das criadas dizer a D. Esmeralda, minha babá e colecionadora voraz de mexericos, que era verdade: o velho tinha uma "câmara dos mortos" secreta, a qual visitava regularmente. A tal criada recebera ordens de tirar o pó dos cadáveres e varrer o chão. Até aquele momento, como o resto de minha família, eu havia acreditado que isso era um boato, fomentado pelos inimigos de meu avô.

Eu era conhecida por minha ousadia. Ao contrário de meu irmão menor, que só queria agradar aos mais velhos, havia cometido numerosos crimes infantis. Trepara em árvores para espiar parentes no ato nupcial — uma vez, durante a consumação de um matrimônio nobiliárquico à qual assistiram o rei e o bispo, ambos os quais me viram olhando pela janela. Eu havia guardado sapos em meu corpete, às escondidas, e os soltara na mesa durante um banquete régio. E, como represália por um castigo anterior, tinha roubado da cozinha um jarro de azeite e esvaziara o conteúdo à porta do quarto de dormir de meu pai. O que havia preocupado meus pais não fora tanto o azeite, mas o fato de, aos 10 anos de idade, eu ter usado minha melhor jóia para subornar o guarda de plantão e fazê-lo ir embora.

Eu era sempre repreendida e confinada ao quarto das crianças, por períodos que variavam de acordo com a audácia do malfeito. Não me importava. Afonso se dispunha a ficar preso comigo, para me consolar e me distrair. Saber disso tornava-me incorrigível. A corpulenta D. Esmeralda, embora fosse uma criada, não me temia nem me respeitava. Não se impressionava com a realeza. Apesar de ter sangue plebeu, seu pai e sua mãe haviam trabalhado na casa de Afonso, o Magnânimo, e depois, na de Fernando I. Antes de eu nascer, ela havia cuidado de meu pai.

Na época, ela estava em meio à sua quarta década de vida, uma figura imponente: ossos grandes, pesada, de quadris e queixo largos. Seu cabelo preto e lustroso, com largas tiras grisalhas, era firmemente puxado para trás sob um véu escuro; ela usava as roupas negras do luto perpétuo, embora seu marido tivesse morrido há quase um quarto de século, quando jovem soldado do exército de Fernando. Depois disso, D. Esmeralda tornara-se devotamente religiosa; um crucifixo de ouro descansava sobre seus seios fartos.

Nunca tivera filhos. E, apesar de nunca se haver afeiçoado a meu pai — na verdade, mal conseguia esconder seu desprezo por ele —, Esmeralda se portara, quando Trusia me trouxera ao mundo, como se eu fosse sua própria filha.

Conquanto gostasse de mim e fizesse o melhor possível para me proteger, meu comportamento estava sempre a lhe provocar censuras. Ela espremia os olhos, com os lábios repuxados para baixo em sinal de reprovação, e balançava a cabeça. "Por que você não pode comportar-se como seu irmão?"

Essa pergunta nunca me ofendia; eu amava meu irmão. Na verdade, desejava ser mais parecida com ele e com mamãe, mas não podia reprimir quem eu era. E então Esmeralda fazia a declaração que feria fundo:

— Você é ruim como era seu pai nessa idade...

No grande salão de jantar, retribuí o olhar de meu irmãozinho e disse:

— Papai nunca saberá. Olhe para eles... — e fiz um gesto apontando os adultos, que riam e dançavam. — Ninguém notará que saí.

Fiz uma pausa e indaguei:

— Como é que você *agüenta*, Afonso? Não tem vontade de saber se é verdade?

— Não — respondeu ele, em tom sóbrio.

— Por que não?

— Porque talvez seja.

Só depois compreendi o que ele queria dizer. Mas, naquele momento, dei-lhe um olhar de frustração e, com um volteio de minha saia verde, virei-lhe as costas e abri caminho por entre a aglomeração.

Sem ser vista, escapuli por baixo do arco e de sua grandiosa tapeçaria em ouro e azul. Acreditava ser a única a ter escapado da festa; estava enganada.

Para minha surpresa, a imensa porta da sala do trono estava entreaberta, como se alguém houvesse pretendido fechá-la, mas não tivesse conseguido fazê-lo direito. Sem fazer barulho, abri-a apenas o suficiente para permitir minha entrada e a fechei atrás de mim.

A sala estava deserta, uma vez que os guardas cuidavam daqueles que tinham sob sua responsabilidade no Grande Salão. Apesar de não ter dimensões tão imponentes quanto as do Salão, o aposento inspirava respeito: encostado à parede central ficava o trono de Fernando, uma estrutura de madeira escura entalhada com floreios, estofada em veludo carmesim e apoiada sobre um pequeno estrado com dois degraus. Acima dele, um toldo exibia a insígnia napolitana dos lírios e, de ambos os lados, as janelas em arco, que iam do piso ao teto, emolduravam uma vista gloriosa da baía. A luz do sol entrava pelas janelas sem venezianas, refletindo-se no piso de mármore branco e nas paredes caiadas, o que produzia um efeito deslumbrante e etéreo.

Parecia um lugar aberto demais, claro demais para guardar qualquer segredo. Detive-me ali por um instante, examinando o ambiente, enquanto cresciam minha empolgação e meu pavor. Estava com medo — mas, como sempre, minha curiosidade o suplantou.

Fitei a porta que levava aos aposentos privados de meu avô.

Só havia entrado neles uma vez, anos antes, quando Fernando tivera uma febre perigosa. Convencidos de que ele estava à morte, seus médicos haviam convocado a família para se despedir. Eu nem sequer tinha certeza de que o rei se lembraria de mim, mas ele pusera a mão em minha cabeça e me brindara com um sorriso.

Eu havia ficado perplexa. Durante minha vida inteira, ele sempre cumprimentara a mim e a meu irmão com indiferença e, em seguida, virara a cabeça, com um olhar distante, preocupado com assuntos de maior monta. Fernando não era dado a atividades sociais, mas eu o havia apanhado, em momentos intrigantes, observando os filhos e netos com um olhar perspicaz, julgando, avaliando, sem perder nenhum detalhe. Seus modos não eram cruéis nem grosseiros, mas distraídos. Quando ele falava, mesmo durante o mais social dos eventos familiares, costumava ser com meu pai e, mesmo assim, apenas sobre assuntos políticos. Seu casamento tardio com Joana de Aragão, sua terceira esposa, fora feito por amor — ele já não precisava promover suas vantagens políticas nem gerar mais herdeiros. Mas fazia muito tempo que sua lascívia se fora; o rei e a rainha moviam-se em círculos separados e só se falavam quando a ocasião o exigia.

Quando, acamado e supostamente agonizante, ele pusera a mão em minha cabeça e sorrira, eu havia decidido que Fernando I era bom.

Na sala do trono, respirei fundo para ganhar coragem e andei depressa em direção aos aposentos privados de Fernando. Não esperava encontrar nenhum morto; meu pavor vinha das conseqüências de meus atos, se eu fosse apanhada.

Do outro lado da pesada porta da sala do trono, o som dos convivas em festa e da música tornou-se mais tênue; sozinha, eu ouvia o farfalhar de minhas saias de seda no mármore.

Com hesitação, abri a porta que levava à câmara mais externa do rei. Reconheci o aposento, pois havia passado por ali na ocasião da doença de Fernando. Era um gabinete com quatro cadeiras, uma escrivaninha grande, muitos candelabros de parede para iluminar as horas tardias da noite e um mapa de Nápoles e dos Estados Pontifícios na parede. Havia também um retrato de meu bisavô Afonso, usando a espada cravejada de pedras preciosas que trouxera da Espanha, e que Fernando tinha usado mais cedo no Duomo.

Audaciosa, fiz pressão nas paredes, pensando em compartimentos ou passagens ocultos; vasculhei o piso de mármore, à procura de rachaduras que insinuassem a presença de escadas descendo para calabouços, mas não encontrei nada.

Segui em frente, cruzando um arco em direção a um segundo aposento, mobiliado para as refeições particulares; também ali não havia nada digno de nota.

Restava apenas o quarto de Fernando, vedado por uma porta pesada. Reprimindo todas as idéias de captura e punição, abri-a com atrevimento e entrei no mais interno e particular dos aposentos reais.

Ao contrário dos outros cômodos, luminosos e alegres, esse era opressivo e sombrio. As janelas eram cobertas por cortinas de veludo verde-escuro, que apagavam o sol e o ar. Uma grande colcha no mesmo tom de verde cobria quase toda a cama, acompanhada por numerosos cobertores de pele; aparentemente, Fernando sofria com a friagem.

O cômodo tinha bem poucos adornos, considerando-se a posição de seu residente. Os únicos sinais de grandeza eram um busto de ouro do rei Afonso sobre o consolo da lareira e candelabros de ouro dos dois lados da cama.

Meu olhar foi atraído por uma parede interna, onde outra porta estava escancarada. Além dela ficava um pequeno nicho sem janelas, mobiliado com um altar de madeira, velas, um rosário, uma estatueta de São Januário e um banco de igreja acolchoado.

Ao final daquela câmara minúscula, porém, depois do altar humilde, havia um outro portal — este, fechado. Levava mais para o interior e tinha as bordas iluminadas por uma luz tênue, bruxuleante.

Senti uma mistura de empolgação e medo. Teria a criada dito a verdade, afinal? Eu já vira a morte. A família real extensa tinha sofrido perdas, e eu havia desfilado ao lado dos corpos pálidos e rijos de bebês, crianças e adultos. Mas a idéia do que poderia estar atrás daquela porta interna punha minha imaginação à prova. Será que eu encontraria esqueletos empilhados? Montes de carne em decomposição? Fileiras de caixões?

Ou teria a confissão da criada a minha babá brotado de um desejo de manter viva a boataria?

Minha expectativa intensificou-se, atingindo níveis quase insuportáveis. Passei depressa pela salinha estreita do altar e pus os dedos trêmulos sobre o trinco de bronze que levava ao desconhecido. Ao contrário de todas as outras portas, que tinham dez vezes minha largura de menina e quatro vezes minha altura, esta mal tinha tamanho suficiente para permitir a passagem de um homem. Abri-a.

Só mesmo a fria arrogância conferida pelo sangue de meu pai permitiu que eu reprimisse um grito de horror.

Amortalhada em sombras, a câmara não revelava suas verdadeiras dimensões. Para meus olhos infantis, afigurou-se vasta, sem limites, o que se devia, em parte, ao tom escuro da pedra não polida. Apenas três círios iluminavam as paredes sem janelas, um a uma pequena distância de mim, e dois nos grandes candelabros de ferro que ladeavam a entrada.

Logo adiante deles, com o rosto iluminado pelo brilho dourado e oscilante das velas, postava-se um anfitrião a me dar as boas-vindas. Melhor dizendo, não estava de pé, mas apoiado numa viga vertical que em pouco ultrapassava a coroa de sua cabeça. Usava um manto azul, preso aos ombros de sua túnica dourada com medalhões de flor-de-lis. No peito e nos quadris, cordas o atavam com firmeza a seu apoio. Um arame preso a um de seus braços o mantinha elevado, afastado do corpo e dobrado no cotovelo, com a palma ligeiramente voltada para cima, num gesto de quem chama.

Entre, Majestade.

Sua pele parecia um pergaminho castanho laqueado, brilhando sob a luz. Tinha sido esticada sobre as maçãs do rosto, desvelando os dentes marrons num sorriso horripilante. O cabelo, que talvez tivesse sido exuberante em vida, consistia num punhado de mechas opacas, castanho-avermelhadas, que pendiam de um couro cabeludo enrugado. E os olhos...

Ah, os olhos dele. Alguém havia permitido que suas outras feições se encolhessem de forma impressionante. Os lábios tinham desaparecido por completo, as orelhas tinham-se tornado pequenas abas espessas, grudadas a seu crânio. O nariz, que tinha a largura da metade de meu dedo mindinho, perdera as narinas carnudas e terminava agora em dois buracos escancarados, que acentuavam sua aparência esquelética. Mas o desaparecimento dos olhos não fora tolerado; nas órbitas apoiavam-se dois globos bem encaixados e extremamente polidos de mármore branco, sobre os quais se tinham pintado cuidadosamente as íris verdes com pupilas negras. O mármore faiscava sob a luz, dando-me a sensação de estar sendo observada.

Engoli em seco, estremeci. Até aquele momento, eu tinha sido uma criança numa busca tola, achando que fazia uma brincadeira, vivia uma aventura. Mas não havia nenhuma empolgação naquela descoberta, nenhuma alegria precoce, nenhum deleite travesso — apenas o reconhecimento de que eu havia tropeçado em alguma coisa muito adulta e aterradora.

Aproximei-me da criatura à minha frente, na esperança de estar vendo algo falso, que nunca tivesse sido humano. Encostei um dedo hesitante em sua coxa, coberta pelo calção de cetim, e apalpei o couro curtido sobre o osso. As pernas terminavam em panturrilhas finas, envoltas por meias, e em delicados chinelos com borlas que não tinham peso.

Afastei a mão, convencida.

Como é que você agüenta, Afonso? Não tem vontade de saber se é verdade?

Não. Porque talvez seja.

Que sensatez a do meu irmãozinho! Mais do que tudo, eu desejava esquecer o que acabara de descobrir. Tudo em que eu havia acreditado sobre meu avô modificou-se nesse momento. Eu o tinha julgado um velho bondoso, severo, mas que era forçado a sê-lo pelo fardo de governar. Acreditara que os barões que se rebelavam contra ele eram homens maus, amantes da violência sem nenhuma razão, excetuado o fato de serem franceses. Havia acreditado que os criados que diziam que Fernando era desprezado não passavam de mentirosos. Eu entreouvira a camareira de Fernando segredar a D. Esmeralda que o rei estava enlouquecendo, e tinha zombado disso.

Confrontada com uma monstruosidade impensável, nesse momento eu já não ria. Estremeci, não pela visão aterradora à minha frente, mas por me dar conta de que o sangue de Fernando corria em minhas veias.

Segui aos tropeços pela penumbra, passando pela sentinela da câmara, e vi, talvez, outros dez corpos nas sombras, todos escorados de pé e amarrados, com olhos de mármore e imóveis. Todos, menos um.

À distância de uns seis cadáveres, uma figura com uma vela acesa virou-se para me olhar. Reconheci meu avô, com o rosto de barba branca empalidecido e espectral sob a luz bruxuleante.

— Sancha, não é? — disse ele, com um vago sorriso. — Ora, os dois aproveitamos a comemoração para fugir de toda aquela gente. Bem-vinda a meu museu dos mortos.

Esperei que ele se enfurecesse, mas sua postura foi a de quem saudava os convidados de uma festa íntima.

— Você se saiu bem — disse-me. — Nem um pio, e chegou até a tocar no velho Robert — comentou, inclinando a cabeça em direção ao cadáver mais próximo da entrada. — Muito corajosa. Seu pai era muito mais velho que você quando entrou neste lugar pela primeira vez; deu um grito e rompeu em lágrimas, feito uma menina.

— Quem são eles? — perguntei. Aquilo me repugnava, mas a curiosidade exigia que eu conhecesse toda a verdade.

Fernando I deu uma cusparada no chão.

— Angevinos — respondeu. — Inimigos. Aquele ali — e apontou para Robert — era conde, primo distante de Carlos de Anjou. Jurou que tomaria meu trono.

Meu avô soltou um risinho satisfeito.

— Você está vendo quem tomou o quê — disse, andando com passos rígidos até o antigo rival. — E então, Robert? Quem é que ri agora? — e fez um gesto para apontar a assembléia macabra, assumindo um tom subitamente acalorado. — Condes e marqueses, e até duques. Todos traidores. Todos ansiando por me ver morto.

Fez uma pausa para se acalmar e concluiu:

— Venho aqui quando preciso relembrar minhas vitórias. Lembrar a mim mesmo que sou mais forte que meus inimigos.

Olhei para os homens. O museu parecia ter sido montado ao longo de certo tempo. Alguns corpos ainda tinham cabeleiras fartas e barbas espessas; outros, como Robert, pareciam meio acabados. Mas todos usavam os trajes requintados que convinham a sua estirpe nobre, em sedas, brocados e veludos. Alguns traziam na cinta espadas com punhos de ouro; outros usavam mantos debruados de arminho e pedras preciosas. Um deles tinha um barrete de veludo preto com uma pluma branca de avestruz, inclinada num ângulo jocoso. Alguns estavam simplesmente de pé. Outros faziam poses variadas: um apoiava a mão fechada no quadril, outro segurava o punho da espada, um terceiro estendia a palma de uma das mãos, gesticulando para os companheiros.

Todos olhavam fixo para a frente, com expressão vazia.

— Os olhos — disse eu. Era uma pergunta.

Fernando deu-me uma piscadela.

— É pena você ser mulher. Daria um bom rei. De todos os filhos dele, você é a que mais se parece com seu pai. É orgulhosa e inflexível, muito mais do que ele. Mas, ao contrário dele, teria coragem de fazer o que fosse necessário pelo reino — suspirou. — Não é como aquele toleirão do Ferrandino. Tudo o que ele quer são moças bonitas para admirá-lo e uma cama macia. Não tem fibra nem cérebro.

— Os olhos — repeti. Eles me perturbavam; exibiam uma perversidade que me era forçoso compreender. Eu já ouvira o que meu avô tinha acabado de falar, palavras que não quisera ouvir. Queria distrair-me, esquecê-las. Queria não me parecer nem um pouco com o rei ou com meu pai.

— Coisinha persistente — fez ele. — Os olhos se desfazem quando o corpo é mumificado, não há como evitar. Os primeiros ficavam com as pálpebras fechadas sobre as órbitas vazias. Pareciam estar dormindo. Eu queria que me ouvissem quando eu falasse com eles. Queria poder vê-los escutando — e tornou a rir. — Além disso, assim era mais eficaz. Meu último "convidado"... como ele se apavorou ao ver seus compatriotas desaparecidos a fitá-lo!

Tentei compreender aquilo tudo, de minha perspectiva ingênua.

— Deus o fez rei. Portanto, se esses homens foram traidores, insurgiram-se contra Deus. Não foi pecado matá-los.

Meu comentário provocou-lhe repulsa.

— Pecado não existe! — exclamou. Fez uma pausa e assumiu um ar professoral. — Sancha, o milagre de São Januário... ele ocorre quase sempre em maio e setembro. Mas, quando o padre aparece com o relicário em dezembro, por que você acha que é tão comum o milagre falhar?

A pergunta me pegou de surpresa; eu não fazia a menor idéia da resposta.

— Pense, menina!

— Não sei, Majestade...

— Porque faz mais calor em maio e setembro.

Continuei sem entender. Minha confusão ficou estampada em meu rosto.

— Está na hora de você parar de acatar essa bobagem sobre Deus e os santos. Só existe um poder na Terra: o poder sobre a vida e a morte. Por enquanto, pelo menos em Nápoles, eu o possuo.

Tornou a me instigar:

— Pois então, pense. No começo, a substância no frasco é sólida. Pense na gordura de um porco ou de um carneiro. O que acontece com essa gordura, quando se assa o animal num espeto, ou seja, quando ele é exposto ao calor?

— Ela pinga no fogo.

— O calor transforma o sólido num líquido. Talvez, portanto, se você tirar o relicário de São Januário do seu armário frio e escuro e o levar para o Duomo, num dia quente e ensolarado, e se esperar um pouco... *il miracolo e fatto.* De sólido para líquido.

Eu já estava abalada, e a heresia de meu avô só fez aprofundar essa sensação. Lembrei-me da atitude desatenta de Fernando em relação a tudo que era religioso, de sua ânsia de se ausentar da Missa ou de acabar depressa com ela. Duvidei que em algum momento ele se ajoelhasse diante do altarzinho que conduzia ao cômodo que abrigava suas verdadeiras convicções.

Ao mesmo tempo, no entanto, intriguei-me com sua explicação do milagre; minha fé tornou-se imperfeita, entremeada de dúvidas. Mesmo assim, o hábito era forte. Em silêncio, rezei depressa a Deus para que perdoasse o rei, e a São Januário para que o protegesse, apesar de seus pecados. Pela segunda vez nesse dia, orei a Januário para que protegesse Nápoles — embora não necessariamente dos crimes cometidos pela natureza ou por barões desleais.

Fernando estendeu sua mão ossuda e cheia de veias azuladas para a minha, bem menor, e a espremeu num aperto que não admitia discordância.

— Vamos, menina. Devem estar querendo saber onde nos metemos. Além disso, você já viu o bastante.

Pensei em cada homem do museu dos mortos — em como eles deviam ter sido apresentados por meu avô tripudiante ao destino que os esperava, em como os mais fracos deviam ter chorado e suplicado que ele os poupasse. Perguntei-me como teriam sido mortos; certamente, por um método que não deixava vestígios.

Fernando ergueu bem alto a vela e me retirou de sua galeria desalmada. Enquanto eu aguardava na sala do altar até ele fechar a portinha, refleti sobre o visível prazer que o rei extraía da companhia de suas vítimas. Ele era capaz de matar sem remorso, capaz de saborear esse ato. Talvez eu devesse temer por minha própria vida, sendo uma fêmea desnecessária, mas não pude. Aquele era meu avô. Estudei seu rosto sob a luz dourada: exibia a mesma expressão benevolente, possuía as mesmas bochechas coradas que eu sempre conhecera, com seu rendilhado de minúsculas veias rompidas. Vasculhei-lhe os olhos, muito parecidos com os meus, à procura dos sinais de crueldade e loucura que haviam inspirado o museu.

Esses olhos me perscrutaram também, penetrantes, assustadoramente lúcidos. Ele apagou a vela com um sopro, colocou-a no pequeno altar e voltou a segurar minha mão.

— Não contarei a ninguém, Majestade — disse eu, enunciando as palavras não por medo, nem por querer me proteger, mas pelo desejo de deixar Fernando ciente de que minha lealdade a minha família era completa.

Ele riu baixinho.

— Minha cara, não me importa. Tanto melhor se você contar. Meus inimigos me temerão ainda mais.

Atravessamos de novo o quarto do rei, a sala de estar, o gabinete externo e, por último, a sala do trono. Antes de abrir a porta, ele se virou para me olhar.

— Não é fácil para nós sermos os mais fortes, não é?

Inclinei o queixo e ergui os olhos para ele.

— Estou velho, e haverá quem lhe diga que estou ficando com o juízo fraco. Mas ainda reparo na maioria das coisas. Sei que você ama seu irmão — observou. Concentrou o olhar dentro de si. — Eu amava Joana, porque sua natureza era boa e leal; eu sabia que ela nunca me trairia. Gosto de sua mãe pela mesma razão: é uma mulher meiga.

Nesse ponto, Fernando voltou a atenção para fora, para me estudar.

— Seu irmãozinho saiu a ela, é uma alma generosa. Inútil, quando se trata de política. Vi como você lhe é dedicada. Se o ama, cuide dele. Nós, os fortes, temos que cuidar dos fracos, você sabe. Eles não têm fibra para fazer o que é necessário para sobreviver.

— Cuidarei dele — retruquei, resoluta. Mas nunca subscreveria à idéia de meu avô de que a matança e a crueldade eram uma parte necessária de proteger Afonso.

Fernando abriu a porta. Caminhamos de mãos dadas pelo Grande Salão, onde os músicos tocavam. Corri os olhos pela multidão, à procura de Afonso, e o vi parado num canto distante, fitando-nos com olhos arregalados de coruja. Minha mãe e Isabel dançavam e, de momento, haviam-se esquecido por completo de nós, crianças.

Mas meu pai, o duque da Calábria, parecia haver registrado o desaparecimento do rei. Olhei para cima, assustada, quando ele parou à nossa frente e nos barrou o caminho com uma única pergunta.

— Majestade, essa menina o está aborrecendo?

Durante minha curta vida, eu nunca ouvira o duque dirigir-se a seu pai de outra maneira. Ele baixou os olhos para mim, com uma expressão hostil, desconfiada. Tentei munir-me dos maneirismos da pura inocência, mas, depois do que tinha visto, não pude ocultar o fato de que fora abalada até o âmago.

— Nem um pouco — respondeu Fernando, com bom humor. — Estivemos apenas fazendo uma exploração, só isso.

A revelação, seguida pela fúria, faiscou nos belos olhos desalmados de meu pai. Ele compreendeu exatamente onde meu avô e eu estivéramos — e, dada a minha reputação de vilã, percebeu que eu não fora convidada.

— Cuidarei dela — disse o duque, em tom de grande ameaça. Era famoso pelo modo perverso de tratar seus inimigos, os turcos; havia insistido em torturar e matar pessoalmente os que tinham sido capturados na Batalha de Otranto, por métodos tão desumanos que nós, crianças, não tínhamos permissão de ouvir falar deles. Eu disse a mim mesma que não estava com medo. Seria indecoroso que ele mandasse surrar a mim, um membro da realeza. Ele não percebia de que já me impusera o pior castigo possível: não me amava, e não fazia segredo disso.

E eu, orgulhosa como ele, jamais admitiria meu desejo desesperado de conquistar sua afeição.

— Não a castigue, Afonso — disse Fernando. — Ela é impetuosa, só isso.

— As meninas não devem ser impetuosas — contrapôs meu pai. — E essa, menos do que todas. Meus outros filhos são toleráveis, mas *ela* não tem feito outra coisa senão me aborrecer, desde o dia em que nasceu... um dia que lamento profundamente — e me fuzilou com o olhar. — Vá. Sua Majestade e eu temos assuntos a discutir. Você e eu falaremos disto depois.

Fernando soltou minha mão. Fiz uma pequena mesura e disse:

— Majestade.

Eu teria saído correndo a toda, se o Salão não estivesse repleto de adultos, todos os quais se voltariam e me cobrariam decoro; sendo assim, andei o mais depressa que pude até onde meu irmão me esperava.

Ele deu uma única olhadela para meu rosto e me abraçou:

— Ah, Sancha! Então, é verdade... Sinto muito que você tenha visto. Ficou com medo?

Meu coração, que tanto se enregelara na presença de meus dois parentes mais velhos, derreteu-se na de Afonso. Ele não quis conhecer os detalhes do que eu tinha testemunhado, só quis saber como eu me saíra. Fiquei meio surpresa com o fato de meu irmão não se mostrar mais impressionado ao tomar conhecimento de que os boatos eram verdadeiros. Talvez ele compreendesse o rei melhor do que eu.

Afastei-me um pouco, mas continuei com os braços enlaçados nos dele.

— Não foi muito ruim — menti.

— Papai parecia zangado; receio que a castigue.

Encolhi os ombros.

— Pode ser que não. Fernando não se importou nem um pouco.

Fiz uma pausa e acrescentei, em tom infantil de bravata:

— Além disso, o que papai vai fazer? Mandar-me ficar em meu quarto? Deixar-me sem jantar?

— Se ele fizer isso — sussurrou Afonso —, irei até lá e poderemos brincar em silêncio. Se você sentir fome, posso levar-lhe comida.

Sorri e pousei a palma da mão em seu rosto.

— A questão é que você não deve se preocupar. Não há nada que papai possa fazer que me magoe de verdade.

Como eu estava errada!

D. Esmeralda nos aguardava do lado de fora do Grande Salão para nos reconduzir ao quarto das crianças. Afonso e eu íamos alegres, especialmente ao passar pela sala de aulas, onde, não fosse pelo feriado, estaríamos estudando latim sob a tutela pouco inspirada do frei Giuseppe Maria. Frei Giuseppe era um frade dominicano de rosto tristonho, do mosteiro vizinho de San Domenico Maggiore, famoso como o local em que um crucifixo dirigira a palavra a Santo Tomás de Aquino, dois séculos antes. Frei Giuseppe era tão extraordinariamente corpulento que Afonso e eu o havíamos batizado em latim de *Fra Cena*, o Frade Ceia. Ao passarmos pela sala, comecei a declinar solenemente nosso atual verbo favorito.

— *Ceno* — enunciei. Eu ceio.

Afonso concluiu, *sotto voce*:

— *Cenare. Cenavi. Cenatus.*

D. Esmeralda revirou os olhos, mas não disse nada.

Ri com a pilhéria sobre frei Giuseppe, mas, ao mesmo tempo, recordei uma frase que ele tinha usado em nossa última aula, para nos ensinar o caso dativo. *Deò et homnibus peccavit.*

Ele pecou contra Deus e os homens.

Pensei nos olhos marmóreos de Robert, fixados em mim. *Eu queria ter certeza de que eles estavam ouvindo.*

Ao chegarmos ao quarto das crianças, a camareira ajudou Esmeralda a tirar cuidadosamente nossas roupas de festa, enquanto nos remexíamos com impaciência. Depois, fomos vestidos em roupas menos restritivas — um vestido folgado e austero para mim, uma túnica simples e calções para Afonso.

A porta do quarto se abriu e nós nos voltamos, vendo entrar nossa mãe, Sra. Trusia, acompanhada por sua dama de companhia, D. Elena, uma nobre espanhola. Esta havia trazido seu filho, nosso parceiro favorito de brincadeiras: Arturo, um diabrete ossudo de pernas e braços compridos, que se destacava nas corridas e nas subidas em árvores, esportes que eu apreciava. Mamãe havia trocado seu traje negro formal por um vestido amarelo pálido; ao olhar para seu rosto sorridente, pensei no sol napolitano.

— Crianças — anunciou ela. — Tenho uma surpresa. Vamos fazer um piquenique.

Afonso e eu soltamos gritos de aprovação. Cada um segurou uma das mãos macias de Sra. Trusia. Ela nos conduziu para fora do quarto e pelos corredores do castelo, com D. Elena e Arturo atrás.

Antes de chegarmos à liberdade, porém, tivemos um encontro infausto.

Cruzamos com meu pai. Sob o bigode preto-azulado, seus lábios exibiam uma soturna determinação, e seu cenho estava franzido. Depreendi que ele se dirigia ao quarto das crianças para me infligir meu castigo. Dadas as circunstâncias do momento, também pude adivinhar qual seria a punição.

Paramos abruptamente.

— Alteza — disse minha mãe, com meiguice, e fez uma mesura. D. Elena a acompanhou.

Ele respondeu ao cumprimento de Trusia com uma pergunta seca:

— Para onde vão?

— Vou levar as crianças a um piquenique.

O olhar do duque percorreu ligeiro o nosso pequeno grupo e pousou em mim. Endireitei os ombros e ergui o queixo, desafiadora, decidida a não dar nenhum sinal de desapontamento ante seu dito seguinte.

— Ela não.

— Mas, Alteza, é feriado...

— *Ela* não. Hoje ela se portou de maneira abominável. É preciso resolver isso de imediato.

Fez uma pausa e lançou sobre minha mãe um olhar que a fez murchar como um botão sob o calor escaldante.

— Agora, vão.

Sra. Trusia e Elena repetiram sua reverência ao duque; minha mãe e Afonso lançaram-me olhares pesarosos, antes de se afastarem.

— Venha — disse meu pai.

Voltamos em silêncio para o quarto das crianças. Ao chegarmos, D. Esmeralda foi convocada para presenciar o discurso formal de meu pai.

— Não deveria ser-me exigido desperdiçar um só instante de minha atenção com uma menina imprestável, sem a menor esperança de ascender ao trono, muito menos com uma criança bastarda.

Ele não havia terminado, mas a forma displicente com que me descartou feriu tanto, que não pude deixar escapar a oportunidade de retaliação.

— Que diferença faz isso? — apressei-me a interromper. — O rei é bastardo, o que faz do senhor o filho de um bastardo.

Ele me esbofeteou com tamanha força que me vieram lágrimas aos olhos, mas me recusei a deixar que corressem. D. Esmeralda teve um pequeno sobressalto quando ele me bateu, mas conseguiu manter o controle.

— Você é incorrigível — disse meu pai. — Mas não posso permitir que continue a desperdiçar meu tempo. Você não merece um minuto de minha atenção. A disciplina deve ser da alçada das amas, não dos príncipes. Já lhe neguei alimento, já a tranquei em seu quarto, mas nada disso contribuiu para acalmá-la. E você já está quase na idade de se casar. Como hei de transformá-la numa moça comportada?

Calou-se e pensou por um bom tempo. Em seguida, vi seus olhos se estreitarem, depois luzirem de compreensão. Um sorriso desdenhoso e frio bailou em seus lábios.

— Tenho-lhe recusado as coisas erradas, não é? Você é uma criança teimosa. É capaz de ficar sem comida ou sem sair por algum tempo, porque, embora *goste* dessas coisas, elas não são o que você mais ama.

Fez um aceno com a cabeça, cada vez mais satisfeito com seu plano.

— Então, é isto que devo fazer. Você não se modificará enquanto não lhe for negado aquilo que você ama acima de tudo.

Senti as primeiras pontadas de um medo real.

— Duas semanas — disse ele, virando-se e se dirigindo a D. Esmeralda. — Ela não deverá ter nenhum contato com o irmão nas próximas duas semanas. Eles não têm permissão para fazer refeições juntos, brincar ou falar um com o outro, não têm nem mesmo permissão para se avistar. O futuro da senhora depende disso. Compreendeu?

— Compreendi, Alteza — respondeu D. Esmeralda, tensa, espremendo os olhos e desviando o olhar. Comecei a gemer.

— O senhor não pode tirar o Afonso de mim!

— Está resolvido.

Na expressão inflexível e desalmada de meu pai, detectei os sinais de prazer. *Filius Patri similis est.* O Filho assemelha-se ao Pai.

Debati-me em busca de razões; as lágrimas que se haviam acumulado na borda de meus olhos corriam agora um perigo verdadeiro de cascatear por minhas faces.

— Mas... mas o Afonso me adora! É *ele* que sairá ferido se não puder me ver, e ele tem sido um bom filho, um filho perfeito. Não é justo! O senhor estará castigando Afonso por uma coisa que ele não fez?

— Que tal, Sancha? — escarneceu meu pai, baixinho. — Que tal se saber responsável por magoar aquele a quem você mais ama?

Olhei para o homem que me dera a vida — aquele que se comprazia tão cruelmente em ferir uma criança. Se eu fosse homem, em vez de uma menina, e se tivesse uma espada, a raiva tomaria conta de mim e eu lhe cortaria a garganta ali mesmo. Naquele instante eu soube o que era sentir um ódio infinito e irreversível por alguém a quem amava irremediavelmente. Senti vontade de magoá-lo como ele me havia magoado, e de me comprazer com isso.

Depois que ele se foi, finalmente chorei; mas, enquanto derramava minhas lágrimas raivosas, jurei que nunca mais permitiria que homem algum, muito menos o duque da Calábria, me fizesse chorar.

Passei as duas semanas seguintes num tormento. Vi apenas os criados. Embora tivesse permissão para brincar do lado de fora, se quisesse, recusei-me a fazê-lo, assim como recusei com petulância quase todas as refeições. Dormi mal e sonhei com a galeria espectral de Fernando I.

Fiquei com o ânimo tão abatido e o comportamento tão difícil, que D. Esmeralda, que nunca havia levantado um dedo contra mim, esbofeteou-me duas vezes, exasperada. Continuei a remoer meu impulso repentino de matar meu pai; aquilo me aterrorizara. Convenci-me de que, sem a influência gentil de Afonso, eu me transformaria numa tirana cruel e meio louca, como o pai e o avô com quem tanto me parecia.

Quando as duas semanas finalmente passaram, agarrei meu irmãozinho e o abracei com uma ferocidade que nos deixou a ambos sem fôlego.

Quando enfim consegui falar, disse-lhe:

— Afonso, temos que fazer um juramento solene de nunca mais nos separarmos. Mesmo quando estivermos casados, teremos que ficar em Nápoles, perto um do outro, porque sem você eu enlouquecerei.

— Eu juro — disse Afonso. — Mas, Sancha, você tem a mente perfeitamente sã. Com ou sem mim, nunca precisará temer a loucura.

Meu lábio inferior tremia quando lhe respondi:

— Sou parecida demais com papai, fria e cruel. Até o vovô disse isso: sou inflexível como ele.

Pela primeira vez, vi uma raiva verdadeira faiscar nos olhos de meu irmão.

— Você é tudo, menos cruel; é gentil e generosa. E o rei está errado. Você não é inflexível, é apenas... teimosa.

— Quero ser como você — retruquei. — Você é a única pessoa que me faz feliz.

Desse momento em diante, nunca mais dei um só motivo para que nosso pai me castigasse.

Final da primavera de 1492

II

Passaram-se pouco mais de três anos. Veio o ano de 1492 e, com ele, um novo papa: Rodrigo Bórgia, que assumiu o nome de Alexandre VI. Fernando estava ansioso por estabelecer boas relações com ele, especialmente uma vez que os pontífices anteriores haviam olhado sem simpatia para a Casa de Aragão.

Afonso e eu ficamos grandes demais para compartilhar o quarto das crianças e nos mudamos para aposentos separados, mas só nos separávamos na hora de dormir e quando a divergência de nossa educação o exigia. Eu estudava poesia e dança, enquanto Afonso aperfeiçoava sua esgrima; nunca discutíamos nossa maior preocupação — o fato de que eu estava com 15 anos, em idade de casar, e logo me mudaria para uma residência diferente. Eu me consolava com a idéia de que Afonso se tornaria grande amigo de meu futuro marido e nos visitaria diariamente.

Por fim, alvoreceu a manhã em que fui chamada à sala do trono. D. Esmeralda não conseguiu esconder inteiramente sua agitação. Vestiu-me com um recatado vestido preto, de corte elegante e seda fina, com um peitilho de brocado de cetim tão apertado, que me deixou com falta de ar.

Ladeada por ela, Sra. Trusia e D. Elena, atravessei o pátio do palácio. O sol era obscurecido por uma neblina densa; ela gotejava sobre nós como uma garoa fina e lenta, que salpicou meu vestido, cobrindo de brumas meu rosto e meu cabelo cuidadosamente penteado.

Chegamos enfim à ala de Fernando. Quando as portas se abriram para a sala do trono, vi meu avô, majestosamente sentado em suas almofadas carmesim; a seu lado postava-se um estranho — um homem de aparência aceitável, de estrutura corpulenta e musculosa. Ao lado dele, meu pai.

O tempo não trouxera melhoras para Afonso, o duque da Calábria. Se tanto, meu pai estava ainda mais temperamental — perverso, na verdade. Nos últimos tempos, havia solicitado um chicote e açoitado uma cozinheira, por lhe servir a sopa fria; batera na pobre mulher até ela desmaiar, de tanto perder sangue. Apenas Fernando conseguira deter sua mão. Também havia despedido de casa um criado idoso, em meio a muitos xingamentos e gritos, por não polir adequadamente suas botas. Para citar meu avô, "Onde quer que vá meu filho primogênito, o sol se retira de medo para trás das nuvens".

O rosto dele, embora ainda belo, era um retrato de sofrimento: os lábios se contorciam com uma raiva indiscriminada e mal reprimida, os olhos exalavam uma infelicidade que ele se deleitava em compartilhar. Já não suportava o som do riso das crianças; Afonso e eu tínhamos instruções de guardar silêncio em sua presença. Um dia, distraí-me e soltei um risinho. Ele estendeu a mão e me bateu com tal força, que tropecei e quase caí. Não foi tanto o golpe que doeu, mas o reconhecimento de que ele nunca havia erguido a mão contra nenhum dos outros filhos — apenas contra mim.

Uma vez, julgando-me entretida com alguma coisa, Trusia confidenciou a Esmeralda que, uma noite, fora aos aposentos de meu pai e os encontrara em completa escuridão. Quando tateava à procura de uma vela, a voz de meu pai emergira das trevas: "Deixe como está." Quando mamãe se dirigira à porta, ele havia ordenado: "Sente-se!" E assim, ela fora obrigada a sentar no chão diante dele. E quando ia começando a falar, com sua voz suave e meiga, ele havia gritado: "Cale-se!"

Meu pai só queria o silêncio e a escuridão, e saber que ela estava ali.

Fiz uma reverência graciosa diante do rei, cônscia de que cada gesto meu era avaliado pelo estranho de aparência comum e cabelos castanhos ao lado do trono. Já então eu era uma mulher, e havia aprendido a canalizar toda a minha teimosia e travessura infantis para um sentimento de orgulho. Outros talvez o chamassem de arrogância, mas, desde o dia em que meu pai me havia magoado, eu jurara nunca deixar transparecer a mágoa nem qualquer sinal de fraqueza. Vivia perpetuamente empertigada, inabalável, forte.

— Princesa Sancha de Aragão — disse Fernando, formalmente. — Este é o conde Onorato Caetani, um nobre de bom caráter. Ele pediu sua mão em casamento, e seu pai e eu a concedemos.

Baixei o rosto com recato e, sob as pálpebras descidas, dei uma segunda espiada no conde. Um homem comum, de umas trinta primaveras, e apenas conde — e eu, uma princesa. Eu me havia preparado para deixar Afonso por um marido, mas não tão medíocre quanto aquele. Fiquei perturbada demais para que uma resposta apropriada e graciosa me viesse prontamente à boca. Por sorte, Onorato falou primeiro.

— Vossa Majestade mentiu para mim — disse ele, em voz clara e grave.

Fernando virou-se de imediato, surpreso; meu pai fez um ar de quem se dispunha a estrangular o conde. Os cortesãos do rei prenderam o fôlego ante sua audácia, até que ele voltou a falar.

— Vossa Majestade me disse que sua neta era encantadora. Mas essa palavra não faz justiça à belíssima criatura que está diante de nós. Eu me havia considerado afortunado por receber a mão de uma princesa do reino; não me dera conta de que também estaria recebendo a mais preciosa obra de arte de Nápoles.

Levou a mão ao peito e em seguida a estendeu, olhando-me nos olhos.

— Alteza — disse. — Meu coração é seu. Rogo-lhe que aceite um humilde presente, se bem que seja indigno de Vossa Alteza.

Talvez, pensei com meus botões, *esse tal de Caetani não seja tão mau marido, afinal.*

Onorato, como fiquei sabendo, era riquíssimo, e continuou a discorrer sem rodeios sobre minha beleza. Seus modos com Afonso eram calorosos e joviais, e não tive dúvida de que ele acolheria meu irmão de bom grado em nossa casa, sempre que eu o desejasse. À medida que nossa corte avançou rapidamente, ele me surpreendeu com presentes. Certa manhã, quando estávamos na sacada, olhando para a baía serena e cristalina, ele se aproximou como quem fosse me abraçar e, em vez disso, passou um colar sobre minha cabeça.

Recuei, ansiosa por examinar essa nova quinquilharia — e descobri, pendendo de uma corrente de cetim, um rubi lapidado cujo tamanho era a metade de meu punho.

— Para o fogo de sua alma — disse ele, e me beijou. Qualquer resistência que ainda restasse em meu coração derreteu-se naquele momento. Eu já vira muita riqueza, e tomara por certa a sua presença constante por tempo demais para me impressionar com aquela jóia. Mas não se tratava da jóia, e sim do gesto.

Gostei de meu primeiro abraço. A barba castanho-dourada e bem aparada de Onorato acariciou-me o rosto de forma agradável, e recendia a água-de-alecrim e a vinho, e fui receptiva à paixão com que ele comprimiu seu corpo forte contra o meu.

Ele sabia agradar uma mulher. Estávamos noivos, portanto era de esperar que cedêssemos ao apelo da natureza quando ficássemos a sós. Após um mês de corte, foi o que fizemos. Ele encontrou com habilidade o caminho por baixo de minha sobre-saia, meu vestido e minha camisa. Usou primeiro os dedos, depois o polegar, deslizando-o por entre minhas pernas, e friccionou um ponto que me deixou muito surpresa com minha própria reação. E assim o fez até eu ser levada a um espasmo do mais assombroso deleite; em seguida, mostrou-me como obsequiá-lo. Não senti embaraço nem vergonha; na verdade, decidi que aquela era realmente uma das maiores alegrias da vida. Minha confiança nos ensinamentos dos padres enfraqueceu-se. Como podia alguém considerar pecado tamanho milagre?

Esse comportamento ocorreu em diversas ocasiões, até que, por fim, ele me montou e se introduziu; preparada, não senti dor, apenas prazer, e, depois de se esvaziar em mim, ele tomou o cuidado de também me levar ao gozo. Fiquei tão encantada com esse ato e o pedia com tamanha freqüência, que Onorato punha-se a rir e me chamava de insaciável.

Imagino que eu não fosse a única adolescente a confundir lascívia com amor, mas fiquei tão enlevada com meu futuro marido que, nos últimos dias do verão, por capricho, fui visitar uma mulher que era conhecida por adivinhar o futuro. Uma *strega*, como a chamava o povo, uma feiticeira, mas uma mulher que, embora impusesse respeito e certa dose de medo, nunca fora acusada de nenhum mal e, vez por outra, fazia o bem.

Ladeada por dois cavaleiros, para assegurar minha proteção, parti do Castel Nuovo numa carruagem aberta, com minhas três damas de companhia favoritas: D. Esmeralda, que era viúva, D. Maria, casada, e D. Inez, uma jovem virgem. D. Maria e eu pilheriamos sobre o ato amoroso e rimos ao longo de todo o trajeto, enquanto D. Esmeralda franzia os lábios ante aquela conversa escandalosa. Passamos sob o cintilante e alvo Arco do Triunfo do Castel Nuovo, que tinha por cenário, em terra, o Pico do Falcão, o *Pizzofalcone*. O ar estava úmido e fresco e cheirava a maresia; o sol, totalmente descoberto, era quente. Nosso percurso passou pelo porto, ao longo do litoral da baía de Nápoles, onde a água brilhava tão azul, refletindo o céu, que o horizonte entre os dois se confundia. Rumamos para o monte Vesúvio, a leste. Atrás de nós, a oeste, a fortaleza do Castel dell'Ovo montava guarda junto ao mar.

Em vez de passar pelos portões da cidade e despertar a atenção dos plebeus, orientei o cocheiro a nos conduzir pela armaria, com seus enormes canhões, e depois a acompanhar as antigas muralhas angevinas da cidade, que eram paralelas à costa.

Eu estava aturdida de amor, tão zonza de felicidade, que minha Nápoles natal pareceu-me ainda mais bela do que nunca, com o sol a se refletir nos castelos brancos e nas residências menores de estuque construídas nas ladeiras. Embora a data das núpcias ainda não tivesse sido marcada, eu já sonhava com o dia de meu casamento, comigo mesma como a senhora da casa de meu marido, sorrindo-lhe a uma mesa cercada de convivas, e com os filhos que viriam e chamariam por seu tio Afonso. Isso era tudo o que eu pretendia da *strega* — que ela confirmasse meus desejos, que me dissesse os nomes de meus filhos, que desse a mim e a minhas damas de companhia algo novo sobre o qual rir e mexericar. Eu estava feliz, porque Onorato parecia ser um homem bondoso e agradável. Longe de Fernando e de meu pai, na companhia de Onorato e meu irmão, eu nunca me tornaria igual aos homens com quem tanto me parecia, mas sim aos homens a quem amava.

Em meio a meus risinhos pueris, meus olhos avistaram o Vesúvio, destruidor de civilizações. Maciço, sereno, violeta-acinzentado contra o céu, ele sempre me parecera benevolente e belo. Nesse dia, porém, a sombra que ele lançava adensou-se à medida que nos aproximávamos.

Uma friagem mais intensa perpassou a brisa. Calei-me; o mesmo fizeram minhas companheiras, cada qual a seu turno. Afastamo-nos com um ribombar surdo da cidade propriamente dita, passando por vinhedos e olivais, até entrar numa região de colinas suavemente onduladas.

Ao chegarmos à casa da *strega* — uma ruína encostada numa caverna —, a sombra nos envolvera. Um dos guardas apeou e anunciou minha chegada com um grito, à porta aberta da entrada, enquanto o outro ajudava a mim e a minhas acompanhantes a descer da carruagem. Havia galinhas espalhadas; um burro amarrado a uma viga da varanda zurrou.

Lá de dentro, uma voz de mulher gritou:

— Mande-a entrar.

Para minha surpresa, era uma voz forte, não frágil e fina, como eu havia imaginado.

Minhas damas de companhia abafaram uma exclamação. Indignado, o primeiro guarda desembainhou a espada e pisou no umbral da casa-caverna.

— Bruxa insolente! Saia e peça perdão a Sua Alteza, a princesa Sancha de Aragão! Você há de recebê-la como convém.

Fiz um gesto para que o guarda abaixasse a espada e passei a seu lado. Por mais que tentasse, não enxerguei nada senão sombras além da porta.

A mulher tornou a falar, sem ser vista.

— Ela deve entrar sozinha.

Mais uma vez, o homem ergueu instintivamente a espada e deu um passo à frente; levantei um braço no ar, à altura de seu peito, para detê-lo. Um estranho pavor apoderou-se de mim, um formigar da pele na nuca, mas ordenei calmamente:

— Volte para a carruagem e espere por mim. Entrarei desacompanhada.

Ele espremeu os olhos de desaprovação, mas eu era filha do futuro rei e o guarda não se atreveu a me contradizer. Atrás de mim, as damas de companhia murmuraram, desoladas, mas eu as ignorei e entrei na caverna da *strega*.

Era impensável uma princesa ir sozinha aonde quer que fosse. Em todas as ocasiões, eu era acompanhada por minhas damas de companhia ou por guardas, exceto nos raros momentos em que me encontrava com Onorato a sós — e ele era um nobre, conhecido de minha família. Eu comia na presença de meus familiares e das damas de companhia, dormia acompanhada por estas; quando pequena, havia dividido a cama com Afonso. Não sabia o que significava estar só.

Não obstante, o presunçoso pedido da *strega* não me ofendeu. Talvez eu compreendesse, instintivamente, que suas notícias não seriam boas, e desejasse que apenas meus ouvidos as recebessem.

Lembro-me do que eu usava nesse dia: um tabardo de veludo azul-escuro, pois fazia frio, e, embaixo dele, um peitilho e uma anágua de seda de um pálido azul-acinzentado, com debruns de fita prateada, coberta por uma sobre-saia fendida do mesmo veludo azul do tabardo. Segurei as abas de minha roupa da melhor maneira que pude, respirei fundo e entrei na casa da vidente.

Vi-me tomada por uma sensação opressiva. Eu nunca estivera dentro da casa de um camponês, por certo nunca numa moradia tão lúgubre como aquela. O teto era baixo, as paredes, meio desabadas e manchadas de sujeira; o piso era sórdido e cheirava a excremento de galinha — o que prenunciava a destruição de minhas sapatilhas de seda e minhas bainhas. A casa inteira compunha-se de um cômodo minúsculo, iluminado apenas pelo sol que se filtrava pelas janelas sem venezianas. O mobiliário consistia em uma mesa pequena e tosca, uma banqueta, uma botija, uma lareira com um caldeirão e uma pilha de feno num canto.

Mas não havia ninguém lá dentro.

— Entre — disse a *strega*, com uma voz bela e melodiosa como a das sereias de Ulisses. Foi então que a vi: de pé num canto distante e ensombrecido da cabana, numa pequena passagem em arco atrás da qual tudo eram trevas. Vestia-se inteiramente de preto, com o rosto escondido por um véu escuro. Era alta para uma mulher, empertigada e esbelta, e ergueu um dos braços num aceno de graça singular.

Segui-a, por demais fascinada para reparar na falta da devida cortesia para com um membro da realeza. Eu havia esperado uma velha corcunda e sem dentes, não aquela mulher que se movia como se ela própria fosse uma nobre da mais alta estirpe. Cruzei a passagem escura e, quando a vidente e eu saímos do outro lado, estávamos numa caverna com um teto vasto e alto. O ar era úmido, o que me deixou grata pelo calor de meu tabardo; ali não havia lareira nem lugar para uma fogueira. Na parede estava uma tocha solitária — um trapo embebido de azeite —, que mal fornecia luz suficiente para que eu encontrasse o caminho. A feiticeira deteve-se por um instante junto à tocha, para acender uma lamparina, e seguiu adiante, passando por uma cama de plumas adornada de veludo verde, uma bela poltrona estofada e um oratório em que havia uma grande estátua colorida da Virgem Maria, num altar enfeitado com flores silvestres.

Ela fez um gesto para que eu me sentasse a uma mesa muito mais confortável que a do cômodo externo. Estava coberta por um grande quadrado de seda preta. Sentei-me numa cadeira de madeira sólida — delicadamente criada por um artesão, não feita para um plebeu — e espalhei com cuidado minhas saias. A *strega* pôs a lamparina a óleo a nosso lado e se sentou em frente a mim. Seu rosto continuava coberto pela gaze preta, mas, de certo modo, pude discernir seus traços. Ela era uma matrona de uns 40 anos, de cabelos escuros e tez morena; a idade não apagara sua beleza. Pôs-se a falar, revelando as belas curvas formadas pelo arco do lábio superior e pela fartura atraente do inferior.

— Sancha — disse. Era uma familiaridade das mais insultuosas, dirigir-se a mim sem usar meu título, falar sem que eu primeiro lhe dirigisse a palavra, sentar-se sem permissão, sem se ajoelhar. No entanto, senti-me envaidecida; ela pronunciou meu nome como se fosse uma carícia. Não falava comigo, mas soltava meu nome no éter, sentindo as emanações que ele produzia. Saboreou-o, provou-o, com o rosto inclinado para cima, como quem observasse o som desfazer-se no ar.

Em seguida, baixou os olhos para mim; sob o véu, os olhos cor de âmbar refletiram a luz da lamparina.

— Alteza — dirigiu-se finalmente a mim —, Vossa Alteza veio indagar algo sobre seu futuro.

— Sim — respondi, ansiosa.

Ela fez um único e grave aceno com a cabeça. De um compartimento sob a mesa, retirou um baralho. Pôs as cartas sobre a seda preta que nos separava, apoiou sobre elas as palmas das mãos e rezou baixinho, numa língua que não compreendi; com um gesto experiente, espalhou-as em leque.

— Jovem Sancha. Escolha seu destino.

Senti uma mescla de euforia e medo. Olhei para as cartas com apreensão, movi a mão insegura sobre elas, e então toquei numa com o indicador, e o retirei como se o houvesse queimado.

Eu não queria aquela carta — mas sabia que o destino a escolhera para mim. Deixei minha mão vacilar por mais alguns instantes sobre o leque inteiro e, em seguida, cedi, puxei a carta do baralho e a desvirei.

A visão da carta encheu-me de pavor: tive vontade de fechar os olhos, apagar a imagem, mas não consegui desviar o olhar. Era um coração transpassado por duas lâminas, que juntas formavam um grande X prateado.

A feiticeira olhou calmamente para a carta.

— O coração atravessado por duas espadas.

Comecei a tremer.

Ela pegou a carta, juntou o baralho e o devolveu a seu esconderijo embaixo da mesa.

— Dê-me a palma de sua mão — disse. — Não, a esquerda; é a mais próxima do seu coração.

Segurou minha mão entre as suas. Seu toque era muito quente, a despeito da friagem, e comecei a relaxar. Ela cantarolou baixinho uma melodia suave, com o olhar fixo em minha palma por algum tempo.

Súbito, empertigou-se, ainda segurando minha mão, e me fitou diretamente nos olhos.

— A maioria dos homens é predominantemente boa, ou predominantemente má, mas você tem dentro de si o poder de ambos. Quer falar-me de coisas insignificantes, de casamento e filhos. Falo-lhe agora de coisas muito maiores. É que em suas mãos está o destino de homens e nações. Essas armas que você tem dentro de si, o bem e o mal, deverão ser ambas manejadas, e no momento oportuno, pois alterarão o curso dos acontecimentos.

Enquanto ela falava, fui tomada por imagens aterradoras: meu pai, sentado sozinho no escuro. O velho Fernando, sussurrando nos ouvidos ressequidos dos angevinos de seu museu, fitando-os nos olhos desprovidos de visão... e o rosto dele, sua forma, transformou-se e se converteu no meu. Vi-me na ponta dos pés, com a carne rija encostada no couro mumificado, sussurrando...

Pensei no instante em que havia ansiado por uma espada, para que pudesse cortar a garganta de meu pai. Eu não queria o poder. Temia o que viesse a fazer com ele.

— Jamais recorrerei ao mal! — protestei.

Houve um toque de aspereza na voz dela.

— Nesse caso, condenará à morte aqueles a quem mais ama.

Recusei-me a admitir aquela afirmação apavorante. Em vez disso, agarrei-me a meu sonhozinho ingênuo.

— Mas, e o casamento? Serei feliz com meu marido, Onorato?

— Você jamais se casará com seu Onorato.

Ao ver meu lábio tremendo, acrescentou:

— Casará com o filho do homem mais poderoso da Itália.

Meu cérebro acelerou-se. Com quem, então? A Itália não tinha rei; as terras eram divididas em incontáveis facções, e nenhum homem detinha o poder sobre todas as cidades-Estado. Veneza? Milão? A Florença sem rival? Parecia improvável que houvesse alianças entre aqueles Estados e Nápoles...

— Mas eu o amarei? — insisti. — Teremos muitos filhos?

— Não para ambas as perguntas — respondeu ela, com uma veemência que se aproximou da ferocidade. — Tome muito cuidado, Sancha, ou seu coração destruirá tudo aquilo que você ama.

Voltei para o castelo em silêncio, enregelada, imobilizada pelo choque como uma vítima apanhada desprevenida, soterrada num átimo pelas cinzas do Vesúvio.

Final do verão de 1492 – Inverno de 1494

III

Uma semana depois de minha visita à *strega*, fui convocada, quando tomava o desjejum, para uma audiência com o rei. A ordem urgente chegou com tamanha surpresa, que D. Esmeralda me vestiu às pressas — embora eu insistisse em usar o rubi de Onorato no pescoço, como um toque de grandeza a despeito de meu desalinho — e nos apresentamos sozinhas diante de meu avô. O sol nascente filtrava-se pelas janelas em arco, nos dois lados do trono em que se sentava Fernando; o efeito no piso de mármore era tão deslumbrante que só vi meu pai quando ele deu um passo à frente. Apenas ele acompanhava o rei; no mais, o vasto aposento estava deserto.

Nos últimos tempos, a saúde de Fernando I vinha fraquejando, e sua tez, normalmente corada, havia assumido um matiz carmesim escuro, o que o deixava em péssimo estado de espírito. Nessa manhã, porém, ele sorriu quando lhe fiz uma reverência.

— Sancha, tenho esplêndidas notícias — disse. Suas palavras ecoaram no teto abobadado. — Você sabe que seu pai e eu vimos tentando, faz algum tempo, fortalecer os laços de Nápoles com o papado...

Eu sabia. Desde a infância me diziam que o papado era nossa melhor proteção contra os franceses, que nunca haviam perdoado meu bisavô por derrotar Carlos de Anjou.

— O problema era que Sua Santidade, o papa Alexandre, havia consagrado os dois filhos ao sacerdócio... hmm, como é o nome deles? — indagou Fernando, franzindo o sobrolho e se voltando para meu pai. Eu os sabia, antes mesmo que o duque tivesse chance de responder; sabia até o nome de batismo do papa, que, antes de sua eleição, tinha sido o cardeal Rodrigo Bórgia.

— César, de 16 anos, e Jofre, de 11.

— Sim, César e Jofre.

A expressão do rei abrandou-se.

— Bem, finalmente conseguimos convencer Sua Santidade de que seria prudente ele estabelecer um vínculo com Nápoles — e sorriu, orgulhoso. — Você está noiva do filho do papa.

Empalideci; meus lábios se separaram. Enquanto eu lutava para me controlar, meu pai comentou, com cruel satisfação:

— Ela está aborrecida. Acha que tem sentimentos pelo tal de Caetani.

— Sancha, Sancha — disse meu avô, não sem gentileza. — Já informamos Caetani sobre as providências; na verdade, já lhe arranjamos uma esposa adequada. Mas você deve fazer o que for melhor para a Coroa. E essa é uma união infinitamente melhor. Os Bórgia são mais ricos do que qualquer coisa que você já tenha visto. E, melhor do que tudo, o contrato matrimonial estipula que vocês dois residirão em Nápoles.

Deu-me uma pequena piscadela, para mostrar que fizera isso em meu benefício; não se havia esquecido de meu apego a Afonso.

Encarei meu pai, com meu profundo sofrimento jorrando em fúria.

— Foi o *senhor* quem fez isso — acusei-o —, porque sabia que eu amava Onorato. Não suportou ver-me feliz. Não me casarei com o seu César Bórgia; eu cuspo nesse nome.

Com uma graciosidade nascida da ira, Fernando pôs-se de pé com a rapidez de um falcão que mergulhasse sobre sua presa.

— Sancha de Aragão! Você não se dirigirá ao duque da Calábria nesse tom!

Com o rosto esfogueado, baixei a cabeça e fuzilei o piso com o olhar. Meu pai estava rindo.

— Cuspa no nome de César Bórgia o quanto lhe aprouver — disse ele. — Você se casará com o mais novo, Jofre.

Incapaz de me conter, disparei da sala real do trono e retornei a meus aposentos. Tão rápidos foram os meus passos que D. Esmeralda, que me aguardava do lado de fora, ficou para trás.

Era essa mesmo a minha intenção, pois, quando cheguei à sacada em que Onorato me presenteara com o rubi, arranquei a enorme pedra do pescoço. Segurei-a brevemente contra o céu; por um instante, meu mundo ficou banhado em vermelho.

Fechei o punho sobre a jóia e a atirei na plácida baía.

Atrás de mim, D. Esmeralda soltou um grito de puro horror.

— Senhora!

Não me importei. Imperiosa, atormentada, afastei-me. Só conseguia pensar em Onorato, que concordara com tanta presteza em aceitar uma noiva diferente. Eu me permitira amá-lo, confiar em outro homem além de meu irmão — e, no entanto, meu coração não tinha importância para ele, para Fernando ou para meu pai. Para eles, eu era um bem móvel, um peão a ser usado na obtenção de vantagens políticas.

Só ao chegar a meu quarto e expulsar todas as damas de companhia me atirei sobre os travesseiros. Mas não me permiti chorar.

Afonso veio assim que se livrou de suas aulas. D. Esmeralda o deixou entrar em silêncio, sabendo que só ele tinha a capacidade de me tranqüilizar. Mal-humorada e cheia de autocomiseração, eu estava deitada de frente para a parede.

No instante em que senti a mão delicada de Afonso em meu ombro, virei-me.

Ele ainda era um menino de 12 anos, mas já exibia os sinais da aproximação da idade adulta. Nos três anos e meio anteriores, havia espichado quase dois palmos; agora, era um pouco mais alto que eu. Sua voz não mudara por completo, mas havia perdido todos os vestígios do falsete infantil. Seu rosto já revelava uma mescla do que havia de melhor nas feições de seu pai e sua mãe; ele se transformaria num homem de notável beleza.

Apesar de estar mais exposto a nosso pai e aos estudos da política, ele ainda tinha os olhos meigos, intocados pelo egoísmo ou pela malícia. Fitei-os.

— O dever é uma coisa difícil — disse ele, baixinho. — Sinto muitíssimo, Sancha.

— Eu amo Onorato — murmurei.

— Eu sei. Não há nada que se possa fazer. O rei tomou sua decisão. E tem razão em julgar que isso é vantajoso para Nápoles.

De algum modo, ouvir essas palavras dos lábios de meu irmão não era tão doloroso quanto ouvi-las de Fernando. Afonso só me dizia a verdade, e de forma amorosa. Ele fez uma pausa.

— Eles não fizeram isso para magoá-la intencionalmente, Sancha.

Portanto, minha explosão acalorada contra meu pai não era segredo. Franzi o cenho, repleta demais de rancor para concordar com esta última afirmação.

— Mas Jofre Bórgia tem apenas *11 anos*, Afonso! É uma *criança*!

— É só um ano mais novo do que eu — retorquiu Afonso, em tom leve. — Ele *vai* crescer.

— Onorato era um *homem*. Sabia como tratar uma mulher.

Meu irmãozinho enrubesceu; suponho que lhe fosse incômodo imaginar-me no abraço nupcial. Mas ele se recompôs e respondeu:

— Jofre talvez seja jovem, mas pode ser ensinado. E, ao que saibamos, é possível que seja muito atraente. Talvez você o aprecie. Com certeza farei tudo que estiver a meu alcance para travar amizade com ele.

Dei um riso de mofa.

— Como é possível que eu goste dele? Ele é um Bórgia!

Seu pai, Rodrigo Bórgia, supostamente chegara ao cargo de pontífice não pela devoção, mas por meio de astúcia e subornos. Comentava-se que seus esforços para comprar o papado tinham sido tão flagrantes que, logo depois de sua eleição, alguns membros do Colégio de Cardeais haviam exigido uma investigação. Misteriosamente, as objeções cardinalícias não haviam tardado a cessar, e o homem que se batizara de papa Alexandre VI desfrutava agora do pleno apoio do Colégio. Dizia-se até que Rodrigo tinha envenenado seu concorrente mais provável à tiara papal: seu próprio irmão.

Afonso fitou-me com ar sombrio.

— Nunca vimos os Bórgia, de modo que não podemos julgá-los. E, mesmo que todos os boatos a respeito de Sua Santidade sejam verdadeiros, você não está sendo justa com Jofre. Os filhos nem sempre são iguais aos pais.

Esta última afirmação silenciou minhas objeções. Ainda assim, tive que perguntar, no tom mais doloroso:

— Por que precisa haver casamentos? Eles só fazem afastar-nos daqueles a quem amamos.

No entanto, pelo bem de Afonso, jurei a mim mesma que não seria egoísta. Tentaria ser como ele — corajosa e boa, e disposta a fazer o que fosse melhor pelo reino.

Passaram-se muitos meses, e veio 1493. Quanto mais eu pensava no casamento com um Bórgia, mais preocupada ficava. O rei Fernando podia insistir em que Jofre e eu mantivéssemos uma casa em Nápoles, e podia até registrar esse acordo por escrito. Mas a palavra de um papa tinha mais autoridade que a de um rei. E se Alexandre mudasse de idéia e chamasse seu filho de volta a Roma? E se exigisse um reino separado para Jofre, em outro lugar? Eu seria obrigada a acompanhar meu marido. Somente um marido napolitano poderia convir-me, alguém que nunca tivesse motivo para me afastar de minha cidade natal.

Desde o dia em que eu havia descoberto as múmias de olhar enviesado de Fernando, minha fé religiosa tinha sido hesitante, morna. Nesse momento, abracei-a com todas as forças, num teste desesperado. Certa manhã, pedi uma carruagem particular e saí sorrateiramente, acompanhada por um único guarda e um cocheiro.

Dirigi-me ao Duomo, assustando os fiéis perdidos lá dentro, os quais foram abruptamente escoltados para fora em bando por meu guarda.

Diante do altar em que havia ocorrido o milagre, ajoelhei-me. Ali, com toda a sinceridade, rezei para São Januário. Roguei-lhe que me livrasse de meu noivado com Jofre Bórgia, que me encontrasse um bom marido napolitano. Juntos, prometi, nós doaríamos polpudas somas para a manutenção do Duomo e para a assistência aos pobres de Nápoles.

Ao voltar ao castelo, solicitei e recebi um quadro com a imagem do santo. Em meu quarto, erigi um pequeno oratório para São Januário, onde passei a repetir minha promessa pela manhã e à noite. Uma vez por semana, eu providenciava uma excursão privada ao Duomo. Esmeralda ficou satisfeita.

Que bom, diziam todos, *que ela está se acalmando e se tornando devota. Decerto é porque vai casar-se com o filho do papa no ano que vem.*

. . .

Continuei minhas devoções regulares e lutei para não desanimar. O simples ato de orar trazia consigo uma paz temporária, e eu me descobri aumentando meu pedido egoísta original. Rezei pela saúde permanente de Afonso, de minha mãe e de D. Esmeralda; pedi que a saúde fosse restituída ao velho Fernando, que andava abatido. Rezei até por um milagre tão grande que não me atrevia a acreditar em sua possibilidade: que o coração de meu pai se abrisse, que ele pudesse tornar-se feliz e bondoso.

Num fim de tarde no verão, um fidalgo da Casa Real veio buscar-me para me conduzir aos aposentos de Fernando. Fiquei confusa; busquei apoio em D. Esmeralda. Nos últimos tempos, eu não fizera nada que pudesse desagradar os mais velhos; no mínimo, tinha-me comportado com circunspecção. Na verdade, segurava nas mãos uma tradução latina dos Provérbios; antes que o fidalgo chegasse, havia acabado de ler o último deles:

Uma mulher forte, quem há de encontrá-la?
O seu valor em muito excede o das pérolas.
O coração de seu marido confia nela
E não necessitará de despojos.
Ela lhe trará o bem, e não o mal,
Em todos os dias de sua vida.

São Januário, eu havia orado, *concedei-me a graça pedida e eu me tornarei assim.*

Eu trajava o vestido preto de mangas fartas das nobres sulistas; não havia usado nenhuma cor desde o anúncio de meu segundo noivado. Antes de sair, guardei o livrinho, apalpei o pequeno crucifixo de ouro em meu pescoço e segui o ajudante do rei. Esmeralda caminhou junto a mim.

A porta da sala do trono estava escancarada e o aposento em si, deserto. Mas, ao atravessar o piso de mármore, ouvi sons de agitação e raiva que vinham do gabinete do rei.

O fidalgo abriu essa porta e nos fez entrar.

Fernando I sentava-se à sua escrivaninha, com o rosto francamente escarlate, em contraste com a barba branca. A rainha Joana estava sentada a seu lado, tentando acalmá-lo, só vez por outra conseguindo agarrar-lhe uma das mãos, que gesticulavam freneticamente, e afagá-la, no esforço de tranqüilizar o monarca. Seus murmúrios eram abafados pelos gritos de meu avô. Ao lado dos dois postava-se meu pai, com seu ar sinistro.

— Romano filho de uma porca! — exclamou Fernando, que me viu e, à guisa de explicação, apontou para uma carta sobre a escrivaninha. — O bastardo nomeou seu novo Colégio de Cardeais. Nem uma alma de Nápoles entre eles, apesar de termos diversos candidatos qualificados! *E* ele nomeou dois franceses. Está zombando de mim! — e deu com o punho na escrivaninha; Joana tentou agarrá-lo, mas o rei afastou a mão. — Aquele mentiroso, filho de uma cadela, está zombando de mim!

De repente, Fernando inspirou com um chiado e levou uma das mãos à testa, como se estivesse tonto.

— Você precisa acalmar-se — disse Joana, com uma firmeza atípica —, senão mando chamar o médico.

Fernando fez uma pequena pausa e se obrigou a espaçar mais lentamente a respiração. Quando tornou a falar, foi em tom mais resoluto.

— Farei melhor do que isso — afirmou, e olhou para mim. — Sancha, não permitirei que o casamento se realize enquanto essa situação não for corrigida. Não permitirei que uma princesa do reino se case com o filho de um homem que zomba de nós — e fuzilou com os olhos a carta sobre a escrivaninha. — É preciso ensinar a Alexandre que ele não pode estender-nos uma das mãos e trair-nos com a outra.

Meu avô não tinha esquecido o crime cometido contra ele, décadas antes, pelo tio de Alexandre, Alonso, também conhecido como o papa Calisto III. Calisto, reprovando a idéia de que um plebeu ilegítimo como Fernando se apossasse do trono de Nápoles, havia apoiado os angevinos.

Por mais que necessitasse desesperadamente do apoio do novo pontífice, Fernando nunca havia perdoado inteiramente os Bórgia.

O tom de meu pai foi urgente.

— Vossa Majestade está cometendo um grave erro. Alguns dos cardeais são idosos. Não tardarão a morrer, e então poderemos pressionar para que sejam substituídos por napolitanos leais. Mas o fato de os franceses terem agora uma voz no Vaticano torna ainda mais imperativa uma ligação com o papado.

Fernando voltou-se para ele e, com a franqueza nascida da saúde precária e da velhice, declarou:

— Você sempre foi um covarde, Afonso. Jamais gostei de você.

Seguiu-se um silêncio desagradável. Por fim, meu pai tornou a me olhar e disse em tom áspero:

— É só. Retire-se, então.

Fiz uma mesura e saí, antes que deixasse transparecer minha alegria com um sorriso.

Durante quatro meses, do início do outono até o auge do inverno, senti-me em estado de graça. Acrescentei palavras de agradecimento a minhas preces diárias. São Januário, eu estava convencida, havia decidido que meu comportamento devoto granjeava-me o direito de permanecer ao lado de meu irmão.

E então ocorreu algo que todos esperavam, menos eu.

O inverno e o verão em Nápoles costumam ser amenos, mas, numa rara noite do fim de janeiro de 1494, fez um frio tão intenso que chamei D. Esmeralda e outra dama de companhia para dormirem em minha cama. Fizemos uma pilha alta de cobertores de pele, mas continuamos a tiritar.

Dormi um sono agitado, por causa do frio; ou talvez intuísse a chegada da desgraça, pois não fiquei tão surpresa quanto deveria ao ouvir uma batida forte na porta de minha antecâmara. Uma voz masculina chamou:

— Alteza! Alteza, é urgente!

D. Esmeralda levantou-se. Iluminadas pela lareira, as suaves curvas descendentes de seu corpo, cobertas por uma camisola branca de lã, assumiram um brilho coral. Trêmula de frio, ela prendeu uma colcha de pele sobre o corpo; uma única trança espessa caía-lhe sobre o ombro, passava pelo seio e descia até abaixo da cintura grossa. Sua expressão era alarmada. Uma interrupção numa hora daquelas não podia trazer boas notícias.

Levantei-me da cama e acendi uma vela, enquanto, na antecâmara, vozes abafadas murmuravam. Esmeralda voltou quase de imediato; tinha a expressão tão abalada que, antes mesmo que falasse, eu soube o que iria dizer.

— Sua Majestade está gravemente enfermo. Mandou chamá-la.

Não havia tempo para me vestir adequadamente. D. Esmeralda pegou um tabardo de lã preta e o segurou atrás de mim, enquanto eu enfiava os braços pelas aberturas, depois puxou para a frente a peça folgada e a prendeu em meu seio com um broche. Aquilo, por cima de meu camisolão de seda, teria que bastar. Esperei enquanto ela me enrolava a trança na nuca e a prendia com um grampo.

Saí do quarto e acompanhei o jovem guarda de rosto sombrio, que segurava uma lanterna para nos iluminar o caminho. Em silêncio, ele me conduziu ao quarto do rei.

A porta estava escancarada. Embora fosse noite e as cortinas pesadas estivessem fechadas, o aposento estava mais claro do que eu jamais o vira. Todas as velas dos grandes candelabros estavam acesas e três lamparinas a óleo ardiam sobre a mesa-de-cabeceira. Abaixo do grande console dourado da lareira queimava um fogo alto, emitindo um enorme calor e cintilando no busto de ouro do rei Afonso.

Afastados a um canto, dois jovens médicos conferenciavam sombriamente, em voz baixa. Reconheci-os como os doutores Galeano e Clemente, considerados como os melhores de Nápoles.

As cortinas do dossel tinham sido afastadas e, no centro da cama, lá estava meu avô. Tinha no rosto um tom púrpura mosqueado, da cor do Lachrima Christi. Seus olhos estavam cerrados com força, os lábios entreabertos; sua respiração vinha em arquejos breves, estrídulos.

Joana estava sentada a seu lado no leito, descalça e sem constrangimento por usar apenas sua camisola; tinha os cabelos soltos, e uma mecha escura e ondulada caíra-lhe sobre o rosto. Ela olhava para o marido com uma expressão de extrema ternura e compaixão, que eu só tinha visto em outro lugar nas imagens de santos feitas pelos pintores. A mão esquerda do monarca estava envolta pelas duas mãos de Joana. Admirei-me com o amor inspirado por aquele homem capaz de tantas atrocidades.

Numa cadeira, a uma certa distância, sentava-se meu pai. Mantinha o corpo inclinado para a frente, com os olhos fixos em Fernando e os dedos das duas mãos abertos, comprimindo-lhe a testa e as têmporas: exibia um ar totalmente desinibido de desolação. Seus olhos cintilavam com as lágrimas não derramadas, refletindo um sem-número de chamas minúsculas. Ele os ergueu à minha entrada, depois desviou prontamente o olhar.

A seu lado estavam os outros dois irmãos da família real, Frederico e Francisco, ambos os quais se lamuriavam abertamente; Frederico soluçava sem a menor restrição.

Os médicos enfim perceberam minha presença.

— Alteza — disse Clemente —, cremos que Sua Majestade sofre de um sangramento incontrolável no cérebro.

— Não há nada que se possa fazer? — indaguei.

O doutor Clemente balançou a cabeça, relutante.

— Sinto muito, Alteza — e fez uma pausa. — Antes de perder o dom da fala, ele chamou seu nome.

Eu me sentia entorpecida demais para saber o que responder a isso, entorpecida demais para chorar ante o reconhecimento de que o rei estava morrendo.

Joana ergueu seu rosto sereno.

— Venha — disse-me. — Ele queria vê-la. Venha sentar-se ao lado dele.

Dirigi-me para a cama e, com a ajuda de um dos médicos, subi no colchão, para ficar sentada à direita de meu avô, enquanto Joana sentava-se à esquerda.

Com delicadeza, levantei a mão flácida de Fernando e a apertei.

E reprimi uma exclamação quando seus dedos ossudos apertaram os meus como garras.

— Está vendo? — sussurrou Joana. — Ele a reconhece. Sabe que você chegou.

Nas horas seguintes, Joana e eu permanecemos sentadas, juntas, num silêncio só interrompido pelos soluços ocasionais de Frederico. Eu entendia que Fernando, ao morrer, se agarrasse a sua mulher: a meiga bondade dela sem dúvida lhe traria consolo. Mas não compreendi, naquele momento, por que ele mandara me chamar.

Aos poucos, a respiração do soberano foi ficando mais fraca e mais irregular. Minutos se passaram antes que Joana finalmente percebesse que havia algum tempo que ele não respirava, e então chamou os médicos para fazerem uma avaliação.

Mesmo na morte, Fernando continuou agarrado a nós; tive que soltar minha mão à força de seu punho cerrado.

Deixei-me como que escorregar da cama até me pôr de pé, e então me vi diante de meu pai. Todos os sinais de tristeza e angústia haviam desaparecido; ele se postou diante de mim, sereno, dominador, majestoso.

Agora, era rei.

. . .

Meu avô foi exposto com todas as honras à visitação pública, por um único dia, na catedral de Santa Clara, que nós da realeza preferíamos para as cerimônias oficiais, por suas dimensões e sua grandiosidade. Ela sempre fora usada nos funerais, uma vez que suas capelas e naves abrigavam as criptas da realeza napolitana. Atrás do altar ficava o túmulo de Roberto, o Sábio, o primeiro governante angevino de Nápoles: a sepultura era encimada por um imponente monumento, cujo nível mais alto exibia a imagem viva do rei Roberto, coroado e triunfal, sentado em seu trono. Abaixo havia uma escultura do monarca em seu repouso eterno, com as mãos piamente cruzadas sobre um cetro. À direita do altar ficava o túmulo de Carlos, duque da Calábria, o único filho de Roberto.

Nas primeiras horas antes do alvorecer, enquanto o resto da cidade ainda não havia despertado com a notícia, nossa família desfilou enfileirada junto ao cadáver de Fernando I, banhado e cuidadosamente composto em seu ataúde.

Seu rosto parecia murcho e severo, o corpo, encolhido e frágil, sem nenhum vestígio do espírito leonino que um dia o havia habitado. Finalmente ele se igualava aos homens de seu museu: profundamente impotente.

Durante toda a noite, eu havia considerado por que meu avô tinha gostado de mim em vida, por que me havia chamado na hora da morte. *Inflexível e fria*, ele me chamara orgulhosamente, como se essas fossem qualidades a ser admiradas.

Talvez ele houvesse precisado do consolo da bondade de Joana; talvez também houvesse necessitado de minha força.

Percebi de imediato que, a partir dali, meu casamento com Jofre Bórgia seria inevitável. Meu pai tinha declarado sua opinião com veemência; o matrimônio era apenas uma questão de tempo. De nada adiantaria portar-me como uma criança, expressando raiva por meu destino. Era hora de aceitá-lo, de ser forte. Eu não podia confiar em ninguém senão eu mesma: se Deus e os santos existiam, não estavam interessados nas súplicas banais de mocinhas desconsoladas.

Depois que a família se despediu de Fernando, fez-se um banquete no Grande Salão. Nesse dia não houve música nem dança, porém muita conversa e algumas distrações.

Entrei sozinha e despercebida no quarto de Fernando. O cortinado do leito ainda estava aberto e o dossel fora envolto em negro; as cortinas de veludo verde também tinham sido adornadas com a cor do luto.

Uma das lamparinas sobre a mesa-de-cabeceira ainda bruxuleava com uma pálida chama azulada. Peguei-a, abri a porta para a pequena sala do altar e, dali, passei para o reino dos mortos.

Poucas coisas haviam mudado, pelo que eu me recordava; o falecido angevino chamado Robert continuava a me dar as boas-vindas, com um gesto largo de seu braço ossudo. Dessa vez, não me assustei. Ali não havia nada de assustador, disse a mim mesma, apenas uma coleção de peles curtidas e ossos, escorados por postes de ferro.

Porém dois novos cadáveres tinham sido acrescentados à coleção desde minha última visita, mais de quatro anos antes. Andei até o que estava mais próximo e ergui a lamparina junto ao rosto da múmia. Em seus olhos de mármore se haviam pintado íris escuras; a barba e o bigode eram espessos, a cabeleira negra e luzidia era exuberante e encaracolada. Aquele não era um angevino louro, mas um espanhol ou um italiano. Em seus traços ainda havia um certo volume, o que indicava um falecimento recente. Vivo, ele decerto teria sido um belo homem, que havia rido e chorado e, quem sabe, sofrido uma decepção amorosa; e soubera também o que era ser vítima de uma crueldade implacável.

Sem medo, pressionei com os dedos a brilhosa face morena e laqueada.

Estava fria e dura, como meu avô e meu pai.

Como eu.

Inverno – Primavera de 1494

IV

A reparação do relacionamento tenso entre Nápoles e o papado levou tempo. Não fiquei surpresa quando um mês inteiro se passou antes que eu recebesse a esperada convocação de meu pai.

Eu me havia preparado para esse encontro e me resignara à idéia do casamento com Jofre Bórgia. Isso me enchera de um estranho orgulho; meu pai esperaria que seu anúncio me magoasse, e ficaria desapontado ao ver que isso não acontecia.

Quando veio buscar-me, o guarda me conduziu aos aposentos do monarca. O trono estava coberto de preto; meu pai não queria ascender a ele antes de sua coroação formal, que ocorreria dali a alguns meses.

O antigo gabinete de Fernando já exibia o toque de meu pai: um belo tapete, butim capturado durante a Batalha de Otranto, cobria o piso de mármore; havia azulejos mouros pendurados nas paredes. Eu tinha ouvido falar que meu pai decapitara muitos turcos; perguntei-me quantos teria matado para obter aqueles troféus, em particular. Baixei os olhos para o tapete de estampa vermelha e dourada, à procura de manchas de sangue, ansiosa por me distrair com idéias bizarras, a fim de manter a compostura durante o diálogo desagradável.

O novo rei estava atarefado, cercado por assessores; quando entrei, espremia os olhos para vários documentos espalhados na escrivaninha de madeira escura. Naquele instante, dei-me conta de que nós, os napolitanos, já não poderíamos falar simplesmente no "rei Afonso", quando quiséssemos referir-nos ao Magnânimo. Agora havia os reis Afonso I e II.

Para além deste último, olhei pelas janelas abertas à esquerda, que davam para o Castel dell'Ovo e o mar, mais ao longe. Diziam que a grande fortaleza de pedra, supostamente construída por Virgílio, assentava-se sobre um grande ovo mágico, escondido no leito do oceano. Se um dia o ovo rachasse, a própria Nápoles desmoronaria e cairia no mar.

Aguardei em silêncio até meu pai erguer os olhos e franzir o sobrolho, distraído; eu era uma ponderação adicional em meio a uma tarde atarefada. Seu filho Ferrandino, já então o efetivo duque da Calábria, inclinou-se sobre seu ombro, com uma das mãos apoiada na escrivaninha. Ao mesmo tempo, olhou para cima e me fez com a cabeça um aceno polido, mas formal, cujo texto oculto era claro: *Sou o próximo na linha sucessória do trono, um herdeiro legítimo, e você não o é.*

— Você se casará com Jofre Bórgia no início de maio — disse meu pai, secamente.

Em resposta, inclinei graciosamente a cabeça e lhe dirigi um único pensamento: *O senhor não pode me magoar.*

O rei voltou novamente a atenção para Ferrandino e um dos assessores; depois de lhes murmurar algumas frases, tornou a levantar a cabeça, como se estivesse surpreso por eu ainda estar parada diante dele.

— É só — disse.

Fiz uma mesura, triunfante por meu autocontrole, mas também decepcionada por meu pai parecer absorto demais para notar. Fiz meia-volta para sair, mas, antes que o guarda me escoltasse pela porta, o rei tornou a falar.

— Ah. Para apaziguar Sua Santidade, concordei em fazer de seu filho Jofre um príncipe; é apenas adequado, considerando-se que você é princesa. Portanto, vocês dois governarão o principado de Squillace, onde irão residir.

Fez um breve aceno com a cabeça para me dispensar e voltou a seu trabalho.

Saí depressa, cega de dor.

Squillace ficava a vários dias de viagem, ao sul de Nápoles, no litoral oposto. De Nápoles a Squillace era um trajeto muito mais longo que de Nápoles a Roma.

Quando voltei a meus aposentos, arranquei o retrato de São Januário de seu lugar de honra e o atirei na parede oposta. No instante em que ele caiu no chão com estardalhaço, D. Esmeralda soltou um grito e se benzeu, depois deu meia-volta e me acompanhou até a sacada, onde fiquei fervilhando, transformando minha tristeza em ódio.

— Como se atreve?! Não há desculpa para um sacrilégio desses! — repreendeu-me ela, resoluta e carregando o sobrolho.

— Você não compreende! — disse. — Jofre Bórgia e eu vamos morar em Squillace!

A expressão dela abrandou-se de pronto. Por um instante, Esmeralda guardou silêncio, depois perguntou:

— Acha que isso será mais fácil para Afonso do que para você? Pretende obrigá-lo outra vez a consolá-la, quando o próprio coração dele está desolado? Talvez você seja mais propensa a mostrar seu gênio, D. Sancha, mas não se deixe enganar. É ele a alma mais sensível.

Virei-me para fitar o rosto sábio e enrugado de Esmeralda. Cruzei os braços em volta do tronco, soltei um suspiro trêmulo e obriguei minha tempestade interna a se aplacar.

— Preciso controlar minhas emoções antes que Afonso saiba disso — respondi.

Naquela noite, jantei a sós com meu irmão. Ele falou animadamente de seu treinamento na esgrima e do belo cavalo que meu pai lhe comprara em data recente. Sorri e escutei, pouco acrescentando à conversa. Depois, demos um passeio pelos jardins do palácio, observados à distância por um guarda solitário. Era início de março e o ar noturno estava frio, mas não desagradável.

Afonso foi o primeiro a falar.

— Você está calada hoje, Sancha. O que a perturba?

Hesitei antes de responder.

— Estava pensando se você já soube da notícia...

Meu irmão preparou-se e disse, com estudada displicência:

— Com que então, você se casará com Jofre Bórgia.

No mesmo instante, seu tom tornou-se consolador.

— Não será ruim, Sancha. Como eu já disse, talvez Jofre seja um moço distinto. Pelo menos, vocês morarão em Nápoles, poderemos encontrar-nos...

Estanquei o passo, virei-me devagar para ele e pus delicadamente as pontas dos dedos em seus lábios.

— Querido irmão — comecei, lutando para manter a voz firme e o tom leve —, o papa Alexandre não quer apenas uma princesa para seu filho; quer que o filho seja príncipe. Jofre e eu iremos governar em Squillace.

Afonso piscou os olhos, assustado.

— Mas, o contrato... — ia dizendo, e se deteve. — Mas papai...

Calou-se. Pela primeira vez, concentrei-me não em meus sentimentos, mas nos dele. Ao ver uma onda de dor perpassar suas belas e jovens feições, achei que meu coração derreteria.

Passei um braço em volta dele e recomecei a andar.

— Sempre posso vir visitar Nápoles. E você pode visitar Squillace.

Ele estava habituado a consolar, não a ser consolado.

— Sentirei sua falta.

— Eu também — e me forcei a sorrir. — Uma vez você me disse que o dever nem sempre é agradável. É verdade, mas nós nos arranjaremos da melhor maneira possível, com visitas e cartas.

Afonso parou de andar e me abraçou.

— Sancha — disse —, ah, Sancha...

Ele era mais alto, e teve de inclinar a cabeça para apoiar o rosto no meu.

Afaguei-lhe o cabelo.

— Ficará tudo bem, maninho — disse. Abracei-o com força e não me permiti chorar. Fernando, pensei comigo mesma, se sentiria orgulhoso.

O mês de maio veio depressa demais e, com ele, Jofre Bórgia. Chegou a Nápoles com uma grande comitiva e foi escoltado até o Grande Salão do Castel Nuovo por meu tio, o príncipe Frederico, e por meu irmão, Afonso. Uma vez chegado o homem, fiz uma entrada majestosa, descendo a escadaria com um vestido de brocado verde-mar e uma gargantilha de esmeraldas no pescoço.

Pela reação ligeiramente boquiaberta de meu noivo, logo percebi que havia causado uma impressão favorável; o inverso por certo não se deu.

Eu fora informada de que Jofre Bórgia tinha "quase 13 anos", e esperava encontrar um rapazinho parecido com meu irmão. Mesmo no curto espaço de tempo desde que eu falara com Afonso sobre meu noivado, a voz dele se tornara mais grossa e os ombros tinham-se alargado e se tornado mais musculosos. Agora, ele era uns dez centímetros mais alto que eu.

Mas Jofre era uma criança. Desde o encontro com a vidente, eu havia passado de meu 16º aniversário e, àquela altura, era uma mulher de seios e quadris arredondados. Havia experimentado o êxtase sexual, conhecido o toque das mãos de um homem experiente.

Quanto ao caçula dos Bórgia, ele era uma cabeça mais baixo do que eu. Seu rosto ainda exibia os traços rechonchudos de um bebê, a voz era mais aguda que a minha, e sua ossatura era tão leve que eu bem poderia levantá-lo no colo. Para piorar as coisas, ele usava o cabelo louro acobreado como uma menina, em longos cachos que se derramavam pelos ombros.

Eu ouvira falar, como qualquer um que tivesse ouvidos na Itália, da paixão incontrolável de Alexandre por belas mulheres. Quando jovem cardeal, Rodrigo Bórgia havia escandalizado seu tio idoso, o papa Calisto, ao realizar um batismo e, em seguida, escoltar todas as mulheres da comitiva até o jardim murado da igreja e trancar o portão, deixando os homens enfurecidos do lado de fora, a ouvir o som de risos e arroubos amorosos por algumas horas. Mesmo na data atual, o papa Alexandre tinha levado sua amante mais recente, Giulia Orsini, de 16 anos, para morar com ele no Vaticano — e era dado a flagrantes exibições públicas de afeição por ela. Dizia-se que nenhuma mulher estava a salvo de suas investidas.

Era impossível acreditar que Jofre fosse filho desse mesmo homem.

Pensei nas mãos fortes de Onorato percorrendo meu corpo; pensei em como ele me havia montado, em como eu agarrara suas costas potentes enquanto ele me cavalgava e me levava ao gozo.

Em seguida, olhei para aquele menino magrelo e me encolhi secretamente de repulsa, ao pensar no leito nupcial. Onorato havia conhecido meu corpo melhor do que eu mesma; como poderia eu ensinar àquela jovem criatura efeminada tudo o que um homem precisava saber sobre a arte do amor?

Meu coração entrou em desespero. Passei os dias seguintes num martírio perplexo, desempenhando da melhor maneira possível o papel da noiva feliz. Jofre passava o tempo em companhia de sua comitiva e não fez o menor esforço para me cortejar; não era nenhum Onorato, preocupado com meus sentimentos. Viera a Nápoles por uma razão: ganhar uma coroa de príncipe.

Primeiro veio a cerimônia civil, no Castel Nuovo, presidida pelo bispo de Tropea e assistida por meu pai e pelo príncipe Frederico. Em sua ansiedade, o pequeno Jofre gritou sua resposta precipitada à pergunta do bispo, bem antes que o ancião terminasse de formulá-la, o que provocou uma onda de risos na multidão. Não consegui sorrir.

Depois veio a entrega dos presentes de meu novo marido: rubis, pérolas, diamantes, brocados entremeados de fios de ouro verdadeiro, sedas e veludos, tudo a ser transformado em adornos e vestidos para mim.

Mas nossa união ainda não fora abençoada pela Igreja, de modo que não podia consumar-se fisicamente; tive uma trégua de quatro dias antes da Missa.

O dia seguinte celebrava a festa da Ascensão do Senhor e a da aparição de São Miguel Arcanjo; fora também proclamado um dia de comemoração no reino de Nápoles.

O negro céu matinal despejou um aguaceiro fustigante, com fortes rajadas de vento. Apesar do tempo pavoroso, nossa família acompanhou meu pai e seus nobres até a grande catedral de Santa Clara, onde Fernando I fora velado com honras, poucos meses antes. Ali, o altar fora cuidadosamente preparado pelo mestre-de-cerimônias pontifício de Alexandre, com todos os símbolos da soberania napolitana dispostos na ordem em que seriam entregues ao novo monarca: a coroa, cravejada de pérolas e pedras preciosas; a espada real, numa bainha também adornada de pedras preciosas; o cetro de prata, encimado pelo lírio de ouro angevino; e o globo imperial.

Meu pai entrou na igreja à nossa frente. Nunca havia parecido mais belo e majestoso do que naquele momento. Usava um traje grandioso, composto de uma túnica justa e calções de cetim preto, sobre os quais ele portava um manto de reluzente brocado carmesim, debruado de arminho branco. Nossa família e os cortesãos pararam no local designado, mas meu pai prosseguiu sozinho pela vasta nave.

Postei-me ao lado de meu irmão e segurei sua mão. Nenhum de nós encarou o outro; eu sabia que, se encontrasse o olhar de Afonso, deixaria transparecer minha infelicidade, numa ocasião em que deveria sentir exatamente o inverso.

Eu tinha tomado conhecimento, pouco depois da renovação de meu noivado com Jofre, da negociação feita entre o novo rei e o papa Alexandre. Afonso II concederia a Jofre Bórgia o principado de Squillace; em troca, Sua Santidade enviaria um legado papal (nesse caso, um poderoso cardeal de sua própria família) para coroar o rei. Com isso, Alexandre dava sua bênção e reconhecimento diretos e irrevogáveis ao reino de Afonso.

A troca tinha sido idéia do monarca — não do papa, como me dissera meu pai.

Ele havia comprado intencionalmente sua alegria à custa de minha tristeza.

O homem que logo ficaria conhecido como Afonso II deteve-se diante do coro dos cônegos, onde foi saudado pelo arcebispo de Nápoles e pelo patriarca de Antioquia. Os dois o conduziram a seu assento diante do altar, onde ele ouviu, com o resto de nós, a leitura da bula papal que o declarava soberano inconteste de Nápoles.

Meu pai ajoelhou-se numa almofada diante do cardeal Giovanni Bórgia, o legado papal, e cuidadosamente repetiu com ele o juramento.

Ouvi, ao mesmo tempo que contemplava meu destino.

Por que meu pai me odiava tanto? Ele era indiferente a seus outros filhos, com exceção de Ferrandino, o príncipe herdeiro, mas só dava atenção a esse filho primogênito na medida em que era necessário prepará-lo para sua função na vida. Seria por eu ter causado mais problemas do que os outros?

Talvez. Mas talvez a resposta também estivesse nas palavras do velho Fernando: *De todos os filhos dele, você é a que mais se parece com seu pai.*

Mas meu pai havia gritado ao ver as múmias angevinas; eu não.

Você sempre foi um covarde, Afonso.

Seria possível que a crueldade de meu pai proviesse do medo? E porventura ele me desprezava por eu possuir o único atributo que lhe faltava — a coragem?

Junto ao altar, meu pai havia terminado de prestar seu juramento. O cardeal entregou-lhe um pergaminho, com isso o investindo rei, e disse:

— Graças à autoridade apostólica.

Já então transformado em príncipe do reino por força do matrimônio, Jofre Bórgia deu um passo à frente, franzino e solene, segurando a coroa. O cardeal tomou-a de suas mãos e a colocou sobre a cabeça de meu pai. Era pesada e escorregou um pouco; o prelado a equilibrou com uma das mãos, enquanto ele e o arcebispo abotoavam a tira sob o queixo de meu pai, para firmá-la no lugar.

Os símbolos da soberania foram entregues ao novo monarca: a espada, o cetro e o orbe. Ditava o cerimonial que, nesse momento, todos os prelados papais formassem um círculo atrás de meu pai, mas seus irmãos, seus filhos varões e os nobres leais a ele arremeteram em sua direção, numa abrupta e impetuosa manifestação de apoio.

Rindo, meu pai sentou-se em seu trono, enquanto a assembléia aplaudia.

— *Viva Re Afonso! Viva Re Afonso!*

Apesar de minha fúria e ressentimento por ser um joguete para ele, fitei-o, coroado e glorioso, e me surpreendi com a súbita onda de lealdade e orgulho que me invadiu. Exclamei com os outros, com a voz embargada:

— *Viva Re Afonso!*

Passei os três dias seguintes provando um esplêndido vestido de casamento. O peitilho era feito do brocado de ouro que meu marido me dera, e o vestido em si era de veludo preto com listras de cetim, com uma camisa de seda dourada; o vestido e o peitilho foram cravejados com as pérolas de Jofre, e outros de seus diamantes e pérolas foram cuidadosamente engastados num toucado dos mais finos fios de ouro. As mangas, presas no corpete, também eram de veludo e cetim pretos, e tão volumosas que eu poderia guardar meu novo marido numa delas. Houvera época em que eu teria sentido grande orgulho e interesse por aquele vestido, assim como por me adornar para aumentar ainda mais minha beleza; esse não foi um de tais momentos. Encarei aquele vestido como um prisioneiro fita seus grilhões.

O dia de meu casamento amanheceu rubro, com o sol obscurecido pelas nuvens. Postei-me em minha sacada no Castel Nuovo, sem ter conseguido dormir na longa noite anterior, cônscia de que abriria mão de meu lar e de tudo o que conhecia para ir viver numa cidade estranha. Saboreei o aroma da fresca brisa marinha e respirei fundo, prendendo-a em meus pulmões; teria ela o mesmo cheiro doce em Squillace? Olhei para a baía verde-chumbo, encimada pelo sombrio Vesúvio, sabendo que a lembrança daquele momento nunca seria suficiente para me sustentar. Minha vida girava em torno da de meu irmão, a dele em torno da minha; eu conversava com ele todas as manhãs, jantava com ele todas as noites, falava com ele ao longo do dia. Ele me conhecia e me amava mais do que minha própria mãe. Jofre parecia um garoto bondoso, mas era um estranho. Como poderia eu enfrentar a vida com ânimo sem Afonso?

Somente uma coisa trazia-me uma inquietação ainda maior: saber que meu irmãozinho sofreria a mesma solidão — talvez pior, já que D. Esmeralda dissera que ele era mais sensível do que eu. Isso era o mais difícil de suportar.

Por fim, entrei e fui ao encontro de minhas damas de companhia, para dar início aos preparativos para a cerimônia nupcial, a se realizar no meio da manhã.

Com o avançar do dia, o céu tornou-se mais sinistro e nublado, num reflexo perfeito de meu estado de espírito. Pelo bem de Afonso, escondi minha tristeza; mantive-me afável, circunspecta.

Como noiva, eu estava magnífica com meu vestido; quando entrei na Capela Real do castelo, um murmúrio de assombro percorreu a congregação que aguardava. Não senti o menor prazer nessa apreciação. Estava muito preocupada em evitar o olhar de meu irmão, e só me permiti olhá-lo de relance ao passar. Afonso parecia majestoso e adulto em sua túnica azul-escura, com uma espada de punho de ouro na cinta. Tinha a expressão tensa e grave, sem qualquer vestígio da radiância que herdara de nossa mãe. Olhava cuidadosamente para a frente, na direção do altar.

Sobre a cerimônia religiosa, só posso dizer que ela durou um tempo interminável e que o pobre Jofre portou-se com toda a graça majestosa que conseguiu reunir. Mas, ao chegar o momento de ele transferir o beijo do bispo para mim, foi obrigado a ficar na ponta dos pés e seus lábios tremeram.

Depois veio um concerto, seguido por um almoço que durou horas, com grande consumo de vinho e brindes ao novo casal. Ao entardecer,

Jofre recolheu-se a um *palazzo* próximo, que fora preparado para nós. O sol poente foi totalmente escondido pelas grandes nuvens escuras de tempestade que se haviam acumulado sobre a baía.

Cheguei ao anoitecer e com os primeiros roncos surdos do trovão, acompanhada pelo rei, meu pai, e pelo cardeal de Monreale, Giovanni Bórgia. O cardeal era um homem deselegante de meia-idade, de lábios grossos e um porte que combinava com sua rudeza. Tinha a tonsura dos prelados, e essa coroa calva era coberta por um barrete de cetim vermelho; suas formas volumosas eram cobertas por uma batina de cetim branco, encimada por um manto de veludo púrpura, e seus dedos grossos reluziam com brilhantes e rubis.

Deixei os homens no corredor e entrei no quarto, já preparado para nós por minhas damas de companhia. D. Esmeralda despiu-me, levando embora não apenas o belo vestido de noiva, mas até minha camisa de seda. Nua, fui conduzida ao leito nupcial, onde Jofre me aguardava. Ao me ver, seus olhos se arregalaram; ele ficou assistindo, com ingênua imoderação, enquanto uma de minhas damas levantava o lençol para mim, esperava que eu me deitasse ao lado de meu marido e puxava a coberta, apenas até minha cintura. E ali fiquei eu, com os seios arredondados despidos para o mundo.

Jofre era extremamente tímido e eu estava muito desanimada para conversar durante esse ritual constrangedor — uma das exigências mais desagradáveis da nobreza e do poder —, e não havia nada que nos pudesse salvar dele.

Quando entraram no aposento o rei e o cardeal Bórgia, que tinham a função de testemunhar o ato nupcial, Jofre os saudou com um sorriso afável.

Ficou claro que o cardeal Bórgia compartilhava a apreciação de seu primo Rodrigo pelas mulheres mais jovens, pois fitou descaradamente meus seios e deu um suspiro.

— Como são belos! Parecem rosas.

Lutei contra o impulso de me cobrir. Fervilhei de ressentimento ao ver aquele velho divertir-se carnalmente à minha custa, e tampouco me senti à vontade ao considerar que meu pai nunca me vira despida.

O olhar do soberano percorreu rapidamente minha nudez, com um desprendimento que me fez estremecer; ele deu um sorrisinho frio.

— Como todas as flores, essas murcharão bem depressa.

Ele já não tinha o olhar inquieto; nessa noite, seus olhos cintilavam. Afonso havia conseguido tudo o que queria neste mundo — era rei, com a bênção do papa, e seu prazer era ainda mais doce porque ele não tardaria a se livrar da filha problemática. Esse foi o momento de sua maior vitória sobre mim; e foi o momento de minha maior derrota.

Meu ódio por meu pai nunca ardera com tanto brilho quanto naquele instante, e nunca fora tão completa a minha humilhação. Virei o rosto para o outro lado, para que Jofre e o cardeal não vissem a repulsa em meus olhos. Senti uma vontade desesperada de me enrolar nos lençóis e correr impetuosamente para longe da cama, porém a intensidade de minha raiva deixou-me enrijecida, incapaz de me mexer.

Jofre rompeu o breve silêncio com uma franqueza desconcertante.

— Peço perdão a Vossa Majestade e a Vossa Eminência, se me encontro à mercê do nervosismo.

O cardeal deu uma risada lasciva.

— Você é jovem, meu rapaz. Na sua idade, nem todo o nervosismo de Nápoles poderia prejudicar seu desempenho.

— Não é minha idade que me dá a esperança de sucesso — retrucou Jofre —, mas a beleza deslumbrante de minha noiva.

Vindas de qualquer outra boca — exceto a de meu Afonso, talvez —, tais palavras teriam sido uma bela demonstração de espirituosidade palaciana. Mas Jofre as proferiu com sinceridade, além de um tímido olhar de soslaio.

Os dois homens riram — meu pai, com ar de escárnio, o cardeal, com apreciação. Este último deu um tapa na coxa.

— Pois então, trate de possuí-la, rapaz! Trate de possuí-la! Percebo pela elevação do lençol que você já está pronto!

Sem jeito, Jofre virou-se em minha direção. Àquela altura, tinha a atenção voltada para mim: não viu nossas duas testemunhas inclinarem-se para a frente nas cadeiras, observando atentamente cada gesto.

Com minha ajuda, conseguiu colocar-se em cima de mim; era mais magro e mais baixo, de modo que, quando comprimiu num muxoxo os lábios contra os meus, seu membro cutucou-me com força na barriga. Ele voltou a tremer, mas, dessa vez, não por nervosismo. Dada a sua aparência efeminada, eu havia temido que Jofre fosse do tipo que preferiria os rapazes às moças, mas obviamente não era o caso.

Lutando para ignorar a absoluta miséria da situação, equilibrei-o e entreabri as pernas, enquanto ele deslizava o corpo para baixo em direção a sua meta. Infelizmente, ele começou a impulsionar os quadris cedo demais, em minha coxa. Ao contrário do Bórgia pai, esse caçula não tinha o menor preparo em matéria do ato amoroso. Estendi a mão para seu membro, na intenção de guiá-lo, mas, no instante em que o toquei, Jofre soltou uma exclamação e minha mão se encheu de seu sêmen.

Instintivamente, tirei a prova de baixo dos lençóis e afastei a mão, revelando sem querer o contratempo a nossas testemunhas. Jofre soltou outro gemido, este de puro fracasso, e rolou para o lado, deitando-se de costas.

Meu pai deu o sorriso mais largo que eu já o vira dar. Com a mão estendida e a palma virada para cima, voltou-se para o cardeal que ria baixinho e exigiu:

— A bolsa, Eminência.

Bem-humorado, o cardeal balançou a cabeça e tirou da batina de cetim uma bolsinha de veludo púrpura, carregada de moedas. Deixou-a cair na mão do rei.

— Foi pura sorte, Majestade. Pura sorte, mais nada.

Enquanto uma de minhas damas de companhia entrava às pressas no quarto e me limpava a mão com um pano úmido, Jofre soergueu o corpo, apoiado nos cotovelos, e fitou os dois homens. As maçãs de seu rosto ganharam um vivo rubor escarlate, quando ele percebeu que seu desempenho tinha sido objeto de uma aposta.

O cardeal percebeu seu mal-estar e riu.

— Não fique constrangido, rapaz. Perdi por não ter acreditado que você chegasse tão longe. Você agüentou por mais tempo que a maioria dos de sua idade. Agora podemos todos dar tratos ao verdadeiro assunto que temos pela frente.

Mas os olhos de meu marido tinham-se enchido de lágrimas mortificadas; ele se afastou de mim e se encolheu em seu lado da cama.

Seu sofrimento permitiu que eu transcendesse minha própria vergonha. Meus gestos não vieram do desejo de acabar logo com aquela história sórdida, mas do desejo de livrar Jofre de sua infelicidade. Ele parecia ser uma alma delicada; não merecia tamanha crueldade.

Virei-me para ele e sussurrei em seu ouvido:

— Estão zombando de nós porque nos invejam, Jofre. Olhe para eles: são velhos. O tempo deles já passou. Mas nós somos jovens.

Coloquei as palmas de suas mãos sobre meus seios e prossegui:

— Não há mais ninguém no quarto. Somos só você e eu, juntos, aqui em nosso leito nupcial.

Por piedade, beijei-o — suavemente, com terna paixão, como um dia Onorato me beijara. Fechei os olhos, bloqueando a visão de nossos torturadores, e me imaginei com meu primeiro amante. Deslizei as mãos pelas costas estreitas e ossudas de Jofre, depois por entre suas coxas. Ele estremeceu e gemeu quando lhe acariciei o membro, como fora ensinada; em pouco tempo, ficou ereto o bastante para ser guiado para dentro de mim, dessa vez com sucesso.

Mantive os olhos fechados. Na visão de minha mente, não havia nada no mundo além de mim, meu novo marido e os trovões que se aproximavam.

Jofre não era Onorato. Era pequeno, e recebi pouca estimulação; não fossem suas impulsões violentas e o fato de eu tê-lo ajudado a iniciar o coito, eu mal saberia que ele me havia penetrado.

Mesmo assim, agüentei firme; dada a pressão sobre meu peito, não pude deixar de soltar pequenos gemidos. Só me restava esperar que eles os interpretassem como sons de prazer.

Passado um minuto, talvez, os músculos de suas pernas enrijeceram; com um último grito, ele curvou o tronco para trás. Abri os olhos e vi os dele se arregalarem de assombro, depois revirarem, e nesse ponto eu soube que havíamos obtido êxito.

Jofre desabou sobre mim, arfante. Experimentei a sutil sensação de seu órgão murchando dentro de meu corpo e, em seguida, deslizando para fora por completo; com ele veio um calor líquido.

Eu sabia que, dessa vez, não haveria prazer sexual para mim. Onorato podia ter-se importado em satisfazer meu desejo, mas isso não tinha o menor interesse para os três homens presentes nessa noite.

— Muito bem, muito bem — disse o cardeal, com um leve toque de decepção pelo fato de a tarefa ter sido concluída com tamanha rapidez. Abençoou-nos e benzeu nosso leito.

Logo atrás dele ergueu-se meu pai. Com Jofre ainda em cima de mim, fitei o homem que me havia traído, mantendo meu olhar firme e impiedoso. Não queria dar-lhe o prazer de ver a infelicidade que ele me havia infligido.

O monarca exibia um sorrisinho vitorioso; pouco lhe importava que eu o odiasse. Estava contente por se livrar de mim, e mais contente ainda por ter recebido algo valioso em troca.

Os dois se retiraram e, finalmente, meu novo marido e eu ficamos a sós. Minhas damas de companhia não nos perturbariam até o amanhecer, quando os lençóis seriam recolhidos, como prova adicional da consumação de nosso contrato.

Por um longo momento, Jofre permaneceu em cima de mim, em silêncio. Não fiz nada, porque, afinal, agora ele era meu amo e senhor, e seria grosseiro interrompê-lo. Depois, ele empurrou meu cabelo para trás de minha orelha e sussurrou:

— Você é linda. Tinham-me dado sua descrição, mas as palavras não lhe fazem justiça. Você é a mulher mais linda que eu já vi.

— Você é meigo, Jofre — respondi, com sinceridade. Talvez ele fosse um menino, mas era um menino amável, totalmente desprovido de malícia, ainda que lhe faltasse inteligência. Eu poderia vir a gostar dele... mas nunca a amá-lo. Não como havia amado Onorato.

— Desculpe — disse ele, com súbita veemência. — Desculpe... eu... eu...

E, de repente, irrompeu em pranto.

— Ah, Jofre — disse, envolvendo-o nos braços. — Lamento que eles tenham sido terríveis com você. O que eles fizeram foi inominável. E o que você fez foi... foi perfeitamente normal.

— Não — insistiu ele. — Não se trata da aposta. Foi desalmado da parte deles, sim, mas sou um péssimo amante. Não sei nada sobre dar prazer às mulheres. Sabia que a decepcionaria.

— Psiu — eu disse. Ele tentou levantar-se e se afastar, apoiando-se nos cotovelos, mas eu o puxei para baixo contra meu corpo, contra meus seios. — Você é simplesmente jovem. Todos começamos inexperientes... e depois aprendemos.

— Então, eu aprenderei, Sancha — prometeu ele. — Pelo seu bem, aprenderei.

— Psiu — repeti, abraçando-o como o menino que ele era, e comecei a afagar seu cabelo comprido e macio.

Lá fora, a tempestade enfim desabara, e a chuva caía torrencialmente.

Verão de 1494 – Inverno de 1495

V

Logo cedo, na manhã seguinte, Jofre e eu partimos em viagem para nosso novo lar, nos confins mais meridionais da Calábria. Cumpri minha promessa particular de ser valente: abracei meu irmão e minha mãe e lhes dei um beijo de despedida sem derramar uma lágrima; todos repetimos as promessas de nos visitarmos e de escrever.

O rei Afonso II, é claro, não se deu o trabalho de se despedir.

Squillace era uma rocha escaldada pelo sol. A cidade em si empoleirava-se num promontório íngreme. Nosso palácio, dolorosamente rústico pelos padrões napolitanos, ficava longe do mar, com a vista parcialmente bloqueada pelo antigo mosteiro fundado pelo erudito Cassiodoro. A linha costeira era árida e parca, sem a curva arredondada e graciosa de Nápoles, e as folhas desbotadas dos olivais descuidados e ralos constituíam a única vegetação. A maior contribuição da região para as artes, da qual a plebe tinha imenso orgulho, era sua cerâmica castanho-avermelhada.

O palácio era um desastre: móveis e venezianas quebrados, almofadas e tapeçarias rasgadas, rachaduras nas paredes e tetos. Foi grande a tentação de me entregar à autocomiseração e de amaldiçoar meu pai por me mandar para um lugar tão deprimente. Em vez disso, ocupei-me em transformar o palácio numa moradia adequada à realeza. Encomendei veludo fino para substituir o brocado dos tronos envelhecidos, roído pelas traças, mandei refazer o acabamento das peças desgastadas de madeira e encomendei mármore de qualidade para substituir o desnivelado piso de terracota da sala do trono. Os aposentos privados do casal real — os do príncipe logo à direita da sala do trono, os da princesa à esquerda — encontravam-se em estado ainda pior, e exigiram que eu encomendasse ainda mais tecidos e contratasse outros artesãos para consertar as coisas.

Jofre mantinha-se ocupado de maneira bem diferente. Era jovem e estava longe da família dominadora pela primeira vez; agora que era senhor de seu próprio reino, não fazia idéia de como se comportar de forma apropriada — e assim, não se comportava. Logo depois de nossa chegada a Squillace, baixou sobre nós um grupo de amigos de Jofre provenientes de Roma, todos ansiosos por comemorar a sorte do novo príncipe.

Nos primeiros dias após nosso casamento — incluindo o período passado em nossa confortável carruagem, durante a viagem para o sul —, Jofre havia tentando, sem grande entusiasmo, cumprir sua promessa de se tornar um amante melhor. Mas tendia para a inépcia e a impaciência; era prontamente vencido por seu desejo e, em geral, satisfazia suas necessidades sem pensar nas minhas. Após a ternura e as lágrimas de nossa noite de núpcias, eu tivera esperança de haver encontrado alguém tão gentil quanto meu irmão. Não tardei a perceber que as belas palavras de Jofre provinham menos da compaixão que do desejo de apaziguar. Havia uma enorme diferença entre a bondade e a fraqueza, e a natureza agradável de Jofre nascia desta última.

Isso ficou abundantemente claro após o surgimento de seus amigos, uma semana depois de nossa chegada a Squillace. Todos eram jovens nobres, alguns casados, a maioria não, e nenhum era mais velho do que eu. Havia também um par de parentes de Jofre, ambos recém-chegados a Roma, no intuito de tirar o melhor proveito possível dos laços que tinham com Sua Santidade: um certo conde Ippolito Borja, da Espanha, que ainda não fizera questão de italianizar a grafia de seu sobrenome, e um jovem cardeal de 15 anos, Luís Bórgia, cujo ar de presunção arrogante provocou minha aversão imediata. O palácio ainda era um caos — havia andaimes por toda parte e os pisos continuavam a ser de terracota rachada; o mármore ainda não fora colocado na sala do trono. Dom Luís não perdia uma só oportunidade de tecer comentários sobre a natureza lamentável de nossa residência e nosso principado, especialmente se comparados à magnificência de Roma.

Quando o grupo chegou, desempenhei meu papel de anfitriã da maneira mais digna possível, dadas as nossas acomodações reais. Mandei preparar um banquete e lhes servi nosso melhor Lachrima Christi, trazido de Nápoles, já que o vinho local era intragável. Vesti-me recatadamente de preto, como convinha a uma boa esposa, e, no jantar, Jofre exibiu-me com orgulho; os homens me lisonjearam com incontáveis brindes a minha beleza.

Sorri; mostrei-me animada, amável e atenciosa a esses homens, que queriam impressionar-me com histórias de sua bravura e riqueza. Quando ficou tarde e todos os demais estavam embriagados, recolhi-me a meus aposentos e deixei que meu marido e seus convidados fizessem o que lhes aprouvesse.

Fui acordada, horas antes do alvorecer, pelos gritos abafados de uma criança. D. Esmeralda, que dormia a meu lado, também os ouviu; assustadas, entreolhamo-nos apenas por um instante, depois pegamos nossos robes e nos precipitamos em direção à fonte do ruído. Ninguém em sã consciência poderia ignorar algo tão angustiante e deplorável.

Não precisamos ir muito longe. No instante em que abri a porta que levava de minha antecâmara à sala do trono, fui recebida por uma cena de bacanal que ultrapassava minha imaginação.

O piso inacabado estava coberto de corpos emaranhados, alguns contorcendo-se numa paixão ébria, outros imóveis, roncando pelo excesso de vinho. Eram os amigos de Jofre acompanhados de prostitutas, dei-me conta, enojada, embora, como mulher, não me coubesse comentar os pecadilhos dos convidados de meu marido.

Mas, quando olhei para os dois tronos, senti-me tomada de uma fúria impossível de ignorar.

No trono do príncipe sentava-se Jofre, meio enviesado; estava nu da cintura para baixo, e seus chinelos, meias e calções empilhavam-se no degrau que conduzia a seu trono. Suas pernas pálidas e nuas enroscavam-se com força em torno das de uma mulher sentada em seu colo. Não se tratava de uma cortesã de sangue nobre, mas do tipo mais grosseiro e comum de prostituta local, talvez com o dobro da idade de Jofre, os lábios borrados de um vermelho espalhafatoso e antinatural, os olhos com um contorno pesado de corante escuro; a mulher era macilenta, pobre, desgraciosa. Seu vestido barato de cetim vermelho fora suspenso até a cintura, revelando a inexistência de roupa íntima, e os seios murchos tinham sido levantados para fora do corpete, para que meu jovem marido pudesse agarrá-los.

Tão bêbado estava ele que não notou minha entrada, e continuou a galopar sua montaria, que soltava gritos exagerados a cada impulso que ele dava.

Era de se esperar que os homens da realeza tivessem aventuras; eu não tinha o direito de me queixar, a não ser pelo desrespeito então demonstrado por Jofre pelo símbolo da soberania. Embora tivesse procurado preparar-me para a infidelidade inevitável de meu marido, ainda assim senti uma pontada de ciúme.

Mas foi o sacrilégio que ocorria ao lado dele que me foi impossível suportar.

O cardeal Luís Bórgia, aquele que tanto adorava tudo o que era romano, estava sentado em *meu* trono — inteiramente despido, com seu manto vermelho e sua mitra cardinalícia perdidos em algum lugar, em meio à assembléia carnal. Em seu colo equilibrava-se um de nossos criados da cozinha, um menino talvez de 9 anos, Matteo, cujos calções tinham sido descuidadamente arriados até os joelhos. As lágrimas corriam pelas faces de Matteo; era ele quem havia gritado, eram dele os gritos, agora transformados em gemidos de dor, enquanto o jovem cardeal o penetrava com vigor e brutalidade, agarrando-o com força pela cintura, para que o menino não fosse derrubado no chão. O próprio menino se debatia contra o impulso dado para a frente, agarrando os braços do trono, com seu acabamento de madeira recém-restaurado.

— Pare! — gritei. Inflamada pela crueldade e irreverência do cardeal, esqueci todo o recato e soltei meu robe, que escorregou para o chão. Vestida apenas com minha roupa de baixo, encaminhei-me diretamente para Matteo e tentei puxá-lo.

Com o rosto contorcido numa fúria embriagada, o cardeal agarrou-se ao menino.

— Deixe-o gritar! Eu paguei ao bastardinho!

Não me importei; o menino era pequeno demais para saber o que fazia. Tornei a puxá-lo, com mais força; a sobriedade me conferia uma determinação que faltava a Luís. Suas mãos se afrouxaram e entreguei o menino soluçante a D. Esmeralda, ultrajada. Ela o levou embora para ser tratado.

Indignado, Luís Bórgia levantou-se — depressa demais, dada a sua embriaguez. Desabou e se sentou depressa no degrau que levava a meu trono, depois apoiou o braço e a cabeça na nova almofada de veludo que cobria o assento, agora manchada pelo sangue de Matteo.

— Como se atreve? — disse eu, com a voz trêmula de raiva. — Como se atreve a machucar um menino, pago ou não, e como se atreve a me desrespeitar, perpetrando um ato desses em meu trono! O senhor não é mais bem-vindo como convidado deste palácio. Chegando a manhã, o senhor partirá.

— Sou convidado de seu marido — respondeu ele, com a voz empastada —, não seu, e é bom a senhora se lembrar de quais são as regras.

Virou-se para meu marido; os olhos de Jofre continuavam cerrados com força, os lábios ainda entreabertos, e ele impelia o corpo contra o da prostituta.

— Jofre! Alteza, preste atenção! Sua nova esposa é uma virago lamurienta!

Jofre piscou os olhos; suas impulsões pararam.

— Sancha? — disse, e me lançou um olhar inseguro; estava embriagado demais para se dar conta das implicações da situação, para se envergonhar.

— Esses homens têm que ir embora — afirmei, com voz clara e forte, para me certificar de que ele ouvia. — Todos eles, pela manhã, e as prostitutas têm que sair neste instante.

— Vaca! — disse o cardeal, depois inclinou a cabeça sobre minha nova almofada de veludo do trono e esvaziou o conteúdo do estômago.

Como eu insistisse, os convidados de Jofre *realmente* se foram na tarde seguinte. Meu marido passou a maior parte do dia indisposto; só à noite falei com ele sobre os acontecimentos da véspera. Sua memória estava cheia de falhas. Ele só se lembrava dos amigos insistindo para que bebesse. Não tinha nenhuma lembrança das prostitutas, afirmou, e por certo jamais conspurcaria voluntariamente a honra do trono, cometendo um ato daqueles; seus amigos deviam tê-lo desafiado.

— Esse comportamento é típico em Roma? — perguntei. — Porque aqui ele não servirá, nem em nenhum outro lugar em que eu viva, aliás.

— Não, não — reafirmou-me Jofre. — Foi Luís, meu primo; ele é um devasso, mas eu nunca deveria ter-me permitido ficar embriagado a ponto de perder o juízo.

Fez uma pausa e prosseguiu:

— Sancha... não sei por que fui buscar consolo nos braços de uma prostituta, quando tenho a mulher mais encantadora de toda a Itália. Você deve saber... Você é o amor da minha vida. Sei que sou desastrado e irrefletido, sei que não sou o mais sagaz dos homens. Não espero que você retribua o meu amor. Só tenha piedade de mim...

Em seguida, implorou meu perdão de maneira tão deplorável, que eu o concedi, pois de nada adiantaria tornar desagradável a nossa vida por ressentimento.

Mas guardei na lembrança sua fraqueza e registrei o fato de que meu marido era facilmente dominável, e não era um homem em quem se pudesse confiar.

Passadas menos de duas semanas, recebemos um novo visitante, este enviado por Sua Santidade em pessoa: o conde de Marigliano. Era um homem mais idoso, empertigado e imponente, de cabelos grisalhos e traje discreto, mas elegante. Dei-lhe as boas-vindas com uma bela ceia, aliviada pelo fato de que, ao contrário dos outros amigos de Jofre, ele não parecia minimamente interessado em festanças.

O que *era* de seu interesse, porém, deixou-me aturdida.

— Sra. Sancha — disse ele com severidade, enquanto saboreávamos o último Lachrima Christi depois do jantar (os amigos de Jofre haviam bebido quase todo o estoque trazido de Nápoles). — Devo agora trazer à baila um assunto sumamente difícil. Lamento ser eu a ter que lhe falar dessas coisas na presença de seu marido, mas a senhora precisa ser informada das acusações que foram formuladas contra sua pessoa.

— Acusações? — exclamei, estudando o ancião com incredulidade; Jofre também ficou estarrecido. — Receio não compreender.

O tom do conde buscou o equilíbrio perfeito entre a firmeza e a delicadeza.

— Certos... visitantes de seu palácio informaram haver testemunhado uma conduta imprópria.

Olhei de relance para meu marido, que examinava sua taça com ar de culpa, girando-a entre os dedos, de tal modo que as pedras lapidadas incrustadas no vidro captavam a luz.

— *Houve* uma conduta imprópria, mas ela nada teve a ver comigo — declarei. Eu não tinha intenção de implicar Jofre, nem tampouco pretendia deixar que meu acusador se vingasse. — Diga-me, uma dessas testemunhas foi o cardeal Luís Bórgia?

O conde fez um aceno quase imperceptível com a cabeça.

— Posso perguntar-lhe como saberia disso?

— Descobri o cardeal numa situação comprometedora — respondi. — Uma situação tal que exigi que ele deixasse o palácio o mais depressa possível. Ele não ficou satisfeito.

Mais uma vez, o velho fez um ligeiro aceno, enquanto absorvia a informação.

Entrementes, Jofre insuflou-se do que parecia ser uma combinação de raiva e embaraço.

— Minha esposa nada fez de errado. É uma mulher do mais alto caráter. Quais foram as acusações feitas a ela?

O conde baixou os olhos, numa demonstração de relutância e recato.

— Ela teria recebido não um, porém vários homens, em horários diferentes, em seus aposentos particulares.

Soltei uma pequena risada de incredulidade.

— Isso é um absurdo!

Marigliano encolheu os ombros.

— Não obstante, Sua Santidade está muito aflito com o assunto, a ponto de havê-los convocado ambos a Roma.

Por mais insatisfeita que estivesse em Squillace, eu não tinha o menor desejo de viver entre os Bórgia. Em Squillace, pelo menos, estava perto do mar. Jofre também parecia desolado ante a idéia de retornar a sua cidade natal. Só falava em termos muito passageiros sobre os familiares, nunca por muito tempo; pelo pouco que me dissera, eu havia depreendido que eles o intimidavam.

— Como podemos refutar essas acusações? — indaguei.

— Fui enviado para uma investigação oficial — disse Marigliano. Embora eu me sentisse longe de ficar à vontade com a idéia de passar pelo escrutínio de um representante papal, gostei da franqueza do velho conde. Ele era gentil, mas direto: um homem íntegro. — Solicitarei acesso a todos os criados da casa, a fim de entrevistá-los — completou.

— Fale com qualquer um — disse Jofre, de imediato. — Eles ficarão contentes em lhe dizer a verdade sobre minha esposa.

Sorri para meu marido, grata por seu apoio.

O conde prosseguiu:

— Há também a questão da extravagância. Sua Santidade está insatisfeito com a quantidade de dinheiro que tem sido gasta no palácio de Squillace.

— Creio que essa é uma questão que o senhor pode responder com seus próprios olhos — retruquei. — Basta olhar a seu redor e julgar se nossas instalações são exageradamente suntuosas.

Diante disso, até Marigliano teve que sorrir.

A investigação foi concluída em dois dias. Àquela altura, o conde havia falado com todos os criados, pajens e damas de companhia; certifiquei-me também de que tivesse uma conversa particular com o pequeno Matteo. Todo o nosso círculo teve o bom senso de não implicar Jofre em nenhum malfeito.

Escoltei Marigliano pessoalmente até a carruagem que o aguardava. Ele hesitou por um momento, a fim de que seu acompanhante o precedesse, para que pudéssemos ter uma conversa particular.

— Sra. Sancha — disse —, pelo que sei de Luís Bórgia, eu não tinha dúvida, ao iniciar esta investigação, de que a senhora era inocente das acusações. Agora, sei que é não apenas inocente, mas também uma mulher que inspirou grande afeição e lealdade em todos que a cercam.

Olhou ao redor, com ar vagamente furtivo.

— A senhora merece conhecer toda a verdade. Não foi apenas pelas acusações do cardeal que fui enviado aqui.

Eu não conseguia imaginar o que ele estava sugerindo.

— Então, por quê?

— Porque essas testemunhas também falaram de sua grande beleza. Seu marido a descrevera em cartas em termos extremamente líricos, o que havia instigado o interesse de Sua Santidade. Agora, porém, afirmou-se que a senhora era ainda mais bonita do que *La Bella*.

La Bella: era esse o apelido dado a Giulia Orsini, a amante do papa nessa ocasião, que diziam ser a mulher mais bela de Roma, quiçá de toda a Itália.

— E o que dirá o senhor a Sua Santidade?

— Sou um homem honesto, senhora. Terei que lhe dizer que é verdade. Mas também lhe direi que a senhora é o tipo de mulher que se manterá leal ao marido — e fez uma pausa. — Para ser franco, Alteza, não creio que este último fato faça a menor diferença.

Essa foi uma ocasião em que não senti nenhum prazer com a lisonja. Eu não havia desejado o casamento com Jofre Bórgia, porque estava apaixonada por outro homem, porque queria permanecer em Nápoles com meu irmão e porque Jofre era uma simples criança. Agora, tinha mais uma razão de pesar: um sogro com intenções lascivas, que por acaso era o chefe de toda a cristandade.

— Deus a abençoe e conserve, Alteza — disse Marigliano, e subiu em sua carruagem com destino a Roma.

Não tardei a sentir uma preocupação ainda maior do que a idéia de um sogro enamorado, de um papa com sonhos de me transformar em sua nova amante.

Passado apenas um mês do casamento, chegou uma notícia à região meridional da Calábria: Carlos VIII, rei de França, planejava invadir Nápoles.

Re Petito, eis como o povo o chamava — o "rei pequenino", pois nascera com a espinha curta e retorcida e com membros disformes; mais parecia uma gárgula do que um homem. Nascera também com uma ânsia de conquista, e foi preciso pouco para que seus assessores o convencessem de que os angevinos de Nápoles desejavam um rei francês.

Sua rainha, a encantadora Ana da Bretanha, fez o melhor que pôde para dissuadi-lo de seus sonhos de invasão. Ela e o restante da França eram devotamente católicos e profundamente leais ao papa, que ficaria ultrajado com uma intromissão na Itália.

Apreensiva, escrevi a meu irmão Afonso, a fim de averiguar a veracidade da história. Levei semanas para receber uma resposta, que me trouxe pouco consolo.

> *Não tema, querida irmã.*
>
> *É verdade, o rei Carlos anda sedento de conquistas — mas, neste exato momento, nosso pai está reunido com Sua Santidade, o papa Alexandre, em Vicovaro. Eles compuseram uma aliança militar e planejaram cuidadosamente sua estratégia; ao ter notícia disso, Carlos será tomado pela dúvida e desistirá de sua tola idéia de invasão. Além disso, com o papa tão solidamente do nosso lado, o povo francês jamais apoiará um ataque a Nápoles.*

Afonso não pôde deixar de tentar formular tudo o que me disse nos termos mais positivos, porém compreendi bem demais a sua carta. A ameaça francesa era real — tão real que meu pai e o papa estavam traçando planos de batalha num retiro fora de Roma.

Li o texto em voz alta para D. Esmeralda.

— Foi justamente o que previu o padre Savonarola — disse ela, em tom sombrio. — É o fim do mundo.

Escarneci disso. Eu não tinha paciência com o idiota florentino que se imaginava ungido por Deus, nem com as massas que afluíam para ouvir sua mensagem apocalíptica. Girolamo Savonarola esbravejava contra Alexandre da segurança de seu púlpito, no norte, e desancava a família governante de sua própria cidade, os Médici. Aliás, o monge dominicano se apresentara a Carlos de França e afirmara que ele, Savonarola, era o próprio mensageiro de Deus, escolhido pelo Senhor para reformar a Igreja e expulsar os pagãos amantes do prazer que a haviam dominado.

— Savonarola é louco varrido — afirmei. — Ele acha que o rei Carlos é o juízo enviado por Deus. Acha que São João previu a invasão da Itália no Apocalipse.

Esmeralda benzeu-se diante de minha irreverência.

— Como pode ter certeza de que ele está errado, senhora? — perguntou. Baixou a voz, como que a temer que Jofre, do outro lado do palácio, pudesse ouvi-la. — Foram a depravação do papa Alexandre e a corrupção de seus cardeais que fizeram isso cair sobre nós. A menos que eles se arrependam, não temos esperança...

— E por que haveria Deus de castigar *Nápoles* pelos pecados de Alexandre? — perguntei.

Ela não teve resposta para isso.

Mesmo assim, D. Esmeralda passou a rezar para São Januário, e passei a me inquietar. Não se tratava apenas da ameaça ao trono da família; meu irmãozinho já não era considerado jovem demais para ir à guerra. Fora treinado na arte da esgrima. Se houvesse necessidade, seria convocado a brandir a espada.

A vida continuou pelo resto do verão em Squillace. Eu era gentil com Jofre, embora, dada a sua fraqueza de caráter, não conseguisse amá-lo. Em público, éramos afetuosos um com o outro, apesar de ele visitar meu quarto com menos freqüência e passar mais noites em companhia das prostitutas locais. Eu fazia o melhor possível para não dar sinais de mágoa nem ciúme.

Setembro chegou trazendo más notícias.

> *Caríssima irmã,* escreveu Afonso,
>
> *Talvez você já saiba: o rei Carlos cruzou os Alpes com suas tropas. Os pés dos soldados franceses estão plantados em solo italiano. Os venezianos entraram em acordo com eles e, desse modo, fizeram com que sua cidade fosse poupada, mas agora Carlos tem os olhos voltados para Florença.*
>
> *Você não deve preocupar-se. Reunimos um exército considerável, sob o comando do príncipe herdeiro Ferrandino, que conduzirá seus homens ao norte, a fim de deter o inimigo antes mesmo que ele chegue a Nápoles. Permaneço aqui com papai, de modo que você não precisa preocupar-se comigo. Nosso exército, quando a ele se unirem as forças pontificais, será invencível. Não há razão para temer, pois Sua Santidade, o papa Alexandre, declarou publicamente: "Preferiríamos perder nossa mitra, nossas terras e nossa vida a faltar ao rei Afonso em sua hora de necessidade."*

Não pude mais ocultar minha aflição. Jofre esforçou-se ao máximo para me consolar.

— Eles não passarão de Roma — jurou. — O exército de meu pai os deterá.

Entrementes, os franceses avançavam a passos rápidos. Saquearam Florença, o centro da cultura e da arte, e abriram caminho implacavelmente para o sul.

Nossas tropas fazem progressos, escreveu Afonso. *Logo se unirão ao exército papal e deterão os homens de Carlos.*

No último dia de dezembro do ano de 1494, a previsão de meu irmão foi posta à prova. Abarrotados de mercadorias roubadas, de valor inestimável, os franceses entraram em Roma.

Jofre recebeu a notícia da invasão por uma carta escrita às pressas por sua irmã mais velha, Lucrécia. Foi minha vez de consolá-lo, pois ambos imaginamos batalhas sangrentas devastando as grandes *piazzas* da Cidade Santa. Sofremos durante dias, sem uma só notícia.

Numa tarde fatídica, quando eu estava sentada em minha sacada, redigindo uma longa epístola para meu irmão — minha única maneira satisfatória de acalmar os nervos —, ouvi o tropel de cascos. Corri até o parapeito e vi um cavaleiro solitário aproximar-se da entrada do castelo e apear.

Suas roupas eram de estilo napolitano; larguei a pena e desci correndo a escada, ao mesmo tempo gritando para que D. Esmeralda fosse chamar Jofre.

Dirigi-me às pressas ao Grande Salão, onde o cavaleiro já aguardava. Era jovem, de cabelos, barba e olhos pretos, e vestia um traje nobre de vivo tom marrom; estava coberto de poeira e exausto da árdua viagem. Não trazia nenhuma carta, como eu havia esperado; a mensagem de que era portador era crucial demais para ser confiada a um texto.

Mandei trazer vinho e comida, e ele bebeu e comeu com voracidade, enquanto, impaciente, eu aguardava meu marido. Finalmente, Jofre chegou; autorizamos o pobre homem a continuar sentado e nos acomodamos para ouvir seu relato.

— Venho a pedido de seu tio, o príncipe Frederico — disse-me o cavaleiro. — Ele recebeu notícias diretas do próprio príncipe herdeiro, Ferrandino, que, como Vossa Alteza sabe, estava em Roma no comando de nossas forças.

A palavra *estava* deixou-me instantaneamente alarmada.

— Quais são as notícias de Roma? — indagou Jofre, incapaz de se conter. — Meu pai... Sua Santidade, o papa Alexandre, minha irmã e meu irmão... eles estão bem?

— Estão — disse o mensageiro, e Jofre reclinou-se com um suspiro de alívio. — Ao que saibamos, eles estão em segurança atrás das muralhas do Castelo Sant'Angelo. É a situação da própria Nápoles que está terrível.

— Fale — ordenei.

— O príncipe Frederico instruiu-me a transmitir o seguinte: o exército do príncipe herdeiro Ferrandino entrou em Roma e lá enfrentou o exército francês. Entretanto, as forças do rei Carlos são em número superior às de Nápoles, de modo que Ferrandino contava com a ajuda prometida por Sua Santidade.

"Sem que o papa soubesse — prosseguiu —, a família Orsini entrara anteriormente em conluio com os franceses e havia capturado Giulia, que é conhecida como *La Bella*, a favorita de Alexandre. Quando Sua Santidade soube que sra. Giulia corria perigo, ordenou que seu exército se detivesse e mandou que o príncipe Ferrandino se retirasse da cidade. Ante a derrota certeira, o príncipe Ferrandino foi obrigado a obedecer. Agora está em marcha para casa, onde se preparará para enfrentar novamente o exército francês.

"Entrementes — concluiu o mensageiro —, Sua Santidade recebeu o rei Carlos no Vaticano e ali negociou com ele. Em troca de sra. Giulia, ofereceu seu filho, Dom César... seu irmão, príncipe Jofre... como refém, fazendo-o seguir com os franceses. Com isso, garantiu ao *Re Petito* trânsito livre para Nápoles."

Passei um longo tempo fitando o mensageiro, antes de murmurar:

— Ele nos traiu. Em nome de uma mulher, atraiçoou-nos...

Senti-me tão ultrajada que não consegui me mexer, só pude permanecer sentada, fitando incrédula o jovem fidalgo. Apesar de seu discurso sobre abrir mão da mitra, das terras e da vida, Alexandre *havia* abandonado o rei Afonso, sem renunciar ao mínimo que fosse.

O nobre exausto bebeu um grande gole de vinho antes de continuar.

— Nem tudo está bem em Roma tampouco, Alteza. Os franceses saquearam a cidade.

Voltou-se para Jofre e acrescentou:

— A senhora sua mãe, Vanozza Catanei... o palácio dela foi saqueado, e dizem... — e baixou os olhos, timidamente. — Perdoe-me, Alteza. Dizem que cometeram atos indecorosos contra a pessoa dela.

Jofre levou a mão à boca.

O cavaleiro continuou:

— Sra. Sancha, seu tio, o príncipe Frederico, enviou-lhe esta mensagem urgente: Nápoles necessita da ajuda de todos os seus cidadãos. Teme-se que a aproximação dos franceses instigue um levante entre os nobres angevinos. O príncipe solicitou que a senhora e seu marido levem todos os homens e armas que Squillace puder fornecer.

— Por que o senhor foi enviado por meu tio, e não por meu pai, o rei? — indaguei. Estava convencida de que meu pai não se importara o bastante para me manter informada, de que essa era mais uma de suas desfeitas.

Mas a resposta do mensageiro me surpreendeu:

— Foi necessário o príncipe Frederico envolver-se nos assuntos cotidianos do reino. Lamento ser eu a lhe dar esta notícia, Alteza, mas Sua Majestade não está bem.

— Não está bem? — exclamei. Levantei-me, surpresa por constatar o quanto essa notícia me inquietava, por perceber que me importava. — Que há de errado com ele?

O rapaz evitou meu olhar.

— Não há nada *físico* a afligi-lo, Alteza. Nada em que os médicos possam ajudar. Ele... ele ficou profundamente abalado com a ameaça francesa. Não tem sido ele mesmo.

Tornei a afundar lentamente em minha cadeira, ignorando o olhar contundente que meu marido me lançou. A imagem do cavaleiro à minha frente desapareceu: eu via apenas o rosto de meu pai. Pela primeira vez, concentrei-me não na maldade que havia nele, no ar zombeteiro dirigido a mim. Em vez disso, vi a expressão sombria e acuada em seus olhos, e me dei conta de que não me surpreenderia saber que ele estava mentalmente enfermo. Afinal, era filho de Fernando, que não apenas matara seus inimigos, mas vestira suas carcaças curtidas em trajes gloriosos e conversava com eles como se estivessem vivos.

Nada disso deveria ter-me surpreendido: eu deveria ter percebido, desde o começo, que meu pai era louco e meu sogro, um traidor. E os franceses, a despeito de todos os esforços de Afonso para me convencer do contrário, estavam a caminho de Nápoles.

Levantei-me e, dessa vez, fiquei de pé.

— O senhor deve se alimentar e repousar o quanto for preciso — disse ao mensageiro. — Depois, quando estiver novamente diante do príncipe Frederico, diga-lhe que Sancha de Aragão atendeu a seu chamado. Eu o verei pessoalmente não muito depois de seu regresso.

— Sancha! — protestou Jofre. — Você não prestou atenção? Carlos está conduzindo seu exército para Nápoles. É perigoso demais! É muito mais sensato permanecermos aqui em Squillace; os franceses têm poucos motivos para nos atacar. Mesmo que decidam tomar nosso principado, levará alguns meses...

Com um rodopio da saia, virei-me para ele.

— Caro marido — contrapus, num tom mais frio e inflexível do que o ferro —, porventura *você* não prestou atenção? Tio Frederico me pediu ajuda, e não a recusarei. Acaso já se esqueceu de que, por seu casamento comigo, você mesmo é um príncipe de Nápoles? Não apenas deverá fornecer tropas, como também sua espada deverá erguer-se em defesa da cidade. E, se você não for, levarei sua espada e eu mesma a erguerei.

Jofre ficou sem resposta; fixou os olhos em mim, pálido e um tanto embaraçado por ter sido repreendido por sua covardia na presença de um estranho.

Quanto a mim, precipitei-me para fora do salão e retornei a meus aposentos, para instruir minhas damas de companhia a começarem de imediato a preparar a bagagem.

Eu estava a caminho de casa.

Inverno de 1495

VI

A carruagem que me transportara para Squillace com meu marido foi preparada para a viagem de regresso a Nápoles. Dessa vez, seguimos com um contingente mais numeroso de guardas, armados para a batalha, e atravessamos a Itália numa diagonal em direção nordeste, de um litoral para outro. Dado o tamanho de nossa comitiva — três carroças transportavam nossos criados e nossa bagagem —, a viagem levou vários dias.

Durante esse período, contemplei com pavor o reencontro entre mim e meu pai. *Profundamente abalado*, dissera o mensageiro. *Não está bem. Não tem sido ele mesmo.* Havia deixado a administração do reino nas mãos de Frederico. Estaria ele sucumbindo à mesma loucura que se havia apossado de Fernando? Qualquer que fosse a situação, jurei a mim mesma que deixaria de lado toda a mágoa e antipatia pessoais. Meu pai era o rei e, nesse momento em que a guerra assomava no horizonte, ele exigia completa fidelidade. Se estivesse em condições de me compreender, era isso que eu lhe prometeria.

Na última manhã de nossa viagem, ao vermos o Vesúvio avultar sobre a paisagem, segurei a mão de D. Esmeralda, empolgada. Era imensa a alegria de enfim me aproximar da cidade e ver a grande cúpula do Duomo, a rocha escura do Castel Nuovo, a enorme fortaleza do Castel dell'Ovo; era imensa a alegria e, ao mesmo tempo, a tristeza, por saber que minha amada cidade corria perigo.

Por fim, nossa carruagem parou sob o Arco Triunfal de Afonso, o Magnânimo, no pátio do palácio real. As sentinelas haviam comunicado nossa chegada e meu irmão estava à espera, quando Jofre e eu fomos auxiliados a descer da carruagem. Abri-lhe um largo sorriso: Afonso estava com 14 anos; o sol napolitano cintilava nos primórdios de uma barba loura em suas faces.

— Irmão! — exclamei. — Vejam só: você está um homem!

Ele retribuiu o sorriso, exibindo os dentes alvos; abraçamo-nos.

— Sancha — disse-me, numa voz que se tornara ainda mais grave —, quanta saudade senti de você!

Soltamo-nos com relutância. Jofre esperava ali por perto e Afonso apertou-lhe a mão.

— Irmão, agradeço por você ter vindo.

— Não poderíamos agir de outro modo — respondeu Jofre com gentileza, proferindo uma afirmação verdadeira, nem que fosse por minha insistência.

Enquanto os criados cuidavam da bagagem e de nossos outros pertences, Afonso conduziu-nos ao palácio. À medida que a alegria do reencontro foi-se desfazendo aos poucos, notei a tensão no rosto de meu irmão, em seu porte e seu andar. Alguma coisa ruim havia acabado de acontecer, algo tão terrível que Afonso aguardava o momento adequado para nos contar.

— Preparamos aposentos para vocês dois — disse-nos. — Talvez vocês queiram descansar um pouco antes de cumprimentarem o príncipe Frederico.

— Mas, e papai? — perguntei. — Eu não deveria ir ter primeiro com ele? Apesar de seus problemas, ele ainda é o rei.

Afonso hesitou; uma onda de emoção transformou-lhe as feições, antes que ele conseguisse reprimi-la.

— Papai não está aqui — disse. Fitou a mim e a meu marido e falou, no tom mais sombrio que eu já ouvira: — Ele fugiu durante a madrugada. Ao que parece, já vinha planejando isso há algum tempo; levou quase toda a sua roupa e seus pertences, além de muitas jóias — explicou. Baixou a cabeça e enrubesceu, mortificado. — Não o havíamos julgado capaz de uma coisa dessas. Ele estava acamado. Só descobrimos há algumas horas, Sancha. Creio que você pode entender por que todos os irmãos, especialmente Frederico, estão preocupados neste momento.

— *Fugiu?* — repeti. Estava horrorizada, profundamente envergonhada. Até aquele momento, eu havia considerado que o homem mais traiçoeiro da cristandade era o papa, que havia abandonado Nápoles em sua hora de mais aguda necessidade; porém meu próprio pai se revelara capaz de uma traição ainda maior.

— Um dos criados dele desapareceu — acrescentou meu irmão com tristeza. — Presumimos que tenha feito parte do plano. Não sabemos ao certo para onde papai foi. Há uma investigação sendo conduzida neste momento.

Passou-se uma hora angustiante, durante a qual andei de um lado para outro no elegante quarto de hóspedes; agora Giovanna residia no que antes fora meu. Fui até a sacada, cuja vista dava agora para o leste, para o Vesúvio e o depósito de armas. Parei para fitar a água. Lembrei-me de quando, muito tempo antes, havia parado em minha antiga sacada e atirado ao mar o rubi de Onorato. Desejei poder desfazer meu ato infantil nesse momento; uma jóia como aquela poderia comprar ração para inúmeros soldados, ou dezenas de canhões da Espanha.

Finalmente, Afonso veio me chamar, com Jofre a seu lado. Juntos, dirigimo-nos ao gabinete real, onde tio Frederico sentava-se, desalentado, à escrivaninha de madeira escura. Tinha envelhecido desde a última vez que eu o vira; seu cabelo preto começara a pratear, e as olheiras que eu vira antes no rosto de meu pai começavam a se juntar sob os olhos castanhos de Frederico. Seus traços eram arredondados e não muito belos, e sua expressão era severa como a do velho Fernando, mas, de algum modo, continuava bondosa. Em frente a ele sentava-se seu irmão mais novo, Francisco, e a meia-irmã caçula dos dois, Giovanna.

Ao ver-nos, todos se levantaram. Estava claro que Frederico havia assumido o comando; foi o primeiro a se aproximar, e abraçou primeiro Jofre, depois eu.

— Você tem o coração leal de sua mãe, Sancha — disse-me. — E Jofre, você é um verdadeiro cavaleiro do reino, por ter vindo em socorro de Nápoles. Como protonotário e príncipe, nós lhe damos as boas-vindas.

— Já dei a eles a notícia concernente a Sua Majestade — explicou meu irmão.

Frederico assentiu com a cabeça.

— Não disfarçarei a verdade. Nápoles está mais ameaçada do que nunca. Os nobres estão revoltados... francamente, com toda razão. Contrariando todos os conselhos, o rei lhes impôs uma tributação infame, apropriou-se ilegitimamente de terras para seu uso pessoal, depois torturou e executou publicamente os que se atreveram a protestar. Agora que sabem que os franceses estão a caminho, os nobres sentem-se reanimados. Lutarão ao lado de Carlos para nos derrotar.

— Mas Ferrandino está chegando com nosso exército — comentei.

O príncipe Frederico olhou-me com ar cansado.

— Sim, Ferrandino está chegando... com os franceses nos calcanhares. Carlos tem quatro vezes mais homens do que nós; sem o exército papal, estamos condenados — disse, sem pedir desculpas, embora Jofre se remexesse, constrangido, diante dessas palavras. — Essa foi uma das razões por que mandei chamá-lo, Jofre. Necessitamos mais do que nunca de sua ajuda; você precisa provar seus laços com nosso reino e convencer Sua Santidade a enviar ajuda militar, o mais rápido possível. Reconheço que a segurança de seu irmão César está comprometida, mas talvez se possa encontrar uma solução.

Frederico fez uma pausa.

— Solicitamos ajuda à Espanha, porém, mesmo que ela seja concedida, não conseguirá chegar em tempo hábil — acrescentou, suspirando fundo. — E agora, estamos sem rei.

— Nápoles tem um rei — contrapôs prontamente meu irmão. — Está claro que Afonso II abdicou do trono em favor de seu filho, Ferrandino. É isso que deve ser dito aos nobres e ao povo.

Frederico fitou-o com admiração.

— Perspicaz. Muito perspicaz. Eles não têm motivo para odiar Ferrandino, que é muito mais benquisto do que seu pai jamais foi — observou. Começou a acenar com a cabeça, deixando transparecer as primeiras manifestações de entusiasmo. — Ao diabo com Afonso. Você tem razão, devemos encarar o desaparecimento dele como uma abdicação. Será difícil, é claro. Os nobres não confiam em nós... talvez ainda entrem em combate, se acreditarem que isto é uma manobra política de nossa parte. Mas, com Ferrandino, temos uma possibilidade melhor de obter o apoio da população.

Meu tio Francisco finalmente se manifestou.

— Com Ferrandino e mercenários. Simplesmente não temos alternativa senão contratar ajuda, e depressa, antes que cheguem os franceses. Será ótimo se o príncipe Jofre convencer Alexandre a enviar tropas papais, mas não temos tempo para essa diplomacia. Além disso, elas estão longe demais, no norte, para chegar aqui a tempo.

Frederico carregou o sobrolho.

— Nossas finanças já estão depauperadas. Mal conseguimos manter nosso exército, depois de todos os gastos de Afonso na reconstrução dos palácios e na encomenda de todas aquelas obras de arte desnecessárias...

— Não temos escolha — contrapôs Francisco. — É isto ou a derrota para os franceses. Sempre poderemos tomar um empréstimo da Espanha depois da guerra.

Frederico ainda estava de cenho franzido; abriu a boca para responder, mas tornou a fechá-la, ao som de batidas urgentes.

— Entre — ordenou.

Reconheci o homem de cabelo branco e nariz aquilino cujo rosto apareceu no vão da porta; era o senescal, o encarregado da superintendência da Casa Real — que incluía as jóias da Coroa e os assuntos financeiros. Ele tinha a expressão abalada. Frederico deu-lhe um olhar de relance, esqueceu todo o protocolo da realeza e se precipitou para lá, inclinando a cabeça para que o ancião pudesse segredar algo em seu ouvido.

À medida que ouvia, Frederico foi arregalando os olhos, que depois ficaram aturdidos. Por fim, o senescal se retirou e a porta voltou a fechar-se. Meu tio deu alguns passos trôpegos, sentou-se pesadamente em sua cadeira, baixou a cabeça e levou a mão ao peito. Deixou escapar um som estrangulado.

Por um instante assustador, achei que estava morrendo.

Tio Francisco levantou-se de imediato e foi para o lado do irmão. Ajoelhou-se e pôs a mão no braço do homem angustiado.

— Frederico! Frederico, o que foi?

— Ele o levou — disse o príncipe, com a voz entrecortada. — O tesouro da Coroa. Ele levou *tudo*...

Os tesouros da Coroa constituíam quase toda a riqueza de Nápoles.

Demorei um momento para perceber que a palavra *ele* referia-se a meu pai.

. . .

Eu sempre havia imaginado que meu regresso a casa, para visitar meu irmão, seria um dos momentos mais felizes de minha vida, mas os dias que se seguiram no Castel Nuovo encontraram-nos a todos aprisionados num tipo especial de aflição. Meu marido e eu passamos o tempo na companhia de Afonso, porém ele esteve longe de ser um tempo feliz; o dano que nosso pai infligira ao reino deixou-nos perplexos e abatidos. Nada podíamos fazer senão esperar e torcer para que Ferrandino e suas tropas chegassem a Nápoles antes dos franceses.

Mais doloroso ainda foi descobrir que minha mãe também havia desaparecido. Era uma realidade difícil de aceitar. *Você tem o coração leal de sua mãe*, dissera tio Frederico, mas eu não conseguia aceitar a idéia de que a lealdade de Trusia a seu amado tivesse sido maior do que a Nápoles e a seus próprios filhos. Era uma idéia tão horripilante, que meu irmão e eu não suportamos discuti-la; e assim, a traição de nossa mãe não foi mencionada.

Na manhã seguinte a nossa chegada ao castelo, D. Esmeralda deixou Afonso entrar em meus aposentos. Dei-lhe um sorriso vago ao saudá-lo, mas meu irmão não sorriu. Segurava uma caixa de madeira pouco mais comprida do que minha mão e com metade de sua largura, e me ofereceu de presente.

— Para sua proteção — disse, num tom infinitamente sério. — Não podemos prever o que acontecerá, e não sossegarei enquanto não souber que você é capaz de se defender.

Ri, em parte pelo desejo de descartar o assunto.

— Não zombe — insistiu Afonso. — Isto não é brincadeira: os franceses estão a caminho de Nápoles. Abra-a.

Relutante, fiz o que ele mandou. Dentro da caixa, aninhado em veludo negro, havia um pequeno punhal de lâmina longa e cabo estreito de prata.

— É um estilete — explicou meu irmão, enquanto eu sacava a arma de sua pequena bainha. O cabo era muito curto; quase todo o punhal consistia na lâmina triangular, de aço fino e polido, que terminava numa ponta cruelmente afiada. Nem sequer me atrevi a tocá-la com o dedo, para testar seu gume; sabia que ela tiraria sangue no mesmo instante.

— Escolhi isso para você porque é fácil escondê-lo em sua roupa — disse Afonso. — Temos costureiras que podem começar a trabalhar imediatamente. Vim esta manhã porque não temos tempo a perder. Agora vou ensiná-la a manejá-lo.

Estalei a língua em sinal de ceticismo.

— Agradeço sua consideração, irmão, mas isso dificilmente combateria uma espada.

— Não — concordou Afonso —, e é nisso que reside a beleza dele. Qualquer soldado presumirá que você está desarmada e, por isso mesmo, se aproximará sem medo. Quando seu inimigo chegar bem perto, *esse* será o momento de surpreendê-lo. Olhe — e tirou a arma de minha mão, mostrando-me como segurá-la da maneira correta. — Com um punhal como este, o melhor método para ferir é com a mão abaixada, golpeando de baixo para cima.

Afonso fez uma demonstração, cortando um oponente imaginário do ventre à garganta, e me entregou a pequena lâmina.

— Tome. Experimente.

Imitei seus movimentos com precisão.

— Ótimo, ótimo — murmurou ele, em tom aprovador. — Você é uma lutadora natural.

— Sou filha da Casa Real de Aragão.

Afonso enfim deu um sorriso pálido, como eu tencionara que fizesse.

Examinei o aço que segurava nas mãos.

— Talvez isto sirva contra um angevino — comentei —, mas dificilmente seria mortífero contra um francês de armadura.

— Ah, Sancha, é nisso que reside o poder dele. O punhal é fino o bastante para penetrar nas correntes da malha, deslizar entre os espaços da armadura, e é afiado e forte o bastante, se manejado com entusiasmo suficiente, para atravessar um metal leve. Eu sei; era meu — e fez uma pausa. — Só rezo para que você nunca tenha que usá-lo.

A bem dele, fingi não compartilhar seu medo.

— É bonito — comentei, segurando-o contra a luz do sol. — Parece uma jóia. Vou usá-lo sempre, como lembrança.

Nos dias subseqüentes, porém, depois de serem acrescentados pequenos bolsos a meu corpete, logo acima das pregas de minhas saias, exercitei-me sozinha, sacando o estilete com rapidez, furtivamente, e golpeando repetidas vezes de baixo para cima, matando inimigos invisíveis.

Passaram-se mais dois dias, durante os quais os irmãos da família real reuniram-se com freqüência, para formalizar sua estratégia. Um édito foi anunciado nas ruas, para informar que o rei Afonso II havia abdicado ao trono em favor de seu filho, Ferrandino. Era nossa esperança que isso abrandasse a ira dos nobres e os impedisse de lutar ao lado dos franceses contra a Coroa. Entrementes, Jofre redigiu uma carta apaixonada para seu pai, Alexandre, oferecendo a explicação oficial da abdicação e implorando o apoio papal; o príncipe Frederico fez uma extensa edição do texto, depois o enviou a Roma por um mensageiro secreto.

Numa ensolarada manhã de fevereiro, pouco antes do meio-dia, eu almoçava com Jofre e Afonso quando nossa conversa desanimada, em voz baixa, foi interrompida por um trovão distante. Três idéias simultâneas disputaram minha atenção:

Não é nada, é um temporal passageiro.

Será que o Vesúvio entrou em erupção?

Deus meu, são os franceses.

De olhos arregalados, voltei-me alternadamente para meu irmão e meu marido, enquanto o som se repetia — dessa vez, vindo inconfundivelmente do noroeste — e ecoava no *Pizzofalcone*, perto de nós. Sem dúvida, todos compartilhamos minha última idéia, pois nos levantamos ao mesmo tempo e, juntos, subimos correndo ao andar de cima, onde uma sacada oferecia uma vista do horizonte oeste da cidade. D. Esmeralda logo veio ter conosco e apontou para um ponto ao norte do Vesúvio, em direção à fronteira mais distante de Nápoles. Acompanhei seu gesto com o olhar e vi ao longe pequenos tufos de fumaça escura. O trovão voltou a ribombar.

— Tiros de canhão — disse Esmeralda, convicta. — Jamais esquecerei esse som. Ouço-o em meus sonhos desde as revoltas dos nobres contra Fernando, quando eu era moça.

Ficamos olhando, cativados pelo horizonte, sem nos atrevermos a dizer mais nada, enquanto aguardávamos a resposta a uma única pergunta: seria Ferrandino, recebendo as boas-vindas, ou os franceses, anunciando sua chegada?

Passei de leve a mão sobre o punhal escondido em meu corpete, para me certificar de que ele continuava lá.

— Olhem! — gritou Jofre, de forma tão abrupta que me sobressaltei. — Lá adiante! Soldados!

Marchando em formação descuidada, pequenas formas deslocavam-se a pé pelas colinas onduladas da paisagem, em direção à cidade. Era impossível discernir a cor de seus uniformes, determinar se eram napolitanos ou franceses.

Afonso se recompôs.

— Frederico precisa saber disso de imediato! — exclamou, apressando-se a sair. Esmeralda o chamou.

— Dom Afonso, creio que ele já sabe! — e apontou para as muralhas fora de nosso palácio, onde guardas armados corriam para ocupar suas posições defensivas. Mesmo assim, meu irmão saiu para se certificar.

Durante um longo e pavoroso momento, nós, que ali ficamos, esprememos os olhos para os vultos distantes, sem saber se deveríamos acolher ou combater aqueles que avançavam com firmeza em direção à cidade e ao palácio real.

Súbito, elevando-se acima dos soldados que se aproximavam, vi a bandeira: lírios dourados contra um fundo azul-escuro.

— Ferrandino! — exclamei, agarrando meu marido e beijando-o loucamente nos lábios e nas faces. — Olhe, é a nossa bandeira!

A entrada de Ferrandino em Nápoles esteve longe de ser jubilosa. Os canhões que, por engano, eu pensara terem sido disparados por nossos soldados, para anunciar sua chegada, na verdade tinham sido disparados por nobres enfurecidos, que aguardavam para atacar o jovem príncipe. Embora faltassem a nossos nobres rebelados os homens e as armas para lançar uma campanha séria, eles haviam conseguido matar alguns de nossos soldados. Um dos tiros de canhão fizera o cavalo de Ferrandino empinar, de modo que por pouco ele não fora lançado ao chão.

Nós, os membros da família, ficamos à espera dele no Grande Salão. Nesse dia não houve flores, tapeçarias nem qualquer tipo de adorno; tudo que era de valor fora embalado, para a eventualidade de precisarmos fugir às pressas.

Ferrandino estava muito diferente do jovem arrogante que eu conhecera quando menina. Ainda era bonito, mas parecia exausto e abatido, humilhado e envelhecido pela responsabilidade, pela guerra e pela decepção. *Tudo o que ele quer são moças bonitas para admirá-lo e uma cama macia*, dissera o velho Fernando, já se iam anos, mas estava claro que o príncipe não tivera nenhuma das duas coisas durante muito tempo.

Ele entrou no salão. Havia trocado de túnica e lavado a poeira da viagem, mas seu rosto estava queimado de sol, e o cabelo e a barba escuros caíam em desalinho, mal aparados. A filha de Fernando, Giovanna, então com 17 anos, morena e voluptuosa, envolveu-o nos braços e os dois se beijaram com grande paixão. Apesar de ela ser sua tia, fazia muito que Ferrandino se apaixonara pela jovem, que lhe retribuía a paixão; estavam noivos.

— Meu menino — disse Frederico, o primeiro dos irmãos a lhe dar um abraço caloroso.

Com ar cansado, Ferrandino retribuiu os abraços e beijos dele e de Francisco, depois examinou o grupo reunido.

— Onde está papai?

— Sente-se, Alteza — disse Frederico, com um toque de afeição e tristeza na voz.

Ferrandino lançou-lhe um olhar alarmado.

— Não me diga que ele morreu.

Giovanna, de pé do outro lado do noivo, pôs a mão consoladora em seu braço.

Os lábios de Frederico se comprimiram, formando uma linha reta e fina.

— Não — disse. E, enquanto o jovem príncipe se sentava, o mais velho murmurou: — Melhor seria se houvesse morrido.

— Conte-me — ordenou Ferrandino. Olhou-nos de relance, de pé ao redor da mesa, e disse: — Sentem-se, todos. E o senhor, tio Frederico, fale.

Com um grande suspiro, Frederico sentou-se na cadeira ao lado do sobrinho.

— Seu pai foi embora, meu rapaz. Partiu para a Sicília, pelo que sabemos, e levou consigo os tesouros da Coroa.

— Partiu? — exclamou o príncipe, fitando-o boquiaberto, incrédulo. — Que quer dizer? Por uma questão de segurança?

Correu os olhos por nossa assembléia solene, como que a implorar uma palavra, um sinal que o ajudasse a compreender.

— Partiu, como um desertor. Saiu no meio da noite, sem falar com ninguém. E deixou o reino sem fundos.

Ferrandino enrijeceu-se; por um longo momento, não disse palavra, não olhou para ninguém. Um músculo em sua face começou a pulsar.

Frederico rompeu o silêncio.

— Dissemos ao povo que o rei Afonso decidiu abdicar do trono em seu favor. É a única maneira de reconquistarmos a confiança dos nobres.

— Eles não demonstraram nenhuma confiança hoje — retrucou Ferrandino, tenso. — Dispararam contra nós, derrubaram alguns homens e cavalos. Um punhado de tolos, munidos de espadas, chegou a atacar nossa infantaria — acrescentou, fazendo uma pausa. — Meus homens precisam de alimento e novos suprimentos. Não podem lutar de barriga vazia. Já passaram por maus pedaços. Quando souberem...

Interrompeu-se e cobriu o rosto com as mãos, depois inclinou-se para a frente até a testa encostar na mesa. Fez-se completo silêncio.

— Eles saberão que você é rei — disse eu, surpreendendo até a mim mesma com minhas palavras súbitas e veementes. — E você será um rei muito melhor do que meu pai jamais foi. Você é um bom homem, Ferrandino. Tratará o povo com justiça.

Ele endireitou o corpo e passou as mãos pelo rosto, obrigando-se a afastar a tristeza; o príncipe Frederico lançou-me um olhar de profunda aprovação.

— Sancha está certa — disse Frederico, voltando-se para o sobrinho. — Talvez os nobres desconfiem de nós neste momento, mas você é o único homem capaz de lhes conquistar a confiança. Eles verão que você é justo, ao contrário de Afonso.

— Não há tempo — disse Ferrandino, cansado. — Os franceses logo estarão aqui, com um exército que é mais do que o triplo do nosso. E agora não há dinheiro.

— Os franceses virão — concordou Frederico, em tom sombrio. — E só nos resta fazer o melhor possível quando chegarem. Mas Jofre Bórgia escreveu a seu pai, o papa; nós lhe arranjaremos mais tropas, Alteza. E, nem que eu tenha que nadar até a Sicília com estes velhos braços cansados — e os estendeu, com ar dramático —, trarei o dinheiro. Isso eu juro. Agora, tudo que precisamos é encontrar um modo de sobreviver.

O instinto impeliu-me a ficar de pé, ir até o lado de Ferrandino e me ajoelhar.

— Majestade — disse-lhe —, eu lhe juro fidelidade, meu senhor e amo soberano. Tudo o que tenho é seu; estou inteiramente à sua disposição.

— Doce irmã — murmurou ele, e segurou minha mão; fez-me ficar de pé, no momento em que o idoso Frederico se ajoelhava e também lhe jurava fidelidade. Um a um, todos os membros da família o acompanharam. Éramos um grupo pequeno, dilacerado pelo medo e pela dúvida sobre o que nos sucederia nos dias vindouros; nossas vozes vacilaram ligeiramente ao exclamarmos:

— *Viva Re Fernando!*

Mas nossos corações nunca foram mais sinceros.

E foi assim que o rei Fernando II de Nápoles chegou ao poder: sem cerimônia, coroa nem jóias.

VII

Desde o momento em que Ferrandino chegou, Nápoles ficou abarrotada de soldados. A armaria ficava logo ao lado do castelo real, junto à linha costeira, protegida pelas antigas muralhas angevinas e por outras, mais novas e mais resistentes, erigidas por Fernando e meu pai. Do balcão de meu quarto, eu tinha uma visão direta: nunca vira tanta artilharia, tantas pilhas enormes de bolas de ferro, do tamanho da cabeça de um homem. Durante toda a minha vida, o arsenal fora quase sempre um local deserto, cheio de canhões silenciosos, enferrujados pelo sal e pela maresia; agora, era alvoroçado e barulhento, enquanto os soldados cuidavam do equipamento, exercitavam-se e gritavam uns com os outros.

Também nosso palácio foi cercado pelos militares. Nos dias de inverno, quando não fazia muito frio e o sol brilhava, eu gostava de fazer as refeições na sacada, mas, nessa ocasião, suspendi tal prática, pois era desolador ver os soldados perfilados ao redor das muralhas do castelo, lá embaixo, com as armas em prontidão.

Todas as manhãs, Ferrandino recebia a visita de seus comandantes. Passava os dias encerrado no gabinete que pertencera a seu avô, depois a seu pai, discutindo estratégia com seus generais e seus irmãos da família real. Ele tinha apenas 26 anos, mas as rugas em sua testa eram as de um homem muito mais velho.

De nossos planos militares eu recebia apenas as notícias que Afonso, que muitas vezes comparecia às reuniões, compartilhava comigo: Ferrandino mandara afixar decretos reais que reduziam os impostos dos nobres, prometendo recompensas e a devolução das terras aos que permanecessem fiéis à Coroa e lutassem a nosso lado contra os franceses. Espalhou-se a notícia de que nosso pai abdicara voluntariamente do trono em favor do filho, e saíra de Nápoles para se encerrar num mosteiro, a fim de cumprir penitência por seus muitos pecados. Enquanto isso, aguardávamos notícias do papa e do rei espanhol, na esperança de ouvir promessas de mais tropas; Ferrandino e seus irmãos ansiavam que os nobres fossem convencidos pelos decretos e enviassem um representante, prometendo seu apoio. O que Afonso não dizia — mas estava claro para mim — era que tais expectativas fundamentavam-se no mais profundo desespero.

A cada dia que passava, a expressão do jovem rei ficava mais carregada.

Entrementes, Afonso e Jofre dedicavam-se à esgrima, como um modo de aplacar o nervosismo que nos afligia. Afonso esgrimia melhor, tendo sido educado no estilo espanhol, além de ser naturalmente mais gracioso do que meu marido franzino; Jofre impressionou-se de imediato e logo fez amizade com ele. Sempre desejoso de agradar os que estavam em sua companhia — entre os quais agora se incluía meu irmão —, passou a me tratar com mais respeito e desistiu das visitas às cortesãs. Nós três, Afonso, Jofre e eu, tornamo-nos inseparáveis; eu ficava assistindo enquanto os dois homens de minha vida esgrimiam com espadas de fio cego, e torcia por ambos.

Eu tinha vívido apreço por esses poucos dias prazerosos no Castel Nuovo, sabendo que não durariam muito.

O fim chegou num alvorecer, com um estrondo que sacudiu o piso sob minha cama e me fez acordar de um salto. Atirei longe as cobertas, escancarei as portas e corri à sacada, vagamente cônscia de que D. Esmeralda estava a meu lado.

Abrira-se um buraco no muro vizinho da armaria. À luz cinzenta, havia homens semi-enterrados nos escombros; outros corriam por toda parte, aos gritos. Uma multidão — parte soldados, usando nossos uniformes, outros em trajes de plebeus — invadiu o arsenal pela abertura na pedra e começou a desferir golpes de espada contra as vítimas atônitas.

Perscrutei de imediato o horizonte, antecipando os franceses. Mas lá não havia nenhum exército invasor, nenhuma figura tenebrosa marchando pelas colinas em direção à cidade, nenhum cavalo.

— Olhe! — exclamou D. Esmeralda, segurando meu braço, e apontou.

Logo abaixo de nós, nas muralhas do Castel Nuovo, os soldados que por tanto tempo nos haviam guardado desembainharam seus sabres. As ruas externas ao palácio fervilhavam de homens, saídos de todas as portas, de trás de cada muro. Eles avançaram em bando para os soldados e entraram em combate; do chão abaixo de nós veio o ruído agudo e estridente do aço contra o aço.

Pior que isso, alguns soldados uniram-se aos plebeus e começaram a lutar contra seus companheiros.

— Deus nos ajude! — murmurou Esmeralda, e se benzeu.

— Ajude-me! — ordenei. Arrastei-a de volta para dentro do quarto. Pus um vestido e a obriguei a atá-lo; não me dei o trabalho de pôr as mangas e, em vez disso, peguei o estilete e o aninhei com cuidado em sua pequena bainha, do lado direito do corpo. Abandonando todo o decoro, ajudei Esmeralda a se vestir e, em seguida, peguei um saquinho de veludo e nele guardei todas as jóias que levara comigo.

Nesse momento, Afonso precipitou-se quarto adentro; tinha o cabelo em desalinho, a roupa vestida às pressas.

— Não parecem ser os franceses — foi logo dizendo. — Vou ter com o rei neste instante, para receber suas ordens. Continuem a embalar tudo; vocês, mulheres, precisam ser mandadas para um local seguro.

Olhei-o de relance.

— Você está desarmado.

— Pegarei minha espada. Primeiro, preciso falar com o rei.

— Irei com você. Já embalei tudo de que preciso.

Ele não discutiu; não havia tempo. Corremos juntos pelos corredores, enquanto, do lado de fora, o canhão voltou a ribombar, seguido por gritos e gemidos. Imaginei outras partes do arsenal desmoronando, imaginei homens a se contorcer sob pilhas de pedras. Quando passei pelas paredes caiadas, com sua vastidão ocasionalmente quebrada pelo retrato de um ancestral, o lugar que eu sempre havia considerado eterno, poderoso, inexpugnável — o Castel Nuovo — pareceu-me frágil e efêmero. Os tetos altos e abobadados, as belas janelas em arco, com suas treliças de madeira espanhola escura, os pisos de mármore, tudo que eu havia tomado por certo poderia ser transformado em pó com a explosão de um canhão.

Dirigimo-nos aos aposentos de Ferrandino. Ele ainda não conseguira obrigar-se a dormir no quarto real de nosso pai, preferindo seus antigos cômodos. Antes de lá chegarmos, porém, deparamos com o jovem rei, cujo camisão estava metido nos calções, olhando com o sobrolho carregado para o príncipe Frederico, num nicho logo à saída da sala do trono. Ao que parece, os dois haviam acabado de trocar palavras ásperas.

Frederico, com as pernas nuas e sem chinelas, ainda de camisolão, segurava uma cimitarra moura de aparência assombrosa. Entre os dois postava-se o principal comandante de Ferrandino, Dom Inácio d'Avalos, homem pesadão e de olhar feroz que tinha a mais alta reputação de bravura; o rei em si era ladeado por dois guardas armados.

— Estão lutando uns com os outros nas guarnições — dizia Dom Inácio, no momento em que Afonso e eu nos aproximamos. — Os nobres se aproximaram de alguns deles, com subornos, imagino. Já não sei em que homens posso confiar. Sugiro-lhe que parta imediatamente, Majestade.

A expressão de Ferrandino estava firme e fria como mármore: ele se preparara para esse momento, mas seus olhos escuros deixavam transparecer um lampejo de sofrimento.

— Ordene àqueles que considera leais que protejam o castelo a qualquer preço. Ganhe o máximo de tempo que puder. Preciso de seus melhores homens para escoltar a família até o Castel dell'Ovo. De lá, necessitaremos de um navio. Depois que houvermos partido, dê a ordem de retirada.

Dom Inácio fez um aceno de cabeça e se afastou no mesmo instante para cumprir as ordens do rei.

Enquanto ele o fazia, Frederico ergueu a cimitarra e a apontou para o sobrinho, num gesto acusador; eu nunca vira o velho príncipe tão vermelho de indignação.

— Você está entregando a cidade aos franceses sem luta! Como podemos deixar Nápoles na hora de sua pior aflição? Ela já foi abandonada uma vez!

Ferrandino deu um passo à frente, até a ponta recurvada da arma encostar em seu peito, como que desafiando o tio a golpeá-lo. Os guardas que ladeavam o rei se entreolharam, nervosos, sem saber se deveriam intervir.

— Prefere que todos fiquemos, velho, e que a Casa de Aragão morra? — perguntou Ferrandino, em tom passional. — Prefere que nosso exército fique e seja massacrado, para que nunca tenhamos possibilidade de reconquistar o trono? Pense com a cabeça, não com o coração! Não temos nenhuma chance de vencer, não sem ajuda. E, se tivermos que recuar e esperar por essa ajuda, é o que faremos. Só estamos deixando Nápoles por algum tempo; jamais a abandonaremos. Não sou meu pai, Frederico. Você decerto me conhece melhor agora.

A contragosto, Frederico baixou a arma; seus lábios tremiam, com uma mescla inexprimível de emoções.

— Sou eu o seu rei? — insistiu Ferrandino. Tinha o olhar feroz, até ameaçador.

— Você é meu rei — admitiu Frederico, em tom rouco.

— Então, vá dizê-lo a seus irmãos. Embale tudo que puder. Precisamos partir o mais depressa possível.

O velho príncipe fez um único aceno de assentimento e se afastou às pressas pelo corredor.

Ferrandino voltou-se para Afonso e para mim.

— Espalhem a notícia pelo resto da família. Peguem o que for de valor, mas não demorem.

Fiz uma mesura apenas com a cabeça. Nesse momento, o guarda mais próximo de mim desembainhou a espada e, rápido demais para que algum de nós o impedisse, cravou-a no ventre de seu colega.

O jovem soldado ferido estarreceu-se a tal ponto que sequer levou a mão a sua arma. Olhou para o agressor, de olhos arregalados, e para a lâmina que o perpassava, projetando-se de suas costas abaixo das costelas.

Com a mesma subitaneidade, o agressor retirou a arma; o homem agonizante desabou no chão com um longo suspiro e rolou de lado. O sangue rubro jorrou sobre o mármore branco.

Afonso reagiu de imediato. Segurou Ferrandino e o empurrou para longe com muita força, usando o próprio corpo para barrar o assassino. Infelizmente, o guarda nos deixara numa posição que lhe era vantajosa: Ferrandino e Afonso ficaram encurralados no nicho, sem chance de fuga.

Lancei um olhar para o rei, depois para meu irmão, e em pânico percebi que nenhum dos dois estava armado. Apenas o soldado portava uma espada — e, sem dúvida, estivera esperando que Dom Inácio e Frederico, com sua cimitarra, se afastassem.

O guarda — um jovem louro de barba rala, com os olhos cheios de determinação e pavor — deu mais um passo, aproximando-se de meu irmão. Coloquei-me entre eles, para acrescentar mais uma camada de proteção, e encarei diretamente o assassino.

— Saia daqui — disse o guarda. Levantou ameaçadoramente a lâmina e tentou assumir um tom áspero, mas sua voz vacilou. — Não é meu desejo ferir uma mulher.

— Terá que fazê-lo — retruquei —, senão eu o mato.

Ele é um menino, pensei comigo mesma, *e está amedrontado*. A percepção disso fez com que brotasse em mim uma estranha e súbita indiferença. Meu medo se dissipou; experimentei apenas uma sensação de repulsa por estarmos naquela situação desesperadora, na qual um de nós deveria viver e o outro, morrer, tudo em nome da política. Ao mesmo tempo, senti-me firme em minha lealdade à Coroa. Daria minha vida por Ferrandino, se a necessidade o exigisse.

Ante minha afirmação, o guarda riu, se bem que com ar nervoso; eu era uma mulher miúda, ele, um garoto alto. Eu parecia uma ameaça improvável. O rapaz deu mais um passo, abaixando um pouco a espada, e estendeu o braço em minha direção, pensando em me puxar e me jogar para o lado.

Algo despertou em mim, algo frio e duro, mais nascido do instinto que da vontade. Aproximei-me dele, como que para abraçá-lo — perto demais para que ele me golpeasse com sua longa lâmina, perto demais para que me visse soltar o estilete.

Seu corpo estava quase encostado ao meu, impedindo que eu desferisse um golpe adequado, de baixo para cima. Em vez disso, ergui o punhal e o golpeei de cima para baixo, cortando-lhe o olho e a face, e mal roçando em seu peito.

— Corram! — gritei para os homens atrás de mim.

O soldado à minha frente rugiu de dor, levando uma das mãos ao olho; o sangue lhe escorreu por entre os dedos. Meio cego, ele ergueu a espada e recuou, com a intenção de baixá-la sobre minha cabeça, como que para me partir em duas.

Usei a distância entre nós para encontrar sua garganta. Não era hora para delicadezas: pus-me na ponta dos pés e ergui o braço, usando toda a minha força para enfiar o punhal no lado de seu pescoço. Empurrei com força, até chegar ao centro, só me detendo ante o osso e a cartilagem.

O sangue quente espirrou-me no cabelo, no rosto, nos seios; passei o dorso da mão pelos olhos para poder enxergar. A espada do jovem assassino caiu com estrépito no mármore; seus braços giraram loucamente por um instante, enquanto ele cambaleava de costas, com meu punhal ainda enfiado na garganta. Os sons que emitiu — o sibilo desesperado, a sucção frenética de carne contra carne, mesclada com o borbulhar do sangue, o esforço e a impossibilidade de soltar um grito — foram os mais pavorosos que eu já tinha ouvido.

Por fim, ele tombou pesadamente de costas, com as mãos agarradas à arma cravada no pescoço. Os saltos de suas botas bateram no chão, depois deslizaram por ele para cima e para baixo, como se o homem tentasse correr. Por último, ele soltou um som estertoroso, acompanhado pela regurgitação da grande quantidade de sangue que lhe transbordava pelos lados da boca aberta, e ficou imóvel.

Ajoelhei-me a seu lado. Sua expressão estava pavorosamente contorcida, e os olhos — um perfurado, vermelho e intumescido de sangue —, arregalados e protuberantes. Com dificuldade, retirei o punhal de sua garganta rasgada e o limpei na bainha do vestido, depois o recoloquei no corpete.

— Você salvou minha vida — disse Ferrandino; ergui os olhos e o vi ajoelhado em frente a mim, do lado oposto do corpo do soldado, com uma expressão que revelava choque e admiração. — Jamais esquecerei isto, Sancha.

Junto dele agachava-se meu irmão, pálido e calado. A palidez e a reticência não vinham do pavor pelo incidente, eu sabia, mas do gesto mais recente a que ele acabara de assistir: meu gesto de retirar o punhal da garganta de minha vítima e limpá-lo no vestido, sem nenhuma cerimônia.

Matar tinha sido muito fácil para mim.

Troquei um longo olhar com meu irmão — que visão assombrosa eu devia ser, com a cabeça, as faces e os seios empapados de vermelho! —, depois tornei a olhar de relance para o assassino malogrado, que fitava cegamente o céu.

— Desculpe — murmurei, mesmo sabendo que ele não podia ouvir-me; mas Fernando I tivera razão: era melhor quando os olhos estavam abertos. — Tive que proteger o rei.

Nesse momento, estendi a mão e pus delicadamente a palma em seu rosto, onde meu estilete deixara sua marca. A pele do rapaz ainda estava macia e muito quente.

Afonso e o rei armaram-se com espadas retiradas dos aposentos de Ferrandino, depois me escoltaram de volta a meus aposentos, embora eu houvesse provado minha capacidade de me proteger.

Quando me viu — empapada da cabeça até a saia com o sangue que começava a endurecer —, D. Esmeralda deu um grito, e teria desabado se Afonso não a segurasse. Ao saber que eu não fora ferida, recuperou-se admiravelmente. Jofre também estava lá, pois tinha ido me buscar, e gritou meu nome com tal medo e susto, que me senti gratificada. Mesmo depois de saber que eu estava bem, ele agarrou minha mão — sem se deixar deter pelo sangue pegajoso que a recobria — e se recusou a sair de perto de mim, até o rei lhe dar ordem de fazê-lo.

Depois que os homens se foram — prometendo voltar com instruções —, D. Esmeralda trouxe uma bacia com água e tratou de me limpar.

Enquanto mergulhava a toalha na água, rosada e turva por causa do sangue de minha vítima, ela murmurou:

— A senhora é muito valente! Sua Majestade deveria dar-lhe uma medalha. Qual foi a sensação de matar um homem?

— Foi... — fiz uma pausa, buscando as palavras certas para descrever meus sentimentos. — Necessário. É só uma coisa que se faz por ser necessária.

Na verdade, fora admiravelmente simples. Comecei a tremer, não por ter tirado a vida de um homem, mas por tê-lo feito com tamanha facilidade.

— Pronto, pronto — disse D. Esmeralda, envolvendo meus ombros nus com um xale; eu havia jogado no chão o vestido úmido, deixando-o para que um traidor angevino ou um francês o encontrassem, mais tarde, e ficassem intrigados. — Sei que você é destemida, mas, mesmo assim, foi um grande susto.

Mas eu não estava com paciência para mimos. Tornei a me vestir depressa, enxagüei a lâmina na água ensangüentada, sequei-a cuidadosamente e a repus na bainha, sob meu corpete limpo. Só então ajudei Esmeralda a juntar nossos pertences mais indispensáveis num baú. As jóias mais caras, escondi-as em meu corpo, prendendo-as com firmeza nos quadris, embaixo das saias. Muitas coisas bonitas — esplêndidos cobertores de pele, tapetes, tapeçarias de seda e de brocado, além de pesados lustres de ouro e prata e quadros de antigos mestres — tiveram que ser deixadas para nossos inimigos.

Depois disso, não havia mais nada a fazer senão esperar, e procurar acalmar-nos a cada vez que os canhões ribombavam.

Pouco antes do meio-dia, Jofre apareceu com alguns criados, para carregarem nosso baú, e um par de guardas armados. Por um hábito que tinha antes de aparecer em público, alisei o cabelo — e descobri que estava duro, por causa dos restos de sangue seco.

Mais uma vez, desloquei-me, célere, pelos corredores do Castel Nuovo; desta feita, não me permiti o luxo de estudar as paredes e objetos decorativos, de me entregar à tristeza pelo que estava deixando para trás. Mantive a cabeça separada das emoções, com a primeira preponderando. Podíamos estar em meio à derrota, mas eu confiava em que Ferrandino tinha razão, em que aquilo era apenas temporário. Esforcei-me ao máximo para me portar com dignidade e segurança, pois a Casa de Aragão nunca tivera tamanha necessidade disso. Jofre, seja reconhecido o seu mérito, andou a meu lado com ar grave e intenso, mas sem relevar nenhum temor.

Nosso grupinho enfim chegou às portas duplas que davam para o pátio fechado e se deteve, quando os guardas vieram correndo abri-los.

A meu lado, D. Esmeralda irrompeu em soluços altos.

Repreendi-a na mesma hora.

— Guarde-os para quando estivermos sozinhas — ordenei. — Caminhe com orgulho. Não fomos derrotados; nós retornaremos. E Nápoles nos dará as boas-vindas quando viermos.

Ela obedeceu, enxugando os olhos na imensa manga.

As portas se abriram para uma cena da mais completa desordem. O pátio estava abarrotado de gente, acima de sua capacidade: parentes distantes e conhecidos da nobreza, que haviam conseguido encontrar asilo no interior dos muros do castelo quando do início da luta, e serviçais e funcionários frenéticos que haviam abandonado seus postos e se davam conta, nesse momento, de que estavam prestes a ser abandonados à mercê dos revoltosos. Esses dois grupos foram reunidos e eram vigiados à ponta de sabre por um contingente de nossos soldados, para que se mantivessem longe das carruagens preparadas para nossa fuga.

Havia também outros soldados — alguns recém-mortos, arrastados para os cantos, outros feridos, gemendo de dor. Os que estavam inteiros cercaram as quatro carruagens fechadas, do tipo usado para viagens locais pela cidade; os veículos foram cercados primeiro por homens a cavalo, dois a dois, depois por soldados da infantaria. Nossos homens estavam vestidos para a batalha, usando elmos espanhóis com penas azuis e douradas, e couraças de metal cinzelado que lhes cobriam o peito e as costas.

Cada cantinho da vegetação fora pisoteado, inclusive as primeiras flores da primavera. O ar, antes fragrante, estava cheio da fumaça dos palácios em chamas e do cheiro acre e sulfuroso da artilharia. O som de vozes humanas, alteadas num coro de desespero e pavor, abafava todos os demais, exceto o dos canhões.

Com os guardas genuflectidos, entrei naquela loucura com meu mais majestoso porte.

— Abram caminho! — gritavam eles. — Abram caminho para o príncipe e a princesa de Squillace!

Um murmúrio percorreu a multidão. Os soldados que estavam mais perto voltaram-se e, com uma sinceridade e admiração que não compreendi, fizeram uma profunda reverência.

— Abram caminho para a princesa Sancha!

Tão grande era a aglomeração e tão restrito o nosso espaço, que os homens se comprimiam ombro a ombro; no entanto, em momento algum fui empurrada, minha pessoa não foi tocada uma única vez.

Um capitão emergiu da aglomeração.

— Altezas — disse, dirigindo-se a mim e a meu marido. — Sua Majestade solicitou que Vossas Altezas o acompanhem.

O próprio capitão nos conduziu, fazendo-nos passar por duas carruagens. Tio Frederico empurrava o irmão para dentro da primeira, com a mesma ferocidade que usara para brandir a cimitarra naquela manhã.

A arma estava agora embainhada em sua cinta; todos os homens, da realeza ou não, portavam armas.

Os soldados de infantaria que cercavam a carruagem do rei afastaram-se para nos dar passagem, e os cavaleiros que a ladeavam recuaram com seus corcéis para que pudéssemos entrar. Um dos guardas, ao me estender o braço para que eu subisse no veículo, disse, quando o toquei de leve:

— É uma honra, Alteza. Vossa Alteza é a maior heroína de Nápoles.

Do lado de dentro, encontrei Afonso, Giovanna e Ferrandino à nossa espera. Por mais aflitiva que certamente fosse a situação para ele, o jovem rei conseguiu dar um sorriso pálido; entreouvira a declaração do guarda.

— Venha sentar-se a meu lado, Sancha. Eu me sentirei mais seguro. Como por certo já percebeu, você granjeou uma reputação e tanto por sua bravura de hoje.

Ante essa afirmação, minha compostura vacilou: eu não havia pensado em meu gesto como um ato de coragem, mas sim como um inquietante sintoma de minha herança. Baixei os olhos e gaguejei, enquanto Jofre e Esmeralda entravam na carruagem atrás de mim:

— Foi mero acaso eu ser a única a portar uma arma, Majestade. Estivesse meu irmão armado, ele teria sido o primeiro a defendê-lo; e, se Vossa Majestade estivesse armado, não teríamos o que temer, dada a sua habilidade na esgrima.

Sentei-me junto ao rei, com Giovanna a seu outro lado. Voltados para nós sentaram-se Afonso, depois Jofre e, por último, Esmeralda, de frente para mim.

— Acaso ou não, é por sua causa que estamos aqui — contrapôs Ferrandino —, e estamos gratos. Agora você é meu talismã da sorte, Sancha.

O rei calou-se quando a carruagem arrancou; com o movimento vieram os gritos dos homens, à medida que as sentinelas das torres acima de nós iam descrevendo para os soldados lá embaixo a situação fora dos portões do castelo. Nossa fuga do Castel Nuovo parecia ter sido antecipada pelas forças inimigas, pois um grande grupo de soldados de infantaria apressou-se a reforçar os que já protegiam nossa dianteira.

Diversos guardas correram até os portões e tiraram as travas; eles se abriram para o caos.

Do lado de fora, nossos homens lutaram com traidores em suas próprias fileiras, além de combaterem plebeus e nobres. Uma vez abertos os portões, nossos reforços entraram na peleja com rugidos assustadores — e logo se engajaram num brandir tão rápido de espadas, que meus olhos mal conseguiam acompanhá-lo.

As rodas de nossa carruagem avançaram até pouco depois da arcada e pararam com um rangido sob o Arco do Triunfo de Afonso I. Ficamos efetivamente presos no pátio destrancado, enquanto nossos protetores tentavam abrir caminho a golpes de espada pela linha inimiga no portão.

Espiei pela janela da carruagem.

— Não olhe! — advertiu-me Jofre, e Ferrandino lhe fez eco.

— Não olhem! Sinto muito que vocês, mulheres, tenham que ficar expostas à dureza da guerra.

Mas eu estava fascinada, tal como diante do museu de cadáveres mumificados de Fernando. Vi quando um nobre angevino, sem armadura, com sua bela túnica de brocado encharcada de suor e sangue, o rosto coberto de fuligem, brandiu implacavelmente a espada contra o soldado de infantaria que estava mais distante, à minha direita. Era um homem de meia-idade, extremamente bem treinado; nosso soldado era jovem, estava apavorado e, não muito depois de começar a dar combate, sofreu um leve tropeço. Foi o quanto bastou para que o angevino maduro avançasse para liquidá-lo, o que fez com suma eficiência: um, dois golpes, e o jovem da infantaria virou o rosto com um grito, fitando horrorizado o seu braço direito, que já não portava espada, nem mão nem cotovelo. Já não passava de um toco banhado em sangue, e o rapaz caiu de costas, desfalecido.

O nobre desviou-se de um segundo soldado da infantaria, depois de um terceiro, e então pude ouvir seu grito vitorioso:

— Morte à Casa de Aragão! Morte a Ferrandino!

Seus lábios ainda se arredondavam no "o" final quando um de nossos cavaleiros — desconcertantemente próximo à janela — curvou-se com seu sabre e o deslizou com destreza à altura dos ombros do angevino, separando-lhe a cabeça do corpo.

A cabeça caiu, bateu no flanco do cavalo e rolou sob seus cascos, que a chutaram para baixo de nossa carruagem; um jato veloz de sangue esguichou do pescoço decapitado do cadáver e, em seguida, seus ombros vestidos de brocado tombaram para trás e desapareceram. Nossas rodas tentaram avançar e foram obstruídas como que por uma grande pedra;

o cocheiro chicoteou os cavalos até eles puxarem com toda a força. Com um grande solavanco, a carruagem passou por cima do obstáculo angevino. Por felicidade, o estrépito da batalha abafou o som.

Em frente a mim, D. Esmeralda começou a fazer uma prece trêmula e apaixonada a São Januário por nossa segurança; pálida, Giovanna segurou o braço de Ferrandino e o apertou com força.

Outras espadas reluziram ao sol, prateadas. Vi um plebeu travar combate com nossos homens e ser transpassado por seus esforços; vi outro de nossos soldados de infantaria ser ferido, dessa vez na coxa. Ele lutou o quanto pôde, depois tombou, exangue. Embora eu não pudesse ver seu fim, dada a altura da carruagem e os soldados que me bloqueavam a visão, vi um rebelde erguer sua espada repetidas vezes e golpear o homem caído.

Após algum tempo, começamos a nos deslocar mais depressa e chegamos à rua. Virei para trás, lançando um último olhar para o Castel Nuovo. Os portões continuavam escancarados, embora a última das carruagens reais houvesse passado; angevinos e plebeus fervilhavam sob o Arco do Triunfo. Em vão procurei por elmos com plumas de ouro e azul.

Espichei ainda mais o pescoço: atrás de nós, toda a armaria estava em chamas, com suas muralhas de pedra fragmentadas e fendidas. Mais ao longe, uma névoa acinzentada erguia-se dos incêndios que pontilhavam a paisagem perto do Vesúvio. Tinha-se a impressão de que o vulcão havia cuspido fumaça e fogo sobre a cidade, mas, dessa vez, ele era uma testemunha inocente e silenciosa da destruição perpetrada pelo homem.

Antes que eu pudesse ver mais, Afonso, sentado ao lado de Esmeralda, disse em tom firme:

— Esqueça, Sancha. Não adianta...

Tinha razão, é claro. Obriguei-me a desvirar a cabeça e olhar para a frente, a censurar as idéias que tentavam despontar sobre as pobres pessoas que deixáramos para trás no pátio, sobre a casa da minha infância, abandonada ao inimigo.

Seguimos num tropel pelas ruas de pedra. Nosso trajeto conduziu-nos diretamente pela linha costeira. À minha esquerda estava a plácida baía; à direita, os jardins externos do palácio real, agora transformados em campo de batalha, e, mais além deles, o *Pizzofalcone*, em cujas encostas ardiam palácios aragoneses. Às minhas costas ficava a cidade.

Nosso progresso foi regular, porém longe de célere, dado o tamanho de nossa escolta militar. Mas nosso destino, a antiga fortaleza do Castel dell'Ovo, que guardava o porto de Santa Lucia, assomava cada vez mais próximo. Agora que havíamos passado pelo pior da luta, pensei pela primeira vez não no que nossa família estava deixando para trás, mas em para onde iríamos. Ferrandino havia solicitado um navio: teria algum destino em mente?

Se eu fosse rei de uma nação dilacerada pela guerra e cujo tesouro tivesse sido inteiramente pilhado, só haveria um lugar para onde iria. A idéia causou-me certa inquietação, mas fui imediatamente distraída por uma visão que me deixou indignada: dois plebeus corriam do palácio real, carregando enrolado o tapete turco que havia adornado o gabinete de meu pai. Pior que isso, um terceiro homem os acompanhava, segurando nos braços o busto de ouro de Afonso I, tirado do console da lareira de meu avô.

Minha indignação não durou muito. Meus olhos foram atingidos por uma rajada ruidosa e cortante de vento; no mesmo instante, a carruagem inclinou-se de lado para a esquerda, jogando-me contra Ferrandino e ele, contra Giovanna; do mesmo modo, Esmeralda foi jogada contra meu marido e meu irmão. Soltei um grito involuntário, com o susto, meio ensurdecida, mal conseguindo ouvir minha própria voz ou os gritos dos outros.

Ao mesmo tempo, recebi os respingos do sangue que entrava pela janela. Por um momento aterrador, oscilamos sobre duas rodas, escorados pelos cavalos e pelos homens que gritavam. Enquanto nós, dentro da carruagem, agarrávamos qualquer coisa para nos equilibrar, lá fora os soldados corriam para empurrá-la: por fim, ela recobrou o prumo com um solavanco.

Depois de nos recompormos, olhei pela janela para a fonte da comoção: uma bala de canhão. Agora ela estava inofensivamente caída nas pedras do calçamento, mas havia cobrado um tributo medonho. A seu lado achava-se um de nossos cavaleiros, com a coxa e a barriga de sua pobre montaria cortados quase pela metade; o sangue, os ossos e a carne do homem e do cavalo misturavam-se, indistinguíveis.

Uma única bênção lhes fora concedida: ambos pareciam ter tido morte instantânea, pois os olhos abertos e a expressão serena do rapaz exibiam intensidade, mas nenhum sinal de espanto ou medo: ele ainda segurava as rédeas no punho fechado. A grande e bela cabeça do cavalo estava erguida, ainda com o freio na boca, os olhos inteligentes e vivazes; uma das patas dianteiras erguia-se graciosamente, preparando o elegante passo seguinte. A não ser por suas terríveis feridas abertas, cada um parecia um belo exemplo de juventude e força.

Eu havia desejado ser forte, perfeita e valente, pelo bem dos outros, mas baixei a cabeça, não conseguindo suportar mais, e assim perfiz o resto do caminho até o Castel dell'Ovo. A imagem do jovem cavaleiro e sua montaria me acompanhou; na verdade, acompanha-me até hoje.

Eu havia crescido em Nápoles, mas nunca tivera motivo para visitar a despretensiosa fortaleza que retirara seu nome do ovo mítico de Virgílio. Ela não era propriamente o lugar para uma princesa se divertir, pois consistia num grande quadrado de pedra, mais largo na base que no topo, sem outro mobiliário além das armas militares; fora construída para servir de sentinela e primeira defesa contra invasores marítimos, e de último refúgio e defesa contra os que invadissem por terra. Tinha um cheiro úmido e desagradável; os degraus de tijolos irregulares e desgastados eram escorregadios, por causa do bolor.

Em vez de ficar numa acomodação mais segura na parte de baixo, insisti em subir até o topo, onde havia soldados montando guarda. Vários canhões, acompanhados por pilhas de bolas de ferro, postavam-se em cada torreão, prontos para disparar contra a cidade. Todos que viajaram nas carruagens — inclusive os familiares que nos tinham precedido e seguido — estavam profundamente abalados, não só pela ignomínia da retirada forçada, mas também pelo sofrimento que testemunhamos. Era-me insuportável ficar sentada, lamuriando-me com D. Esmeralda, enquanto aguardávamos o resgate; em vez disso, distraí-me olhando para o mar, à procura do navio que nos levaria embora.

Nem sinal dele. Durante horas, não houve nenhum sinal, e palmilhei irrequieta as pedras envelhecidas do terraço, enquanto Afonso, de tempos em tempos, emergia lá de baixo e indagava se a embarcação fora avistada.

Não, eu lhe dizia repetidamente, e a cada vez ele retornava ao aposento inferior, onde o rei e seu general discutiam a estratégia. Eu olhava para o oeste, recusando-me a assistir à destruição da cidade às minhas costas, e vi o sol descer em direção à linha do horizonte.

Na última vez que Afonso perguntou pelo navio, indaguei:

— Para onde iremos?

Ele se inclinou e falou junto a meu ouvido, como quem transmitisse um segredo de Estado que os soldados não devessem escutar, muito embora sua resposta me parecesse tão esperada e tão óbvia que não faria diferença se ele a gritasse pelas ruas.

— Sicília. Dizem que o rei de lá concedeu asilo a papai em Messina.

Fiz um breve aceno com a cabeça.

Não tardou a escurecer, e desci para ver a família. Considerando a demora, estávamos todos bastante nervosos, sem saber se o general teria mantido sua palavra e se o navio estava realmente a caminho. No entanto, tão logo o sol acabou de se pôr, veio um grito de uma das sentinelas.

Precipitamo-nos para o navio, sem protocolo, elegância nem fanfarra. A embarcação era pequena e ágil, projetada para oferecer velocidade, não conforto; a bem da segurança, desfraldava a bandeira amarela e vermelha da Espanha, em vez das cores napolitanas.

Embora D. Esmeralda insistisse para que eu descesse, fiquei no convés enquanto zarpávamos do porto de Santa Lucia. Apesar de ter caído a noite, a cidade refulgia com os incêndios deflagrados e os canhões iluminavam o céu como relâmpagos, permitindo-me distinguir alguns marcos: o arsenal e a igreja de Santa Clara, onde meu pai fora coroado, estavam em chamas; o Poggio Reale, um magnífico palácio construído por meu pai na época em que ainda era duque, fora quase inteiramente consumido. Senti-me aliviada ao ver que, ao menos por enquanto, o Duomo tinha sobrevivido.

Quanto ao Castel Nuovo, era o que ardia com mais fulgor. Não pude deixar de pensar em como teriam reagido as pessoas ao descobrirem o museu de Fernando.

Passei muito tempo em vigília no convés, ouvindo o marulhar das ondas, enquanto Nápoles recuava, como uma jóia vermelha, cintilante e raivosa.

Primavera – verão de 1495

VIII

Navegamos rumo ao sul pelas águas cálidas do mar Tirreno e, em poucos dias, chegamos a Messina, outrora chamada pelos gregos de *Zancle*, ou "foice", em virtude de seu porto em forma de gadanha. Senti-me grata ao avistar terra; as viagens por mar não me faziam bem, e essa fora a mais longa que eu já tinha feito numa embarcação à vela. Meus primeiros dois dias tinham sido um tormento.

Fazia 27 anos que a Sicília era governada pelo rei Fernando de Aragão, aquele que unira o reino ao de sua esposa, Isabel de Castela, com a idéia de unificar a Espanha. Além dos laços consangüíneos com minha família, Fernando tinha bons motivos para ser agradecido aos Bórgia. Como Jofre me explicou, quando Rodrigo, seu pai, ainda era cardeal de Valência, Fernando havia buscado a aprovação formal do papa Sisto IV para uma Inquisição, com a qual ele e Isabel tinham a esperança de livrar seu reino de todos os mouros e judeus, cristianizados ou não.

Sisto fora categórico em sua recusa. Somente depois de pressões intensas e prolongadas, por parte do convincente e poderoso cardeal Rodrigo Bórgia, o papa cedera um pouco, permitindo que a Inquisição se realizasse apenas na província de Castela.

— O rei Fernando ficou tão agradecido pela ajuda de meu pai — disse-me Jofre, com uma ingenuidade que seria tocante, se não me houvesse enregelado até os ossos —, que prestou todo o seu apoio à eleição dele como papa.

Fernando, o Católico, fora assim que Rodrigo Bórgia sempre se referira ao rei espanhol, a partir de então.

Depois de pisarmos em terra e de se espalhar a notícia de nossa fuga de Nápoles, recebemos as boas-vindas do embaixador espanhol, Jorge Zuñiga. Refugiamo-nos num solar que mal chegava a ser suficiente e que nos deixou dolorosamente amontoados, com os irmãos dividindo um quarto, Afonso e Jofre, outro, e Giovanna, Esmeralda e eu, um terceiro, para que Ferrandino dispusesse da privacidade compatível com um monarca.

Dom Jorge apareceu na noite de nossa chegada. Era uma figura vistosa, com uma capa e uma túnica de vivo carmesim combinadas, e um sorriso rápido e fácil sob o bigode negro, de pontas caídas. Creio que havia esperado uma acolhida calorosa de nossa família e pedidos servis de socorro; certamente não esperava o que recebeu.

— Altezas — disse, curvando-se diante de todos nós e tirando o chapéu de veludo e plumas com um gesto largo. — Foi com grande pesar que tomei conhecimento das circunstâncias que cercaram sua viagem a nossa bela ilha — e fez uma pausa. — Nossos agentes nos informaram da rebelião entre os nobres; presumimos que eles se tenham sentido encorajados pelos acontecimentos de Cápua — explicou. A cidade de Cápua ficava no interior, não muito ao norte de Nápoles. — Os cidadãos de lá ficaram tão assustados com o tamanho do exército de Carlos, que abriram os portões e deixaram os franceses entrarem à vontade. Sua Majestade, o rei Fernando, lhes dá as boas-vindas e está pronto a lhes oferecer a ajuda de que necessitarem.

Ferrandino estava sentado no centro de nossa família reunida, no lugar de honra, enquanto nós nos mantínhamos de pé, em deferência a sua posição. Dom Jorge, entretanto, não notou a importância disso, o que levou tio Frederico a lhe dizer, num rosnado:

— O senhor não mais se dirigirá a Ferrandino como Sua Alteza. Agora ele é o rei Fernando II de Nápoles.

Dom Jorge piscou os olhos, completamente confuso, e começou:

— Mas o rei Afonso...

Então, sempre diplomático, intuiu a desaprovação que emanava de nós e fez uma segunda reverência, dirigindo o gesto a Ferrandino.

— Majestade. Rogo humildemente seu perdão.

— Concedido — disse Ferrandino. Como o resto de nós, estava exausto, mas projetava um admirável ar de autoridade. Mesmo assim, não havia realeza que apagasse as rugas de seu semblante ou o desespero de seus olhos. Ele continuava sem apetite, a despeito da insistência de Giovanna, e as maçãs de seu rosto saltavam agora num espantoso relevo. — Não sei com que pretexto meu pai veio para Messina; só posso presumir que não tenha sido franco no tocante às circunstâncias. Também estou certo de que o senhor é um homem discreto, a quem é possível confiar a verdade.

— É claro — respondeu o embaixador, com voz melíflua.

— Meu pai nos desertou em nossa hora de maior necessidade — continuou Ferrandino —, e roubou muito dinheiro do Estado. Estamos aqui para recuperá-lo.

Tio Frederico, cuja indignação vinha crescendo aos poucos, não mais pôde se conter.

— Os senhores estão abrigando um criminoso! Como se já não bastasse seu rei não nos haver fornecido tropas a tempo...

Meu meio-irmão virou-se para ele e disse, com rispidez:

— Já basta, tio. O senhor não tornará a interromper nossa conversa.

Frederico fez um muxoxo.

— Devemos apresentar nossas mais humildes desculpas — disse Dom Jorge. — Presumimos, quando Sua Majestade... quando Sua Alteza, Afonso, aqui chegou, que o estivesse fazendo por motivos de saúde, para se beneficiar de nosso clima. Pensamos, muito enganados, que a família estivesse ciente de sua chegada.

Fez uma pausa e inclinou a cabeça, para nos estudar um a um, e disse:

— Todos aqui pertencem à família real; não tenho dúvida de que é possível confiar a todos o material mais confidencial.

— É verdade — afirmou Ferrandino.

— Trago ótimas notícias para a Casa de Aragão. Seus apelos não caíram em ouvidos moucos, Majestade. O papa, o imperador, o rei Fernando, Milão, Veneza e Florença, todos se uniram para formar uma Santa Liga. Peço desculpas por não termos podido informar-lhe antes sobre esse fato; era grande demais o perigo de que os franceses interceptassem uma mensagem e soubessem de nossos planos. Porém um exército superior ao de Carlos logo estará marchando para o sul, saindo de Roma, para encontrá-lo.

A expressão e os olhos de Ferrandino abrandaram-se subitamente, como se ele fitasse algo inexprimivelmente terno, como um filho recém-nascido ou uma amante adorada; por um instante, julguei que fosse chorar. Apesar de comovido, ele se recompôs o bastante para dizer, em voz baixa:

— Deus abençoe o papa e o imperador; e Deus abençoe o rei Fernando.

Dom Jorge providenciou carruagens para nos levarem, na manhã seguinte, ao refúgio de meu pai. Frederico, entretanto, sugeriu que Ferrandino não fosse, "pois não seria apropriado", em suas palavras, "o rei implorar o que era seu por direito". O plano era envergonhar — e, se necessário, ameaçar — meu pai, para fazê-lo ir à presença do novo soberano, jurar fidelidade, pedir perdão e, o que era mais importante, entregar os tesouros da Coroa, que ainda seriam necessários para que nossas tropas lutassem ao lado da Santa Liga. E decerto seriam necessários para a administração do reino no dia-a-dia — uma perspectiva da qual, nesse momento, tínhamos esperanças reais.

Ferrandino, transformado num homem de aparência remoçada, pelo que tinha sido, provavelmente, sua primeira noite de verdadeiro descanso em um ano, concordou com o plano de Frederico. Nossos dois tios queriam ir sozinhos em sua missão, porém meu irmão os convenceu de outra idéia.

— Sancha e eu devemos acompanhá-los — insistiu Afonso. — Temos o direito de ver nosso pai e nossa mãe, e de lhes perguntarmos, nós mesmos, a razão de seus atos.

Assim, todos nos dirigimos ao palácio em que o antigo Afonso II agora residia — uma estrutura grandiosa, situada numa ladeira suave acima do porto. Curiosamente, não havia um só guarda vigiando o portão sem travas; nosso próprio cocheiro desceu e abriu esse portão, manobrou a carruagem no pátio e tornou a fechá-lo atrás de nós.

Também não houve criados para receber-nos à porta. Dom Frederico a abriu e chamou em voz alta, até que duas vozes femininas responderam em coro, à distância:

— Quem está aí?

Uma delas pertencia a D. Elena, antiga dama de companhia de minha mãe; a outra era da própria Sra. Trusia.

Tio Frederico entrou no vestíbulo e trovejou:

— Ninguém menos do que a Casa de Aragão! E viemos acertar as contas!

Trusia apareceu no corredor. Ela havia suportado bem os efeitos do tempo; sendo mais moça do que meu pai, chegara enfim à idade em que tinha atingido seu pleno desabrochar feminino, com os lábios maduros e as maçãs do rosto bem esculpidas sob os olhos grandes. Prendi de leve a respiração, em silêncio; passado um tempo de separação, fiquei admirada com a beleza de mamãe.

Ao ver-nos parados no vão arqueado da porta, o rosto dela se iluminou prontamente e ela quase correu para nos saudar.

Sua expressão não refletia nada senão alegria, e só se abateu quando ela registrou nosso ar sombrio — e, no caso de Frederico, hostil.

— Altezas — disse Trusia, dirigindo-se aos irmãos com uma mesura. Em seguida, esticou o pescoço para olhar por trás deles para Afonso e eu. — E meus filhos! Que saudade senti de vocês! Sancha, há quanto tempo!

Abriu-me os braços. Apesar de minha mágoa e desaprovação, aproximei-me e deixei que eles me envolvessem, deixei que ela me beijasse as faces, mas não consegui retribuir o abraço.

— Como pôde? — perguntei-lhe, amargurada. — Como pôde deixar-se participar de um ato tão terrível?

Ela recuou, intrigada.

— Seu pai está doente. Como poderia eu abandoná-lo? Além disso, sua guarda obrigou-me a acompanhá-lo.

Antes que eu pudesse insistir mais, Afonso foi em busca do abraço de mamãe. Exibiu uma reação mais confiante, porém ainda distante. Ficou claro que ele a julgava incapaz de malfeitos e aguardava uma explicação.

Tio Frederico mostrou-se enojado.

— Não estamos aqui para reencontros. Cometeu-se um crime contra o reino, um crime, senhora, do qual foi cúmplice.

Minha mãe empalideceu visivelmente e levou a mão à garganta.

— É verdade, Afonso abandonou o trono; mas ele não sabia o que estava fazendo. Juro por Deus, Alteza, que eu não sabia de sua intenção de fugir, até a própria noite em que, sob a mira da espada, fui obrigada a me juntar a ele.

Trusia fez uma pausa, depois empertigou-se e assumiu um leve ar de desafio.

— O único crime dele é a loucura. Ele precisa de minha ajuda, Dom Frederico. Em retrospectiva, eu o teria acompanhado por minha livre vontade. Se houve algum crime, foi apenas meu, por não ter escrito para lhe explicar a situação. Mas até hoje de manhã, quando os guardas fugiram, eu não tinha liberdade para fazê-lo.

Frederico a estudou com um olhar de gavião por um longo momento. Sempre gostara de Trusia; aliás, ela nunca havia despertado a desconfiança de ninguém na corte. Por fim, meu tio falou, em tom solene e calmo.

— Entremos, D. Trusia, e vamos aonde possamos ter uma conversa particular.

— É claro.

Ela nos conduziu a um aposento onde lhe foi permitido sentar-se conosco. O príncipe Frederico relatou-lhe toda a triste história — do desaparecimento dos tesouros da Coroa, do regresso de Ferrandino, para descobrir que Nápoles não tinha rei nem recursos para seus soldados, e de nossa perigosa fuga dos rebeldes.

Trusia ficou chocada com nossas notícias. Ao se recompor, disse:

— Todos vocês sabem que não sou dada a mentiras. Eu jamais apoiaria um roubo tão hediondo. Talvez eu seja uma tola e esteja sozinha em minha ignorância; esta manhã, fiquei surpresa ao constatar que todos os criados, com exceção de D. Elena, haviam partido. Ontem à noite, ouvimos boatos de que vocês tinham chegado a Messina.

— Eles sabiam — respondeu meu irmão —, e temeram o castigo.

— Aliás, se eu os encontrar, mandarei enforcá-los por traição — interpôs Frederico, com veemência. Mas acalmou-se e prosseguiu: — Por ora, devemos recuperar os tesouros da Coroa, presumindo que ninguém tenha fugido com eles. São nossa única esperança. Sem eles, Ferrandino não terá a menor possibilidade de resgatar e conservar o trono.

A resposta de minha mãe foi simples:

— Digam-me o que devo fazer.

. . .

Fomos conduzidos ao cômodo em que agora meu pai passava os dias — sozinho, disse Trusia, a não ser pelas poucas vezes em que solicitava um criado, ou tinha uma pergunta peculiar para sua amante. À porta, mamãe voltou-se para Frederico e Francisco, com expressão súplice:

— Vocês estão lembrados do estado dele às vésperas de nossa partida...

— Sim — respondeu Francisco, em tom mais cordial, mais solidário que o de Frederico. — Acamado. Confuso. Mas havia momentos em que podíamos consultá-lo sobre os problemas, momentos em que ele se mostrava bastante lúcido.

— Esses momentos são coisa do passado — respondeu minha mãe, tristonha. — Ele não se lembra da vinda para cá nem compreende sua situação. Vocês precisarão de diplomacia e paciência, se quiserem recuperar o tesouro.

E abriu a porta.

Do lado de dentro o cômodo era amplo, escassamente mobiliado. Sua característica mais notável era uma larguíssima janela em arco, que ia do teto ao piso e proporcionava uma vista magnífica do porto de Messina.

Na parede oposta ficava uma cadeira enorme de madeira, finamente entalhada; acima dela pendia um lustre maciço de ferro batido, com umas duas vintenas de velas altas. O conjunto fazia lembrar um trono sob um dossel, e na cadeira sentava-se meu pai.

Seu rosto me assustou. O cabelo, antes quase inteiramente negro, tornara-se quase todo grisalho, e sua tez havia assumido a palidez cérea de quem evita toda a luz. Ele estava visivelmente magro, e seu traje real — uma túnica de seda azul, rebordada em fios de ouro, e uma faixa decorada com medalhas de Otranto — caía solto sobre seu corpo.

Ele fitava com expressão vaga a paisagem da janela; ao entrarmos, lançou-nos o mais fugaz dos olhares, como se ainda nos visse todos os dias, como se nunca houvesse deixado Nápoles, protegido pelas trevas da noite.

— Sim? — perguntou, com ar imperioso; e quando, depois de uma pausa, todos nós, até o vociferante Frederico, continuamos sem fala, bateu o pé, irritado. — Não fiquem aí boquiabertos! Curvem-se e se dirijam a mim como convém!

A raiva cintilou nos olhos de Frederico. Ignorando o olhar de advertência de Trusia, ele deu um passo à frente.

— Não me curvarei, mas lhe dirigirei a palavra como convém... Alteza. Pois é isto que Vossa Alteza é: um príncipe que renunciou ao direito de ser rei.

O rosto de meu pai enrubesceu de fúria; ele apontou um dedo acusador para o irmão e nos exortou aos demais:

— Detenham esse homem e castiguem-no por sua impudência!

Passou-se mais um momento de silêncio; Frederico encarou meu pai com um sorrisinho severo.

— Suas ordens de nada servem aqui, Afonso. Não está lembrado? Você abandonou seu trono. Deixou-nos sozinhos para enfrentar os franceses e veio para cá com Trusia. Renunciou a seu direito à Coroa, ao fugir como um covarde, e roubou o dinheiro de que Ferrandino precisava para nossas tropas.

Com os olhos injetados, meu pai levantou-se:

— Sou o rei das duas Sicílias, e o senhor me mostrará o respeito adequado!

— Pare de bancar o louco! Nápoles e a Sicília são reinos separados há gerações — retrucou Frederico, inflamado. — Seu *filho* é rei agora, e é melhor que você lhe implore de joelhos por sua vida, pois não cometeu nada menos do que uma traição!

O rosto de meu pai contorceu-se de ódio.

— Mentiroso! — gritou. — Guardas! — e se voltou para Trusia, indignado. — Onde estão os guardas? Mande prenderem esse homem!

— Todos os guardas se foram — respondeu Trusia, baixinho.

— Ouça-me atentamente — disse Frederico. — Só há um modo de você salvar sua vida. Diga-nos onde estão os tesouros da Coroa e nós o deixaremos em paz.

— Não apenas mentiroso, mas ladrão! — troçou meu pai. — Você quer roubar minha coroa. Minha espada! Trusia, traga-me minha espada!

Em sua agitação, ele se afastou da cadeira e desferiu um murro na direção de Frederico; este se abaixou, esquivando-se do golpe, mas seu gênio se inflamara. Os dois irmãos atracaram-se, lutando, trocando olhares furiosos, ambos arfando com o esforço de se libertarem das garras um do outro.

— Você está louco como papai! — gritou Frederico. — Mais louco ainda!

— Eu mesmo vou matá-lo! — urrou meu pai.

Meu irmão Afonso entrou na peleja; com a ajuda de Francisco, separou os dois.

— Tire-o da minha frente! — berrou meu pai, e retomou seu trono imaginário. Sra. Trusia correu para seu lado, sussurrou-lhe alguma coisa ao ouvido e se encaminhou para onde Afonso e Francisco ainda tentavam acalmar Frederico.

— Ele está agitado demais agora — disse mamãe. — Precisaremos tentar uma abordagem diferente.

Fez um gesto para que nos retirássemos, voltou para o lado de meu pai e lhe afagou o braço, procurando tranqüilizá-lo.

A contragosto, Frederico deixou-se conduzir para o lado de fora, onde todos pensamos no que fazer a seguir.

— A lógica não tem influência aqui — disse Afonso. — É impossível ponderar com ele. Devemos jogar com suas crenças para conseguir o que queremos.

— Ele é fraco — opôs-se Frederico. — Acuse-o de traição, mostre-lhe a corda e ele se curvará.

Afonso balançou a cabeça.

— Vocês o viram. Vocês dois só farão atracar-se de novo. É hora de uma abordagem diferente.

— É verdade, Frederico — manifestou-se Francisco, numa rara demonstração de discordância do irmão mais velho. — Aquilo não foi fingimento: ele enlouqueceu.

Nesse instante, Sra. Trusia saiu do aposento e fechou a porta atrás de si, sem fazer barulho.

— Dom Francisco tem razão — disse. — Eu o acalmei bastante, mas creio que seria sensato vocês, os irmãos, permanecerem do lado de fora.

Olhou para meu irmão e para mim, e prosseguiu:

— Afonso, Sancha... Se vocês forem ter com seu pai e lhe disserem que os tesouros são necessários para salvar o reino, o reino que ele ainda acredita governar, talvez ele os entregue. Ele confia em vocês.

Balancei a cabeça.

— Deixem que Afonso vá. Papai confia nele... mas não ouvirá nada do que eu possa dizer. Ele me despreza.

Trusia balançou de leve a cabeça, como se minhas próprias palavras fossem uma bofetada, depois fitou-me com uma incredulidade maior ainda do que a minha.

— Seu pai sempre a admirou. Ora, sempre me disse que, se houvesse nascido homem, você seria o homem em quem ele gostaria de se transformar.

Senti-me inundar por uma mescla de raiva e anseio. *Então, por que ele nunca me disse isso? Por que sempre me tratou com o mais extremo desprezo? Por que se deleitava em me magoar?*

Minha luta emocional deve ter transparecido em meu rosto, pois mamãe colocou-se a meu lado e pegou delicadamente minha mão.

— Venha — disse, num tom que consolava e transmitia coragem. — Levarei você e Afonso para dentro. Deixe a maior parte da fala com seu irmão, e tudo correrá bem.

Os três retornamos à câmara.

— Majestade — disse mamãe, ignorando meu mal-estar por seu emprego da palavra. — Olhe, seus filhos vieram visitá-lo.

O antigo rei Afonso II fora majestoso e controlado quando todos entrávamos juntos. Mas, nesse momento, sentado em seu trono fantasma, fitando o porto de Messina, seus ombros, antes tão eretos, estavam ligeiramente recurvados, e havia em seus olhos um vazio inquietante.

— O Vesúvio — comentou ele, franzindo o cenho para a paisagem. — Essa janela tem uma vista pavorosa; não consigo ver o Vesúvio. Teremos de contratar um arquiteto para corrigir isso.

— Certamente — concordou Sra. Trusia. — Majestade, Dom Afonso e D. Sancha estão aqui para vê-lo — e deu um passo atrás, fazendo um sinal com a cabeça para meu irmão.

— Majestade — declarou Afonso, em voz clara e alta. — Preciso falar-lhe sobre um assunto de extrema urgência.

Meu pai grunhiu e, por fim, afastou o olhar da janela e o voltou para seu filho caçula.

— Afonso. Você parece ter se tornado um homem.

— Sim, senhor.

— Já se casou?

— Não — disse meu irmão, e fez uma pausa. — Há uma grande comoção em Nápoles, pai. Os nobres se rebelaram e os franceses invadiram a cidade. Nossas tropas precisam desesperadamente de verbas; temos que tomar um empréstimo do tesouro da Coroa. É a única maneira de mantermos o trono em segurança.

O olhar de meu pai me inspecionou.

— E Sancha. Você se casou com o bastardinho do papa. Diga-me, ele já tem barba?

Senti uma onda de irritação, mas guardei silêncio; também sentia pena de vê-lo reduzido àquilo. A crueldade fria e implacável de meu pai havia destruído seu reino e o separara de sua família e sua sanidade. Só minha mãe permanecia leal.

— Ele está mais velho — respondi baixinho.

Meu pai acenou com a cabeça, depois tornou a olhar pela janela para a linha costeira ao longe.

— De quanto precisam? — perguntou, de repente.

— Muito — respondeu meu irmão. — Mas levarei apenas o que for necessário.

— Existe a questão de uma chave... — murmurou meu pai. Fez um gesto para que Afonso se aproximasse, depois notou a presença próxima de minha mãe e eu. — As mulheres devem se retirar — ordenou.

Minha mãe fez uma reverência; imitei-a e saí com ela, indo ter com os irmãos, que aguardavam ansiosos no corredor.

— Ele confia em Afonso — disse-lhes Trusia. — Creio que ele terá êxito.

Seus instintos estavam certos. Um instante depois, meu irmão saiu do aposento, sozinho e sorridente. Segurava na mão uma chave de ouro.

A chave efetivamente destrancou o armário em que meu pai havia escondido o tesouro, e ponderei sobre como a delicadeza e a paciência de mamãe e meu irmão nos haviam salvado, enquanto a raiva e as exigências tinham fracassado. Mais uma vez, resolvi ser menos obstinada, assemelhar-me mais a meu amável irmão.

Ferrandino e tio Frederico discutiram se deveriam ou não deixar fundos suficientes para manter o conforto de meu pai em sua loucura. Frederico não queria deixar nada, mas, no fim, os desejos do rei foram obedecidos. Ferrandino entregou uma soma razoável a mamãe, com instruções para que ela a usasse com frugalidade.

Passamos apenas algumas semanas inquietas em Messina. Durante esse período, o embaixador espanhol trouxe-nos três notícias espantosas. A primeira, que havíamos esperado e temido, foi que nossas forças esgotadas, no Castel dell'Ovo, finalmente se haviam rendido aos franceses: o ovo de Virgílio tinha rachado.

A segunda revelação trouxe grande alívio a Jofre e nos deixou a todos de bom humor. Eu nunca havia perdoado o papa Alexandre por ter cedido com tanta facilidade ao rei Carlos ou por lhe haver entregado seu filho, César, para seguir com os franceses como refém. Mas César e Alexandre eram astutos; antes mesmo que Carlos entrasse em Nápoles, César havia escapado do exército francês, certa noite, levando consigo todos os espólios de guerra que pudera carregar. Conseguira isso subornando vários soldados de Carlos para ajudá-lo.

A terceira mensagem chegou com surpreendente rapidez, nos calcanhares da segunda. Ao tomar conhecimento da criação da Santa Liga — com seu portentoso exército, que em muito superava o dele —, Carlos VIII tinha-se assustado, e se retirara de Nápoles semanas depois de invadi-la, deixando para trás uma só guarnição. (Essa notícia revelou ainda melhor a sagacidade do papa e de César; este tomara o cuidado de se ausentar antes que o rei Carlos soubesse da Liga.) Foi com grande prazer que Ferrandino soube que *il Re Petito* era um homenzinho perverso, que havia tratado tão mal os nobres rebelados, que estes tinham voltado suas espadas contra os franceses e agora clamavam pelo regresso da Casa de Aragão.

Isso inspirou Ferrandino a fazer planos de se juntar a suas forças acampadas, comandadas pelo capitão Dom Inácio d'Avalos, na ilha de Ischia, na baía de Nápoles. Ischia ficava a uma pequena distância da linha costeira da cidade, o que permitiria ao rei lançar ataques com facilidade contra o território continental.

Mostrei-me decidida a ir com ele, e Jofre não se atreveu a fazer objeções — eu estava tão cheia de otimismo, que esperava que voltássemos para casa, triunfantes, dentro de poucos dias. Afonso também resolveu ir a Ischia, para a eventualidade de que se precisasse de sua habilidade de guerreiro; Francisco e Frederico optaram por permanecer na Sicília até que Nápoles fosse libertada.

Na noite da véspera de nossa partida, visitei Sra. Trusia. Sentamonos juntas na pequena antecâmara, enquanto meu pai ficava no escuro em sua imaginária sala do trono, com os olhos fixos nas luzes refletidas nas águas escuras do porto de Messina.

— Venha conosco — exortei-a. — Afonso e eu sentimos enormemente a sua falta. Aqui não há mais nada para a senhora; papai nem sequer tem consciência de quem está a seu redor. Podemos contratar criados para cuidar dele.

Pensativa, ela balançou a cabeça, depois baixou os olhos e fitou suas mãos pálidas e graciosas, descansando uma sobre a outra no colo.

— Também sinto muita saudade de vocês dois. Mas não posso deixá-lo. Você não compreende, Sancha.

— Tem razão — retruquei, secamente. Estava furiosa com meu pai pelo modo como ele a enfeitiçara, pelo fato de, mesmo louco e aparentemente desamparado, ele conseguir desgraçar uma pessoa tão boa. — Não compreendo. Ele traiu sua família e seu povo, mas a senhora lhe permanece leal. Seus filhos a adoram e farão todo o possível para torná-la feliz; tudo o que ele pode dar-lhe é mágoa.

Hesitei e, em seguida, com grande emoção, formulei a pergunta que me havia perturbado durante toda a minha vida:

— Como pode a senhora, algum dia, ter amado um homem tão cruel?

Trusia empinou o queixo ao ouvir isso e me lançou um olhar intenso; havia em sua voz um traço de indignação, e compreendi que a profundeza de seu amor por meu pai transcendia tudo o mais.

— Você fala como se eu pudesse escolher — respondeu.

Chegamos a Ischia no auge da primavera; ela era redonda e acidentada, coberta de oliveiras, pinheiros aromáticos e uma flora abundante, que lhe granjeara o apelido de "Ilha Verde". A paisagem era dominada pelo monte Epomeo, que entrava em erupção a intervalos de séculos, deixando o solo escuro e fértil.

Jofre, Afonso e eu ficamos com Ferrandino no grande castelo isolado, que se ligava à ilha principal por uma ponte construída por meu bisavô, Afonso, o Magnânimo. Houve pouco a fazer enquanto abril se escoava em maio, depois maio em junho, a não ser rezar (com cética falta de fé) por nosso exército, enquanto ele fazia incursões no continente. As campanhas correram bem: sofremos poucas baixas, pois agora contávamos com o apoio dos nobres e da Santa Liga. Os franceses perderam o ânimo.

Nem Jofre nem Afonso foram necessários em combate — para sua decepção, desconfio, e para meu profundo alívio. Os três voltamos a tornar-nos inseparáveis; fazíamos as refeições juntos e visitamos as cidadezinhas — Ischia e Sant'Angelo —, assim como as fontes de águas termais, tidas como benéficas à saúde.

Mas eu iniciava cada manhã sozinha, fazendo uma caminhada pela praia de areia fina, e observava as águas calmas da baía. Nos dias claros, a curva da linha costeira de Nápoles era visível; o Vesúvio erguia-se como um farol e eu conseguia discernir ao longe o Castel dell'Ovo, como um pequeno ponto escuro. Passava tanto tempo ali que fiquei bronzeada de sol; muitas vezes, D. Esmeralda ia atrás de mim, repreendendo-me, e me obrigava a cobrir a cabeça com um xale.

Mesmo nos dias nebulosos eu saía e, tal como meu pai, em vão buscava um vislumbre do Vesúvio.

Eu me julgara com saudade de casa em Squillace, mas, naquela época, tinha certeza de uma casa a que poderia regressar. Agora, não sabia dizer se o palácio em que havia passado minha infância continuava de pé. Ansiava por rever Santa Clara e o Duomo como se fossem entes queridos, e temia por sua segurança. Pensava nos navios graciosos no porto, com suas velas luminosas, e nos jardins do palácio, que, se não tivessem sido destruídos, estariam agora em plena floração, e meu coração doía.

Ferrandino reunia-se constantemente com seus assessores militares. Quase não o vimos até o mês de julho, quando meu marido, meu irmão e eu fomos convocados a seu gabinete.

O rei estava sentado a sua escrivaninha; de pé a seu lado estava seu capitão, Dom Inácio, e eu soube, pelos sorrisos brilhantes e satisfeitos no rosto de ambos, qual era a notícia que o rei estava prestes a compartilhar conosco.

Ferrandino mal conseguia conter-se; antes mesmo de terminarmos nossas reverências, pôs-se a falar, no tom mais extasiado que eu jamais ouvira.

— Façam suas malas, Altezas.

— As minhas nunca foram desfeitas — respondi.

Verão de 1495 – Final da primavera de 1496

IX

Nossa travessia da baía de Nápoles foi rápida. Na verdade, levou mais tempo para os criados carregarem o barco com nossas provisões e pertences do que para irmos de Ischia ao porto de Santa Lucia.

Nossa comitiva real, composta por Sua Majestade, o rei Ferrandino, sua noiva, Giovanna, Jofre, Afonso e eu, embarcou no navio com excepcional animação. Quando ele zarpou, Afonso mandou trazerem vinho e taças, e brindamos repetidamente ao rei, à Casa de Aragão e à cidade para a qual regressávamos. Foram os momentos mais jubilosos de minha vida; creio que também o foram para Ferrandino, pois seus olhos nunca estiveram mais brilhantes nem seu sorriso mais largo. Num instante impetuoso, ele pegou Giovanna pela cintura, puxou-a para si e a beijou apaixonadamente, para enorme deleite de nosso grupo que aplaudia.

Jofre caçoou do pregador Savonarola e de suas terríveis previsões de que Carlos VIII acarretaria o fim do mundo:

— Meu pai, Sua Santidade, ordenou que Savonarola fosse a Roma defender sua visão do Apocalipse... o que parece ter sido meio prematuro. Covarde como é, Savonarola se disse enfermo e alegou não poder fazer a viagem.

Gargalhamos quando Jofre sugeriu um novo brinde:

— À doença permanente de Savonarola!

Fiquei contente por Esmeralda estar abaixo do convés principal, sem poder ouvir o insulto ao monge que tanto reverenciava.

Ao nos aproximarmos da costa napolitana, o silêncio caiu sobre nós. O Vesúvio, que, durante nosso exílio, passara a representar para mim um facho de esperança, mantinha sua vigília sobre a cidade, mas seu escuro tom purpúreo era o único ponto colorido numa paisagem antes verdejante, agora reduzida a cinzas. Os campos, as colinas, tudo o que deveria estar em plena florescência, iluminado pelo amadurecer da lavoura, mostrava-se enegrecido, como se a grande montanha tivesse entrado outra vez em erupção.

Apenas Ferrandino continuou a sorrir; já vira aquela devastação, em surtidas anteriores com seus capitães.

— Não se desesperem — disse-nos. — Os franceses podem ter assegurado que não teremos colheita nesta estação, mas os incêndios que deflagraram enriquecerão o solo e nos trarão safras abundantes no próximo ano.

Mesmo assim, o resto de nós permaneceu calado e transtornado. Ao entrarmos no porto, passando pelos esqueletos carbonizados de navios, o Castel dell'Ovo, intocadas as suas pedras sólidas e antigas, foi uma visão tranqüilizadora. Olhei, ansiosa, para a cidade propriamente dita, para além das muralhas corroídas e despedaçadas pela guerra, e agarrei o braço de Afonso, empolgada.

— Olhe! — exclamei. — A igreja de Santa Clara ainda está de pé! E o Duomo também!

Era verdade. Apesar das chamas que eu vira emergindo dela, o exterior da Santa Clara estava praticamente intacto, a não ser pelas riscas de fuligem. O Duomo parecia são e salvo.

Mas, enquanto nossa pequena família seguia junta numa carruagem, rumo ao Castel Nuovo, lutei para esconder minha tristeza e meu ódio — e não fui a única. Até a expressão de Ferrandino ficara carregada; Giovanna reprimia as lágrimas, e Afonso manteve o rosto virado para a janela.

Era curto o trajeto do porto até nosso destino, mas mesmo essa pequena distância permitiu-nos ver parte da destruição infligida pelos franceses. Um palácio após outro, assim como as casas dos plebeus, tudo fora chamuscado, reduzido a escombros pelos tiros de canhão, ou ambas as coisas. O arsenal, antes repleto de armamentos e soldados, protegido pela espessura dupla das muralhas, não passava de um monte enegrecido de pedras e de cadáveres soterrados em decomposição.

Giovanna tapou o nariz. Não pude deixar de notar que, junto com o perfume habitual de água salgada que eu tanto amava, a baía exalava agora um cheiro sutil, mas fétido — o da carne putrefeita. Pelo que parecia, fora mais fácil eles se livrarem dos mortos entregando-os às ondas do que à terra.

Os muros que cercavam o Castel Nuovo exibiam o sorriso desigual e desdentado de um louco.

— Não faz mal — disse Ferrandino, e apontou para cima. — Vejam quem veio nos saudar.

Ergui os olhos e, pela primeira vez desde a chegada a Nápoles, sorri: o Arco do Triunfo de Afonso I continuava de pé, orgulhoso e sem cicatrizes, e nossa carruagem passou por baixo dele e pelos guardas que mantinham o portão aberto para nossa entrada.

No pátio interno, agora um monte de terra pisoteada, despida de seus jardins, um capitão deixou seu contingente de soldados, correu até a carruagem, abriu a porta e se curvou.

— Seja bem-vindo, Majestade — disse, ajudando Ferrandino a descer. — Devemos pedir desculpas pelo estado do palácio real. Havíamos esperado aprontá-lo para sua chegada, hoje, mas, infelizmente, quase todos os criados que trabalhavam aqui foram mortos. Vimo-nos obrigados a recrutar plebeus sem preparo e nobres empobrecidos, e eles têm sido lentos na reparação dos estragos.

— Não importa — respondeu Ferrandino, afavelmente. — Ficamos felizes por estar em casa.

Mas qualquer felicidade que eu houvesse sentido dissipou-se quando cruzei as grandes portas. O capitão nos conduziu à sala do trono, onde o senescal deveria reunir-se com o rei para discutir os planos de restauração do palácio e de combate à fome na cidade. Atravessamos corredores marcados por lâminas em duelo e escurecidos por borrifos de sangue. Os retratos de nossos ancestrais tinham sido arrancados de suas molduras e retalhados; as molduras de ouro tinham sido roubadas, largados no chão os farrapos das telas pintadas. Estátuas, tapetes, tapeçarias, candelabros, todas as coisas que eu conhecera desde a infância e havia julgado permanentes, tão eternas quanto o direito de minha família à Coroa, tinham sido roubadas. Caminhamos por pisos desnudos, passando por paredes vazias.

— Levaram tudo — disse Giovanna, com amargura. — Tudo.

O tom de Ferrandino foi surpreendentemente ríspido.

— A guerra é assim. Nada se pode fazer; as lamúrias de nada servem.

Giovanna calou-se, mas o ódio em seus olhos não se abrandou.

No nicho em que eu havia matado o guarda traidor, o sangue ainda manchava o piso e as paredes; os sinais de meu ato homicida ainda não tinham sido lavados.

Nossa chegada à sala do trono só fez aumentar meu ressentimento. As janelas que davam para o porto tinham sido quebradas, deixando lascas irregulares; garrafas vazias de vinho tinham sido estilhaçadas por todo canto. Mulheres camponesas varriam e recolhiam freneticamente os cacos.

— Sua Majestade, o rei Ferrandino — anunciou o capitão. As mulheres interromperam seu trabalho, tão emocionadas por verem o rei e seus cortesãos, que uma delas se benzeu em vez de se ajoelhar. Outra criada ajoelhara-se no degrau mais alto do trono e, com um trapo, esfregava vigorosamente o assento sem forro; girou o tronco pela cintura e se curvou o melhor que pôde. O grande trono em si tinha sido golpeado; mossas profundas nos braços e nas pernas desfiguravam o desenho entalhado na madeira.

A almofada do trono estava jogada no chão; fora retalhada e manchada por um líquido escuro que, a princípio, julguei ser sangue. Aproximei-me dela, olhei para baixo e recuei, ante o cheiro de urina.

— Majestade, Altezas! — exclamou a criada. — Perdoem-me. Eram tantas coisas para limpar... os franceses cometeram atos inomináveis em toda parte do palácio, antes de fugirem. Emporcalharam até o trono.

— A única maneira de os franceses emporcalharem o trono — retruquei depressa — seria se o traseiro torto e miúdo do rei Carlos se sentasse nele.

Todos em nosso grupo riram disso, embora houvesse pouco humor no som produzido.

As portas do gabinete real estavam abertas; dentro dele, a enorme escrivaninha de Fernando fora cortada numa pilha de gravetos, e as sobras não usadas empilhavam-se junto à lareira. Algumas cadeiras toscas, confiscadas da casa de um plebeu, substituíam as peças refinadas que um dia haviam adornado o aposento. O senescal estava à espera.

— Peço desculpas pelas condições, Majestade — disse. — Levará algum tempo para importarmos móveis adequados.

— Não tem importância — respondeu Ferrandino, e entrou para sua reunião.

Voltamos a nossos antigos aposentos para supervisionar a desembalagem de nossos pertences. Eu não esperava que restasse nenhum de meus móveis, mas não havia esperado ver D. Esmeralda — que voltara no mesmo navio que nós, mas tomara uma carruagem diferente com os outros servos — sentada no chão de meu quarto, com a saia espalhada a seu redor e uma expressão de ódio no rosto.

— Sua cama — disse-me, espumando de raiva. — Sua linda cama. Os bastardos a incendiaram. Há fumaça em todo o teto.

Assustei-me; nunca a ouvira usar essa linguagem. Mas seu marido fora morto lutando com os angevinos — homens de ascendência francesa e, aos olhos dela, provavelmente não diferentes dos que haviam marchado com Carlos.

— Não tem importância — disse eu, fazendo eco a Ferrandino. — Não tem importância, porque os bastardos se foram, e nós estamos aqui.

E em Nápoles permaneci. Os primeiros meses foram difíceis. A comida era escassa e, dadas as despesas de reconstrução, o senescal não permitia que importássemos vinho nem alimentos; ficamos em grande dependência dos poucos caçadores e pescadores locais que haviam sobrevivido à guerra. Bebíamos água e nos arranjávamos sem nosso séqüito habitual de criados; em muitas ocasiões, ajudei D. Esmeralda, a única acompanhante que me restara, a executar tarefas servis.

Mas todos os dias traziam alguma melhora, e estávamos cheios de otimismo, sobretudo porque Ferrandino contava com o apoio de seu povo.

Um dia, num momento fortuito de frustração, Jofre, cansado de todas as privações, disse que estaríamos melhor em Squillace. Solicitei de imediato uma audiência a Ferrandino e não tardei a receber permissão para vê-lo.

A essa altura, ele já tinha uma escrivaninha — não tão grandiosa quanto sua antecessora — e uma cadeira adequada. Seu estado de ânimo era afável; agora que o reino se havia estabilizado e os combates esporádicos tinham cessado, ele havia marcado a data da cerimônia oficial de coroação e de seu casamento com Giovanna. Sentou-se para ouvir, enquanto eu dizia:

— Vossa Majestade certa vez me disse que minha presença lhe trazia sorte. Acredita nisso?

Ele sorriu e, com um toque de caçoada na voz, respondeu:

— Acredito.

— Nesse caso, permita que eu e meu marido permaneçamos em Nápoles. Faça disso um decreto oficial, para que eu não tenha que retornar a Squillace, a menos que uma emergência o exija.

Seu olhar ficou sério.

— Eu lhe disse uma vez, D. Sancha, que a senhora poderia me pedir qualquer coisa e a obteria. O que me pede é um pequeno favor, e um favor que concederei sem hesitação.

— Obrigada.

Beijei-lhe a mão. Acreditei ter finalmente desfeito o truque desalmado de meu pai e estar enfim em segurança em casa, para sempre.

Meu marido ficou insatisfeito com a promessa que arranquei de Ferrandino, mas não teve coragem para protestar. Chegou o outono e, com ele, segundo Jofre, um decreto papal que ordenou ao apocalíptico Savonarola que suspendesse sua pregação — ordem que o pregador de olhar tresloucado ignorou. Seguiu-se o inverno. No Natal, o Castel Nuovo começava a se parecer com sua forma antiga. Fizemos o melhor possível para ajudar os pobres e famintos, arruinados pela destruição da colheita anual; quanto a nós da realeza, desfrutamos de nosso primeiro banquete decente na celebração da Natividade.

Já então, D. Esmeralda e eu dormíamos numa cama de verdade e as janelas do palácio tinham sido consertadas, ou cobertas com tecidos pesados para impedir a entrada da friagem. Sonolenta após nossa ceia de Natal, eu me havia deitado quando Esmeralda chamou-me da antecâmara.

— D. Sancha! Sra. Trusia está aqui!

— Como?

Sentei-me na cama, zonza de sono. Por um momento, o anúncio me pareceu muito natural; era Natal e minha mãe viera visitar os filhos, como fazia em todos os festejos. Eu estava esquecida de que ela fora para a Sicília, esquecida até da rebelião e dos franceses.

— *Como?* — repeti, dessa vez assustada como convinha, à medida que minha memória de vigília retornava. Embrulhei-me numa capa e corri para a antecâmara.

Um minuto antes de pôr os olhos em mamãe, tive a esperança de que ela houvesse recobrado o juízo, houvesse aceitado minha oferta de vir morar em Nápoles. Meu coração doía ao pensar nela, isolada do mundo, presa a um homem que talvez a houvesse amado, à sua maneira torturada, mas que nunca soubera demonstrar adequadamente esse amor; e, agora que tinha enlouquecido, nem sequer conseguia reconhecer a presença dela.

Um olhar para Sra. Trusia arrancou de mim um arquejo horrorizado. Eu esperava uma beleza risonha, radiante; em vez disso, de pé junto ao vão da porta, ao lado de D. Esmeralda, havia uma anciã abalada, vestida de preto. Até seus cabelos de ouro estavam opacos, como o sol encoberto por nuvens de tempestade. Ela estava frágil, magra, com uma palidez cérea e olheiras cinzentas. Era como se toda a miséria e a dor de meu pai se houvessem transferido para ela, drenando a alegria e a graça que a haviam caracterizado.

Mamãe afundou-se na cadeira mais próxima e se dirigiu a Esmeralda, sem olhar para nenhuma de nós.

— Vá buscar meu filho.

Afora isso, nada mais disse; e nem precisava, porque eu soube de imediato o que tinha acontecido. Puxei uma cadeira para junto da sua e segurei sua mão; ela baixou a cabeça, sem querer me olhar nos olhos. Sentamo-nos em silêncio, aguardando. Senti uma dor constringente no fundo da garganta, mas não me permiti chorar.

Passado algum tempo, Afonso apareceu. Também ele deu uma só olhadela para nossa mãe e, de pronto, soube o que havia sucedido.

— Ele está morto? — sussurrou.

Trusia fez que sim com a cabeça. Meu irmão ajoelhou-se diante dela e abraçou sua saia, com a cabeça em seu colo. Ela lhe afagou o cabelo; fiquei olhando, como uma pessoa de fora, pois minha maior tristeza não foi a morte de meu pai, e sim o sofrimento que ela provocou nas duas pessoas que eu mais amava.

Por fim, Afonso levantou a cabeça.

— Ele estava doente?

Mamãe levou a mão à boca e balançou a cabeça; por um longo momento, não conseguiu falar. Quando enfim recobrou um mínimo de controle, baixou a mão e, num tom que parecia ensaiado, começou a narrar sua história.

— Foi há três semanas... Ele parecia haver recobrado o juízo antes, ter se dado conta do que havia acontecido, mas então parou de dormir por completo e a loucura voltou, pior do que nunca. Ele ficou enraivecido, irrequieto, muitas vezes andando de um lado para outro, aos gritos, mesmo quando estava sozinho em seu aposento predileto. Vocês se lembram dele: o da cadeira grande, com o lustre em cima.

"Uma noite — continuou, com dificuldade crescente — fui acordada por um barulho alto, um ranger e arranhar que vinha da sala de Afonso. Tive medo de que ele se houvesse machucado, de modo que me apressei a vê-lo na mesma hora... Levei uma vela, porque ele sempre ficava sentado no escuro. Encontrei-o empurrando a cadeira pela sala e, quando lhe perguntei por que o estava fazendo, ele me respondeu, irritado: Cansei-me da paisagem. O que mais eu podia fazer?"

Trusia interrompeu-se, carregada de súbito remorso, e prosseguiu:

— Todos os criados dormiam, de modo que pus a vela no chão e eu mesma o ajudei, da melhor maneira que pude. Quando ele se deu por satisfeito, deixei-o no escuro. Voltei a me deitar, numa estranha agitação. Não consegui dormir... e, poucos minutos depois, ouvi outro barulho, esse não tão alto, mas havia nele alguma coisa... Uma coisa tal que eu *soube*...

Ela cobriu o rosto com as mãos e se curvou, sob o peso da lembrança. Desse ponto em diante, só conseguiu falar com as palavras entrecortadas, de modo que resumo aqui o que nos relatou.

Meu pai apanhou uma segunda cadeira, muito mais leve do que a que usava como seu trono delirante, e a colocou embaixo do pesado lustre de ferro batido suspenso no teto; depois, trepou no assento. Havia arranjado um pedaço de corda; prendeu-a com um nó em sua faixa real, coberta de jóias e medalhas conquistadas por suas vitórias em Otranto.

A corda ele amarrou com firmeza num dos braços do candelabro; a faixa, enroscou-a bem apertada no pescoço.

O som que minha mãe ouviu foi o da cadeira mais leve sendo chutada.

Muitas vezes, o coração sabe das coisas antes que a mente as deduza; o impacto da madeira batendo no mármore provocou tamanho susto em Trusia, que ela se precipitou, sem capa nem vela, para o quarto de meu pai.

Lá, sob a luz pálida das estrelas e do farol do porto de Messina, viu a forma escura do corpo de seu amado girando lentamente no laço.

Sem expressão, com a voz branda, minha mãe proclamou:

— Agora nunca mais poderei descansar, pois sei que ele sofre no Inferno. Está na Floresta dos Suicidas, lá onde se aninham as harpias, porque se enforcou em sua própria casa.

Ainda ajoelhado diante dela, Afonso segurou-lhe carinhosamente as mãos.

— Dante é pura alegoria, mamãe. Na pior das hipóteses, papai está no purgatório, porque não sabia o que estava fazendo. Não sabia sequer que estava em Messina, quando falei com ele. Nenhum homem condenaria outro por um ato praticado sem conhecimento, e Deus é mais compassivo e mais sábio do que qualquer homem.

Minha mãe o fitou com uma expressão de patética esperança, depois voltou-se para mim.

— Sancha, você acha que isso é possível?

— É claro — menti. Mas, se acreditássemos em Dante, o rei Afonso II, naquele momento, estaria no sétimo círculo do Inferno, no rio de sangue que fervia as almas dos "tiranos que se comprazem com o sangue e a pilhagem". Se houvesse justiça, ele estaria preso junto a seu pai, Fernando, o torturador, o criador do museu dos mortos.

Havia um outro lugar em que ele se enquadrava — nas mais remotas profundezas do inferno, nas mandíbulas de Satanás, no lugar reservado aos grandes traidores. Pois ele traíra não apenas sua família, mas seu povo inteiro. Lá não havia enxofre nem fogo nem calor — apenas o pior frio de todos, cruel e cortante.

Frio como o coração de meu pai, frio como a expressão que eu tantas vezes vira em seus olhos.

Minha mãe permaneceu em Nápoles e aos poucos se recuperou de sua tristeza. Quanto a mim, rezava por desespero a um Deus de quem duvidava: *Preservai meu coração do mal; não me deixeis tornar-me igual a meu pai.* Afinal, eu já havia matado um homem. Muitas vezes acordava, arquejante, sentindo um jato de sangue quente em minha testa, minhas faces, imaginando que secava os olhos e fitava o assombro nos olhos agonizantes de minha vítima. *Um ato nobre*, diziam todos. Eu tinha salvado o rei. Talvez eu houvesse salvado Ferrandino, mas continuava a não haver nada de nobre em tirar uma vida.

Apesar da tragédia da morte de meu pai — cujas circunstâncias foram ocultadas do público e dos criados, e nunca mais voltaram a ser discutidas em nossa família —, a vida em Nápoles voltou a ser feliz. Ferrandino e Giovanna casaram-se numa gloriosa cerimônia real, o palácio foi redecorado e se transformou de novo numa moradia suntuosa, e os jardins recomeçaram a crescer. Sob a influência de Afonso, Jofre tornou-se um marido zeloso.

Passaram-se cinco meses. Em maio do ano de 1496, eu acabara de me acomodar em meu contentamento e já não sonhava todas as noites com o canhoneio e o sangue quente, já não fechava os olhos e via a silhueta do corpo de meu pai balançando na escuridão. Eu tinha a promessa de Ferrandino de que meu marido e eu permaneceríamos em Nápoles; tinha a companhia de minha mãe e meu irmão, e nada me faltava. Pela primeira vez, contemplei a idéia de criar meus filhos em Nápoles, em meio a familiares que só lhes demonstrariam amor.

Mas o papa Alexandre tinha outros planos.

Eu estava sentada, ceando com minha mãe e meu irmão, quando Jofre apareceu com um pedaço de pergaminho na mão e uma expressão de pavor no rosto. Depreendi de imediato que ele se sentia obrigado a me revelar o conteúdo da carta, e estava aterrorizado com minha reação.

Tinha bons motivos para sentir medo. A carta era de seu pai. Adivinhei com acerto que a cena entre nós estava prestes a se tornar desagradável, de modo que pedi licença para me retirar da ceia e nós dois fomos discutir o assunto em particular.

De acordo com Alexandre, "a guerra em Nápoles lembrou-nos de nossa mortalidade e da fragilidade da vida. Queremos viver o resto de nossos anos cercado por nossos filhos".

Todos — inclusive Jofre, e especialmente sua mulher.

Pensei no conde de Marigliano, que nos visitara em Squillace por ordem de Alexandre, quando eu fora acusada de ser infiel a Jofre. Ele me havia alertado, discretamente, de que um dia Sua Santidade não mais conseguiria conter a curiosidade: quereria ver com os próprios olhos a mulher que seu filho caçula desposara, a mulher que todos diziam ser mais bela do que sua amante, *La Bella*.

Praguejei e agitei os braços contra o pobre Jofre, intimidado. Insisti em que não iria para Roma, mesmo sabendo que minha recusa estava fadada ao fracasso. Procurei Ferrandino e lhe implorei que convencesse Sua Santidade a me deixar permanecer em Nápoles, mas ambos sabíamos que a palavra de um rei tinha menos peso que a de um papa. Não havia nada que se pudesse fazer. Depois de esperar tanto tempo para que Nápoles me fosse devolvida, ela me era novamente arrancada.

Final da primavera de 1496

X

Jofre e eu entramos em Roma no vigésimo dia de maio de 1496, ao repicar dos sinos das catedrais, às dez horas da manhã de um dia brilhantemente ensolarado. Para entretenimento das multidões de nobres e plebeus, organizamo-nos num desfile que iria ao encontro de Lucrécia Bórgia, segundo rebento e única filha mulher do papa, e seria conduzido ao Vaticano.

Alexandre VI tinha feito o que nenhum papa antes dele se atrevera a fazer: havia reconhecido abertamente seus filhos, em vez de se referir a eles como "sobrinhos", a exemplo de outros pontífices do passado. Dizia-se que os amava ternamente, e devia ser verdade, pois levou-os todos a residirem com ele no palácio papal, logo depois de sua eleição. Mesmo fora de meu casamento com Jofre, eu tinha ouvido falar de Lucrécia: corriam boatos de que ela era excepcionalmente bela.

— Como é sua irmã? — perguntei a Jofre em nossa viagem para o norte.

— Meiga — disse ele, com displicência, após um momento de reflexão. — Modesta e muito sedutora. Você gostará dela.

— É bonita?

Jofre hesitou.

— É... graciosa. Não tanto quanto você, é claro.

— E seus irmãos?

— César?

Uma sombra perpassou o rosto de meu marido, à menção do irmão com quem eu poderia ter-me casado.

— É muito bonito.

— Refiro-me à personalidade dele.

— Ah. É ambicioso. Muito inteligente.

Mais uma vez, detectei uma antipatia, mas Jofre era rápido em evitar a verdade, quando ela envolvia assuntos desagradáveis. Mesmo assim, quando insisti em saber sobre seu irmão Juan, ele fechou claramente o cenho e disse:

— Você não precisa se preocupar com *ele*. Juan mora na Espanha com a mulher.

A grande beleza tem seu preço. Por mais feliz que eu me sentisse com o fato de a sorte me haver dotado de belas feições, sabia também da inveja que elas provocavam em outras mulheres. Assim, nesse dia, tomei o cuidado de não ofuscar minha cunhada: usei o vestido preto simples da nobre casada, com as enormes mangas que eram moda no sul; meu cavalo foi adornado de preto, e cavalguei a uma distância respeitosa atrás de meu marido.

Jofre, porém, estava ansioso por impressionar Roma e sua família com as glórias do principado. Insistiu em que eu fosse acompanhada por toda a minha corte de vinte damas de companhia e por uma grande comitiva, que incluía até bufões, vestidos com os mais vivos tons de amarelo, vermelho e púrpura.

Entramos na cidade pelo sul. Eu nunca havia posto os pés em Roma; tomei-me de assombro ao cruzarmos os velhos portões da cidade e ao ver as colinas ondulantes. "Olhe ali!", gritou Jofre, virando para trás em seu corcel e apontando para a direita, ao passarmos pela Via del Circo Massimo: lá estava o Arco de Constantino, o antigo protótipo do arco de triunfo de meu bisavô. Mais adiante, à nossa direita, ficava o imenso Coliseu, a elipse de pedra de vários andares em que tantos cristãos haviam encontrado a morte, e o Panteão, o templo de todos os deuses, com suas incontáveis colunas brancas e sua cúpula maciça, a maior de toda Roma — ironicamente, muito maior que a de qualquer igreja cristã.

As únicas cidades que eu conhecia compunham-se de um ou dois palácios reais, vários palacetes menores, algumas catedrais e numerosas construções revestidas de cal, espremidas em encostas e linhas costeiras, em ruas estreitas. Roma possuía uma grandiosidade e uma extensão que ultrapassavam minha compreensão. Espalhadas num território que se perdia além do horizonte, as construções tinham um tamanho, uma elegância e uma opulência que me deixaram sem fôlego. As ruas eram largas, repletas das carruagens dos ricos; os palácios dos cardeais e das famílias da nobreza eram enormes, de clássico formato retangular, cobertos de estátuas de mármore e cenas em baixo-relevo extraídas da mitologia pagã. Qualquer um deles era, de longe, mais requintado do que o Castel Nuovo de Nápoles, com sua coloração marrom opaca e sua forma desajeitada e irregular.

Somente o largo Tibre foi uma decepção. Ao chegarmos à ponte Sant'Angelo, junto à grande fortaleza do Castelo Sant'Angelo, coroada por uma estátua do arcanjo Miguel, vi pela primeira vez o famoso rio romano. Suas águas fétidas estavam cheias de dejetos flutuantes e coalhadas de navios mercantes. Mas logo me distraí com a visão à minha frente: o piso de pedra da imensa *piazza* de São Pedro e, logo adiante, o próprio grande santuário de mais de um milênio, onde repousavam os ossos do primeiro pontífice. Adjacente a ele, no lado norte, ficava o Vaticano.

Pouco antes de chegarmos à vasta *piazza*, fomos recebidos por cardeais de roupa escarlate, a cavalo, e pela guarda papal, a pé; o embaixador espanhol veio até Jofre e o cumprimentou. Quando nossa procissão avançou pela praça, vi-a à distância e a reconheci de imediato: Lucrécia.

Ela se aproximou, montando um cavalo branco, enquanto todos os de seu numeroso séqüito montavam corcéis negros ou castanhos. As acompanhantes de Lucrécia vestiam-se de brocado dourado e vermelho, enquanto ela usava um vestido de brilhante cetim azul e peitilho de brocado dourado, adornado de pérolas. Na cabeça trazia uma rede de ouro, cravejada de diamantes, e na garganta, um colar feito com um enorme rubi, cercado por outros diamantes.

Lucrécia cavalgou até o irmão. Nós três — ela, Jofre e eu — apeamos, e ela ofereceu ao irmão um sorriso e um beijo de boas-vindas. Em seguida, virou-se para mim.

Tinha sido escolhida para nos receber, como Jofre me explicara antes, por ocupar um lugar especial no coração do povo romano. Para eles, Lucrécia era como a Virgem Maria: meiga e pura, imbuída de um amor especial por seus súditos. Até seu nome simbolizava a castidade e a honradez: ela fora batizada em homenagem à Lucrécia da Roma antiga, aquela que, depois de violentada por um inimigo do marido, optara pelo suicídio como a única alternativa nobre, pois não conviveria com a vergonha como sua companheira.

Por trás dos lábios pálidos, arqueados para cima, por trás da afabilidade que emanava do olhar de Lucrécia, percebi de pronto a inveja oculta — e a inteligência poderosa. E, de imediato, acreditei em todas as histórias que ouvira sobre a perfídia e a sagacidade do papa Alexandre, pois ali estavam elas, refletidas em sua filha.

Fisicamente, ela desmentia sua reputação: não era nenhuma beldade, embora tivesse um porte tão orgulhoso e confiante, que chegava a parecer atraente a uma certa distância. Seu rosto era insípido como o de Jofre, de queixo pouco pronunciado e com uma prega rechonchuda embaixo; os olhos eram grandes e de um tom bastante pálido de cinza. O cabelo, como o do irmão caçula, era de um louro pálido acobreado e, para as festividades do dia, fora penteado com todo esmero em cachos encaracolados, que lhe desciam soltos pelos ombros e pelas costas, no estilo das mulheres solteiras.

E ela bem que o poderia ser. Jofre havia compartilhado comigo o boato familiar: o de que o marido de Lucrécia, o conde Giovanni Sforza, de Milão, havia aproveitado todas as oportunidades, desde o casamento, para evitar a esposa. Nessa ocasião, achava-se entrincheirado em sua propriedade em Pesaro, recusando até as convocações papais para que retornasse a sua mulher, para grande constrangimento de Lucrécia. Isso me deixou perplexa; e, quando perguntei a Jofre "Por que ele se recusa a vir ter com ela?", meu marido, em geral ingenuamente franco em outras questões, respondeu apenas: "Ele tem medo."

Medo da ira do papa Alexandre, presumi. Milão, que abrigava o ducado de Sforza, fizera um pacto com os franceses para se proteger; os governantes da região não eram amigos de Nápoles. O medo de Sforza talvez fosse de uma retaliação política.

No entanto, ao pensar longamente no assunto, lembrei-me de que Sforza se afastara de Lucrécia muito antes de o rei Carlos sequer sonhar em pôr os pés na Itália. Será que tinha tanto desprezo pela mulher?

Na *piazza*, nessa manhã, a expressão de Lucrécia, muito cautelosa e muito formalmente agradável e apropriada à ocasião, não forneceu nenhuma pista.

— Irmã — disse-me ela, apenas alto o bastante para ser ouvida pela multidão, apenas baixo o bastante para ser considerada decorosa —, seja bem-vinda a nossa casa.

Trocamos um abraço solene, cada qual beijando as faces da outra. Ela segurou meus braços de um modo que me manteve firme no lugar, impedindo que eu a estreitasse muito de perto, e, no instante em que se afastou, captei um lampejo de puro ódio em seus olhos.

Lucrécia, a amada senhora de Roma, conduziu-nos pela praça até o Vaticano e ao magnífico aposento em que o papa Alexandre sentava-se em seu áureo trono, cercado pelos cardeais mais poderosos da Itália. A semelhança de Lucrécia com ele era notável: o pontífice tinha o queixo pouco pronunciado, com muitas papadas (já entrara em sua sexta década de vida), e olhos do mesmo formato e tamanho, embora fossem de cor castanha. Seu nariz era mais proeminente e o cabelo cinza-escuro tinha a tonsura dos monges; a área calva do couro cabeludo estava coberta por um barrete branco. Um enorme crucifixo de ouro, cintilando com seus diamantes, pendia-lhe do pescoço e repousava pouco acima de seu ventre; no dedo ele usava o anel de rubi de São Pedro. O homem projetava uma aura de força física, pois seu peito e seus ombros eram largos e musculosos, e o rosto, cheio de vida.

Ao entrarmos, ele abriu um sorriso de noivo apaixonado.

— Jofre, meu filho! E Sancha, minha filha! Então, é verdade: você é exatamente a beldade de que falavam as cartas de Jofre! Na verdade, é mais magnífica do que as pobres palavras seriam capazes de descrever! Vejam! — exclamou, fazendo um gesto para a assembléia — Os olhos dela são verdes como esmeraldas!

Não hesitei. Estava habituada a chefes de Estado, não me intimidava com o protocolo. Avancei sem esperar por meu marido e subi os degraus do trono, onde me ajoelhei e beijei o chinelo de cetim nos pés do pontífice, como mandava o ritual. Segundos depois, percebi Jofre ajoelhando-se a meu lado.

Alexandre ficou satisfeito com minha demonstração franca de reverência e minha falta de timidez. Pôs a mão grande e fria sobre minha cabeça, abençoando-me, depois apontou para uma almofada de veludo vermelho colocada no degrau de mármore, logo à esquerda do trono.

— Aqui, minha cara! Sente-se a meu lado. Reservei-lhe um lugar especial.

Jofre abraçou o pai e, em seguida, foi postar-se junto dos cardeais, enquanto eu me sentava na almofada de veludo, agudamente cônscia de que, no lado oposto do trono, havia outra almofada igual.

Minhas damas de companhia entraram enfileiradas, cada qual rendendo sua homenagem ao papa, como eu fizera. Concluídas todas as formalidades, Lucrécia subiu os degraus do trono e ocupou seu lugar na almofada vermelha oposta à minha.

Fiz o que pude para atrair seu olhar e, mais uma vez, fui recompensada com a mais sutil e fugaz expressão de pura antipatia. Ciúme de filha, resolvi naquele momento; só depois viria a conhecer a verdadeira profundidade e a causa dele.

— Deus é verdadeiramente bom para mim — exclamou Alexandre em tom cordial, erguendo os braços num gesto que apontava para mim e Lucrécia a flanqueá-lo —, por me cercar de tão belas mulheres!

A assembléia reunida riu. Sorrindo com falsa timidez ante o elogio, olhei para meu marido, para me certificar de que ele estava satisfeito com meu desempenho.

Estava. A seu lado, porém, postava-se um outro homem igualmente satisfeito — se não mais. Um dos cardeais, um homem da minha idade, esguio e barbudo, de olhos escuros e cabelo negro-azulado como o meu, fitou-me com atrevimento. Senti o rosto aquecer-se de rubor; desviei os olhos, com o sorriso trêmulo.

Mas não pude deixar de furtar outro olhar de relance para o belo e jovem cardeal — e deparei com ele ainda a me fitar com desabrido interesse. *Como se atreve?*, pensei comigo mesma, tentando evocar um sentimento de indignação ou repulsa. *Bem na frente de meu marido e de Sua Santidade, e ainda por cima um sacerdote, um cardeal...*

Anteriormente, aos 15 anos, eu me supusera apaixonada por Onorato Caetani. Mas aquela afeição fora alimentada pela bondade de Onorato para comigo e por sua mestria na arte de amar.

A sensação que se apossou de mim nessa manhã, a vigésima de maio, sentada em minha almofada de veludo ao lado do papa, olhando para o homem de pé junto a meu marido, foi célere, irrevogável e violenta, qual um punhal fincado no coração. Estremeci. Não a queria, não a havia buscado; mas ali estava ela, e eu, à sua mercê. E não sabia coisa alguma sobre o homem que acabara de roubar minha alma.

Eu havia chegado à família do papa Alexandre desejosa de causar uma impressão favorável, de ser uma boa esposa para seu filho Jofre, e agora, sentia-me completamente perdida.

XI

Após nossa recepção oficial, Jofre e eu, com nossos acompanhantes e nossos pertences, fomos conduzidos ao palácio de Santa Maria in Portico, ao lado do Vaticano. Era uma estrutura graciosa, com grandes janelas em arco que deixavam entrar o sol romano, e fora construído para a finalidade puramente carnal de abrigar a comitiva feminina do papa Alexandre. O piso principal tinha uma *loggia* que dava para os vastos jardins; Alexandre não poupara gastos com suas mulheres. Lucrécia morava lá, assim como a jovem amante de Alexandre, Giulia Orsini, e a sobrinha de meia-idade do pontífice, Adriana, a alcoviteira que lhe arranjava amantes. Outras beldades que despertavam o interesse de Sua Santidade eram acomodadas ali, de tempos em tempos, e me inquietou o coração ser conduzida para aquele prédio, ciente de sua reputação, embora Jofre me acompanhasse.

Fiquei ainda menos animada ao descobrir que o quarto de meu marido localizava-se em outra ala do palácio que não a minha, que ficava próxima dos aposentos de Lucrécia e Giulia. Em circunstâncias normais, uma esposa não consideraria muito perturbador ser hospedada perto de outras representantes de seu sexo — exceto pelo fato de que Alexandre parecia ter uma queda peculiar por mulheres casadas. Nem mesmo Giulia Farnese, com seu encanto extravagante, despertara a paixão do papa o suficiente para que ele a levasse para o Vaticano — até que ele a casou com o filho de sua sobrinha Adriana, o infausto Orsino Orsini, de nome redundante. Sua Santidade comprazia-se particularmente em violar a santidade do casamento de outros homens.

Assim, quando Jofre e eu nos afastamos, a fim de rumar para nossos apartamentos separados, parei, voltei atrás e pus a mão em sua face ainda lisa de menino. Ele me fitou com um sorriso luminoso, ainda alvoroçado pela euforia de seu regresso grandioso à cidade natal. Jofre tinha 15 anos e finalmente alcançara minha altura, com seu cabelo ainda comprido e encaracolado; ao pôr a mão em sua face quente, jurei que jamais deixaria seu próprio pai fazer dele um cornudo.

Ao mesmo tempo, rezei para nunca mais pôr os olhos no notável jovem cardeal cujo olhar havia despertado em mim tamanha onda de paixão.

Foi uma prece como todas as outras: uma oração que Deus se recusaria a atender.

Descansamos um pouco depois da viagem. Tentei, mas não consegui dormir, embora a cama, com seus travesseiros de brocado e veludo, seus finos lençóis de linho e suas colchas de pele, fosse suntuosa, mais requintada do que qualquer uma em que eu me houvesse deitado no Castel Nuovo. Os Bórgia não eram tímidos em matéria de ostentação de riqueza. Enquanto minhas damas de companhia desfaziam a bagagem e arrumavam meus pertences no quarto, avistei um desgastado livrinho de couro na mão de D. Esmeralda. Antes que ela o guardasse, arranquei-o de sua mão, acomodei-me numa almofada e comecei a ler.

Era o *Canzionere* de Petrarca, seus poemas de amor dedicados à misteriosa Laura; o volume, do tamanho de minha mão, tinha sido presente de Onorato. Eu sempre fora ambivalente em relação a Petrarca: por um lado, considerava dolorosamente divertido que ele fizesse tamanhas proclamações de um sentimento piegas, descrevendo o amor como uma flecha que lhe perpassara o coração, mas bendizendo o dia em que havia sofrido esse ferimento emocional. Ele sempre falava em dores, ardores e calafrios. Às vezes eu lia seus poemas em voz alta para minhas damas, em tons exagerados e com tamanho sarcasmo que, a horas tantas, não conseguia mais ler, e éramos todas tomadas por acessos de riso.

— Pobre Petrarca! — suspirava eu. — Acho que ele sofre menos de amor que de sezão.

Mas algumas delas não riam tão alto e diziam, timidamente:

— Isso existe. Um dia, Sra. Sancha, talvez aconteça com a senhora.

Como eu caçoava delas! Na intimidade, porém, perguntava a mim mesma se teriam razão e ansiava em segredo pela experiência daquela magia; estaria Petrarca falando sério, ao se dizer arrebatado por um único olhar de sua Laura e, desse momento em diante, perenemente aprisionado? Com Petrarca eram os olhos, sempre os olhos.

No entanto, ao meio-dia de 20 de maio, sentei-me e comecei a ler para minhas damas de companhia, com a zombaria habitual, enquanto elas se atarefavam pelo quarto. Ao chegar ao verso *Receio, mas espero; ardo, e me sinto enregelar*, minha voz fraquejou.

Subitamente tomada de emoção, desviei o rosto; fechei o livrinho e o pus a meu lado na almofada. As palavras descreviam precisamente o que eu sentira quando meu olhar e o do belo cardeal se haviam cruzado; vivenciei mais uma vez uma onda irremediável de emoção. A memória evocou a imagem do rosto de minha mãe, o som de sua voz, inusitadamente desafiadora: *Você fala como se eu pudesse escolher.* Finalmente compreendi o que ela pretendera dizer.

As mulheres diminuíram sua movimentação, cada qual voltando os olhos do trabalho para mim; seus sorrisos transformaram-se em expressões de apreensão.

— Ela está com saudades de casa — disse Esmeralda, com ar entendido. — Não fique triste, D. Sancha. Jofre está a seu lado, assim como todas nós; seu coração logo estará aqui também.

Como podia eu dizer-lhe que meu coração já *estava* lá, só que não da maneira que eu desejava?

Aborrecida por me deixar enamorar com tanta facilidade de um estranho, levantei-me e me dirigi altivamente à sacada, onde lancei olhares ferozes para os jardins.

Ao final da tarde, Jofre e eu comparecemos a um banquete oferecido por Sua Santidade em nossa homenagem. O evento se realizou nos aposentos papais. Ladeados por guardas e por minhas damas de companhia, saímos juntos do palácio como jovens apaixonados, de braços dados; fazia um lindo tempo de primavera e o sol, já baixo no horizonte, lançava um brilho dourado sobre a grande praça e as luminosas construções de mármore branco que a cercavam. Jofre sorriu para mim, orgulhoso. Agarrei-me a ele — por afeição, pensou o querido garoto, retribuindo minha pressão com um aperto e um olhar... mas era por apreensão. Apenas parte de meu desassossego dizia respeito a como eu haveria de lidar com as investidas amorosas do papa; minha preocupação maior era com a atração que eu sentira pelo misterioso cardeal.

Seguimos para os apartamentos dos Bórgia. Da entrada, olhei para trás e vi, para além do imponente Castelo Sant'Angelo, uma vegetação — jardins e vinhedos muito bem cuidados — que se estendia, ininterrupta, até as montanhas distantes, e filas de laranjeiras salpicadas de sempre-vivas. As flores perfumavam o ar fresco.

Fomos anunciados e entramos, seguidos por nossa comitiva.

Os aposentos não eram vastos, mas os adornos eram esplendorosos: tetos ornados de ouro, paredes recém-pintadas com os afrescos esmaltados e dourados de Pinturicchio, com cenas pagãs e cristãs. Sob os afrescos pendiam tapeçarias de seda, e os pisos eram cobertos por tapetes orientais. Em toda parte havia lugares para sentar: volumosas almofadas de veludo e brocado, bancos e cadeiras.

O papa, ombros largos cobertos por um manto de puro alvor, postava-se sorridente à entrada do salão de jantar. Ao contrário de Jofre, era um homem grande, cujo corpo preenchia o vão da porta, de braços abertos para saudar-nos; os ombros, o pescoço e o peito largos fizeram-me pensar num touro potente.

— Meus filhos! — exclamou, risonho, sem o menor vestígio de pompa. — Jofre e Sancha, entrem!

Abraçou primeiro o filho, depois a mim, beijando-me nos lábios com um entusiasmo inquietante.

— Jofre, tome seu lugar para a ceia. Quanto à senhora, Alteza — disse, dirigindo-se a mim —, permita-me oferecer-lhe uma turnê por nossos aposentos.

Não me atrevi a protestar. Alexandre envolveu-me a cintura com um dos braços e me conduziu a um cômodo separado, onde ficamos sozinhos.

— Esta é a *Sala dei Santi* — anunciou —, onde nossa Lucrécia casou-se.

Não se importou em mencionar o noivo.

Olhei ao redor e me esforcei por abafar uma exclamação; senti-me deslumbrada como um simples plebeu que vislumbrasse pela primeira vez o interior de um palácio.

O Castel Nuovo, que até então havia representado minha idéia do luxo da realeza, era mobiliado no estilo espanhol, com paredes caiadas, janelas em arco e tetos decorados com molduras de madeira escura. Os adornos consistiam em tapetes, quadros sem brilho e estátuas. Eu os julgava rebuscados.

Mas, ao entrar na Sala dos Santos, meus olhos foram ofuscados como se eu houvesse fitado diretamente o sol. Eu nunca vira cores tão intensas, tamanha profusão de elementos decorativos. O teto abobadado era coberto de um sem-número de pinturas, cada qual separada por uma moldura dourada, algumas encerradas em murais semicirculares; a cor que servia de fundo era o azul mais intenso que eu já tinha visto, feito de puro lápis-lazúli triturado, e com ele contrastavam os ricos tons de vermelho, amarelo, verde e mais ouro puro. Cada parede tinha um afresco diferente, representando um santo diferente: notei Santa Suzana, com sua auréola e um manto azul que lhe caía em dobras, assediada diante de uma fonte por dois velhos devassos; em primeiro plano havia coelhos, símbolos da luxúria.

— Pagamos uma bela soma a Pinturicchio por esse trabalho. Bonito, não é? — perguntou baixinho meu anfitrião. Depois, com olhar malicioso, acrescentou: — Mas não tão belo quanto você, minha querida.

Afastei-me dele e cruzei o piso de mármore rajado de tom claro, em direção a uma imagem de Santa Catarina, debatendo com filósofos pagãos diante do imperador Maximiliano; ao fundo via-se o Arco de Constantino. A jovem santa, vestida de preto e vermelho como uma nobre romana, com os cabelos dourados flutuando até a cintura, era inconfundivelmente familiar.

— Ora, é Lucrécia! — comentei.

O papa deu um risinho satisfeito.

— Isso mesmo.

Não havia nada de devoto nele, apenas um mundano amor à vida. Era apropriado que o homem houvesse assumido o nome papal de Alexandre — não o nome de um cristão, mas o do conquistador macedônio.

Ergui os olhos para o teto. Havia outros quadros — o martírio de São Sebastião, Santo Antônio visitando o eremita, São Paulo —, porém a pintura dominante retratava um homem e uma mulher pagãos apontando para um enorme touro. Notei que imagens menores do touro repetiam-se por toda parte, entremeadas com o símbolo do papado — a tiara encimando as chaves cruzadas do Reino dos Céus.

— O Boi Ápis — explicou Alexandre. — No antigo Egito, ele era cultuado como uma encarnação do rei Osíris. O touro aparece no timbre de nosso brasão de família.

Antes que eu pudesse reagir, ele tornou a se aproximar e passou um braço por minha cintura.

— É um símbolo da força e da virilidade masculinas, você sabe.

Abruptamente, apertou meu seio com a outra mão e tentou me beijar; escapuli de seu abraço e, mais uma vez, afastei-me em passos rápidos. Compreendi por que o devoto Savonarola o havia chamado de Anticristo: é que, nos apartamentos papais, os símbolos pagãos tinham precedência sobre os cristãos.

O papa soltou-me com um risinho:

— Você é recatada, minha cara. Não faz mal; gosto das castas.

— Peço-lhe por favor, Vossa Santidade — retruquei com franqueza. — Quero apenas ser uma esposa fiel para seu filho. Não desejo ser favorita, e há inúmeras mulheres à sua escolha...

— Ah, mas nenhuma tão encantadora — disse ele.

— Sinto-me lisonjeada — contrapus. — Mas, por favor, deixe-me permanecer apenas como uma fiel nora.

Ele deu um sorriso presunçoso e acenou com a cabeça, mas não pareceu alterar seus planos a meu respeito. Fez um gesto largo.

— Como quiser. Continuemos o passeio.

Percorremos diferentes aposentos, todos tão gloriosos quanto o primeiro, cada qual com um tema diferente: a Sala do Credo, a Sala da Fé, com um grande mural que exibia a Adoração dos Magos, o Salão das Sibilas, com pinturas de profetas do Velho Testamento que anunciavam a ira divina, acompanhados por sibilas de ar severo, videntes pagãs. Eu nunca tinha visto tamanha exibição de opulência e riqueza; na verdade, fiquei contente por ter visitado esses outros aposentos antes de jantarmos, para não ter que ficar boquiaberta como um camponês assombrado diante do que me cercava.

Sua Santidade não fez outras tentativas de me seduzir e, por fim, reunimo-nos aos outros para jantar na Sala das Artes Liberais. Abaixo de uma pintura da Aritmética — uma loura envolta em veludo verde, segurando um tomo dourado —, o papa fez um gesto para mim.

— Você se sentará a meu lado.

Quando me conduziu ao longo da mesa de jantar, coberta de candelabros e de um grande banquete — aves assadas, veado e carneiro, vinho e uvas, queijos e pães —, passei por diversos cardeais, todos da família Bórgia, todos trajados com os tradicionais mantos escarlate. Vasculhei seus rostos e não encontrei entre eles meu belo cardeal.

À cabeceira da mesa ficava a cadeira do papa, mais alta e decorada do que as outras; à sua direita sentava-se Lucrécia. Fiz uma mesura; ela me fez um pequeno aceno afetado com a cabeça, espremendo os belos lábios pequenos, com os olhos apertados e conseguindo transmitir apenas a mim, habilmente, a intensidade de seu desprezo. Jofre não notou nenhuma dessas sutilezas, apenas beijou a irmã e sentou-se a seu lado.

Minha cadeira vazia me aguardava, bem à esquerda do papa; mais uma vez, eu fora colocada em oposição direta a Lucrécia. Dei um passo em direção à cadeira, mas fui prontamente detida pela mão do papa, firme, porém afetuosa, pousada em meu ombro.

— Mas espere! Nossa querida D. Sancha ainda não conheceu seu novo irmão!

Meu olhar acompanhou o gesto do papa até a cadeira ao lado da minha. O rapaz sentado nela já se pusera de pé: um homem da minha idade. Um homem de beleza marcante, com um nariz afilado e reto e um queixo forte, coberto por uma barba cerrada.

— César! César, beije sua nova irmã, Sancha!

Ele tinha as feições da mãe e o cabelo negro como azeviche, e por isso eu não o havia reconhecido como um Bórgia. Ao contrário dos outros cardeais, havia trocado o manto pelo hábito negro dos padres — de talhe simples, mas elegante. O olhar que trocamos não foi menos intenso que o daquela manhã, quando eu o vira de meu assento junto ao trono papal.

Eu sabia que Jofre tinha um irmão mais velho, César, o cardeal de Valência, que alguns chamavam de Valentino. Mas não tinha estabelecido a ligação naquela manhã, na audiência papal, quando Jofre fora postar-se ao lado dele.

Viramo-nos de frente e trocamos um abraço cortês, familiar, um segurando os braços do outro acima dos cotovelos. Levantei a face para ele e me sobressaltei, quando ele se inclinou e depositou um beijo único e firme em minha testa. Sua barba era espessa, grossa, uma barba de homem, e estremeci quando ela roçou em minha pele.

— Vossa Santidade deve ouvir minha confissão — disse ele ao papa, sem tirar os olhos de mim. — Invejo meu irmão; ele capturou uma mulher realmente bela.

Todos aplaudiram educadamente.

— É muita bondade sua — murmurei.

Alexandre ocupou seu lugar — o que permitiu que todos retomassem os seus — e, sorridente, fez um gesto para César.

— Ele não é espirituoso? — indagou, com amor e orgulho sinceros. — Fui abençoado com os filhos mais belos e inteligentes de toda a cristandade; agradeço a Deus por todos vocês estarem aqui comigo agora, em segurança.

Eu me sentira repugnada com a impossibilidade de o papa controlar sua lascívia, mas, nesse momento, notei que seus filhos varões e sua filha desabrocharam sob o efeito de seu elogio sincero. Obviamente, Alexandre era um homem de emoções generosas, apesar de suas falhas, e eu me perguntei como seria ter um pai tão afetuoso e gentil.

Falei e comi pouco durante o jantar, embora os outros rissem e conversassem à vontade; passei o tempo todo escutando César. Pouco me lembro do que ele disse, mas sua voz e seus modos eram como veludo.

O banquete restringiu-se à família — uma família grande, com muitos nomes a serem guardados na memória. Eu já conhecia o cardeal Bórgia de Monreale, que assistira à consumação de meu casamento com Jofre.

Muito depois de a lua estar alta, o pontífice apoiou suas mãos maciças na mesa e se levantou, o que fez todos os demais ficarem de pé.

— Para a recepção! — anunciou, com a voz engrossada pelo vinho.

Lá fomos todos para o maior cômodo dos apartamentos papais, onde uma pequena aglomeração nos aguardava. Ao nos verem, os músicos começaram a tocar seus alaúdes e flautas. Embora não lhe tivesse sido apresentada, reconheci de imediato aquela a quem Roma chamava

La Bella — a famigerada Giulia, de traços delicados e alvos como uma antiga estátua de mármore e cabelos castanho-claros, trançados, enroscados e cobertos por uma rede de ouro, a não ser pelos cachos finos e encaracolados que lhe emolduravam o rosto. Usava um vestido de seda rosa pálido, com dobras tão numerosas do tecido finíssimo, que elas ondulavam a cada movimento seu. Giulia tinha olhos grandes, de pálpebras pesadas, cheios de uma timidez e hesitação que eram de causar estranheza, numa mulher que possuía o coração de um homem tão poderoso. Não senti nela qualquer malícia ou fingimento. Ao que parecia, as graças do Santo Padre lhe tinham sido concedidas sem nenhum esforço ou manipulação de sua parte; ela dava a impressão de uma criança deslumbrada com um brinquedo magnífico demais.

Com ela estava seu marido, Orsino Orsini, o de perturbador olhar monocular, pois havia perdido um dos olhos anos antes. Orsino era baixo, de estrutura atarracada, expressão taciturna e ar resignado. Ele e a mulher eram vigiados de perto pela mãe dele, Adriana Mila, a sobrinha do papa, uma matrona corpulenta, de olhar sagaz e avaliador e constantes rugas de preocupação a lhe franzirem a testa. Adriana era mestra em tática; havia granjeado muitos favores do papa, não apenas por lhe arranjar Giulia, mas também por ter criado Lucrécia na casa do pontífice. Com certeza, ninguém que houvesse crescido aos cuidados daquela mulher poderia ter aprendido a arte da confiança.

Havia também outras pessoas presentes — nobres e suas esposas, servidores da corte papal, mais cardeais e algumas mulheres suspeitamente desacompanhadas, às quais ninguém me apresentou. Era um evento sumamente informal, nem um pouco parecido com aqueles a que eu estava acostumada em Nápoles ou Squillace, nos quais Jofre e eu ocupávamos nossos tronos e os nobres e familiares eram criteriosamente dispostos e servidos conforme sua posição. Um trono fora trazido para Sua Santidade e colocado no local em que ele melhor pudesse assistir às atividades, mas, afora isso, todos se movimentavam livremente, ocupando vez por outra almofadas ou cadeiras, quando lhes aprazia, e deixando-as com igual facilidade, para serem ocupadas por outros.

Isso não me inquietou; os costumes variam em todas as casas reais. Mas então alguém trouxe uma cadeira para Giulia, para que ela pudesse sentar-se bem ao lado do papa, e, tão logo a avistou, ele foi em sua direção e, diante de todos os presentes, beijou-a sem o menor recato e a convidou a sentar-se a seu lado.

Fiquei levemente escandalizada. Minha mãe fora amante de um príncipe, mas meu pai jamais se sentaria ao lado dela nem a beijaria num evento público; e, afinal, ali era o Vaticano. Também considerei repugnante que, poucas horas antes, as mãos que agora acariciavam Giulia me houvessem buscado com tanta facilidade. Apesar disso, não me permiti nenhuma reação; Jofre era meu guia. Ele aceitou a conduta do pai como algo muito natural, de modo que também eu procurei fazê-lo.

Enquanto isso, o vinho escoava. Bebi o meu misturado com água e, mesmo assim, apenas duas taças.

— Estive em Nápoles e conheço um pouco a cidade — disse-me Lucrécia, puxando conversa —, mas nunca fui a Squillace. Fale-me de lá.

Tal como eu, ela havia tomado o cuidado de não se deixar afetar pelo vinho; estava ocupada demais em me julgar, avaliando o potencial de rivalidade entre nós.

— Squillace é muito bonita, à sua maneira. Fica à beira do mar Jônico e, embora o litoral não seja tão pitoresco quanto o de Nápoles, já que, afinal, não tem o Vesúvio, o porto é encantador. A cidade tem muitos artistas, muitos artesãos conhecidos por sua louça e sua cerâmica.

— Não é grande como Nápoles?

— De modo algum — respondi. Jofre deu um risinho abafado.

César, que até então se mantivera calado, comentou gentilmente:

— Mas é encantadora, ainda assim, pelo que ouvi dizer. O tamanho não tem relação com a beleza.

Lucrécia inclinou a cabeça, espremendo ligeiramente os olhos:

— Ah. Há momentos em que anseio pela simplicidade das províncias; Roma é tão imensa e tamanhas são as exigências que faz a nosso tempo, que pode ser esmagadora. Não obstante, temos a responsabilidade de impressionar a plebe em todas as cerimônias sociais. Aqui, receio, as pessoas têm uma postura muito mais *blasé* que as de Squillace, e têm expectativas maiores.

Ergui o queixo ante o insulto sutil: estaria ela fazendo referência a minha roupa, deliberadamente matronal e decorosa, que eu escolhera para que lhe fosse possível brilhar mais em nosso primeiro encontro? Se assim era, eu não voltaria a cometer o mesmo erro.

— Lucrécia! — chamou o papa, obviamente muito tocado pelo vinho. — Dance para nós! Dance com a Sancha!

Ele estava com o braço ao redor de Giulia, que deu um risinho quando Alexandre a puxou para si, cara a cara, e a beijou.

Lucrécia lançou-me outro de seus olhares de soslaio, vagamente zombeteiros.

— Você decerto conhece a moda espanhola... ou será que não a ensinam no sul?

— Sou uma princesa da Casa de Aragão — respondi, sem qualquer gentileza.

Demos as mãos. E, enquanto o papa batia palmas de quando em quando, encantado, e os músicos tocavam, executamos os passos de uma antiga dança castelhana.

Naquele momento, fiquei contente por ter sido criada por meu pai, por haver aprendido que homens e mulheres podiam portar-se com aparente cortesia, mas conservar seu talento para a falsidade; intuí que Lucrécia era uma dessas pessoas. E assim, enquanto conversávamos educadamente durante nossa pequena dança, mantive o raciocínio afiado. Aliás, houve um momento em que Lucrécia pulou intencionalmente um passo da dança, e deixou o pé na posição exata para que eu tropeçasse e passasse por um vexame.

Eu estava preparada. Talvez devesse ter sido gentil e simplesmente evitado o tropeço, fingindo que ela fizera o gesto sem querer, mas a ira e a altivez de meu pai inflaram-se dentro de mim. Deixei meu pé cair de propósito sobre o dela.

Lucrécia soltou um pequeno ai e se voltou para mim com ar hostil; embora continuássemos a executar nossos movimentos, trocamos o olhar franco de duas adversárias num duelo.

— Como quer que lidemos com isto, senhora? — perguntei em tom brando, mas com o olhar duro. — Não vim a Roma por minha vontade, e decerto não vim para fazer uma inimiga. Não desejo ser outra coisa senão uma boa irmã para a senhora.

Atenta aos que nos observavam, ela deu um sorriso gracioso; foi a expressão mais fria e aterradora que eu já vira até então.

— A senhora não é minha irmã. E jamais será minha igual, Alteza. Guarde isso.

Durante nossa dança, apareceram criados trazendo bandejas com refinadas guloseimas de chocolate. Alexandre fez um grande espalhafato para oferecer uma delas a Giulia, que em seguida lhe pôs uma na boca. Quando a dança estava terminando e nossa platéia aplaudia cortesmente, Alexandre, com um grande sorriso de garoto, atirou longe um dos chocolates, atingindo César.

O jovem cardeal de hábito escuro reagiu com rematada graça; sorriu sem surpresa, apanhou o chocolate e o comeu com um deleite que agradou seu pai gargalhante.

Em seguida, com um gesto exagerado, Alexandre deixou cair um chocolate dentro do corpete de Giulia.

Por um instante, um ar de consternação cruzou o rosto da moça. Ela não queria estragar seu vestido caro.

Captei o olhar ríspido que Adriana Mila lhe lançou: era uma advertência, uma ameaça.

Na mesma hora, Giulia sorriu, depois deu risinhos com um grau de sinceridade em que só um homem enamorado seria capaz de acreditar. O papa também deu risadinhas, como um menino travesso, e enfiou a mão no fundo do corpete de Giulia, entre seus seios alvos, levando um tempo exagerado e remexendo as sobrancelhas com uma expressão de deleite que era a conta certa para divertir os presentes.

O grupo reunido soltou sonoras gargalhadas.

Repentinamente, Adriana aproximou-se do pontífice e lhe segredou algo no ouvido; ele fez um aceno com a cabeça, virou-se para Giulia e, segurando o rosto encantador da jovem em suas mãos enormes, beijou-a nos lábios e murmurou uma promessa. Desconfiei que os dois houvessem marcado um encontro e me perguntei se seria verdade o boato que eu ouvira, de que o papa tinha mandado construir uma passagem entre o Palazzo Santa Maria e o Vaticano, para poder visitar suas mulheres em segredo, sempre que o desejasse.

Giulia acenou com a cabeça, com o rosto iluminado, e se retirou em companhia do pobre Orsino, ambos conduzidos por Adriana.

Para os convidados, isso foi um sinal que não compreendi: na mesma hora, formou-se uma fileira de cardeais diante do trono de Sua Santidade, todos fazendo reverências e se despedindo; a maioria dos nobres fez o mesmo.

Ainda era cedo, mas a comemoração reduziu-se então aos membros mais íntimos da família — e às mulheres desconhecidas, desacompanhadas, de trajes extravagantes.

Prostitutas, compreendi com súbito mal-estar, antes mesmo que Sua Santidade jogasse outro chocolate, que foi aninhar-se no decote da mais rechonchuda entre as mulheres presentes. A cortesã riu. Era uma jovem atraente, de cabelos dourados, mas seu olhar era duro, a despeito da embriaguez. Ela inclinou o corpo, para revelar melhor os seios, e em passos trôpegos, quase correndo, encaminhou-se para Alexandre.

Ele estava sentado, pronto para recebê-la. E, no momento em que os seios cobertos de brocado apareceram à sua frente, o papa mergulhou avidamente o rosto entre eles e começou a procurar o bombom escondido, como um cão que caçasse um petisco caído da mesa de seu amo.

A mulher soltou uma risada estrídula, usando uma das mãos para puxar com força a cabeça do pontífice para seu peito. Ele finalmente se afastou, triunfante, com o rosto sujo de chocolate e o bombom entre os dentes.

César fitava sua taça com uma expressão reservada, indecifrável. Obviamente, aquilo era algo a que estava acostumado, se é que não o aprovava.

Olhei imediatamente para Jofre; meu maridinho ria, também bastante embriagado, e fez sinal para que um dos criados lhe levasse uma bandeja de bombons. Perdi a cabeça: não consegui esconder por completo minha repulsa.

Lucrécia captou prontamente minha reação.

— Ah, Sra. Sancha, a senhora *é* provinciana.

E, para provar que ela não o era, quando a bandeja de chocolates chegou, jogou um deles entre seus próprios seios.

César, com uma agilidade despida de qualquer sugestão de impropriedade, pegou no mesmo instante o bombom entre dois dedos e o repôs na bandeja.

— Você precisa dar tempo a nossa nova irmã — disse em tom melífluo, sem recriminação — para que ela possa conhecer-nos, e não fique tão chocada com nossos costumes romanos.

Em resposta, Lucrécia enrubesceu vivamente. Depositou sua taça na bandeja, pegou o chocolate semiderretido e tornou a instalá-lo com firmeza entre os seios.

Sem dizer palavra, dirigiu-se ao trono do pai e fez um gesto para que a prostituta — que, nesse momento, sentava-se entre risinhos no colo do pontífice, mexendo os quadris da maneira mais lasciva — se retirasse.

A mulher o fez, com uma mesura delicada, embora ficasse claro que se ressentiu da intromissão. E Lucrécia tomou seu lugar.

Sentou-se no colo do pai e encostou o rosto dele em seus seios pequenos; àquela altura, Alexandre estava visivelmente bêbado — mas não tão bêbado que não notasse a troca de mulheres.

Enquanto ele procurava o bombom com a boca e a língua, Lucrécia virou o rosto para mim, de olhos espremidos, cheios de desafio e triunfo.

Fiz meia-volta, com as saias farfalhando, e me retirei.

XII

Esmeralda e um trio de guardas seguiram-me até a porta, mas virei-me para eles num rodopio:

— Quero estar só! — exigi, num tom que silenciou até mesmo a venerável D. Esmeralda. Em condições normais, ela se recusaria a permitir que eu andasse desacompanhada à noite, mas era sagaz o bastante para reconhecer que eu havia chegado a um grau de determinação que não admitiria argumentos. Além disso, eu não tinha medo; levava sempre comigo o estilete de Afonso.

Andei sozinha pela noite romana. Havia uma leve friagem no ar e a *piazza* à minha frente estava escura; a única iluminação provinha da lua, refletida nos telhados de mármore, e das janelas douradas e bruxuleantes dos apartamentos papais, às minhas costas. Suspendi as saias e, com todo o cuidado possível, desci a escadaria até o nível da rua e, a partir desse ponto, virei-me e usei a luz baça que vinha do térreo do Palazzo Santa Maria para me orientar até minha nova moradia.

Eu estava longe de ser pudica. Havia assistido a uma certa dose de devassidão na corte de meu pai — e na de meu marido. As brincadeiras com cortesãs nas festas não eram um fato inédito. Mas costumavam ser conduzidas com discrição, apenas na presença de umas poucas pessoas de confiança.

Ao que parecia, aquele papa confiava em muita gente. Ou talvez ninguém se atrevesse a falar. Como quer que fosse, estava claro que o homem que tanto escandalizara a sociedade italiana, por assediar diversas mulheres casadas no jardim de uma catedral, não havia mudado nem um pouco desde sua ascensão ao pontificado.

Eu seria capaz de passar por cima de uma coisa dessas, embora houvesse esperado mais discrição. E tinha-me convencido, depois de Sua Santidade desistir tão facilmente de suas tentativas de me assediar naquela tarde, de que eu só precisaria rejeitá-lo algumas vezes para ser deixada em paz.

Ficara até comovida com o tanto que Alexandre era apaixonado pelos filhos; eu havia ansiado por essa afeição paterna e imaginado como seria minha vida, se meu pai me tratasse com benevolência.

Mas a expressão estranhamente triunfal nos olhos de Lucrécia, ao puxar o rosto do papa contra seu peito, fizera-me ansiar, ao contrário, pelo lar que eu havia conhecido. Eu não conseguia esconder minha repugnância ante uma cena daquela natureza entre pai e filha; por um instante, em minha imaginação, meu pai tomou o lugar de Alexandre e eu, o de Lucrécia. Estremeci à idéia de encostar meus seios nos lábios de Afonso II, de ter meu pai me apalpando, embriagado. A visão era tão repulsiva, que a reprimi de imediato.

Naquele momento compreendi perfeitamente a razão da inveja de Lucrécia... que nada tinha a ver com ofuscar seu brilho nas funções sociais.

Seu amor por Alexandre ultrapassava o de uma filha pelo pai. O olhar que ela me dirigira tinha sido o de uma mulher possessiva de seu amante, que desafiasse uma rival: *Deixe-o; ele é meu.*

A imagem dela, com sua pele alva e jovem despida, estreitada contra o corpo envelhecido e murcho do pontífice, causou-me náuseas; avancei trôpega pela orla da praça, inspirando o ar da noite, carregado do cheiro lodoso do Tibre, como se pudesse, de algum modo, purgar-me da lembrança do que acabara de ver.

Meus instintos me diziam que Lucrécia era uma criatura depravada, desprezível. Sua conduta desavergonhada com os chocolates insinuava uma idéia monstruosa: a de que ela concedia favores sexuais ao próprio pai, o papa.

Respirei fundo e firmei o passo. Eu era cética, precipitada nos julgamentos. Tão pouco tempo longe de meu irmão e já pensava o pior de todas as pessoas. Como poderia ser mais parecida com Afonso?, pensei. Como reagiria meu irmão?

Decerto eu estava errada, disse a mim mesma. Não era possível que os dois tivessem um envolvimento físico; era uma idéia terrível demais para contemplar. Lucrécia alimentava uma paixão pelo pai, como acontece a algumas jovens, e tinha um gênio feroz. Enciumava-se por partilhar a afeição dele, e já era obrigada a fazê-lo com Giulia; e ali estava eu, mais uma mulher a desviar dela as atenções de Alexandre. E Lucrécia havia sentido tanta raiva da resposta ríspida que eu lhe dera durante nossa dança, que tinha perdido o controle e ficado com uma imensa vontade de me afrontar.

É isso, eu disse a mim mesma. *E talvez ela tenha bebido mais vinho do que percebi. Talvez não estivesse tão sóbria quanto parecia.*

Essa idéia me acalmou um pouco; quando cheguei ao Palazzo Santa Maria, estava convencida de que Lucrécia recorrera a uma conduta bizarra por criancice, e de que Alexandre, com certeza, estivera embriagado demais para se dar conta de que fuçava os seios da própria filha.

Os guardas me reconheceram prontamente e me deixaram entrar. A *loggia* do térreo era bem iluminada, mas os corredores do andar de cima eram uma outra história, e perambulei, confusa, até finalmente encontrar a entrada de meus aposentos.

Estendi a mão para abrir a porta da antecâmara. No mesmo instante, meu pulso foi segurado com uma força brutal.

Virei-me. A meu lado, envolto na sombra, avultava Rodrigo Bórgia. Nem mesmo a penumbra conseguia esconder o aspecto grosseiro de suas feições — o queixo reentrante, que desaparecia nas pregas da papada envelhecida, o nariz proeminente, levemente bulboso e irregular, os lábios grossos, esticados nesse momento num sorriso lascivo. Suas pálpebras estavam pesadas por causa da bebida. O manto dourado se fora; ele usava apenas sua túnica vermelha de cetim e um barrete de veludo.

Então é verdade, pensei, com curioso desapego. *Existe uma passagem secreta entre Santa Maria e o Vaticano.* De que outro modo poderia Sua Santidade ter saído tão depressa da comemoração e estar ali à minha espera?

Parada a seu lado, não pude negar sua vantagem física: eu não era uma mulher grande, enquanto Rodrigo, ao contrário de seu filho Jofre, era um homem alto, ainda forte aos 60 anos. Minha cabeça não chegava à altura de seus ombros largos. Seus ossos eram grandes e grossos, os meus, delicados; juntas, suas manzorras podiam envolver minha cintura, e ele poderia facilmente quebrar meu pescoço, se quisesse.

— Sancha, minha querida, meu sonho — murmurou ele, puxando-me para si; a pressão em meu pulso aumentou a ponto de me causar grande dor, mas não gritei. A fala dele era pastosa: — Esperei o dia inteiro por este encontro, a noite inteira... não, faz anos que espero, desde o primeiro instante em que você me foi descrita. Mas a guerra nos manteve separados... até agora.

Abri a boca para repreendê-lo, mas, antes que conseguisse enunciar uma palavra, ele me envolveu com um dos braços, pôs a palma da mão atrás de minha cabeça e me obrigou a encará-lo. Debati-me, mas de nada adiantou. Ele me beijou, pressionando os lábios contra meus dentes; o cheiro fétido de carne, misturado com o do vinho, deu-me ânsias de vômito.

Ele soltou meu pulso e recuou, com a expressão do jovem apaixonado que aguarda, esperançoso, uma reação. Foi o que teve: com toda a minha força, desferi-lhe uma bofetada no rosto.

Alexandre deu um passo atrás, trôpego, antes de recuperar o equilíbrio incerto. Seus olhos se estreitaram de surpresa e fúria; ele tocou na área atingida e, logo depois, deixou cair a mão e soltou uma risada de escárnio:

— Você confia demais em seu valor, querida Sancha. Pode ser princesa, mas, não se esqueça, eu sou o papa.

— Chamarei meus criados — sibilei. — Eles estão bem atrás da porta.

— Pois chame-os — sorriu ele. — Eu os mandarei embora. Acha mesmo que eles se recusarão a me obedecer?

— São leais a mim.

— Se forem, sofrerão por isso — disse o papa, com surpreendente amabilidade e desenvoltura.

— Como pode não se envergonhar? — perguntei. — Sou a mulher de seu filho!

— Você é uma mulher.

Surgiu em seu rosto, em sua voz, uma dureza repentina, uma mesquinhez que eu só vira antes nos olhos de sua filha.

— E aqui mando eu — prosseguiu. — Enquanto viver em minha casa, você será minha propriedade, para eu usar como bem entender.

Para provar suas palavras, num gesto de surpreendente agilidade para um homem tão cheio de vinho, enfiou uma das mãos em meu corpete e segurou meu seio em sua palma.

— Sancha, querida — disse, com pura petulância —, será que sou tão velho, tão medonho, que você não possa imaginar me amar? Eu a adoraria de um modo indescritível, não haveria nada que lhe negasse. Basta dizer o que você quer! É só dizê-lo! Sou eternamente bondoso para com aqueles que me amam.

Antes que ele conseguisse terminar sua fala, peguei sua mão e a arranquei de meu seio. Ele, por sua vez, agarrou-me os dois braços e, com um movimento tão potente que me fez perder o fôlego, jogou-me contra a parede. A massa de seu corpo me imprensou; debati-me, chutei, mas sua força me imobilizou. Ele segurou meus dois pulsos nos punhos cerrados, abrindo e encostando meus braços na parede, à altura dos ombros, numa paródia bárbara do Cristo crucificado, e sufocou meu rosto com o seu.

Tossi, borrifando-o com minha saliva; engasguei quando ele projetou a língua, introduzindo-a à força em minha boca. Em seguida, ele levantou meus braços e, com uma de suas enormes patas, prendeu-os na parede. Estendeu a outra mão para levantar minha saia e, ao fazê-lo, dobrou o corpo. Dada a sua embriaguez, o movimento o deixou tonto e ele cambaleou.

Usei essa oportunidade para soltar uma de minhas mãos. Num átimo, peguei o estilete, escondido logo abaixo de meu peitilho. Pensava em desencorajar o papa, não em brandir a arma. No entanto, quando ele percebeu que eu ia escapulindo e estendeu o braço para corrigir a situação, sua mão topou com a ponta da lâmina.

Ele soltou um grito e recuou no mesmo instante. A essa altura, meus olhos tinham-se adaptado bastante bem à penumbra, e vi a mão que ele levantava, esticando em leque os dedos grossos. Ambos a fitamos, assombrados. O estilete fizera um corte na palma, um estigma perfeito, e o sangue já lhe escorria até o pulso. A lesão era ínfima, o efeito, dramático.

Alexandre voltou o olhar para mim. Nele, em sua plenitude demoníaca, vi o ódio que apenas cintilara nos olhos de Lucrécia. O papa deixou escapar um longo silvo. Mas, apesar de sua fúria, havia uma segunda emoção bailando em seu rosto: o medo.

Ele é tirânico, mas também é covarde, pensei depressa, *exatamente como meu pai*. Aproveitei esse conhecimento e avancei em sua direção, erguendo ameaçadoramente o estilete.

Súbito, Rodrigo sorriu — um diplomata bêbado; passou a usar um tom lisonjeiro, enquanto apertava a mão ferida com a outra.

— Então é verdade o que dizem: você é destemida. Eu soube que salvou o rei de Nápoles, matando um homem.

— Com esta mesma arma — afirmei, categórica. — Cortei-lhe a garganta.

— É mais uma razão para amá-la — proclamou ele, com falso bom humor. — Com certeza, Sancha, você não é tola a ponto de recusar uma oportunidade como esta...

— Sou, sim. Toda vez que Vossa Santidade se aproximar de mim, receberá a mesma resposta — e o fuzilei com o olhar. — Vossa Santidade é um pai que diz amar os filhos. Como se sentiria Jofre, se nos visse assim?

Rodrigo baixou a cabeça ao ouvir minhas palavras e passou um tempo calado, oscilando de leve. Para meu assombro, irrompeu em lágrimas e se ajoelhou.

— Sou um homem perverso — disse, em tom choroso. — Velho, bêbado e tolo. Fico indefeso perto das mulheres; é a maldição de minha vida. D. Sancha, a senhora não entende: sua imensa beleza fez-me perder o juízo. Mas agora a senhora tem meu respeito, pois é não apenas virtuosa, como também valente. Perdoe-me.

Seu choro intensificou-se.

— Perdoe-me por desonrá-la desta maneira, assim como a meu pobre filho...

Seu remorso, apesar de súbito, pareceu sincero. Baixei o estilete e dei um passo em sua direção.

— Perdôo Vossa Santidade. Jamais falarei deste incidente. Mas que ele nunca se repita.

Ele balançou a cabeçorra.

— Juro que não se repetirá, senhora. Eu juro...

Cheguei mais perto, pensando em lhe estender a mão para ajudá-lo a ficar de pé.

Súbito, ele se levantou e, com a cabeça e os ombros, desferiu-me um golpe que me derrubou no frio piso azulejado e fez o punhal voar longe. Não pude ver para onde foi; atrapalhada com minhas saias, fiz força para me levantar, percebendo minha vulnerabilidade.

Mas as saias pesadas e os sapatos de veludo não me deram um ponto de apoio. A figura taurina de Rodrigo avultou sobre mim e ele estendeu as mãos para me tocar...

No mesmo instante, surgiu uma segunda figura, igualmente alta, porém mais esguia, mais bem proporcionada, e segurou um dos braços do papa.

— Pai — disse César, em tom descontraído e calmo, como se despertasse o velho do sono, em vez de interromper um estupro.

Desorientado, Rodrigo virou-se para o filho, ainda pronto para lutar. Desferiu um murro, mas César, muito mais forte que o pai, segurou-lhe o braço e riu, como se tudo fosse uma esplêndida pilhéria.

— Pai, o senhor tomou vinho demais! Sabe que, se quisesse me bater, poderia fazê-lo sem dificuldade, estando sóbrio. Venha, Giulia está perguntando pelo senhor.

— Giulia?

O papa tornou a me olhar, hesitante. Estivera perfeitamente seguro de si ao me assediar, mas, de repente, pareceu não passar de um velho confuso.

César balançou a cabeça em minha direção, num gesto displicente.

— O senhor não precisa dessa. Mas Giulia ficará enciumada, se não for vê-la logo.

Alexandre franziu o cenho para mim, depois deu meia-volta e começou a caminhar pelo corredor. César o observou por um instante e, seguro de que o pai já ia longe, apressou-se a se ajoelhar a meu lado.

— Sra. Sancha, está ferida? — perguntou, com premente interesse.

Balancei a cabeça. Meu ombro e minhas costelas doíam, meus pulsos estavam arranhados, mas eu não sofrera nenhum ferimento grave.

— Vou me certificar de que Sua Santidade chegue ao destino certo. Devo pedir desculpas por ele, senhora; ele está bêbado.

Estendeu as duas mãos e me ajudou a me levantar.

— Com sua permissão, virei procurá-la dentro em pouco, para lhe apresentar um pedido de desculpas mais apropriado. Neste momento, preciso cuidar dele.

E se foi.

Encontrei o estilete no piso de mármore e o repus na bainha; mais uma vez, o presente de meu irmão havia comprovado seu valor. Quando cheguei a meus aposentos, as criadas vieram a meu encontro, de olhos arregalados e mudas; só quando me olhei no espelho é que percebi que meus seios quase haviam saltado do corpete, minha saia estava rasgada e metade de meu cabelo soltara-se da rede de fios de ouro e caía sobre meus ombros.

César cumpriu sua promessa. Momentos depois de desaparecer atrás do pai — nem houvera tempo suficiente para que minhas aias retirassem a rede de ouro e escovassem completamente meu cabelo embaraçado —, houve uma batida discreta na porta de minha antecâmara.

Endireitei o corpete, dispensei minhas damas para que voltassem a seus quartos, e fui eu mesma atender à porta. Ainda estava trêmula pelo esforço físico da luta, o que me era sumamente incômodo.

César, sóbrio mas inquieto, de um modo controlado e digno, estava à espera. Convidei-o a entrar e ele permaneceu de pé, recusando minha oferta de uma cadeira.

— Sra. Sancha, tem certeza de que não está ferida?

— Tenho certeza.

Fiz o melhor possível para retribuir sua dignidade. A rigor, menos me importava a agressão que seu pai acabara de cometer contra mim do que a opinião de César a meu respeito.

— Imploro seu perdão — disse César, com um toque de paixão no tom cauteloso. — Muitas vezes, Sua Santidade procura esquecer as imensas preocupações do Estado mergulhando no vinho. Já está dormindo a sono solto. Desconfio que terá esquecido todo esse incidente quando a manhã chegar.

E você está sugerindo que eu também o esqueça, tive vontade de dizer, mas julguei que não seria político. Não me restava alternativa senão atendê-lo: o papa tinha plenos poderes sobre meu destino. Se quisesse, poderia exilar-me na prisão do Castelo Sant'Angelo, sob uma falsa acusação de traição; poderia até mandar um de seus asseclas me assassinar. Senti-me grata pelo interesse de César, pois isso significava que eu tinha mais do que o ineficiente Jofre como aliado na família Bórgia.

O que de fato respondi foi:

— Há uma prova física do acontecido. Eu o feri... com um estilete. A mão dele está machucada.

— Não deve ser um ferimento grave — retrucou César. — Não o notei, e ele tampouco reclamou.

— Não é. Mas deixou uma marca, mesmo assim.

César refletiu por um momento; sua expressão fez-me lembrar a superfície de um lago, quando a água está muito, muito tranqüila. Por fim, propôs:

— Então, se meu pai não se lembrar do episódio, a senhora e eu combinaremos, aqui e agora, que o ferimento resultou de um encontro com uma das cortesãs. Direi a ele que eu mesmo o testemunhei e que a mulher foi duramente castigada.

Assenti com a cabeça.

César retribuiu o gesto, em reconhecimento de nossa cumplicidade, depois fez uma reverência.

— Eu me despeço, senhora.

Virou-se para sair, mas parou e me olhou por cima do ombro, novamente com aquele olhar escuro e intenso que me deixara a um tempo constrangida e arrebatada.

— A senhora é a única mulher que conheço a tê-lo rejeitado. Isso exige grande coragem e convicção.

Baixei os olhos.

— Sou casada com o filho dele.

Não era simplesmente uma resposta a César; eu também estava lembrando a mim mesma esse fato.

Ele se calou; após algum tempo, disse:

— É pena, senhora, que tenha conhecido o mais novo antes do mais velho.

Arriscou outro olhar para mim; dessa vez, eu o retribuí, com ousadia.

— É pena — concordei.

César deu um sorriso muito vago e se retirou.

XIII

D. Esmeralda e minhas outras damas de companhia aguardaram uma meia hora adequada antes de voltarem das festividades para meu quarto, e já então as aias me haviam despido e retirado a rede embaraçada em meu cabelo. Haviam desmanchado e acabado de escovar os cachos bem-feitos quando D. Esmeralda entrou, mas creio que eu ainda tremia — e devia ter uma expressão assustada. As aias decerto sabiam, por meu desalinho e pelo vestido rasgado, que havia sucedido alguma coisa alarmante, mas também tiveram a sensatez de perceber que eu estava aborrecida e guardaram silêncio.

Similarmente, pelo modo como os olhos da velha Esmeralda se espremeram ao me ver, percebi que ela também sabia — porém tampouco fez perguntas. De nada adiantaria fazer-lhe confidências; serviria apenas para acentuar sua desaprovação do papa e sua confiança em Savonarola — opiniões que seriam perigosas no Vaticano. Além disso, ela não tardaria a saber do ocorrido, dado o seu talento para colher informações.

Enquanto minha casa fosse o Palazzo Santa Maria in Portico, eu não mais seria Sancha de Aragão, princesa e filha natural do rei de Nápoles. Já não teria meus próprios domínios para governar, minhas palavras não mais poderiam ser proferidas sem cuidado e sem medo de represálias, e meus atos já não seriam descontraídos e livres. Eu era D. Sancha, a esposa do bastardo mais jovem e menos dotado do papa, e viveria e respiraria conforme aprouvesse a Sua Santidade.

Nada revelei a minhas acompanhantes, mas permiti que me pusessem em minha suntuosa cama nova, com a cabeça aninhada em macios travesseiros de plumas.

Era uma cabeça perturbada. Se o papa se lembrasse de nosso embate, seu ódio seria incomensurável. César tinha dito que nenhuma mulher jamais o havia rejeitado.

Ao mesmo tempo, repreendi-me: *Você não precisa temer por sua vida. Talvez Rodrigo seja capaz de assassinatos políticos para obter vantagens, mas sou sua nora e ele sabe que Jofre me ama. Além disso, nunca feriria uma mulher.*

Minhas inquietações quanto à reação do pontífice também foram contrabalançadas pela lembrança, mil vezes revisitada, das últimas palavras que César me dissera e da pequena curva de um sorriso bailando em sua boca.

É pena, senhora, que tenha conhecido o mais novo antes do mais velho.

Ah, a emoção que aquela imagem me trazia, a alegria que me fazia estremecer! É que eu me dera conta de que não estava sozinha em meus sentimentos. César estava tão enfeitiçado quanto eu.

Levantei cedo na manhã seguinte, domingo de Pentecostes.

Embora houvesse tomado o cuidado, na véspera, de me vestir com discrição, até mesmo com um ar matronal, em deferência a Lucrécia, nessa manhã senti-me tomada por uma estranha rebeldia. Ordenei que minhas aias me trouxessem um de meus mais belos vestidos, uma encantadora criação em brilhante cetim verde, com um peitilho verde escuro e um corpete de renda dourada. As mangas de amarrar eram em veludo no mesmo tom — enormes asas superpostas a mangas de um cetim verde mais claro.

Vi os lábios de D. Esmeralda franzirem-se de suspeita ao observar tudo aquilo, mas ela não disse palavra. Quando pegou a escova e começou a trançar meu cabelo, preparando-se para prendê-lo num coque discreto, como fizera todas as manhãs desde meu casamento, afastei-a com um aceno da mão.

— Apenas escove-o. Vou deixá-lo solto.

Ela abaixou o queixo e recuou a cabeça, num gesto de reprovação.

— D. Sancha, a senhora é uma mulher casada.

— Lucrécia também. E usa o cabelo solto.

Ela me fuzilou com os olhos; sem comentários, começou a escovar o meu cabelo, de forma nada gentil. Era mais próxima de mim do que minha própria mãe, de modo que não reclamei nem me permiti gritar quando ela encontrou um nó mais obstinadamente embaraçado e o puxou sem piedade.

Terminada a escovação, pedi algumas jóias. No pescoço usei um dos presentes de casamento que Jofre me levara: uma esmeralda do tamanho de meu polegar, que pesava sobre minha garganta; e na testa pus um diadema de ouro, com uma esmeralda menor, que repousava logo abaixo da linha do couro cabeludo. O efeito conjunto fazia o verde de meus olhos brilhar mais do que as gemas preciosas.

Eu bem poderia estar a caminho de um baile, não da Missa.

Assim adornada, dirigi-me ao quarto de meu marido — e, no corredor, logo à saída de sua porta, deparei com uma das cortesãs da noite anterior, deixando o aposento. Era óbvio que passara a noite lá e fora enxotada por um dos criados, pois sua saída não fora propriamente cerimoniosa: o cabelo estava solto, os chinelos, numa das mãos, e ela se vestira com tanta pressa que a camisa não tinha sido puxada pelas aberturas das mangas e adequadamente afofada. Seus seios pequenos por pouco não saíam do corpete frouxamente atado.

Ela ia agachada, escapulindo furtivamente e de um modo tão exagerado, que o efeito me pareceu cômico. Seu cabelo, caindo em cachos desordenados, tinha um duvidoso matiz vermelho, e os olhos eram cerúleos; fitaram-me alarmados quando parei, barrando seu caminho. Fazendo o papel da esposa ofendida, empertiguei-me toda e lhe lancei um olhar desdenhoso, de cima para baixo, digno de Lucrécia.

— Senhora! — murmurou a mulher, transtornada; intimidou-se para valer e curvou o tronco numa profunda reverência. Nessa posição, saiu andando de costas, afastando-se de mim, depois virou-se e correu pelo corredor, com os pés descalços batendo forte no piso de mármore.

Após um momento discreto de espera, entrei na antecâmara e fui informada pelo criado de Jofre que seu amo ainda dormia um sono pesado, decorrente dos efeitos de muito vinho.

Tomei o desjejum sozinha em meus aposentos, depois senti-me entediada. O palácio estava muito quieto; Jofre, sem dúvida, não era o único ainda agarrado à cama.

Faltavam horas para a Missa. Seria uma ocasião de fanfarra maior do que a habitual, dada a importância eclesiástica da data: o domingo que marcava o Pentecostes, o raro episódio, ocorrido quinhentos anos antes, em que a chama divina ardera com tal intensidade nos apóstolos, que eles haviam feito sua pregação em línguas que nunca tinham aprendido.

Um milagre dessa ordem parecia-me muito distante e sem sentido naquela manhã: eu me sentia alternadamente extasiada e aterrorizada com o que havia acontecido em meu primeiro dia com os Bórgia. Irrequieta, desci pela *loggia* de piso de mármore e entrei no belo jardim do pátio que vira de minha sacada na véspera. Fazia um dia ensolarado e quente e o jardim tinha um perfume encantador; laranjeiras em miniatura, em vasos de terracota, ladeavam uma das aléias; os globos perfeitamente aparados das copas recendiam com seus botões brancos. Do outro lado havia roseiras bem cuidadas, das quais brotavam delicados botões.

Caminhei sozinha até perder de vista minha sacada, ficando fora do campo visual de qualquer pessoa — ou assim imaginei. Por fim, dado o calor crescente, sentei-me num banco entalhado à sombra de uma oliveira, para me abanar.

— Senhora — sussurrou um homem, e levei um susto, tomada pela súbita convicção de que Rodrigo mandara um assassino para consumar sua vingança de mim. Soltei uma exclamação abafada e levei a mão ao peito.

A meu lado ergueu-se um homem totalmente vestido de preto, com o que poderia ser uma batina sacerdotal, exceto que o colarinho e os punhos eram de fino veludo, e o corpo da peça era de seda.

— Perdoe-me, eu a assustei — disse César. A austeridade de seu traje servia para frisar a beleza severa de seus traços. Ele mal tinha qualquer semelhança com os irmãos; seu cabelo era preto e liso, cortado num estilo simples, descendo a meia altura entre o queixo e os ombros; uma franja escura escondia parcialmente a testa larga. A barba e o bigode eram cuidadosamente aparados, os lábios e mãos, delicados, muito diferentes dos de seu pai; ele tinha a tez morena de Rodrigo, porém a beleza da mãe, Vanozza. Havia nele uma elegância, um porte e uma dignidade aos quais, a despeito de todas as jóias e trajes requintados, nenhum de seus familiares podia equiparar-se. Em Lucrécia e no papa Alexandre eu intuía a conivência; em César, uma inteligência arrebatadora.

— Não foi propriamente culpa sua — respondi. — Ainda estou pouco à vontade, depois dos acontecimentos da noite de ontem.

— Com boa razão, senhora. Juro que farei todo o possível para impedir que uma violação tão pavorosa da decência volte a ocorrer.

Baixei os olhos como uma mocinha tola, feliz por estar usando um de meus mais belos vestidos.

— Temo que Sua Santidade...

— Sua Santidade ainda dorme. Asseguro-lhe que considero meu dever reparar as relações entre a senhora e ele. Agora que ele está mais velho, o excesso de bebida o deixa esquecido. Mas, independentemente do que ele recorde da noite passada, eu o conduzirei pelo caminho que for mais favorável à senhora.

— Fico-lhe agradecida — respondi, percebendo em seguida que a cortesia o fizera manter-se de pé sob o sol forte, enquanto eu me sentava comodamente na sombra mais fresca. — Por favor... — disse-lhe, fazendo um gesto para que se sentasse a meu lado, e acrescentei: — Até aqui, não causei propriamente uma impressão favorável em sua família.

Antes que eu pudesse continuar o raciocínio, ele se apressou a objetar:

— A senhora impressionou suficientemente ao menos um dos familiares.

Sorri ante o elogio, mas insisti:

— Sua irmã não me aprecia. Não compreendo isso, e gostaria de corrigir.

César olhou por um momento para as verdes montanhas ao longe.

— Lucrécia tem ciúme de qualquer pessoa que desvie dela a atenção de meu pai — explicou. Virou o rosto para mim, com expressão séria: — Compreenda, D. Sancha, que o próprio marido dela, Giovanni, não deseja residir em sua companhia. Isso é motivo de grande embaraço, que meu pai tem tentado repetidamente contornar, rogando a Giovanni que volte para Roma. Além disso, meu pai sempre foi louco por ela, e ela por ele; mas, quando vir que a senhora não rivaliza de fato pela afeição dele, Lucrécia passará a lhe demonstrar confiança.

Fez uma pausa e prosseguiu:

— Foi assim também com D. Giulia; Lucrécia levou muito tempo para perceber que o amor de um pai por outra mulher e seu amor pela filha não são iguais. Não pretendo implicar, é claro, que a senhora jamais se envolveria dessa maneira com o Santo Padre...

— Não — declarei com firmeza. — Não me envolveria. Aprecio sua perspicácia, cardeal.

— César, por favor — disse ele, com um rápido sorriso; os dentes sob o bigode eram pequenos e regulares. — Não sou cardeal por vocação, mas por insistência de meu pai.

— César — repeti.

— Lucrécia pode ser muito afetuosa e muito passional em sua lealdade — disse ele, em tom carinhoso. — Ela gosta mais que tudo de se divertir, de brincar como criança. Teve poucas oportunidades de fazê-lo, dadas as responsabilidades de sua posição. Ela tem um intelecto de homem, sabe? Meu pai confia mais nela como conselheira do que em mim.

Ouvi, inclinando a cabeça e me esforçando por manter a concentração em suas palavras, não no movimento de seus lábios, no ângulo alto e esculpido das maçãs de seu rosto, e nos lampejos de ruivo em sua barba, causados pelos raios de luz que lhe brincavam nas faces. Sentada a seu lado, porém, senti meu regaço aquecer-se, como se os próprios músculos, ossos e órgãos da metade inferior de meu corpo se derretessem e se espalhassem numa poça, qual neve sob o sol forte.

Ele concluiu sua fala; minhas sensações internas devem ter transparecido em minha expressão, porque César tomou-se de um curioso ar de vulnerabilidade e ternura. Inclinou-se para mim e apoiou delicadamente a palma da mão em minha face.

— A senhora parece uma rainha esta manhã — murmurou. — A mais bela rainha do mundo, com os mais primorosos olhos do mundo. Eles fazem as esmeraldas parecerem vulgares.

Encantei-me com essas palavras; inclinei um pouco mais o rosto em sua mão, como um gato em busca de um afago. O que eu sentia por César era tão potente, que me foi fácil esquecer meus votos matrimoniais.

Ele retirou a mão no mesmo instante, como se tivesse sido escaldada, e de um salto se pôs de pé.

— Sou um canalha! — proclamou. — Filho de uma rameira, o pior patife entre os homens! A senhora confiou em mim para protegê-la do comportamento obsceno de meu pai, e agora não me mostro melhor do que ele!

— Há uma diferença — disse eu, lutando para impedir que minha voz tremesse.

César virou-se para mim, aflito.

— Como assim? A senhora é a esposa de meu irmão.

— Sou esposa de seu irmão — sussurrei.

— Então, em que difere minha conduta da de meu pai?

— Não estou apaixonada por seu pai — respondi, enrubescendo, assustada com minhas próprias palavras, com a impudência delas; eu parecia não ter controle sobre mim mesma nem sobre meus atos. Estava, como acontecera com minha mãe, totalmente desamparada.

Mas não lamentei o que disse. Ao ver o anseio e a alegria brotarem juntos em seus olhos, estendi-lhe a mão. César a tomou e se sentou a meu lado.

— Não me atrevi a esperar... — gaguejou, depois recomeçou: — Desde a primeira vez que a vi, Sancha...

Calou-se. Não sei dizer qual de nós deu início ao beijo. Ele procurou conter-se, mas estreitou-me contra seu corpo e me beijou repetidamente, às vezes mordiscando meus lábios com delicadeza. Peguei sua mão e a coloquei sobre um de meus seios.

— Aqui não — disse ele, arfante, embora não a retirasse. — Agora não. É grande demais o risco de sermos vistos.

— Então, hoje à noite — disse eu, tremendo com minha própria audácia. — Você saberá o local e a hora mais seguros.

— Aqui. Duas horas depois da meia-noite.

E assim firmamos nossa cumplicidade. Essas palavras me soaram doces como a música naquele instante; eu me esquecera por completo da previsão da vidente, anos antes, de que meu coração poderia destruir tudo o que eu amava. Mesmo que me houvesse lembrado de sua profecia, naquele momento ensolarado no jardim, com César, não a teria compreendido, não teria a presciência de enxergar como nossa paixão recíproca, ao longo dos anos, poderia ter desdobramentos terríveis, inexoráveis.

Quando Jofre enfim acordou e se vestiu, era hora de me acompanhar à igreja de São Pedro para a Missa de Pentecostes. Foi o que ele fez, espremendo dolorosamente os olhos sob a intensa luz de Roma, e os dois fomos em procissão com nossa comitiva à venerável catedral ao lado do Vaticano.

Por sorte, o excesso de bebida e de mulheres estranhas deixara Jofre embotado e calado; embora houvesse lançado um único olhar curioso para minha indumentária opulenta, ele não insistiu em saber a causa de minha mudança repentina na tática do trajar. Tampouco pareceu notar minha nova euforia.

Eu não conseguia reprimir os sorrisos. Sentia-me arrebatada toda vez que me lembrava do beijo de César. Já não me preocupava com o que Sua Santidade ou Lucrécia pensassem de mim. Não me importava se o papa se lembraria ou não de eu tê-lo rejeitado, ou se pretenderia vingar-se: desde que eu vivesse o bastante para me encontrar com César no jardim, minha alegria seria completa. Todos os meus pensamentos e emoções estavam jubilosamente concentrados naquele momento futuro em que meu amado e eu ficaríamos a sós.

Entramos na catedral. A Basílica de São Pedro fora construída 12 séculos antes, e o interior refletia sua idade. Eu havia esperado grandiosidade e glória, mas as paredes internas de pedra exibiam rachaduras e lascas; o piso era tão gasto e desigual, que tive de tomar cuidado para não tropeçar. Nem mesmo as centenas de velas que se haviam acendido, nem os paramentos roxos e dourados do altar, conseguiam diminuir o aspecto sombrio; o incenso flutuante intensificava a sensação de sufocamento, de falta de ar fresco. Era como entrar numa imensa cripta. O que aliás era apropriado, imaginei, já que diziam que São Pedro estava enterrado sob o altar.

Mas nada disso conseguiu minorar minha empolgação. Separei-me de meu marido e fui tomar meu lugar junto às mulheres da família Bórgia. Lucrécia não havia chegado, mas a etérea e delicada Giulia já estava lá, ao lado de Adriana, com seu olhar arguto, e de suas respectivas damas de companhia. Nós, mulheres, ficávamos na parte central e frontal da igreja, de frente para o altar, enquanto, mais ao lado, erigira-se um grande trono para Sua Santidade e, junto a este, assentos para os cardeais mais eminentes e para os varões da família Bórgia. Muitos cardeais já haviam ocupado seus lugares, mas eu me descobri procurando ansiosamente apenas um deles: César.

Ele ainda não tinha chegado. Passou-se algum tempo até ouvirmos o som da fanfarra; por fim, Sua Santidade apareceu, trajando uma túnica de cetim branco e um barrete da mesma cor, além de seu longo manto dourado. Inclinou a cabeça para mim com um sorriso benevolente; se guardara algum rancor, não o demonstrou; quanto a mim, fiz a mais respeitosa reverência. Atrás dele vinha César, que ocupou o assento ao lado do trono; Jofre sentou-se atrás dele, e os demais assentos foram prontamente ocupados por cardeais.

Atrás de César veio Lucrécia, com uma dezena de acompanhantes. Usava um vestido de seda azul-acinzentado que destacava ao máximo seus olhos. Tão expansivo era meu estado de ânimo, tão radiante batia meu coração, que lhe dei um luminoso sorriso de boas-vindas, quando ela veio postar-se a meu lado, e a abracei com tamanho entusiasmo que ela se assustou.

Como era Pentecostes, um prelado espanhol em visita fora convidado para fazer o sermão. Ele estava aflito para impressionar a ilustre platéia com sua erudição, pois arengou por um período intolerável. Eu nunca me dera conta de que a chama divina, que fazia um saber sobrenatural fluir da boca dos homens, podia ser um assunto árido e extremamente maçante.

O prelado discursou por mais de uma hora — uma demora imperdoável, durante a qual Sua Santidade teve dois acessos de tosse e diversos cardeais remexeram-se abertamente em seus assentos. Um Bórgia idoso deixou a cabeça pender para trás e, de boca aberta, começou a roncar bem alto.

Não pude conter-me. Comecei a sufocar o riso. Consegui manter o som suficientemente baixo para não chamar a atenção do papa, mas meu corpo todo se agitou com o esforço. Meu encontro com César tinha-me deixado num clima estranho e infantil; normalmente, eu jamais me permitiria portar-me com tamanha indignidade.

Mas meu riso foi tão incontrolável que Lucrécia, aquela criatura cautelosa, também se deixou contagiar. Prendi a respiração, nossos olhos se cruzaram... e as duas tivemos que segurar o braço uma da outra, em busca de apoio, para não desabarmos na pedra desgastada.

Naquele instante me veio uma idéia travessa. Ali estávamos nós, pobres mulheres, forçadas a ficar de pé sobre a rocha implacável, com os pés esgotados pelo sermão interminável, enquanto os homens desfrutavam do conforto de suas cadeiras. Mas havia à minha esquerda um lance estreito de escada que levava aos bancos de madeira construídos para os cônegos que cantavam o evangelho. Nesse domingo específico, os bancos estavam vazios.

Puxei de leve a manga de Lucrécia e indiquei com o olhar os bancos acima e atrás de nós. Os olhos dela se arregalaram, a princípio meio horrorizados com a idéia da impropriedade. A reverência exigia que guardássemos nossos lugares durante o sermão e nos mantivéssemos totalmente imóveis; isso era de especial importância para as parentas do papa. Mas, à medida que ela considerou a travessura, o horror transformou-se numa alegria maliciosa.

Passei pelas outras damas e, incapaz de mascarar minha alegria, disparei escada acima feito criança e desabei num banco, com completa falta de decoro.

Lucrécia veio atrás, embora subisse a escada com exagerado barulho e dificuldade, chamando mais atenção para si e aumentando o caráter ultrajante do ato. Sentou-se e soltou um suspiro tão grande e sonoro, que o prelado que proferia o sermão fez uma pausa e franziu o sobrolho, escandalizado com a comoção. Minhas damas de companhia e as de Lucrécia foram obrigadas a seguir-nos, tarefa que criou um barulho nada insignificante para o prelado, que perdeu o fio da meada e repetiu três vezes a mesma frase, antes de recuperar a compostura.

Olhei para o papa; ele sorria abertamente, encantado com o caráter brincalhão de suas mulheres. Olhei para César; ele não sorria, mas seus olhos escuros brilhavam de humor.

Sem fitá-la, inclinei-me de lado para Lucrécia e segredei:

— Por favor, acredite: não tenho a menor cobiça em relação a seu pai. Não quero ser nada além de esposa de seu irmão.

Ela fingiu não ouvir. No entanto, passados alguns momentos, espiei-a de relance e a apanhei olhando para mim, com uma expressão alegre de aprovação. Eu tinha feito mais uma amizade no Vaticano.

XIV

Naquela noite, ordenei que minhas damas de companhia mais íntimas se retirassem de meu quarto, dizendo-lhes que queria dormir sozinha. Elas estavam acostumadas com meus caprichos e não me questionaram, resignando-se a dormir num quarto próximo. Antes de saírem, insisti em que minha criada mais jovem, Felícia, separasse para mim um vestido de seda e um véu pretos, dizendo-lhe que estava com enorme saudade de Nápoles e não queria usar nada além de trajes de luto pelo resto da semana.

Eu sabia que deveria ter consultado D. Esmeralda — que decerto já descobrira suas fontes e colhera o máximo possível de informações sobre os membros da família Bórgia. Mas tão intensa era minha paixão, que não fiz perguntas; se César fosse um devasso, tão lascivo e volúvel quanto o pai, eu não queria saber. Mesmo que me dissessem, rejeitaria a informação.

Eu mal tivera tempo de apagar a lamparina a óleo em minha mesa quando houve uma batida rápida na porta de meu quarto — uma batida que fez meu coração desfalecer, pois a reconheci como sendo de Jofre. Sem esperar resposta, ele entrou; sob a luz amarelada, percebi a expressão maliciosa e acanhada em seu rosto.

— Minha querida Sancha, será que há um lugar para mim em sua cama esta noite? — perguntou, fechando a porta atrás de si. Tinha o andar ligeiramente trôpego e os olhos semicerrados; estava bêbado, como eu o encontrava com freqüência desde que fôramos morar com sua família.

Empalideci.

— Eu... eu não estou me sentindo bem — gaguejei, e, como se fosse uma virgem, apertei a camisola junto ao pescoço, para que ele não visse muito de minha pele.

Jofre pareceu não ouvir minhas palavras. Incensado pelo vinho, cambaleou até onde eu me sentava na cama e pôs as mãos em meus seios.

— Tenho a mulher mais linda do mundo — disse, com a voz arrastada — e vou possuí-la agora.

Senti duas coisas: pena dele, por não retribuir seus sentimentos, e medo de que o vinho o fizesse adormecer em minha cama, justamente na noite em que eu havia planejado meu primeiro ato de infidelidade.

Se fosse um bêbado qualquer, ele teria sido incapaz de praticar o coito. Deitei-me obedientemente na cama e afastei as pernas. Por sua vez, ele arriou as ceroulas, levantou minha camisola até a cintura, rastejou por cima de mim e se introduziu.

O que se seguiu não inspiraria nem mesmo o grandiloqüente Petrarca. Jofre deitou-se em cima de mim, incapaz de se apoiar nos cotovelos, com o rosto enterrado em meus seios. Por um instante, penetrou-me num desvario de impulsos desajeitados e, em seguida, esgotado, parou e procurou respirar, ofegante.

— Será que um dia você conseguirá me amar? — perguntou, com a voz carregada de lágrimas. — Minha Sancha, algum dia você me amará?

— Você é meu príncipe — respondi. Eu poderia traí-lo com César, mas não conseguia mentir-lhe cara a cara. — Gosto mais de você a cada dia que passa.

Ele recostou a cabeça; era a ameaça do sono.

Servi-me de um truque feminino que me fora ensinado antes do casamento: usei os músculos que cercavam o membro de Jofre para apertá-lo com força, excitando-o o bastante para que ele continuasse a copular e, finalmente, atingisse o orgasmo e desabasse.

Ele suspirou e rolou para o lado, deitando-se de costas; senti que estava outra vez prestes a adormecer, de modo que suspendi suas ceroulas e o empurrei até colocá-lo de pé.

— Você precisa voltar logo para seu quarto — disse-lhe, sem nenhuma outra explicação. — Pronto, deixe-me ajudá-lo.

Fatigado pelo vinho e pela descarga sexual, Jofre estava confuso demais para discutir. Escorei-o enquanto ele cambaleava de volta à porta.

Como era nosso costume, dei-lhe um beijinho.

— Boa noite, meu bem.

Voltei para a cama. Se tudo que eu havia aprendido sobre Deus era verdade, eu estava condenada à danação eterna, e por bons motivos; senti-me tomada de culpa. Eu não queria trair meu marido, mas meu coração não me permitia fazer outra coisa. *Você é má*, disse a mim mesma. *Perversa. Como pode ser tão cruel com quem a ama?* No entanto, mesmo sentindo as pernas pegajosas com o sêmen de meu marido, eu sonhava com o irmão dele e com o encontro que viria. A intensidade de minha paixão por César não me deixava alternativa. Parecia irônico que algo tão deslumbrante e magnífico como o amor houvesse chegado tarde demais, depois de as duas partes terem feito votos que proibiam sua celebração.

Limpei-me com uma toalha. Por fim, chegou a hora; levantei-me e, no escuro, lutei para me vestir.

Todas as outras damas de companhia dormiam, imperturbáveis — mas D. Esmeralda não se deixara enganar. Enquanto eu batalhava para amarrar o corpete com dedos desajeitados, a velha matrona robusta, usando apenas sua camisola branca de linho, entrou em meu quarto.

Não disse nada. Dada a falta de luz, não pude discernir sua expressão, mas senti sua desaprovação e imaginei seu olhar funesto.

— Não consegui dormir — comentei em tom altivo. Como Esmeralda continuasse calada, ordenei: — Ao menos me ajude com meu corpete.

Ela obedeceu, puxando meu vestido sem a menor gentileza.

— Isso só levará a mais problemas, senhora.

Eu estava arrebatada demais, zonza demais de amor para suportar a verdade.

— Já lhe disse, não consigo dormir. Vou respirar um pouco de ar puro.

— Não fica bem uma jovem senhora sair sozinha neste horário. Deixe-me acompanhá-la, ou chamar um dos guardas — disse ela, em tom insistente.

— Amarre meu corpete e me deixe! Saí da festa sozinha ontem e cheguei em segurança a meu quarto, não foi? Eu sei me proteger.

Ela passou algum tempo sem dizer nada, apenas terminando seu trabalho, depois deu um passo atrás. Por fim, respirou fundo; conhecia-me bem demais para não dizer o que pensava.

— Não foi bem assim, não é, senhora? Precisou de um bocado de ajuda ontem à noite.

Fiquei perplexa demais para responder. Como poderia alguém, além de César e eu mesma, saber da indiscrição do Santo Padre? Se D. Esmeralda já se inteirara do segredo, não havia esperança de que eu pudesse esconder de ninguém na corte papal um romance com César.

Disse a mim mesma que não me importava.

— Não voltarei a lhe falar disso — declarou Esmeralda, enfim. — Sei que você é voluntariosa e impermeável à razão. Mas escute, se puder: isso só levará a um perigo maior do que o que você enfrentou ontem à noite, minha Sancha. Não menor. Você é como Eva no Jardim do Éden, e a própria serpente a confronta.

— Vá embora — ordenei, e cobri o rosto com o véu.

O ar noturno havia refrescado muito pouco, depois do dia quente como os de verão; eu estava acostumada às brumas e nevoeiros do clima litorâneo, mas Roma não oferecia esse manto. Tive de contar com as trevas e com meu véu para me disfarçar, nessa minha primeira investida na traição.

No alto, as nuvens encobriam em parte uma lua crescente. Sob essa luz pálida e com a visão obstruída por uma película de fina gaze de seda escura, avancei hesitante, como uma pessoa quase cega. O jardim me pareceu totalmente desconhecido, com as cores vivas da vegetação reduzidas a sombras cinzentas, e as rosas e laranjeiras subitamente transformadas em estranhas. Hesitei no trajeto, lutando contra o pânico. Teria dobrado nessa aléia ou na seguinte? Se eu me perdesse, porventura César acharia que eu o fizera de tolo e se retiraria do jardim, aborrecido?

Ou será que ele é que me havia pregado uma peça?

Repreendi-me por alimentar esses temores; eu odiava a intensidade de meu amor por César, porque ela me deixava fraca.

Respirei fundo para me acalmar, tomei minha decisão e entrei na aléia seguinte. Ao fazê-lo, avistei o banco de pedra sob a árvore que nos dera sombra, e algo escuro moveu-se contra a pedra clara: a silhueta de um homem.

César. Tive vontade de gritar como uma menina e correr em sua direção, mas me obriguei a andar devagar, com ar majestoso: ele não aceitaria nada menos.

Também César vestia-se de preto, tudo a se mesclar com o pano de fundo da noite, exceto o rosto e as mãos.

Ele esperou, altivo e digno, até que eu chegasse a seu lado — e então os dois abandonamos todo o comedimento. Não sei quem se moveu primeiro; talvez o tenhamos feito juntos, mas não senti a passagem do tempo entre o instante em que cheguei a ele e o momento em que meu véu foi jogado para trás e nos estreitamos num abraço, lábios nos lábios, corpos colados, de um modo tão intenso e forte, que me senti como se os limites de minha carne se dissolvessem nos dele. Tão imenso foi o calor gerado que, sem nossos braços a nos segurar, eu teria caído de costas, desfalecida.

Para meu desalento, César soltou-se de mim.

— Aqui não — disse, com voz rouca e desesperada. — Você não é uma criada de cozinha a ser possuída com displicência no chão. Confie em mim, tomei algumas providências. Estaremos seguros.

Recoloquei o véu e ele segurou minha mão. Andava com passos firmes, conhecia bem o caminho. Conduziu-me pelos fundos do palácio até uma entrada não vigiada, que levava a um corredor desconhecido. Este levou a uma pesada porta de madeira, que se abriu para mais um corredor... comprido e de construção recente, de acabamento tosco e não decorado. Sua existência servia, claramente, para oferecer um acesso privado, nada mais. Tochas na parede iluminavam nosso caminho.

Passado um momento, chegamos a mais uma porta, que César abriu com um floreio. Franzi o cenho, intrigada. Diante de nós estava uma enorme capela, antiga e ricamente ornamentada; lamparinas votivas bruxuleavam no altar e havia um grande trono papal num dos lados, com bancos próximos para os cardeais.

Os lábios de César curvaram-se num sorriso.

— A Capela Sistina — disse ele, ajudando-me a cruzar a porta. — Estamos na Catedral de São Pedro.

Meu véu roçou de leve em meus lábios, boquiabertos de espanto. Então, *essa* era a mesma passagem usada por Sua Santidade para se deslocar rapidamente para o Palazzo Santa Maria.

— Venha — disse César. Atravessamos a capela, ligeiros, passamos pela catedral e entramos nos salões contíguos do Vaticano. Em momento algum deparamos com guardas; César fizera grande empenho em garantir nossa privacidade.

Ele me levou aos apartamentos dos Bórgia, que reconheci da recepção de gala da noite anterior; não me senti muito à vontade ao saber que estaria tão perto do papa. Por sorte, César conduziu-me numa direção diferente e subimos uma escada; chegamos enfim a um conjunto de aposentos sem nenhum guarda, e de novo ele abriu as portas com um floreio.

— Eu a trouxe para minha cama e dispensei todos os criados até o amanhecer — disse, fechando as portas. — O tempo que permanecerá aqui fica a seu critério, senhora.

— Para sempre — murmurei.

No mesmo instante, ele se prostrou de joelhos à minha frente e abraçou minha saia, com os braços envolvendo minhas pernas e o rosto inclinado para cima. Profundamente compenetrado, proclamou:

— É só você dizer que o deseja, Sancha, e abandonarei o sacerdócio. Meu pai quer que eu seja papa, e por isso tenho que ser cardeal, mas não tenho essa vocação por natureza. Sua Santidade fará o que eu lhe pedir; anulará seu casamento com Jofre. Você decerto sabe que seu marido não é realmente filho dele...

Jofre não era filho do papa? Essa revelação assustou uma parte longínqua de mim, aquela parte pequenina, neutra e silenciosa que não se extasiou com a proposta de César nem ficou desesperada para aceitá-la.

— Então, ele é filho de quem? — murmurei.

— É filho legítimo de minha mãe, Vanozza, e seu marido — sorriu César.

Hesitei, pensando em mim e César, livres para amar o quanto quiséssemos, livres para gerar nossos filhos. Mas Jofre e eu éramos casados; meu próprio pai e um cardeal Bórgia haviam assistido à consumação física. Não haveria base para uma anulação.

Pus os dedos com firmeza nos lábios de César, para interromper o fluxo de suas palavras.

— O ato conjugal foi testemunhado e não pode ser desfeito — disse-lhe. — Mas este não é o momento de falarmos do futuro: é hora de você me levar para sua cama.

Ele aceitou a idéia. Levantou-se e, de frente para mim, com as pontas dos dedos sob as dos meus, conduziu-me de costas até seu quarto.

As venezianas estavam fechadas, mas o quarto refulgia à luz de vinte velas, espalhadas pelo cômodo em castiçais de ouro. Na parede havia um mural parcialmente concluído sobre um tema pagão e, na cama, uma colcha de veludo carmesim. Tapetes de pele cobriam o piso e, numa mesa-de-cabeceira lindamente entalhada, havia uma jarra de vinho e duas taças douradas, cravejadas de rubis. Era o quarto de um príncipe, não de um padre.

Eu estava preparada para me atirar na cama e levantar a saia para um evento fugaz, como me habituara a fazer com Jofre. Ao me aproximar da cama, porém, a voz de César me deteve.

— Posso vê-la, Sancha, como Deus a criou?

Tirei o véu e me voltei para fitá-lo, surpresa com o pedido. Chegava quase a tremer de desespero para consumar a aventura e vi o tremor nos lábios entreabertos de César. A intensidade de seus olhos beirava a loucura, mas seu tom e seus modos eram delicados.

Ergui o queixo, decidida.

— Só se você retribuir o favor.

Em resposta, ele desatou o manto sacerdotal e o deixou cair, revelando por baixo uma túnica preta, com faixas alternadas de veludo e cetim, uma adaga embainhada na cinta e uma malha preta — o traje de um aristocrata romano. Com rapidez e graça, tirou primeiro as sapatilhas, depois a túnica, exibindo o peito alto e musculoso, com alguns pêlos escuros e esparsos; ele era magro, e sua clavícula, assim como as costelas e os ossos dos quadris, ressaltaram à medida que ele despiu cuidadosamente a malha das coxas bem torneadas. Ao terminar, levantou-se e ficou parado, humildemente acessível a minha inspeção.

Fitei-o, admirada. Nunca tinha visto um homem totalmente nu até então. Nem mesmo Onorato, que me dera tanto prazer, jamais havia tirado a túnica, e apenas arriara a malha até onde era necessário durante nossos jogos amorosos. Jofre nunca despira a túnica, a não ser em nossa noite de núpcias, quando o costume exigia que ficássemos nus, e creio que só havia tirado completamente a malha uma vez. O máximo que eu me aproximara de ficar nua com Jofre tinha sido em ocasiões como essa noite, quando eu já despira o vestido e usava apenas minha camisola. Mesmo nesses momentos, nossas relações ocorriam embaixo das cobertas.

Mas ali estava César, inteiramente revelado e glorioso. Não pude deixar de olhar para o ponto entre suas pernas no qual, emergindo de uma profusão de pêlos negros como breu, seu membro ereto apontava para mim, com uma inclinação decididamente ascendente. Era maior que o de Jofre, e comecei a mover minha mão em direção a ele, querendo tocá-lo.

— Ainda não — sussurrou César. Como uma dama de companhia, passou para trás de mim e, com surpreendente habilidade, começou a desatar minhas mangas. Tirei-as, rindo da sensação súbita de liberdade, e esperei que ele desamarrasse meu corpete.

Feito isso, deixei o vestido cair no chão e passei por cima dele. Um fardo tão pesado para se carregar, a roupa! Eu estava com pressa de tirar a camisa pela cabeça, mas César voltou a falar.

— Fique parada em frente à vela, aí — pediu. Inclinou a cabeça, com os olhos escuros brilhando de admiração. — O efeito é diáfano; é como olhar para um anjo por entre fiapos de nuvem.

— Ora! — fiz eu. Tirei a roupa de baixo e a joguei no chão. — Para a cama!

— Não — opôs-se ele, enfático como um pintor que exigisse a admiração de uma obra-prima. — Olhe para você — suspirou. — Não há como questionar a sabedoria divina.

Sorri ao ouvir isso, em parte por sua adoração, em parte por minha vaidade. Eu ainda era jovem e nunca havia amamentado uma criança; meus seios tinham sido chamados de perfeitos por Onorato, nem grandes nem pequenos demais, firmes e de formato atraente. Eu também sabia que a curva de meus quadris era feminina e que eu não era magra demais.

César postou-se atrás de mim e começou a soltar meu cabelo, preso numa única trança grossa para não atrapalhar meu sono. Depois que ele foi solto, balancei a cabeça e o deixei descer sem obstáculos até minha cintura; César o alisou, uma, duas vezes, depois parou de novo à minha frente e me estudou, assim como um pintor examinaria seu trabalho.

Voltou a me surpreender. Enquanto eu parava diante de seu olhar, ele se aproximou, ajoelhou-se de novo, com a reverência de um peregrino num santuário, e beijou o escuro monte de Vênus entre minhas coxas. Tive um pequeno sobressalto — e me assustei ainda mais quando ele afastou meus grandes lábios com os polegares e começou a massagear a região com sua língua.

O constrangimento entrou em guerra com o deleite. Estremeci, troquei o peso de uma perna para a outra e, dominada pela sensação, a certa altura, tentei afastar-me dele, mas César pôs as mãos sobre minhas nádegas e me segurou com firmeza.

— Pare — implorei, pois balançava para trás, prestes a cair. Em resposta, ele meio que me levantou e me imprensou na parede mais próxima. — Pare — tornei a implorar, pois a intensidade da sensação era quase insuportável...

Só quando parei de implorar e comecei a gemer foi que ele enfim levantou o rosto, exibindo um sorrisinho convencido e maroto, e disse:

— Agora, para a cama.

Não continuou a me lamber, como eu havia esperado; em vez disso, beijou-me em cheio a boca, com a barba e a língua carregadas do meu odor. Pela primeira vez experimentei o calor da carne pressionando a carne, da cabeça aos seios, ao sexo, às pernas, aos dedos dos pés, e estremeci: como poderia aquilo ser pecaminoso, e não divino?

Engalfinhamo-nos. Não consegui, como fizera com Onorato, manter-me deitada de costas e me deixar ser um objeto de atenção, uma criatura passiva a ser conquistada: em meio ao prazer que César me dava, lutei para fazer o mesmo por ele. *Ansiava* ardorosamente por isso. Despontou em mim uma força nunca antes explorada, algo que era, a um só tempo, animalesco e sagrado. Senti-me consumida por uma chama que não provinha de um Deus externo, mas brotava de dentro, íntima e intensa, enchendo-me e irrompendo do alto de minha cabeça, como um apóstolo de Pentecostes, como uma das velas que bruxuleavam no candelabro da parede junto à cama de César.

Ele se recusou a me penetrar: fez-me esperar, fez-me pedir, fez-me implorar. Só quando cruzei as fronteiras da loucura foi que enfim me atendeu, e me agarrei a ele com força, pernas e braços apertando-o a ponto de doer, mas ele não se importou; ele era meu nesse momento, e eu não o deixaria escapar. César riu de leve, baixinho, ante a ferocidade com que o segurei, mas não havia indiferença em seu riso. Refletida em seus olhos escuros, vi a impetuosidade dos meus: estávamos imersos um no outro. Eu era uma amante tão inusitada para ele quanto ele para mim. Possuía-nos uma paixão que nem todos os homens e mulheres têm a graça de vivenciar em sua vida.

César me cavalgou — ou eu a ele, não sei dizer, pois nos movíamos com uma harmonia singular —, alternando a selvageria e a delicadeza. Nas últimas vezes, enquanto ele se movia dentro de mim lentamente, espremendo os olhos, com a respiração lenta e torturada, tentei debater-me, forçá-lo a voltar a uma penetração mais bruta, mas ele me imobilizou, prendendo meus braços acima da cabeça e murmurando:

— Paciência, princesa...

Mais uma vez, levou-me a implorar — coisa que eu não faria por nenhum outro homem. Eu ardia por ser esgotada, liquidada, mas César estava decidido a me levar ao precipício do maior desespero que eu já tinha conhecido.

Eu não saberia dizer quanto tempo se passara desde minha entrada em seu quarto. Talvez tivessem sido horas.

Quando eu não agüentava mais, César separou-se de mim. Isso me provocou o pior de todos os horrores — aquilo era inadmissível. Porém ele era mais forte e, exercendo com doçura essa força e usando as palavras serenas com que se acalmaria um animal agitado, convenceu-me a deitar de novo e levou a língua e os dedos ao delta entre minhas pernas.

Eu julgava ter experimentado o gozo antes, julgava haver conhecido o ardor da paixão. Mas a sensação que César induziu em mim nessa noite começou devagar, crescendo como uma brasa atiçada até soltar chamas furiosas. Pareceu começar fora de mim, em algum ponto do céu acima de minha cabeça, e descer sobre meu corpo como uma força indizível, sagrada, inescapável, devoradora. O quarto à minha frente — a cama, minha pele nua, as paredes e o teto, a luz bruxuleante, até mesmo o rosto de César sobre o meu, de olhos abertos, ardentes de antecipação — desapareceu.

Decerto irei para o inferno por dizer isto, mas foi como se nada houvesse no mundo inteiro além de Deus e do êxtase, do que quer que se chame a sensação extrema em que todos os limites entre o eu e o mundo desaparecem. Até eu desapareci...

Mas, a despeito de minha ausência da realidade, voltei a sentir a união com César. Ele me havia penetrado em meio a meu gozo, fundindo-se com ele, cavalgando-me até nossas vozes se juntarem.

Eu estava muito acostumada a reprimir meus gemidos de deleite, como fizera no passado, a reduzi-los a sussurros, por medo de que outras pessoas ouvissem. A experiência desse momento arrancou de mim um grito, um grito incontrolável. Minha voz não foi a única, porém; César fez coro a ela. Mas eu não saberia diferenciar-nos um do outro; os dois produzimos um som em uníssono — que com certeza foi ouvido em todos os cantos dos apartamentos papais.

Permanecemos deitados na cama por algum tempo. Nenhum de nós falou; eu certamente não o conseguiria, pois minha voz ficara rouca e eu me sentia exausta, com o cabelo comprido grudado pela transpiração em meus braços, minhas costas, meus seios. Passado muito tempo, César virou-se para mim e alisou meus cachos, afastando-os de minha testa e minhas faces.

— Nunca tive uma experiência tão incrível com uma mulher. Acho que nunca havia conhecido o amor antes deste momento, Sancha.

Tossi e consegui murmurar:

— Meu coração é seu, César. E seremos ambos amaldiçoados por isso.

Ele se levantou para me trazer vinho. Tomei-me de repente de um espírito brincalhão — o mesmo tipo de despropósito que se apossara de mim na Basílica de São Pedro —, talvez pela sensação de liberdade provocada pela descarga do gozo. Eu não me permitiria, disse a mim mesma, ser privada do melhor amante que já havia conhecido, pelo menos não tão depressa, logo depois de ser possuída por ele. Quando César tentou levantar-se da cama, agarrei-o pela coxa com os dois braços.

Ele riu — o majestoso César, sempre controlado, deu um risinho de desamparada surpresa, ante a imprevisibilidade de meu ato. Mesmo assim, continuou em frente, esforçando-se por alcançar a jarra de vinho, decerto pensando que eu não persistiria naquela conduta infantil.

Entre risos, apertei-o com mais força; por sua vez, ele se recusou a ser dissuadido de sua tarefa.

Continuei a agarrá-lo mesmo quando ele se pôs de pé, grudada à sua perna, embora, ao avançar, ele me puxasse da cama para o piso atapetado. César abafou uma explosão de hilaridade e espanto e deu um passo, depois outro; enquanto isso, eu segurava firme, obrigando-o a me arrastar.

Por fim, ele cedeu, caindo por cima de mim, e os dois rimos no chão feito crianças.

Quando voltei para minha cama, passei algum tempo ouvindo a respiração sibilante e suave de Esmeralda e fitando a escuridão. Primeiro me deixei tomar por uma euforia sonolenta, revivendo os momentos de prazer com César... e então a culpa ressurgiu mais uma vez, deixando-me em plena e agitada consciência.

Como meus antepassados, eu era demasiadamente capaz de crueldade e trapaça — sobretudo quando estava longe da influência bondosa e gentil de meu irmão. Apenas dois dias entre os Bórgia e já era uma adúltera. Que aconteceria comigo, se eu passasse o resto da vida em Roma?

Verão de 1496

XV

Por mais agradável que tivesse sido o mês de maio em Roma, junho foi mais quente, e julho esquentou ainda mais; agosto foi de um calor insuportável, comparado às cidades costeiras de clima temperado em que eu tinha vivido. Era costume de Sua Santidade e seus familiares, bem como de todas as outras famílias de posses, viajar para climas mais amenos durante esse mês. Porém esse mês de agosto, em particular, marcou o regresso do outro filho do papa, Juan, da corte espanhola — e assim, apesar do calor, a ocasião foi grandiosamente marcada por banquetes e recepções.

Apesar de meus temores, não sofri novas investidas de Alexandre; não pude deixar de pensar que, de algum modo, César havia convencido o pai a me deixar em paz. Mas ele não me dizia nada sobre essa situação; apenas recomendava que, sempre que possível, eu evitasse sentar ao lado de Sua Santidade nas ocasiões festivas em que houvesse muito vinho, procurasse vestir-me e portar-me com recato em sua presença e, ao sentir que Alexandre começava a se embriagar, mantivesse distância dele.

Fiz todas essas coisas. Mas continuei a me sentar com Lucrécia, cada uma em sua almofada de veludo nos dois lados do trono papal, em muitas audiências de Sua Santidade. Creio que Alexandre gostava do par formado por nós, uma morena, uma loura, como adornos femininos apropriados para seu trono.

Lucrécia, como dissera César, era a conselheira mais respeitada de seu pai; muitas vezes, interrompia um suplicante para segredar um conselho no ouvido de Alexandre. Ela mesma se sentava num pequeno trono, onde também ouvia petições. Escutei-a algumas vezes e fiquei impressionada com sua inteligência. Ela e o pai eram hábeis diplomatas; independentemente de como houvesse chegado ao papado, Rodrigo Bórgia cumpria admiravelmente seus deveres.

Meu romance com César continuou, sempre com nossa paixão consumada em seus aposentos particulares. Eu transbordava de felicidade; era difícil esconder dos outros essa alegria, impedir-me de manifestar afeição por César em público. Entrementes, ele continuava a falar de sua intenção de deixar o sacerdócio.

Uma noite, ao desabarmos, exaustos, depois de fazer amor, ele se virou para mim e prendeu delicadamente um cacho solto de meu cabelo atrás de minha orelha.

— Quero me casar com você, Sancha.

Suas palavras me enlevaram, mas eu não podia negar a realidade.

— Você é cardeal. E eu já sou casada.

Ele acariciou meu rosto.

— Quero dar-lhe filhos. Eu a deixaria ir para Nápoles, sei o quanto você sente saudades de lá. Poderíamos morar lá, se isso a deixasse feliz. Eu só precisaria voltar a Roma algumas vezes por ano.

Eu estava quase chorando; César lera meu coração e minha mente. Tinha razão: nada me deixaria mais feliz. Mas era algo que me parecia impossível, na época. Por isso, eu me calava toda vez que ele mencionava o assunto, pois não queria alimentar falsas esperanças, e também não queria que os boatos magoassem Jofre. César logo aprendeu a não me pressionar. Mas era claro que sua frustração com o papel de cardeal vinha aumentando.

No décimo dia de agosto, Juan, o segundo filho do papa, chegou enfim a Roma, deixando na Espanha a mulher grávida e um filho pequeno. Depois da invasão francesa, Alexandre falara muitas vezes de seu anseio de ter todos os filhos morando com ele, pois se dizia cada vez mais cônscio de sua mortalidade e da fragilidade da vida. Essa fora a razão aparente de Jofre e eu termos sido convocados a Roma, e agora, com a chegada de Juan, o desejo de Alexandre finalmente se realizava.

Todos os seus quatro filhos estavam em casa. Achei estranho que Juan não houvesse trazido a família consigo, embora nenhum dos Bórgia parecesse julgar esse fato digno de nota.

Havia outra razão para a chegada dele: Juan, o duque de Gandía, era também capitão-geral da Igreja, o comandante do exército papal, e seu pai o chamara de volta para castigar a Casa de Orsini, que havia apoiado os franceses durante a guerra. O exército de Juan deveria atacar e subjugar todas as casas nobres rebeldes de Roma, fazendo de cada uma um exemplo da vingança dos Bórgia. Enquanto Alexandre fosse papa, não haveria paz nos Estados Pontifícios.

Todos os cardeais da cidade saíram para receber o jovem duque de Gandía em sua chegada a cavalo — um corcel adornado com guizos de ouro e prata. Mas Juan não se deixou suplantar por sua montaria: sua capa de veludo vermelho e a túnica de veludo marrom eram crivados de pedras preciosas e pérolas; sob todos esses ornamentos, ele sem dúvida derretia ao sol de agosto. De uma janela do Palazzo Santa Maria, vi César receber o irmão e conduzi-lo a sua nova residência, o Palácio Apostólico.

A noite foi motivo de grandes comemorações — que exigiram meu comparecimento, ao lado do resto da família. Vesti-me com recato, de preto; Esmeralda apressou-se a mencionar todos os boatos que tinha ouvido, dizendo que Juan era um canalha da pior espécie. Talvez ela tivesse medo de que eu ignorasse suas advertências a respeito do duque, como me recusara a ouvir qualquer de seus comentários indelicados sobre César.

Primeiro houve o banquete, numa ceia privada com a família papal e os cardeais aparentados. Eu havia aprendido a me sentar a uma distância discreta do papa, a fim de não atrair uma atenção indesejada; nessa noite, ele foi ladeado por Juan e, como sempre, Lucrécia. Quanto a mim, sentei-me entre Jofre e César.

Qual a melhor maneira de descrever Juan? Como uma estrela cadente de encanto deslumbrante, que depois se apagava, ao se revelar a verdadeira personalidade do homem. Ele entrou atrasado no salão, sem dar a menor importância ao fato de fazer Sua Santidade esperar, e Alexandre não disse palavra sobre esse incômodo, embora o atraso de qualquer outra pessoa fosse motivo de ultraje.

Juan entrou resplandecente: olhos brilhantes de alegria (mas dissimulados), sorriso largo (mas arrogante), risadas que ressoavam pelos salões. Tinha lábios grossos e brutos como os do pai, cabelo nem claro nem escuro, barba escanhoada, e não era belo como César nem insosso como Lucrécia. Trazia consigo um amigo — um mouro alto, de tez muito morena (mais tarde eu soube que se tratava de Djem, o Turco, um refém da realeza na corte papal) —, e os dois usavam trajes similares, que incluíam turbantes de seda e mantos de cetim listrado em vermelho e amarelo vivos. No pescoço Juan usava colares de ouro, tantos e de tamanho peso, que não entendi como conseguia manter-se ereto.

No centro de seu turbante havia um rubi com o dobro do tamanho de um olho, do qual saía uma pena de pavão.

Alexandre estremeceu de prazer, como se acabasse de receber uma nova virgem para deflorar.

— Meu filho! — suspirou. — Meu caríssimo, caríssimo filho! Ah, como foram tenebrosos os dias sem você! — e estreitou Juan num abraço, transbordando de felicidade.

Juan encostou a face na do velho, eclipsando o rosto do papa, mas se permitindo estudar a reação de seus irmãos por baixo das pálpebras semicerradas. Todos nos levantáramos à sua entrada, e não pude deixar de notar a súbita tensão no rosto de Lucrécia, o fato de seu sorriso ser pequeno e insincero.

Também captei o olhar trocado entre Juan e César — o ar tripudiante de triunfo no rosto de Juan, o de calculada indiferença no de César. A meu lado, porém, meu amado cerrou o punho.

Sentamo-nos. O jantar transcorreu sem que Sua Santidade dirigisse uma só palavra a outra pessoa senão a Juan, e este se apressou a nos regalar com histórias divertidas de sua vida na Espanha e dos motivos que o deixavam contente por estar de volta a Roma. As perguntas sobre sua mulher, Maria Henriques, prima do rei espanhol, foram respondidas com um dar de ombros e uma resposta entediada:

— Grávida. Está sempre doente aquela mulher.

— Espero que você a venha tratando bem — disse Alexandre, num tom de censura mesclada com indulgência. As escapadas de Juan com as cortesãs eram lendárias e, em duas ocasiões, ele havia seqüestrado e violado duas jovens virgens de linhagem nobre, pouco antes de seus respectivos casamentos. Somente os cofres dos Bórgia o tinham salvo da morte nas mãos dos parentes varões das moças.

— *Muito* bem, meu pai. O senhor sabe que sempre guardo suas palavras no coração.

Se houve algum sarcasmo nessas palavras, o Santo Padre optou por não ouvi-lo. Sorriu, fazendo o pai clemente.

Durante o jantar, Juan fez as honras da casa; dirigiu-se alternadamente a cada um de nós, indagando sobre nossa vida. A Jofre, perguntou:

— E então, irmão? Que fez você para conquistar uma esposa tão magnífica?

Antes que Jofre, ruborizado, conseguisse encontrar uma resposta espirituosa, o próprio Juan respondeu a sua pergunta:

— É claro. É que você é um Bórgia e, portanto, tem sorte, assim como todos os filhos dos Bórgia são afortunados.

Jofre calou-se e sua expressão toldou-se levemente; lembrei-me de quando César deixara escapar, certa vez, que meu marido não era considerado filho verdadeiro do papa, o que transformava o comentário de Juan numa farpa velada.

Juan deu uma sonora gargalhada com ela — já estava bastante embriagado, sendo ainda mais inclinado para o vinho do que o pai. Alexandre soltou um risinho abafado, tomando o comentário como um elogio pessoal, mas Lucrécia, César e eu nem chegamos a sorrir. Por baixo da mesa, pus a mão na coxa de meu marido, em sinal de apoio.

A conversa de Lucrécia com Juan foi mais agradável e animada; o diálogo de César com o irmão foi seco, porém cortês. Em seguida, o duque de Gandía voltou a atenção para mim.

— Que tem achado de Roma? — indagou, com os olhos brilhantes e uma expressão calorosa e entusiástica. Foi fácil perceber nele, nesse momento, a natureza sociável de seu pai.

Respondi com franqueza:

— Sinto falta do mar. Mas Roma tem seu encanto próprio. As construções são magníficas, os jardins são belos e o sol... — hesitei, buscando as palavras certas para captar a essência da luz, que tudo revestia de um tom dourado que parecia reverberar de dentro.

— ... é brutalmente quente em agosto — concluiu Juan, com uma risada breve.

Dei-lhe um pequeno sorriso.

— *É* brutalmente quente em agosto. Estou habituada ao litoral, onde o clima é mais ameno no verão. Mas a luz aqui é linda. Não me admira que tenha inspirado tantas obras de arte.

Isso agradou a todos à mesa, especialmente Alexandre.

— Sente saudade de casa? — perguntou Juan, incisivo.

Passei o braço pelo de Jofre.

— Meu lar é onde mora meu marido; e ele está aqui, logo, como posso sentir saudade?

Isso acarretou uma aprovação ainda maior. Meu gesto nasceu da resistência, em parte: o homem me desagradava, por ter insultado Jofre na presença de seus familiares. Meu amor por César enchia-me de culpa, e eu sabia que minhas palavras eram pura hipocrisia. Mas, embora eu não amasse meu marido, ainda me sentia leal a ele.

O eterno risinho de arrogância deixou os lábios de Juan, cujo rosto foi tomado por uma expressão de tristeza surpreendentemente sincera.

— Deus lhe sorriu, irmão — disse a Jofre, baixinho —, ao lhe conceder tal esposa. Percebo que ela é fonte de grande felicidade para você.

O papa abriu um sorriso exultante, satisfeito com as respostas de todos. A conversa passou a outros assuntos e, por fim, quando estávamos todos saciados, Alexandre ordenou que tirassem a mesa. Passamos para a Sala da Fé, onde mais vinho foi servido. Na parede havia um mural quase concluído de Pinturicchio e seus discípulos, que retratava o papa ajoelhado em oração, adorando a Ascensão de Cristo.

Alexandre sentou-se no trono anteriormente instalado e fez sinal para que os músicos começassem a tocar. Nessa noite, comprouve-se em ver Juan e Lucrécia dançarem. Era uma melodia animada e Juan conduziu Lucrécia ao salão, colocando-a à sua direita, e os dois iniciaram uma *piva* ligeira: um passo curto para a esquerda, um meio salto à direita, um à esquerda e uma pausa. Ambos eram excepcionalmente graciosos, e Juan não tardou a se entediar com os movimentos simples. Depois do terceiro passo, rodopiou, colocou-se de frente para a parceira e, encostando a palma de sua mão na dela, conduziu-a numa *voltatonda*, um círculo em sentido anti-horário que consistia na mesma *piva* básica. Alexandre bateu palmas de aprovação.

Ao voltarem, os dois dançarinos estavam afogueados e transpirando.

— E agora — disse-me Juan —, é sua vez de ser minha parceira.

Curvou-se numa reverência profunda, tirou o turbante com um gesto pomposo e o jogou para o lado, como se fosse feito de trapos, não de seda e pedras preciosas. Seu cabelo curto e escuro estava colado à testa e ao couro cabeludo pelo suor.

Os músicos tocaram uma melodia lânguida, que beirava a melancolia; Juan escolhera uma *bassadanza* mais lenta, e movemo-nos deliberadamente pelo salão numa marcha quase processional em quatro passos. Durante algum tempo, não nos falamos, apenas executando a dança da maneira mais bonita possível, para diversão de Sua Santidade.

Após uma pausa, Juan comentou:

— Fui muito sincero ao dizer que meu irmãozinho era afortunado por ter uma esposa como a senhora.

Desviei os olhos, recatada.

— É bondade sua.

Ele riu.

— Eis uma acusação que raramente me fazem. Estou longe de ser bom; mas *sou* franco, quando me convém. E a senhora, D. Sancha, é a mulher mais encantadora que já vi.

Não fiz comentários.

— É também ousada o bastante para defender seu marido em público, já que ele é fraco demais para fazê-lo. A senhora está ciente de que Sua Santidade não crê que Jofre seja seu filho, mas aceitou a palavra da amante por generosidade?

Minha raiva foi grande demais para que eu enfrentasse o olhar insolente de Juan.

— Já ouvi dizer. Não tem importância.

— Ah, tem, sim. Sabe, Jofre terá seu principadozinho em Squillace, e acabou-se a história. Ele já recebeu todas as honrarias que pode ter esperança de um dia alcançar nesta vida... e, como estou certo de que uma dama com sua visão arguta já terá adivinhado, ele não possui a inteligência de um verdadeiro Bórgia.

Nossas mãos estavam apertadas enquanto dançávamos; eu não desejava outra coisa senão afastar-me dele, descompô-lo por suas injúrias. Mas o papa nos observava e balançava a cabeça ao ritmo da música.

Com a voz trêmula de raiva, retruquei:

— O senhor acaba de demonstrar, com seus comentários arrogantes, que possui pouco dessa inteligência. Se tivesse bom senso, apreciaria seu irmão, como eu o aprecio, por sua sinceridade e seu bom coração.

Juan riu como se eu houvesse acabado de dizer algo singularmente encantador.

— Não posso deixar de adorá-la, Sancha. Uma mulher que diz o que pensa e não se importa em saber a quem ofende. A franqueza e a beleza são uma combinação irresistível.

Fez uma pausa e prosseguiu:

— Ora, vamos. Posso compreender que você sinta pena de Jofre e não deseje magoá-lo. Mas a discrição *existe*. Também não sou de medir palavras, Sancha. Eu a desejo. Seria prudente você se aliar a mim, pois sou o favorito de todos os filhos do papa. Sou o comandante de seu exército, e um dia serei o governante secular de todos os Estados Pontifícios.

Não pude mais controlar meu gênio, baixei a mão e parei de dançar.

— Eu jamais amaria um homem desprezível como você.

O risinho sarcástico reapareceu, e os olhos rasgados de Juan se espremeram quando ele retrucou:

— Não banque a virtuosa comigo, senhora. Você já dormiu com dois irmãos.

A inveja bailou por um instante em suas feições, e percebi que aquilo tinha menos a ver comigo do que com sua rivalidade com César.

— Que importância terá, se dormir com o terceiro?

Recuei o braço e esbofeteei seu rosto com tanta força que a palma de minha mão ardeu.

Alexandre soergueu-se no trono, alarmado; Lucrécia levou a mão à boca, se divertida ou surpresa, ou não saberia dizer.

Juan desembainhou a adaga em sua cinta; o ódio homicida em seus olhos deu-me a certeza de que aquele seria meu último instante de vida. A fúria dele era selvagem e incontida, distante do ódio frio e calculista com que eu primeiro havia deparado no olhar de sua irmã.

Mas César precipitou-se do lado de seu pai e se colocou entre nós. Rápido, segurou o pulso de Juan e o torceu até ele gritar; a adaga caiu no piso de pedra.

— Vou matar essa cadela! — exclamou Juan, num sussurro rouco. — Como é que ela se atreve...

Foi a vez de César esbofetear o rosto do irmão. Enquanto o embate entre os dois se transformava numa briga feroz, retirei-me às pressas, com as damas de companhia em minha esteira.

XVI

Quando retornei a meus aposentos no Palazzo Santa Maria, sentia-me ainda mais agitada. O fato de eu haver esbofeteado em público o filho favorito do papa tornou-se plenamente claro para mim, assim como a certeza de que Juan não descansaria enquanto não se vingasse.

Pior ainda, César se adiantara como meu protetor indignado — César, e não meu marido. A reação passional do primeiro faria a corte destravar a língua... e esses rumores poderiam magoar Jofre profundamente. Não só prejudicariam meu casamento, como deixariam Alexandre ultrajado e destruiriam minha amizade com Lucrécia.

Pior do que tudo, temi que a notícia chegasse a Nápoles e a Afonso... e eu não conseguiria mentir para ele, nem mesmo por carta. Ter que admitir meu adultério a meu querido irmão seria a maior vergonha de todas.

Felizmente, eu tinha um encontro marcado com César no jardim nessa noite, e procurei concentrar-me nisso como uma forma de me acalmar. A habilidade ímpar de César na diplomacia me salvaria da ira de Juan, assim como me salvara das atenções indesejadas de Alexandre; aguardei, inquieta, o momento de poder discutir o assunto com ele.

Chegou enfim a hora de eu sair. Em vez de lutar com um vestido completo, com corpete e mangas que precisassem ser atados, eu dera para usar um camisão de seda preta, coberto por um manto que conseguia vestir sem dificuldade. Havia também o véu, para me proteger do reconhecimento — e o estilete, para o caso de alguém me assediar.

Com esse disfarce, entrei silenciosamente no corredor. Era tão tarde que havia poucos candelabros acesos, mas segui pela penumbra com facilidade, pois conhecia bem o caminho. César, como sempre, havia subornado os guardas para tirá-los do trajeto, de modo que não deparei com nenhum.

Entretanto, ao passar pelo corredor que levava aos apartamentos de Giulia e Lucrécia, ouvi uma mulher gritar, como quem sentisse dor.

Em retrospectiva, sei que eu deveria ter sido prudente; deveria ter endurecido o coração e seguido adiante — afinal, meu romance com César estava em perigo. Mas o som despertou meu interesse e curiosidade. E assim, dobrei irrevogavelmente no corredor errado.

No instante em que o fiz, a intuição me paralisou, ainda que, a princípio, eu não conseguisse identificar o que via. Logo, porém, distingui na penumbra o rosto de Lucrécia, colorido pela lua. Ela ainda estava inteiramente vestida com o traje que havia usado na recepção oferecida a Juan, da qual parecia ter acabado de regressar; tinha os olhos fechados, os lábios entreabertos, e gemidos regulares e suaves lhe escapavam da boca.

Ela estava inclinada para a frente, balançando, certamente embriagada, quem sabe prestes a vomitar. Resolvi ajudá-la; diria que não tinha conseguido dormir; no dia seguinte, talvez ela se lembrasse de pouco ou nada de minha intervenção.

Por sorte, o bom senso me manteve fincada onde estava — porque, no instante seguinte, percebi que olhava não apenas para Lucrécia, mas para Lucrécia fundida com outra pessoa. Grandes mãos masculinas seguravam seus seios, que haviam pendido do corpete, e seu balanço resultava dos movimentos violentamente impetuosos de uma figura atrás dela, no ponto em que sua saia fora levantada para não atrapalhar.

Um amante, compreendi, já prestes a me afastar correndo. Eu não podia censurar Lucrécia por fazer o que eu mesma fazia — sobretudo considerando que seu marido a abandonara publicamente.

Mas então, ela exclamou, com um abandono embriagado e lascivo:

— Ah, papai!...

Senti um calafrio. Reconheci de imediato a figura do brutamontes — o manto branco, o barrete e o rosto, muito parecido com o de Lucrécia.

Isso é um estupro, tentei convencer a mim mesma. *Estupro. Eu deveria chegar furtivamente por trás dele, com o estilete... A pobre moça deve estar bêbada demais para saber o que faz...*

— Papai! — ela tornou a exclamar, no tom extasiado de uma amante, e me lembrei da noite em que Lucrécia havia tentado afrontar-me, empurrando os seios sobre os lábios do pai.

Ergui a mão para meus lábios cerrados e por pouco não vomitei. Felizmente, o reflexo não foi acompanhado por nenhum som e o movimento de meu braço não foi percebido pelos amantes, distraídos com seus próprios gemidos. *Amantes*, repito, mas o termo era profano; pensei na passagem do Apocalipse: pensei em Babilônia, a prostituta pintada, assentada sobre a grande besta chifruda. O emaranhado de carne e pano que pulsava junto, ali na escuridão, era de fato igualmente monstruoso.

— Minha querida — ouvi a besta sussurrar. — Minha Lucrécia, só minha. Não pertences a nenhum outro como a mim.

As palavras dele soaram claras, não pastosas. Aquilo não era um acidente da embriaguez, mas uma copulação conscientemente escolhida.

A bile subiu-me à garganta, meus olhos lacrimejaram. Fiz meia-volta e, tão silenciosamente quanto havia chegado, afastei-me às pressas daquela visão.

Tive certa vontade de retornar a meus aposentos, de tremer em muda repugnância pelo que tinha visto. Mas esse era um segredo medonho demais para eu suportar sozinha; eu queria o consolo de César. E, se fosse membro da família de Lucrécia, eu quereria saber a verdade. Eu queria acreditar, como teria feito Afonso, que ela era jovem e confusa, e que Rodrigo se aproveitava disso. Como irmão mais velho, César precisaria intervir para protegê-la. De todos os Bórgia, ele parecia ser o mais responsável, o que mais dominava suas emoções; saberia como lidar com aquela situação pavorosa.

Saí às pressas do corredor e deixei o palácio por uma entrada não vigiada nos fundos. Meus passos pela alameda do jardim foram ágeis e atormentados: agora eu compreendia muito melhor por que Lucrécia ficara enciumada com meu aparecimento em Roma. Não fora a paixão infantil de que eu tanto havia tentado me convencer, nem simples inveja por eu receber mais atenção; na verdade, eu tinha sido vista como uma verdadeira rival nos favores sexuais de Rodrigo. César também tinha feito um comentário que me perturbou nesse momento: *Foi assim também com D. Giulia; Lucrécia levou muito tempo para perceber que o amor de um pai por outra mulher e seu amor pela filha não são iguais.*

Ah, mas ela nunca o havia percebido — nem tampouco seu pai.

Só me restava rezar para que nem o papa nem Lucrécia me tivessem visto ou reconhecido sob meu véu.

Cheguei enfim ao banco do jardim e à árvore, e senti alívio ao ver César sentado à minha espera, como sempre. Normalmente, nós nos abraçávamos com um beijo apaixonado, mas, nessa noite, segurei suas mãos entre as minhas.

Um vinco apareceu entre suas sobrancelhas escuras:

— Senhora, que aconteceu?

Eu não conseguia esconder minha agitação.

— Primeiro eu preciso saber: você está bem? Quando saí, você e Juan...

— Juan é um idiota — cortou César, empedernido. — Ele foi posto em seu lugar. Se algum dia tornar a aborrecê-la, procure-me de imediato. Felizmente, ele não passará muito tempo aqui; logo estará levando o exército de meu pai para a batalha.

Inclinou a cabeça, estudando-me com atenção:

— Mas isso tem a ver com algo muito maior do que um bufão como Juan — disse. Levantou meu véu e pôs a mão com meiguice em meu rosto. — Olhe só para você, Sancha. Você está tremendo.

— Eu vi... — comecei, e não pude dizer mais nada.

— Sente-se. Sente-se antes de cair — e me puxou para seu lado no banco do jardim.

— Seu pai e sua irmã... — recomecei, mas parei.

Não precisei dizer mais nada.

Ele soltou minhas mãos, como se elas se houvessem transformado em urtigas, e desviou o rosto depressa, mas não antes de eu ver a expressão de dor e humilhação que havia nele.

— Você os viu — murmurou César, depois emitiu um som muito parecido com um gemido. Após uma pausa, acrescentou: — Eu havia rezado... tinha esperança de que isso houvesse acabado.

— Você sabia.

Não houve recriminação em meu tom, apenas assombro.

Ele baixou os olhos para o regaço e vi seu perfil sob a luz tênue; sua expressão endureceu e um músculo se contraiu em seu maxilar quando ele falou.

— Não há como ponderar com meu pai, senhora. Eu tentei. Tentei...

Sua voz vacilou nesta última palavra. Em seguida, ele se recompôs e ergueu os olhos para mim, com súbito desânimo:

— Diga-me que eles não a viram! — e segurou minhas mãos, com os olhos arregalados de preocupação.

— Não.

— Graças a Deus!

Arriou os ombros e soltou um suspiro de profundo alívio, que durou pouco.

— Você não falou com ninguém sobre isso, nem mesmo com D. Esmeralda, não é?

— Ninguém além de você.

César tornou a relaxar.

— Ótimo. Ótimo.

Passou um dedo com ternura por minha têmpora, descendo até a curva de minha mandíbula.

— Lamento. Sinto muito que você tenha tido que assistir a uma coisa dessas...

— Você não pode obrigar seu pai a parar com isso? — perguntei. — Não pode dizer que contará ao Sacro Colégio, que divulgará essa notícia?

Sua expressão franca revelou o tumulto que lhe ia na alma; por fim, ele disse:

— Tudo o que vou lhe contar, você precisa jurar que guardará em segredo.

— Pode me confiar sua vida — respondi.

César deu um sorriso tristonho.

— É exatamente o que estou prestes a fazer.

Após um longo momento de contemplação, começou:

— Meu pai... é um bom homem. Ama os filhos mais do que à própria vida. Você viu como ele é generoso em seus afetos — frisou. Fez uma pausa. — O amor dele é genuíno e profundo... e seu ódio também. Ele é excepcionalmente perigoso quando provocado. Até mesmo... quando são os filhos que o provocam.

Ao me sentir tensa a seu lado, pôs a mão em meu braço para me consolar e disse:

— É, ele se lembrou vagamente do encontro com você. Mas não precisa ter medo. Ele achou aquilo engraçado, um jogo amoroso divertido. Prefere que suas mulheres sejam mais dóceis, não tão "exaltadas", como disse. Em outras palavras, você foi um pouco complicada demais, e não o admirou o bastante para convir a seu orgulho. Duvido que ele volte a incomodá-la.

A expressão dele ficou carregada, e César prosseguiu:

— Mas, quando se trata de política, de ganhar ou perder de verdade... ele sabe ser letal. E, embora tenha havido rumores, denunciar efetivamente sua relação com Lucrécia poria em risco sua posição política. Entende o que estou dizendo, Sancha?

— Ele ameaçou sua vida quando você o confrontou a respeito de sua irmã?

Um ódio nauseante apossou-se de mim. Que tipo de homem se serviria da filha daquela maneira e falaria em assassinar o próprio filho? Pus-me de pé num salto.

— Lamento não tê-lo matado com meu estilete!

— Morda sua língua — advertiu César, puxando-me para que eu ficasse diante dele; pôs um dedo em meus lábios.

— Esse é o preço de conviver com um homem excepcionalmente ambicioso. Não sei como convencê-la melhor da necessidade do silêncio, a não ser dizendo: já houve quem morresse por menos. Esse é um segredo seu, a ser guardado pelo resto da vida. E meu — acrescentou. Estudou-me com atenção. — Você tem emoções muito profundas, Sancha, e reage depressa, de modo passional. Precisa aprender a temperar essa impulsividade, se quiser sobreviver aqui.

— Ouvi um boato — comentei, em voz mais baixa. — Sobre a morte do irmão de Rodrigo, que certamente teria sido eleito papa...

Ele sustentou meu olhar e respondeu, lentamente:

— Não é boato.

— Como você pode suportar? — sussurrei. Meu pai tinha sido um tirano, mas nem mesmo ele pensaria em assassinar um membro da própria família. Com certeza, jamais poria as mãos em mim e depois ameaçaria matar Afonso, se meu irmão tentasse intervir.

César encolheu os ombros e uma frieza insinuou-se em seus olhos.

— Esse é o preço de ser um Bórgia.

Não tive clima para fazer amor com César nessa noite; ele compreendeu, e nós nos despedimos com sombria relutância. Não pude deixar de pensar em como meu irmão reagiria a uma decadência tão chocante, mas não me atrevi a lhe transmitir essa informação, pois ele ficaria perturbado demais ao conhecer a verdade sobre minha vida em Roma.

Mais tarde, em minha cama, sonhei com a carta que a *strega* tirara para mim: um coração perpassado por duas espadas, pelo mal e pelo bem. Rodrigo Bórgia apareceu à minha frente, risonho, e abriu o peito de seu manto de cetim branco, revelando um coração vermelho batendo lá dentro, traspassado por duas espadas que formavam um X de prata.

Uma das espadas era muito maior do que a outra; aproximei-me e puxei-a. Ela saiu ensangüentada, mas, por baixo da mancha escarlate, pude ler facilmente a palavra gravada na lâmina.

PERVERSIDADE.

Outono de 1496 – Começo da primavera de 1497

XVII

Meus encontros com César continuaram, ininterruptos, durante os meses seguintes. Exceto pela inquietante noite no jardim em que eu falara de Lucrécia e Alexandre, ele continuou a se portar como sempre — falando mais e mais do quanto já não suportava a vida de cardeal. Sonhava com um casamento comigo, dizia, e uma casa cheia de filhos nossos. Eu o escutava com um anseio insuportável, mas, ao mesmo tempo, com uma culpa imensa. Meu marido parecia não ter o menor conhecimento de meu romance com seu irmão, e essa inocência feliz alfinetava meu coração insincero.

Só me restou presumir que a briga de César com seu irmão Juan houvesse desencorajado o duque, pois ele não voltou a me incomodar nos meses quentes de agosto e setembro.

E então, quando o calor começou a diminuir, com a chegada de outubro, recebi de meu irmão uma carta cujas páginas trouxeram grande tristeza.

Minha dileta irmã,

É com a mais indizível tristeza que devo anunciar o falecimento de nosso meio-irmão, Sua Majestade, o rei Fernando II. Ele morreu de uma infecção intestinal aguda, e sua esposa, a rainha Giovanna, está prostrada de desolação, assim como todos nós. Ele já foi sepultado num túmulo provisório na igreja de Santa Clara, enquanto se inicia a construção de sua cripta permanente.

É-me difícil ter que escrever-lhe com uma notícia tão triste. Mesmo assim, mamãe e eu temos grande esperança de poder revê-la nos próximos meses, na coroação de Sua Majestade, nosso amado tio Frederico.

Não agüentei continuar a leitura e deixei as páginas caírem no chão. Pareceu-me caprichoso e brutal que o destino deixasse o jovem Ferrandino lutar por tanto tempo, e tão arduamente, para reivindicar seu trono, e em seguida ser dele furtado com tamanha rapidez. Pior ainda, ele e Giovanna não haviam gerado um herdeiro, de modo que a coroa era obrigada a voltar à geração anterior, a Frederico.

Agora eu tinha uma desculpa para regressar a Nápoles, a minha casa. Em condições normais, teria agarrado essa oportunidade, mas não suportei a idéia de voltar em meio ao clima deprimente da morte de Ferrandino; além disso, não ansiava por deixar César, nem mesmo por um instante. Assim, permaneci em Roma e enviei de longe minhas condolências à família.

No mesmo mês em que eu soube da morte de Ferrandino, Juan Bórgia foi mandado para a guerra. Com sua espada cravejada de pedras preciosas e o título de capitão-geral da Igreja, ele partiu de Roma, acompanhado pelo exército papal e por uma boa dose de fanfarra.

O sucesso não tardou a bafejá-lo — para grande aborrecimento de César ("Deus zomba de mim, ao deixar meu irmão obtuso vencer por acaso, não por habilidade!"). Em rápida sucessão, o exército pontifical apossou-se de dez castelos rebelados, todos fiéis à Coroa francesa. O papa ficou zonzo de alegria; no jantar, leu os despachos de Juan — todos transbordando de detalhes autocongratulatórios. Lucrécia deu seu sorrisinho recatado e fez um aceno de incentivo ao pai, quando ele se mostrou mais empolgado; os lábios de César ficaram mais tensos, mais finos, até desaparecerem por completo.

E então, Deus fez justiça a Juan, sob a forma de uma aristocrata resoluta e destemida, chamada Bartolommea Orsini. Ela obteve a fidelidade de um exército poderosíssimo, que defendeu sua imponente fortaleza, situada a um dia de árdua viagem a nordeste de Roma, em Bracciano, em frente ao grande lago que dava nome à cidade. O exército papal tinha especial interesse em derrotar os Orsini: sua aliança traiçoeira com os franceses e seu seqüestro de Giulia haviam permitido que Carlos VIII invadisse Roma, e tinham levado Alexandre a ordenar que Ferrandino recuasse para Nápoles. Era hora, decidira Sua Santidade, de dar uma lição aos Orsini francófilos. Havia outras famílias nobres rebeladas que possuíam terras nos Estados Pontifícios, e a intenção era que os Orsini constituíssem uma lição para todos eles, uma lição sobre o que aconteceria com quem não rendesse homenagens ao papa como seu governante sagrado e secular.

César relatou-me todo o incidente com grandes detalhes e satisfação. O sucesso inicial de Juan na guerra havia enchido o duque de Gandía, capitão-geral da Igreja, de uma arrogância ainda mais ilimitada. Ele escrevera uma carta ameaçadora a Bartolommea; ela havia gargalhado e cuspido na carta. Juan enviara missivas imperiosas a seu exército, exigindo que ele se rendesse e lhe prometendo segurança, se os homens desertassem de seus postos e fossem lutar ao lado dos Estados Pontifícios.

Os homens de Bartolommea haviam gargalhado dessa idéia.

— Venha — tinham dito. — Venha lutar. Venha e experimente uma guerra de verdade, capitão-geral.

Juan havia estudado os parapeitos maciços do castelo de Bracciano; chegara até a traçar planos de combate simplistas para invadir as muralhas. No fim, porém, segundo César, que lera a carta enviada pelo grande capitão-geral a Sua Santidade, tinha percebido que a situação ali era muito diferente: havia uma possibilidade de que seu exército fosse derrotado.

E assim, sem a menor pompa, seu exército tinha-se retirado de Bracciano durante a madrugada e, em vez desse alvo, seguira para o norte, rumo a um castelo menos imponente, defendido por um exército também menos imponente em Trevignano. Bartolommea, vitoriosa, deixara a bandeira francesa desfraldada.

Em Trevignano, os homens de Juan travaram uma batalha feroz, enquanto ele mandava instruções dos flancos. Não foi fácil, mas o exército de Alexandre apoderou-se do castelo e saqueou a cidade.

Não se permitiu nenhum tempo para o repouso, porque, nesse ínterim, outros membros do clã dos Orsini, liderados pelo patriarca, Carlo, haviam levantado dinheiro com os franceses e recrutado um exército composto de toscanos e úmbrios. Eles se deslocaram para o sul, em direção à fortaleza de Soriano, defendida por um certo cardeal Orsini, que achava que o papa devia restringir seus poderes à Igreja e ficar longe dos assuntos terrenos dos nobres dos Estados Pontifícios.

O exército de Juan foi obrigado a enfrentar seus inimigos ali, vários dias de cavalgada ao norte de Roma. Os Orsini eram estrategistas habilidosos; atraíram rapidamente uma parte dos soldados do capitão-geral para longe dos outros, dominaram-nos e lançaram um contra-ataque. Dessa vez, Juan foi apanhado no meio do campo de batalha e não pôde fugir para a segurança das linhas laterais. Sofreu um pequeno ferimento no ombro e perdeu quinhentos homens.

Ao que parece, era um desfecho que ele nunca havia considerado. O duque recuou prontamente e seu exército se rendeu.

E então, à mesa do jantar, Alexandre espumou de raiva; levantou-se da cadeira, andou de um lado para outro e deu gritos — com Juan, por sua idiotice, e consigo mesmo, por não ter investido em mais homens, mais cavalos, mais espadas. Ele haveria de esvaziar todos os cofres de Roma, jurou, venderia até sua tiara...

Mas, no frigir dos ovos, o Santo Padre era um homem prático. Fez um acordo com os Orsini, aceitando cinqüenta mil ducados de ouro e mais duas fortalezas, em troca da promessa papal de não mais guerrear. Alexandre também concordou em pedir a meu tio, o rei Frederico, que soltasse os prisioneiros Orsini detidos em Nápoles.

Entrementes, chamou Juan de volta.

Em Roma, os dias de outono foram frescos, numa promessa do frio inverno que viria. Muita gente na Itália chamaria esse clima de temperado, porque a neve raramente cobria os prédios antigos e as praças. Mas eu estava acostumada com invernos que pouco diferiam dos verões e, em função disso, antecipava com um leve pavor a estação que se aproximava.

Passava o maior tempo possível longe de minhas damas de companhia e comigo mesma: eu nunca tivera talento para a dissimulação, e minha descoberta da verdadeira natureza do relacionamento entre Lucrécia e seu pai me deixara perturbada. Zanguei-me secretamente com

César: se eu fosse homem, dizia a mim mesma, há muito teria matado Alexandre para proteger Lucrécia, e que se danassem as conseqüências.

Na realidade, também participei da cumplicidade, pois guardei o segredo terrível, para salvar minha própria pele. Eu não era melhor do que eles; era uma adúltera que traía o próprio marido. Assim, fui tão boa amiga de Lucrécia quanto me era possível; ela veio a depositar certa confiança em mim, embora eu houvesse passado a compreender por que não podia confiar inteiramente em ninguém. Dançávamos juntas nas festas, ríamos, jogávamos xadrez (Lucrécia tinha uma habilidade espantosa e sempre vencia), e, vez por outra, cavalgávamos juntas pelas florestas de pinheiros de Roma, acompanhadas por guardas e por nossas damas de companhia.

Mas nosso companheirismo me corroía por dentro; eu não conseguia esquecer o ciúme que ela me havia demonstrado no tocante às afeições do pai — nem esquecer o gozo aparentemente sincero em sua voz, quando eu a vira copulando com Alexandre.

Tentava justificar isso em minha mente, como faria Afonso: talvez, depois de viver tantos anos numa família corrupta, ela houvesse embotado a visão das fronteiras entre o bem e o mal. Ou talvez seus gemidos de gozo tivessem sido fingidos, no esforço de se proteger da ira de Alexandre.

Eu comia pouco, estava emagrecendo e vagava como um espectro pelos vastos jardins labirínticos atrás do Palazzo Santa Maria, durante o dia, e como um fantasma negro, nas noites em que ali marcava encontros com César.

Em 24 de janeiro de 1497, Juan, o glorioso duque de Gandía e celebrado capitão-geral da Igreja, regressou cavalgando a Roma — dessa vez, ainda com mais fanfarra e comemorações, como se trouxesse a vitória, e não a derrota.

Sua Santidade só teve palavras de louvor para o filho inepto; todas as imprecações que proferira contra ele durante a guerra estavam esquecidas. No jantar, ouvimos o papa dizer a Juan que ele era a grande esperança do pontificado, e que traria imensa glória à Casa dos Bórgia quando estivesse suficientemente recuperado para retornar ao campo de batalha. Juan, por sua vez, respondeu com seu risinho insolente. (Nunca se mencionou com precisão quando ele poderia "recuperar-se", e nunca vi nenhum indício do ferimento que o fizera sair correndo do inimigo.)

Eu sabia que César era um homem de vontade ferrenha — mas sua inveja do irmão o aborrecia tanto, que ele não conseguia escondê-la por completo. Uma noite, em seu quarto, depois de fazermos amor, explicou-me com grande minúcia como teria sido fácil derrotar Bartolommea; em seguida, descreveu como seria possível expandir o território dos Estados Pontifícios, enquanto deitávamos de costas e fitávamos o teto abobadado, trabalhado a ouro.

— Se conseguíssemos obter o apoio de um exército muito mais forte — proclamou César —, a Romagna poderia ser nossa.

Com o indicador, ele traçou no teto o contorno de uma bota meio torta, a Itália, e em seguida apontou para seu canto superior esquerdo.

— Ali fica a fronteira ocidental com a França e, logo à direita, Milão. Quase no leste fica Veneza — disse, baixando o dedo em diagonal — e, mais abaixo, Florença. Ao norte dela fica a região chamada Romagna, a noroeste de Roma, bem no centro. É uma simples questão de impor lealdade à força aos nobres dos Estados Pontifícios — prosseguiu —, mas Juan não tem a firmeza nem a astúcia para fazê-lo. Eu, sim.

Sentou-se de repente, entusiasmado, com os olhos ainda concentrados no teto, nas terras imaginárias por conquistar.

— Uma vez firmemente unidos os Estados Pontifícios, e se obtivermos o apoio da Espanha e, quem sabe, de Nápoles — disse, dando-me um olhar maroto de soslaio —, poderíamos tomar a Romagna inteira — e estendeu a mão, gesticulando para a grande área que ia do noroeste de Roma até a costa: — Ímola, Faenza, Forli, Cesena... Todas as fortalezas cairiam diante de nós, uma após outra.

— E os D'Este? — interrompi, com displicência. Eles eram uma família extremamente poderosa, que detinha um ducado na Romagna fazia gerações. O herdeiro, Ercole, era um homem devoto, profundamente leal à Igreja.

César refletiu sobre isso.

— O exército dos D'Este é poderoso demais para ser derrotado; eu preferiria muito mais aliar-me a eles e tê-los lutando a nosso lado.

Acenei de leve com a cabeça, satisfeita. Os D'Este eram meus primos por parte de Sra. Trusia.

César continuou:

— Depois tomaríamos Florença. A cidade nunca se recuperou da perda de Lourenço de Médici; politicamente, eles ainda estão no caos. Desde que nosso exército tenha força suficiente para derrotar os franceses...

— E Veneza? — perguntei, divertida e curiosa. Nunca tinha visto tamanha chama nele, a não ser ao fazermos amor, e fiquei surpresa com a profundidade de sua ambição. — Lá não há nenhuma família a derrotar, nenhum nobre. Os cidadãos estão habituados a uma grande dose de liberdade; não desistirão facilmente do Conselho que nomearam para aceitar um governante único.

— Será difícil — admitiu ele, com ar muito sério —, mas viável, com um número suficiente de homens. Ao verem nossos outros sucessos, é bem possível que eles nos abram os portões.

Ri, não para caçoar dele, mas admirada com sua determinação. Estava claro que ele havia pensado muito nessas idéias; falava como se já fossem uma realidade.

— Imagino que você pretenda andar até a porta dos fundos da França e tirar Milão dos Sforza — comentei. — Você é um homem sumamente confiante.

César me olhou e abriu um largo sorriso:

— Senhora, você nem faz idéia.

— Se você estiver ocupado travando guerras — indaguei, apenas meio de brincadeira, pois nunca me esquecera das palavras com que ele tanto me havia tocado o coração —, quando encontrará tempo para me levar para Nápoles e me dar filhos?

A ferocidade de seus olhos e de sua expressão abrandou-se; o tom se enterneceu.

— Para você, Sancha, eu encontraria tempo.

Mas Alexandre havia decidido: César deveria sucedê-lo como papa, enquanto Juan garantiria o poder secular da Casa dos Bórgia. Não importava que o primeiro não gostasse das escolhas do pai e que o segundo não tivesse aptidão. A decisão de Alexandre era definitiva.

Numa tarde fria, eu tinha perambulado muito jardim adentro, e me descobri num labirinto de cercas de buxo e roseirais.

Nesse dia, eu tinha o pensamento novamente voltado para os filhos — ou melhor, para minha falta deles. Logo após minha chegada a Roma, Alexandre havia implicado constantemente com Jofre e comigo sobre quando teríamos filhos, mas, passado algum tempo, como não aparecesse nenhum, seus comentários haviam cessado. Isso não parecia trazer grande inquietação a Jofre, mas creio que, em segredo, nós nos entreolhávamos, pensando: seria eu estéril, ou estaria a causa no testículo esquerdo de meu marido, que nunca tinha descido completamente?

A verdade era que, em nossos primeiros dois anos de casamento, eu não tinha desejado filhos e, por isso, fizera um uso constante de água e suco de limão. Nos últimos meses, entretanto, ocorrera-me que um filho não só me daria *status* aos olhos de Sua Santidade, como talvez trouxesse também um certo grau de segurança física.

Embora fosse de conhecimento geral entre os membros da Casa dos Bórgia que Jofre não fora gerado por Alexandre, ele tinha sido reconhecido como herdeiro numa bula papal — e, portanto, seus filhos seriam considerados netos de Rodrigo e todos os direitos lhes seriam concedidos. Além disso, para os Bórgia, a aparência tinha muito mais valor do que a realidade.

E eu adorava César tão desesperadamente, que a idéia de ter um filho dele era mágica; o amor fazia a idéia da maternidade transformar-se de um dever num privilégio.

Dobrei uma esquina do labirinto e me vi num beco em que um querubim de bronze vertia água de um enorme jarro numa fonte de mármore.

Também descobri que não estava só. Parado ali estava Juan, que vestia uma túnica de cetim escarlate e uma malha cor de açafrão; fugindo à regra, não usava capa nem turbante. Havia começado a deixar crescer o bigode, desde o início de sua infausta campanha, mas, tal como Jofre, os pêlos de seu rosto eram ralos.

Ele me olhou, com as mãos nos quadris e as pernas afastadas e firmemente plantadas no chão, com seu risinho de ironia costumeiro.

— Ora, ora — disse, em tom de leve vanglória. — Um belo dia ensolarado. Um pouco frio... Melhor ainda para o romance.

— Nesse caso, é melhor você ir para outro lugar — respondi. Minha mão direita moveu-se instintivamente para meu estilete. — Não o encontrará comigo.

Alguma coisa em seu rosto mudou, endureceu-se.

— Sou um homem determinado — disse ele, num tom que me fez olhar em volta para ver se haveria alguma ajuda ao alcance de minha voz. — Diga-me, D. Sancha — e deu um passo em minha direção, o que me fez recuar um passo —, como é que tem tamanha atração por César, mas não sente nada senão desdém por mim?

— César é homem — e depositei uma ênfase especial na última palavra.

— E eu não? — disse ele, abrindo os braços num gesto de indagação. — César não passa de uma traça de livros. Sonha com batalhas, mas a única coisa que sabe é a lei canônica. Ele que fale de estratégia quanto quiser, mas não serve para nada senão para falar latim pomposamente. Nunca foi posto à prova na batalha, como eu.

— É verdade — retruquei. — Você foi posto à prova, e se mostrou deficiente. No instante em que uma espada lhe beliscou a pele, saiu guinchando como um bebê.

Os cantos de sua boca penderam; Juan moveu-se mais depressa do que eu havia esperado e, com toda a força, desferiu um murro em meu queixo, empurrando-me de costas contra a sebe.

— Cadela — disse. — Vou ensiná-la a respeitar seus superiores. O que eu quero, eu terei, e nem você nem César podem tirá-lo de mim.

Agitei os braços; os espinhos cortaram minha carne e rasgaram meu vestido. Antes que eu conseguisse recuperar o equilíbrio, Juan estava em cima de mim; segurou-me pelos dois braços, arrancou-me da sebe e me derrubou de costas na alameda de cascalho.

Um instante antes que se lançasse sobre mim, peguei o estilete e desferi um golpe largo, do lado esquerdo de seu peito para cima, até o ombro direito. O punhal rasgou facilmente o fino cetim e percebi que havia atingido a carne; um grito de Juan e uma mancha escura na frente de sua túnica o confirmaram.

Esperei que fugisse, como fizera na guerra; de fato, ele recuou por um momento, exibindo uma expressão de desalento e terna preocupação consigo mesmo, ao tocar o ferimento com os dedos, depois examiná-los em busca de sangue. A visão do sangue — embora fosse pouco — deflagrou em seus olhos um ódio vivo e, com voz rouca, ele chamou:

— Giuseppe!

A sebe farfalhou e apareceu um criado. Giuseppe tinha o dobro da largura e metade da altura de Juan. Nesse momento, realmente entrei em pânico. Consegui sentar-me e desferi golpes a esmo com meu punhal. Giuseppe riu, mas havia aflição em seus olhos.

Com agilidade, ele me empurrou para baixo e agarrou meus punhos com tanta força, que foi como se pulverizasse meus ossos; fui obrigada a largar a arma. Enchi os pulmões de ar e gritei com pura fúria em seu rosto, rezando para que houvesse alguém por perto no jardim, ou olhando da *loggia* — mas a única resposta foi o som gorgolejante da água na fonte do querubim.

Giuseppe agachou-se sobre minha cabeça e prendeu minhas mãos com força, enquanto eu me debatia e dava pontapés; durante tudo isso, Juan avultava sobre mim, triunfal, e abria a braguilha dos calções.

— E então — brincou com seu capanga —, a égua ainda não foi domada? Vamos montá-la assim mesmo.

Não facilitei o ato para ele nem o tornei agradável; Juan teve que usar todo o seu peso para me prender no chão, e tinha uma compleição menor que a de César, de modo que a tarefa lhe custou um grande esforço. No fim, porém, ele foi mais forte; eu era a mais fraca, e ele conseguiu me violar. Afastou minhas pernas à força, enfiando as unhas a fundo na carne de minhas coxas e me machucando. Depois, introduziu-se em mim com uma brutalidade que me fez morder o lábio, para não lhe dar a satisfação de gritar de dor.

Enquanto Giuseppe me prendia os braços, Juan martelou-me com força, grunhindo, praguejando, chamando-me de nomes obscenos que nenhum homem diria à mais baixa das prostitutas, enquanto o impacto cravava em minha pele o cascalho sob meu corpo. O ato pareceu durar uma eternidade mortificante. Durante seu curso, obriguei-me a me separar do horror do que estava acontecendo, a me distanciar de um ódio que beirava a loucura: *Não estou aqui*, dizia a mim mesma. *Não estou aqui, e isto não está realmente acontecendo...* Lutei para não gritar e, em vez disso, tentei evocar lembranças da infância, de mim mesma, segura e feliz, brincando com meu irmão Afonso.

A indignidade que Juan me infligia deixou-o excepcionalmente excitado; na realidade, não demorou muito para que ele soltasse um grito explosivo e se empinasse sobre mim, agitando as pálpebras.

Com um suspiro profundo, afastou-se de mim com brutalidade intencional; seu sêmen quente escorreu-me pelas pernas.

— Pronto, cadela. Agora você pode dizer que teve um homem.

Tirou uma de minhas mãos dos punhos de Giuseppe e olhou para meu dedo mínimo, no qual eu usava um anelzinho de ouro que meu irmão me dera.

— Um *souvenir* — disse, sorridente. — É disso que eu preciso de minha nova amante, para me recordar sempre deste momento.

Tirou-o de mim e se levantou, triunfante, cambaleando:

— Agora, D. Sancha, se a senhora tiver um pingo de juízo nessa sua cabeça feminina, deixará César e virá me implorar por mais.

Em resposta, cuspi em sua direção. Infelizmente, Giuseppe ainda me segurava os braços, de modo que minha cusparada não atingiu o alvo. Juan riu, enquanto amarrava os calções, e disse a seu criado:

— Pode pegá-la, se quiser. Para mim não faz diferença. Uma puta é igual a qualquer outra.

E se afastou com andar saltitante, como um pavão.

Quanto ao criado, inclinei a cabeça para trás, para melhor enxergar seus olhos, e murmurei:

— Toque em mim, e juro que sua vida estará acabada.

Para meu espanto, ele respondeu:

— Perdão, senhora. Ajudei nesse ato para salvar minha vida, mas não lhe farei nenhum outro mal, e rezarei todos os dias pedindo perdão a Deus... embora não o espere da senhora.

E se retirou.

Virei-me de lado e peguei prontamente meu estilete; durante todo o ato brutal, não me permitira perdê-lo de vista no cascalho. Trêmula, recoloquei-o em meu corpete coberto de poeira. A fúria, a vergonha e a dor me oprimiam de tal modo, que mal pude ficar de pé; de algum modo, consegui não só levantar-me e me recompor, para que meu rosto não parecesse uma máscara de terror, como também instruir minhas pernas bambas a andarem.

Voltei a meus aposentos e dispensei todas as minhas damas de companhia — todas, exceto D. Esmeralda. Deixei que ela me banhasse e pusesse ungüento em meus piores machucados, depois me vestisse com uma camisola limpa.

Mais tarde, comecei a tremer com violência tão intensa, que temi partir meu corpo em dois; em seguida veio uma torrente de arquejos, como uma tempestade. Mas me recusei a chorar pelo fato de um homem me haver ferido. Recusei-me a chorar, porém, no fim, contei tudo a Esmeralda. Durante todo o tempo, ela me abraçou apertado em seu colo, como faria uma mãe com sua filha.

Primavera – verão de 1497

XVIII

Nessa noite, enviei por Esmeralda uma mensagem enigmática, que apenas César compreenderia: a dama negra estava doente. Eu não me sentia disposta a explicar a ninguém os acontecimentos do dia, de modo que passei a noite sozinha, a não ser pela bondosa Esmeralda, com quem dividi a cama e cuja presença silenciosa e sólida revelou-se um grande consolo. Por respeito a meu sofrimento, Esmeralda falou apenas uma vez — baixinho, mas com uma ferocidade não menos arrepiante:

— Não tenha medo, minha Sancha. Deus é testemunha do crime cometido contra você e, com o tempo, Ele se vingará.

Na manhã seguinte, eu nem sequer tinha certeza de que contaria a meu amado o crime de seu irmão. Preocupei-me com a possibilidade de que César perdesse a cabeça e reagisse com violência — muito embora eu mesma sonhasse assassinar Juan. Mas o duque de Gandía era o favorito de Alexandre, e eu temia, depois de saber que o pai de César ameaçara o próprio filho, que Sua Santidade se vingasse de qualquer dano causado a Juan.

Por dois dias, fingi-me doente, afastando Jofre com a mesma desculpa, e então César enviou um recado através de Esmeralda, implorando para me encontrar em nosso local de costume, se eu estivesse melhor.

Respondi que o encontraria, pois sentia sua falta, mas já havia concebido uma desculpa para não mantermos relações sexuais naquela noite. Os machucados em minhas costas — marcas de cada maldito cascalho da alameda para onde Juan me levara — haviam desbotado um pouco, assim como as manchas em minhas coxas e meus pulsos, mas ainda eram visíveis o bastante para provocar perguntas.

Assim, envolta num véu negro, fui ao local marcado na hora combinada e, pela primeira vez, ali me descobri sozinha. César não estava à minha espera como sempre; na verdade, não apareceu.

Minha primeira reação, sendo de sangue real e impaciente por natureza, foi de raiva. Como se atrevia ele a me insultar dessa maneira?

Minha segunda reação foi de medo. E se ele houvesse sabido do crime de Juan e tivesse sido ferido ou morto, no esforço de buscar justiça?

Deixei-me ficar ali, no escuro, esperando que César chegasse com uma explicação que pusesse fim a minhas dúvidas; mas ele não apareceu, e voltei para meu quarto, transtornada.

No dia seguinte, ele ficou imerso nos assuntos do Vaticano e não compareceu à ceia da família. Enviei-lhe uma carta em tom sereno, indagando se tinha havido algum mal-entendido, mas passou-se um dia, depois dois, e não recebi resposta.

Minha confusão aumentou. Ainda que, por algum milagre, César tivesse tomado conhecimento do crime de Juan contra mim, isso não seria motivo para seu silêncio repentino. No mínimo, ele deveria apressar-se a me consolar, a jurar vingança contra Juan.

Minha oportunidade enfim surgiu, numa das muitas recepções planejadas por Lucrécia. A grande *loggia* do Palazzo Santa Maria foi o local escolhido, amplo o bastante para permitir muita dança. O Santo Padre sentou-se num trono e se comprouve em determinar quem dançaria com quem.

A horas tantas, ordenou que César e eu dançássemos juntos.

Por sorte, a música soava alto e não éramos os únicos dançarinos na pista. Isso me deu a oportunidade de me dirigir a ele com toda a franqueza.

Lucrécia havia desejado um baile de máscaras; eu usava uma máscara de plumas tingidas de azul, enquanto a de César era de couro dourado. Com ou sem o disfarce, sua expressão teria sido igualmente indecifrável.

Ele segurou minha mão com ar distante e restringiu nosso contato apenas ao necessário para executar a dança. Emoldurados pelo couro reluzente, seus olhos escuros estavam impenetráveis.

— Você ignorou meus recados — disse-lhe eu, ao iniciarmos nossos passos. Era difícil manter a angústia fora de meu tom; eu me sentia duplamente ferida, duplamente traída. — Por que não me respondeu?

— Não entendo — disse ele, com uma frieza que me enregelou o sangue. — D. Sancha, a senhora faz uma pergunta cuja resposta já possui.

— Só sei uma coisa — respondi, com a voz trêmula de mágoa. — Que você se recusa a me ver. Que me envergonhou, fazendo-me ficar à sua espera, quando não tinha intenção de ir. Qual é o motivo dessa crueldade repentina?

A aversão nos modos e no tom de César era insuportável.

— Pergunte a Juan.

Fiquei imóvel, no meio de um passo; César teve que me instigar a prosseguir.

— Ele lhe contou o que fez comigo? — indaguei, incrédula. — Então, tenha a bondade de me dizer, cardeal, por que está zangado *comigo*?

César fitou-me com uma repugnância indizível e, durante algum tempo, não disse nada. Por fim, manifestou-se:

— Não compreendo o que quer dizer. A senhora se envolve num romance com meu irmão e indaga sobre a causa de minha raiva?

— *Romance?* — exclamei, recuando como se tivesse sido esbofeteada. — Ele me *violou* contra a minha vontade!

César não se alterou.

— Há uma testemunha que diz outra coisa.

— E você pretende aceitar a palavra dessa pessoa contra a minha?

— Senhora, Juan ostenta o anel de ouro de sua mãe numa correntinha pendurada no pescoço, como uma prova de amor. Usa-o em particular, para que ele não apareça, mas eu o vi. Ele me confessou seu amor por você e o seu por ele, sem saber que éramos íntimos.

Sufoquei um grito. Por um tempo, fiquei sem fala, indignada demais, ferida demais para saber como lidar com a vingança que Juan me impusera — uma vingança realmente dura, por uma repulsa e uma bofetada em público. Com suas palavras falsas, ele havia destruído a única coisa que me trouxera felicidade desde minha chegada a Roma.

— Isso é uma mentira infame! — exclamei. — Que tipo de homem...

Interrompi-me, lutando para me controlar, porque havia parado a dança por completo e elevado minha voz num grito. Outros dançarinos próximos nos olhavam e murmuravam; tamanha era minha fúria, que não me importei, embora Alexandre nos observasse com o cenho franzido.

Em tom mais baixo, sibilei:

— Eu sei o tipo de homem. Seu irmão é uma víbora, o tipo mais vil e mais baixo de criatura... Ele não apenas conspurcou minha honra, como perpetrou a mais hedionda falsidade, para me castigar por tê-lo esbofeteado em público. Ele me *roubou* aquele anel. Não procurei você naquela noite porque estava atormentada, aflita... e com medo de que você fizesse alguma coisa precipitada. Tão precipitada que temi por sua vida. Agora percebo que foi um grande erro.

Sob a máscara, seus lábios tremeram ligeiramente, mas César não respondeu.

— Mande trazer a sua "testemunha"... Giuseppe, não é? Mande-o olhar-me nos olhos e veja se ele é capaz de repetir a mentira, pois foi ele quem me segurou no chão. Pressione-o, e a verdade aparecerá.

— Giuseppe é meu criado de confiança há anos — disse César. — Ele despreza Juan. Não há nada no mundo que o convencesse a ajudar meu irmão a praticar um ato dessa natureza.

— Pois alguma coisa o convenceu, cardeal.

Fiz uma pausa apenas nas palavras, pois meu corpo continuou a executar os gestos mecânicos e vazios da dança, seguindo o ritmo de uma música que parecia não ter melodia.

— E Juan está mentindo ao fingir que não sabe nada do nosso romance. Na verdade, eu o esbofeteei, naquela primeira noite, porque ele disse que eu poderia muito bem dormir com ele, já que me havia deitado com seus outros irmãos.

César hesitou ao ouvir isso, mas foi tomado pelo orgulho ferido e retrucou:

— Eu me recuso a ser cornudo, senhora. Não adianta discutir mais este assunto.

— Com que então — repliquei, baixinho, com uma dignidade e compostura que não sentia —, você prefere depositar sua confiança na palavra de Juan, em vez da minha.

Ele não respondeu.

— Foi seu irmão, Dom César, e não eu, quem o fez de tolo.

Concluímos nossa dança sem trocar mais uma palavra.

• • •

Nessa noite, nem sequer tentei deitar-me na cama. O amor despojou-me de todo o amor-próprio; por mais que eu houvesse censurado minha mãe por sua devoção irracional a meu pai, vi-me na mesma situação naquele momento. Humilhada, vesti meu tabardo e meu véu pretos e percorri sozinha o corredor que ia de Santa Maria a São Pedro. Os guardas tiveram o bom senso de me deixar passar; ao me ver, o soldado solitário à porta da antecâmara de César afastou-se discretamente pelo corredor, enquanto eu batia na madeira pesada.

Era muito tarde. O próprio César atendeu à porta, ainda vestido, e senti alívio ao perceber que o sono também não lhe era fácil. Fiquei ainda mais aliviada por encontrá-lo sozinho.

Ao me ver, coberta pelo véu e muda, ele não disse nada, apenas me olhou por algum tempo, com o sobrolho carregado, depois fez um sinal seco para que eu entrasse.

No mesmo instante, tirei o véu.

— César, não suporto ficar separada de você. Estou disposta a me degradar para reconquistar sua confiança.

Ele ficou à espera de outras palavras, inclinando o belo rosto barbudo num ângulo cético, de braços cruzados; mas o que lhe dei foi um ato. Despi o tabardo pesado e tirei minha camisa preta pela cabeça; num instante, estava nua diante dele, de braços estendidos.

— Eis o lugar em que Giuseppe me segurou pelos pulsos — disse-lhe, girando-os lentamente, para melhor mostrar as manchas amareladas; depois, virei-me e exibi minhas costas, que Esmeralda dissera ainda terem numerosas marcas das pedras do jardim. Eu tinha certa esperança de que César ofegasse de solidariedade, maldissesse o irmão, porém às minhas costas houve apenas silêncio.

Virei-me novamente para ele; havia dúvida em seu rosto. E assim, humilhei-me no mais alto grau e afastei as pernas.

— Veja — e fiz um gesto para minhas coxas, apontando para as manchas roxas deixadas pelas mãos ríspidas de Juan em minha pele alva.

Fez-se um longo silêncio entre nós; o rubor subiu-me às faces e, lentamente, recolhi minhas roupas e tornei a vesti-las. Mas não conseguia deixá-lo. Esperei, desesperada, com o coração batendo forte, ansiosa pelo mais leve sinal de haver reconquistado sua confiança.

Por fim, bem devagar, ele disse:

— Essas poderiam ser simplesmente as marcas deixadas por uma grande paixão.

Fitei-o, emudecida pelo choque. Retirei-me às pressas de seu quarto, para que ele não visse a profundidade de minha mágoa.

Não voltei para minha cama. Em vez disso, busquei a escura privacidade do jardim e ali fiquei sentada, imobilizada pela dor, até a noite esgarçar-se no alvorecer.

XIX

César e eu fomos de uma civilidade fria nas ocasiões em que não nos pudemos evitar. Quanto a Juan, ele se certificou de que os boatos sobre nosso "romance" se espalhassem por toda Roma. Afora isso, deixou-me em paz — à parte me infligir um olhar triunfal, ocasionalmente, sobretudo ao ver César e eu nos cruzarmos em silêncio. Ao que parecia, bastava a Juan ter-me degradado uma vez — ele não precisava repetir a ofensa.

Embora Jofre tivesse ouvido os boatos, persistiu em me demonstrar sua bondade, o que serviu apenas para agravar minha melancolia. Eu dormia e comia mal; meu marido enviou médicos para me examinarem e me prescreverem fortificantes, mas eles não tinham cura para o mal que me afligia.

A imagem de César estava sempre diante de mim; eu não conseguia livrar-me dos pensamentos que me levavam a ele. No entanto, que mais poderia fazer para reconquistá-lo? Eu me humilhara diante dele como jamais fizera com outro homem, e não conseguia entender por que ele duvidava de meu amor ou minha fidelidade. Como podia não acreditar em mim, depois de ver os machucados, ele mesmo? Como podia supor-me tão falsa?

A resposta me vinha com freqüência, mas eu sempre tentava sufocá-la: *somente um homem capaz de grandes traições suspeitaria que os outros fizessem o mesmo.*

Fiquei tão aflita que desisti inteiramente de buscar a companhia de outras pessoas. À menor oportunidade, recolhia-me ao leito. As cartas de minha mãe e de Afonso, não lidas nem respondidas, acumularam-se numa pilha sobre minha mesa-de-cabeceira.

Lucrécia notou minha tristeza — e, para meu assombro, fez de tudo para aliviá-la. Convidou-me para almoços, com iguarias concebidas para despertar meu parco apetite; convidou-me para cavalgadas e piqueniques no campo. Comovi-me com seus esforços. Quando ficávamos a sós, ela procurava ser minha confidente, descobrir a origem de meu pesar.

Mas meu silêncio foi firme; César me havia deixado bem clara a ligação entre a sobrevivência e a boca fechada, quando se tratava dos Bórgia. Assim, eu sorria e aceitava a amizade de Lucrécia, mas não explicava nada.

Um dia, Lucrécia e um par de suas damas de companhia foram a meus aposentos.

— Venha! — anunciou ela. — Vamos dar esmolas aos pobres!

Eu estava aninhada em minha cama, sem ânimo e entediada.

— Está muito frio — reclamei. Na verdade, não havia uma nuvem no céu, brilhante de sol.

— Qual! — exclamou Lucrécia. Aproximou-me de minha cama, tirou o livro que eu tinha nas mãos e me puxou. — Está um dia glorioso lá fora! Vamos procurar um vestido adequado!

Fomos até meu armário e, como se fosse D. Esmeralda a me preparar para um baile, Lucrécia escolheu um de meus trajes mais finos, uma criação em veludo verde-escuro e diáfana seda verde-água; as mangas eram presas por fitas douradas. Depois de ambas adequadamente adornadas — ela de azul-safira —, Lucrécia disse:

— Ah, Sancha! Você é linda demais para ficar triste assim! Olhe só para você: a mulher mais encantadora de Roma. Quando a virem, as pessoas acharão que estão na presença de uma deusa!

Só me restou sorrir diante de sua bondade. Era difícil acreditar que ela era a mesma mulher que me fitara com tamanha desconfiança e ódio em minha chegada a Roma, porém seu interesse por mim me pareceu autêntico. Talvez, uma vez conquistada, sua confiança fosse sincera; talvez eu a tivesse julgado mal e ela ansiasse secretamente por uma vida boa e simples.

E assim, dirigimo-nos à cidade, numa bela carruagem aberta cuja porta esmaltada tinha por adorno o emblema dos Bórgia: um fogoso touro vermelho.

Não tínhamos avançado muito quando as pessoas nos avistaram e começaram a correr em direção à carruagem, gritando bênçãos. Lucrécia inclinou-se para mim e, tirando-os de uma bolsinha de veludo, jogou em meu colo os "óbolos" que eu deveria atirar aos pobres.

Baixei os olhos para a pilha reluzente.

— Lucrécia, são ducados de ouro!

Um único ducado daria para comprar uma fazenda para um camponês, uma casa... Aquilo era de uma generosidade impensável.

Ela abriu um sorriso extravagante.

— É mais uma razão para eles nos amarem — disse. Levantou-se e atirou um punhado de moedas para a multidão que aguardava.

Logo se seguiram vivas vigorosos.

Olhei-a, com o rosto enrubescido de sol e os olhos radiantes, pela alegria de fazer outras pessoas felizes.

Como poderia eu recusar-lhe a vontade? Sorri, peguei um punhado de ducados e os lancei no meio da aglomeração.

Giovanni Sforza, o marido há muito ausente de Lucrécia, tinha chegado no mês de janeiro anterior. Aparentemente, não mais pudera ignorar as mensagens cada vez mais insistentes do papa para que regressasse e fosse um marido correto para Lucrécia.

E assim, Sforza foi novamente acolhido em Roma — sem a fanfarra reservada aos filhos do papa e, com certeza, sem as comemorações. Giovanni, conde de Pesaro, nada tinha de impressionante. Era magricela e sem graça, com um enorme pomo-de-adão e olhos grandes e esbugalhados, que lhe davam um perpétuo ar de sobressalto. Sua personalidade era igualmente irritante: o conde mostrava-se efusivo nos momentos errados e tímido em outros; desconfiei que Alexandre o havia escolhido por sua maleabilidade. Lucrécia deveria ser capaz de manejá-lo facilmente.

Mas ninguém havia contado com a intensidade do medo de Giovanni, e era compreensível que ele temesse os Bórgia — especialmente considerando que seu Estado natal de Milão, governado por sua poderosa família, tivera a insensatez de apoiar o rei da França, Carlos, durante a invasão. Pelo menos, era a isso que se atribuía oficialmente seu mal-estar.

Durante três meses, Sforza desempenhou o papel de marido de Lucrécia — de modo muito arisco, pois, segundo seus criados, o Santo Padre lhe oferecera a alternativa de voltar para a esposa... ou ter um destino incerto e não especificado. O casal se tratava com cortesia em público e só era visto junto com a freqüência exigida pelas circunstâncias. Mas, se havia alguma afeição entre eles, não a vi. Lucrécia desempenhava seu papel de esposa com grande dignidade, embora o evidente desejo de Giovanni de estar em outro lugar devesse constrangê-la enormemente. Fiz o possível para distraí-la desse sofrimento com pequenas aventuras, tal como ela fizera comigo.

Porém nenhum mal aconteceu a Giovanni. A rigor, o papa e seus filhos empenharam-se de todos os modos em fazer com que Sforza se sentisse bem-vindo e respeitado; em todas as cerimônias, sua posição ficava logo abaixo das de Juan e César. Na verdade, no Domingo de Ramos, Giovanni foi um dos pouquíssimos a ter permissão de receber o ramo sagrado que fora abençoado por Sua Santidade.

Na manhã de Sexta-Feira da Paixão, entretanto, Sforza saiu a cavalo ao amanhecer e fugiu para sua Pesaro natal, de onde foi impossível persuadi-lo a voltar.

Os boatos correram soltos. Um deles dizia que um criado de Sforza entreouvira Lucrécia e César tramando assassiná-lo com veneno; esse era o mais persistente.

Porém as palavras mais cruéis não vieram dos sussurros dos mexeriqueiros, e sim do próprio Giovanni — acusações que ele só se atreveu a fazer na segurança de sua fortaleza em Pesaro. Sua esposa fora "indecorosa", disse o conde em cartas públicas nas quais explicou sua situação. Havia indícios de que essa indecência fora de extrema barbaridade, algo que nenhum marido normal jamais poderia ser convencido a tolerar.

Compreendi de imediato: Sforza tinha visto o mesmo que eu entre o papa e Lucrécia. Soubera o que eu sabia — ao que parece, havia *sabido* do romance ilícito entre os dois muito pouco depois do casamento com a filha do pontífice. E seus nervos nunca lhe tinham permitido viver sob tamanha tensão.

Não pude censurar o homem. Mas meu coração se condoeu por Lucrécia. Ela me parecera aliviada por tê-lo de volta, e agora, a fuga do conde a envolvia num turbilhão de mexericos. Ninguém se atrevia a falar mal de Sua Santidade ou a acusá-lo de incesto, mas Lucrécia não foi poupada. *Prostituta*, chamaram-na, *mulher e filha do papa.*

Em Florença, Savonarola esbravejou com fervor inusitado contra os pecados de Roma, chegando a ponto de conclamar à violência contra o papa e sua Igreja. O padre reformador escreveu a governantes de várias nações, exortando-os a tomarem a tiara de Alexandre; conclamou o rei francês, Carlos, a investir contra a Itália e, mais uma vez, "ministrar a justiça".

O papa tratou imediatamente de providenciar a anulação do casamento de Lucrécia... e excomungou Savonarola em maio.

Lucrécia suportou tudo enquanto pôde, e então, em junho, sem o conhecimento nem a anuência de Sua Santidade, reuniu um grupo seleto de damas de companhia e se recolheu ao convento dominicano de San Sisto, nos arredores de Roma. Pretendia ser freira, disse ao pai. Para ela, o matrimônio e os homens haviam acabado.

Alexandre enfureceu-se. Uma filha em condições de casar era um instrumento político útil, um instrumento de que ele não se dispunha a abrir mão. Dias depois da chegada de Lucrécia ao convento, ele enviou um contingente de homens armados e exigiu que as freiras entregassem sua filha, "pois era melhor que ela ficasse aos cuidados do pai".

Isso deixou ainda mais afiadas as línguas ferinas de Roma. *Está vendo? Ele não suporta ficar nem um dia sem ela.*

A prioresa do convento, uma certa Irmã Girolama, enfrentou sozinha os soldados. Era, sem dúvida, uma mulher corajosa e de rematada eloqüência, pois os homens deixaram San Sisto sem sua presa, para imensa indignação de Alexandre.

Lucrécia recusou-se a voltar. Comecei a acreditar que fora coagida a manter o relacionamento incestuoso com o pai. E senti uma profunda e sincera piedade pela mulher.

Com o tempo, Alexandre acalmou-se e permitiu que Lucrécia permanecesse em San Sisto. Julgou que ela se entediaria da vida monástica e tornaria a ansiar por suas festas.

Mas havia uma coisa que ele não sabia, e que eu não tardaria a descobrir.

• • •

Fui visitar Lucrécia em San Sisto, incógnita, e silenciosamente escoltada até seus aposentos por uma das freiras de hábitos brancos. Suas instalações estavam longe de ser espartanas; eram cômodos amplos, suntuosamente decorados, especialmente construídos para mulheres da nobreza em visita, e Lucrécia tomara providências para que grande parte de seus móveis fosse transportada para lá, a fim de sentir menos saudade de casa.

Mas ela não estava; fui recebida por Pantsília, que era pouco mais velha do que a própria Lucrécia, mas tinha o ar de uma mulher muito mais madura. Pantsília era graciosa, uma criatura calorosa e indulgente, esguia e bela. Usava o cabelo penteado para trás, revelando um bico-de-viúva pronunciado e atraente; e nesse dia, seu cenho normalmente liso estava franzido de preocupação com aquela de quem lhe cabia cuidar.

— Como está ela? — indaguei, meio alarmada com a expressão de D. Pantsília.

— Senhora Sancha — disse-me, em tom tristonho, beijando o dorso de minha mão. Falou com franqueza, pois estávamos a sós; as outras duas acompanhantes de Lucrécia tinham ido à capela com ela, e Perotto fora despachado para a cozinha. — Muito me alegra que a senhora tenha vindo. Nunca vi Lucrécia tão aflita com coisa alguma. Ela não come nem dorme. Temo... Senhora, realmente tenho medo de que ela faça alguma coisa drástica.

— Que quer dizer? — perguntei, em tom incisivo.

— Quero dizer que ela... — hesitou Pantsília, cuja voz reduziu-se a um sussurro — ... ela pode tentar acabar com a própria vida.

A afirmação chocou-me a tal ponto que não encontrei palavras para responder — o que foi ótimo, já que, nesse momento, ouvimos o som de passos que se aproximavam. A porta do aposento não tardou a se abrir, e Lucrécia apareceu, ladeada por suas outras damas.

Totalmente vestida de preto, estava mais pálida do que eu jamais a vira, com olheiras profundas; qualquer vestígio de sua alegria anterior havia desaparecido por completo, substituído por um abatimento de cortar o coração.

— D. Sancha! — exclamou Lucrécia, oferecendo-me um sorriso espectral. Abraçamo-nos, e não foi difícil apalpar seus ossos por baixo da pele; ela havia emagrecido muito. — Que bom vê-la!

— Tenho sentido sua falta — eu lhe disse, sinceramente. — Queria ver como você está.

Lucrécia fez um aceno com a mão, despachando as damas de companhia para outro aposento, a fim de podermos conversar em particular.

— Estou bem — disse-me, ainda com seu sorrisinho infeliz —, como você pode ver.

Sentou-se numa enorme almofada no chão; acomodei-me a seu lado e segurei sua mão, com ar circunspecto.

— Lucrécia, por favor. Estou preocupada com você. Até Pantsília está terrivelmente apreensiva. Você foi muito bondosa comigo, e não suporto ver as palavras ferinas de outros magoarem-na dessa maneira.

Ela me deixou totalmente perplexa, ao irromper em pranto. Abracei-a por algum tempo e a deixei soluçar em meu ombro, tentando imaginar-me em sua situação — que lugar estranho e pavoroso, realmente!

E então, Lucrécia deixou-me ainda mais completamente estarrecida, ao erguer o rosto e dizer:

— É pior até do que você pensa, Sancha. Acho que estou grávida.

Perdi a fala.

— Giovanni não é o pai — prosseguiu, com a voz entrecortada. — Se eu lhe dissesse...

— Sei quem é o pai — interrompi, erguendo a mão.

Ela fixou os olhos em mim, admirada.

— Mas não diremos seu nome — continuei. — Dizê-lo poderia custar-me a vida. Portanto, vamos concordar em que me solidarizo com sua situação, mas concordemos também em que nunca pronunciei em voz alta o nome do pai. Desse modo, não se poderá dizer com certeza que conheço a verdade.

— Sancha, como é que você...?

— Não a culpo por nada, Lucrécia. Meu coração se condói ao vê-la numa situação tão difícil. Só lhe posso oferecer minha amizade e minha ajuda.

Observei seu rosto, enquanto a expressão de curiosidade se desmanchava novamente em tristeza. Abracei-a, sentindo-me grata por não ter tanto sofrimento em minha vida.

Por fim, ela conseguiu conter-se e se afastou um pouco, para estudar meu rosto.

— Você me faria um favor? — perguntou, num tom perturbadoramente semelhante ao do pedido de uma promessa junto ao leito de morte. — Você perdoa César pela afronta que ele lhe fez?

Enrijeci-me. Senti-me a um tempo magoada e enraivecida com a idéia de que César houvesse confidenciado nosso romance a alguém, assim como, com certeza, relatado meu encontro pavoroso com Juan — mesmo que essa pessoa fosse a irmã dele.

— Você precisa entender que César anda arrasado sem você — insistiu Lucrécia. — Ele se portou como um tolo, porque foi traído muitas vezes por outras mulheres... e sua beleza o deixa louco de ciúme. Mas nunca o vi tão apaixonado como está por você. Tenha piedade dele, Sancha.

— Deixe César falar por si — respondi com frieza. — Só então lhe darei uma resposta.

Regressei à tardinha ao palácio de Santa Maria. Nem por um instante acreditei que César houvesse mudado de idéia; senti que Lucrécia estava apenas sendo gentil, tentando ajeitar as coisas entre nós por um sentimento de lealdade.

Contudo, menos de uma hora depois de o sol se pôr, houve uma batida na porta de meu quarto e uma jovem criada deixou com D. Esmeralda uma carta selada.

Tirei-a de suas mãos, ávida, e fui lê-la sozinha no balcão que dava para o jardim. Estava escrita com a letra precisa e uniforme de César:

> *Minha querida Sancha,*
>
> *Fui o maior tolo do mundo por duvidar de você, e não mereço nada menos do que os castigos do círculo mais íntimo do inferno. Certamente os sofrerei nesta vida, se você não tiver a piedade de vir a meu encontro esta noite... Mas eles não são mais do que mereço. Eu a esperarei com o coração na mão, para ofertá-lo de presente. Mas, se você resolver não vir, compreenderei perfeitamente, e continuarei a ser para sempre o seu*
>
> *César*

Eu não queria ir. Sentia vontade de castigá-lo, de fazê-lo esperar como eu havia esperado, com a esperança morrendo lentamente e se transformando em dor.

Sentia vontade de ir: de deixá-lo com o coração leve de alegria ao me ver, para em seguida parti-lo em dois, quando eu lhe cuspisse no rosto.

Sentia vontade de ir: de me atirar em seus braços, de me regozijar por ele ter voltado a ser meu, de murmurar juras de amor eterno.

No final, fui.

César sabia o que fazer quando queria conquistar alguém para o seu lado. Ao me avistar, prostrou-se de joelhos e encostou a testa no cascalho.

— Não me levantarei enquanto não tiver sua permissão, senhora.

Estudei-o por um momento, pensando em Juan, pensando nas marcas que aquele cascalho deixara em minha própria pele, pensando na indignidade e na mágoa que tinha vivenciado desde aquele dia. Finalmente, disse:

— Levante-se.

E tirei meu véu.

XX

Nessa noite, meu romance com César recomeçou, com a mesma paixão de antes. Ele jurou vingar-se de Juan — mas "no momento e no local apropriados". Fiz com que se calasse. Que medida poderíamos tomar contra Juan, a menina dos olhos do papa, sem ficarmos nós mesmos em perigo? Tudo que eu queria de César era a garantia de ser eternamente protegida das mãos de Juan, e isso ele me jurou com uma veemência aterradora.

Na manhã seguinte, voltei a San Sisto para visitar Lucrécia. Dessa vez, fui munida de bolos e iguarias preparados na medida para excitar seu paladar exigente. Era o começo de junho e o tempo estava extravagantemente lindo, com todas as flores perfumadas desabrochando. Eu me sentia em êxtase depois do encontro da véspera com César — a tal ponto que me culpava por visitar Lucrécia, cuja vida estava profundamente infeliz.

Cheguei a seus aposentos no convento e novamente descobri que ela se encontrava na capela; Pantsília veio saudar-me, dessa vez ainda mais aflita. Despachou as outras criadas, para que ficássemos a sós, e só então me mostrou o documento oficial que descansava numa mesa.

Eu tinha um conhecimento razoável de latim e li o documento em silêncio, com assombro crescente. Ele dizia que, na família de Sforza, Lucrécia passara

> *triennium et ultra translata absque alia exus permixtione steterat nulla nuptiali commixtione, nullave copula carnali conjuxione subsecuta, et quod erat parata jurara et indicio ostreticum se subiicere.*

Seguia-se a tímida assinatura de Lucrécia.

Era um pedido de divórcio, permitido pela lei papal se, como declarava o documento, o casamento não se houvesse consumado no prazo de três anos. Além disso, Lucrécia concordava em se submeter a um exame clínico feito por parteiras, a fim de provar sua virgindade.

Os grandes olhos negros de Pantsília estavam atormentados.

— Sua Santidade já está aceitando propostas de pretendentes — disse-me. — Ele só pensa nisso em termos políticos, sem a menor preocupação com os sentimentos de Lucrécia. Ela me disse que prefere morrer a se casar novamente. Tem dito coisas estranhas, senhora, como quem tentasse despedir-se...

Chegou mais perto e, em voz baixa, acrescentou:

— Eu poderia morrer por lhe contar isto, D. Sancha, mas aceito o risco, se ele salvar a vida de Lucrécia. Ela tem um estoque de *canterella*, do qual trouxe consigo uma porção...

— *Canterella?* — repeti, franzindo o cenho, não familiarizada com o termo.

Pantsília surpreendeu-se com minha ignorância.

— O veneno pelo qual os Bórgia são famosos. Absolutamente mortífero. Temo que a própria Lucrécia pretenda tomá-lo, muito em breve. Ela chorou ao assinar o documento, D. Sancha. Creio que agora foi fazer as pazes com Deus.

Fiquei horrorizada.

— Por que está me contando esses segredos? Que posso fazer?

— Andei procurando a *canterella* o mais depressa que pude, para tirá-la de Lucrécia, mas não consegui descobrir onde ela a escondeu. Pode me ajudar?

Fitei-a. Pantsília me pedia que pusesse minha vida em risco — mas, lembrei a mim mesma, era pelo bem de Lucrécia, Lucrécia que fora tão boa comigo, quando o desespero se apossara de mim. Acenei meu assentimento com a cabeça.

— Está num frasquinho tampado, de cristal veneziano verde — continuou Pantsília, com urgência. — Andei vasculhando o baú, as jóias dela... mas também é possível que ela o tenha posto num dos vestidos — e apontou para o grande armário.

Fui até lá e abri as portas, enquanto Pantsília tornava a abrir um baú e punha mãos à obra. Lucrécia só levara consigo quatro vestidos simples; não estava no convento para participar de atividades sociais nem para se demorar muito. Eu compreendia a necessidade das mulheres da nobreza de enganar e buscar proteção: todos os meus vestidos tinham uma pequena bainha no corpete. Talvez Lucrécia houvesse inventado algo parecido...

Para examinar bem os vestidos, tive que entrar no próprio armário. As mangas eram o lugar mais óbvio, e foi por elas que iniciei minha busca.

Mal havia começado a alisar o tecido quando ouvi uma voz de homem no corredor — uma voz muito conhecida, chamando por Lucrécia. Antes que eu pudesse reagir, D. Pantsília fechou as portas do armário, sibilando:

— Não se mexa, não diga uma palavra.

Aquilo me pareceu ridículo. Eu só precisaria sair do armário, fechar as portas e assumir um ar inocente; esconder-me no armário provocaria enorme suspeita, se eu fosse descoberta. Por que Pantsília queria manter minha presença em segredo?

Mas já estava feito; conservei-me imóvel, espiando pelas pequenas frestas das portas do armário, enquanto César entrou no aposento e olhou com displicência para o documento do divórcio.

— Vá chamar Lucrécia — disse secamente a Pantsília —, e se certifique de que sejamos deixados a sós.

Ela assentiu com a cabeça. Quando se retirou para obedecer, por pouco não saí do armário, pensando em dizer a César que me escondera por brincadeira, para surpreendê-lo, já que ouvira sua voz no corredor. Quanto mais tempo passasse, menos o meu aparecimento pareceria uma brincadeira, e, afinal, fazia pouco que nos havíamos reconciliado. César e Lucrécia ficariam intrigados com uma travessura tão boba, de modo que permaneci em minha posição canhestra.

César andou de um lado para outro pelo quarto, tenso e mal-humorado. Parecia estar tratando de assuntos do pai, porém sem o menor prazer.

Apareceram Lucrécia e suas damas. Ao ver o irmão, a expressão dela, antes sombria, iluminou-se; ela dispensou prontamente as acompanhantes e segurou as duas mãos de César.

Os dois olharam para o decreto do divórcio.

— Então, está feito — disse César.

Lucrécia deu um suspiro infeliz — mas certamente não trágico, como temera D. Pantsília. Seu tom foi de simples resignação.

— Está feito.

Num gesto consolador, César afagou-lhe o rosto.

— Eu me certificarei de que você tenha um marido agradável. Alguém de melhor posição do que Sforza. Alguém jovem, desta vez, um homem bonito e sedutor.

— Não pode haver ninguém mais sedutor do que você — disse ela. Pôs as mãos em seus ombros e César a envolveu pela cintura; os dois se beijaram.

Não foi um abraço entre irmãos.

Imóvel dentro do armário, dei um suspiro longo e silencioso, ante a compreensão que me trespassou como uma espada. Senti-me agitar por uma onda de repugnância indizível; zonza, estendi a mão cautelosamente, sem fazer ruído, e me apoiei na madeira polida para não cambalear.

Quando os dois se separaram, Lucrécia disse:

— Quero que a criança permaneça na família.

— O velho bastardo está convencido de que o filho é dele — disse César. — Já o persuadi a assinar um bula secreta. A criança será um Bórgia, com plenos direitos. Você sabe que providenciarei para que seja sempre bem cuidada.

Lucrécia sorriu e pegou a mão de César; ele beijou sua palma aberta.

— Pobre Lucrécia — comentou. — Isso não é fácil para você.

Ela encolheu os ombros, com ar tristonho:

— Você tem suas próprias dificuldades.

— Juan é um palhaço. É só uma questão de tempo para que crie uma oportunidade de nos livrarmos dele.

— Você é rigoroso demais com ele — repreendeu-o Lucrécia, com meiguice.

— Sou muito franco. E sou o único Bórgia com inteligência suficiente para ser capitão-geral.

— O único Bórgia *varão* — corrigiu-o Lucrécia, e ele sorriu.

— É verdade. Se você fosse homem, eu não teria nenhuma chance nesse cargo; você me superaria antes que eu me atrevesse a tentar.

Soltou a mão da irmã, enrolou o documento e o atou cuidadosamente com uma fita.

— Levarei isto ao Santo Padre. Vejo você amanhã?

O tom da pergunta não deixou dúvida quanto ao fato de que o objetivo da visita seria mais do que fraternal.

— Por favor — sorriu Lucrécia, formando covinhas no rosto. Depois, fez uma pausa e acrescentou, numa vozinha curiosa: — Seja bondoso com a Sancha.

Ele franziu o cenho, confuso.

— É claro que sou bondoso com a Sancha. Por que não seria?

— Ela tem sido boa para mim.

— Serei bonzinho — disse César, e acrescentou em tom mais leve: — Mas, quando eu for rei de toda a Itália, sabemos quem será minha verdadeira rainha.

— Eu sei — disse Lucrécia. Os dois pareciam já haver discutido esse assunto; mesmo assim, ela se sentiu compelida a repetir, enquanto César se encaminhava para a porta: — Mas seja bondoso com a Sancha.

Pantsília não demorou muito a voltar e inventar uma desculpa para tirar Lucrécia de seus aposentos, a fim de que eu pudesse fugir.

Eu não lhe disse nada sobre o que tinha visto e ouvido. Não tinha dúvida de que ela me havia empurrado para dentro do armário exatamente para que eu descobrisse verdades ainda mais perigosas do que a revelação sobre a *canterella*.

Nos instantes que antecederam minha saída, sem ter estado com Lucrécia, localizei um pequeno frasco de cristal, guardado num bolso costurado na manga de um de seus vestidos. Escondi-o em meu corpete, sem dizer nada a ninguém; e me achava em tal estado de espírito que, quando o levei para meus aposentos em Santa Maria, passei um bom tempo pensando se e como poderia usá-lo.

XXI

À noite, enviei a César um bilhete, dizendo-me doente. E de fato me sentia espiritualmente enferma; minha intuição de que ele havia desconfiado de mim por ser capaz de traição estivera certa. Mas eu nunca havia imaginado a extensão de sua falsidade: ele tinha falado com muita mágoa e indignação do incesto de seu pai com Lucrécia, quando era culpado da mesma coisa. Nada do que jamais me dissera era digno de crédito.

Agora, Alexandre fora falsamente induzido a crer que o filho de Lucrécia era seu, quando, na verdade, era do irmão dela. Uma idéia repetiu-se interminavelmente em minha cabeça, enquanto eu olhava da sacada para os jardins envoltos em trevas:

Que espécie de família monstruosa é essa?

Eu não podia confiar em nenhum deles; até minha afeição por Lucrécia tornou-se cautelosa. Embora ela pudesse gostar sinceramente de mim e tivesse implorado ao irmão para ser bom comigo, sua idéia de amor e lealdade era distorcida a um ponto que se tornava incompreensível. Ela havia insistido em que eu me reconciliasse com César, sabendo que pretendia continuar a ser sua amante.

Senti-me tão tomada pela tristeza nessa noite, tão à beira da loucura, que segurei o frasco de *canterella* e considerei a possibilidade de engolir seu conteúdo. Odiava César com toda a minha alma... e, ao mesmo tempo, continuava assustadoramente, violentamente apaixonada por ele. Reconhecer isso encheu-me de um sentimento de desamparo. Como é que eu não havia detectado sua natureza traiçoeira? Com certeza, devia ter havido sinais — uma vaga frieza no olhar, talvez, uma crueldade fugaz nos lábios... Eu, justamente eu, deveria tê-los discernido, porque já os encontrara antes nos olhos e nos lábios de meu pai, e, ainda que eles não fossem externamente visíveis em Fernando I, eu os intuíra em seu coração perverso.

Saí da sacada e passei em silêncio pelo quarto, onde Esmeralda dormia, em direção à antecâmara. Ali, movendo-me com cuidado na escuridão, servi-me de uma taça de vinho e, com dedos trêmulos, esforcei-me para abrir o frasco de cristal.

Uma imagem, como que saída de um sonho, formou-se à minha frente nas sombras: o corpo de meu pai, suspenso num grande lustre de ferro batido, tendo por pano de fundo o porto de Messina.

Comprimi os lábios; empertiguei-me e olhei para o frasco, enojada. Jurei a mim mesma, naquele momento, que nada nem ninguém — certamente, não César Bórgia — jamais me instigaria a tirar minha própria vida. Eu nunca me transformaria no covarde que fora meu pai.

Durante o resto da noite, sentei-me na sacada e me maldisse por não haver conseguido controlar meus sentimentos por César. Não sabia dizer quanto tempo durariam, mas estava decidida, enquanto vivesse, a nunca mais me entregar a eles.

De manhã, à primeira luz do alvorecer, redigi-lhe um carta para dizer que, dados os rumores que cercavam os "membros da família" no Vaticano, era melhor que suspendêssemos nossos encontros, ao menos momentaneamente, a fim de não contribuir para os boatos de escândalos. Mandei D. Esmeralda entregá-la a um dos criados de César.

Ele não respondeu, nem em pessoa nem por carta; se ficou magoado com meu pedido, não o demonstrou em público, tratando-me com cortesia.

Nos dois dias seguintes, não compareci às refeições da família e recusei os convites de Lucrécia para visitá-la. Não suportaria vê-la, depois de saber o que soubera. Passei os dias na cama, embora não dormisse. E tampouco repousei à noite; sentei-me do lado de fora, na escuridão, olhando para o céu estrelado e ansiando por um fim para minha dor.

Continuei a me entregar a esse comportamento caprichoso até que, na madrugada, D. Esmeralda despontou no balcão, de camisola.

— D. Sancha, é preciso parar com isso. Você vai arranjar uma doença.

— Talvez eu já esteja doente — respondi com desleixo.

Ela franziu o cenho, mas manteve a expressão de interesse materno.

— Você me preocupa. Está agindo como seu pai, quando era tomado pelos tempos de trevas.

E desapareceu no interior do quarto.

Estupefata, olhei-a afastar-se. Em seguida, contemplei o céu, como se nele buscasse uma resposta. Pensei em Jofre, meu marido, uma pessoa a quem eu devia desculpas. Talvez ele tivesse o caráter fraco, mas se mantivera amável em meio à perfídia e, ao contrário de seus chamados irmãos, não desejava o mal de ninguém. Ele merecia uma boa esposa.

Também pensei em Nápoles e nas pessoas que amava lá.

Por fim, levantei-me. Não fui me deitar, pois não tinha esperança de dormir, mas dirigi-me à antecâmara, acendi uma vela e encontrei uma pena e pergaminho.

> *Querido irmão,*
>
> *Faz tempo demais desde a última vez que tive notícias suas sobre a vida em Nápoles. Diga-me, por favor, como têm passado você e mamãe. Não me esconda nenhum detalhe...*

Com respeito a Juan, César tivera razão ao dizer que o irmão não demoraria muito a criar uma oportunidade para que a família se livrasse dele.

Poucos dias depois de eu escrever a César dizendo que não deveríamos mais nos encontrar, o cardeal Ascanio Sforza — irmão de Ludovico Sforza, que governava Milão e era parente do denegrido Giovanni Sforza — ofereceu uma grande recepção no palácio do vice-chanceler, em Roma. Chamaram-se muitos convidados ilustres. Lucrécia continuava encerrada em San Sisto, mas Jofre me implorou que fosse com ele. Desejosa de ser uma esposa obediente, concordei, mesmo sabendo que a lista de convidados incluía dois homens que eu queria evitar: o duque de Gandía e seu irmão, o cardeal de Valência.

O palácio do vice-chanceler era inegavelmente suntuoso: a propriedade era tão grande que fomos obrigados a ir de carruagem até o pórtico, e entramos no Grande Salão, três vezes maior que o do Castel Nuovo, sendo sucessivamente anunciados. Os Bórgia chegamos juntos, e fomos apresentados pela ordem de nossa importância para o papa: primeiro Juan, tirando seu chapéu de plumas e acenando com ele para a multidão, ao som de vivas ao capitão-geral; depois César, calado em seu traje negro; e por último, Jofre e eu, príncipe e princesa de Squillace.

O ambiente era de tirar o fôlego: criara-se uma fonte interna com três níveis, orlada por centenas de velas bruxuleantes cuja luz pintava de ouro cada gota d'água. Os pisos eram adornados com guirlandas de pétalas que perfumavam o ar; esse efeito só era superado pelo aroma da comida, carregada pelos criados em bandejas de ouro. Tão vasto era o salão, que até as grandes estátuas de mármore branco, de gloriosos homens e mulheres nus, aparentemente antigos romanos, pareciam pequenas.

Armei sorrisos que não queria dar, cumprimentei os dignitários que já conhecia e me deixei apresentar aos que me eram desconhecidos. Acima de tudo, fiz o que pude para evitar Juan e César.

Enquanto eu passeava de braços dados com meu marido por entre os convidados, encontramos Giovanni Bórgia, o cardeal de Monreale que havia testemunhado nossa noite de núpcias. Ele se tornara ainda mais corpulento e a franja sob seu barrete vermelho estava quase completamente grisalha, mas os dedos continuavam a reluzir como sempre com seus diamantes.

— Altezas! Que bom vê-los! — exclamou o cardeal, com um entusiasmo que me fez lembrar seu primo Rodrigo. Examinou meus seios com um olhar de esguelha, piscou para Jofre e o cutucou com o cotovelo: — Vejo que as rosas ainda estão em flor.

Jofre riu, meio embaraçado com a referência, mas respondeu:

— Ela ficou ainda mais bonita, não é, Eminência?

Giovanni sorriu:

— Ficou. E o senhor, Dom Jofre, tornou-se um homem de verdade... sem dúvida por ter uma mulher de verdade como esposa.

Sorri educadamente; Jofre deu outro risinho. Estávamos prestes a deixar esse grupo para cumprimentar outros, quando César, para minha grande desolação, juntou-se a nós.

— Dom Giovanni — disse, em tom caloroso. — O senhor está em ótima forma, como sempre.

O sobrinho do papa sorriu.

— Eu me dou bem com a vida... como percebo que acontece com seus dois irmãos. Mas, Jofre — disse, baixando a voz para um tom conspiratório —, ofereça uns acepipes a sua esposa. Ela ficou meio magrinha. Você a tem cavalgado com muito ímpeto, meu rapaz?

Surpreso, Jofre abriu a boca para responder, mas nesse momento, por sorte, o cardeal foi distraído, ao ser chamado por nosso anfitrião, Ascanio Sforza.

Meu marido olhou para mim; andava preocupado com minha saúde nos últimos tempos, gentil e solícito.

— Farei isso — declarou. — Deixe-me encontrar um criado para lhe trazer alguma coisa — e se foi, deixando-me a sós com César.

Tentei dirigir-me a outro grupo, mas César barrou minha passagem, obrigando-me a ficar sozinha com ele.

— Agora, é você que está sendo impiedosa comigo, senhora — disse-me, no tom do amante sofredor. — Compreendo sua carta e aprecio seu desejo de discrição, dadas as circunstâncias com minha irmã, porém...

— É mais do que isso — interrompi-o. — Juan espalhou boatos a nosso respeito; devemos fazer o possível para dissipá-los.

Tentei manter a expressão controlada; esforcei-me para fingir que fazia aquilo pelo nosso bem, e não porque o desprezava.

Ao mesmo tempo, no entanto, outra parte de mim ansiava por ele, o que me encheu de vergonha e aversão a mim mesma. Olhei para César, tão belo, tão seguro de si, tão elegante e tão perverso.

Ele deu um passo para se aproximar; instintivamente, recuei, ao recordálo abraçando Lucrécia pela cintura e proclamando: *Você será minha rainha...*

— Se já existem rumores, por que devemos sofrer? Por que não continuar como antes? Só passamos uma noite juntos desde nosso reencontro...

Fez uma pausa, baixou a cabeça, soltou um suspiro e tornou a erguer o rosto:

— Sei que você tem razão, Sancha, mas é muito difícil. Dê-me ao menos uma esperança. Diga-me quando poderei revê-la.

Afortunadamente, Jofre estava voltando; virei-me para meu marido, ansiosa, e ele me entregou um prato de amêndoas cristalizadas e pães doces. Dediquei-me a comer e fiz o melhor que pude para evitar o olhar de César.

Enquanto eu comia, nossa atenção foi despertada por um grito alto de bêbado, vindo de outro canto; reconheci a voz, quando todos nos voltamos para a fonte da comoção.

— Vejam esses glutões ociosos! — exclamou Juan, com voz pastosa. Acompanhado por um de seus capitães — que nesse momento tentava acalmá-lo —, ele fazia gestos extravagantes em direção a um dos convidados: o corpulento Antonio Orsini, parente do marido de Giulia e também do cardeal Sforza. Orsini estava sentado a uma mesa, ao lado de sua mulher gorducha e de dois filhos, ambos bispos, e, naquele momento, enchia a boca com o maior pedaço possível de pato assado. Era excepcionalmente rotundo, tanto assim que suas mãos mal conseguiam tocar-se por cima da imensa barriga; o rosto, inchado e carnudo, tinha nada menos de três pregas sob o queixo, as quais nem mesmo a barba escura conseguia esconder.

— Talvez, Dom Antonio — disse Juan, em voz alta o bastante para que toda a assembléia o ouvisse —, se não passasse um tempo tão exagerado à mesa de seus parentes mais ricos, o senhor não fosse tão gordo!

Houve risinhos abafados.

Dom Antonio descansou o pedaço restante do assado e abanou desdenhosamente os dedos grossos, sujos de gordura:

— Talvez, Dom Juan, se não corresse tão depressa de seus inimigos, o senhor não fosse tão magro.

Muitos convidados soltaram *ohs*.

Juan sacou a espada e cambaleou em direção ao homem que zombara dele.

— O senhor pagará caro por seu insulto. Eu o desafiaria para um duelo, mas, por ser um cavalheiro, não posso tirar proveito de alguém tão grotescamente incapaz de esforço físico.

Dom Antonio levantou-se e deu um passo à frente; até esse pequeno esforço o deixou sem fôlego.

— Sou perfeitamente capaz de responder a seu desafio, Dom Juan, mas o senhor nada tem de cavalheiro. Não passa de um covarde e um bastardo vulgar.

Os olhos de Juan espremeram-se de ódio — a mesma fúria descontrolada que um dia fora dirigida contra mim. Esperei que ele atacasse; em vez disso, pálido e sem fala, ele girou nos calcanhares e se retirou do palácio.

Orsini deu uma gargalhada:

— Covarde como sempre, estão vendo? Ele foge de novo.

Ascanio Sforza, como anfitrião ansioso por minimizar qualquer aborrecimento, fez sinal para que os músicos tocassem. Começaram as danças; recebi vários convites, mas recusei todos. Pouco depois, segredei a Jofre que estava cansada e gostaria de voltar para casa. Ele procurou o cardeal Sforza, para nos despedirmos.

Fomos interrompidos, no entanto, por uma grande comoção na entrada do aposento: para assombro dos presentes, um contingente de 12 homens da guarda papal entrou marchando, com as espadas desembainhadas e expressões ameaçadoras.

— Procuramos Dom Antonio Orsini — anunciou o oficial no comando.

O cardeal Sforza precipitou-se para ele.

— Por favor, por favor — disse ao comandante. — Esta é uma residência particular, e houve um desentendimento particular entre dois convidados... coisa insignificante, aliás, provocada pelo vinho. Não há motivo para uma reação tão extrema.

— Estou aqui por ordem de Sua Santidade, o papa Alexandre — respondeu o oficial. — Tanto o capitão-geral quanto o Santo Padre foram caluniados. Tal crime não pode ser tolerado.

Passou com seus soldados pelo atônito cardeal; diante de nossos olhos, os homens capturaram o pobre Dom Antonio.

— Isto é um ultraje! — exclamou ele, enquanto sua mulher gemia e retorcia as mãos. — É um ultraje! Não fiz nada pelo qual possa ser detido!

Mas não era intenção dos soldados fazer um prisioneiro. Em vez disso, eles arrastaram sua vítima para o lado de fora, até os jardins da propriedade, onde um par de seus colegas já havia prendido uma corda numa antiga oliveira. Duas grandes tochas ardiam de ambos os lados: a intenção era que o evento fosse testemunhado. Os convidados os seguiram, estarrecidos.

À visão do laço que o esperava, Dom Antonio prostrou-se de joelhos e soltou um grito.

— Eu peço desculpas! Por favor, basta! Digam ao capitão-geral que imploro seu perdão, que apresentarei qualquer pedido público de desculpas desejado por ele!

Com certeza, isso porá fim a toda essa tolice, pensei. Mas o comandante não disse palavra, apenas fez um sinal para seus soldados. Dom Antonio foi empurrado, trêmulo e lamurioso, para seu triste destino. Com dificuldade, os soldados o fizeram subir numa banqueta embaixo da árvore.

Até o último instante, não acreditei que aquilo fosse acontecer; creio que nenhum de nós acreditou. Agarrei-me ao braço de Jofre, com César a meu outro lado. Os três ficamos olhando, estarrecidos.

O nó teve que ser afrouxado para deslizar até o pescoço grosso de Dom Antonio, que soluçava abertamente quando os homens tornaram a apertar o laço.

Súbito, o comandante fez sinal para que chutassem a banqueta.

A multidão soltou uma exclamação de assombro, incrédula. Apenas César não emitiu nenhum som.

Dom Antonio balançou diante de nós no ar frio da noite, com os olhos arregalados, esbugalhados, sem vida. Tamanho foi o silêncio em nosso grupo, durante algum tempo, que o único som audível era o ranger do galho em que o corpo pesado balançava de um lado para outro.

Virei o rosto, olhando primeiro para Jofre, cujas feições delicadas cristalizavam-se numa expressão de puro horror. Depois voltei-me para César.

O olhar do cardeal era atento, pensativo, o olhar de uma mente ambiciosa em ação. Ele fitava diretamente o cadáver de Dom Antonio, mas enxergava através dele, mirando uma oportunidade mais adiante.

Uma semana depois, em meados de junho, quando mal fazia 15 dias que Lucrécia estava em San Sisto, Vanozza Catanei fez uma festa para a família, em homenagem a seus filhos varões. Jofre e eu comparecemos, com César e Juan, em toda a sua glória arrogante, e o cardeal Bórgia de Monreale.

A recepção fora organizada ao ar livre, para aproveitar o tempo esplêndido, num vinhedo de propriedade de Vanozza. Pusera-se uma grande mesa para acomodar a nós e a nossos cortesãos; ela era adornada por flores e candelabros de ouro, e cercada por muitas tochas — embora a comemoração começasse à tarde, havia a intenção de prolongá-la até depois do crepúsculo.

Segurei o braço de Jofre ao sermos escoltados para a propriedade. Embora ele ainda se entregasse a suas cortesãs e a muito vinho, eu fechava os olhos para essa conduta e preferia me concentrar em sua bondade, havendo tomado a decisão de me dedicar a agradá-lo da melhor maneira possível, pois não conhecia outra forma de dar sentido a minha vida.

Ao chegarmos ao local da festa, fui apresentada à mãe dele pela primeira vez. Vanozza era uma bela mulher, de cabelo acobreado e serena confiança; a geração de filhos engrossara um pouco sua cintura, mas ela ainda possuía um corpo atraente, de seios firmes e braços e mãos delicados; seus olhos eram claros como os de Lucrécia. O rosto era o de César — queixo forte, maçãs bem esculpidas, nariz reto e protuberante. Nesse dia, ela se vestia de seda cinza-clara, que acentuava seus olhos e seus cabelos de fogo.

Soltei o braço de Jofre e segurei as mãos estendidas de Vanozza; ela me examinou com ar perspicaz e caloroso.

— Alteza. D. Sancha.

Abraçamo-nos e, em seguida, ela recuou para me estudar, e esperou que Jofre se afastasse até onde já não pudesse ouvir-nos, dizendo então:

— Meu filho a ama muito. Espero que esteja sendo uma boa esposa para ele.

Retribuí seu olhar de maneira franca e sincera.

— Tenho feito o melhor possível, D. Vanozza.

Ela sorriu com orgulhosa satisfação para os três filhos, ao ver Jofre encontrar-se com Juan e César e receber de um criado uma taça de vinho.

— Eles se saíram bem, não é?

— Sim, D. Vanozza.

— Vamos juntar-nos a eles.

Assim fizemos. Notei de imediato que César não usava sua batina negra habitual de sacerdote, porém uma túnica escarlate magnífica, bordada a fios de ouro; Juan, como de praxe, usava uma roupa espalhafatosa, com rubis, brocado de ouro e veludo azul vivo, mas o cardeal de Valência impressionava muito mais.

Aproximei-me de Jofre e enderecei a seus dois irmãos mais velhos o sorriso e o aceno de cabeça apropriados.

— Eminência — disse a César, desviando os olhos quando ele me beijou nas duas faces, como exigiam as relações familiares. — Capitão-geral — disse a Juan. Para minha surpresa, não houve vanglória nem desafio nos olhos do duque de Gandía, nenhuma raiva velada; seu beijo foi cortês, distante. Ele se portou como se tivesse sido castigado.

Cumprimentei os demais convidados. Ao chegar o momento de nos dirigirmos à mesa, Vanozza segurou meu braço e disse em tom firme.

— Por aqui, Sancha. Escolhi os lugares para todos.

Para meu horror, ela me fez sentar diretamente entre Juan e César.

Por sorte, no início do jantar, todos nos distraímos com os brindes propostos pela matriarca, Vanozza. Juan foi o primeiro a ser saudado.

— Ao capitão-geral — proclamou D. Vanozza com entusiasmo —, que a todos nos trará paz e prosperidade.

Isso provocou vivas dos escudeiros de Juan; ele fez uma reverência pomposa, como um soberano indulgente.

— Ao sensato e douto cardeal de Valência — proclamou Vanozza a seguir. Houve alguns murmúrios corteses e, em seguida, veio o brinde final.

— Ao príncipe e à princesa de Squillace!

Isso foi recebido com sorrisos silenciosos.

O almoço, apesar de interminável, não correu tão mal quanto eu havia temido. Juan não me disse palavra: dirigiu-se ao cardeal Giovanni Bórgia, sentado à sua direita. Quanto a César, ele captou meu olhar algumas vezes, com expressão dolorosa e súplice. Em dado momento, tentou falar em meu ouvido, quando os outros se distraíram, mas afastei-o com delicadeza, dizendo:

— Não é o momento apropriado, cardeal. Não nos causemos um sofrimento maior, falando de nossa situação.

Ele insistiu em se aproximar e murmurou.

— Olhe para você, Sancha: seu rosto está tenso, você emagreceu. Admita: você está tão infeliz quanto eu. Mas percebo como se apega a Jofre agora; não me diga que deixaria uma coisa tão ridícula quanto a culpa destruir nosso amor.

Fitei-o, aflita. Não podia negar minha tristeza, porém a causa dela era muito mais profunda do que César suspeitava. Desviei os olhos dele.

Nada mais nos dissemos. Por fim, o sol se pôs e as velas e tochas foram acesas.

Foi nesse momento que um estranho juntou-se a nosso grupo, um homem alto e magro, com o rosto totalmente coberto por uma máscara de cerâmica, pintada em cores vivas no estilo veneziano. Com aberturas para os olhos e a boca, ela exibia uma expressão solene, trazendo gravado na testa o símbolo da Balança. O cabelo e o corpo estavam envoltos num manto amplo, provido de capuz, que escondia ainda mais sua aparência. Nosso visitante conhecia todas as pessoas de nosso grupo e as cumprimentou pelo nome, porém disfarçando a voz num tom mais grave; intrigados, tentamos adivinhar sua identidade. Era época de Carnaval e muitos bailes de máscaras eram oferecidos pela cidade; todos presumimos que nosso convidado tivesse vindo de uma dessas funções.

Vanozza deu-lhe as boas-vindas à mesa e os criados lhe trouxeram uma cadeira; fiquei encantada quando ela foi instalada entre mim e Juan, separando-nos um pouco mais.

Juan ficou muito absorto com nosso visitante surpresa e passou um bom tempo a questioná-lo, no esforço de lhe descobrir a identidade. O estranho o seduziu por completo, pois, à medida que a noite avançava, os dois aproximaram suas cabeças e eu os entreouvi fazendo planos para novas aventuras depois da festa. A horas tantas, Juan afastou-se para se aliviar do excesso de vinho, e Jofre e eu resolvemos nos despedir e voltar para casa.

Antes de me levantar, porém, voltei-me para o desconhecido a meu lado e perguntei, *sotto voce:*

— Estou de partida, senhor. E curiosa: o senhor me confidenciaria seu nome? Juro não dizer a vivalma.

Ele me olhou e vi um brilho estranho lampejar nos olhos escuros por trás da máscara.

— Chame-me Justiça, senhora — respondeu em voz baixa. — Pois estou aqui para corrigir os erros.

Sua resposta provocou-me um estranho calafrio. Fitei-o em silêncio, depois me levantei e fui depressa para junto de meu marido. Enquanto abraçávamos e beijávamos Vanozza na despedida, Juan voltou à mesa e decidiu que era hora de ele e seu misterioso amigo saírem em busca de mulheres voluptuosas.

Quando os dois se retiraram, abruptamente, sem se despedirem da anfitriã, virei-me para César e o fitei.

O cardeal estava levando a taça à boca, mas pude ver seus olhos. Estavam fixados em Juan e no estranho, com a mesma intensidade desapegada com que haviam fitado o cadáver corpulento de Antonio Orsini, pendendo da oliveira.

. . .

Nenhum de nós — inclusive Sua Santidade — notou que Juan não voltou na manhã seguinte. Era seu hábito, ao acordar na cama de uma estranha, aguardar as sombras do anoitecer para regressar ao Vaticano.

Mas o crepúsculo transformou-se em noite. Jofre e eu fôramos convidados a cear com o papa e ouvimos suas preocupações. Quando estávamos à mesa, apareceu o ordenança de Juan, anunciando que o capitão-geral não havia cuidado de alguns assuntos prementes durante o dia.

Alexandre retorceu as mãos.

— Onde estará ele? Por que haveria de causar tamanha preocupação a seu pobre pai? Se alguma coisa tiver acontecido...

Jofre levantou-se de seu lugar e pôs a mão no ombro de Alexandre.

— Não aconteceu nada, pai. O senhor sabe como é o Juan quando encontra uma nova mulher. Simplesmente não consegue negar-se outra noite de amor... mas tenho certeza de que voltará, quando chegar a manhã.

— Sim, sim... — murmurou Alexandre, ansioso por se agarrar àquele consolo.

Eu não disse palavra, mas não conseguia tirar da lembrança a imagem do estranho mascarado chamado Justiça.

Com Sua Santidade suficientemente acalmado, retiramo-nos e fomos para nossas camas separadas. Horas depois, fui despertada do sono por um soldado armado e conduzida ao Vaticano. O papa não estava sentado em seu trono, à espera da habitual saudação com um beijo em sua sapatilha; andava de um lado para outro, olhando pela janela para as tochas na praça lá embaixo. Eu não sabia naquele momento, mas era a guarda espanhola, patrulhando as ruas à procura de seu comandante desaparecido. Jofre postou-se ao lado de Alexandre, tentando manter um braço sobre os ombros inquietos do pai, à guisa de consolo.

Só depois me ocorreu que Alexandre não havia chamado César para reconfortá-lo.

— O que há, Santidade? — perguntei; a situação não se prestava a formalidades. — Que aconteceu?

Alexandre virou o rosto para mim, com rugas profundas na testa larga e alta. As lágrimas reprimidas luziam em seus olhos.

— Juan desapareceu. Temo pelo pior.

— Pai — acalmou-o Jofre —, o senhor está ficando doente de preocupação. Juan simplesmente perdeu a noção da hora com uma mulher; como eu disse, com certeza estará em casa de manhã.

— Não — disse Alexandre, balançando a cabeça. — Fui o arquiteto disso. Agredi tolamente o convidado de Ascanio Sforza; nunca deveria tê-lo mandado enforcar. Deus está me castigando, levando meu filho predileto.

Verdade seja dita, Jofre nem sequer piscou ao ouvir as duas últimas palavras do pai.

Uma certeza fria apossou-se de mim. Juan realmente estava morto, mas não pela razão em que Alexandre acreditava.

Esforcei-me por encontrar compaixão dentro de mim; Alexandre me havia convocado para reconfortá-lo. Lucrécia já não estava ali, para proporcionar a meiga presença feminina que lhe tranqüilizava a alma, e Jofre era gentil, ao contrário de César. Como poderia eu fazer o que me era solicitado?

Imitando meu marido, pus a mão suavemente no outro ombro de Alexandre.

— Santidade, agora está nas mãos de Deus. Preocupar-se é inútil; saberemos do destino de Juan quando chegar a hora certa; não devemos inquietar-nos até o amanhecer.

O papa virou-se para mim:

— Ah, Sancha, fico contente por tê-la chamado; você é muito sensata.

Segurou minhas duas mãos em suas manoplas. As lágrimas caíram de seus olhos sobre minha pele.

— Talvez devamos rezar o terço pelo bem de Juan — sugeriu Jofre, com muita seriedade. — Haja ou não sucedido algum mal a ele, isso só poderá fazer bem a sua alma.

O papa e eu o olhamos com ceticismo; percebi, estudando Alexandre, que ele confiava tão pouco quanto eu na eficácia da oração. Tamanho era o seu desespero, no entanto, que ele abraçou o filho.

— Reze por mim, Jofre. Meu coração está perturbado demais, mas ouvi-lo me fará bem.

Jofre lançou-me um olhar inquisitivo. Retribuí com uma expressão que deixou claro que eu não pretendia acompanhá-lo. Mesmo que fosse uma boa cristã, eu não conseguiria praticar a hipocrisia de rezar por alguém como Juan; parte de mim ainda desejava vingar-se dele.

Ao perceber que ninguém queria acompanhá-lo, Jofre tirou um rosário da túnica — o que me surpreendeu — e começou a rezar com toda a compenetração.

O Vergin benedetta, sempre tu
Ora per noi a Dio, che ci perdoni
E diaci grazia a viver si quaggiu
Che'l paradiso al nostro fin ci doni.

— Oh, Virgem santa, ora sempre por nós, para que Deus nos perdoe e nos dê a graça de viver aqui de tal modo que sejamos recompensados com o paraíso na hora de nossa morte.

A situação era lúgubre demais para que eu demonstrasse qualquer espanto, mas fiquei surpresa ao ouvir meu marido repetir a *Vergin Benedetta* preferida pela gente do povo, em vez da versão latina, *Ave Maria, gratia plena*, que fora aprovada por seu próprio pai como a versão "correta". Ao contrário do papa, Jofre parecia acreditar em Deus; era óbvio que a oração lhe fora ensinada por uma criada devota, e ele a tinha preferido à que lhe haviam exigido aprender durante seus estudos de latim.

Se Alexandre notou a diferença, não o demonstrou; ia e voltava das janelas e continuou a andar de um lado para outro.

Vez após outra, Jofre repetiu a oração; já se disse que São Domingos recomendava 150 repetições por dia, e Jofre certamente deve ter chegado perto desse número antes de ser interrompido. O som tranqüilizador e monótono de sua cantoria trouxe uma certa calma a mim e a Alexandre, pois o Santo Padre finalmente voltou a seu trono e permaneceu sentado, quieto.

Mas a calma foi abalada, infelizmente, ao aparecer um dos guardas, com o uniforme manchado de sangue. Viramo-nos para ele, horrorizados.

— Santidade — disse o homem, sem fôlego, e se ajoelhou para beijar o pé do pontífice. Incapaz de falar, Alexandre fez gestos frenéticos para que o homem se levantasse e fizesse seu relato.

— Encontramos o escudeiro do duque de Gandía — disse o guarda — numa viela próxima do Tibre. Ele recebeu várias perfurações de espada; está agonizando, incapaz de prestar depoimento.

Alexandre levou as mãos à cabeça e deslizou do trono para uma postura de joelhos.

— Deixe-nos agora — ordenou Jofre. — Volte quando tiver notícias do duque.

O soldado fez uma reverência e saiu, enquanto os dois fomos até Alexandre, que estava em lágrimas, e tentamos envolvê-lo nos braços, enquanto ele se balançava de sofrimento nos degraus. Fiz o que se esperava de mim, como boa nora, mas surpreendi-me ao descobrir que, ao mesmo tempo que o desprezava, não pude deixar de apiedar-me do sincero sofrimento do velho.

— Isso foi obra minha, ai, meu Deus! — exclamava ele, com a voz tão dilacerada e tão sentida, que não tive dúvida de que subiu diretamente aos céus. — Matei meu filho, meu filho querido! Deixai-me morrer agora, deixai-me morrer no lugar dele!

Suas lamúrias prosseguiram por mais uma hora, até que outro guarda papal entrou no salão, acompanhado por um camponês.

— Santo Padre — disse o guarda. — Tenho aqui uma testemunha que diz ter visto uma atividade suspeita, relacionada com o desaparecimento do duque.

Alexandre controlou-se com admirável força de vontade. Pôs-se de pé, recusando minha ajuda e a de Jofre, e, com rematada dignidade, subiu a seu trono e acomodou-se.

A testemunha — um homem de meia-idade, de barba e cabelos escuros já meio grisalhos, usando uma túnica rasgada e suja, cujo cheiro infecto denunciava seu ofício de pescador — tirou a boina e, trêmula, subiu os degraus para beijar o chinelo papal. Em seguida, desceu e, retorcendo a boina nas mãos, sobressaltou-se quando o papa ordenou:

— Conte-me o que viu e ouviu.

A história do homem era simples. Na noite em que Juan tinha desaparecido, o pescador estava em seu barco no Tibre, perto da margem. Parcialmente escondido pela neblina, vira um homem num cavalo branco aproximar-se do rio por uma viela. Em si, isso não era motivo de interesse, mas o que havia despertado a atenção do pescador fora o cadáver atravessado no cavalo, cuidadosamente mantido nessa posição por dois criados. Depois de o cavaleiro chegar ao rio e manobrar o cavalo até colocá-lo de lado, os dois criados haviam apanhado o cadáver e o deixaram deslizar para dentro d'água.

— Afundou? — perguntara o homem a cavalo.

— Sim, meu amo — respondera um dos serviçais.

Mas o corpo não havia cooperado; mal o criado dera essa resposta, a capa do cadáver se enchera de ar e puxara o corpo de volta à superfície.

— Façam o que tiver que ser feito — ordenara o mandante. Seus criados haviam apedrejado o corpo até ele finalmente desaparecer sob a superfície negra do Tibre.

Abracei-me com força a Jofre enquanto ele ouvia, horrorizado. Quanto a Sua Santidade, ele escutou tudo com expressão carregada.

Terminada a história, perguntou ao pescador:

— Por que não deu essa informação de imediato?

A voz do homem tremeu:

— Santo Padre, já vi mais de cem mortos serem lançados no Tibre. Nunca ninguém demonstrou a menor preocupação com algum deles.

Por mais assombrosa que parecesse a afirmação, não duvidei de sua veracidade. Pelo menos dois ou três assassinatos eram cometidos em Roma todas as noites, e o Tibre era o depósito favorito para as vítimas.

— Leve-o daqui — ordenou Alexandre, em tom pesaroso. O guarda obedeceu, escoltando o pescador até a saída. Quando os dois se retiraram, o papa tornou a afundar o rosto nas mãos.

Jofre subiu os degraus do trono.

— Papai — disse, envolvendo-o com um dos braços —, soubemos de um assassinato. Ainda não sabemos se ele envolveu Juan.

Nenhum de nós se atreveu a mencionar que o cavalo favorito de César era um corcel branco.

— Talvez não — murmurou Alexandre. Levantou os olhos para o filho caçula, com um lampejo de esperança. — Talvez toda a nossa tristeza seja à toa — disse, com um risinho trêmulo. — Se for, teremos que pensar num castigo terrível para Juan, por nos inquietar dessa maneira!

Ele oscilava entre a esperança e o desespero. Assim, passamos mais uma hora com o pontífice, até aparecer um terceiro guarda papal.

Ao ver a expressão desse militar, Alexandre soltou um grito. Jofre prorrompeu em lágrimas. É que o pavor nos olhos do jovem soldado revelava o que ele viera anunciar. Ele esperou que os sons lamuriosos diminuíssem o bastante para que sua voz se fizesse ouvir.

— Santidade... O corpo do duque de Gandía foi encontrado. Levaram-no para o Castelo Sant'Angelo, onde ele será preparado para o sepultamento.

Alexandre recusou-se a ser contido, recusou-se a dar ouvidos à razão: insistiu em ver o corpo de Juan, mesmo ele não estando preparado, pois de outro modo não acreditaria que seu filho estava morto.

Jofre e eu o acompanhamos. Ele foi ladeado por nós ao entrarmos no cômodo em que as mulheres se juntavam para lavar o corpo; elas se curvaram, atônitas à visão de Sua Santidade, e logo nos deixaram sozinhos.

O corpo de Juan fora coberto por um pano; Jofre o puxou com reverência.

O mau cheiro assaltou-nos de imediato. O cadáver passara uma noite e um dia no rio, no auge do verão.

Juan era grotescamente reconhecível. A água lhe estufara o corpo para o dobro de seu tamanho; a roupa estava rasgada, a barriga projetava-se para fora da túnica. Os dedos estavam grossos como lingüiça. Era difícil vê-lo daquele jeito: a língua intumescida, saindo por entre os dentes, os olhos arregalados, cobertos por uma película leitosa, o cabelo grudado ao rosto pelo lodo. Ele fora repetidamente esfaqueado, drenado de seu sangue, e tinha a pele cor de mármore. Pior que tudo, sua garganta fora cortada de orelha a orelha, e a ferida escancarada se enchera de lodo, folhas e lascas de madeira.

Alexandre deu um grito e desmaiou. Nem os esforços conjuntos de Jofre e meus conseguiram repô-lo de pé.

Por causa do calor, Juan foi sepultado tão logo seu corpo foi lavado e vestido. O caixão foi carregado por membros da casa do duque e pelos militares que lhe eram mais próximos, seguidos por um contingente de padres. Jofre e eu assistimos dos apartamentos papais, vendo a procissão iluminada por tochas dirigir-se à catedral de Santa Maria del Popolo, onde Juan foi sepultado ao lado da cripta de seu irmão Pedro Luís, morto desde longa data.

O papa não compareceu, mas chorou tão alto que Jofre e eu não conseguimos ouvir os outros presentes. Passamos essa noite com ele — sem conseguir convencê-lo a comer, beber ou dormir — e nunca tecemos nenhum comentário, nem na ocasião nem depois, sobre a ausência conspícua de César.

Outono de 1497

XXII

A morte de Juan desencadeou uma investigação conduzida pelos mais ilustres cardeais de Alexandre, inclusive César, que fizeram grande estardalhaço nos ataques verbais aos suspeitos. O primeiro a ser investigado foi Ascanio Sforza, o cardeal cujo convidado havia insultado Juan e fora enforcado por esse crime. César vilipendiou Sforza, mas o cardeal foi sensato: não se irritou com as acusações e, ao contrário, ofereceu toda a sua cooperação, insistindo em que nada tinha a esconder — fato que logo se confirmou. De má vontade, César pediu desculpas.

Outros inimigos — Juan havia granjeado muitos — foram investigados, mas nem o tempo nem a persistência revelaram pista alguma.

Ou talvez as tenham revelado demais; menos de três semanas depois do crime, Alexandre mandou suspender a busca ao assassino. Creio que, no fundo, conhecia a identidade do culpado, e finalmente desistiu de tentar convencer-se de outra coisa.

Sabiamente, César afastou-se de Roma nessa ocasião, para cuidar de assuntos oficiais, indo presidir, como legado cardinalício, a coroação de meu tio Frederico como o novo rei de Nápoles. Em outras circunstâncias, eu teria aproveitado a oportunidade para visitar Afonso e Sra. Trusia, mas o papa Alexandre não era o único mergulhado no luto. Jofre entristeceu-se profundamente com o assassinato de Juan, a despeito de qualquer ciúme que pudesse sentir pelo favoritismo de seu pai. Senti-me obrigada a ficar com ele.

Jofre não pensou apenas em seu próprio pesar; pediu-me que visitasse Lucrécia.

— Por favor — implorou-me —, ela está completamente só em San Sisto, e eu me sinto abalado demais para consolá-la. Ela precisa da solidariedade de outra mulher.

Eu não confiava em Lucrécia; sua boa disposição para comigo não a havia impedido de ter um romance com César, embora ela soubesse que eu o amava. Ela também sabia da ambição que ele tinha de se tornar capitão-geral, e talvez houvesse aprovado a morte de Juan — ou participado dela.

Ainda assim, fui ao convento, em respeito aos desejos de meu marido. Mais uma vez, cumprimentei a jovem Pantsília à porta dos aposentos de Lucrécia; mais uma vez, os belos traços morenos da camareira estavam tensos de desespero.

— Levar a *canterella* não fez nenhum bem, senhora — sussurrou. — Não fique com ar tão surpreso, sei que a senhora a levou, porque Lucrécia tem estado à beira da loucura procurando por ela, sem conseguir encontrá-la. Assim, agora resolveu morrer de fome. Faz uma semana que não come nada, e não bebe água há dois dias.

Pantsília reconduziu-me ao aposento interno, onde, vestida apenas de camisão, embora fosse meio-dia, Lucrécia estava sentada na cama, apoiada na cabeceira, com as pernas e a barriga cobertas por lençóis finos. Estava mais pálida do que eu jamais a vira, com os olhos e as faces encovados e uma expressão de completa apatia. Olhou para mim com desinteresse, depois virou o rosto para a parede.

Aproximei-me e me sentei a seu lado.

— Lucrécia, Pantsília me disse que você não quer comer nem beber nada, mas precisa fazê-lo! Sei que está triste pela perda de seu irmão, mas ele não gostaria de vê-la prejudicar-se, ou prejudicar seu filho.

— Ao diabo comigo — murmurou Lucrécia. — E a criança que vá para o inferno. Já está mesmo amaldiçoada.

Lançou um olhar incisivo para Pantsília e disse:

— Saia. E não fique escondida atrás da porta para escutar. Você já sabe demais: surpreende-me que esteja viva até hoje.

Pantsília ouviu, com a mão na boca, não por se abalar com as palavras de sua senhora, mas por tristeza ante o ar desamparado de Lucrécia. Virou-se, com os ombros arriados pelo peso da apreensão, e se retirou, fechando a porta sem fazer barulho.

Depois que ela se foi, Lucrécia virou-se para mim e falou com a franqueza de quem está no leito de morte.

— Você disse que sabe quem é o pai da criança. Eu lhe garanto que não sabe, Sancha. Você não sabe com que crueldade foi iludida...

Não hesitei. Se ela se dispunha a ser perigosamente franca, eu também o seria.

— É César.

Lucrécia fitou-me longamente e, durante esse tempo, seus olhos se arregalaram, depois se afligiram; seu rosto contorceu-se numa máscara de tristeza, ódio e pavor combinados. Ela agarrou minhas mãos com a ferocidade súbita de uma mulher em trabalho de parto, depois emitiu sons dilacerantes e guturais que, a princípio, não reconheci como soluços.

— Minha vida... é tudo uma mentira — disse, com a voz entrecortada, quando conseguiu respirar. — Primeiro, eu vivia apavorada com Rodrigo — ela não disse *meu pai* —, e agora, todos vivemos aterrorizados com César.

Acenou com a cabeça para o filho não nascido em seu ventre.

— Não pense que fiz isto por amor.

— Ele a forçou? — perguntei. Sua miséria era abjeta demais para ser fingimento.

Lucrécia olhou para a parede distante às minhas costas.

— Meu pai teve uma filha antes de mim — disse, com ar distraído. — Ela morreu há muitos, muitos anos, porque não aceitou de boa vontade as investidas dele.

Soltou uma gargalhada abrupta e amarga.

— Faz tanto tempo que eu finjo, que já não conheço a verdade de meus próprios sentimentos. Senti ciúme de você como se fosse uma rival, em sua chegada a Roma.

— Mas *eu* rejeitei seu pai, e ainda estou viva — deixei escapar, e então parei, ao perceber que minha admissão aumentaria sua dor.

Lucrécia assumiu uma expressão compenetrada, com um olhar frio, diante dessa revelação.

— Você está viva porque, se Alexandre tentasse seduzi-la de novo, ou feri-la, César o mataria. Se não de imediato, em algum momento, quando lhe fosse conveniente. Você está viva porque meu irmão a ama — afirmou. Seu rosto voltou a se contorcer por um instante. — Mas ele queria o lugar de Juan... e Juan feriu você, de modo que Juan está morto. Nem mesmo meu pai jamais se atreverá a acusar César, embora saiba a verdade.

"Quanto a mim — prosseguiu —, estou viva porque sempre posso fazer um casamento politicamente vantajoso. Não tenho razão para viver."

Seu rosto assumiu uma expressão desoladora; ela fechou os olhos.

— Deixe-me morrer, Sancha. Seria uma enorme bondade. Deixe-me morrer e fuja com Jofre para Squillace, se puder.

Estudei-a por um instante. Nunca me esquecera de seu comentário extemporâneo com César, pedindo-lhe que fosse generoso comigo.

Meus piores temores do duque de Valência acabavam de confirmar-se. Minha vida corria perigo; um passo em falso, e o homem que me amava poderia, com a mesma facilidade, ficar insatisfeito e me matar. Eu viveria ou morreria conforme os caprichos de César, e não conseguiria mantê-lo à distância para sempre.

Mas eu não era a única a ser digna de pena; o fardo de Lucrécia era muito maior do que o meu. Ela fora manipulada por dois homens indizivelmente perversos desde a infância, sem nenhuma chance de escapar. Era, com certeza, a mulher mais infeliz na face da terra, e precisava desesperadamente de uma amiga.

Dei-lhe um abraço apertado. Por mais desesperadas que fossem nossas situações diferentes, poderíamos consolar uma à outra.

— Não a deixarei morrer nem vou abandoná-la — jurei. — Aliás, não sairei deste quarto enquanto você não comer e beber alguma coisa.

Pouco a pouco, com minhas visitas reiteradas e meu incentivo, Lucrécia recuperou o apetite e melhorou de saúde e estado de ânimo. Prometi repetidas vezes não abandoná-la, e ela, por seu turno, jurou que eu sempre teria sua amizade.

Durante minhas idas a San Sisto, Alexandre recebeu uma epístola de Savonarola, que falava sem rodeios e continuava sua pregação, desafiando o ditame papal. A carta transmitiu seu pesar pelo falecimento do filho de Sua Santidade, ao mesmo tempo que repreendeu duramente o pontífice por seu estilo de vida pecaminoso. Se Alexandre se arrependesse, exortou o padre, o Apocalipse poderia ser evitado. Caso contrário, Deus imporia mais dissabores a ele e a sua família.

Pela primeira vez, Sua Santidade deu ouvidos a Savonarola. Mandou que suas mulheres fossem embora — assim como seus filhos. César e Lucrécia já estavam afastados, de modo que Jofre recebeu a ordem imperiosa de que os dois regressássemos a Squillace, até que Alexandre desejasse nosso retorno.

Jofre ficou arrasado com o que considerou um castigo; eu lamentei deixar Lucrécia em seu momento de maior desespero, mas senti um alívio culpado com a notícia. Fizemos as malas e viajamos para o sul, em direção ao litoral, e lá passamos dois meses — agosto e setembro — longe do calor sufocante e dos escândalos de Roma. Squillace continuava rochosa, árida e provinciana como eu a recordava; agora que eu vira as glórias de Roma, nosso palácio parecia uma choça ridiculamente rústica, e a comida e o vinho, atrozes. Mesmo assim, regozijei-me na falta do esplendor; as paredes caiadas e nuas eram revigorantes, a ausência dos dourados, tranqüilizadora. Perambulei pelos jardinzinhos ralos sob o sol inclemente, sem medo de que houvesse um agressor escondido nas moitas; vaguei pelos corredores sem a preocupação de assistir a uma cena medonha. Contemplei o mar azul, sem me importar por ter apenas uma visão parcial dele de minha sacada, e o achei bonito, ainda que não tivesse a beleza da baía de Nápoles. Comi peixe preparado com simplicidade, azeitonas e limões locais, e os achei tão deliciosos quanto qualquer banquete no palácio papal.

E o melhor de tudo é que Afonso foi visitar-nos.

— Como você mudou! — ri, primeiro abraçando-o com força, depois recuando, de mãos dadas, para admirá-lo. Ele se transformara num belo rapaz alto de 18 anos, com uma barba loura bem aparada que reluzia ao sol. — Como é possível que não esteja casado? Você deve estar levando à loucura todas as mulheres de Nápoles!

— Tanto quanto me é possível — respondeu ele, risonho. — Mas olhe só para você, Sancha: você mudou muito! Que ar majestoso! Parece uma grande senhora de posses e status elevados!

Olhei para mim mesma. Tinha-me esquecido do costume meridional de usar roupas severas; ali estava eu, carregada de diamantes e rubis no pescoço e na cabeça, usando um vestido de veludo prateado, debruado de vermelho-púrpura, e justamente em Squillace! Aquele esplendor antinatural parecia um reflexo do quanto eu fora corrompida pelos Bórgia; eu ansiava pela presença de Afonso para me purificar, para fazer surgir em mim a bondade que se havia escondido. Forcei um sorriso:

— Em Roma, não se usa muito preto.

— Por causa do calor, sem dúvida — retrucou Afonso, em tom brincalhão, e me dei conta da terrível falta que sentira dele. Era divino estar de novo na presença de uma alma amorosa e sem malícia, e desfrutei de sua companhia todos os dias, enquanto ele me pôde concedê-la. Sabia que ele não poderia permanecer em Squillace para sempre; tratava-se apenas de um alívio temporário. Eu vivia como se aqueles fossem meus últimos dias, pois meu confronto final com César não poderia ser eternamente postergado.

No entanto, na presença da bondade de Afonso, meu coração, tão dilacerado pela brutalidade de Juan e pela falsidade de César, começou a cicatrizar; eu pensava em Lucrécia com freqüência e lhe escrevi muitas cartas de incentivo.

Infelizmente, Alexandre entediou-se com seu amor recém-descoberto pela devoção e não tardou a nos chamar a seu encontro em Roma.

Regressamos no fim do outono, pouco antes de o inverno se instalar. César já voltara para casa — ainda cardeal, mas tendo convencido Alexandre a dar início às manipulações necessárias da lei eclesiástica para libertá-lo de seu manto escarlate. Felizmente, ele estava absorto nas providências jurídicas e dispensou o comparecimento às ceias familiares. Pouco o vi durante essas semanas.

Entrementes, Lucrécia permaneceu em San Sisto até dias antes do Natal, quando recebeu ordem dos cardeais que lhe concederiam o divórcio para comparecer ao Vaticano.

Visitei-a em seus aposentos, enquanto Pantsília tentava vesti-la — mas ela estava com vários meses de gestação, e nem mesmo o mais amplo tabardo debruado de arminho, usado sobre seu vestido, era capaz de esconder esse fato. Nós a beijamos e abraçamos; ela sorriu, mas tinha os lábios levemente trêmulos.

— Eles farão o que seu pai mandar — lembrei-lhe, mas, mesmo assim, a voz dela vacilou.

— Eu sei — disse, em tom inseguro.

— As coisas vão melhorar — prossegui. — Dentro em pouco terminará seu cativeiro, e poderemos sair juntas. Você tem sido valente, Lucrécia. Sua coragem será recompensada.

Ela se equilibrou e pôs a mão em minha face:

— Tive razão em confiar em você, Sancha. Você tem sido uma boa amiga.

Contaram-me que ela se portou admiravelmente diante do consistório, e não piscou nem mesmo quando se anunciou que as parteiras a haviam considerado uma *virgo intacta*. Nenhum dos cardeais atreveu-se a mencionar o fato de que, pela segunda vez na história, Deus houvera por bem engravidar uma virgem.

Desse momento em diante, Lucrécia permaneceu como reclusa no Palazzo Santa Maria. Não era apropriado que, em estado avançado de gestação, sentasse ao lado do trono do pai quando ele realizava suas audiências, de modo que ela se manteve em seus aposentos.

Na ausência da filha, Alexandre solicitou que eu me sentasse, algumas vezes, não na almofada aveludada de Lucrécia, mas na que ele um dia me reservara; não pude recusar o que, em essência, constituía uma ordem.

Numa manhã de fevereiro, sentei-me obedientemente, ouvindo o apelo levado por um nobre a Sua Santidade a respeito de uma anulação que desejava para sua filha mais velha. Eu me sentia bastante entediada, assim como Alexandre, que bocejou várias vezes e ficou ajeitando a estola de arminho nos ombros, para se aquecer do frio hibernal. Havia cardeais idosos na sala, tiritando de frio, apesar do fogo que ardia na lareira.

De repente, ouviram-se gritos vindos de uma distância de vários salões.

— Bastardo! Filho de uma rameira! Como se atreveu a tocá-la?!

Era um tom de fúria crua e incontida; a voz era de César.

O fidalgo que fazia sua arenga deteve-se; todos na sala do trono nos voltamos, de olhos arregalados, para o ponto onde ocorria a comoção.

Ouvimos passos rápidos se aproximarem; César perseguia alguém que corria diretamente para nós.

— Vou matá-lo, seu bastardo! Quem pensa que é, para tê-la tocado?

Um rapaz entrou correndo a toda velocidade na sala do trono; reconheci-o como Perotto, o criado que me havia acompanhado nas idas e vindas de San Sisto, quando Lucrécia lá estivera confinada.

César o seguia, de rosto afogueado e brandindo a espada, numa exibição profundamente atípica de raiva.

— César...? — disse o papa, tão assustado que sua voz mal passou de um sussurro. Ele pigarreou e, com mais autoridade, indagou: — Que vem a ser isto?

— Ajude-me, Santo Padre! — gritou o aflito Perotto. — Ele enlouqueceu, está desvairado, disparando tolices, e não se contentará enquanto não me matar!

O rapaz subiu a escada do trono, atirou-se aos pés de Alexandre e segurou a bainha de sua veste branca de lã. Fiquei tão perplexa que me levantei sem permissão e desci atabalhoadamente os degraus, para sair do caminho.

César partiu para ele com a espada.

— Pare! — ordenou o papa. — César, explique-se!

A explicação era necessária, assim como a cessação das hostilidades, já que segurar a bainha da veste papal era um ato sagrado, que conferia maior proteção do que buscar refúgio no interior de uma igreja.

Em resposta, César investiu, virou de barriga para cima o pobre Perotto, que se encolhia e gemia, e rasgou-lhe a garganta com a espada.

Recuei e levantei instintivamente o braço, para me proteger. Alexandre arquejou de susto, enquanto o sangue esguichava sobre seus trajes brancos e sua capa de arminho, respingando em seu rosto.

Perotto gorgorejou, entrou num violento espasmo, por um momento longo e terrível, depois ficou imóvel, esparramado em toda a extensão dos degraus do trono.

César o observou, com um músculo pulsando na mandíbula e uma expressão sinistra de prazer. Quando Perotto silenciou para sempre, o cardeal disse enfim:

— Lucrécia. É *ele* o pai. Como irmão, eu não podia permitir que continuasse vivo. Tinha a obrigação moral de buscar a vingança.

Alexandre parecia menos preocupado com as explicações do que com o sangue que lhe pingava das faces.

— Tragam logo uma toalha — ordenou, sem se dirigir a ninguém em particular, e baixou os olhos, enojado, para o cadáver de Perotto. — E tirem essa sujeira daqui.

Na manhã seguinte, o corpo de Perotto foi encontrado no Tibre, com os pés e as mãos atados. O costume exigia uma exibição simbólica, para mostrar o que aconteceria com quem violasse a filha do papa.

Perto dali boiava o cadáver de Pantsília. Seus membros não estavam amarrados; ela fora estrangulada, e alguém enfiara uma mordaça em sua boca, agora para sempre em silêncio — um sinal claro, para os outros criados dos Bórgia, do que acontecia com os que sabiam e falavam demais.

Início da primavera de 1498

XXIII

Lucrécia deu à luz no começo da primavera. Antes disso, foi levada às escondidas para longe de Santa Maria, para que seus gritos durante o trabalho de parto não revelassem a Roma o "segredo" que a cidade já conhecia. Insuflados pelos rumores, os ataques de Savonarola ao pontificado tornaram-se virulentos: ele conclamou à formação de um conselho internacional para depor Alexandre.

A criança era um menino — chamado Giovanni, por insistência de Lucrécia. Não pude deixar de pensar no que acharia Giovanni Sforza, já então um homem divorciado e caído em desgraça, alvo do desdém fatal dos Bórgia, de o bebê receber seu nome, como se ele o houvesse gerado.

O menino foi devolvido ao palácio, aos cuidados de uma ama-de-leite. Foi mantido numa ala distante, para que seu choro não incomodasse os ocupantes adultos. Lucrécia o visitava com a freqüência que lhe era permitida, o que não era o suficiente para seu gosto. Quando ficávamos a sós, muitas vezes ela me confidenciava sua desolação por não poder agir como mãe do menino. De quando em vez, chorava, inconsolável de tristeza.

Passado o parto, os pretendentes fizeram fila para obter sua mão, fosse por não acreditarem nas acusações feitas por Sforza, fosse por não se preocuparem minimamente com elas. Afinal, o benefício político era enorme.

O papa e César tiveram longas conversas sobre esses homens; alguns nomes foram compartilhados com Lucrécia, que, por sua vez, compartilhou-os comigo. Havia Francesco Orsini, duque de Gravina, e um conde, Ottaviano Riario. O preferido era Antonello Sanseverino, um napolitano — porém angevino, defensor da França. Tal matrimônio me deixaria em grave desvantagem política dentro da família.

Eu também andava inquieta com meu papel de amiga e confidente de Lucrécia. Tinha visto o destino do inocente Perotto e de Pantsília, e sabia que os Bórgia não permitiriam que anos de lealdade interferissem em seus planos. Se alguém precisasse ser silenciado — por mais amado, mais digno de confiança que fosse —, seria silenciado.

A morte de Pantsília causou-me pesadelos. Nunca cheguei a ver o cadáver, apenas ouvi sua descrição em grande detalhe, feita por Esmeralda, que àquela altura havia reunido uma impressionante rede de informantes e espiões. Muitas vezes, eu acordava ofegante, com a imagem do corpo de Pantsília elevando-se como uma rolha das profundezas do negro Tibre, e com seus olhos mortos abrindo-se lentamente para me fitar. Seu braço intumescido erguia-se para apontar um dedo acusatório: *Você. Você foi a causa de minha morte...*

É que eu tinha levado a *canterella*, o veneno escondido no vestido de Lucrécia. E não podia deixar de pensar que a pobre serva fora assassinada por causa do sumiço do veneno. Presumi que César tivesse forçado Lucrécia a guardá-lo, com suas instruções. E, ao perguntar por ele, teria obrigado Lucrécia a explicar que o frasco havia desaparecido.

Pantsília, é claro, teria sido a primeira a ser responsabilizada.

Em meus momentos menos culpados, eu me convencia de que a jovem dama de companhia havia morrido exatamente pela razão simbolizada na mordaça encontrada em sua boca: ela sabia demais, e precisava ser silenciada. Afinal, não tinha sido ela quem me empurrara para dentro do armário, como forma de compartilhar o que não poderia dizer: a verdade da relação entre Lucrécia e César?

Lucrécia não foi a única, naquela primavera e verão, cujos pensamentos se voltaram para o matrimônio.

Um dia, fui convocada ao Vaticano — ao gabinete de César. A convocação trazia a assinatura de "César Bórgia, Cardeal de Valência".

Sentei-me em minha cama, com o pergaminho na mão. Era chegado o momento que eu mais temia. César exigiria saber a extensão de meu amor e minha lealdade; não mais aceitaria desculpas.

Na vã esperança de impedir um confronto pessoal, levei comigo Esmeralda e duas de minhas damas de companhia mais jovens; atravessamos a pé a *piazza* em direção ao Vaticano. Lá chegando, fomos escoltadas por dois guardas até o gabinete do cardeal; na entrada, um soldado solitário fez um aceno com a mão para que minhas damas se fossem.

— Sua Eminência solicitou que o encontro seja com a princesa de Squillace, sozinha.

Esmeralda franziu o cenho diante dessa impropriedade, mas as damas de companhia foram conduzidas a uma área de espera e eu entrei desacompanhada no gabinete do cardeal.

César estava sentado diante de uma suntuosa escrivaninha de ébano entalhado, marchetada a ouro. Livros de direito canônico, encadernados em couro, enchiam as prateleiras às suas costas; uma lamparina a óleo tremeluzia sobre a escrivaninha. Quando o soldado me conduziu ao interior, César levantou-se e fez um gesto para que eu me sentasse na cadeira acolchoada de veludo à sua frente.

Sentei-me. O soldado foi dispensado, e César saiu prontamente da escrivaninha e se prostrou sobre um joelho diante de mim. Usava o barrete e o manto escarlate oficiais; a bainha de seda farfalhou no piso de mármore.

— D. Sancha — disse-me. Fazia meses desde a última vez que ele me levara para a cama, porém, a despeito da formalidade da situação, falou-me com a afeição familiar de um amante. — Recebi de meu pai a informação oficial de que logo serei liberado do fardo da vida monástica.

Não fui tola a ponto de demonstrar minha agitação; em vez isso, mantive um tom cordial.

— Alegro-me por você. Certamente deve ser um grande alívio.

— É mais do que isso. É uma grande oportunidade... para nós — disse ele. Tomou delicadamente minha mão e a segurou com uma das suas. Antes que eu pudesse reagir, enfiou rapidamente um anelzinho de ouro em meu dedo mínimo.

O anel que pertencera a minha mãe. O anel que Juan havia roubado no dia em que me estuprara. Num ato de supremo autocontrole, consegui não me encolher.

— Onde conseguiu isto? — murmurei.

— Tem importância? — perguntou ele, sorrindo. — D. Sancha, você sabe que é e sempre foi o grande amor de minha vida. Complete minha felicidade. Diga que se casará comigo quando eu for livre.

Desviei os olhos, tomada de repulsa, mas me obriguei a exibir uma emoção muito diferente. Fiquei calada por algum tempo, buscando cuidadosamente as palavras certas — mas não existia nenhuma que me pudesse salvar a vida.

— Eu mesma não sou livre — respondi enfim. — Estou presa a Jofre.

Ele deu de ombros, como se isso fosse uma coisa fácil de descartar.

— Podemos oferecer a Jofre o cardinalato; não tenho dúvida de que ele o aceitaria. É muito fácil anular o casamento.

— Não é bem assim — respondi em tom neutro. — O próprio cardeal Bórgia de Monreale assistiu a nosso primeiro ato conjugal. Não há dúvida de que o casamento foi consumado.

Os primeiros traços de irritação começaram a se insinuar em sua voz, à medida que César se deu conta de que seu caso estava perdido e de que ele não sabia realmente por quê, o que o exasperava ainda mais.

— O cardeal Bórgia está em nossas mãos. Ele dirá o que quisermos. Você não me ama? Não quer ser minha esposa?

— Não se trata disso — afirmei, em tom grave. — Não quero humilhar Jofre. Um ato desses por certo o destroçaria.

César me encarou como se eu fosse louca.

— Jofre se recuperará. Além disso, existe o cardinalato, um cargo que lhe trará poder e riqueza para aplacar generosamente sua dor. Nós o mandaríamos para Valência, para tornar a situação menos embaraçosa; vocês dois nunca mais precisariam pôr os olhos um no outro.

Fez uma pausa e acrescentou:

— Senhora, você não é tola. Muito pelo contrário, é sumamente inteligente. Deve saber que sou o capitão-geral do exército de meu pai.

— Eu sei — respondi baixinho.

— Não sou o paspalho ineficiente que era Juan. Percebo as oportunidades que esse cargo representa. Tenciono ampliar a extensão dos Estados Pontifícios.

— Eu sempre soube que você era um homem de grande ambição — declarei, no mesmo tom acrítico.

— Tenciono — disse ele, com voz incisiva e expressão intensa, inclinando-se para chegar mais perto — unificar a Itália. Tenciono governá-la. E estou pedindo que você seja minha rainha.

Fui obrigada a fingir uma expressão de surpresa, a fingir que já não ouvira palavras similares, escondida no armário de Lucrécia.

— Você não me ama? — perguntou ele, frustrado, deixando transparecer a força de suas emoções. — Sancha, eu pensava que... com certeza não me enganei quanto à profundidade do que sentimos um pelo outro.

Suas palavras romperam minhas defesas. Baixei a cabeça.

— Nunca amei tanto nenhum outro homem — confessei, pesarosa. Eu conhecia meu coração: poderia facilmente ser corrompida e bancar a rainha malevolente para o rei César.

Isso lhe deu esperança; ele me afagou o rosto com as costas de um dedo.

— Então, está resolvido. Nós nos casaremos. Você é terna demais com Jofre; confie em mim, ele é homem. Ele se recuperará.

Afastei o rosto de sua mão estendida e disse com firmeza:

— Você não me ouviu, cardeal. Minha resposta é "não". Estou impressionada e comovida. Mas não sou a mulher que você busca para esse papel.

Com o rosto vermelho, ele deixou cair a mão e se levantou, com os movimentos tensos da fúria reprimida.

— É claro que não é, senhora. Está dispensada.

César não perdeu mais tempo tentando convencer-me; seu senso de dignidade ferida não o permitiria. Mas pude perceber, ao me levantar e ir ao encontro de minhas damas de companhia, que ele ficara extremamente confuso, até magoado com minha rejeição. Não conseguia acreditar que a razão dada por mim — a preocupação com Jofre — fosse a verdade.

Senti alívio por ele parecer incapaz de adivinhar a causa real — o fato de eu saber que ele era um assassino.

Esperei uma retaliação por minha recusa. Conservei o estilete embaixo do travesseiro, bem à mão; mesmo assim, dormi um sono sobressaltado naquela noite. Cada farfalhar da brisa na janela, cada rangido no corredor ao longe parecia-me o som de um assassino se aproximando. Eu havia rejeitado César e considerava minha vida acabada. Não esperava viver mais do que alguns dias; ao despertar, julgava que cada manhã seria a última.

Contei a Lucrécia que havia recusado a proposta de casamento de seu irmão. Não me senti inteiramente à vontade ao lhe fazer essa confidência, dado o seu visível talento para a falsidade; aliás, eu havia consultado D. Esmeralda a respeito da fidedignidade de Lucrécia, mas nem mesmo a rede de mexericos de Esmeralda chegara a um acordo quanto ao verdadeiro caráter dela. Não obstante, eu tinha que tentar saber que grau de retaliação deveria esperar de César.

Ela ouviu minha notícia com ar solene. Foi franca — não disse que eu nunca sofreria uma retaliação. Mas me assegurou quanto a uma coisa:

— Você precisa compreender. Conversei com meu irmão depois disso. Ele alimenta a esperança de que você caia em si. Não creio que seja capaz de feri-la fisicamente; o coração dele ainda é irremediavelmente seu.

Era algum consolo, mas me inquietei ao pensar em qual retaliação César se *disporia* a praticar, quando percebesse que eu jamais cederia.

Lucrécia e eu continuamos nossa amizade e nos encontrávamos quase todos os dias. Certa manhã, no fim da primavera, ela foi a meus aposentos pedir que eu a acompanhasse num passeio pelos jardins, e fiquei feliz em atendê-la.

Quando já não podíamos ser ouvidas por nossas damas de companhia, que caminhavam vários passos atrás de nós, absortas em sua própria conversa, Lucrécia disse, com ar coquete:

— Pois é. Você me falou de seu irmão, Afonso, e alegou que ele é um dos homens mais bonitos de toda a Itália.

— Não é uma alegação — respondi, com bom humor descontraído. — É a pura verdade. Ele é um deus dourado, senhora. Eu o vi no último verão, em Squillace, e ele está ainda mais bonito.

— E ele é bondoso?

— Está para nascer um homem mais meigo.

Parei em meio a uma passada e a encarei, tomada por uma súbita e maravilhosa convicção.

— Você já sabe disso tudo; falei dele muitas vezes. Diga-me, Lucrécia, ele virá visitar-nos em Roma?

— Sim! — disse ela, e bateu palmas como uma criança radiante; segurei-lhe as mãos, sorrindo de alegria. — Mas, Sancha, é melhor ainda!

— O que pode ser melhor do que uma visita de Afonso? — perguntei. Que tola era eu, que ignorante!

— Ele e eu vamos nos casar.

Lucrécia aguardou, risonha, minha reação exuberante.

Perdi o fôlego. Senti-me sugada por um negro e terrível remoinho, uma Caribde sufocante da qual não conseguia me livrar.

Mas me livrei, por meio de uma cortesia involuntária. Não sorri — não poderia fazê-lo —, mas consegui salvar a situação, puxando-a solenemente para mim num abraço apertado.

— Sancha — disse ela, com a voz abafada por cima do meu ombro —, Sancha, você é uma doçura. Nunca a vi tão emocionada.

Depois de recuperar o controle, afastei-me, forçando um sorriso.

— Faz muito tempo que você me esconde esse segredo? — perguntei.

Em silêncio, amaldiçoei Afonso. Ele não me dissera nada sobre a proposta de casamento. Se houvesse falado, eu poderia ter tido a chance de alertá-lo, de explicar o peculiar círculo do Inferno em que ele estava prestes a ingressar. Mas escrever-lhe estava fora de cogitação; minhas cartas com certeza seriam separadas e examinadas por Alexandre e César, dada a importância política dessa união. Eu estava fadada a esperar até que ele chegasse a Roma — como noivo.

Mas, porventura ele não soubera das acusações de Giovanni Sforza? Teria sido tolo a ponto de não acreditar nelas? E a Itália inteira sabia que Lucrécia acabara de ter um filho. Sem dúvida, Afonso devia ter aceitado a mentira de que Perotto era o pai, e estava disposto a desconsiderar a indiscrição juvenil de Lucrécia.

Era tudo culpa minha, eu disse a mim mesma, por ter poupado Afonso da verdade abjeta de minha vida em Roma.

Eu tinha desejado protegê-lo. E, como boa Bórgia, havia aprendido a ficar de boca fechada.

— Não muito — disse Lucrécia, em resposta a minha pergunta. — Papai e César só me contaram hoje de manhã. Estou muito feliz! Finalmente terei um marido da minha idade, um marido bonito e bom. Sou a mulher mais afortunada de Roma! E seu irmão concordou em residir aqui. Moraremos todos juntos em Santa Maria! — acrescentou, e segurou minha mão entre as suas. — Poucos meses atrás, eu estava tão tomada pelo desespero, que queria tirar minha própria vida. Mas você me salvou, e sempre serei grata por isso. Agora, voltei a ter esperança.

César não poderia ter escolhido um modo mais perfeito de me fazer calar, atentar para meus modos, portar-me como ele desejasse. Ele sabia de meu amor por Afonso, de quem eu lhe falara com freqüência nos jantares em família e em nossos encontros particulares. César sabia que eu faria qualquer coisa para proteger meu irmão caçula.

— Fico feliz por você — consegui enunciar.

— Sei da saudade terrível que você tem sentido dele. Talvez papai e César também tenham pensado nisso ao escolhê-lo.

A ingenuidade dessa afirmação me deixou perplexa.

— Não tenho dúvida de que pensaram — concordei, ciente de que Lucrécia nunca ouviria a ironia de minha fala.

Ao chegar a meu quarto naquela noite, encontrei D. Esmeralda em prantos, ajoelhada em seu oratório de São Januário.

— Finalmente está chegando o fim do mundo — lamuriou-se ela, agarrando o pequeno crucifixo de ouro que usava no pescoço. — Eles o mataram. Mataram-no, e todos nós pagaremos.

Coloquei-a de pé e a forcei a sentar-se na beira da cama.

— Quem, Esmeralda? De quem você está falando?

— Savonarola. Os emissários de Alexandre. Savonarola se recusou a interromper sua pregação e eles o enforcaram, incineraram seu corpo — disse ela. Balançou a cabeça e murmurou: — Deus castigará Alexandre, senhora. Escreva o que estou lhe dizendo: nem mesmo um papa pode continuar imerso nessa iniqüidade.

Pus as mãos em seus ombros.

— Não tema por você, Esmeralda. Se é verdade que Deus enxerga todos os corações, Ele vê o seu e sabe que você é uma boa mulher. Ele nunca teria motivo para castigá-la.

Dificilmente eu poderia dizer o mesmo a meu respeito.

Quando Esmeralda enfim adormeceu, passei horas ponderando a situação de meu irmão. Lembrei-me das palavras de meu avô, Fernando I: *Se você o ama, cuide dele. Nós, os fortes, temos que cuidar dos fracos, você sabe. Eles não têm fibra para fazer o que é necessário para sobreviver.*

Eu faria qualquer coisa para salvar a vida de meu irmão, e César tinha plena consciência disso. Deduzi que sua escolha do noivo de Lucrécia fizera parte de uma trama para me coagir a me casar com ele.

Essa idéia, que antes me haveria enchido de prazer, agora me trazia calafrios... porque eu sabia que, para proteger Afonso, abandonaria o pobre Jofre e desposaria um assassino.

Verão de 1498

XXIV

Afonso fez sua entrada em Roma em meados do verão, e eu, no desespero de ter uma conversa particular com ele, agi como uma irmã excessivamente zelosa e cavalguei sozinha ao encontro de sua comitiva, antes mesmo que ela cruzasse a ponte Sant'Angelo, que levava à colina do Vaticano.

Ele vinha montado à frente do cortejo, acompanhado por diversos escudeiros e seguido por carroças que transportavam seus pertences e presentes de casamento; foi-me fácil distinguir o cabelo dourado sob o sol luminoso. Esporeei o cavalo e, ao me reconhecer, Afonso deu um grito e veio galopando a meu encontro.

Apeamos e nos abraçamos; apesar de minha preocupação com seu casamento iminente, não pude deixar de sorrir de alegria ao vê-lo. Ele tinha a aparência gloriosa de sempre, vestido de cetim azul-claro.

— Afonso, meu querido.

— Estou aqui, Sancha! Finalmente estou aqui! Nunca mais a deixarei!

Seus escudeiros trotaram até nos alcançar.

— Posso ter um minuto com meu irmão? — perguntei, meigamente.

Eles aquiesceram e retornaram, indo juntar-se às lentas carroças.

Encostei o rosto no de meu irmão.

— Afonso — sussurrei em seu ouvido —, por mais feliz que eu esteja ao vê-lo, você não deve levar adiante esse casamento.

Ele soltou um risinho incrédulo.

— Sancha, esta não é propriamente a hora nem o lugar — disse, em voz alta.

— Esta é a *única* hora e lugar. Quando chegarmos ao Vaticano, já não será seguro conversarmos livremente.

Meu tom era tão exaltado, tão premente, que ele assumiu um ar grave.

— Já assumi um compromisso. Romper o contrato agora seria inescrupuloso, covarde...

Respirei fundo. Eu dispunha de pouco tempo para expor minhas idéias, e meu irmão era uma alma muito crédula. Como transmitir-lhe com rapidez o grau de traição que eu havia testemunhado?

— A ética não tem serventia aqui. Você conhece os versos escritos pelos poetas aragoneses sobre Lucrécia — insisti. Sentia-me culpada, imaginando o que ela pensaria se soubesse o que eu estava dizendo a seu futuro esposo.

— Por favor — disse Afonso, enrubescendo; sabia exatamente a que eu fazia alusão.

— *"Hic jacet in tumulo Lucretia nomine, sed re Thais: Alexandri filia, sponsa, nurus"* — recitei, citando Sannazaro. Era um epitáfio sugerido para Lucrécia: "Aqui jaz em seu túmulo a que é Lucrécia por nome, mas Taís na realidade: filha, esposa e nora de Alexandre." Pantsília ou alguma outra criatura devia ter transmitido a terceiros o incesto de César com Lucrécia, pois até os poetas de Nápoles e da Espanha haviam começado a escrever dísticos sobre ela (nesse caso, comparando-a à antiga pecadora e santa egípcia, Taís, que se arrependera de seus atos incestuosos).

Não precisei dizer que os boatos eram verdadeiros; Afonso era inteligente o bastante para compreender por que eu havia recitado o verso.

— Sancha — disse ele, em voz baixa e tensa, falando depressa —, mesmo que todas as acusações contra ela sejam verdadeiras, não estarei livre. Jurei fazer isto pelo bem de Nápoles. Houve outros pretendentes, homens ligados à França, e não podemos permitir nenhuma influência francesa sobre Sua Santidade. Sem o completo apoio papal, a Casa de Aragão estará condenada. O novo rei francês já se proclamou governante de nosso território; precisamos ter o papa do nosso lado, no caso de outra invasão.

Lutei por afastar a angústia de meu rosto; a comitiva de Afonso não poderia ver-me demonstrar nada além de felicidade.

— Você não compreende. Terá que vigiar cada gesto seu. Eles são assassinos — sussurrei, com a expressão radiante de quem conversasse sobre o glorioso tempo que fazia.

— Como a maioria dos governantes, entre eles nossos próprios parentes — contrapôs Afonso. — Não sou sedutor, Sancha?

— O homem mais sedutor que já conheci... quase.

Ele tentou fazer-me sorrir outra vez, mas meu desespero era grande demais.

— Seduzirei até mesmo os Bórgia. Conquistarei a confiança deles. Não sou tolo; não lhes darei nenhum motivo para se livrarem de mim. E o casamento trouxe uma grande dádiva para nossa família: o ducado de Bisciglie.

Afonso fez uma pausa e assumiu um tom brincalhão, na tentativa de retransformar meu desalento em alegria.

— Lucrécia é inteiramente cruel? Vai destratar-me? Será que é uma bruxa medonha?

— Não, não, não, não — disse, soltando um suspiro de pura desolação, ao perceber que fora vencida. Nada poderia impedir o casamento.

— Você disse em suas cartas que vocês duas são amigas. E parece ter sobrevivido até hoje.

— De certo modo, sim. Na verdade, Lucrécia tem sido muito gentil comigo.

— Então, não é um monstro desapiedado. E não estou aqui para julgá-la. Pretendo tratá-la bem e ser um bom marido, Sancha. Não consigo pensar em melhor maneira de conquistar o pai dela e César.

Pus a mão em seu rosto barbudo.

— Você não poderia ser outro tipo de marido, irmãozinho. Peço a Deus que tome cuidado.

Entrei na cidade com ele. César esperava para recebê-lo em frente ao Vaticano. A atitude do cardeal de Valência foi a um tempo cordial e fria; ele estava avaliando o homem que poderia exercer uma influência inconveniente sobre sua irmã, e creio que sua preocupação era justificada. Fiz o melhor que pude para não deixar transparecer minha agitação interna.

Finalmente desmontamos e eu segui atrás, enquanto meu irmão era conduzido pela escadaria do Vaticano até o prédio em si e a sala do trono, onde Alexandre aguardava, totalmente paramentado de cetim branco, com seu pesado crucifixo de ouro e diamantes no peito.

Lucrécia sentava-se na almofada de veludo ao lado dele. Tal como seu futuro esposo, vestira-se do mais pálido azul — em seu caso, um vestido de seda com debrum prateado e pérolas minúsculas recobrindo o corpete, com uma touca para combinar; tinha as faces coradas e estava quase bonita, com os cachos dourados a se derramarem até abaixo dos ombros. Ao ver Afonso, seu rosto iluminou-se como um farol; ela ficou inquestionavelmente fascinada com meu irmão desde o primeiro instante.

Alexandre também pareceu fascinado. Abriu um largo sorriso e disse:

— O noivo, e novo duque de Bisciglie! Seja bem-vindo, Afonso! Bem-vindo a nossa família, caro filho! Então, Lucrécia, os boatos são verdadeiros: seu futuro marido é um homem de beleza excepcional!

Afonso ajoelhou-se ciosamente para beijar o pé do papa; concluída essa formalidade, Alexandre levantou-se e desceu do trono, para colocar o braço nos ombros do futuro genro.

— Venha, venha. Preparamos um belo repasto, embora eu seja de opinião que não devemos comer demais, pois amanhã haverá o banquete de núpcias!

Deu uma risada, e Afonso sorriu. Nesse ínterim, Lucrécia levantou-se de sua almofadinha e desceu a escada. Ao encontrá-la, Afonso fez uma mesura e lhe beijou a mão.

— Senhora Lucrécia — disse, e só meu irmão poderia falar com uma sinceridade capaz de tornar convincentes as suas palavras —, a senhora brilha como uma estrela na noite. Comparado a sua beleza, tudo o que a cerca são trevas.

Lucrécia deu um risinho de criança; Alexandre abriu um sorriso radiante, aprovando as belas palavras. Repôs o braço nos ombros de Afonso e os dois se encaminharam para os apartamentos papais e o banquete que nos aguardava, enquanto Lucrécia os seguia com expressão sonhadora. Atrás deles foi César, com uma expressão agradável no rosto, mas os olhos penetrantes; e no final segui eu, estampando um sorriso congelado.

. . .

A cerimônia nupcial realizou-se na Sala dos Santos, onde ocorrera o fatídico matrimônio com Giovanni Sforza. Os convidados foram poucos, quase todos familiares do Vaticano, além de alguns cardeais.

Lucrécia estava encantadora num vestido de cetim preto, com um peitilho de ouro cravejado de diamantes. Ela e Afonso poderiam ser confundidos com um par de irmãos, com seus cachos dourados e seus olhos claros — do mesmo modo que, ironicamente, eu poderia ser tomada por irmã de César, com seus cabelos escuros, que se vestira de veludo negro para a ocasião. Em deferência à noiva, usei um sombrio traje napolitano.

Durante a cerimônia, fiquei ao lado de Jofre — com César incomodamente perto, do outro lado de meu marido. Quando o cardeal Giovanni Bórgia pediu à noiva e ao noivo que proferissem seus votos matrimoniais, o capitão-geral interino das forças papais, Juan de Cervillon, desembainhou uma bela espada adornada com pedras preciosas e a elevou acima das cabeças dos novos duque e duquesa de Bisciglie. Era o símbolo de que os dois nunca deveriam ser separados, por nenhum motivo. Ao olhar para a lâmina reluzente, pensei na carta da *strega* — o coração trespassado por duas espadas. Eu havia apagado da memória quase todo aquele incidente, mas, nesse momento, uma parte maior dele voltou-me à lembrança com assombrosa intensidade, à visão da arma de Cervillon.

Jamais recorrerei ao mal!, eu havia proclamado com altivez. Certamente, não conseguia pensar em mal pior, nesse momento, do que ser forçada a me casar com César.

Nesse caso, condenará à morte aqueles a quem mais ama, dissera a vidente.

Assisti à cerimônia sem outra emoção que não fosse o medo.

Mas Afonso e Lucrécia eram apenas sorrisos. Os dois não poderiam parecer mais felizes; agarrei-me desesperadamente a esse fato, na esperança de que ele poupasse meu irmão do sofrimento que eu havia conhecido nas mãos dos Bórgia.

Afonso deu sua resposta com voz segura e forte; a de Lucrécia foi suave e tímida, fitando-o com sincera devoção. Bastou um olhar para os olhos dela e os de Afonso para que eu soubesse: os dois tinham sido atingidos pelo mesmo raio que me ferira no dia em que eu havia conhecido o cardeal de Valência.

Pouco depois, o legado que oficiava a cerimônia pronunciou-os marido e mulher. Radiantes, Afonso e Lucrécia saíram da sala de braços dados, abrindo o cortejo, seguidos pelo capitão Cervillon e pelo cardeal Bórgia.

Infelizmente, quando os demais começamos a sair da capela em direção ao local da recepção, iniciou-se uma briga.

— A princesa de Squillace é irmã do noivo e seu grupo deve ser o próximo — insistia D. Esmeralda em voz estridente. Logo em seguida, empurrou para o lado um dos escudeiros de César; seus criados exigiam precedência em relação aos meus. É impossível esconder inteiramente dos criados os sentimentos de seus senhores, e os de César e meus, em questão de segundos, estavam prestes a se engalfinhar. Um dos escudeiros de Jofre deu um passo à frente e exigiu:

— Deixem passar o príncipe e a princesa de Squillace!

Em resposta, recebeu um rápido murro no queixo e caiu por cima de seus companheiros. D. Esmeralda e minhas damas de companhia começaram a gritar, e de nada ajudou o fato de a comitiva de Sua Santidade também ser apanhada na confusão.

Trocaram-se mais murros e desembainharam-se espadas; tão apavorados ficaram os ajudantes do pontífice, que correram pela escada atrás do altar e fugiram da capela, deixando Alexandre desprotegido no meio do tumulto.

— Basta! — gritou ele, agitando os braços, quando seu manto dourado por pouco não foi perfurado por uma lâmina, com o risco de escorregar de seus ombros. — Basta! Esta é uma ocasião festiva!

Seus apelos foram abafados pela gritaria. O escudeiro de Jofre recobrou-se o bastante para se atracar com seu agressor no chão; o par bloqueou por completo a passagem para dentro ou para fora da capela.

— Parem! — gritou Jofre, juntando sua voz à algazarra. — Parem já com essa idiotice!

A tarefa coube a César. Sem dizer palavra, ele sacou uma adaga e, num único e veloz movimento, inclinou-se sobre os dois homens atracados, com a ponta da lâmina quase encostada na garganta de ambos. A ferocidade de seu olhar convenceu-os de que ele não hesitaria em derramar sangue, nem mesmo ali, naquele momento, no dia do casamento de sua irmã.

A sala ficou em silêncio.

— Separem-se — disse César, num tom mortalmente baixo, mas ouvido por todos.

Os escudeiros rolaram para os lados e se puseram de pé, assustados e dóceis.

— Onde está a comitiva de Sua Santidade? — perguntou César, no mesmo tom baixo e calmo, porém absolutamente aterrador.

Seu escudeiro apontou para o altar e para a escada traseira que conduzia aos aposentos particulares do papa.

— Escondidos, Eminência.

— Vá buscá-los. Ele entrará em seguida e precisa ser assistido.

O escudeiro correu para o altar e a escada. César, ainda com a adaga desembainhada, mas voltada para baixo, olhou para o escudeiro de Jofre, o outro participante da altercação.

— Ele precisará de ajuda, sem dúvida — disse o cardeal.

Com exagerada ansiedade, o escudeiro de Jofre partiu atrás do outro rapaz. Levou alguns minutos para que toda a comitiva aparecesse, mas, finalmente, o papa pôde retirar-se da capela. Gentilmente — ou melhor, com uma aparência de gentileza —, César insistiu em que minha comitiva fosse a seguinte.

A cerimônia foi seguida por uma ceia prolongada e, depois dela, danças. Afonso, como sempre, mostrou-se tão cheio de encanto e bom humor, que até os Bórgia se deixaram contagiar. Pela primeira vez desde minha chegada a Roma, o papa dançou — primeiro com Lucrécia, depois comigo. Apesar do porte volumoso, ele era dotado da mesma graça atlética de seu filho César.

Fiquei especialmente satisfeita ao ver que não havia nenhuma cortesã presente — nem mesmo a amante do papa, Giulia. Ele parecia estar tentando convencer Afonso de que os boatos que cercavam o escândalo de Sforza e o nascimento do filho de Lucrécia eram falsos; mesmo assim, fiquei aliviada pelo fato de a comemoração não se degradar na lascívia costumeira dos Bórgia. O papa bebeu muito menos vinho que de hábito, demonstrando, para quebrar a rotina, consideração pela felicidade de Lucrécia. Até César foi agradável.

Afonso e eu executamos uma dança napolitana para Sua Santidade, e meu irmão tinha os olhos iluminados e o sorriso autêntico. Eu sabia que parte de sua alegria provinha de ele saber que nós dois voltaríamos a ficar juntos, mas pude igualmente perceber que seu encanto com Lucrécia era sincero. Como dissera jocosamente Alexandre durante a ceia, eles se haviam "afeiçoado. Olhem só para esses dois! É como se o resto de nós não existisse. Será que devemos retirar-nos em silêncio, para não perturbá-los?"

Eu não conseguia entender por que meu irmão caçula, que tivera a possibilidade de escolher mulheres mais belas e honradas, havia de se apaixonar por Lucrécia; só me restava esperar que fosse feliz.

Depois de muita dança, encenaram-se alguns quadros teatrais num pequeno palco erigido na área da recepção. Uma das apresentações envolvia uma criada lindamente vestida, que procurava convencer um unicórnio a deitar a cabeça em seu colo. A criada foi representada por ninguém menos do que Giulia, a amante do papa, mas essa não foi a maior ironia, pois finalmente reconheci, pelo corpo e pelos gestos, o homem por trás da pesada máscara de unicórnio, uma peça que cobria toda a cabeça, com um chifre dourado e aberturas para os olhos e a boca.

Era César Bórgia, representando o próprio símbolo da castidade e da lealdade.

Ao se aproximar a aurora, Lucrécia e Afonso se retiraram, seguidos por Giovanni Bórgia e seu sorriso arrogante. Meu pobre irmão estava prestes a ser submetido à mesma indignidade por que eu passara — a de ter o cardeal lascivo assistindo à sua primeira união sexual com sua esposa. Pelo menos, refleti, Afonso não teria o constrangimento adicional da presença do próprio pai no processo; perguntei-me que comentário o cardeal faria sobre as rosas.

Algumas semanas depois do casamento, César obteve aquilo com que havia sonhado durante anos: a oportunidade de expor suas alegações ao consistório de cardeais, pedindo-lhes que o liberassem de uma vocação a que não se adequava. Em troca, jurou que se colocaria a serviço da Igreja e partiria prontamente para a França, onde faria tudo o que fosse preciso para salvar a Itália de outra invasão por outro rei francês.

Havia tão pouca dúvida de que o pedido de César seria atendido quanto houvera dúvida de que Lucrécia seria declarada *virgo intacta.*

César teve seu desejo satisfeito. Tão logo este lhe foi concedido, começou a procurar uma noiva adequada. Preparei-me para o pior, esperando receber outra convocação a seu gabinete; para meu espanto, Lucrécia revelou-me que ele havia escolhido Carlota de Aragão — minha prima, filha legítima de tio Frederico, o rei de Nápoles.

Fiquei extasiada; julguei haver subestimado César. Lucrécia tinha dito que ele gostava realmente de mim — e talvez fosse por isso que não quisera coagir-me nem me causar nenhum mal. Melhor ainda, sua escolha dessa noiva tornava a posição de Afonso, como príncipe de Nápoles, mais segura na Casa dos Bórgia.

Carlota estava na França nessa época, sendo educada na corte da rainha Ana da Bretanha, devotamente católica e favorável aos Bórgia, viúva do *Re Petito*, Carlos VIII, que falecera naquela primavera. César engalanou-se com seus mais finos trajes e, montado em seu cavalo branco com arreios de prata, partiu para o norte. Seguiu confiante em conquistar a mão de Carlota, pois o novo rei, Luís XII, desejava imensamente divorciar-se de sua esposa aleijada e estéril, a rainha Jeanne, para poder casar-se com Ana, a quem amava.

E César, como filho do papa, era exatamente a pessoa capaz de pôr um mandado de divórcio diretamente nas mãos de Luís — por um preço.

Com um suspiro de alívio, vi-o afastar-se em sua montaria, acreditando que os problemas de meu país haviam finalmente acabado.

Outono – inverno de 1498

XXV

O verão de calor brutal finalmente deu lugar ao outono e a um inverno ameno. Minha vida em Roma nunca fora mais agradável: Juan estava morto, César ocupava-se de política e de cortejar sua noiva na França, e eu fiquei na companhia de meu marido, meu irmão, Lucrécia e Alexandre.

Longe das farpas depreciativas de César e Juan, Jofre mostrou-se mais à vontade e mais gentil. Afonso era bem-humorado por natureza, e seu amor por Lucrécia o deixou ainda mais jovial e encantador; ele fez emergir em Lucrécia uma meiguice que antes eu havia apenas vislumbrado, mas que se tornou uma constante em sua natureza. E, já que sua família estava feliz, Alexandre estava feliz. Sua filha fizera um bom casamento e agora era duquesa, em vez de uma simples condessa; seu filho mais velho estava prestes a contrair um matrimônio ainda melhor, e havia a perspectiva de netos legítimos.

Em função de nosso amor comum por Afonso, Lucrécia e eu nos tornamos mais íntimas do que nunca. Eu tagarelava sobre meu irmão, contando todas as suas pequenas idiossincrasias, e Lucrécia adorava ouvir histórias da infância dele — de como, certa vez, ele tentara pôr fogo na cauda do cãozinho de estimação da rainha, para ver se ela queimava como uma vela; de como quase fora arrastado pelo mar aos quatro anos, e por pouco não se afogara. E ela me confidenciou como ele roncava, inalando grandes baforadas de ar — *ah, ah, ah* — e depois soltando-as numa grande e sonora lufada.

Esqueci da *canterella*, que havia escondido junto com as jóias em meu quarto. Esqueci de sua origem; esqueci até da visão de Lucrécia no abraço carnal de seu pai e no beijo apaixonado que ela trocara com o próprio irmão. (Lucrécia contou-me, com grande alívio, que o papa a havia deixado em paz desde a gravidez, fosse porque a velhice tinha enfim apagado sua chama, fosse porque ele já não queria atiçar os boatos provocados pelo nascimento do filho ilegítimo que, supostamente, havia gerado nela.) Lucrécia também me contou que ela e Afonso dormiam juntos todas as noites em seu quarto e que ele sempre acordava lá, raras vezes permanecendo em seus próprios aposentos, na ala do palácio reservada aos homens.

— Nunca me atrevi a ter esperança — confidenciou-me ela, com ar muito pensativo — de que meu marido fosse também meu amante ardoroso.

Numa manhã de inverno, quando o sol luminoso havia dissipado toda a friagem do ar, nós, mulheres, resolvemos fazer um piquenique no vinhedo do cardeal Lopez. Fazia um tempo bonito demais para ficarmos dentro de casa, e Lucrécia parecia irrequieta, com uma empolgação que eu não compreendia, até que se acomodou a meu lado na carruagem e confessou:

— Tenho um segredo. Não o contei a ninguém, nem mesmo a Afonso, mas preciso contá-lo a você.

Eu desfrutava preguiçosamente do sol em meu rosto.

— Segredo?

Pelo sorriso convencido de Lucrécia, era óbvio que se tratava de uma coisa alegre. Desconfiei de uma festa, ou de algum presente que ela houvesse adquirido para seu novo marido.

— Estou grávida. Já faz dois meses que não menstruo.

— Lucrécia! — exclamei, segurando-a pelos ombros, genuinamente feliz. — Tem certeza? Não há nenhuma outra causa?

Ela riu, encantada com minha reação.

— Tenho certeza. Meus seios estão tão sensíveis, que mal suporto que Afonso os toque. E preciso comer, comer o tempo todo, senão fico enjoada demais para tolerar o cheiro da comida. Você tem que bancar a boba e não contar a ninguém; quero surpreendê-lo com a notícia hoje à noite, no jantar.

— Ele ficará animadíssimo. E seu pai também — e sorri ao pensar em brincar de tia com o filho de meu irmão.

Ao chegarmos ao vinhedo, encontramos o cenário pastoril perfeito: um bosque de pinheiros altos, perpendiculares a uma clareira formada por relva e flores silvestres, e depois fileiras de latadas com suas videiras retorcidas, despidas de folhas ou frutos. Havia no chão um declive suave, que proporcionava uma paisagem aprazível. Trouxeram uma mesa e, enquanto as criadas se ocupavam em descarregar os comestíveis e o vinho, Lucrécia correu os olhos pelo cenário, deixou sua capa de arminho cair descuidadamente no chão e disse:

— Está um dia perfeito para uma corrida.

Ri. Era uma sugestão completamente pueril, mas, quando deparei com o olhar travesso de Lucrécia, percebi que ela falava sério.

— O seu estado, senhora — alertei-a entre dentes.

— Não seja ridícula — respondeu. — Eu não poderia estar com mais saúde! Depois, estou tão agitada com a idéia de contar a Afonso que, se não fizer alguma coisa, vou enlouquecer, com toda essa energia.

Sorrindo, estudei-a; ela engordara um pouquinho desde o casamento com meu irmão e transbordava de vigor. Estava acostumada com muitas caminhadas e cavalgadas; uma pequena corrida não a sobrecarregaria minimamente, grávida ou não.

— Pois que venha a corrida, duquesa — disse eu. Olhei para as filas perfeitamente retas de parreiras e concordei: — É *mesmo* um cenário perfeito.

— Então, vamos correr — disse Lucrécia, e apontou para a primeira brecha no parreiral. — Aquela é a nossa chegada; a primeira a chegar vence.

Tirei a capa e o tabardo; as barras eram compridas e me fariam tropeçar. Lucrécia também despiu o tabardo, enquanto eu indagava:

— E qual é a aposta?

Ela franziu o cenho, pensando, e então um canto de sua boca se elevou:

— Um diamante. Você tira um dos meus, ou eu tiro um de você.

— Mas, quem é que escolhe? — insisti.

— A perdedora — disse ela, subitamente tímida.

Cruzei os braços e balancei a cabeça, e ela riu.

— Está bem, está bem, a escolha é de quem ganhar. Acho que terei de vencer, nesse caso.

Suspendemos as saias bem alto, pedimos a D. Esmeralda para dar o sinal e disparamos.

Estava longe de ser uma disputa justa. Eu era mais alta e tinha pernas mais compridas, e ganhei com facilidade, levantando um bocado de poeira.

— Muito bem — tripudiei —, terei que escolher seu mais belo diamante.

Lucrécia revirou os olhos e fingiu grande preocupação, quando ambas sabíamos que eu não tinha nenhuma intenção de cobrar meu prêmio.

Ela pediu uma revanche; quando me recusei (pois não queria que se cansasse), insistiu em apostar corrida com as damas de companhia mais jovens. A horas tantas, havia quatro damas assumindo a posição de largada, à espera de que D. Esmeralda desse o sinal, duas em cada larga fileira.

Fiquei levemente apreensiva, porque o rosto de Lucrécia estava muito afogueado e ela havia começado a transpirar, apesar da friagem do dia. Resolvi insistir em que o almoço fosse servido e em que todos exercícios acabassem, depois que D. Esmeralda sinalizasse a largada das corredoras.

Iniciada a última corrida, afastei-me do parreiral e fui até D. Esmeralda e a mesa, já então carregada de um sortimento tentador de iguarias; Lucrécia decerto sentiria fome, depois de toda aquela atividade.

Eu estava de costas quando ouvi o barulho sutil e inquietante de carne e ossos chocando-se com a terra. Seguiu-se um grito. Virei-me e vi D. Esmeralda correndo, com toda a velocidade que lhe permitiam suas formas robustas, em direção a duas mulheres numa alameda de parreiras. No mesmo instante, avistei a segunda mulher em meio à queda, com as saias de brocado verde abaloando-se no ar acima dela. Como Esmeralda, também corri, até parar ao lado de Lucrécia e da jovem dama de companhia que caíra por cima dela, e que nesse momento se levantava devagar e se afastava de sua senhora.

— Lucrécia! — gritei, ajoelhando-me a seu lado. Ela estava inconsciente e com uma palidez assustadora. Lancei um olhar acusador para a pobre dama de companhia, que ficara parada, trêmula, com os punhos encostados na boca. — Que aconteceu?

— Não sei, senhora — disse a jovem, com a voz lacrimosa. — Ela estava correndo e acho que tropeçou na sapatilha. Ela caiu e não consegui parar a tempo...

A moça nos olhou, com uma expressão de pavor da reprimenda ou do castigo, mas não nos interessava, porque não estava machucada. Lucrécia havia suportado o peso de sua queda.

Bati de leve nas faces da duquesa; estavam frias, mas ela continuou desmaiada. Olhei para D. Esmeralda, com ar decidido.

— A duquesa de Bisciglie está grávida — informei. — Temos que levá-la de volta ao palácio agora mesmo, e chamar um médico e uma parteira.

D. Esmeralda exclamou de surpresa ao ouvir a notícia, e saiu correndo para chamar os jovens cocheiros de nossa carruagem, que tinham ido caçar. Em meia hora, estávamos de novo na carruagem. Esmeralda e eu deitamos Lucrécia sobre nosso colo e mantive a mão sobre sua testa, preocupada com a possibilidade de febre e me maldizendo por ter permitido o início da primeira corrida.

Quando chegamos ao palácio, Lucrécia já voltara a si, embora estivesse meio abalada e fosse preciso relembrar-lhe o tombo.

— Aquela droga de sapatilha! — xingou, tentando empurrar o cocheiro que insistia em carregá-la para o interior do palácio, mas acabou deixando que ele o fizesse. Quando o rapaz, em nome do pudor, deixou-a à porta de seu quarto, nós, mulheres, a rodeamos, escorando-a em sua caminhada trôpega até a cama.

Cada passo lhe provocava dor.

— São só as minhas costas e a dor de cabeça — disse ela, com ar displicente. — Amanhã estarei melhor.

A parteira, uma senhora de idade, já a aguardava, e Lucrécia se submeteu mansamente ao exame. Quando a senhora finalmente emergiu do quarto, D. Esmeralda e eu saltamos de nossas cadeiras para ouvir as notícias.

— A duquesa deu uma pancada forte com a cabeça e as costas — informou a parteira. — Não parece ter febre e não há sangramento nem outros sinais de perda da criança, mas ainda é muito cedo para saber.

D. Esmeralda e eu conversamos com a responsável pelas damas de companhia de Lucrécia e resolvemos dizer ao médico que não fosse até lá. Sua chegada poderia ser notada por terceiros, já que seu aparecimento sempre indicava doença grave, ao passo que a parteira era consultada com freqüência por pequenas queixas femininas. Não faria sentido alarmar o papa e Afonso. Faríamos a parteira ficar conosco e observaríamos Lucrécia nas horas seguintes, para ver como se sairia.

Já então a tarde havia chegado. Felizmente, nenhuma ceia familiar fora planejada para aquela noite, pois se esperava que as mulheres voltassem tarde do piquenique.

A pedido de Lucrécia, entrei e me sentei a seu lado. Ela estava enjoada e recusou qualquer oferta de comer ou beber alguma coisa; sentia uma enorme dor de cabeça e mal conseguia abrir os olhos. Mesmo assim, insistiu em se manter animada e em conversar comigo, com a testa coberta por toalhas umedecidas em água fria.

— Toda essa complicação por causa de uma sapatilha idiota — disse. — O pé esquerdo estava grande demais; cheguei a pensar em tirá-la e correr descalça. Era o que eu devia ter feito. Poderíamos ter evitado toda essa bobagem.

— D. Esmeralda jamais o permitiria, nesse tempo frio — respondi em tom leve, com o mesmo bom humor, embora me sentisse torturada pela culpa e pela apreensão. — Ela ficaria com medo de que você pegasse uma gripe. Portanto, você teria tido que usar a maldita sapatilha de qualquer modo.

— Afonso ficará muito preocupado — murmurou Lucrécia. — Você contou a ele?

— Ainda não.

— Que bom — disse ela, e fechou os olhos. — Então, a surpresa terá que esperar até eu ficar boa. Ele logo tomará conhecimento da minha queda. Virá aqui em algum momento, depois que anoitecer.

— Ele é um rapaz forte. Vai recuperar-se do susto — disse eu.

Minha cunhada deu um sorriso fraco e se calou. Passado algum tempo, caiu num sono leve. Senti-me aliviada, achando que seu desconforto havia diminuído e que agora ela melhoraria. Mas a parteira insistiu em ficar por perto.

Lucrécia acordou algumas horas depois do pôr-do-sol, com um gemido alto, assustador. Inclinei-me para ela e segurei sua mão. Seus dentes rangiam; a dor que ela sentia era grande demais até para que falasse.

A parteira levantou as cobertas e a examinou e, em seguida, com um olhar sombrio, que me cortou o coração, balançou a cabeça.

— Ela está sangrando — informou. — Podemos esperar o pior.

Virou-se para D. Esmeralda e pediu várias toalhas, um lençol e uma bacia d'água, depois tornou a me fitar, com uma expressão melancólica, nascida de anos de experiências tristes.

— Seria melhor que a senhora se retirasse, D. Sancha.

— Não! — gritou Lucrécia, em meio aos gemidos. Sua pele estava branca, com gotas de suor. — Sancha, não me deixe!

Apertei sua mão com mais força.

— Não vou deixá-la — declarei com voz firme, cheia de uma força que eu não sentia. — Ficarei aqui a seu lado, até você me mandar embora.

Ela relaxou, mas apenas por um instante; logo foi tomada por outra onda de agonia, e apertou minha mão com uma força esmagadora.

Esmeralda voltou para o quarto, depois de ordenar que as criadas trouxessem os objetos necessários.

— Mande chamar Sua Santidade e o duque de Bisciglie à antecâmara — instruí-a. — É hora de eles serem informados.

— Sancha! — arquejou Lucrécia. — Eles vão ficar tão preocupados!... Você mesma contará a eles?

— Eu mesma contarei — acalmei-a, e peguei a toalha que estava em sua testa. O lado encostado na pele tinha-se aquecido, de modo que eu a virei para o lado mais frio e com ele alisei-lhe suavemente a fronte. — Serei delicada e me certificarei de que eles não se preocupem demais.

— Sim. Sim. Eles dois se preocupam muito... — murmurou Lucrécia, e trincou os dentes, ao ser tomada por outro espasmo.

Como Afonso residia no palácio, foi o primeiro a chegar; mandei D. Esmeralda à antecâmara dizer-lhe que Lucrécia sofrera uma queda no vinhedo e que eu sairia com outras notícias tão logo Sua Santidade chegasse. Esmeralda sabia disfarçar com habilidade e desempenhou seu papel maravilhosamente; entreouvi o tom equilibrado e sereno com que falou com Afonso. Ela tornou a entrar no quarto, fazendo um aceno confiante; sem dúvida meu irmão achava que sua mulher havia simplesmente torcido o tornozelo.

Logo, no entanto, os gritos de Lucrécia foram tão altos que, na antecâmara, Afonso com certeza os ouviu. Devem tê-lo abalado em seu ânimo, de modo que me desembaracei de Lucrécia para explicar a situação. Felizmente, o papa chegou no momento em que eu abraçava meu irmão.

Ao ver nossas expressões agitadas, Alexandre reagiu com sua natureza exageradamente emotiva: seus olhos logo se encheram de lágrimas.

— Santo Deus! Ela parece estar morrendo! Eu não imaginava que fosse tão grave... Sancha, que aconteceu com nossa filha?

Afastei-me de Afonso.

— Lucrécia é jovem e forte; não há dúvida de que sobreviverá. Parece que ela estava grávida, mas a criança com certeza se perdeu. Ela estava apostando corrida com suas damas de companhia no vinhedo...

— Apostando corrida no vinhedo? Quem permitiu isso? — indagou Alexandre, com uma fúria nascida da aflição. — Ela sabia que estava grávida?

— Creio que sim. Foi um simples acidente, Santidade. O exercício não deveria fazer-lhe mal. A sapatilha dela estava larga e a fez tropeçar, e outra moça caiu em cima dela.

— Quem? — disse Alexandre, assumindo um tom vingativo.

Nesse ínterim, Afonso ignorava as explosões bombásticas do sogro; ouviu as informações, cobriu o rosto com as mãos e murmurou:

— Grávida...

No mesmo instante em que Alexandre indagava o nome da culpada, Afonso ergueu o rosto e perguntou:

— Tem certeza de que Lucrécia ficará boa? — e voltou o olhar preocupado para os gemidos que vinham do quarto da mulher.

Pus a mão no ombro de meu irmão e disse:

— É difícil agora, mas a parteira disse que ela é moça e sobreviverá a isso, se Deus quiser.

Dirigindo-me a Alexandre, menti:

— Nem me lembro qual foi a moça que caiu, Santidade. Foi um ato de Deus, e não culpa dela, que a sapatilha de Lucrécia estivesse solta.

O papa cobriu o rosto e gemeu com um tormento equiparável ao da filha:

— Ah, minha pobre filha! Minha pobre Lucrécia!

— Sejam fortes — eu disse a ambos. — Lucrécia me pediu que ficasse com ela. Mas virei dar-lhes notícias assim que puder.

Deixei-os consolando um ao outro e voltei para junto da duquesa.

O sofrimento dela prolongou-se por mais duas horas, depois das quais ela expeliu um pequeno feto ensangüentado; eu mesma vi a pobre criatura, que mal começara a se formar, quando a parteira a aparou numa toalha e a examinou. Era cedo demais para dizer se havia morrido um filho ou uma filha.

Afortunadamente, os gemidos de Lucrécia cessaram de imediato, mas ela chorou ao se dar conta de que não mais carregava o filho em seu ventre. O sangramento que se seguiu foi pequeno, o que era um bom sinal, e finalmente ela mergulhou num sono que a parteira declarou repousante.

Coube a mim o dever de dar ao pai e ao marido a boa e a má notícias: que Lucrécia sofrera um aborto, que não houvera nenhum dano permanente e que se esperava uma pronta recuperação.

Cumpri minha promessa a Lucrécia: voltei para seu quarto, onde cochilei num almofadão de veludo verde, enquanto ela dormiu a noite inteira. Só a deixei na manhã seguinte, uma vez convencida de que tudo estava bem.

Primavera de 1499 – Inverno de 1499

XXVI

Felizmente, a parteira acertou em sua previsão: Lucrécia teve uma recuperação completa e, com o tempo, aborreceu-se com o excesso de atenções e mimos de que a cumulávamos seu pai, Afonso e eu, sem a menor vergonha. Embora tivesse havido um certo ciúme entre D. Esmeralda e a nova dama de companhia principal de Lucrécia, D. Maria, as duas se uniram no objetivo de assegurar que a duquesa de Bisciglie estivesse sempre aquecida, paparicada e superalimentada.

Em poucos meses, nossa solicitude foi recompensada. Numa noite de abril, após a ceia, Lucrécia caminhou comigo para longe do alcance dos ouvidos de nossos séqüitos, ao voltarmos do Vaticano para o palácio, e segredou:

— Estou grávida de novo. Mas não devemos contar a ninguém por algum tempo, até eu ter certeza de que o bebê está seguro.

— Sem corridas — sussurrei de volta, e ela teve senso de humor suficiente para me dar um sorriso irônico.

— Sem corridas — concordou.

Sorrimos e seguimos de braço dado, animadas com nosso segredo. Roma me pareceu um porto seguro naquela noite, com as lanternas dos barcos cintilando lá embaixo, no Tibre, e o brilho dourado que emanava das graciosas janelas arqueadas do palácio, ao nos aproximarmos.

. . .

Enquanto isso, os eventos na França não corriam exatamente de acordo com os planos de César Bórgia. O documento do divórcio deveria ser entregue por ele, mas só deveria ser apresentado ao rei em troca da mão de Carlota de Aragão.

Assim armado, César partira para a França. Eu havia tirado o assunto da cabeça, confiante em que agora o *status* político de Afonso e o meu na Casa dos Bórgia estavam garantidos.

Na chegada à França, César fora orientado por Carlota e seu pai, o rei Frederico, a solicitar a permissão de Luís para desposá-la; mas o rei, embora recebesse César com cortesia, recusou-se a discutir o assunto. Nesse ínterim, insistiu em que o decreto do divórcio lhe fosse entregue — e o fez com tamanha persistência que César começou a temer por sua segurança. Ele adiou o máximo que pôde, mas acabou cedendo à exigência de Luís e entregou o documento.

No instante em que Luís obteve o que queria, César perdeu toda a vantagem que tinha, e o rei francês recusou-se a voltar a ouvir falar de Carlota.

Frustrado, César recorreu novamente ao pai de Carlota, Frederico de Nápoles — que, depois de se mostrar evasivo por um tempo enorme, por fim rejeitou categoricamente o pedido do duque de Valência. Com a franqueza que lhe era típica, tio Frederico comentou, com grande antipatia, que não casaria sua filha com um homem que tinha a reputação de "aventureiro". Em outras palavras, preferia guardar a filha para um pretendente legítimo, e não para um filho bastardo do papa, um filho que se desfizera com suma leviandade dos votos sacerdotais, e certamente não para um homem que diziam ter pendor para o assassinato.

Os apelos de César a Luís foram ignorados. Já então se haviam passado meses. O duque de Valência ameaçou retornar à Itália e o papa fez insinuações sobre lhe arranjar uma esposa italiana — mas ele não obteve permissão para deixar a França ou sequer a corte do rei.

Em vez disso, foi-lhe oferecida a mão de uma princesa francesa após outra; com o tempo, toda uma procissão de beldades da França lhe foi oferecida, e ele deve ter-se dado conta da verdade. Embora fosse bem tratado, seria prisioneiro do rei até ceder ao projeto de Luís: uma esposa francesa para o filho do papa Alexandre.

No final da primavera, Dom Garcia, o mensageiro pessoal de César, chegou da França a Roma. A notícia era de tamanho vulto, que Sua Santidade convidou Garcia a sentar-se conosco à mesa da família no jantar — mas Garcia ficou de pé para fazer seu relato.

César estava noivo e o rei da França concedera sua aprovação: a noiva era Charlotte d'Albret, filha do rei de Navarra e prima de Luís.

A meu lado, Afonso ouviu atentamente, sem que sua expressão revelasse qualquer sinal de inquietação íntima; do meu outro lado, Jofre deu um viva ao irmão. Não lhe ocorreu que sua esposa e seu cunhado estavam agora em grave perigo político.

Com a morte de Juan, Lucrécia tornara-se a filha favorita de Alexandre; mas um filho varão sempre tem precedência sobre uma filha, de modo que a lealdade maior — e o medo maior — do papa eram para com César. E este havia optado por se aliar à França, por rancor e pelo desejo de se vingar de mim, e talvez de toda a Casa de Aragão, depois da ofensa demasiadamente pública da recusa de Carlota.

Quanto a Sua Santidade, ele manifestou um prazer piegas:

— Finalmente, todos os meus filhos estarão casados — suspirou —, e talvez eu logo me torne avô.

Lucrécia lançou-me um sorrisinho de cumplicidade, o qual mal pude retribuir, pois me sentia arrasada.

Depois da ceia, dei um jeito de ficar a sós com Afonso em seus aposentos, antes de ele ir passar a noite com Lucrécia. Tamanho era meu grau de inquietação e desconfiança, que exigi que ele dispensasse todos os seus criados, inclusive os homens de maior confiança, que lhe haviam prestado serviços em Nápoles durante anos. Insisti em que nos recolhêssemos a seu quarto, depois de trancar a porta da antecâmara, pois temi que alguém pudesse encostar o ouvido nela e escutar qualquer conversa mantida naquele aposento.

Fui a primeira a falar, antes que Afonso tivesse a oportunidade.

— Se César levar adiante essa decisão, será inevitável uma invasão francesa, e estaremos condenados. Você sabe com que facilidade Lucrécia livrou-se do primeiro marido.

Sentei-me numa otomana estofada, sentindo um calafrio, e apertei bem junto ao corpo meu abrigo de pele.

Afonso estava de pé, de costas para mim, diante de sua sacada. Tinha aberto as venezianas e inspirou o ar cálido da primavera, contemplando a noite. A escuridão emoldurava sua cabeça loura e seus ombros retos e musculosos, envoltos no mais pálido brocado verde. Ele parecia forte e resoluto, invencível, mas, ao estudá-lo, li a apreensão em sua postura, vi uma tensão que não estivera ali antes do jantar.

Num gesto deliberado, Afonso fechou as venezianas e se afastou da sacada, revelando em seus movimentos a rara raiva que crescia em seu íntimo. Seu rosto exibia tensão; eu sabia que meu comentário o havia provocado, mas sabia também que não era a única fonte de sua ira.

— Aquilo *não foi* obra dela. Lucrécia lutou o máximo que pôde contra o divórcio e ainda se sente profundamente envergonhada por ele. O pai a coagiu.

— De qualquer modo, ela faz o que lhe mandam fazer.

O tom de Afonso tornou-se atipicamente frio:

— Não tenha tanta certeza. Nós nos amamos, Sancha. Lucrécia sofreu os abusos do pai durante anos e anos, e sua lealdade a ele está desgastada. Mas ela sabe que *eu* nunca a magoaria, nunca a trairia.

— Só me resta esperar que você tenha razão. Mas há outras pessoas de cujo destino não me atrevo a falar... — retruquei. Eu pensava em Perotto, em Pantsília... e principalmente em Juan, a quem os laços de sangue não tinham conseguido salvar.

Afonso inflamou-se:

— Eu me recuso a ouvir essa conversa. Lucrécia é minha esposa. E é incapaz da mais ínfima crueldade.

Tornei-me conciliadora:

— Amo Lucrécia como irmã e amiga. Não a estou acusando de nada. Mas César... — e baixei prontamente a voz. — Se ele decidir aliar o exército papal à França...

A raiva de Afonso desapareceu, substituída por um desânimo sombrio:

— Eu sei. Devemos tomar muito cuidado, de agora em diante. Haverá espiões; não ousaremos correr o risco de falar livremente, nem mesmo diante de nossos criados, e devemos vigiar tudo o que escrevermos.

Fez uma pausa e prosseguiu:

— Terei encontros particulares com os embaixadores da Espanha e de Nápoles. Existem cardeais que mantêm laços sólidos com a Espanha e com

Nápoles, nos quais é possível confiar e que contam com a confiança do papa — disse. Forçou um sorriso animador. — Não se inquiete, Sancha. O ato ainda não foi consumado. Farei tudo que estiver a meu alcance para impedir esse casamento. E também farei com que Lucrécia converse com o pai; ela tem mais influência do que qualquer um sobre ele.

— Lucrécia! — exclamei. — Afonso, não se atreva a falar de nada disso com ela!

Ele me olhou, com a mágoa temperada pela indignação.

— Converso com Lucrécia a respeito de tudo — declarou com simplicidade. — Ela é minha vida, minha alma. Eu não lhe poderia esconder nada.

O desespero apossou-se de mim como um crepúsculo instantâneo.

— Você precisa compreender, irmãozinho. A lealdade primordial de Lucrécia será sempre para com sua família.

Quando Afonso abriu a boca para protestar, ergui a mão, num gesto que pedia silêncio.

— Isso não mostra nenhuma fraqueza no caráter dela, mas antes, força. Confesse, Afonso: a quem você é mais leal, à Casa dos Bórgia ou à Casa de Aragão?

Ele deu um suspiro.

— Tem razão, minha irmã. Serei discreto no que discutir com minha mulher. Entrementes, tenha fé: exercerei pressão, com toda a minha habilidade, contra esse casamento francês.

Tentei ter fé. Afonso fez o que havia prometido, e os representantes dos reis espanhol e napolitano alertaram o papa para as terríveis conseqüências, caso fosse permitido o casamento de César com a parenta de Luís. Alexandre pareceu dar-lhes ouvidos.

Entretanto, numa manhã de meados de maio, quando Lucrécia e eu nos sentávamos em nossas almofadas de veludo, ladeando o trono de Alexandre em sua audiência para os suplicantes, anunciou-se a chegada de uma visita. O mensageiro de César, Dom Garcia, acabara de apear de seu cavalo, após uma árdua viagem de quatro dias desde que partira de Blois, na França.

Ele trazia notícias para Sua Santidade, boas notícias, informou o pajem, mas rogava a paciência de Alexandre: quase não havia dormido e mal conseguia sustentar-se de pé. Gostaria de fazer sua comunicação após algumas horas de repouso.

Alexandre, agitado, recusou-se a ouvir falar disso. Dispensou os suplicantes e mandou convocar Jofre, Afonso e o cavaleiro exausto à sala do trono. Os familiares chegaram, seguidos por Dom Garcia — pesadamente apoiado num servo, pois não conseguia andar sem ajuda.

— Perdoe-me, Santidade — implorou Garcia. — Direi o seguinte a Vossa Santidade: seu filho, César Bórgia, tem agora quatro felizes dias de casado com Charlotte d'Albret, princesa de Navarra, e o casamento foi consumado na presença do próprio rei Luís.

Ouvi, impassível. Alexandre bateu palmas, extasiado. Mais tarde, eu soube que ele havia ajudado a selar o matrimônio meses antes, ao conceder ao irmão de Charlotte um barrete cardinalício — no momento mesmo em que fingia escutar os espanhóis e os napolitanos.

— Então, está feito! — exclamou o papa. Examinou o mensageiro oscilante e exausto e disse: — Alguém traga uma cadeira! Eu lhe dou permissão, Dom Garcia, para sentar-se em minha presença, desde que me faça um relato completo, integral, do casamento. Não deixe escapar nenhum detalhe.

A cadeira foi trazida; com relutância, Garcia deixou-se cair nela e, instigado pelas perguntas do papa, discursou monotonamente por sete horas inteiras. Após algumas delas, comida e bebida foram servidas para o orador e sua platéia. Sentei-me e escutei com horror crescente, enquanto Alexandre se deleitava cada vez mais.

Ouvi o relato de como César e sua esposa — "belíssima, de pele alva e delicada e cabelos louros", segundo Garcia — trocaram alianças numa cerimônia solene. Numa exibição de virilidade, César havia consumado fisicamente o matrimônio seis vezes, na presença do rei Luís, que o havia aplaudido e dito que ele era "melhor homem do que eu". Tantos convidados ilustres haviam comparecido à recepção posterior, inclusive o rei e sua comitiva, que não houvera espaço para todos, e eles tinham sido obrigados a realizar a comemoração numa campina ao ar livre.

O papa regozijou-se com a união de César. Cada visitante do Vaticano era regalado com a história do casamento do duque, incluindo a exibição, por Sua Santidade, das pilhas de jóias que ele pretendia enviar a sua nova nora, sendo cada gema segurada contra a luz para que a visita a admirasse.

Só restou a Afonso e a mim a tentativa de controlar os estragos. Um cardeal cujo auxílio Afonso havia solicitado, Ascanio Sforza, sondou delicadamente a situação, em meio a uma conversa com o pontífice sobre assuntos da Igreja. Ele não acreditava, disse o cardeal Sforza ao Santo Padre, que Luís tivesse realmente a intenção de invadir Nápoles, já que a rainha Ana e seu povo se opunham a isso. Ademais, os franceses já haviam aprendido sua lição, na época em que o rei Carlos fora obrigado a se retirar, humilhado.

O papa dera uma risada zombeteira na cara de Sforza. O rei Frederico deveria tomar cuidado, comentara Alexandre, sorridente, para não se descobrir na mesma situação de meu pai, sempre acreditando que os franceses nunca chegariam, e depois fugindo, quando o exército de Carlos se aproximara dos portões de Nápoles.

Ao ouvir isso, perdi a esperança, muito embora Afonso continuasse a exercer suas pressões políticas em segredo. De uma coisa extraí um prazer perverso: da notícia de que estudantes universitários de Paris vinham encenando paródias cômicas da cerimônia matrimonial de César; o senso romano de grandiosidade era considerado vulgar e exagerado pelos padrões franceses. Os cavalos de César, com seus arreios de prata, haviam-no transformado em motivo de chacota.

Jofre percebeu finalmente que eu já não estava nas boas graças de Sua Santidade e resolveu que o melhor curso de ação era provar-se um verdadeiro Bórgia, como seus irmãos. Na companhia de soldados espanhóis, passou a perambular pelas ruas à noite, bêbado e brandindo a espada, numa pálida imitação de Juan; mas a natureza delicada de Jofre nunca o havia equipado para a luta.

Ele prosseguiu nesse comportamento, apesar de minhas súplicas de que parasse. Creio que minha preocupação o fazia sentir-se mais viril. Não posso culpá-lo: ele queria me ajudar; e talvez, se tivesse a postura de seus irmãos, houvesse conseguido fazer-se ouvir pelo pai. Mas não tinha, e não havia nada que pudesse fazer para influenciar Sua Santidade a meu favor.

Entretanto, poderia ao menos começar a agir como um Bórgia. Sem dúvida, era o que ele supunha estar fazendo, na noite em que fui despertada por um grito do lado de fora de meu quarto.

— D. Sancha! D. Sancha!

Sentei-me na cama, com a mão no coração em disparada, despertada após horas de sono profundo por uma voz masculina em minha antecâmara. Além de mim, D. Esmeralda acordou no mesmo instante; minhas outras damas de companhia agitaram-se, com gritos assustados.

— Quem está aí? — perguntei, usando meu tom mais autoritário. Lutei para me livrar das cobertas, enquanto uma das damas acendia às pressas uma lamparina.

— É Frederico, um sargento da Guarda Espanhola, um dos criados de seu marido. Dom Jofre sofreu um ferimento grave. Nós o levamos para seu quarto e chamamos o médico; julgamos que a senhora devia ser informada.

— Grave? Quão grave? — perguntei, minha voz elevando-se em pânico. Àquela altura, eu me havia enrolado em minha capa de veludo e corri para a antecâmara, onde estava Frederico, segurando uma lanterna. Vestindo trajes civis, ele teria talvez uns 18 anos, moreno como um mouro, com o cabelo emplastrado na testa pelo suor. A metade inferior de sua túnica estava pendurada, cortada pelo golpe de uma lâmina que não conseguira penetrar na pele; a enorme abertura revelava parte de seu abdômen nu e o cós de seus calções. Os olhos negros do rapaz reluziam, pelo excesso de vinho.

Mas a voz e a postura estavam firmes: o susto o deixara sóbrio.

— Ele foi atingido por uma flechada na coxa, senhora.

Era fácil esse tipo de ferimento ser fatal. Sem chamar por minhas acompanhantes, corri descalça para o corredor. Não me recordo de ter atravessado o palácio nem subido a escada para os aposentos de Jofre; lembro-me apenas de homens se curvando e portas se abrindo, até que me vi ao lado de meu marido.

Ele estava deitado na cama, pálido e suado, com os olhos castanhos arregalados de dor. Os soldados haviam cortado sua malha e seus calções, para expor a ferida e a flecha, parcialmente quebrada, com a ponta firmemente alojada na coxa. A carne em volta da flecha estava roxa e intumescida, sangrando profusamente, com os filetes descendo pelos dois lados da perna. Um lençol tinha sido dobrado várias vezes e posto embaixo do ferimento; estava completamente empapado.

Jofre estava consciente e segurei sua mão; ele apertou a minha frouxamente, porém agradecido, e tentou me sorrir, embora só conseguisse produzir uma careta doentia.

— Meu querido — eu lhe disse; pareciam ser as únicas palavras que eu era capaz de enunciar.

— Não fique zangada, Sancha — murmurou ele. O cheiro de álcool emanava de seu hálito e suas roupas, e percebi que, provavelmente, seus criados haviam derramado vinho no ferimento, para limpá-lo. Mesmo assim, ele e seu séqüito estavam muito embriagados, o que sem dúvida havia facilitado a crise daquele momento.

— Nunca, nunca — respondi-lhe. Não havia malícia em Jofre. Se ele fizera alguma coisa errada, tinha sido apenas na esperança de acabar me ajudando. — Quem fez isso com você?

Ele estava fraco demais para responder; em vez da sua, ouvi a voz de Frederico às minhas costas; o jovem soldado seguira os meus passos e me acompanhara até o quarto de seu senhor, mas eu estivera aflita demais para notar.

— Foi um dos soldados do chefe da ronda, Sra. Sancha. Estávamos atravessando a ponte do Castelo Sant'Angelo quando o chefe da ronda nos mandou parar para uma inspeção. Dom Jofre identificou-se como o príncipe de Squillace, mas o chefe da ronda não quis acreditar nele, senhora, e...

O escudeiro fez uma pausa e resumiu a história, em meu benefício:

— Houve uma altercação. Ao que parece, um dos soldados achou que o príncipe havia insultado o chefe da ronda, pois disparou uma flecha, e o resultado a senhora está vendo.

Fiquei horrorizada.

— O chefe da ronda foi preso? E o soldado que disparou a flecha?

— Não, senhora. Estávamos muito preocupados com o príncipe e o trouxemos para cá imediatamente.

— É preciso fazer alguma coisa. Os responsáveis têm que ser punidos.

— Sim, senhora. Infelizmente, não temos autoridade para isso.

— Quem a tem?

Frederico pensou um pouco.

— Com toda certeza, Sua Santidade.

Apareceu o médico papal, um homem idoso e corpulento, vestido com tanto esmero quanto qualquer dos Bórgia e visivelmente aborrecido por ter sido acordado horas antes do amanhecer. Carregou intensamente o cenho ao me ver, unindo as sobrancelhas grossas e escuras.

— Nada de mulheres. Preciso retirar a flecha e não quero ninguém desfalecendo aqui.

Retribuí-lhe o cenho franzido com ferocidade ainda maior. Não estava disposta a ser tratada com tamanha desconsideração e, o que era mais importante, não permitiria que me afastassem do lado de Jofre.

— Não sou uma donzela delicada — insisti. — Faça o seu trabalho e me deixe consolar meu marido.

Dessa vez, Jofre conseguiu produzir um pálido sorriso.

Segurei-lhe a mão e sequei o suor de sua testa pegajosa, enquanto o médico passava a examinar, sondar e, em seguida, fazer uma incisão acima do ferimento. Trouxeram vinho tratado e eu levei a taça de prata aos lábios trêmulos de Jofre, insistindo para que bebesse.

Depois que ele tomou uma quantidade suficiente para satisfazer o médico, iniciou-se o pior da cirurgia. O médico segurou a haste da flecha com as duas mãos e puxou. Jofre trincou os dentes e gemeu, mas, no fim, acabou reduzido a dar gritos altos e fazer força como uma mulher em trabalho de parto.

Após várias tentativas, a flecha soltou-se e ele arriou o corpo, flácido, mas ainda sentindo dor. Saiu muito sangue, o que o médico declarou ser bom, pois ajudaria a limpar a ferrugem perigosa e diminuiria as probabilidades de infecção. O ferimento tornou a ser lavado com vinho tratado e, em seguida, recebeu um curativo.

Passei a noite com Jofre, sem me atrever a dormir nem mesmo quando ele enfim cochilou, a despeito do sofrimento.

Primavera – verão de 1499

XXVII

Pela manhã, deixei meu marido dormitando, vesti um traje adequado e fui bem cedo aos apartamentos de Sua Santidade, antes que ele saísse para os assuntos oficiais do dia.

Ele me recebeu em seu gabinete, sentado atrás de uma imponente escrivaninha dourada. Fiz uma mesura e disse, em tom urgente:

— Informo a Vossa Santidade que seu filho Jofre foi ferido ontem à noite, numa altercação com o chefe da ronda.

— Ferido? — disse ele, levantando-se, instantaneamente apreensivo. — É grave?

— Foi ontem à noite, Santidade. A coxa de Jofre foi perfurada por uma flecha enferrujada; ele sobreviveu à madrugada, pela graça de Deus. Até agora não há febre e o médico tem esperança de que ele se recupere. Mas seu estado ainda é grave.

Notei que ele relaxou um pouco.

— Como aconteceu isso?

— Jofre estava com alguns de seus homens ontem à noite, bem tarde; iam atravessando a ponte de Sant'Angelo quando o chefe da ronda os deteve e quis saber o que pretendiam.

— Como era seu dever fazer — disse Alexandre. — Já falei com Jofre sobre essas escapadas tarde da noite. Ele tem andado por aí com seus espanhóis, à procura de brigas. E parece que finalmente encontrou.

Seu tom era indiferente; encarei-o e deixei escapar um arquejo alto.

— Santidade, os homens responsáveis por ferir Jofre precisam ser levados à justiça!

Alexandre sentou-se, já claramente despreocupado com o assunto; fitou-me com seus grandes olhos castanhos — olhos que pareciam benevolentes, à primeira vista, porém ocultavam uma alma muito conivente com a injustiça.

— Parece-me que eles estavam cumprindo seu dever. Não posso "puni-los" por isso, como você me pede. Jofre teve o que merecia — e baixou os olhos para um papel sobre a escrivaninha, ignorando-me.

— Ele é *filho* de Vossa Santidade! — exclamei, não mais tentando esconder minha raiva.

O papa lançou-me um olhar frio.

— Quanto a isso, você foi mal informada, senhora.

Minha cólera apossou-se de minha língua antes que minha inteligência conseguisse fazê-lo, e retruquei em tom incisivo:

— Não foi o que Vossa Santidade disse ao mundo, o que o torna a um tempo mentiroso *e* cornudo.

Diante disso, ele tornou a se levantar, ágil, com uma raiva equiparável à minha, porém, antes que pudesse revidar, dei-lhe as costas deliberadamente, sem pedir licença para me retirar, e saí da sala num rompante, batendo a porta com força.

Depois disso, convenci-me de haver agravado seriamente a situação de Afonso e a minha. À tarde, sentia-me tão agitada com meu malfeito, que saí à procura de meu irmão e fui forçada a esperar várias horas, até que ele voltasse de uma caçada.

Encontramo-nos à nossa típica maneira clandestina — no aposento interno de Afonso, com a porta da antecâmara trancada. Enquanto meu irmão escutava, descansando numa cadeira após um árduo dia de cavalgadas — cansado demais até para tirar a capa antes de sentar-se —, andei de um lado para outro e lhe confessei minha idiotice e meu sentimento de culpa.

Ele balançou a cabeça com indulgência e deu um suspiro:

— Sancha, você precisa se dar conta de que suas explosões temperamentais talvez aborreçam Alexandre enormemente, mas, no fim das contas, ele há de compreender que você estava apenas defendendo seu marido. Não lhe advirá nenhum mal de seu embate.

Não adiantava tentar convencê-lo de outra coisa; ele estava por demais acostumado a ver o bem nas pessoas. Por mais que permanecesse em Roma, jamais compreenderia o talento dos Bórgia para a traição.

Soltei um suspiro, mas nesse momento Afonso acrescentou:

— Você não agravou nossa situação. Na verdade, nossa situação dificilmente poderia piorar.

E então me revelou, finalmente, o fato que vinha ocultando de mim nos últimos dias: que os representantes do rei espanhol, Fernando, haviam-se indignado cada vez mais com os atos de Alexandre. Na verdade, estavam zarpando naquela manhã para a Espanha, a fim de se reunirem em pessoa com Fernando. Sua partida pretendia ser uma afronta deliberada ao papa e, antes de se despedirem, eles haviam comunicado a Sua Santidade sua convicção de que o exército papal vinha recebendo munição da França, contrabandeada em barris de vinho.

Afonso deu-me essas informações com um acabrunhamento que vinha de muito mais do que a exaustão física. Com a têmpora apoiada no punho, disse, abatido:

— E o papa conseguiu enfurecer tão completamente os espanhóis, com sua lisonja constante ao rei Luís, que os embaixadores o insultaram frontalmente. Na verdade, Garcillaso de Vega teve a coragem de dizer diretamente a Sua Santidade: "Espero que Vossa Santidade seja forçado a me acompanhar à Espanha — como fugitivo, numa balsa, e não num belo navio como o meu."

Não pude deixar de soltar uma exclamação de alegria ao pensar em Vega pondo Alexandre em seu lugar; ao mesmo tempo, eu sabia que sua franqueza só poderia atrair a vingança.

— Que disse o papa?

— Ele se alvoroçou. Disse que Dom de Vega o desonrava ao acusá-lo de cumplicidade com a França. Disse que sua lealdade à Espanha se mantém inalterada.

Calei-me e estudei meu irmão com cuidado. Temia que Lucrécia ainda o influenciasse a ponto de ele tentar descartar a retirada dos embaixadores espanhóis como uma reação exagerada, mas ele não o fez. Sua expressão continuou grave, conturbada.

Depois de uma pausa, Afonso tornou a falar, em tom de franca derrota.

— Tenho conversado regularmente com Ascanio Sforza. Ele salientou que, embora Lucrécia possa amar-me, sua voz não se fará ouvir nessa questão, no que concerne ao papa. Ela protestou vigorosamente contra o divórcio de Giovanni Sforza, mas, no final, não fez diferença.

Mordi a língua, tendo a gentileza de não assinalar que eu dissera a mesma coisa, semanas antes, e fora descartada. Em vez disso, afirmei:

— Só há uma pessoa que exerce influência sobre Alexandre: é César. Ele é o pior perigo que enfrentamos.

Afonso ponderou sobre isso com ar grave, depois prosseguiu:

— Sforza tem pensado em sair de Roma. Não sabe ao certo por quanto tempo será seguro para os que apóiam a Casa de Aragão permanecer aqui.

Fiquei gelada. Eu sabia que as manobras políticas de César com os franceses deixavam meu irmão e eu numa situação grave. Mas o perigo físico efetivo — o fato de que os Bórgia poderiam tentar assassinar Afonso — nunca me parecera inteiramente real até esse momento, quando olhei para meu doce irmão e compreendi o que César tinha feito: a Casa de Aragão corria extremo perigo. A aliança com os franceses dera ao papa até mesmo a audácia de negar diante de mim a paternidade de Jofre.

Teria sido um simples ardil a declaração de César de que queria casar-se com Carlota de Aragão? Teria ele sempre pretendido desposar uma noiva escolhida pelo rei Luís, e se aliar ao pior inimigo de meu país? Se ele queria vingar-se de mim, não poderia fazer nada melhor do que ameaçar Afonso; eu me importava mais com a vida de meu irmão do que com a minha.

Com o exército francês à disposição do papa, César poderia tirar de mim ainda mais do que Afonso: poderia tirar-me Nápoles.

No mesmo instante, senti-me transportada para o passado longínquo. Vi-me sentada na caverna da *strega*, perto do monte Vesúvio, vi suas belas feições suavizarem-se sob um véu de gaze negra e ouvi sua melodiosa voz proclamar:

Tome muito cuidado, Sancha, ou seu coração destruirá tudo aquilo que você ama.

César, pensei, num instante de temor desvairado, e pus instintivamente a mão no punhal sempre escondido em meu corpete. *César, meu coração... Meu coração tenebroso e maléfico. Não posso deixá-lo destruir meu irmão.*

. . .

Jofre recuperou-se por completo e abriu mão de suas tolas escapadas noturnas. Afonso e eu permanecemos em Roma até mesmo em julho, depois de Ascanio Sforza partir para Milão a fim de apoiar seu irmão, o duque Ludovico Sforza. O exército francês já havia atravessado os Alpes e se preparava para um ataque em massa contra essa cidade setentrional.

Minha única preocupação era Afonso: ele era homem, considerado capaz de influência política. Eu era apenas uma mulher e, portanto, vista como uma esposa inconveniente, mas não uma ameaça direta. Ambos tentamos convencer-nos de que estávamos seguros, especialmente porque Lucrécia estava grávida de quatro meses e Alexandre aguardava com empolgação o nascimento de seu primeiro neto legítimo — herdeiro das Casas de Aragão e dos Bórgia.

O papa repetia constantemente a afirmação de que o rei Luís jamais invadiria Nápoles; o rei da França só estava interessado na região de Milão, insistia ele, e mais nada. Quando Luís tivesse o controle firme de Milão, ele e seu exército partiriam.

Queríamos desesperadamente acreditar nas histórias de Alexandre.

Mas Afonso só podia confiar nelas até certo ponto. Ele vinha escondendo um segredo de mim — algo por que ainda não consigo perdoá-lo, mesmo sabendo que ele só o escondeu para me proteger.

O rei Luís assumiu com facilidade o controle de Milão; os cidadãos, preocupados com o próprio pescoço, inundaram as ruas para lhe dar as boas-vindas. Quanto ao duque Ludovico e seu primo, o cardeal Sforza, eles não conseguiram reunir apoio suficiente para rechaçar uma invasão. Ao reconhecer isso, fugiram, antes mesmo que a cidade abrisse os portões para o exército francês.

Cavalgando com o rei estava César Bórgia.

Era apenas o segundo dia de agosto e as manhãs ainda estavam aprazivelmente frescas, quando Lucrécia me convidou para almoçar com ela na *loggia* do palácio. Dedicávamo-nos à alegre conversa das mulheres quando uma delas está prestes a ter um bebê, quando nosso diálogo foi interrompido pelo aparecimento da comitiva papal, seguida por Sua Santidade.

Ele cruzou a galeria com uma rapidez e intensidade atípicas, com os ombros largos recurvados. Fez-me lembrar o emblema da família Bórgia, pois a nada Alexandre se assemelhava mais do que um touro enraivecido numa investida.

Aproximou-se; a brancura de suas vestes de cetim acentuava a vermelhidão do rosto redondo e o tom escuro dos olhos espremidos. Seu olhar varou-nos como uma espada e se alternou entre mim e Lucrécia; obviamente, as duas tínhamos feito algo que fomentara sua fúria e seu desdém.

Pusemo-nos de pé, Lucrécia com esforço, por causa do volume que carregava, mas Alexandre fez um sinal imediato para que continuássemos sentadas.

— Não! — gritou. — Sentem-se. Vocês precisarão fazê-lo.

Tinha o tom ríspido, a expressão trovejante. Chegou à nossa mesa e atirou uma carta junto ao prato de Lucrécia. Permaneci imóvel, mal me atrevendo a respirar.

Ela empalideceu — talvez suspeitasse do que eu estava assustada demais para intuir —, apanhou a carta e começou a ler. Soltou um exclamação ofegante, depois um riso estranho e nervoso de incredulidade.

— O que foi? — perguntei baixinho, com medo de provocar mais a ira de Sua Santidade.

Ela me olhou, aturdida; achei que fosse desmaiar. Mas se recompôs e falou, e ouvi em seu tom as lágrimas que se aproximavam:

— Afonso. Ele diz que já não está seguro em Roma. Foi para Nápoles.

— E pede que você vá a seu encontro! — berrou Alexandre, gesticulando com a manzorra para a carta. Lucrécia encolheu-se, parecendo temer que ele a esbofeteasse. — É melhor você jurar por Deus que não tinha nenhum conhecimento disso.

Piscando apressada, Lucrécia murmurou:

— Eu não sabia de nada. Juro.

Alexandre continuou a vociferar:

— Que espécie de homem traiçoeiro é esse, que acusa a própria família, acusa a *mim*, de deslealdade, e deixa sua pobre esposa gestante? Pior ainda, que espécie de patife coloca sua esposa numa situação dessas, pedindo-lhe que abandone seu próprio sangue, sabendo de suas responsabilidades familiares e políticas?

Eu mesma tive vontade de esbofeteá-lo nesse momento. Enfureci-me com ele por insultar meu irmão, um homem mais digno do que Alexandre jamais poderia imaginar, e enfureci-me também com Afonso por ter fugido de Roma sem falar comigo.

Ao mesmo tempo, compreendi por que ele se havia calado; tal segredo poria meu pescoço em risco. Ao me deixar para trás, obviamente sem conhecimento de seus planos, Afonso havia assegurado que eu fosse considerada inofensiva pelos Bórgia.

— É claro que você não responderá — ordenou o papa com rispidez a sua filha, totalmente indiferente às lágrimas que lhe rolavam pelo rosto e caíam no pergaminho ao lado de seu almoço não terminado. — Seus movimentos nesta casa serão cuidadosamente vigiados de agora em diante, pois você não irá a parte alguma sem minha permissão, isto eu lhe garanto!

Virou-se para mim:

— Quanto à senhora, D. Sancha, pode começar a fazer suas malas neste exato momento. É claro que o rei Frederico não quererá deixar aqui nenhum de seus pertences, de modo que a senhora seguirá seu irmão para Nápoles.

A ira afogueou-me o rosto. Levantei-me, com a voz fria, mas trêmula de raiva.

— Farei o que meu marido me disser para fazer.

— Seu marido! — exclamou Alexandre, aproximando-se ameaçadoramente. — Seu marido não tem voz nesta casa, como a senhora bem sabe. Espero que se retire do palácio até amanhã, no máximo, e leve consigo seu gênio e sua arrogância aragoneses.

Girou nos calcanhares e se retirou com o vigor de um homem muito mais moço, com os pajens pelejando para acompanhá-lo.

Lucrécia ficou sentada, perplexa, olhando para a carta escrita pelo homem que lhe era mais íntimo, e que agora se encontrava tão longe. Aproximei-me dela, ajoelhei-me e a envolvi nos braços. Fechei os olhos, porque não suportei olhar para seu rosto, onde se estampava seu próprio coração desolado.

— Sancha — disse ela, procurando respirar. — Por que não posso simplesmente ter uma vida feliz com meu marido? Será que sou uma mulher tão desgraçada, tão vil, uma esposa tão medonha, a ponto de os homens fugirem de mim dessa maneira?

— Não, minha querida — respondi-lhe com sinceridade. — Essas são questões políticas que têm tudo a ver com seu pai e César, e nada a ver com você. Sei o quanto Afonso a ama. Ele me disse isso inúmeras vezes.

Minha fala só fez deixá-la mais pesarosa.

— Ah, minha Sancha, não me diga que você também vai me deixar.

— Querida Lucrécia — murmurei em seu ombro —, às vezes somos obrigados a fazer o que menos desejamos.

Jofre discutiu com o pai, mas compreendeu que de nada adiantaria. Ao contrário de Afonso, não insisti para que meu marido me acompanhasse: eu não acreditava que Jofre se sentisse suficientemente confiante para deixar o único privilégio de que jamais havia desfrutado — o de ser um Bórgia, nem que fosse apenas no nome.

Na mesma manhã, ordenei que todas as minhas criadas começassem a preparar a bagagem.

Ao anoitecer, Jofre foi procurar-me em meu quarto e mandou Esmeralda e as criadas saírem.

— Sancha — disse, com a voz trêmula de emoção. — É terrível o que meu pai fez com você. Jamais o perdoarei. E nunca serei feliz sem você. Tenho sido um marido deplorável; não sou ambicioso nem bonito, nem tenho um caráter forte, como César, mas eu a amo com toda a minha alma.

Enrubesci à menção de César e me perguntei se Jofre teria sabido de nosso romance. Seria impossível viver em Roma sem ouvir os boatos, mas eu tinha esperança de que meu marido, sempre desejoso de acreditar no melhor das pessoas, os houvesse ignorado.

— Ah, Jofre, como foi que você manteve uma alma tão sem malícia, em meio a tanta falsidade? — perguntei. Tomei-os em meus braços e, nessa noite, deitei-me com ele, pelo bem que poderia ser a última vez.

Jofre se foi antes do amanhecer. Às 12 horas do dia seguinte, minhas criadas haviam guardado nos baús tudo o que eu queria; deixei para trás a maioria de meus adornos e meus vestidos rebuscados.

Quando ia saindo de meus aposentos, a caminho da carruagem que nos aguardava, Lucrécia apareceu no corredor, com os olhos vermelhos de chorar.

— Minha irmã! — exclamou ao se aproximar. Já andava com passos mais lentos, aos quatro meses de gravidez. — Não se vá sem deixar que eu me despeça de você!

Quando ela se aproximou e me envolveu nos braços, sussurrei:

— Você não deve fazer isso. Os criados verão e contarão ao papa, e ele ficará zangado.

— Maldito seja meu pai — disse ela, com veemência, e nos abraçamos.

— Foi corajoso e gentil você ter vindo — comentei. — Sinto-me desolada por lhe dizer adeus.

— Adeus, não. Apenas até breve — respondeu ela. — Juro que voltaremos a nos encontrar. Juro por minha vida que verei você e Afonso tornarem a cair nas boas graças desta família. Não deixarei que nenhum de vocês se vá.

Estreitei-a com força e murmurei:

— Minha querida Lucrécia, você tem minha amizade e minha lealdade por toda a vida.

Afastamo-nos para estudar uma à outra, e ela deu um risinho forçado.

— Pronto. Chega de tristeza. Voltaremos a nos encontrar, e você estará a meu lado quando nascer o primeiro filho de seu irmão. Pense no tempo feliz que virá, e eu farei a mesma coisa, toda vez que a tristeza ameaçar chegar. Façamos essa promessa.

Consegui sorrir.

— Prometo.

— Ótimo. Agora vou deixá-la, sabendo que nossa separação será breve — disse ela, e fez meia-volta com tanta coragem e determinação, que endireitei os ombros.

Era o ano de 1499. Corriam boatos na plebe e se proclamava apaixonadamente nos púlpitos que Deus haveria por bem acabar com o mundo no Ano do Jubileu de 1500. Com certeza, a sensação que eu tinha, ao me preparar para deixar o Palazzo Santa Maria sob um manto de vergonha, era que meu mundo já estava acabando... Na verdade, porém, os boatos tinham razão. O fim de meu mundo estava chegando, mas só viria no ano seguinte.

Final do verão de 1499

XXVIII

Enquanto me afastava de Roma, conservei a cabeça erguida. Rejeitei qualquer sentimento de vergonha por ter sido tão rudemente banida por Alexandre do lugar que havia passado a conhecer como meu lar. A vergonha não cabia a mim nem a meu irmão, que éramos inocentes de qualquer malfeito, porém a César e a seu pai inconstante. Ainda assim, doeu-me o coração pensar em deixar Lucrécia e Jofre; pareceu-me bastante irônico que eu, que ficara tão infeliz com a idéia de vir para Roma, agora me sentisse infeliz ao deixá-la pelo lugar que mais amava.

No segundo dia de viagem, avistamos o litoral e o mar; como sempre, isso foi um tônico para mim. Quando cheguei a Nápoles, minha tristeza diminuíra um pouco e me alegrei por estar em casa; mas minha alegria foi embotada pela tristeza sincera de Afonso. Eu tinha visto o olhar abalado no rosto de Lucrécia, no dia em que seu pai lhe contara que Afonso havia partido. No entanto, por mais que ela amasse meu irmão, ele a adorava ainda mais — e todos os dias, em Nápoles, eu era obrigada a fitar um rosto mais conturbado e mais tristonho que o de Lucrécia.

Eles mantinham uma correspondência freqüente — lida pelos espiões de Sua Santidade e pelos do rei Frederico —, na qual proclamavam sua constante devoção um ao outro, e na qual meu irmão implorava repetidamente a Lucrécia que fosse a seu encontro; sobre esse assunto, ela nunca respondeu.

Não tardamos a saber que Lucrécia fora "homenageada" com a nomeação para o cargo de governadora de Spoleto — uma cidade distante, ao norte de Roma e, portanto, muito, muito mais longe de Nápoles. Era inaudito e absurdo conceder-se uma governadoria a uma mulher, e aquilo devia ter causado alvoroço no consistório cardinalício do papa. No entanto, tamanha era a confiança de Alexandre no intelecto e no discernimento de sua filha, e tão extrema a sua desconfiança dos de Jofre, que em momento algum lhe ocorreu conceder a governadoria a meu marido. Ou talvez isso se devesse ao fato de o papa não suportar negligenciar um de seus filhos para conceder um privilégio a um filho que não era realmente seu.

A "honraria", porém, não foi privilégio algum, e sim uma forma cortês de Alexandre manter prisioneiros seus dois filhos, a fim de que eles não fugissem para os braços dos cônjuges distantes. Jofre escreveu-me uma carta pomposa, na qual explicou que era assistido por seis pajens, "que juraram fazer-me companhia e me proteger dia e noite, sem nunca sair do meu lado". Em outras palavras, ele não poderia fugir para se juntar a mim, mesmo que o desejasse. Não tive dúvida de que Lucrécia era similarmente acompanhada.

Não fiquei surpresa ao saber das precauções de Alexandre; Afonso contou-me como fora obrigado a correr da polícia papal na manhã em que fugira de Roma. Eles o haviam perseguido até o anoitecer, quando ele conseguira entrar em Genazzano, uma propriedade de amigos do rei Frederico; só então as forças papais haviam desistido da perseguição; e, no dizer de Afonso, "se eles me houvessem capturado, não tenho certeza de que estaria vivo agora para dizer estas palavras".

Essa revelação me aterrorizou, e comecei a me inquietar com a perspectiva de meu irmão e Lucrécia se reunirem em Roma. Senti-me dilacerada: longe de Lucrécia, comecei a me lembrar da perfídia de César. Por mais que ela fizesse todo possível para proteger o marido, o que impediria César de lhe fazer mal?

E César desprezava toda a Casa de Aragão, por razões pessoais e, já agora, políticas.

. . .

Decorridas apenas duas semanas desde nossa chegada a Nápoles, desfrutei de uma cavalgada matinal no interior com minhas damas de companhia. O ar estava frio e úmido, por causa da brisa marinha, mas o sol proporcionava a medida perfeita de calor; não pude deixar de pensar no calor infernal enfrentado pelos que estavam em Roma.

De regresso ao palácio, encontrei Afonso recebendo um convidado ilustre: o capitão espanhol Juan de Cervillon, que fizera parte do cortejo nupcial de Lucrécia e Afonso. Embora o cargo do capitão Cervillon exigisse sua permanência em Roma, sua esposa e filhos residiam na propriedade da família em Nápoles. Presumi que ele estivesse no sul por assuntos pessoais e que houvesse feito uma parada para nos brindar com uma visita de cortesia.

Encontrei-o cumprimentando Afonso à entrada do Grande Salão; parei quando ia passando para trocar de roupa, e dei boas-vindas ao capitão.

Cervillon estava na casa dos 40, um belo militar de tez morena e bem cuidado. Tinha uma figura imponente, com seu uniforme de gala, decorado com diversas medalhas obtidas por heróicos serviços prestados a Sua Santidade e a outros papas e reis, ao longo de muitos anos. Quando me aproximei, ele se curvou respeitosamente, fazendo balançar nas costas a espada que levava embainhada na cinta, e beijou minha mão.

— Alteza, é sempre uma honra e um prazer revê-la. Vossa Alteza está com ótima aparência.

— Nápoles me faz bem — foi minha resposta franca. — É sempre bom vê-lo também, capitão. Que circunstância fortuita o traz aqui?

Ele não estava voltado para Afonso, de modo que não viu o olhar de advertência que meu irmão lhe dirigiu; fiquei apreensiva e intrigada. Com que então, não era para eu saber da visita de Cervillon! Perceber isso deixou-me ainda mais decidida a ficar e participar de qualquer conversa que houvesse entre meu irmão e ele.

— Estou aqui a pedido oficial do rei Frederico — foi a resposta honesta de Cervillon. — Sua Majestade tem-se comunicado com Sua Santidade, o papa Alexandre, que está ansioso por negociar o retorno do duque de Bisciglie a Roma. É claro — acrescentou, para que eu não me ofendesse — que isso incluiria também o seu regresso.

— Entendo.

Forcei-me a não deixar transparecer meu susto. Virei-me e fiz um gesto para que meu séqüito de damas de companhia me deixasse e seguisse para meus aposentos, depois tornei a voltar-me para meu irmão reprovador e para o capitão Cervillon.

— Nesse caso, certamente devo ser incluída nesta conversa. Por favor, cavalheiros — e gesticulei para que os dois entrassem no salão de recepção —, não permitam que eu retarde seu progresso.

Afonso lançou-me um olhar a um tempo aborrecido e indulgente; aborrecido porque eu estava ultrapassando os limites, ao me intrometer no que deveria ser uma conversa privada entre eles; e indulgente por saber que seria inútil tentar excluir-me da reunião. Ele deu um suspiro, ordenou que um criado trouxesse algo de comer e beber para Cervillon, e fez um gesto para nos introduzir no salão de recepção.

Preocupava-me que o papa se abrandasse em relação a Nápoles — e, por curioso que pareça, não queria que ele convidasse meu irmão e eu a regressarmos a Roma; por mais triste que Afonso se sentisse, eu sabia que ele estava fisicamente em segurança em casa. A recente mudança de idéia de Alexandre viera em resposta a uma carta raivosa do rei Frederico, que se enfurecera ao saber da fuga dos Sforza e da conquista de Milão por Luís. Nosso rei enviara uma mensagem a Alexandre: "*Se Vossa Santidade não defender Nápoles, encontrarei um aliado entre os turcos.*"

Era uma ameaça assustadora e grave, porque os turcos eram os inimigos mais temidos de Roma. O desafio de Frederico surtira o efeito desejado: Alexandre se havia apressado a garantir que Roma era e sempre seria a mais leal protetora de Nápoles. Afonso e eu nos sentamos, como exigia nossa posição, enquanto Cervillon se manteve de pé, com a rígida formalidade do soldado, para apresentar o que veio a ser um relatório.

— Altezas, o rei Frederico finalmente conseguiu negociar com Sua Santidade um acordo que julga satisfatório.

Pela expressão de Afonso, ficou claro que meu irmão tivera conhecimento dessas negociações e fora mantido a par de seu conteúdo, mas não eu.

— Que tipo de acordo? — indaguei. Era impróprio que eu, como mulher, me introduzisse na conversa, mas meu irmão e Cervillon estavam muito habituados a minha personalidade e não deram maior importância a isso.

— Sua Santidade garante pessoalmente a segurança do duque de Bisciglie... e também a sua segurança, Alteza, se ele voltar para sua esposa, a duquesa, em Roma.

— Ora, poupe-me! — exclamei, sem conseguir esconder o sarcasmo. — Todos sabemos que Alexandre convidou o rei Luís à igreja de São Pedro para a Missa de Natal. Será que devemos comparecer com ele?

— Sancha — objetou Afonso, incisivo. — Você sabe que, de lá para cá, Sua Santidade mudou de atitude, depois da resposta do rei Frederico. Ele apresentou suas desculpas e jurou apoiar Nápoles.

— Mesmo assim, devo insistir em falar com franqueza aqui. Quem foi o instigador das negociações: o rei Frederico, Sua Santidade... ou César Bórgia?

Cervillon fitou-me com ar vazio.

— Foi Lucrécia — respondeu Afonso, com um toque de indignação na voz. — Ela tem pressionado o pai sistematicamente, desde que chegou a Spoleto; também manteve contato com o rei Frederico através do embaixador napolitano. Ela nunca perdeu a esperança.

— Entendo — comentei, e abaixei a cabeça. Não pretendia parecer ingrata diante da ajuda de Lucrécia; eu mesma ansiava por revê-la, assim como a Jofre. Mas, por medo de César, não conseguia acreditar nem por um instante que meu irmão e eu pudéssemos voltar em segurança a Roma.

Afonso mostrou-se surpreendentemente desconfiado:

— Só considerarei a oferta do papa quando ele puser a pena sobre o pergaminho.

Cervillon enfiou a mão na jaqueta e retirou um rolo selado com cera.

— Aqui está o documento, senhor duque.

Afonso rompeu o selo e abriu o pergaminho; um ar de surpresa surgiu em seu rosto, quando ele leu o documento até o fim.

— É a assinatura de Sua Santidade.

— Realmente — confirmou Cervillon.

Insisti em examinar eu mesma o documento, apesar de saber que qualquer promessa contida nele seria desprovida de valor.

O texto garantia minha segurança e a de Afonso, caso optássemos por nos reunir a nossos cônjuges em Roma. Além disso, Afonso deveria receber uma "compensação" por qualquer incômodo sofrido, sob a forma de 5 mil ducados de ouro, e outras terras antes pertencentes à Igreja seriam acrescentadas às propriedades dele e de Lucrécia em Bisciglie.

A mim, como mera esposa de Jofre, nada foi oferecido.

Devolvi o documento a Afonso com um sentimento de pavor. Eu sabia, pela esperança amorosa em seus olhos, que ele já tomara a decisão de voltar. Era apenas uma questão de tempo.

Meu irmão tornou a enrolar o pergaminho.

— Sou-lhe grato por trazer esse documento a nossa atenção, capitão. Por favor, agradeça ao rei por todos os seus esforços em nosso favor; neste momento, porém, preciso de algum tempo para refletir sobre a oferta de Sua Santidade.

— É claro — disse Cervillon, batendo rapidamente com os saltos das botas e fazendo outra reverência. Ao erguer o tronco, disse: — Desejo comunicar a Vossas Altezas a profunda lealdade e respeito que nutro por ambos. Saibam, por favor, que de bom grado eu daria a vida para protegê-los. Não lhes traria essa oferta, se eu mesmo não estivesse plenamente convencido de sua autenticidade.

Havia em seus olhos e seu tom uma integridade e uma generosidade humilde que me convenceram de que vinha do fundo do coração cada palavra que ele enunciava. Ele era um ser humano bondoso demais, pensei, excelente demais para servir a pessoas como os Bórgia.

— Obrigada, capitão — respondi.

— O senhor é um homem incomumente correto — disse-lhe Afonso —, e nós o temos e sempre teremos na mais alta estima.

Meu irmão levantou-se, indicando que a reunião estava encerrada, e acrescentou:

— Informarei minha decisão ao rei Frederico e a Sua Santidade dentro de poucos dias. E falarei com ambos, capitão, sobre a excelência de sua atitude e de seus serviços.

— Obrigado — disse Cervillon, com uma nova mesura. — Que Deus os proteja.

— E ao senhor também — ecoamos.

. . .

Afonso não suportou esperar nem sequer os poucos dias que havia mencionado a Cervillon. Na mesma noite, redigiu três cartas — uma ao rei Frederico, uma a Sua Santidade e uma para sua esposa — dizendo que se reuniria a Lucrécia tão logo o papa concedesse sua permissão.

Tornei a cavalgar na manhã seguinte — dessa vez sozinha, escapulindo intencionalmente de D. Esmeralda, de minhas criadas e dos guardas. Eu tinha uma tarefa a executar e não estava disposta a ter companhia.

Cavalguei pelo interior, longe do porto e do cheiro de mar, até o ponto em que a vegetação e os pomares pontilhavam a paisagem. Rumei em direção ao Vesúvio, o vulcão acalmado, escuro e maciço sob o céu azul.

Por duas vezes virei na direção errada; a paisagem se modificara ao longo dos anos. Mas o instinto acabou por me guiar de volta à cabana em ruínas encravada na encosta do morro. Dessa vez não havia nenhum burro zurrando, mas sim uma mula silenciosa e um número ainda maior de galinhas, que vagueavam soltas, entrando e saindo pela porta aberta.

Parei na soleira e chamei:

— *Strega! Strega!*

Não houve resposta. Entrei, curvando a cabeça sob o teto baixo: o sol inundava o casebre pelas janelas sem venezianas. Tentei ignorar as teias de aranha por toda parte e as galinhas empoleiradas na tosca mesa de jantar; as fezes das aves cobriam tudo, inclusive o colchão de palha num dos cantos.

— *Strega!* — tornei a chamar, porém tudo era silêncio; desapontada, concluí que ela provavelmente morrera anos antes.

Fiz meia-volta para sair, mas, antes de me retirar, o instinto me impeliu a insistir numa última tentativa.

— *Strega*, por favor! Uma dama da nobreza tem grande necessidade de seus préstimos. Pagarei bem!

Alguém se moveu no aposento interno, embutido na encosta. Prendi a respiração e esperei, até que a *strega* apareceu.

Parou no portal escuro que conduzia aos fundos da caverna, ainda inteiramente vestida de preto e coberta por um véu. Pela luz solar que fluía do outro cômodo, pude perceber que ela havia emagrecido. Seu cabelo se tornara grisalho e, embora um olho continuasse cor de âmbar, o outro estava opaco, de um branco leitoso.

A mulher me contemplou com o olho sadio.

— Não preciso de seu dinheiro, senhora.

Ela segurava uma lamparina a óleo; sem outro comentário, virou-se e tornou a se retirar para o cômodo encravado na caverna. Segui-a. Mais uma vez, passamos por uma cama de plumas — ainda limpa e imponentemente adornada — e por um grande santuário erigido para a Virgem, com seu altar coberto de rosas cheias de espinhos.

A vidente fez um gesto e me sentei à mesa coberta de seda negra. A *strega* depositou a lamparina a nosso lado.

— Sra. Sancha — disse-me. — Há muito tempo lhe foi revelado o seu destino. Já se cumpriu?

— Não sei — respondi. Estava atônita por ela me haver reconhecido, mas decidi que, provavelmente, a mulher nunca recebera um membro da realeza até o dia em que eu a havia procurado. Decerto se recordaria da visita de uma princesa com a mesma facilidade com que eu me lembrava dela.

— E tem... preocupações.

— Sim — confirmei. Sentia-me apavorada com o regresso a Roma, apavorada com o destino que poderia estar reservado na cidade para mim e meu irmão.

— Não lerei sua palma. Aprendi tudo que podia sobre ela na última vez que segurei sua mão.

Em silêncio, ela pegou suas cartas e as abriu em leque sobre a seda preta, viradas para baixo. Não disse palavra, apenas me fitou com o olho sadio por trás do véu de gaze, enquanto o outro, enevoado, olhava para um ponto muito mais além, no futuro.

— *Escolha, Sancha. Escolha seu destino.*

As cartas haviam-se tornado ainda mais surradas e encardidas. Prendi a respiração e toquei no verso da que estava mais longe de mim, como se, ao escolhê-la, de algum modo eu pudesse distanciar-me do que estava por vir.

A *strega* fixou os olhos nos meus e desvirou a carta sem olhá-la.

Era um coração, trespassado por uma única espada.

Encolhi-me diante do gume afiado e do comprimento mortífero da lâmina.

Ela deu um sorriso pálido.

— Pois então. Você já cumpriu metade do seu destino. Agora resta apenas uma arma a brandir.

— Não — sussurrei, abalada. Uma lembrança vívida me voltou: a sensação de minha mão no estilete, quando ele perfurou a garganta do soldado que quase assassinara Ferrandino. Recordei o tremor do cabo, no momento em que a lâmina fina encostara no osso e na cartilagem, e o sangue quente respingando em minha fronte e minhas faces. Se aquele feito tinha sido a primeira parte de meu destino, que segundo ato terrível seria exigido de mim?

Bondosamente, a *strega* segurou minhas mãos nas suas; o aperto foi forte e cálido.

— Não tenha medo — disse-me. — Você possui tudo de que precisa para realizar sua tarefa. Mas está dividida. Precisa buscar a clareza da mente e do coração.

Retirei minhas mãos. Levantei-me e plantei um ducado de ouro sobre a mesa, o qual ela contemplou como se fosse uma bizarra curiosidade; não fez nenhum movimento para tocá-lo. Entrementes, retirei-me da choupana sem mais uma palavra e voltei para casa num galope furioso.

Fui uma tola nesse dia, ou talvez minha cabeça estivesse simplesmente dominada pelo medo, mas o fato é que continuei indignada com a sugestão da *strega* de que eu não passava de uma mulher desamparada nas mãos dos Bórgia. Recolhi-me cedo a minha cama à noite, mas passei horas com os olhos cravados na escuridão, tomada por um frio pânico que se recusava a se dissipar.

Fechei os olhos e vi a imagem de meu próprio coração, vermelho e pulsante, agora espetado por uma única espada. Vi-me avançando e elevando a espada acima da cabeça, num surto de puro ódio: ódio de César Bórgia.

— Não... — murmurei, baixo demais para que a adormecida Esmeralda e minhas outras damas de companhia ouvissem. — Não posso, não devo cometer um assassinato, caso contrário me tornarei igual a Fernando, a meu pai... enlouquecerei. Deve haver outro caminho.

Eu tinha outra razão para relutar em cometer esse crime. O que não queria admitir para mim mesma, nem nessa ocasião, era que meu coração ainda pertencia a César. Eu o execrava ferozmente... mas parte de mim ainda se importava com ele e não poderia fazer-lhe nenhum mal. Tal como minha mãe, eu carregava uma maldição: não conseguia deixar completamente de amar o mais cruel dos homens.

Embalei-me para dormir contando mentiras a mim mesma: que César não tinha motivo para ferir a mim ou a meu irmão, que o papa seria fiel a seu acordo.

Outono – inverno de 1499

XXIX

Em meados de setembro, regressei a Roma, e Afonso seguiu em direção norte para Spoleto, onde o esperava sua Lucrécia, já em avançado estado de gestação. Os dois passaram um mês inteiro lá, e não pude censurá-los: eles tinham uma liberdade e segurança de que não poderiam desfrutar em Roma.

Tão logo me refiz da longa viagem, Jofre foi a meu quarto, com um sorriso radiante.

— Sancha! Toda vez que ponho os olhos em você, percebo que havia esquecido como você é linda!

Dei-lhe um sorriso, agradecida por sua recepção calorosa e amável, em circunstâncias tão delicadas, e abracei-o.

— Senti sua falta, meu marido.

— E eu a sua, terrivelmente. Há muitas novidades de que falar, mas esperaremos até a ceia. Venha, deixe-me levá-la até meu pai e César. Sei que eles estão ansiosos por vê-la.

Sorri-lhe com gentileza e não compartilhei com ele minhas dúvidas.

Jofre conduziu-me orgulhosamente pelo braço, esquecido da tensa situação política que minha própria pessoa representava. Ao caminhar com ele pelo Palazzo Santa Maria e pela praça de São Pedro, percebi que sentira saudade da vastidão e da grandeza de Roma. Era a hora do crepúsculo, e a luz esmaecente do sol pintava de um rosa luminoso o mármore branco do palácio papal e da praça de São Pedro; em volta dos grandes prédios ficavam os gloriosos jardins, ainda em flor. Até as curvas amplas do sinuoso Tibre, cintilando como mercúrio, tinham um certo encanto.

Agarrei-me com força ao braço de Jofre ao entrarmos no palácio papal, com sua profusão de dourados e suas pinturas deslumbrantes. Dessa vez, ao entrar na sala do trono do papa Alexandre VI e me inclinar para beijar seu pé calçado de cetim, à guisa de saudação, fui recebida com muito menos entusiasmo do que em minha chegada inicial a Roma. César, parado junto ao pai, usando seu uniforme de capitão-geral, observou o gesto com a intensidade de um gavião.

— Seja bem-vinda, minha cara — disse Alexandre, com um sorrisinho forçado. — Espero que sua viagem tenha sido livre de incidentes. Perdoe-nos por não podermos cear com você esta noite; César e eu temos muitas questões de estratégia a discutir. Jofre poderá compartilhar com você todos os assuntos da família.

Dispensou-me com um pequeno gesto dos dedos. Quando eu ia me afastando, César deu um passo à frente, segurou minhas mãos e depositou um beijo formal em minha face. Ao fazê-lo, sussurrou em meu ouvido:

— Você saberá por ele que cometeu um erro ao rejeitar minha proposta, senhora. O tempo servirá para sublinhar sua insensatez.

Não manifestei qualquer reação, apenas lhe ofereci um sorriso superficial, que ele retribuiu.

Ao jantar, que compartilhei com Jofre em seus aposentos, meu marido transbordou de novidades, e falou com tamanha excitação e por tanto tempo, que mal tocou em sua comida.

— Papai e César estão fazendo planos — anunciou, orgulhosamente. — É tudo sigiloso, é claro. César conduzirá nosso exército à Romagna. É uma boa medida, não só para o pontificado, mas para a Casa dos Bórgia...

Inclinou-se sobre a mesa e segredou, com ar conspiratório:

— Toda a Romagna deverá transformar-se num ducado para César. Meu pai expediu uma bula para os governantes que não têm pago o dízimo com regularidade, quase todos eles. Ou entregam suas terras à Igreja, ou enfrentarão seu exército.

Depus a taça, subitamente impossibilitada de comer ou beber. A memória retransportou-me para o momento em que eu estivera nua na cama de César e o vira apontar com gestos largos para um mapa imaginário no teto, indicando a vasta área situada a nordeste de Roma.

— Ímola — falei, de repente. — Faena, Forli, Cesena.

Jofre lançou-me um olharzinho curioso.

— Sim — concordou. — E Pesaro... especialmente considerando que o senhor da cidade, Giovanni Sforza, fez acusações muito vis contra Lucrécia e meu pai por ocasião do divórcio.

— Todos se renderão facilmente a César e seu exército, sem dúvida — afirmei. Espremi os olhos com ar zombeteiro: — Sobretudo agora que o rei Luís o supriu de tropas.

Meu marido engoliu o vinho depressa demais, o que lhe provocou um acesso de tosse. Observei-o em silêncio. Eu havia passado a confiar em D. Esmeralda e sua rede de criados-espiões para obter inúmeras informações; por ela descobrira, recentemente, uma verdade das mais desagradáveis: desde seu casamento com Charlotte d'Albret, César vinha planejando trocar seus serviços militares em Milão pela ajuda francesa, para realizar sua tão sonhada conquista da Itália. Ele dissera, na noite em que havia traçado o mapa no teto, que tudo de que precisava, para atingir seu objetivo, era um exército forte o bastante para derrotar a França; talvez se houvesse percebido de que tal exército jamais se tornaria realidade, já que tinha recorrido ao próprio inimigo em busca de ajuda.

— É só uma troca — disse Jofre, finalmente, enxugando os olhos na manga. — César os ajudou em Milão; agora eles o ajudam na Romagna. Mas eles deixaram claro que não têm mais nenhum projeto em relação a Nápoles. Mesmo que tivessem, César nunca o permitiria.

— É claro — respondi, sem tentar nem mesmo parecer que acreditava numa única palavra.

Isso reduziu o entusiasmo de Jofre; nosso jantar prosseguiu calmamente, e tomamos o cuidado de falar de outras coisas que não a política.

Quando Afonso e Lucrécia retornaram a Roma, em meados de outubro, a bula tinha sido promulgada e César entrou na Romagna com seu exército, que já então incluía quase 6 mil homens fornecidos a ele pelo rei Luís.

Todos nós da família — Lucrécia e Afonso, Jofre e eu — éramos obrigados a ouvir todas as noites as façanhas mais recentes de César, à mesa do jantar. Ao contrário de seu predecessor, Juan, César tinha argúcia na estratégia e era um comandante brilhante, e Alexandre não se cansava de cumular de elogios o filho mais velho. Mal conseguia conter a alegria nos dias em que as notícias do *front* eram boas, nem conter a irritabilidade e o mau humor nos dias em que eram ruins.

A princípio, as notícias foram boas. A primeira governante a cair foi Caterina Sforza, uma francesa, regente de Ímola e Forli e sobrinha do derrotado Ludovico. A cidade de Ímola rendeu-se imediatamente, sem lutar, assombrada com o tamanho do exército de César. Forli, onde Caterina se escondeu na fortaleza, resistiu por três semanas. No fim, os soldados de César tomaram de assalto as muralhas; a tentativa de suicídio de Caterina fracassou e ela foi feita prisioneira.

Sua Santidade omitiu parte da história da captura de Caterina — a parte que ouvi da boca de D. Esmeralda.

— Ela é uma mulher valente, a condessa de Forli, embora seja de origem francesa — proclamou Esmeralda mais tarde, naquela noite, quando estávamos sozinhas em meu quarto. — Muito mais valente do que o bastardo que a capturou — disse ainda. Seus lábios comprimiram-se por um instante, à lembrança de César, e ela retomou a narrativa: — A mais valente de todas na Romagna. Quando o marido foi assassinado pelos rebeldes, ela mesma conduziu aos assassinos seus soldados da cavalaria, e ficou assistindo enquanto todos os membros do grupo eram mortos.

"E é linda — prosseguiu Esmeralda —, com cabelos de ouro e mãos que dizem ser macias como o arminho. Foi tão corajosa que, quando César e os franceses chegaram, postou-se nos muros da cidade de Forli, sem se deixar intimidar pela fumaça e pelas chamas, e ela mesma comandou a defesa. Tentou tirar a própria vida antes de ser capturada, porém os homens de César foram mais rápidos. Ela exigiu ser entregue ao rei Luís... e os soldados franceses a admiravam tanto que queriam libertá-la. Mas Dom César... — Esmeralda interrompeu-se, fazendo uma careta de nojo, e olhou duro para mim. — Eu não tentei avisá-la, senhora, de que ele só traria o mal? Aquele homem está possuído pelo demônio."

— Você tentou — respondi baixinho. — E tinha razão, Esmeralda. Nem um dia se passa sem que eu lamente não ter ouvido seus conselhos.

Abrandada, ela continuou a narrativa:

— Aquele porco a quis para si. A condessa viaja com ele para toda parte, senhora. Durante o dia, é mantida prisioneira, e à noite ele manda que a levem a sua tenda. Trata-a como a uma prostituta vulgar, obrigando-a a praticar os atos mais depravados e possuindo-a à força, sempre que isso lhe apraz. E ela, uma mulher de sangue nobre... Dizem que até o rei Luís está aborrecido, e que repreendeu César pessoalmente por essa conduta desprezível com uma prisioneira.

Desviei o rosto, tentando esconder de Esmeralda minha fúria e minha dor. César se revelara uma criatura tão brutal quanto o irmão a quem havia assassinado. Fechei os olhos e relembrei aquele momento pavoroso de ódio desamparado em que Juan me penetrara à força, e, de repente, tive vontade de chorar por Caterina. Em relação a César, senti um desprezo indizível, bem como raiva de mim por também sentir fisgadas de ciúme.

— A próxima será Pesaro — continuou Esmeralda. — E não há esperança para a população, já que aquele covarde do Giovanni Sforza a abandonou há muito tempo. César tomará facilmente a cidade — disse ela, balançando a cabeça. — Não há nada que o detenha, senhora. Ele e os franceses marcharão por toda a Itália, até não sobrar mais nada. Temo pela honra de todas as mulheres que vivem na Romagna.

Havia, porém, um motivo de felicidade em nossa tensa família: a qualquer momento, Lucrécia deveria dar à luz, e tanto ela quanto a criança — que dava pontapés vigorosos em sua barriga — estavam robustamente saudáveis. Afonso e eu nos agarramos a essa fonte solitária de alegria e esperança, pois um neto de sangue bórgia e aragonês predisporia Alexandre a ser mais generoso com Nápoles.

A hora chegou na última noite de outubro. Eu me preparava para dormir. Minhas damas já me haviam despido e desfeito meu penteado, e estavam escovando meu cabelo, quando houve um chamado à porta da antecâmara. Reconheci de imediato a voz de D. Maria, a principal dama de companhia de Lucrécia.

— D. Sancha! É chegado o momento para minha senhora e ela mandou chamá-la!

Num instante, Esmeralda pegou um tabardo para mim; enfiei-o de qualquer maneira e saí às pressas com D. Maria.

No quarto da duquesa de Bisciglie, um berço vazio já fora acolchoado com uma almofada, à espera da chegada de um novo nobrezinho.

Uma antiga cadeira de parto com entalhes rebuscados, que fora usada pela mãe do próprio Rodrigo Bórgia, tinha sido colocada num canto do quarto. Nela sentava-se Lucrécia, com as faces ruborizadas e a testa brilhando de suor. O fogo ardia na lareira, mas a duquesa também usava um manto pesado, para afastar o frio; ele fora levantado até a altura de seus quadris, acima da abertura da cadeira de parto, a fim de que suas partes íntimas ficassem expostas e pudessem ser examinadas pela parteira. Uma colcha de pele descansava perto de suas pernas nuas, para que ela pudesse cobrir-se, por comodidade ou pudor.

A seu lado ajoelhava-se a mesma parteira que a havia atendido um ano antes, no episódio do aborto espontâneo. A velha mulher sorria; ao ver isso, senti enorme alívio.

Quanto a Lucrécia, seus olhos tinham um pouco do pânico e do medo vividos por todas as jovens mães em trabalho de parto; mas havia também alegria, porque, dessa vez, ela sabia que seu sofrimento traria um final feliz.

— Sancha! — exclamou num arquejo. — Sancha, você logo será tia!

— Lucrécia — respondi alegremente —, você logo será mãe!

— Venha cá! — disse-me ela. Soltou os braços da cadeira, que apertava tenazmente, e me estendeu as mãos. Mais uma vez, segurei-as. Agora não havia culpa nem tristeza, apenas sussurros de expectativa do fim maravilhoso que viria.

O trabalho de parto estendeu-se até bem depois da meia-noite, avançando pela madrugada. As dores foram intensas, mas não brutais; a parteira informou que o bebê estava em boa posição e que, como Lucrécia já tivera um parto bem-sucedido, sua vinda a este mundo seria mais fácil.

Antes do nascer do sol, no primeiro dia de novembro, Lucrécia soltou um grito portentoso e empurrou com toda a força — e o único filho de meu irmão saiu guinchando, aparado pelos braços fortes e tarimbados da parteira sorridente.

— Lucrécia! — exclamei, enquanto ela arfava e tornava a fazer força, porque a placenta estava descendo. — A criança chegou! Ela *chegou*!

Lucrécia inclinou a cabeça para trás, exausta; deu um suspiro profundo e sorriu, enquanto D. Maria mandava chamar a ama-de-leite.

E então, a parteira, que já estava banhando a criança, corrigiu-me:

— *Ele* chegou — anunciou, orgulhosa, como se, de algum modo, ela mesma fosse responsável pelo fato. — A senhora tem um filho, D. Lucrécia.

Lucrécia e eu nos entreolhamos e rimos alto, jubilantes.

— Afonso ficará muito orgulhoso — comentei. Na verdade, eu sentia pela criança um orgulho e adoração tão grandes quanto se ela fosse minha, talvez por já haver compreendido, fazia muito tempo, que nunca teria um filho.

Uma vez lavado o bebê, a parteira o envolveu bem apertado numa manta de lã macia. Levantou-o, pronta para apresentá-lo a sua mãe, porém eu, enciumada, tirei-o de suas mãos e o embalei nos braços.

Suas feições ainda estavam achatadas pelo trauma do nascimento, com os olhinhos bem fechados; no couro cabeludo havia uma franja úmida de lanugem dourada. Decerto ele não poderia parecer-se com ninguém, num momento tão precoce de sua vida, mas olhei para seus punhos cerrados, sorri baixinho quando ele abriu a boca minúscula num bocejo, e não vi nada senão Afonso. Eu já me convencera de que o coraçãozinho que pulsava em seu peito seria igualmente gentil e generoso.

Senti-me inundar por uma onda de amor de uma intensidade que eu julgaria impossível, pois, naquele instante, percebi que amava aquele bebê com mais ardor do que a minha própria vida, mais até do que a meu querido irmão. Pelo bem dele, eu cometeria alegremente qualquer ato.

Afonso, pensei, carinhosamente, *Afonsinho*. Era costume dar ao filho o nome do pai, e depositei o bebê com cuidado nos braços de Lucrécia, à espera do pronunciamento que me traria imenso orgulho e prazer.

Lucrécia contemplou seu novo rebento com amor e alegria beatíficos; não havia dúvida de que seria a mãe mais afetuosa do mundo. Com infinito contentamento, ergueu os olhos para nós que a cercávamos, expectantes, e declarou:

— O nome dele é Rodrigo, em homenagem ao avô.

E, no mesmo instante, tornou a voltar toda a atenção para o filho.

Alegrou-me que o tivesse feito, pois assim não viu minha expressão indignada: ela bem poderia ter-me esbofeteado o rosto. E foi desse modo que eu soube que a própria mãe de meu querido sobrinho o considerava um membro da Casa dos Bórgia, mais que da Casa de Aragão.

Meu irmão ficou radiante e recebeu a notícia do nome do menino com muito mais altivez do que eu.

— Sancha — disse-me em particular —, nem toda criança é neta de um papa.

O nascimento do menino pareceu restabelecer inteiramente o *status* de Afonso e o meu: a chegada do bebê Rodrigo foi celebrada como convinha a um príncipe. Alexandre apaixonou-se perdidamente por ele e o descrevia a todos os visitantes com o mesmo entusiasmo e orgulho que antes reservara para as façanhas de César; visitava-o com freqüência e o embalava no colo como um pai experiente. Não podia haver dúvida de que sua afeição era profundamente genuína, de modo que, de repente, ele, Afonso e eu passamos a desfrutar de longas conversas sobre as proezas do pequeno Rodrigo. Recomecei a me sentir segura em Roma.

Decorridos apenas dez dias do nascimento do bebê, realizou-se o batismo, com grande pompa e cerimônia: Lucrécia foi instalada no Palazzo Santa Maria, numa cama com adornos de cetim vermelho debruado de ouro, e cumprimentou dezenas de convidados ilustres que fizeram fila para lhe dar os parabéns.

Depois disso, o pequeno Rodrigo — envolto em brocado dourado, debruado de arminho — foi conduzido à Capela Sistina nos braços fortes e dedicados do capitão Juan de Cervillon. Percebi então o quanto meu irmão havia sofrido em Nápoles: temera, sem dúvida, jamais conseguir pôr os olhos em seu próprio filho.

Agora, graças a Cervillon, ambos pudemos assistir ao batismo, uma cerimônia bonita e solene. Atrás do capitão, no cortejo, iam o governador de Roma, o governador imperial e os embaixadores da Espanha e de Nápoles; Alexandre não poderia ter dado uma demonstração maior de apoio à Casa de Aragão.

O bebê Rodrigo portou-se esplendidamente, ficando sonolento durante toda a cerimônia. Todos os presságios eram bons: Afonso e eu estávamos felizes, novamente relaxados e profundamente aliviados.

. . .

Aliviados, bem entendido, até o dia em que César Bórgia deixou seu exército fora das muralhas de Pesaro e resolveu voltar incógnito a Roma, tendo por único companheiro o servo favorito dos varões Bórgia, Dom Morades.

Passei dois dias sem pôr os olhos nele ou em seu pai, após sua chegada; os dois permaneceram enfurnados numa sala particular do Vaticano, discutindo estratégias bélicas e política. Ninguém mereceu confiança — até os criados que tinham servido ao papa durante anos foram dispensados do aposento, para que não entreouvissem uma só palavra das discussões.

Lucrécia não disse nada, mas percebi que o fato de César não lhe ter feito nem mesmo uma visita passageira, nem haver tomado conhecimento do nascimento de seu filho, deixou-a igualmente magoada e aliviada. Apesar dos abusos cruéis cometidos contra ela, a duquesa ainda parecia amar o irmão e o pai e ansiar por agradá-los. Creio que eu compreendia; afinal, por mais que houvesse desprezado meu pai, eu sempre desejara secretamente seu amor.

Desde o nascimento do pequeno Rodrigo, Alexandre tinha visitado o menino diariamente, além de nos convidar para ceias de família em que ele era o tema principal da conversa. Nesse momento, fomos evitados.

Só no fim do terceiro dia da visita de César foi que ele apareceu.

Lucrécia era uma mãe dedicada. Em vez de deixar o filho no berçário, aos cuidados de uma ama-de-leite, como faziam quase todas as mães da nobreza, insistiu em manter o berço do menino em seu quarto, onde a babá também dormia. Talvez temesse a ocorrência de algum mal à criança, se ela passasse muito tempo longe de seus olhos, mas pelo menos parte da razão era puro afeto. Para ela, o menino era como Afonso: uma criatura que não queria outra coisa senão amá-la, ao contrário dos outros homens de sua vida.

Eu passava os dias — e, às vezes, as noites — no quarto de Lucrécia, segurando o pequeno Rodrigo e ajudando a cuidar dele, embora isso fosse tarefa das criadas.

Na tarde em que César apareceu, nós, mulheres, como acontece na chegada dos bebês, estávamos exaustas e descansando. Lucrécia dormia sentada na cama, apoiada nos travesseiros; eu me sentava por perto, numa cadeira acolchoada, com o queixo encostado no peito, cochilando. A ama-de-leite roncava, deitada no chão, e Rodrigo estava calado em seu berço.

Um som muito leve, como o de passos cautelosos, acordou-me; mesmo semi-adormecida, porém, reconheci o dono dos passos: César. Não levantei a cabeça nem alterei o ritmo de minha respiração e, em vez disso, espiei pelo véu de meus cílios, para examinar o homem.

Ele continuava a se vestir de preto — não mais o hábito clerical, mas um traje de veludo bem talhado, que exibia suas formas musculosas. Durante seu período em combate, ele ficara mais esguio e mais moreno; a barba estava mais farta e o cabelo negro, mais comprido, caindo liso sobre seus ombros.

Pensando não ter sido visto, ele entrou no quarto furtivamente, como um gato, e não dissimulou sua expressão, mantendo-a franca e natural. Espantei-me com a dureza dessa expressão, com a frieza de seus olhos.

Pé ante pé, ele se aproximou do berço em que o bebê dormia. *Agora*, pensei, *seu rosto se abrandará; nem mesmo um soldado, nem mesmo um assassino é capaz de olhar para essa criança e não se comover.*

César inclinou a cabeça para um lado e estudou o menino.

Em meu primeiro encontro com Lucrécia, eu havia pensado nunca ter visto um olhar mais carregado de inveja e ódio; estava enganada.

No olhar de César não havia nada senão puro homicídio. Ele se inclinou sobre o bercinho, com as mãos apoiadas nos joelhos e um lábio cruelmente retorcido.

O medo apoderou-se de mim. Não tive dúvida de que, no instante seguinte, ele estrangularia o bebê, ou taparia com força seu nariz e sua boca minúsculos. Endireitei o corpo num estalo, com a mão em meu estilete oculto, pronta para sacá-lo, e exclamei:

— César!

Tão feitos de aço eram seus nervos e tão imperturbáveis os seus modos, que ele não se mexeu nem se assustou; em vez disso, sua expressão transformou-se, assumindo prontamente um ar de afeição e benevolência. Ele sorriu para o bebê, como se o tivesse feito o tempo todo, e então, calmamente, bem devagar, virou o rosto para mim e esticou o corpo.

— Sancha! Que bom vê-la! Eu estava admirando nosso novo sobrinho. É notável como ele se parece com Lucrécia quando era pequena.

— César? — remexeu-se Lucrécia, sonolenta. Ao ver o irmão, ganhou vida. — César! — chamou-o, com alegre empolgação. Não havia reserva em sua expressão ou seu tom, nenhum sinal de sua mágoa pelo descaso de César.

Ele se aproximou da irmã, fazendo sinal para que ela permanecesse na cama.

— Descanse, descanse. Você merece — disse-lhe. Os dois se abraçaram, ambos sorrindo, e em seguida ele se afastou um pouco de Lucrécia, virou-se para mim e me beijou a mão.

O contato de seus lábios com minha pele emocionou-me e me causou um calafrio. Ele tinha toda a aparência do irmão afetuoso: nem sinal do monstro que se debruçara sobre o berço do bebê.

— Você tem um belo filho, Lucrécia — declarou César, o que a fez abrir um radiante sorriso de orgulho. — Eu estava dizendo a Sancha que é como contemplá-la quando você era pequena, nem faz tantos anos assim.

— Já naquela época você era muito protetor comigo — disse Lucrécia, feliz. — Diga-me, vai passar algum tempo conosco?

— Infelizmente, não. Só tive tempo para discutir alguns assuntos vitais com papai. Tenho que voltar prontamente ao campo de batalha. Pesaro me espera.

Lucrécia enrubesceu de leve à menção da cidade de seu ex-marido, depois disse:

— Ah, mas você precisa ficar! Tem que passar algum tempo com o bebê!

César deu um suspiro, num impressionante simulacro de relutância.

— Fico desolado, mas passei apenas para dizer olá e adeus; estou de saída neste instante, voltando para meus soldados. É claro — disse, com ar solícito — que eu não poderia partir sem ver você e o pequeno Rodrigo.

E, depois de uma rápida olhadela para mim, acrescentou, como quem se lembrasse:

— E Sancha também.

— Muito bem. Nesse caso, dê-me um beijo, e beije também o bebê antes de ir embora — disse Lucrécia, entristecida. Fez uma pausa. — Rezarei por sua segurança e seu sucesso.

— Sou grato por suas orações. Precisarei delas. Deus a acompanhe, irmãzinha.

César tornou a abraçá-la e lhe deu um beijo solene em cada face; Lucrécia fez o mesmo com ele e os dois se despediram.

Ele se voltou para mim, hesitante; não lhe estendi a mão, apenas acenei com a cabeça.

— Também vou rezar — disse-lhe, embora não esclarecesse exatamente o que conteriam minhas súplicas.

— Obrigado — fez César, e se encaminhou para o berço.

Apressei-me a chegar lá primeiro e segurei firme o pequeno Rodrigo em meu colo, enquanto o tio se curvava para dar um beijo no bebê.

No fim, minhas preces, e não as de Lucrécia, foram atendidas.

César cavalgou para o norte e chegou em segurança a seu acampamento, mas, antes que conseguisse atingir os portões da cidade de Pesaro, seu exército francês foi convocado pelo rei Luís. O duque Ludovico tinha reunido tropas suficientes para fazer uma temível tentativa de retomar Milão (o que sem dúvida deve ter dado à bela prisioneira de César, Caterina Sforza, um bom motivo de maldosa satisfação).

Desprovido de soldados e maldizendo em silêncio os franceses, o capitão-geral foi obrigado a abandonar o esforço de conquistar Pesaro.

No jantar, o Santo Padre ficou rubro de raiva ao relatar o episódio, e esbravejou sobre a volubilidade do rei francês.

Precisei de todo o meu autocontrole para reprimir um sorriso satisfeito ao ouvir a notícia.

Final do inverno de 1499

XXX

Do campo de batalha chegou a notícia de que, relutantemente, César havia negociado uma trégua com Giovanni Sforza em Pesaro, e estava voltando para casa, escoltado pelo exército pontifical e acompanhado por sua encantadora prisioneira, Caterina Sforza, que seria relegada às sólidas paredes de pedra do Castelo Sant'Angelo. Senti-me apreensiva com sua chegada.

D. Esmeralda trazia constantemente novos e perturbadores mexericos. Em Roma, uma nova expressão tinha entrado em voga: "o terror dos Bórgia". Era usada para descrever o estado mental dos que tinham a infelicidade de servir aos Bórgia e compartir seus segredos, pois o preço disso ia ficando cada vez mais óbvio.

Havia ampla aceitação do fato — embora ele fosse escrupulosamente ignorado pela família — de que César tinha assassinado seu irmão Juan, em função de um desejo avassalador de se apoderar de toda a Itália. Fora por destino, e não por coincidência, que ele havia recebido o nome dos governantes imperiais da Roma antiga.

Assim, não foi surpresa para ninguém quando o Condestável da Guarda — um espanhol que antes contara com a confiança de César e fora honrado por ele, mas tinha caído em desgraça junto a seu senhor — foi encontrado boiando no Tibre. Suas mãos tinham sido firmemente amarradas às costas e o cadáver fora enfiado num saco de aniagem.

Eu nunca falava dessas coisas com Lucrécia nem com Jofre, e Sua Santidade tampouco as mencionava em suas audiências ou em nossos jantares ocasionais, nem mesmo para censurar as acusações hediondas contra seu filho favorito. Assim, foi como se o incidente com o pobre condestável nunca houvesse ocorrido, como se o homem nunca tivesse existido.

Houve outras mortes de que Esmeralda falou, duas delas ocorridas em circunstâncias curiosas no acampamento de César.

A primeira foi o misterioso falecimento do bispo Ferdinando d'Almaida. Este, que os boatos diziam ser tão perverso e ambicioso quanto qualquer dos Bórgia, havia seguido César como uma sombra incansável, desde o instante de seu casamento com Charlotte d'Albret até os campos de batalha na Romagna. Muitos suspeitavam que ele fosse um espião a serviço do rei Luís.

Um dia, César declarou a seus homens que d'Almaida recebera um golpe mortal "no decorrer da batalha" — mas ninguém teve permissão de ver o cadáver, e em seguida houve um sepultamento feito às pressas. Os criados que lavaram o corpo disseram que o bispo não havia sofrido ferimento algum; a causa da morte, ao contrário, tinha sido a "febre dos Bórgia" — uma doença provocada por um pó azul-metálico.

Canterella: um segundo termo novo entrou em voga e era sussurrado por toda Roma.

Algum tempo depois, caiu outra vítima, o cardeal Giovanni Bórgia, conhecido como "o Menor". Esse cardeal era um primo jovem dos Bórgia, de outro ramo da família que não o do cardeal Giovanni Bórgia de Monreale, "o Maior", que havia oficiado minhas núpcias.

Do que é que esse infausto Giovanni mais moço tinha conhecimento, e que pôs sua vida em perigo, não sei dizer. O que sei é que o homem estava enormemente endividado e que era íntimo de seus parentes mais poderosos. Partiu de Roma para ter um encontro particular com César na Romagna — aparentemente, para cumprimentá-lo por suas recentes conquistas de Ímola e Forli.

Contudo, antes de chegar ao acampamento de César, Giovanni foi consumido por uma sezão repentina — a "febre dos Bórgia", sem dúvida; os sintomas da *canterella* começavam a ser conhecidos como febre alta e hemorragia. O cardeal morreu pouco depois.

Seu corpo foi mandado de volta a Roma, onde foi rapidamente enterrado na catedral de Santa Maria del Popolo. A sepultura não foi assinalada.

Uma noite, no jantar, Jofre comentou que o falecimento do cardeal fora uma lástima.

Sua Santidade bateu com o garfo na mesa com tamanha força, que todos levamos um susto; levantei os olhos de meu prato e o vi vermelho, com o sobrolho carregado.

— Nunca mais mencione esse nome em minha presença — repreendeu-o Alexandre, com uma ferocidade que nos silenciou a todos por algum tempo.

— Já contei o que o bebê Rodrigo fez hoje, na hora do almoço? — perguntou Lucrécia, em tom alegre, rompendo o clima sombrio e incômodo.

Isso acalmou Sua Santidade; ele se voltou para a filha e abriu um sorriso expectante.

— Ele é muito forte, está sempre sacudindo os braços e as pernas, e sei que ainda é muito novinho, mas hoje, ele puxou meu braço com tanta força, que pensei que fosse sentar sozinho.

O estado de espírito de Alexandre tornou-se instantaneamente indulgente.

— Você também foi um bebê forte — disse ele, com orgulho paternal. — Você e César. Os dois se sentaram e começaram a andar cedo; ora, eu a fiz montar numa sela comigo quando você mal tinha chegado aos 2 anos.

Lucrécia retribuiu-lhe o sorriso, aliviada por ter feito passar o mau humor de Alexandre.

No fim do jantar, aproximou-se do pai e lhe disse baixinho:

— O senhor deve desculpar Jofre. Sei que ele não pretendeu perturbá-lo com idéias tristes.

A expressão do papa tornou a se carregar e ele espremeu os olhos para a filha:

— Falar em morte na hora da comida faz mal à digestão — disse, secamente.

Não muito depois do batismo do pequeno Rodrigo, Afonso e eu recebemos do capitão Juan de Cervillon a solicitação formal de uma audiência. Fiquei mais do que satisfeita em atendê-lo, porque ele fora muito bondoso conosco e nos prestara enormes serviços.

Fomos recebê-lo na antecâmara de Afonso, numa luminosa e ensolarada manhã de inverno, e não pude deixar de pensar no encontro que tivéramos no verão anterior, em Nápoles. Eu esperava que ele nos trouxesse boas notícias, pois, enquanto Afonso e eu contássemos com Cervillon como amigo, eu sabia que ele sempre trabalharia incessantemente a nosso favor, no intuito de manter as melhores relações possíveis entre Nápoles e o papa.

Ele apareceu diante de nós, de novo elegantemente vestido, com o sabre embainhado na cinta e o cabelo preto com faixas grisalhas, e fez uma mesura enquanto nos sentávamos.

Sorri e estendi a mão para que ele a beijasse.

— Capitão, o senhor parece animado esta manhã. Espero que nos traga notícias alegres.

— Alegres e tristes — disse ele, mas com uma satisfação que não conseguiu mascarar por completo, a despeito de suas formalidades militares.

— Fale, caro amigo — disse Afonso, curioso.

— Altezas, fiz questão de lhes apresentar minha despedida formal antes de partir para Nápoles.

— Ah! — exclamou Afonso. — Então, visitará sua família pelo Natal?

— Não se trata de uma visita — disse Cervillon. — Sua Santidade deu-me licença permanente para retornar a minha cidade de origem.

Senti duas emoções distintas: uma tristeza sincera por ver o bom capitão partir e um medo egoísta. Com Cervillon longe dali, quem seria nosso defensor?

O rosto de meu irmão demonstrou apenas tristeza pela perda de um amigo.

— Caro capitão — disse Afonso —, fico triste por nós, pois sentiremos sua falta, mas sinto-me feliz pelo senhor. Faz muitos anos que o senhor está longe de sua esposa e seus filhos, a serviço de Sua Santidade.

Cervillon concordou com um aceno de cabeça e disse:

— Submeti uma petição ao rei Frederico para poder servi-lo.

— Nesse caso, Nápoles tem um rei afortunado — manifestei-me, enfim. — E o papa perdeu um de seus melhores homens.

Por mais que eu me esforçasse, não pude ocultar inteiramente meu pesar. Cervillon o percebeu e disse:

— Ah, Alteza, lamento muito deixá-la tão triste.

— Sinto-me feliz e triste, como o senhor disse — afirmei, forçando um sorriso pálido. — Sentirei sua falta, mas não é bom um homem ficar longe de sua família. Além disso, estou certa de que nos reencontraremos; o senhor visitará Roma, e um dia nós visitaremos Nápoles.

— É verdade — concordou Cervillon.

Meu irmão levantou-se. Fazendo eco a nosso último encontro em Nápoles, disse:

— Que Deus o acompanhe, capitão.

— E também a Vossas Altezas — respondeu Cervillon. Fez mais uma reverência e se retirou. Ficamos a observá-lo afastar-se, em silêncio.

— Nunca mais o veremos — disse Afonso, finalmente, dando voz a meus pensamentos.

As palavras de meu irmão foram proféticas, mas não do modo que eu havia imaginado. Eis o relato feito por Esmeralda:

Naquela mesma noite, antes da partida marcada para o dia seguinte, o capitão compareceu a uma festa de comemoração oferecida por seu sobrinho. Quando voltava a pé para casa pelas ruas, aquecido pelo vinho e pelas lembranças do lar, foi agredido.

Se houve testemunhas, nenhuma jamais se manifestou: o corpo ensangüentado do capitão, com várias perfurações causadas por uma lâmina, foi encontrado caído na rua. O ataque havia acontecido depressa. Estou convencida de que quem o agrediu era conhecido dele e, a rigor, considerado um amigo, pois o sabre de Cervillon nem sequer foi desembainhado.

Como ocorrera com outras vítimas dos Bórgia, as autoridades da Igreja apoderaram-se do corpo. Mais uma vez, a visitação habitual dos mortos não foi permitida; na verdade, Cervillon baixou à sepultura menos de uma hora depois de ser encontrado.

Durante um dia inteiro, pranteei sua morte e me recusei a comer ou beber. Na verdade, chorei por todos nós.

Inverno – início do verão de 1500

XXXI

Na véspera do Ano-Novo de 1500, realizou-se um grande banquete na Sala dei Santi; os familiares e muitos cardeais e nobres poderosos foram convidados. Uma mesa gigantesca fora trazida para acomodar os convidados e uma profusão de iguarias, e serviu-se vinho tratado em quantidade suficiente para encher o rio Tibre. Eu me havia acostumado à grandiosidade exagerada do palácio papal, mas, nessa noite, ele tornou a me parecer impressionante, até mágico. O console da lareira e a mesa tinham sido envoltos em guirlandas de sempre-vivas e decorados com sachês de laranja, todos os quais exalavam um doce aroma; as paredes e lintéis ostentavam festões de brocado dourado. Acendera-se a imensa lareira, assim como mais de uma centena de velas, que inundavam o salão de um brilho tão cálido, que nossas taças de ouro, os tetos dourados e os pisos de mármore polido bailavam à luz; até o cabelo louro de Santa Catarina cintilava.

Sua Santidade estava com um bom humor excepcional, a despeito de sua fragilidade. Envelhecera visivelmente nos últimos tempos: os olhos tinham-se amarelado de icterícia e o cabelo passara de grisalho a branco. A papada sob o queixo reentrante transformara-se em dobras penduradas, e as bochechas e o nariz tinham o tom avermelhado das veias rompidas. Todavia, ele trajava um manto esplendoroso de brocado ouro e branco, cravejado de diamantes, e um barrete tecido com fios de ouro puro, criado especialmente para a ocasião.

Quando ergueu sua taça, a mão tremeu de leve:

— Ao ano de 1500! — gritou para a enorme assembléia reunida à sua volta. — Ao ano do Jubileu!

Sorriu como um patriarca orgulhoso e nós ecoamos suas palavras. Em seguida, sentou-se e, com um gesto, indicou que todos fizéssemos o mesmo.

Visto tratar-se de uma ocasião tão momentosa, Alexandre sentiu-se obrigado a fazer um pequeno discurso.

— O Jubileu cristão — anunciou, como se já não estivéssemos todos familiarizados com o termo —, foi instituído há duzentos anos pelo papa Bonifácio VIII. Baseia-se no antigo costume israelita de observar um ano sagrado a cada cinqüenta: um período em que todos os pecados são perdoados. Não se trata — acrescentou, com um ar jocoso de pedantismo — da palavra latina *jubilo*, "gritar", como presume a maioria dos estudiosos de latim, mas do termo hebraico *jobel*, o chifre de carneiro usado para assinalar o início de uma comemoração.

Alexandre abriu os braços e prosseguiu:

— Bonifácio estendeu o intervalo de cinqüenta para cem anos... e aqui estamos nós, a apenas algumas horas de um acontecimento que a maioria das pessoas nunca vive o bastante para experimentar.

Assumiu então um tom orgulhoso:

— Todo o árduo trabalho que realizamos neste último ano, o alargamento das estradas, a restauração de portões e pontes, o reparo dos danos sofridos pela basílica de Pedro, tudo isso valeu a pena.

Nesse ponto, fez uma pausa, ao ser aplaudido pelos cardeais, muitos dos quais haviam participado da supervisão dos trabalhos, e concluiu:

— Roma está pronta, assim como todos nós, para um tempo de grande alegria e perdão. Expedi uma bula, proclamando que os peregrinos que visitarem Roma e a basílica de São Pedro durante o Ano Santo terão todos os seus pecados perdoados. Esperamos que mais de 200 mil almas façam essa viagem.

Ouvi, sorridente, sentada ao lado de meu irmão e de Lucrécia, pois era difícil não ser arrebatada pelo sentimento de empolgação e expectativa que enchia a assembléia. Minha alegria, no entanto, era temperada pela preocupação, e meu desejo de perdoar era frustrado pela mágoa. Eu não sabia o que o ano poderia trazer, pois, naquele exato momento,

César Bórgia lutava ao lado dos franceses em Milão. Olhei de relance para Afonso, a meu lado, e ele segurou e apertou minha mão, à guisa de tranqüilização e entendimento.

Quanto a Lucrécia, ela não notou minha apreensão nem a de Afonso. Ouvia o pai com uma expressão de arrebatado entusiasmo; agora que tinha seu marido e seu bebê, estava imersa na felicidade. Não creio que ela se permitisse considerar a possibilidade de que seu irmão viesse a interferir; fazia tanto tempo que lhe era negada uma vida normal, que eu não podia culpá-la por querer permanecer na ignorância. Nessa noite, seu contentamento transparecia em sua figura: eu nunca a vira tão bela quanto durante esses dias com Afonso.

Felizmente, o discurso do papa foi curto e não tardamos a iniciar a ceia. Depois de comermos e de serem retirados os pratos, não me demorei muito nas festividades, permanecendo apenas o tempo exigido pela cortesia.

Retornei a meu quarto e encontrei D. Esmeralda encolhida diante do oratório de São Januário.

— Esmeralda! Que aconteceu?

Ela ergueu os olhos para mim, com seu rosto moreno, que o cabelo grisalho emoldurava sob o véu preto, banhado em lágrimas.

— Estou pedindo a Deus que não acabe com o mundo.

Soltei um longo suspiro e me acalmei, meio aborrecida com a atitude supersticiosa de Esmeralda. Muitos padres do país tinham-se apropriado da idéia de que 1500, uma data criada pelos homens, era de tamanha importância para Deus, que Ele a havia escolhido para o Apocalipse. Eu já ouvira outros criados murmurarem entre si sobre essa possibilidade, tomados de medo.

— Por que Deus faria uma coisa dessas? — perguntei. Meu tom não foi simpático; não me pareceu que eu fizesse nenhum bem a Esmeralda incentivando seu pavor injustificado.

— É uma data especial. Sinto isso nos ossos, D. Sancha. Deus não adiará mais Seu julgamento. Há quase dois anos, o papa assassinou Savonarola... e agora é chegado o momento de Alexandre ser punido, e a Itália inteira sofrerá com ele.

— A Itália já está sofrendo — respondi baixinho, só que ela sofria nas mãos de César, não nas de Deus.

Deixei Esmeralda para lá. Despi-me sozinha e fui para a cama, onde ouvi suas preces angustiadas até altas horas da madrugada.

Acordei no primeiro dia do ano-novo e descobri que o mundo não fora consumido em enxofre, como tinham previsto os padres. Na verdade, era um dia frio de inverno, e D. Esmeralda, carrancuda, vestiu-me com meus melhores trajes, pois havia uma exigência de que eu me apresentasse em público. Afonso, Jofre, Sua Santidade e eu seguimos numa carruagem, a uma distância respeitosa atrás de Lucrécia, e atravessamos a ponte Sant'Angelo em direção à cidade. A duquesa seguia a cavalo para a catedral de São João Latrão, precedida por uma comitiva de quatro dezenas de cavaleiros que iam abrindo caminho pelas ruas.

Uma vez na escadaria da catedral, num traje deslumbrante de cetim branco, cravejado de pérolas, e com uma longa capa de arminho e os cachos dourados a lhe descerem pelas costas, Lucrécia soltou uma revoada de pombas brancas em direção ao firmamento. Ela era uma visão encantadora, com os braços abertos num gesto de súplica e o rosto, ruborizado pelo frio, inclinando-se para o céu nublado.

Em seguida, fez uma breve oração, pedindo a Deus que concedesse uma graça especial aos peregrinos que fizessem a peregrinação a Roma.

Em poucas semanas, começaram a chegar os viajantes de pés doloridos. A ponte do Castelo Sant'Angelo encheu-se de uma massa compacta de corpos em movimento, indo e voltando da catedral de São Pedro. Os que não podiam proporcionar-se o conforto de uma hospedaria, ou não conseguiam encontrar acomodações por causa da multidão crescente, carregavam seus cobertores e dormiam nos degraus da basílica. Toda vez que passávamos pela *piazza* ou íamos à Missa, deparávamos com eles, e logo nos acostumamos tanto a essa visão, que já não os notávamos.

Esse foi apenas um dos sinais do cuidado especial que Alexandre tomou para mostrar uma predileção especial pela filha — seu método, creio eu, de distrair Lucrécia, a fim de que ela acreditasse que estava tudo bem com sua pequena família. O papa lhe concedeu muitas propriedades novas, inclusive uma pertencente à família Caetani, de Nápoles — a mesma de que viera meu amado de outrora, Onorato.

Se Lucrécia sentia algum temor por Afonso, distraiu-se dele mantendo um romance cortês e platônico com o poeta Bernardo Accolti, de Arezzo, que se referia arrogantemente a si mesmo como "*l'Unico*".

Havia pouco de único na poesia de Accolti, no entanto. Ele a enviava às resmas a Lucrécia, proclamando sua paixão imorredoura por ela, colocando-a no papel de sua Laura e vendo a si mesmo como o sofrido Petrarca.

A própria Lucrécia me mostrou os poemas, com muita timidez. Ao ver que eu não conseguia esconder inteiramente meu desdém por eles, riu dos textos comigo — mas percebi que se sentia lisonjeada. Esse episódio deu-lhe inspiração para tentar, ela mesma, escrever poesia, a qual também me entregou timidamente.

Eu lhe disse — e falei sério — que ela era muito melhor poeta do que Accolti. Pelo menos, era muito menos dada a desmaios, lágrimas e suspiros em verso.

Enquanto Lucrécia se atarefava com suas distrações, ocorreu a segunda batalha de Milão. O duque Ludovico lançou um ataque às forças francesas e foi capturado e condenado à prisão pelo resto da vida; seu irmão, o cardeal Ascanio Sforza, também não escapou.

Firmemente derrotada a Casa de Sforza, os franceses voltaram os olhos para Nápoles, a cintilante jóia marinha que por tanto tempo eles haviam cobiçado.

As garantias de Sua Santidade eram abafadas pelas vozes de todos os outros italianos, que ecoavam constantemente em meus ouvidos, num grito silencioso: os franceses tomarão Nápoles. É só uma questão de tempo.

Não duvidei de que César Bórgia viesse a cavalgar com eles.

No mês seguinte, César voltou para casa, numa grande exibição vista por toda Roma. Num golpe de mestre, resolveu não alimentar os rumores acerca de sua arrogância e sua ambição e tomou o cuidado de evitar a montagem de uma entrada pomposa e triunfal.

Assisti da *loggia* de nosso palácio, quando a parada desfilou pelas ruas. Ela começou com a passagem de nada menos de cem carruagens, com cavalos e carroças ornamentados de preto. Não tardou a ficar claro que se tratava de um cortejo fúnebre, indicativo do luto na Casa dos Bórgia pela perda mais recente de um de seus membros, o cardeal

Giovanni, o Menor, que morrera de forma muito rápida e misteriosa quando viajava para "congratular-se" com César.

Nenhum arauto anunciou o regresso do capitão-geral: as trombetas permaneceram em silêncio. Não houve cores nem fausto, nem rufar de tambores nem o som dos pífaros. Os soldados — centenas deles, todos de preto — marcharam num silêncio rompido apenas pelo troar das rodas e pelo tropel dos cascos dos cavalos.

Logo depois, na procissão, veio Jofre, montado a cavalo, e atrás dele, Afonso, obrigado a participar dessa paródia solene.

O último a surgir foi César — novamente vestido com simplicidade, porém com extrema elegância, num traje bem talhado de veludo preto.

Depois de um espaço no desfile vieram os membros menos importantes da família e os nobres.

A parada terminou na fortaleza do Castelo Sant'Angelo, onde já estava escondida a prisioneira Caterina Sforza. Ali, o tom comedido do desfile foi subitamente abandonado, quando se dispararam foguetes do alto da torre para o ar.

A exibição resultante, espelhada nas águas próximas do rio Tibre, foi deslumbrante. Os fogos de artifício foram programados para que as explosões — se o espectador usasse a imaginação — compusessem a cabeça, o tronco e os membros de um homem. (César tivera a intenção de representar um guerreiro, informou-me Jofre mais tarde, naquela noite.)

Os fogos continuaram por algum tempo, com cada nova rodada mostrando-se mais ambiciosa do que a anterior e provocando gritos apreciativos ainda maiores na multidão.

De seu quarto no Castelo Sant'Angelo, Caterina certamente devia estar assistindo.

Depois veio o golpe de misericórdia. Cerca de duas dezenas de foguetes foram simultaneamente disparados. As explosões resultantes foram tão altas, que tapei os ouvidos para diminuir o incômodo; as venezianas abertas chacoalharam terrivelmente, a ponto de eu temer que despencassem no chão.

César Bórgia estava em casa, e pretendia que Roma inteira o soubesse.

Nessa noite, ofereceu-se uma festa em homenagem ao capitão-geral no Salão das Artes Liberais. A obrigação familiar forçou-me a comparecer; felizmente, o número de convidados era assombroso, e consegui evitar César durante quase toda a noite. Por visível inveja do irmão, Jofre tratou de se embriagar desde cedo, e dedicou sua atenção a uma das mulheres contratadas para entreter os convidados masculinos. Aquilo me magoou; eu havia esperado que, com o tempo, pudesse acostumar-me com os flertes de Jofre, mas não ficava bem uma esposa da realeza manifestar ciúme nessas situações, de modo que evitei os dois com cuidado.

Assim, fui levar meus cumprimentos a Sua Santidade e à maioria dos cardeais do consistório, bem como a todos os nobres. Vanozza Catanei também estava presente, para minha surpresa, pois eu nunca a havia encontrado em nenhuma função na residência papal. Saudamo-nos calorosamente, como se fôssemos velhas amigas.

Quando chegou o momento oportuno, despedi-me de Alexandre e caminhei apressada em direção à porta, dando graças por haver conseguido fugir sem um confronto com o convidado de honra. Fiz sinal para que D. Esmeralda e minhas outras damas de companhia me acompanhassem e convoquei os guardas para nos escoltarem pela *piazza* repleta, a caminho de casa.

No entanto, assim que pisei no corredor, meu pulso foi segurado com delicadeza, mas de forma insistente. Ergui os olhos e vi César, no instante exato em que ele fazia sinal para Esmeralda e os outros para que nos dessem um momento a sós.

Meu coração bateu mais depressa. Eu já não me emocionava com o toque da pele dele na minha; agora, sentia apenas repulsa — e o temor de que minhas emoções avassaladoras me levassem a invectivas ríspidas, o que faria Afonso e Nápoles correrem um perigo ainda maior.

César conduziu-me a um ponto um pouco mais distante do corredor, longe do barulho e dos convidados. Quando teve certeza de que não seria ouvido, disse-me, no tom sereno e confiante de praxe:

— Talvez agora você se dê conta da vida que rejeitou. Não é tarde demais para modificar isso — acrescentou, estudando-me atentamente.

Deixei escapar um arquejo alto, que terminou numa risada curta de incredulidade:

— Você está me propondo casamento?

No mesmo instante, sua voz e sua expressão tornaram-se ainda mais reservadas:

— E se eu estiver...?

Soltei minha mão de seu punho; meus lábios se contorceram de tal modo que não pude responder. Talvez tivesse havido época, antes de ele assassinar Juan, em que eu ficaria extasiada ao saber que ele ainda nutria afeição por mim. Agora, sentia apenas repugnância.

César registrou minha reação; quando voltou a falar, foi com um tom zombeteiro:

— Mas você, é claro, ainda é fiel a Jofre. Percebo que, como boa esposa, desconheceu o fato de que ele já se retirou, nos braços de uma cortesã.

Dei-lhe um sorriso frio, recusando-me a reagir a seu sarcasmo.

— Ouvi dizer que você tem-se mostrado cada vez mais parecido com seu irmão Juan. Nenhuma mulher da Romagna está a salvo de suas afeições indesejadas... menos ainda Caterina Sforza.

Ele deu um sorrisinho cruel:

— Está com ciúme, senhora?

Parte de mim estava, é verdade, porém a maior parte só conhecia a repugnância. Não consegui morder a língua:

— Ciúme, capitão-geral? Da sífilis que você tentou esconder sob a barba? Da lembrança que as prostitutas francesas lhe deixaram? Estou certa de que sua nova esposa ficará encantada ao saber que você lhe trouxe um presente de suas viagens.

É que eu estava perto dele o bastante para notar as cicatrizes e as novas lesões vermelhas em suas faces. Nós, os napolitanos, dávamos àquilo o nome de "maldição francesa"; os franceses, naturalmente, tentavam atribuir a culpa às prostitutas que conheciam em Nápoles. Não me foi de grande consolo saber que a doença abreviaria a vida de César, e que, em anos posteriores, bem poderia levá-lo à loucura.

A raiva lampejou em seus olhos; eu tinha conseguido desferir um golpe certeiro. Dei meia-volta, satisfeita, e comecei a me encaminhar para minhas damas de companhia.

De trás de mim vieram as palavras suaves, porém nada ternas:

— Eu tinha que fazer uma última tentativa, senhora. Agora sei onde me situo; agora sei que rumo tomar.

Não me dei o trabalho de responder.

. . .

Milagrosamente, passamos em segurança da primavera para o verão, sem qualquer incidente; o rei Luís não fez nenhuma investida contra Nápoles e a vida na família dos Bórgia transcorreu sem maiores problemas.

Usando como pretexto as preocupações prementes do exército e das questões políticas, César ausentou-se de todas as nossas ceias com o papa. Não tornei a falar com ele depois daquela primeira tarde de seu regresso e mal cheguei a vê-lo, a não ser de passagem. D. Esmeralda informou que, quando ele não estava com o pai ou com os representantes franceses, arquitetando complôs, César passava as noites com cortesãs ou com a maltratadíssima Caterina Sforza, a quem transportava secretamente da cela do Castelo Sant'Angelo para seus aposentos. Os guardas diziam que ela era linda, segredou Esmeralda, com cabelos mais claros do que palha e uma pele tão leitosa, que à noite brilhava como opalina. Ela fora rechonchuda antes de ser capturada, porém os maus-tratos de César haviam-na deixado abatida e magra.

Eu nunca tinha visto a mulher em pessoa, mas havia momentos em que intuía sua presença pesarosa e ultrajada, nos mesmos corredores que um dia eu havia percorrido, a caminho dos aposentos privados de César. Eu sentia um certo ciúme dela, é verdade, mas meu sentimento predominante era de afinidade. Eu sabia o que era ser violada e me sentir impotente e amarga.

César também não fazia o menor esforço, em público ou em particular, para fingir consideração por Afonso ou pelo bebê. No entanto, apesar de todo o desprezo do capitão-geral pela Casa de Aragão, Sua Santidade continuou a nos demonstrar pessoalmente muita cordialidade, e tomava o cuidado de oferecer a Afonso um lugar de destaque em todas as cerimônias. Eu acreditava que, no fundo, Alexandre realmente apoiava Nápoles e a Espanha e detestava os franceses, apesar da aparente alegria pelo casamento de seu filho mais velho com Charlotte d'Albret. Mas me lembrava também de como Lucrécia, carregando no ventre o filho de seu irmão, havia chorado, apavorada, ao confessar que até o papa temia César. A questão era se o Santo Padre teria suficiente força de vontade para sustentar seu papel declarado de defensor de Nápoles.

No começo do verão, Alexandre sofreu um ataque brando de apoplexia, que o deixou enfraquecido e acamado por vários dias.

Pela primeira vez, pensei no destino daqueles de nós que sobrevivêssemos à morte de Rodrigo Bórgia. Tudo dependeria de César ter tido ou não a possibilidade, antes disso, de se estabelecer solidamente como o governante secular da Itália. Se o houvesse conseguido, Afonso e eu seríamos no mínimo exilados, ou então assassinados, na pior das hipóteses; caso contrário, tudo dependeria de quem saísse do consistório cardinalício como o novo papa. Se este fosse solidário com Nápoles e a Espanha — e havia todas as indicações de que seria —, Afonso poderia retirar-se com Lucrécia para Nápoles, sem medo, e Jofre e eu poderíamos retornar ao principado de Squillace. Esta última hipótese parecia muito mais desejável do que nossas circunstâncias do momento.

E César se descobriria *persona non grata* na Itália. Teria que depender das boas graças do rei Luís para obter permissão de voltar para sua sofrida esposa.

Confesso que, pela primeira vez em anos, apanhei-me recorrendo a Deus na semana de doença do papa; minhas orações desse período foram sombrias e impuras:

Por favor, se isto salvar Afonso *e o bebê, levai Sua Santidade agora.*

Alexandre, é claro, recuperou-se galhardamente.

Deus me havia decepcionado mais uma vez; porém não tardou a se manifestar com veemência, de uma forma inesperada.

No penúltimo dia de junho — o dia de São Pedro, que celebrava o primeiro papa da Igreja —, Alexandre nos convidou a todos, inclusive seu xará Rodrigo, para visitá-lo em seus apartamentos.

Era um dia de calor inusitado e o céu estava cheio de nuvens negras, que se deslocavam com rapidez e em pouco tempo apagaram qualquer vestígio de azul. O vento começou a soprar. Quando nós — Lucrécia, Afonso, Jofre e eu — caminhávamos do palácio para o Vaticano, acompanhados por nossa comitiva, uma súbita rajada fria fez a pele de meus braços e minha nuca se arrepiar; com ela veio uma trovoada estrondosa.

O pequeno Rodrigo — então com oito meses, bem desenvolvido e forte — gritou apavorado ao ouvir esse som, e se debateu com tanta força nos braços da ama, que Afonso o pegou. Apertamos o passo, mas não conseguimos escapar do temporal; uma chuva fria e intensa, inclusive com granizo, começou a nos apedrejar ao subirmos correndo os degraus do Vaticano. Afonso cobriu a cabeça do bebê com os braços e recurvou o tronco, protegendo o filho da melhor maneira que podia.

Molhados e em desalinho, passamos pelos guardas e cruzamos as grandes portas, entrando no refúgio do vestíbulo. Enquanto Afonso segurava o filho chorão, Lucrécia e eu nos atarefamos com o bebê, usando as mangas e a barra dos vestidos para secá-lo.

Quando estávamos parados perto da entrada, um enorme estrondo chacoalhou as portas pesadas e o próprio piso sob nossos pés; todos levamos um susto, e o bebê chorou de verdade.

Afonso e eu nos entreolhamos, alarmados, lembrando os horrores que havíamos testemunhado em Nápoles, e murmuramos ao mesmo tempo:

— Canhão.

Por um instante, alimentei a idéia desvairada de que os franceses estavam atacando a cidade; mas isso era loucura. Teríamos sido avisados, teria havido notícias sobre o avanço de seu exército.

Então, de um ponto mais interno do edifício, ouvimos gritos frenéticos de homens. Não consegui discernir o que eles diziam, mas seu pânico era bastante claro.

Lucrécia virou-se em direção ao som e arregalou subitamente os olhos:

— Papai! — gritou, depois arregaçou o vestido e saiu correndo.

Segui-a, assim como Jofre e Afonso, que primeiro entregou o filho à babá. Subimos as escadas a toda velocidade, com os homens nos ultrapassando rapidamente, pois não eram estorvados por vestidos longos.

No corredor que levava aos apartamentos papais, fomos recebidos por uma névoa escura, que fazia os olhos e os pulmões arderem; atrás de Afonso e Jofre, também eu parei, com assombro horrorizado, diante do arco que conduzia à Sala da Fé, onde Sua Santidade deveria estar sentado no trono à nossa espera.

O lugar em que antes ficara o trono era agora uma enorme pilha de traves de madeira, pedras estilhaçadas e pedaços de reboco, tudo envolto numa nuvem de poeira: o teto havia desabado, trazendo consigo os tapetes e móveis do andar de cima.

Reconheci esses tapetes e móveis, pois muitas vezes os vira no quarto de César. Senti uma pontada de esperança maléfica: se o capitão-geral e o papa estivessem mortos, meus temores por minha família e por Nápoles poderiam descansar em paz com eles.

— Santo Padre! Santidade! — gritavam desesperadamente os dois assistentes do papa, o camareiro pontifício Gasparre e o bispo de Cádua, curvando-se sobre os destroços e tentando encontrar sinais de vida embaixo deles. Eram seus os gritos que tínhamos ouvido — e, nesse momento, Lucrécia e Jofre lhes acrescentaram suas vozes.

— Pai! Pai, fale conosco! O senhor está ferido?

Nenhum som vinha da pilha assustadora. Afonso saiu em busca de ajuda e logo voltou com meia dúzia de trabalhadores, munidos de pás. Segurei Lucrécia, que olhava horrorizada para a pilha, certa de que o pai estava morto; também eu tinha a mesma certeza, e lutava entre a culpa e a exultação.

Logo ficou claro que César não estivera em seu apartamento, pois não havia sinal dele. Mas nada menos de três pisos tinham desabado sobre o pontífice. A quantidade de destroços era impressionante; ficamos em pé durante cerca de uma hora, enquanto os homens trabalhavam com afinco, sob a orientação de Afonso.

Por fim, Jofre, que ficava cada vez mais aflito, não conseguiu mais se conter:

— Ele está morto! — gritou. — Não há esperança! Meu pai está morto!

O camareiro pontifício, Gasparre, também emotivo, repetiu a frase, retorcendo as mãos em desespero:

— O Santo Padre está morto! O Santo Padre está morto!

— Calados! — ordenou Afonso, com uma rispidez que eu nunca vira nele. — Calados, os dois, ou vão mergulhar Roma inteira no caos!

Com efeito, ouvimos lá embaixo o som de passos, quando os guardas papais se apressaram a cercar a entrada do Vaticano; ouvimos também as vozes de criados e cardeais, ecoando o grito.

— O papa está morto! Sua Santidade morreu!

— Venha — insisti com Jofre, puxando-o para longe dos destroços e para junto de mim. — Jofre, Lucrécia, agora vocês precisam ser fortes, e não devem piorar a angústia um do outro.

— É verdade — concordou Jofre, numa débil tentativa de mostrar coragem; segurou a mão da irmã e disse: — Agora devemos confiar em Deus e nos operários.

Ficamos os três de braço dado e nos obrigamos a aguardar o desfecho com calma, apesar dos sons frenéticos que vinham do andar inferior.

De tempos em tempos, os homens paravam de cavar e chamavam pelo papa; nunca havia resposta. *Com certeza ele faleceu*, assegurei a mim mesma. Em pensamento, eu já tinha voltado a Squillace.

Depois de mais uma hora, eles conseguiram penetrar o bastante nos escombros para discernir uma ponta do manto dourado de Alexandre.

— Santo Padre! Santidade!

Nada ainda.

Mas Deus estava apenas pregando-nos uma peça. No fim, depois de retirarem vigas e tapeçarias bordadas a ouro, eles descobriram Alexandre — coberto de poeira, mudo de pavor, sentado com o tronco ereto como um poste em seu trono, com as manoplas apertando os braços de madeira entalhada.

Os cortes e machucados eram tão pequenos, que nem conseguimos vê-los nessa hora.

Gasparre conduziu o pontífice a sua cama, enquanto Lucrécia mandava chamar o médico. Alexandre foi submetido a uma sangria e teve uma ligeira febre; não quis ver ninguém senão sua filha e César.

Iniciou-se uma investigação. A princípio, especulou-se que um nobre revoltoso teria disparado uma bala de canhão — mas, na verdade, um raio, combinado com um vento furioso, é que havia derrubado o telhado. Foi mero acaso César ter saído de seus aposentos minutos antes.

Aquilo era uma advertência divina, murmuraram muitos, para que os Bórgia se arrependessem de seus pecados, ou Deus acarretaria sua queda. Savonarola se havia manifestado na vida de além-túmulo.

Para César, no entanto, foi um sinal de que ele deveria começar a pecar para valer, a fim de garantir seu lugar na história enquanto o pai ainda respirava.

Verão de 1500

XXXII

Dada a sua constituição forte, Alexandre recuperou-se muito depressa. O raio enviado por Deus deu a Sua Santidade um novo senso de mortalidade e uma nova valorização da vida; ele começou a passar menos tempo com César, contemplando estratégias de conquista, e mais tempo em companhia da família — formada pelo bebê Rodrigo, que crescia rapidamente, Lucrécia, Afonso, Jofre e eu. Voltamos a cear todas as noites à mesa do papa, onde conversávamos sobre assuntos domésticos, em vez de política. Começou a se cavar um abismo entre César e Alexandre, em termos de lealdade; minha única esperança era que o papa fosse poderoso o bastante para se sagrar vencedor.

Meu apocalipse particular teve início no 15º dia de julho, mal decorridas duas semanas do funesto desabamento do teto sobre o trono papal. Nessa noite, jantamos com Sua Santidade, e Lucrécia e eu mantínhamos uma conversa amena com seu pai, uma conversa que relutávamos em abandonar, quando Afonso levantou-se e anunciou:

— Com a permissão de Vossa Santidade, hoje estou cansado e gostaria de me recolher cedo.

— É claro, é claro — disse Alexandre. Absorto na conversa, dispensou-o com ar desatento, mas com civilidade, fazendo-lhe um aceno com a mão. — Que Deus lhe dê uma boa noite de repouso.

— Obrigado.

Afonso fez uma mesura, beijou a mão de Lucrécia e a minha, e se foi. Não me lembro sobre o que conversávamos, mas me recordo de ter erguido os olhos para ele e me sentido comovida com o cansaço estampado em seu rosto. Roma e suas intrigas malévolas o tinham envelhecido. Essa visão evocou uma lembrança distante: eu era uma menina travessa de 11 anos, no palácio de Fernando I, e implicava com meu irmão sobre o museu dos mortos de nosso avô.

Como é que você agüenta, Afonso? Não tem vontade de saber se é verdade?

Não. Porque talvez seja.

Eram muitas as coisas que eu gostaria de nunca haver descoberto, muitas as coisas de que gostaria de ter podido proteger meu irmão em Roma, deixando-o viver na abençoada ignorância. Mas fora impossível.

Senti um curioso desejo de abandonar minha conversa com Lucrécia naquele momento e acompanhar Afonso até em casa — mas seria uma grosseria fazê-lo. Em retrospectiva, não posso deixar de pensar em como nossa vida teria sido diferente, se eu o houvesse acompanhado. Em vez disso, dei-lhe um sorriso quando ele depositou um beijo em minha mão e, depois que ele se retirou, afastei todas as idéias anteriores como uma preocupação inútil.

Uma ou duas horas depois, Lucrécia, o papa e eu transferimos nossa conversa para a Sala dos Santos; nossas vozes ecoavam nas paredes do vasto aposento quase deserto. Eu me sentia cansada e estava pensando em ir embora, quando ouvimos passos tonitruantes no corredor e vozes alarmadas de homens, vindo em nossa direção. Antes que eu tivesse tempo de perceber o que estava acontecendo, os soldados entraram na sala.

Ergui os olhos depressa.

Um guarda papal uniformizado, acompanhado por cinco homens de seu batalhão, encaminhou-se para Alexandre. Era um jovem de não mais de 18 anos, com expressão aturdida e a pele branca de pavor. O protocolo exigia que ele fizesse uma reverência e pedisse permissão para se dirigir a Sua Santidade; o rapaz abriu a boca, mas não conseguiu falar.

Em seus braços, amolecido e mortalmente pálido, estava meu irmão. No mesmo instante pensei na imagem da Virgem, embalando o Cristo traspassado e morto.

O sangue escorria da testa de Afonso, pintando de rubro seus cachos dourados e lhe obscurecendo metade do rosto. O manto que ele usara antes, naquela noite, havia desaparecido — fora arrancado — e a camisa estava rasgada nos pontos em que não fora grudada à pele pelo sangue. Uma das pernas de seus calções também se encharcara de escarlate.

Ele tinha os olhos fechados, a cabeça jogada para trás nos braços do soldado. Pensei que estivesse morto. Não consegui falar, não consegui respirar; meu maior temor se tornara realidade, finalmente. Meu irmão havia perecido antes de mim; eu já não tinha razão para viver, não tinha razão para me submeter à moral dos homens decentes.

Ao mesmo tempo, percebi num lampejo a extensão de minha tolice: eu sempre soubera, no fundo, que César tentaria matar meu irmão, não soubera? Era a maior vingança que ele poderia praticar contra mim por havê-lo rejeitado — maior, sem dúvida, do que tirar minha própria vida.

Porventura ele não me fizera essa ameaça em nosso último encontro particular?

Agora sei onde me situo; agora sei que rumo tomar.

Lucrécia levantou-se de um salto e desmaiou sem emitir um som.

Deixei-a no chão e corri para Afonso. Encostei o ouvido em sua boca aberta e quase desfaleci, eu mesma, de atormentada gratidão, ao ouvir que ele respirava. *Meu Deus,* jurei em silêncio, *eu farei qualquer coisa que me ordenares. Não fugirei mais do meu destino.*

Ele estava vivo — vivo, mas terrivelmente, se não mortalmente ferido.

Atrás de mim, Alexandre descera do trono e reanimava sua filha.

Creio que a determinação e o reconhecimento de que havia uma desesperada necessidade dela fizeram Lucrécia recobrar os sentidos quase no mesmo instante.

— Eu estou bem! — gritou ela, zangada consigo mesma por ter demonstrado fraqueza num momento daqueles. — Deixe-me ver meu marido! Largue-me!

Soltou-se do abraço do pai e parou a meu lado, avaliando comigo os ferimentos de Afonso. Tive vontade de gritar, de desmaiar, como fizera Lucrécia. Mais do que tudo, tive vontade de estrangular Sua Santidade, parado ali, fingindo inocência, pois não tive dúvida de que ele estava inteiramente a par do ataque planejado.

Olhei para o corpo desfalecido e bonito de Afonso; como sua esposa, obriguei-me a entrar num estado de calma sobrenatural. Em minha cabeça, ouvi a voz de meu avô: *Nós, os fortes, temos que cuidar dos fracos.*

— Não podemos transportá-lo — disse Lucrécia.

Concordei com um aceno:

— Precisamos de um cômodo aqui, nestes apartamentos.

Lucrécia deu uma olhada para o pai, não com sua adoração e solicitude habituais, mas com uma força atípica. Em seus olhos cinzentos havia uma clara ameaça, se sua ordem não fosse executada. Alexandre cedeu no mesmo instante.

— Por aqui — disse, e fez sinal para que o soldado que carregava Afonso o acompanhasse.

Levou-nos até a Sala das Sibilas, ali perto, onde o guarda deitou Afonso gentilmente num banco coberto de brocado. Lucrécia e eu os seguimos tão de perto, que esbarramos nos dois lados do rapaz.

— Vou chamar meu médico — disse Alexandre, mas suas palavras foram ignoradas, pois, de repente, Afonso tossiu.

As pálpebras de meu irmão estremeceram e se abriram. Olhando para Lucrécia e para mim, paradas bem à sua frente, ele murmurou:

— Vi meus agressores. Sei quem os comandou.

— Quem? — exortou-o Lucrécia. — Matarei o desgraçado com minhas próprias mãos!

Eu sabia qual seria a palavra seguinte de meu irmão, antes mesmo que ele a enunciasse.

— César — disse ele, e tornou a desmaiar.

Deixei escapar uma imprecação.

Lucrécia encolheu-se e apertou a cintura, dobrando o corpo para a frente como se ela mesma sentisse a fisgada de uma lâmina; segurei seu cotovelo para equilibrá-la, achando que fosse cair.

Mas ela não caiu. Em vez disso, recompôs-se e, sem mostrar surpresa pela revelação aterradora, dirigiu-se ao pai num tom monocórdio e profissional, como se ele fosse um criado.

— Pode chamar seu médico. Mas, entrementes, mandarei chamar o médico do próprio rei de Nápoles. E os embaixadores espanhol e napolitano devem ser convocados de imediato.

— Mande buscar água — acrescentei — e ataduras. Devemos fazer o que for possível antes de o médico chegar.

Como meu irmão ainda estava sangrando, desamarrei minhas mangas nos ombros e as tirei, comprimindo o veludo pesado contra o ferimento que esguichava em sua fronte. Invoquei a frieza, a insensibilidade de meu pai, e, pela primeira vez, senti-me grata por encontrá-la dentro de mim.

Lucrécia seguiu meu exemplo; também ela tirou uma das mangas e a colocou sobre o ferimento na coxa do marido.

— Chamem os pajens de Afonso e minhas damas de companhia! — exigi. Súbito, eu não queria outra coisa senão a presença reconfortante de D. Esmeralda e a companhia de nossas pessoas de maior confiança, vindas de Nápoles.

Em nosso desespero, Lucrécia e eu não nos demos conta de que o próprio papa tomou nota da maioria de nossos pedidos e correu para transmiti-los aos criados. Um ou dois dos guardas papais tentaram sair para cumprir nossas ordens, mas lancei-lhes um olhar severo:

— Permaneçam aqui! Não podemos ficar sem sua proteção. A vida deste homem está em jogo, e ele tem inimigos dentro de sua própria família.

Lucrécia não me contradisse. Quando seu pai retornou, arfante, ela declarou:

— Preciso de um contingente de pelo menos 16 homens armados na entrada destes aposentos, dia e noite.

— Você por certo não acredita... — começou o papa.

Lucrécia o fitou com frieza, demonstrando por sua expressão que *com certeza* acreditava.

— Eu os *quero* aqui!

— Muito bem — disse Alexandre, num tom estranhamente abafado, talvez pela culpa, ao ver a tristeza que deixara César infligir a Lucrécia. Pela primeira vez, o papa demonstrou em público o covarde que era: sua inconstância não resultava propriamente das maquinações políticas, mas de ele ser puxado em direções opostas por seus auxiliares e seus filhos.

Logo nos vimos cercados, em nosso refúgio, pelos embaixadores de Nápoles e da Espanha, pelo médico e cirurgião do papa, pelos criados de

Afonso e meus, e por uma guarnição de guardas armados. Insisti em que trouxessem colchões — eu não sairia de perto de Afonso nem por um segundo, e tampouco Lucrécia o faria. Também pedi um fogão para a lareira. Cônscia da *canterella*, eu pretendia preparar com as próprias mãos todas as refeições de meu irmão.

Várias horas depois, Afonso voltou a si por tempo suficiente para revelar o nome dos homens que o acompanhavam no momento em que ocorrera a agressão: seu escudeiro, Miguelito, e um fidalgo que era seu camarista, Tomaso Albanese.

Lucrécia mandou chamá-los de imediato.

Albanese ainda estava sendo atendido pelo cirurgião e não podia ser deslocado, mas Miguelito, o escudeiro, veio quase de imediato.

O escudeiro favorito de Afonso ainda era um rapaz, mas era alto e musculoso. Tinha uma atadura no ombro e apoiava o braço direito numa tipóia. Pediu desculpas por não ter ido ver seu amo mais cedo, porém sua palidez e sua fraqueza deixaram claro que seus próprios ferimentos eram graves. Na verdade, ele estava tão inseguro que insistimos em que se sentasse, e o rapaz se reclinou na cadeira com um sorriso de gratidão, encostando a cabeça na parede.

Lucrécia mandou que lhe trouxessem uma taça de vinho; ele bebeu um ou outro gole, enquanto nos contava a história que ela e eu insistimos em ouvir.

— Nós três, o duque, Dom Tomaso e eu, estávamos indo do Vaticano para o Palazzo Santa Maria. Naturalmente, isso exigia que passássemos pela Basílica de São Pedro, onde já havia muitos peregrinos dormindo nos degraus. Nem prestamos atenção neles, senhora; talvez eu devesse ter estado mais atento, pelo bem do duque...

A culpa perpassou suas feições francas e fortes, e ele prosseguiu:

— Mas estávamos passando pelo que não parecia ser mais do que um grupo de mendigos comuns... uns seis, eu acho, todos vestidos de trapos. Achei que tinham feito voto de pobreza. Como eu disse, não prestamos atenção; o duque e Dom Tomaso estavam absortos na conversa, e admito que eu não estava em guarda.

"De repente — prosseguiu —, os mendigos dos degraus mais próximos deram um salto, todos brandindo espadas. Estavam à espera do duque, porque ouvi um deles chamar os outros ao passarmos. Na mesma hora, eles nos cercaram. Ficou claro que eram soldados treinados. Felizmente, como a senhora bem sabe, D. Sancha, também fomos treinados no estilo napolitano de esgrima. Seu irmão... seu marido, D. Lucrécia, foi o mais hábil e mais valente de todos. Apesar de estarmos em menor número, Dom Afonso lutou tão bem que conseguiu rechaçar os inimigos por algum tempo.

"Dom Tomaso também lutou bem e com empenho — continuou —, e deu mostras de uma coragem admirável para proteger o duque. Quanto a mim... fiz o melhor que pude, mas fico desolado ao ver o nobre duque deitado ali, tão pálido e imóvel. Apesar de nossos melhores esforços para protegê-lo, o duque foi ferido. Ainda assim, continuou lutando, mesmo depois de sangrar terrivelmente na perna e no ombro. Só ao receber o golpe final na cabeça foi que ele finalmente caiu."

Miguelito respirou fundo e disse ainda:

— Nessa hora, os agressores convergiram para ele. Outros homens, homens de roupas escuras, cujos rostos não reconheci, haviam trazido cavalos, e os agressores tentaram puxar Dom Afonso para eles. Dom Tomaso e eu renovamos nossos esforços, pois percebemos que, se nosso amo fosse tirado de nós, isso certamente significaria seu fim. Começamos a gritar por socorro, primeiro dirigindo nossos gritos ao Palazzo Santa Maria e aos guardas que lá estavam. Peguei meu amo nos braços e comecei a carregá-lo em direção ao palácio, enquanto Dom Tomaso desferia golpes valentes com sua espada contra os agressores que ainda estavam de pé... três, àquela altura.

"Foi então que vi outros dois homens esperando em frente ao palácio — prosseguiu —, barrando o acesso aos guardas do portão. Um deles era um assassino a pé, com a arma desembainhada, esperando, e o outro estava a cavalo..."

Nesse ponto, a voz do jovem Miguelito reduziu-se a um sussurro, após o qual ele se calou. A princípio, pensei que o esgotamento e a perda de sangue lhe tivessem causado uma súbita fraqueza, especialmente depois do esforço de falar; insisti em que tomasse mais vinho.

E então percebi a expressão em seus olhos; não era o cansaço, e sim o medo, que impedia sua fala.

Olhei de relance para Lucrécia e tornei a fitar o escudeiro, perguntando-lhe devagar:

— Esse cavalo... ele era branco, ajaezado de prata?

Miguelito encarou-me, abalado, depois olhou para Lucrécia.

— Seu amo já apontou César como o homem que o agrediu — disse ela, com admirável serenidade. — Você é um dos amigos de Nápoles aqui, e eu lhe sou profundamente grata por ter salvo a vida de meu marido. Prometo que não lhe acontecerá nenhum mal por dizer a verdade.

O jovem escudeiro fez um aceno relutante com a cabeça e admitiu, em voz rouca:

— Sim. Era Dom César, o duque de Valência, que estava a cavalo. Temi por meu amo, de modo que tomei a direção oposta, de volta ao Vaticano, enquanto Dom Tomaso mantinha os assassinos à distância. Nós dois gritamos até a guarda papal abrir os portões e nos deixar entrar; nesse momento, nossos agressores fugiram.

— Obrigada — disse-lhe Lucrécia, num tom franco e sem modulação que eu nunca ouvira antes: o som de sua verdadeira voz, sem afetação nem medo. — Obrigada, Miguelito, por dizer a verdade.

Nos dias que se seguiram, a suíte nos apartamentos papais, constantemente vigiada por soldados e pelos homens em quem Afonso mais confiava, transformou-se num inferno peculiar. Pusemos biombos para dividir a Sala das Sibilas, com seus afrescos brilhantes, em um quarto e uma antecâmara, a fim de termos maior privacidade. Alguns móveis foram trazidos e, com a ajuda de nossos serviçais, inclusive D. Esmeralda, montamos um acampamento primitivo em nosso ambiente luxuoso, como se estivéssemos em guerra.

Uma hora depois de ser chamado, o médico do papa chegou. Examinou Afonso e, para alívio de Lucrécia e meu, declarou que, graças à juventude e à constituição sólida de meu irmão, ele sobreviveria, "desde que seus ferimentos sejam conscienciosamente tratados".

Quanto a serem bem tratados, não havia a menor dúvida, pois nenhuma enfermeira do mundo seria mais conscienciosa do que Lucrécia e eu. Limpávamos seus ferimentos e fazíamos os curativos com nossas próprias mãos; sob a orientação de Esmeralda, eu mesma preparava os pratos prediletos de Afonso na infância, e Lucrécia levava a tigela e a colher a sua boca. Em nossa dedicação a ele, ficamos tão unidas que começamos a adivinhar os desejos e necessidades uma da outra, sem necessidade de palavras.

Afonso começou a se recuperar depressa, embora seus ferimentos fossem graves e provavelmente houvessem matado um homem menos resistente. Naquele primeiro dia terrível, meu irmão acordou ao anoitecer e, com toda a coerência, indagou sobre a saúde de seu escudeiro, Miguelito, e de Tomaso Albanese. Deu um suspiro de gratidão ao saber que ambos tinham sobrevivido.

— Lucrécia, Sancha — disse-nos com urgência repentina, embora estivesse fraco demais até mesmo para se sentar —, nenhuma de vocês pode ficar aqui comigo. Não é seguro. Sou um homem condenado.

As faces de Lucrécia adquiriram um vivo rubor; com uma veemência que nos surpreendeu, ela disse:

— Juro por Deus que você está seguro aqui, no que concerne a César. Nem que eu tenha que estrangular meu irmão com minhas próprias mãos, não deixarei que lhe façam nenhum mal.

E, pelo bem de Afonso, ela se esforçou para reprimir uma irrupção de lágrimas.

Abracei-a e, ao fazê-lo, balançando-a e lhe dando tapinhas nas costas, como se faria com uma criança, expliquei a Afonso todas as precauções que sua esposa havia tomado: os embaixadores espanhol e napolitano estavam na antecâmara, naquele exato momento, e as portas eram guardadas por mais de duas dúzias de soldados.

Em resposta, ele segurou a mão de Lucrécia, fraco como estava, e a beijou, depois forçou um sorriso. Ela, por sua vez, livrou-se de meus braços e também deu um sorriso pálido. Foi penoso ver os dois tentando mostrar-se corajosos, pelo bem um do outro.

Ambos estavam aterrorizados; ambos sabiam que a antecâmara improvisada na Sala das Sibilas era o único ponto luminoso numa Roma tenebrosa e espectral, onde César Bórgia continuava à espreita, aguardando o momento de atacar de novo.

No segundo dia, Afonso melhorou o suficiente para comer um pouco; no terceiro, ficou bem o bastante para se sentar e falar longamente. No quarto dia, chegaram os médicos de Nápoles: Dom Clemente Gactula, o clínico do rei, e Dom Galeano da Anna, o cirurgião do monarca. Cumprimentei-os calorosamente, pois conhecera os dois quando menina e eles haviam cuidado de meu avô, Fernando I. Lucrécia perguntou-lhes quando seria possível esperar que Afonso andasse, depois montasse num cavalo e cavalgasse; ela não o disse explicitamente, mas todos compreendemos: quanto mais cedo Afonso pudesse viajar e fugir de Roma para a segurança de Nápoles, melhor. E, pela atitude de Lucrécia para com o irmão e o pai, não tive dúvida de que, dessa vez, ela não permitiria que o marido a deixasse para trás.

Afonso continuou a melhorar e não teve febre. Lucrécia ou eu permanecíamos no quarto 24 horas por dia e, na maior parte do tempo, ambas ficávamos lá; dormíamos no chão, a centímetros da cama de Afonso, e os três fazíamos juntos as refeições.

Eu vivia permanentemente desconfiada, esperando o próximo atentado contra a vida de meu irmão.

Uma tarde, quando eu me debruçava sobre o fogo como uma copeira, regando com molho os três faisões que estavam assando, ouvi vozes ásperas de homens na antecâmara.

Lucrécia sentava-se junto à cama, lendo poemas para o marido; nós três voltamos os olhos para a fonte da comoção, bem a tempo de ver César Bórgia, ladeado por dois de nossos guardas de confiança, entrar no quarto.

Lucrécia jogou no chão o livrinho encadernado de couro e se levantou de um salto, com o rosto contorcido de ódio:

— Como foi que fizeram isso!? — gritou. A princípio, pensei que se dirigisse ao irmão, mas ela prosseguiu: — Como foram deixar logo *ele* entrar aqui?

— Ele pediu, senhora — respondeu um dos guardas, em tom humilde. — Nós o revistamos para ver se estava armado; não está.

— Não importa! — insistiu Lucrécia, com a voz trêmula de ódio. — Vocês nunca mais deverão deixá-lo entrar aqui!

César ouviu a fala bombástica da irmã com extrema compostura; nem mesmo a expressão de ódio no rosto de Afonso o perturbou. Levantei-me e postei-me entre César e meu irmão.

— Lucrécia — disse ele, em tom pacificador —, compreendo sua raiva. Acredite-me, também eu a compartilho, e fiquei profundamente aflito, Dom Afonso, ao saber do atentado contra sua vida. Mas fui acusado de maneira maldosa e equivocada por seu escudeiro... Miguelito Herrera, não é esse o nome do rapaz? Eu lhes asseguro que sou totalmente inocente de qualquer participação nisso. Ressinto-me profundamente da implicação de que eu feriria um parente. Quero conduzir uma investigação, para limpar meu nome e recuperar sua confiança.

Quando César terminou seu discursinho afável, seguiu-se um silêncio carregado.

— Seu tolo — sussurrou Afonso.

Virei-me. Os olhos de meu irmão faiscavam de ódio.

— Seu *tolo* — repetiu ele, elevando a voz a cada palavra. — Você pensou que, por estar caído, eu não o reconheci lá, no seu belo corcel branco com os lindos cascos prateados.

A expressão de César toldou-se perigosamente.

— Eu *vi* você — afirmou Afonso, acalorado —, e Dom Tomaso também o viu, e está em local seguro, fortemente guardado. Portanto, de nada adiantaria você assassinar Miguelito, percebe? Todos o vimos, e todos aqui sabem disso.

— Tentei fazer as pazes — disse César em voz baixa, e se virou para sair. Os guardas o escoltaram, enquanto Lucrécia gritava às suas costas, num tom carregado de veneno:

— Sim, vá embora, assassino!

Mas Afonso não terminara de se dirigir ao cunhado, embora César já se aproximasse da antecâmara.

— Portanto, agora você terá que matar-nos! — gritou-lhe. — Os embaixadores, os médicos, os criados, os guardas, todos nós!

Acompanhei César até as portas externas, sentindo o ódio por ele atrair-me como um ímã.

Pouco antes de os guardas se separarem para deixá-lo sair, chamei-o pelo nome.

Ele se voltou para mim, expectante, inseguro.

Por um instante, pensei em sacar meu estilete e matá-lo ali mesmo, mas sabia que não teria chance. Seria detida por ele ou por um de seus guardas, antes de conseguir fazer-lhe qualquer mal... e sempre se poderia alegar que eu tinha agido a mando de meu irmão. Não faria nenhum bem a Afonso e a Nápoles agir ali, naquele momento.

Em vez disso, dei-lhe uma cusparada no rosto. Ela atingiu a ponta de sua barba e escorreu pela bela seda preta de sua túnica bem talhada.

César avançou em minha direção, de forma tão abrupta que dois de nossos guardas desembainharam a espada. Em seus olhos negros havia puro ódio homicida. Se estivéssemos a sós, ele teria me matado e se comprazido com isso.

Nas circunstâncias vigentes, apenas se inclinou e, afastando um cacho solto de meu cabelo para trás de minha orelha, sussurrou-me ao ouvido:

— O que falhou no almoço terá êxito no jantar.

Recuou e sorriu — um sorriso terno, maléfico — da reação que suas palavras provocaram em mim.

Em seguida, girou abruptamente nos calcanhares e se retirou, cruzando com ar confiante o corredor formado pelas duas fileiras de soldados.

XXXIII

Depois que César se foi, fiquei na antecâmara, perplexa e indignada demais com sua promessa para me mexer. Embora meu corpo permanecesse imóvel, minha mente estava mais ativa do que nunca. Compreendi sem um resquício de dúvida que, a menos que se tomassem providências severas, César mataria meu irmão. Eu já não podia fechar os olhos para a verdade e me entregar à esperança cega de um desfecho feliz.

As palavras dele também surtiram um forte efeito em meus sentidos: percebi com excepcional clareza o ambiente que me cercava e, pela primeira vez, compreendi seu significado.

Aquela era a Sala das Sibilas. Nas paredes diante de mim, representados em tons vívidos de carmesim, lápis-lazúli e ouro, estavam os profetas do Velho Testamento, quase todos de barba branca, rostos erguidos para o céu, as mãos apontando para o juízo que viria e se abateria sobre os homens.

Pensei em Savonarola, vituperando em seu púlpito e chamando o papa Alexandre de Anticristo. Pensei em D. Esmeralda, de joelhos diante de São Januário, chorando por estarmos no ano do apocalipse.

O rosto de uma sibila, em especial — a que era alva e de cabelos dourados, e não morena e coberta por um véu —, chamou-me a atenção. Naquele instante, todas as palavras da profecia da *strega* retornaram, como se ela as houvesse proferido de novo, pelos lábios da sibila:

É que em suas mãos está o destino de homens e nações. Essas armas que você tem dentro de si, o bem e o mal, deverão ser ambas manejadas, e no momento oportuno, pois alterarão o curso dos acontecimentos.

E eu havia exclamado: *Jamais recorrerei ao mal!* Tentara convencer-me, um dia, de que o pior mal que teria de enfrentar — um mal que eu havia rejeitado — seria casar-me com César Bórgia.

Mas a *strega* respondera, calmamente: *Nesse caso, condenará à morte aqueles a quem mais ama.*

Ela me havia mostrado novamente meu destino, com muita clareza, na segunda vez em que eu fora consultá-la. Eu já havia brandido uma arma, dissera, e só teria que brandir mais uma. Eu sempre havia compreendido o significado disso. Apenas não quisera admiti-lo para mim mesma.

Parada na Sala das Sibilas, percebi que eu tinha uma opção. Poderia confiar na diplomacia, nas boas graças do papa, na sorte, ou na esperança improvável de que a ameaça de César fosse vazia, de que ele não atacasse de novo.

E Afonso morreria.

Ou poderia aceitar o fato de que o destino pusera em minhas veias o sangue frio e calculista de meu pai e do velho Fernando. Poderia admitir que eu era forte, capaz de realizar tarefas que os de coração mais terno não executariam.

Tomei minha decisão naquele momento: por amor a meu irmão, optei por assassinar César Bórgia.

Passei o resto do dia num estado de frio desapego, cumprindo meus deveres de enfermeira, sorrindo e conversando com meu irmão e Lucrécia, enquanto ponderava secretamente a melhor maneira de atacar o capitão-geral.

Obviamente, qualquer atentado que pudesse ser atribuído a nós, napolitanos, estava fora de cogitação, bem como qualquer um que se seguisse muito de perto ao ataque perpetrado contra Afonso; o papa se apressaria a culpar meu irmão e aproveitaria essa desculpa para mandar executá-lo. Se minha tentativa fracassasse, o próprio César faria as honras. Por mais que eu ansiasse praticar o ato com meu estilete, por mais que ansiasse por uma vingança imediata, a sutileza era essencial. Teríamos que esperar. Seria melhor atacar quando Afonso estivesse bem o bastante para fugir para um local seguro.

A solução, resolvi, seria um assassino de aluguel — alguém com quem eu entrasse em contato por meio de uma série de canais, dificultando a possibilidade de alguém descobrir a origem.

Nem sequer considerei pedir a ajuda de Jofre. Por mais que invejasse o irmão mais velho, ele não tinha estômago nem habilidade para manter a boca fechada. Também não a pedi a Lucrécia, embora ela decerto conhecesse tais contatos; uma coisa era ela proteger o marido, outra era pedir-lhe que matasse o irmão. Eu não queria pôr demasiadamente à prova as suas lealdades.

Havia uma pessoa que conhecia mais gente do que qualquer um de nós, que estava ligada a uma rede em que era capaz de obter as informações mais íntimas sobre qualquer acontecimento ou pessoa — e ela era a única em cuja integridade eu tinha tanta confiança quanto na de Afonso. Ela, resolvi, seria o primeiro elo de minha cadeia.

Naquela noite, enquanto Afonso e Lucrécia dormiam perto um do outro, rolei de leve para o lado, levantei-me e dei alguns passos até o colchãozinho em que D. Esmeralda cochilava, de barriga para cima.

Ajoelhei-me a seu lado e lhe sussurrei seu nome no ouvido; ela abriu os olhos num estalo e soltou uma exclamação abafada, sobressaltando-se. Pus a mão em sua boca para silenciá-la.

— Precisamos conversar lá fora — disse-lhe baixinho, e apontei para as portas que se abriam para a pequena sacada.

Sonolenta e confusa, mesmo assim ela obedeceu e foi até a sacada, onde esperou que eu fechasse silenciosamente as portas envidraçadas atrás de nós.

— O que foi, senhora? — sibilou.

Coloquei-me a seu lado, tão perto que minha boca roçou em seu ouvido, e segredei em voz tão baixa que mal consegui ouvir minhas próprias palavras:

— Você tinha razão ao dizer que César é perverso, e é chegada a hora de detê-lo. Hoje ele me disse com todas as letras que pretende consumar seu crime: matar Afonso.

Esmeralda se encolheu e soltou um gemido baixo de aflição; pus o dedo em meus lábios para lhe pedir silêncio.

— Devemos agir com extrema calma a esse respeito. Tenho certeza de que você conhece criados capazes de entrar em contato com alguém... um homem cujos serviços possamos comprar.

Seus olhos se arregalaram e ela se benzeu.

— Não posso participar de um assassinato. É pecado mortal.

— A culpa é só minha. Estou lhe ordenando que o faça; Deus sabe que você não tem nenhuma culpa — e fiz uma pausa. — Não percebe, Esmeralda? Finalmente, estamos fazendo o trabalho de Savonarola. Estamos detendo o mal. Somos a mão vingadora de Deus contra os Bórgia.

Ela ficou muito quieta, pensando nisso.

Dei-lhe um momento, depois tornei a insistir:

— Juro perante Deus, e rogo a Ele. Esse sangue está unicamente em minha cabeça e na de mais ninguém. Pense nos pecados que César cometeu: em como matou o próprio irmão, em como estuprou Caterina Sforza e inúmeras outras mulheres, em como brutalizou a Itália e traiu Nápoles... Não somos nós as criminosas. Somos os instrumentos da justiça.

Mais uma vez, ela ficou calada. Por fim, sua expressão endureceu-se; havia tomado sua decisão.

— Em quanto tempo isso deverá ser feito, senhora?

Na escuridão, sorri.

— Quando Afonso estiver suficientemente bem para fugir. Digamos, dentro de um mês, a contar de hoje, nem mais um dia.

Eu sabia que César estava limitado pelas mesmas restrições que eu; se voltasse a atacar meu irmão muito depressa, mesmo por meios sub-reptícios, todos saberiam que era ele o culpado. E Nápoles e a Espanha fariam um estardalhaço tão grande, que Alexandre não poderia ignorá-lo.

— Em um mês, então — afirmou ela. — Que Deus nos guarde a todos em segurança até lá.

Passaram-se duas semanas; julho deu lugar a agosto. Durante esse período, D. Esmeralda tomou as providências necessárias, embora não compartilhasse nenhum detalhe comigo, para minha proteção. Uma camareira de confiança retirou uma jóia de meus aposentos; ela foi usada para pagar nosso assassino desconhecido.

Apesar do calor abafado de Roma, Afonso não desenvolveu nenhuma infecção ou febre — resultado dos cuidados meticulosos que recebia de mim e de Lucrécia. Com o tempo, o corte profundo em sua coxa cicatrizou o bastante para que ele pudesse percorrer distâncias pequeníssimas; ele passava boa parte do tempo andando de um lado para outro na sacada, de onde fitava os exuberantes jardins do Vaticano. Acabou levando cadeiras estofadas para o balcão, assim como banquetas em que apoiar a perna ferida; sentava-se lá com freqüência para tomar sol.

Era lá que ele e eu estávamos sentados, uma tarde, conversando; Lucrécia rendera-se à tensão e ao esgotamento e dormia um sono profundo em seu colchãozinho, no quarto. O sol se punha, descendo entre colunas de nuvens que resplandeciam com um vivo tom coral.

— Fui um tolo ao voltar a Roma — admitiu Afonso com amargura. Sua jovialidade natural era coisa do passado; nesses últimos tempos, sempre que ele falava, havia uma dureza em seu tom, um toque de derrota. — Você estava certa, Sancha. Eu deveria ter ficado em Nápoles e insistido em que Lucrécia fosse ao meu encontro. Agora, estamos todos em perigo por minha causa.

— Lucrécia não, nem o pequeno Rodrigo — respondi, abatida. — O papa jamais permitiria que um mal acontecesse a alguém de seu próprio sangue.

Afonso me encarou, com os olhos vazios de qualquer sentimentalismo:

— O papa já não controla César. Você se esquece de que ele não pôde impedi-lo de matar Juan.

Calei-me. Eu não havia compartilhado com meu irmão o fato de haver acionado uma conspiração contra a vida de César; Afonso jamais a aprovaria. Apenas Esmeralda e eu partilhávamos esse segredo.

Um dos guardas — em silêncio, atento ao fato de que Lucrécia estava dormindo — entrou na sacada e nos cumprimentou com uma reverência.

— D. Sancha — disse —, seu marido, o príncipe de Squillace, pediu permissão para visitá-la. Está esperando na porta do apartamento.

Hesitei, insegura, e voltei os olhos de relance para Afonso.

Durante todo esse tempo, meu marido não se comunicara comigo. Eu sabia que ele não havia apoiado o ato de César — sem dúvida o deplorava. Mas sabia também que, por natureza, ele relutava em irritar o irmão mais velho.

— Revistem-no — ordenou Afonso.

— Já tomamos essa liberdade, senhor duque — informou o soldado. — Ele não porta nenhuma arma. Disse que deseja apenas permissão para entrar, a fim de trocar algumas palavras com sua esposa.

Levantei-me, fazendo sinal para que meu irmão continuasse onde estava.

— Falarei com ele.

Deixei Afonso no balcão e passei sem fazer barulho do quarto para a antecâmara. Esta já não estava tão cheia quanto nos primeiros dias depois do atentado contra a vida de Afonso. Os embaixadores da Espanha e de Nápoles tinham-se retirado, deixando seus representantes, mas os médicos napolitanos continuavam presentes, sempre à disposição.

Quando me aproximei das portas já abertas, os guardas que as bloqueavam afastaram-se, para que eu pudesse ver Jofre.

— Sancha, por favor — disse ele, com expressão desamparada. — Posso vê-la, apenas por alguns minutos?

— Devo sair? — indaguei. O alvo era Afonso; eu não temia por minha vida.

Minha pergunta deixou Jofre visivelmente nervoso.

— Não. Será mais cômodo aí dentro — e fez sinal com a cabeça para a antecâmara.

Pensei na idéia. Por um brevíssimo instante, considerei a hipótese de que César tivesse enviado o irmão caçula no papel do mais improvável assassino do mundo, mas descartei-a de imediato. Eu conhecia o coração de Jofre: podia fraquejar, muitas vezes, mas era incapaz de uma maldade.

— Deixem-no passar — ordenei aos guardas.

Jofre entrou e me abraçou na mesma hora. Em seu abraço havia paixão e tristeza verdadeiras, enquanto ele sussurrava em meu ouvido:

— Perdoe-me. Perdoe-me por não ter vindo antes. César ameaçou matar-me se eu viesse, e até meu pai me proibiu as visitas. Tentei antes, sem sucesso, mas estava decidido a vê-la.

Afastei-me um pouco e o examinei. Na voz, no rosto, em cada um de seus gestos, não havia senão sinceridade, e acreditei nele.

Acreditei, o que não é o mesmo que confiar. Ele tinha boas intenções, mas não era forte o bastante para ter acesso a nenhum segredo. Resolvi não dizer nada sobre nossos planos de levar Afonso clandestinamente para Nápoles, assim que fosse possível, ou sobre nossa correspondência secreta com o rei Frederico. Certamente, eu jamais lhe revelaria meu terrível complô contra César. Mas a apreensão em seus olhos me fez levá-lo para a parte interna dos aposentos, longe dos olhos e ouvidos dos guardas e embaixadores, passando por Lucrécia adormecida, até a sacada onde Afonso estava sentado.

— Dom Afonso — disse Jofre, ao vê-lo. — Caro irmão, perdoe-me pelos pecados de meu parente. Murmura-se com freqüência que não sou um verdadeiro Bórgia... não, não proteste, Sancha, tenho ouvido todos os boatos. Nenhum de meus irmãos varões jamais foi conhecido por sua bondade, e ambos me insultaram impiedosamente por isso. Talvez seja melhor assim, pois não quero ter nas veias um sangue capaz de um crime tão hediondo.

Afonso o havia fitado com desconfiança antes de Jofre iniciar seu discurso, mas, ao ouvir as palavras de meu marido, sua expressão se abrandou e ele estendeu a mão. Jofre a tomou e a apertou com firmeza, depois voltou-se novamente para mim.

— Sancha, tenho sentido muito a sua falta. Não gosto de ficar separado de você. Não suporto vê-la, ou a seu irmão, como prisioneiros em sua própria casa.

Balancei a cabeça, tristemente.

— Que podemos fazer?

— César não ouve conselhos de ninguém, é claro. Continua a nutrir tão-somente desprezo por mim. Tentei falar com meu pai, mas de nada adiantou. Na verdade... — disse, baixando a voz — estou aqui para alertá-los.

Afonso deu um risinho sarcástico.

— Estamos bastante cientes do perigo que enfrentamos.

— Não ria — interrompi. — Ouçamos o que meu marido veio dizer.

— Nada quero saber de seus planos, não quero ouvir falar deles — afirmou Jofre. — Vim apenas dizer a minha Sancha que a amo e que farei qualquer coisa por ela; e vim contar-lhe, Afonso, o que ouvi meu pai dizer ao embaixador veneziano.

No mesmo instante, Afonso assumiu um ar grave.

— O que você ouviu?

Veneza era amiga de Nápoles e inimiga da França.

— Durante uma audiência com Sua Santidade, o embaixador mencionou ter ouvido rumores de que César era responsável pelo atentado contra você — respondeu Jofre. — "Não me diga", disse meu pai. "Bem, nós somos os Bórgia. O povo está sempre criando boatos a nosso respeito." Ao que o embaixador veneziano respondeu: "É verdade, Santo Padre. Mas estou curioso em saber se *Vossa Santidade* acredita tratar-se meramente de um boato... ou da realidade."

"Nesse ponto — prosseguiu Jofre —, o rosto de meu pai ficou muito vermelho, e ele indagou: 'O senhor está acusando meu filho de agredir Afonso?' E o veneziano respondeu: 'Não. Estou perguntando se o capitão-geral *realmente* o agrediu.'

"Por fim — concluiu Jofre —, meu pai gritou, exasperado: 'Se César agrediu Afonso, Afonso certamente o mereceu!'"

Refletimos sobre isso por um bom tempo.

Finalmente, meu irmão disse baixinho:

— Pois bem. Agora sabemos qual é a posição de Sua Santidade.

Senti um calafrio de medo. Se o papa apoiava César em segredo e estava meramente fingindo auxiliar Lucrécia, por desejo de manipulá-la, talvez não pudéssemos dar-nos ao luxo de esperar para assassinar César. No entanto, se ele fosse morto de imediato, era bem possível que o papa retaliasse contra meu irmão... Parecia uma situação impossível.

— Eu queria que vocês soubessem — disse Jofre.

A despeito de meu pavor, fiquei admirada com a lealdade de meu marido.

— O que você fez exigiu muita coragem — eu lhe disse. E ali mesmo, na sacada, dei-lhe um beijo de gratidão.

Ele não podia ficar; percebi que sua vida correria perigo. Peguei-o pela mão e o escoltei de volta até a porta, onde sussurramos nossas despedidas.

— Só quero estar com você novamente — disse Jofre. Eu não quis magoá-lo, contando-lhe a verdade: que eu ansiava não por ele, mas por Nápoles, e que nunca voltaria a respirar em segurança até que César estivesse morto e Afonso e eu estivéssemos em casa, realmente em casa, junto ao mar.

Com relutância, Afonso contou a sua mulher o que Jofre nos havia transmitido a respeito de seu pai. A princípio, a notícia a deixou enormemente perturbada, mas, em seguida, ela admitiu não se surpreender com a inconstância de Alexandre.

Em pouco tempo, nossos arranjos secretos com o rei Frederico de Nápoles foram confirmados: antes do alvorecer, Afonso e Lucrécia seriam levados por um contingente de nossos soldados até uma entrada lateral, raramente usada, que dava para uma viela. Os guardas papais dessa entrada — homens a serviço do papa, passíveis de soar o alarme — já tinham sido clandestinamente conduzidos a nossos apartamentos por Lucrécia, que lhes mostrara as jóias incríveis de sua coleção, jóias estas que seriam deles, desde que ficassem de boca fechada e cooperassem. A ama que cuidava do pequeno Rodrigo — que passava as noites no quarto reservado às crianças, longe de seus pais — já tivera permissão de escolher uma das pedras de Lucrécia, e escolhera o rubi mais precioso. Em troca, levaria o menino aos pais na noite marcada.

Uma vez que Afonso, Lucrécia e o filho estivessem fora do Vaticano, haveria um grupo de 24 napolitanos armados à espera deles, com cavalos e uma carruagem, que os escoltaria para longe de Roma, antes que César ou o papa descobrissem seu desaparecimento.

Eu já tinha resolvido acompanhá-los e levar D. Esmeralda comigo, embora não tivesse dito nada disso a Jofre.

A fuga estava planejada para ocorrer dali a uma semana, presumindo-se que Afonso continuasse a melhorar.

Por mais desesperançada que eu me sentisse, confinada a uma única suíte no Vaticano, cercada por guardas e temendo constantemente pela vida de meu irmão, saber que nosso cativeiro logo chegaria ao fim elevou-me o moral. O estado de ânimo de Lucrécia também começou a ficar mais leve com a aproximação do dia, em especial quando ficou claro que Afonso estaria bem o bastante para viajar.

Eu olhava com freqüência para os retratos das sibilas, sobretudo a dos cabelos de ouro reluzente. Ela franzia o sobrolho com ferocidade, concentrando seu olhar ameaçador num futuro remoto e apavorante.

Nesse ínterim, fomos visitados pelo próprio embaixador veneziano, que nos confirmou a história contada por Jofre. Ofereceu-nos gentilmente sua ajuda; agradecemos e dissemos que recorreríamos a ele, quando surgisse a necessidade.

Sem dúvida, sua presença em nossos aposentos suscitou preocupação em Sua Santidade, pois Lucrécia não tardou a ser convocada para uma audiência com o pai.

Voltou de lá abalada, porém resoluta. Afonso lhe formulou a pergunta com um simples olhar.

— Meu pai relatou-me pessoalmente sua conversa com o embaixador. Disse haver perdido a paciência, por causa do tom acalorado e agressivo das perguntas do homem, e ter se expressado mal.

Isso não me causou a menor surpresa, pois o papa estava ciente da visita do veneziano.

— Ele lamentou ter dito que Afonso merecia qualquer castigo que César lhe aplicasse — prosseguiu Lucrécia. — Na verdade, pediu-me que lhe transmitisse seu pedido pessoal de desculpas.

— Se Sua Santidade deseja desculpar-se comigo — respondeu Afonso, em tom frio —, por que ele mesmo não o faz?

Lucrécia fitou o marido e captei o lampejo de angústia em seus olhos. Apesar de sua indignação pela tentativa de assassinato perpetrada contra seu marido, parte dela — a parte que ansiava pela afeição paterna normal — queria intensamente acreditar no pai. Senti uma pontada de desespero.

— Talvez ele tenha vergonha do que César fez — arriscou ela. — Talvez não tenha vindo por estar constrangido.

— Lucrécia... — começou Afonso, mas ela o interrompeu, apressada.

— Meu pai também ressaltou que temos sido protegidos pelos soldados *dele*, e que nenhum mal nos aconteceu durante todo esse tempo. Está magoado por achar que acreditamos que ele apoiou um ataque a você. Ofereceu-nos qualquer ajuda que desejarmos.

— Você não pode confiar nele, Lucrécia — disse Afonso, ternamente.

Ela assentiu com a cabeça, mas sua expressão deixou transparecer seu conflito íntimo.

No dia seguinte, como se tivesse ouvido as palavras de Afonso, o papa apareceu. Os soldados lhe deram passagem sem questionar nem anunciar nosso visitante; afinal, era a ele que serviam.

Surpreendentemente, Alexandre chegou sem um único acompanhante, e, quando Afonso, Lucrécia e eu erguemos os olhos para ele, de nossos assentos na antecâmara, na companhia dos médicos napolitanos, Galeano e Clemente, o papa ergueu a mão encarquilhada e fez um gesto para que todos permanecêssemos sentados. Por respeito, os médicos se levantaram, fizeram uma reverência e se retiraram.

— Não venho como papa, mas como pai — disse Alexandre, depois que eles se foram. E, com um pequeno gemido e um grande suspiro, pois que a idade continuava a lhe cobrar seu tributo, sentou-se de frente para nós três e inclinou o corpo, apoiando as palmas das mãos nos joelhos cobertos de cetim branco.

— Afonso, meu filho — disse. — Pedi a Lucrécia que lhe apresentasse minhas desculpas e explicasse minhas palavras precipitadas ao embaixador veneziano. Em retrospectiva, percebo como elas poderiam ser mal interpretadas. Quero deixar claro que, embora César seja meu filho e capitão-geral de meu exército, muitas vezes discordamos um do outro. Eu o repreendi severamente por seu envolvimento na agressão feita a você, embora ele continue a negar qualquer participação. César é um soldado e tem o coração empedernido, nada parecido com o meu.

Alexandre fixou intensamente os olhos amarelados em meu irmão e disse:

— Você precisa compreender que *eu* jamais poderia levantar a mão contra meu próprio sangue. Isso não está em mim; e jamais apoiaria isso, tampouco. Fiquei com o coração partido, mais uma vez, ao saber do que César lhe havia causado.

Com esta última frase, ele admitiu indiretamente a culpa de César na morte de Juan. Eu sabia que o velho ficara sinceramente abalado com o assassinato do primogênito — e, pela primeira vez, ocorreu-me que talvez estivesse dizendo a verdade. Talvez não houvesse tomado conhecimento prévio da tentativa de assassinato contra meu irmão. Afinal, ele tinha feito tudo que Lucrécia e eu havíamos solicitado. Se de fato apoiasse César, bastaria que se recusasse a chamar seu médico, e que se recusasse a conceder soldados a Lucrécia para guardar as portas do apartamento. Ele poderia ter-nos obrigado todos a ver Afonso sangrar até a morte.

Não, disse eu a mim mesma, horrorizada por começar a me deixar convencer pela argumentação de Alexandre. *Não, ele está fazendo isso por perceber que está perdendo a filha, e dirá qualquer coisa para tentar conservá-la em Roma.*

O Santo Padre fez uma pausa; nenhum de nós falou, pois a perplexidade ante a franqueza de sua fala nos reduzira todos ao silêncio.

— Rezo todas as noites para que Deus possa perdoar meu filho por seus atos — continuou Alexandre, em tom tristonho. — E rezo para que Deus tenha piedade de mim, por ter sido um velho tão tolo que não encontrei maneiras de impedir a ocorrência de coisas terríveis. Espero que um dia, Afonso, você possa perdoar-me por minha negligência. Entrementes, saiba que qualquer proteção, qualquer auxílio de que você precise sob meu teto, eu terei prazer em conceder.

Levantou-se, novamente soltando um pequeno gemido. Afonso também se pôs de pé, o que levou Sua Santidade a fazer um gesto para que ele retomasse seu assento.

— Não — insistiu o papa. — Sente-se. Repouse.

Mas Afonso permaneceu resolutamente de pé.

— Obrigado, Santo Padre, por sua visita e suas palavras. Deus o acompanhe.

Seu tom foi inegavelmente cortês, mas eu conhecia meu irmão. Ele não havia acreditado numa só palavra do discurso do pontífice.

— E a você também.

Alexandre benzeu-nos a todos com o sinal-da-cruz e se retirou.

Depois da visita do pai, Lucrécia entristeceu-se e continuou visivelmente tristonha. Talvez houvesse enfim compreendido que romperia para sempre com a família ao partir para Nápoles, e que decerto nunca mais veria o pai com vida. Lamentei por ela, mas, ao mesmo tempo, não conseguia reprimir minha alegria crescente ao pensar que logo estaríamos livres do caráter traiçoeiro dos Bórgia; na verdade, eu ansiava pelo momento em que tivesse notícia da morte de César.

Deveríamos partir nas horas antecedentes ao alvorecer do dia 20 de agosto.

O dia 18, antevéspera da partida, começou com uma manhã tranqüila — uma manhã alegre para mim. Em meus pensamentos, eu já havia deixado os bens que adquirira em Roma. Não me atreveria a pedir a Jofre que me trouxesse nada a ser levado para Nápoles. Ele ficaria magoado com meu abandono, mas, se realmente me amasse e quisesse ir atrás de mim, encontraria um meio.

Até lá, contentei-me em viajar para Nápoles levando apenas os dois vestidos que tinha comigo. Não me importava que nunca mais voltasse a ver minhas jóias.

E assim, naquela manhã eu estava animada, Afonso, inquieto, e Lucrécia, taciturna, pois pareceu-me que já começara a sentir saudade da família e de Roma. Portamo-nos com toda a naturalidade possível, para que nenhum visitante adivinhasse que nosso cativeiro na Sala das Sibilas estava chegando ao fim. Lucrécia pediu que levassem o pequeno Rodrigo a nosso apartamento e brincamos com ele a manhã inteira; ele se revelou uma ótima distração para nós, pois já estava engatinhando, e tivemos de persegui-lo por todo o apartamento para impedi-lo de fazer travessuras. Por fim, o menininho adormeceu no colo do pai, e Lucrécia passou uma hora fitando os dois com um amor tão profundo, que fiquei comovida.

Na hora do almoço, entretanto, ela mandou Rodrigo de volta ao berçário, para sua refeição, e nada nos restou além de nossos próprios pensamentos para nos entreter.

À tarde, sonolenta após uma noite insone, repleta de reflexões sobre Nápoles, fui com Lucrécia para o quarto, onde ambas desabamos em nossos colchões. Adormeci quase no mesmo instante, embora duvide que Lucrécia o tenha feito; lembro-me que, pouco antes de resvalar para o sono, eu a ouvi remexer-se, irrequieta.

Fui acordada pelo som de passos em marcha e por uma voz de homem, dando uma ordem; depois, mais passadas: as de soldados se retirando. O som provocou em mim tamanha angústia, antes mesmo de eu estar plenamente consciente, que meu coração começou a palpitar com fúria. Levantei-me de qualquer jeito e corri para a antecâmara.

Os guardas papais que nos tinham dado proteção haviam partido; em seu lugar havia um pelotão de soldados desconhecidos e um comandante moreno, de capa vermelha e porte militar altivo, que me fez lembrar o falecido Juan de Cervillon.

A maioria dos soldados havia desembainhado a espada. Diante de meus olhos, dois deles aproximaram-se de Dom Clemente e Dom Galeano e, usando correntes, ataram as mãos dos médicos às suas costas.

— Senhora Sancha — disse o comandante em tom polido, com uma mesura profunda. — Pode me informar a localização de seu irmão, o duque?

— Estou aqui — disse Afonso.

Virei-me. Meu irmão postara-se no vão da porta, com uma das mãos na parede. Na outra segurava sua adaga, e tinha nos olhos a expressão de um homem disposto a lutar até a morte.

Lucrécia saiu correndo da antecâmara e se postou à frente do marido.

— Dom Micheletto — disse, com indisfarçado desprezo. — O senhor não tinha o direito de dispensar nossos guardas; eles estavam aqui por ordem de Sua Santidade. Mande chamá-los de volta agora mesmo, e leve seus homens com o senhor.

Reconheci o nome, embora não o rosto: Micheletto Corella era o oficial subalterno imediato de César.

— D. Lucrécia — disse ele, outra vez com a mesma cortesia branda, como se seus homens carregassem frutas e flores de presente, em vez de espadas —, receio não poder obedecer. Tenho ordens de meu comandante, o capitão-geral, e sou obrigado a cumpri-las. Estou aqui para deter todos os homens presentes, inclusive o duque, sob a acusação de conspiração contra a Casa dos Bórgia.

Uma sensação nauseante, fria e ácida, consumiu todo o meu ser. Aparentemente, o complô contra César fora descoberto — e atribuído a meu irmão.

— Isso é mentira — disse Afonso —, como aliás o senhor sabe perfeitamente, Dom Micheletto.

Micheletto não reagiu com uma postura defensiva.

— Apenas cumpro meu dever, Dom Afonso. Fui informado de que o senhor, juntamente com outros conspiradores, está planejando assassinar Dom César e o Santo Padre. Cabe a mim escoltá-lo até a prisão do Castelo Sant'Angelo.

— Meu pai jamais apoiará isso! — protestou Lucrécia. — Ele garantiu sua proteção a Dom Afonso. Ademais, já declarou sua oposição a César nesse assunto e ficaria furioso se soubesse que o senhor está aqui, tentando prender meu marido. Se puser as mãos nele, isso lhe custará a vida! Eu mesma me certificarei disso!

Micheletto considerou essa declaração com muita seriedade; a insegurança insinuou-se em sua expressão.

— Não tenho o menor desejo de desobedecer a Sua Santidade, pois ele é o meu comandante supremo. Ficarei feliz em aguardar, se a senhora quiser consultá-lo.

Não era uma idéia absurda, já que, naquele momento, Alexandre encontrava-se a apenas duas portas dali.

— Se Sua Santidade nos dispensar — disse Micheletto —, estarei disposto a me retirar sem meus prisioneiros.

Lucrécia encaminhou-se para as portas escancaradas e já desprovidas de guardas. Ao passar por mim, segurou a dobra de meu braço.

— Venha — ordenou. — Nós duas convenceremos meu pai. Tenho certeza de que ele virá falar diretamente com Dom Micheletto.

Soltei-me de sua mão, chocada com sua ingenuidade: porventura ela, a brilhante Lucrécia, realmente julgava seguro deixar Afonso desacompanhado, apenas com uma adaga e alguns criados desarmados, para se defender de um pelotão de soldados de César?

— Ficarei aqui — insisti.

— Não, *venha* — repetiu ela. — Juntas, nós duas conseguiremos persuadi-lo.

E tentou pegar meu braço novamente.

Ela está louca, pensei. *Louca, ou então é mais tola do que jamais supus.* Recuei e me afastei dela, dizendo:

— Lucrécia, se uma de nós não ficar com meu irmão, ele estará perdido.

— Venha — ela repetiu, e, dessa vez, seu tom me soou falso. Tornou a estender a mão para mim e, nesse momento, compreendendo o jogo, intuindo uma traição indizível e sentindo-me enfurecida, apalpei meu estilete.

O pânico apoderou-se de mim: a proteção que Afonso me ofertara, tantos anos antes, não estava comigo. Alguém, enquanto eu dormia ou estava distraída com outra coisa, a havia roubado de mim, alguém que sabia da vinda de Corella e sabia que ocorreria exatamente aquela cena.

Mas apenas três pessoas tinham conhecimento da existência do estilete: Afonso, que com ele me presenteara, Esmeralda, que me vestia... e César, que me havia resgatado na noite em que eu o usara contra seu pai embriagado.

Olhei para Lucrécia com uma fúria indizível, diante de sua traição; ela desviou o rosto.

Postei-me entre Micheletto e meu irmão. Não poderia fazer nada além de tentar proteger Afonso com meu próprio corpo.

No mesmo instante, um par de soldados abateu-se sobre mim. Juntos, eles me empurraram adiante, passando por Dom Micheletto e seus homens, até o corredor. Cambaleei e caí com força sobre o mármore frio.

Enroscada em minhas saias, lutei para me levantar; só consegui depois de Lucrécia sair do apartamento.

As portas fecharam-se atrás dela com uma pancada que ecoou pelo longo corredor do Vaticano.

Enquanto isso, Lucrécia deixou-se cair lentamente de joelhos, ao som do trinco que se fechava do outro lado da madeira grossa.

Fuzilei-a com os olhos, incapaz de compreender a monstruosidade de seu ato, mas ela não enfrentou meu olhar. Seus olhos, fixados num ponto distante, estavam mortos, desprovidos de qualquer luz ou esperança.

Gritei com ela, num volume tão alto, com tanta força e fúria, que meus pulmões chegaram a arder e minha garganta pareceu dilacerada, em carne viva.

— *Por quê? POR QUÊ?*

Atirei-me em sua direção e me agachei no nível dela; se ainda tivesse meu estilete, eu a teria matado. Em vez disso, esmurrei-a, porém debilmente, porque a tristeza havia devorado minhas forças, deixando meus membros pesados e entorpecidos.

Ela teve uma reação flácida, como um cadáver, e não fez nenhum gesto para se defender.

— Por quê? — tornei a gritar.

Lucrécia voltou a si, como quem chegasse de uma longa distância, e murmurou:

— Rodrigo.

Ao emitir essa única palavra, começou a chorar — em silêncio, sem expressão, como gelo derretendo.

No começo, pensei que ela se referisse ao papa e recuei, enojada: seria aquilo uma conspiração arquitetada por ela e seu pai-amante?

Mas então, percebendo a pureza de sua desolação, compreendi com súbito pavor que ela se referia ao filho.

O bebê. César devia tê-la ameaçado com a única coisa que poderia fazê-la trair o marido, pois só havia uma pessoa em todo o mundo a quem Lucrécia amava mais do que a Afonso.

No momento em que mais a odiei, mais a compreendi.

Gritando o nome de meu irmão, levantei os braços e esmurrei em vão as portas pesadas, até ficar com as mãos machucadas e doloridas, enquanto Lucrécia chorava baixinho.

XXXIV

Seguiu-se um longo e pavoroso silêncio no interior do apartamento fechado, interrompido apenas pelos gritos com que eu chamava Afonso e pelos soluços mansos de Lucrécia.

Por fim, as portas se abriram e Dom Micheletto saiu.

Levantei-me e tentei passar por ele, para ver com meus próprios olhos o resultado inevitável do regresso de meu irmão a Roma, porém os soldados barraram minha entrada e minha visão.

— D. Lucrécia — disse Micheletto, em tom suave e condoído —, houve um acidente lamentável. Seu marido caiu e reabriu uma de suas feridas. Lamento ser o portador de tão triste notícia, mas o duque de Bisciglie morreu de uma hemorragia repentina.

Atrás dele, nos afrescos de Pinturicchio, as sibilas, mudas, fuzilavam com os olhos o mais horripilante dos crimes.

— Mentiroso! — berrei, inteiramente descontrolada. — Assassino! Você é tão perverso quanto seu senhor!

Micheletto era também tão controlado quanto César; ignorou minhas palavras como se eu nunca as houvesse proferido e voltou sua atenção para Lucrécia, em vez de mim.

Ela não reagiu, não se mexeu diante da comoção que a cercava. Continuou aturdida, sentada no chão, de costas para Micheletto, sempre com as lágrimas silenciosas a lhe escorrerem pelo rosto.

— Que coisa terrível! — murmurou o comandante. — Ela está em choque.

Estendeu a mão para segurar o braço de Lucrécia e ajudá-la a levantar; inclinei-me e o esbofeteei no rosto.

Ele recuou, assustado, mas tinha demasiado sangue-frio para enrubescer; recompôs-se no mesmo instante.

— Não a toque! — gritei. — Você não tem o direito, seu verme imundo, com essas mãos manchadas pelo sangue do marido dela!

Micheletto apenas deu de ombros e ficou observando calmamente, enquanto eu ajudava Lucrécia a se levantar. Ela se ergueu como um fantoche, sem vontade própria; a dela, afinal, fora extirpada por seu irmão e seu pai.

Entrementes, os soldados levaram embora os médicos presos, Clemente e Galeano, assim como os criados varões de Afonso. Os representantes dos embaixadores foram dispensados com rispidez e, quando o napolitano se recusou a se retirar, a princípio, uma lâmina foi encostada em sua garganta, até ele ceder.

Surgiu então um grande grupo de guardas papais, os de fora procurando ocultar da visão o fardo que seus companheiros do centro carregavam: o corpo de meu irmão.

Lucrécia virou o rosto, mas eu insisti, tentando ver Afonso pela última vez; consegui apenas um vislumbre dos cachos dourados, manchados de sangue, e de um braço que pendia frouxo. Quando os homens passaram, tentei segui-los, mas um par de soldados se adiantou e me barrou a passagem. Eles me obrigaram a recuar e se colocaram em posição, ladeando a mim e a Lucrécia; era evidente que haviam recebido a incumbência de nos guardar.

— O rei de Nápoles tomará conhecimento disso — enfureci-me. — Haverá retaliações.

Eu mal sabia o que estava dizendo; sabia apenas que nenhuma palavra jamais teria força suficiente para vingar o crime cometido ali. Dom Micheletto nem sequer fingiu se preocupar; um dos soldados deu uma gargalhada alta.

D. Esmeralda e D. Maria juntaram-se a nós; os guardas esperaram até que o corpo de Afonso estivesse bem longe de nossa visão, e então nos empurraram adiante.

Naqueles primeiros momentos, minha mente recusou-se a aceitar o que havia acabado de acontecer. Entorpecida, não derramei uma só lágrima enquanto éramos conduzidas para longe. Depois de sairmos dos apartamentos dos Bórgia, ao passarmos por um corredor que levava para fora do Vaticano, avistei no chão algo que me trouxe um sofrimento dilacerante: um chinelo de veludo azul-escuro, usado por Afonso durante seu mês de convalescença no Vaticano; caíra de seu cadáver quando os soldados o levaram embora. Inclinei-me e o apanhei, depois o cingi contra o peito como se fosse uma relíquia sagrada — e, para mim, era mesmo, porque meu irmão tinha um coração de santo.

Os guardas tiveram a sensatez de não o tirar de mim.

Agarrada ao chinelo de Afonso, segui trôpega para o lado de fora, para uma paisagem que a dor tornara sem sentido e desconhecida. As vozes dos peregrinos que lotavam a praça de São Pedro eram um balbucio áspero e incompreensível, seus corpos em movimento, um borrão vertiginoso. Os jardins, viçosos e verdejantes no calor úmido do verão, pareciam caçoar de nós, assim como a entrada de mármore do Palazzo Santa Maria, com seu encanto deslumbrante. Senti-me ofendida: como se atrevia o mundo a desfilar sua beleza, quando acabara de ocorrer o pior de todos os acontecimentos?

Tropecei e, em diversos momentos, por pouco não caí; creio que D. Esmeralda me amparou. Só tive consciência de um corpo rotundo e coberto de negro junto ao meu, e de um par de braços conhecidos e macios.

Os soldados falaram; não os compreendi. Só sei que, em algum momento, descobri-me sentada não em meus aposentos, e sim nos de Lucrécia, mais luxuosos. Ela estava ali, chorando, junto com D. Maria; D. Esmeralda sentou-se a meu lado e, de quando em quando, fazia perguntas que eu não respondia.

Se eu estivesse com meu estilete naquelas primeiras horas pavorosas, teria cortado minha garganta. Não me importava que isso significasse ceder à covardia, como fizera meu pai: nada tinha a menor importância. Uma escuridão havia descido sobre mim, uma escuridão muito mais profunda que a do quarto de meu pai em Messina.

Em minha cabeça, eu era uma menina petulante de 11 anos, repreendendo meu pai por me castigar separando-me de Afonso. Não era justo, eu lhe dissera, que meu irmão também fosse castigado.

Meu pai me dera um sorriso cruel — com a mesma crueldade de César Bórgia — e fizera troça de mim. *Que tal, Sancha? Que tal se saber responsável por magoar aquele a quem você mais ama?*

É que meus esforços para salvar Afonso, assassinando César, haviam resultado diretamente na morte de meu irmão.

Eu o matei, disse a mim mesma, cheia de amargura. *Eu e César.* Se eu nunca me houvesse permitido apaixonar-me por César, se nunca houvesse recusado sua proposta de casamento, será que meu irmão ainda estaria vivo?

— Você mentiu — disse eu à *strega*, não sei se em voz alta ou em silêncio. — Você mentiu... Você disse que, se eu brandisse a segunda espada, ele estaria salvo. Eu só estava tentando cumprir meu destino...

Em minha imaginação, a adivinha apareceu à minha frente — alta, porte orgulhoso, rosto velado. Como as sibilas dos gloriosos apartamentos dos Bórgia, permaneceu enlouquecedoramente calada.

— Por quê? — murmurei, com a mesma fúria brutal que dirigira a Lucrécia. — *Por quê?* Eu só estava tentando salvar a melhor e mais doce de todas as almas...

Por fim, o choque inicial do acontecimento diminuiu e a realidade brutal da morte de meu irmão apoderou-se de mim. César e meu pai entrelaçaram-se em meu pensamento, como o homem cruel e moreno que levara Afonso embora — um homem cruel a quem eu havia amado irremediavelmente, e a quem também fora forçada a odiar.

Quando menina, eu havia chorado no dia em que meu pai me separara de meu irmão; depois, havia jurado que nunca mais deixaria um homem me levar às lágrimas. Eu não tinha chorado quando meu pai se enforcara, nem ao ser violentada por Juan, nem ao ser rejeitada por César. Mas a tristeza que borbulhou dentro de mim, ao saber que Afonso e eu estávamos separados para sempre, foi vasta demais, profunda demais, violenta demais para ser negada. Os soluços involuntários me sacudiram, agitaram meu corpo; encostei o rosto nos joelhos e chorei com uma força que chegou a me causar dor física. Durante várias horas, desatei as lágrimas que havia retido durante quase toda a minha vida, até minhas saias ficarem inteiramente encharcadas; mesmo então, continuei a chorar, e Esmeralda me levantou delicadamente, enxugou meu rosto com uma toalha fria.

Afonso, somente o meu querido Afonso jamais teria as minhas lágrimas.

Por fim, senti-me exausta, esgotada; só então me dei conta dos lamentos altos de Lucrécia. Olhei-a com uma mescla de piedade e ódio virulento; ela era como Jofre, fraca. Certamente mais fraca do que eu a havia julgado. Em seu lugar, eu teria lutado para encontrar uma solução, para salvar meu marido e meu filho...

Mas talvez ela nunca houvesse realmente desejado fazê-lo. Talvez seu amor desamparado por César fosse ainda maior do que o meu.

Qualquer que fosse a verdade, tudo o que dera sentido a minha vida me fora tirado. Eu já não tinha coração nem forças para me importar com as dificuldades de Lucrécia. E, quando ela se aproximou de mim, com suas mais deploráveis lágrimas, e tentou me abraçar, implorando meu perdão, afastei-a resolutamente, embora sem aspereza. Para mim, bastava da Casa dos Bórgia e de sua dissimulação.

Anoitecia quando finalmente notei que D. Esmeralda tinha ido à porta da antecâmara, onde fazia uma súplica aos guardas.

— Por favor — dizia ela. — D. Sancha acabou de perder o irmão, e D. Lucrécia, o marido. Não lhes neguem a oportunidade de ver o corpo e comparecer ao funeral.

Os guardas eram jovens e haviam jurado obediência a seus senhores, mas não estavam satisfeitos com a injustiça de nossa situação. Um deles, em especial, estava patentemente aflito com nosso sofrimento.

— Perdoe-me — respondeu ele. — Está fora de cogitação. Temos ordens expressas de não permitir que ninguém deixe estes aposentos. Ninguém da família tem permissão para ver o corpo ou assistir ao enterro.

E então enrubesceu de leve, ao perceber que talvez houvesse revelado mais do que seu comandante desejava, e se calou.

— Por favor — suplicou D. Esmeralda. E persistiu até o guarda ceder.

— Então, leve-as depressa até a *loggia*. Se elas ficarem na sacada, poderão ver o cortejo passar.

Diante dessa notícia, Lucrécia levantou-se. Deprimida, fiz o mesmo e acompanhei os soldados, indo postar-me sob o ar morno da noite.

Sombras, é só disso que me lembro. Talvez umas vinte tochas bruxuleantes, em torno de um caixão carregado nos ombros de um punhado de homens, e as silhuetas de dois padres. Eu sabia que o corpo de meu irmão fora tratado como os das outras vítimas dos Bórgia: lavado às pressas e enfiado num caixote de madeira.

Afonso merecia um funeral grandioso, com centenas de pessoas enlutadas. Sua bondade deveria granjear-lhe as mais belas orações e panegíricos, com desfiles de papas, imperadores e cardeais, mas ele foi enterrado às pressas, no escuro, por homens que não o conheciam.

Decidi naquele momento que Deus, se é que existia, era o mais cruel de todos eles — mais traiçoeiro ainda que meu pai, o papa Alexandre ou César —, pois era capaz de criar um homem repleto apenas de amor e bondade, e depois ceifá-lo e Se desfazer dele da maneira mais impiedosa e sem sentido. Uma coisa era certa na vida: não havia justiça para os maus nem para os bons.

Lucrécia e eu assistimos, enquanto a pequena procissão rumava não para a Basílica de São Pedro, como meu irmão mereceria, mas para uma capela vizinha, pequena e obscura, chamada Santa Maria delle Febbri. Ali, eu soube posteriormente, Afonso foi enfiado no chão sem a menor cerimônia, com apenas uma pequena lápide para marcar o local.

D. Esmeralda trouxe-me pergaminho e pena, exortando-me com delicadeza a escrever uma carta a meu tio Frederico sobre o assassinato de Afonso; não prestei atenção ao que depois aconteceu com a missiva, pois tornei a me deixar mergulhar prontamente nas trevas. Eu não dormia, não comia nem bebia; desgastada pelo choro, ficava meramente sentada, acabrunhada demais para fazer outra coisa senão sentar-me na sacada e olhar os jardins.

Lucrécia também ficou desamparada. Na presença do amor de meu irmão, ela havia desabrochado; quando Afonso fora ferido, ela havia encontrado em si uma força de vontade e um vigor de que nenhum de nós a sabia possuidora. Agora, tudo isso morrera dentro dela, que não tinha ânimo para se vingar. Dia e noite, só fazia chorar. Não conseguia importar-se nem mesmo com o pequeno Rodrigo. Veio outra manhã e a ama apareceu na porta, segurando a mão do pequerrucho robusto.

— Ele andou chorando, e chamando pela senhora — disse a moça a Lucrécia, mas a mãe continuou na cama, com o rosto virado para a parede, sem sequer registrar a presença do menino. — Ele não viu a senhora nem o pai hoje, e está preocupado.

O choro mansinho de Rodrigo despertou-me de um estado mais profundo e mais tenebroso que o sono. Pisquei os olhos e me levantei, depois ajoelhei-me e abri os braços, soltando pela primeira vez o chinelo de Afonso.

— Rodrigo, querido... Hoje sua mamãe está cansada e precisa descansar um pouco mais. Mas a tia Sancha está aqui, e muito feliz por ver você.

Alguma bênção inesperada permitiu-me sorrir; animado, o menino correu para mim e eu o envolvi nos braços. Ao afundar meu rosto em seu cabelo, compreendi Lucrécia um pouco melhor; naquele momento, eu teria sacrificado qualquer coisa por essa criança.

Mas tinha que ter havido um modo de evitar o sacrifício de alguém igualmente precioso: Afonso.

Uma onda de lágrimas ameaçou brotar: como ele se parecia com meu irmão, com seus cachinhos e seus olhos azuis! Pelo bem de Rodrigo, no entanto, recobrei o controle e mantive o sorriso no rosto:

— Vamos lá fora? Vamos brincar?

Ele gostava de corridas, como a tia e a mãe, e gostava especialmente de apostar comigo, porque eu sempre o deixava vencer.

Os guardas foram gentis; deram-nos licença e um deles nos acompanhou à distância. Levei o menino para o jardim, onde brincamos de esconde-esconde nas sebes; encontrei na abençoada presença de meu sobrinho um alívio temporário. Mas, quando chegou a hora de ele voltar para o berçário, regressei ao palácio e ao luto implacável. Achei o chinelo de meu irmão onde o havia deixado e, mais uma vez, apertei-o desesperadamente junto ao peito.

Durante dois dias, permaneci com Lucrécia em seus aposentos, ambas sob vigilância constante. Nesse período, Sua Santidade não foi consolá-la nem se deu o trabalho de lhe enviar suas condolências. Não ouvi uma só palavra de Jofre.

No segundo dia após a morte de Afonso, Lucrécia foi convocada ao Vaticano para se encontrar com seu irmão César.

Não foi uma convocação qualquer nem uma simples conversa de família: César sentou-se com a irmã à mesa de um grande salão, os dois cercados por nada menos de uma centena de guardas armados do capitão-geral.

Foi tudo que Lucrécia se dispôs a me dizer do encontro — e só o revelou aos poucos, ao longo de várias horas. Retornou de lá tão profundamente abalada, que não se atreveu a chorar. Mas, logo após o retorno, mandou que o pequeno Rodrigo fosse permanentemente transferido do berçário para seus aposentos. Não tenho dúvida de que César reiterou sua ameaça à vida da criança, por medo de que Lucrécia divulgasse o assassinato ou fizesse a seu pai qualquer apelo que levasse Alexandre a simpatizar com Nápoles, e não com a escolha de César — a França.

Um dia depois do encontro angustiante com o irmão, as lágrimas de Lucrécia voltaram. Ela recusou os convites do pai para a ceia e, depois, para as audiências, onde ele a queria sentada em sua almofadinha no degrau ao lado do trono, como a filha fizera no passado.

Lucrécia não quis nada disso. Havia cooperado para salvar o filho, mas sua tristeza era grande demais, e seu ódio, profundo demais, para que ela fingisse que o assassinato de Afonso não tinha acontecido. Ela continuou na cama e ignorou todos os apelos do pai.

Alexandre não tardou a se aborrecer, enviando-lhe uma carta em que afirmou não mais amá-la.

Lucrécia nem pestanejou: a desaprovação do pai já não despertava nela tentativas desesperadas de agradar. Em resposta, anunciou que se recolheria com o filho a uma propriedade rural que possuía em Nepi, pouco ao norte de Roma.

Falou como se pretendesse ficar lá para sempre. Ninguém se atreveu a lhe dizer o que Roma inteira sabia: que o papa e César já estavam planejando seu próximo casamento, buscando a aliança que trouxesse maiores vantagens políticas à Casa dos Bórgia. Enquanto isso, D. Maria atarefou-se embalando a maioria dos pertences de Lucrécia — com exceção dos belos vestidos bordados a ouro e cravejados de pedras preciosas, usados em tempos mais felizes. Em Nepi, não haveria cerimônias nem comemorações, apenas o uso do preto.

Lucrécia queria ter-me em sua companhia o tempo todo; eu me perguntava por quê, uma vez que já não conseguia demonstrar-lhe a afeição irrestrita que nutrira antes de sua cumplicidade na morte de meu irmão. Tampouco podia oferecer-lhe consolo: eu estava perdida em meu próprio luto, incapaz de emergir dele para quem quer que fosse, exceto meu sobrinho. Talvez ela desejasse minha presença pelo anseio de estar perto de qualquer coisa que lhe lembrasse Afonso; ou talvez a desejasse por culpa.

Fosse qual fosse a razão, ela me convidou a acompanhá-la na ida para Nepi. Aceitei, unicamente porque o pequeno Rodrigo iria; D. Esmeralda encarregou-se de recolher os pertences de que eu necessitaria durante minha longa ausência de Roma.

Enquanto os soldados armados postavam-se do lado de fora das portas abertas de minha antecâmara (desde a morte de Afonso, eu era francamente vigiada o tempo todo, o que ocorria com Lucrécia de modo mais sutil), sentei-me no quarto e supervisionei Esmeralda em sua tarefa. Fazia mais de um mês que eu não entrava nos aposentos que por tanto tempo tinham sido meu lar. Em minha ausência, muitas coisas tinham sido retiradas: as tapeçarias finas, os candelabros de prata, os tapetes de pele e a colcha de brocado dourado de minha cama.

Também dessa vez, eu queria poucas coisas de Roma: nada de vestidos suntuosos, apenas os simples vestidos pretos que eu levara comigo quando recém-casada, que convinham melhor ao luto. Queria meu exemplar de Petrarca, cheio de orelhas, e o chinelo que caíra do pé de meu irmão morto, e pouco mais.

Enquanto Esmeralda se preocupava com meus trajes, fui até minha caixa de jóias, cuidadosamente escondida num compartimento secreto em meu armário, pensando que talvez devesse levar algumas das mais valiosas — não porque quisesse voltar a me adornar, mas porque já pensava numa possível fuga de Nepi, se conseguisse convencer Lucrécia a levar o menino conosco para Nápoles. Eu precisaria de subornos para os guardas e dinheiro para dirigir a casa.

Com isso em mente, vasculhei sub-repticiamente minha caixa de jóias e escondi as maiores e mais valiosas delas entre os seios.

Foi então que avistei o frasco fino de cristal, de aparência inofensiva, pequenino e verde em meio às pedras reluzentes.

A *canterella.*

Meu coração parou por um instante. Eu continuava vivendo à sombra da mais tenebrosa tristeza, e sabia que só permanecia ao lado de Lucrécia, naquele momento, pela atitude tolerante de Sua Santidade para com a filha. Uma vez que César convencesse Alexandre, eu seria encarcerada ou assassinada. Não tinha o menor desejo de viver como prisioneira dos Bórgia — e não daria a César o prazer de ser aquele que me tiraria a vida. Preferiria a eternidade no inferno, como suicida.

Enfiei o frasquinho de cristal verde sob o corpete, no bolso especial de meu estilete já então confiscado. Ele se encaixou perfeitamente.

Foi o próprio Deus quem providenciou o momento oportuno: mal eu havia escondido o frasco, ouvi passos em marcha no corredor, do lado de fora da porta.

Levantei-me e exibi uma aparência sóbria e grave ao enfrentar os soldados de César, chefiados por ninguém menos que Dom Micheletto, com seu ar contrito.

— Bem — disse eu —, o senhor veio buscar-me, enfim.

Final do verão de 1500 – Primavera de 1501

XXXV

Fui escoltada até o Castelo Sant'Angelo. Dom Micheletto caminhou a meu lado e os soldados mantiveram-se à distância, adiante e atrás de nós, como se estivessem ali apenas para garantir minha segurança.

O evento inteiro teve um ar de irrealidade, como se fosse um sonho; tudo parecia falso, ilusório, exceto um único fato: Afonso estava morto.

Mesmo assim, lembrei a mim mesma que eu era uma princesa da Casa de Aragão e caminhei com graça e orgulho, embora cercada por meus captores. Os guardas barraram os peregrinos boquiabertos e empurraram para o lado os mais curiosos, ao marcharmos pela praça de São Pedro e entrarmos na grande ponte que levava à intimidante fortaleza de pedra do Sant'Angelo.

Não voltei os olhos para o Palazzo Santa Maria; minha vida nele desprendia-se de mim, junto com minha sanidade, qual mão retirada de uma luva. Eu estava nua, descalça. Afonso se fora, o pequeno Rodrigo se fora, a confiança que eu havia depositado em Lucrécia se fora. Até meu marido, que antes me impressionara com sua aparente lealdade, me havia abandonado.

Cruzamos a ponte sobre o sinuoso Tibre, plúmbeo e emporcalhado pelos cadáveres invisíveis das vítimas dos Bórgia. Rezei para que eu não tardasse a me juntar a eles.

A meu lado, Micheletto manifestou-se, em tom gentil e deferente:

— Sua Santidade julgou que uma mudança de cenário ajudaria a minorar sua tristeza, Alteza. Providenciamos novas acomodações para Vossa Alteza, que esperamos serem do seu agrado.

Meu rosto contorceu-se de ódio:

— Diga-me, senhor, isso é uma mancha de sangue em sua mão?

Inadvertido, ele ergueu as mãos e afastou os dedos, examinando-os; só ao ver de relance minha expressão de zombeteiro desprezo foi que as baixou, tentando esconder o constrangimento por haver interpretado minha pergunta literalmente.

— Julguei que sim — prossegui. — César o mandou matar meu irmão pessoalmente, para se certificar de que o ato fosse praticado da maneira correta?

O sorriso em seu rosto desapareceu; ele não fez nenhuma outra tentativa de conversa até chegarmos a nosso destino.

Eu nunca tinha visitado o Castelo Sant'Angelo e sabia apenas de sua reputação vergonhosa como prisão. Suspeitei que seria depositada numa celinha imunda, com uma cama de palha e correntes nas paredes vazias, e grades enferrujadas em lugar de portas.

Dom Micheletto e eu passamos por jardins bem cuidados, chegando a uma entrada lateral; nesta, ele fez sinal para que todos os guardas parassem, com exceção de dois. Fui conduzida por corredores que me fizeram lembrar o palácio em que eu residira durante muito tempo.

Por fim, meu guia abriu as portas de madeira finamente entalhada de minha "cela". Dentro ficavam meus novos aposentos; na antecâmara, reconheci uma cadeira que fora retirada de meu apartamento no Palazzo Santa Maria; os pisos tinham sido cobertos por meus tapetes de pele. Na câmara interna, a cama era forrada por minha colcha de brocado, e lá estavam também minhas cortinas e o candelabro de prata na parede. Mais adiante havia um pequeno balcão, que dava para outros jardins.

Observei devidamente tudo isso, sem tecer comentários. Teria preferido um ambiente mais severo, que refletisse minha tristeza. Não encontrei consolo naquele luxo, naquela familiaridade.

Virei-me e deparei com Micheletto sorrindo para mim.

— D. Esmeralda virá fazer-lhe companhia, é claro — disse ele. — Está juntando mais alguns de seus pertences. Por favor, sinta-se à vontade para solicitar o que quiser. Dados os terríveis acontecimentos recentes, pedimos apenas que, se quiser passear pelos jardins, ou visitar seu marido em Santa Maria, Vossa Alteza solicite uma escolta.

— Quem providenciou isto? — perguntei.

Um canto da boca de Micheletto elevou-se ainda mais.

— Confidencialmente, Alteza, foi Dom César. Ele lastima as exigências da política e qualquer tristeza que lhe possa haver causado. Não deseja causar-lhe nenhuma outra aflição.

Seja bondoso com Sancha, dissera Lucrécia. César, afirmara ela, ainda me amava.

Mas eu não queria sua bondade. Só queria uma coisa: vingança. E, afora isso, a extinção, se conseguisse encontrar em mim a coragem de buscá-la.

D. Esmeralda e um grupo de criados chegaram, trazendo outros pertences meus, como prometido; suportei a comoção em silêncio. Entrementes, decidi tirar minha vida com a *canterella* naquela mesma noite, em protesto contra a morte de meu irmão — embora soubesse que isso me separaria dele para sempre, se eram verdadeiras as histórias sobre a vida após a morte. Ele, com certeza, estava no círculo mais alto do Paraíso, enquanto eu, como suicida, seria confinada no Inferno.

Eu não sabia que quantidade do veneno seria necessária, quantos homens meu frasquinho seria capaz de levar à morte; assim, resolvi ingerir todo o conteúdo. Desse modo, talvez eu partisse depressa, sem muito do lendário sofrimento produzido pelo pó. Teria de esperar que D. Esmeralda se distraísse, e poderia esconder meus atos da visão dela e dos guardas indo para a sacada.

Passei o resto do dia sentada na cadeira da antecâmara, afagando o veludo azul e macio do chinelo de meu irmão, enquanto os criados arrumavam meus aposentos. Ao anoitecer, uma ceia requintada foi entregue em minha porta. Não consegui comer, apesar da insistência de Esmeralda; ela comeu o que quis de minha porção e da sua, depois os criados levaram as travessas.

Mas pedi vinho, e guardei uma jarra e uma taça a meu lado. Como fizera todas as noites, desde a morte de Afonso, Esmeralda implorou que eu me deitasse; como sempre, recusei-me, dizendo que o faria quando estivesse cansada. Felizmente, ela estava exausta depois de todo aquele trabalho e dormiu cedo. Quando ouvi sua respiração ritmada, compreendi que minha oportunidade havia chegado.

Enchi a taça e me levantei, displicente, atenta aos guardas do lado de fora da porta, e me esgueirei pelo quarto onde Esmeralda dormia. Ela deixara uma vela acesa para mim; levei-a para a sacada e a coloquei no parapeito, a fim de poder enxergar e consumar minha última tarefa.

Depus a taça também e, com dedos trêmulos, encontrei o frasco de *canterella* escondido em minha roupa. Tirei-o e o segurei contra a luz.

O cristal reluziu, brilhante e verde como uma esmeralda; fitei-o por um momento, imóvel, dominada pela gravidade do que estava prestes a fazer.

Enquanto eu olhava, uma imagem formou-se dentro do frasco, minúscula, porém perfeita e completa em seus detalhes.

Era o cadáver de meu pai, pendendo de seu laço cravejado de medalhas.

Soltei um grito. Joguei longe o frasco; ele bateu no chão com estrépito, sem se quebrar, e rolou para longe. Tudo à minha volta rodopiou; agitando os braços, desabei no chão e, no processo, derrubei a vela pelo parapeito, de modo que me vi de repente na mais completa escuridão.

E, nessa escuridão, o cadáver de meu pai avultou, em tamanho maior que o natural. Balançou diante de mim, ali na sacada; suas pernas frias e duras roçaram em meus ombros, meu rosto, e rastejei de gatinhas, soluçando.

Imprensada num canto, encolhi-me e tentei me proteger com as mãos.

— Você tem que me prometer, Afonso! — gritei. — Temos que fazer um juramento solene de nunca mais nos separarmos... porque, sem você, eu enlouquecerei!

Diante de mim estava meu irmão, exatamente como no dia em que chegara a Roma para se casar com Lucrécia, jovem, belo e sorridente, vestido de cetim azul-claro.

— Mas, Sancha, você tem a mente perfeitamente sã — disse ele, em tom displicente. — Com ou sem mim, nunca precisará temer a loucura. Você simplesmente tentou matar o homem errado.

Tornei a gritar e corri aos tropeços para o quarto escuro; uma figura robusta me segurou. Lutei para me soltar, até perceber que era D. Esmeralda, aos gritos:

— Sancha! Sancha!

Desabei sobre seu corpo e solucei; ela me agarrou com intensa ternura.

— Tentei ser assassina — falei com voz entrecortada em seu ombro forte e macio — e, em vez disso, matei meu próprio irmão.

— Silêncio — ordenou Esmeralda. — Silêncio. Você não cometeu crime algum.

— Deus está me castigando...

— Isso é tolice — insistiu ela. Eu não conseguia ver seu rosto no escuro, mas meu rosto estava encostado em sua clavícula e senti a vibração de sua voz firme no peito, a solidez de sua convicção. — Deus amava Afonso. Ele sabe que não é justo seu irmão estar morto, enquanto César vive. O julgamento virá para os Bórgia, senhora. Não chore.

Acalmei-me com suas palavras; ela fez uma pausa, depois disse o que pensava:

— Savonarola tinha razão... esse papa é o Anticristo. Alexandre sempre teve a intenção de deixar que César matasse Afonso; sabia disso, mesmo quando foi à Sala das Sibilas e jurou o contrário. Ele é tão culpado quanto o filho... talvez mais, pois poderia ter sustado todo esse mal a qualquer momento.

Esmeralda levou-me para a cama, ajeitou minhas cobertas, toda vestida como eu estava, e se deitou a meu lado.

— Pronto. Não sairei de perto de você. Se ficar com medo, é só estender a mão para mim. Estarei aqui. Deus está conosco, senhora. Ele não nos abandonou.

Depois que ela adormeceu, sentei-me na cama, apavorada, convencida de que eu era uma menina em Nápoles e de que a escuridão a meu redor escondia as múmias do museu de meu avô. Estremeci embaixo das cobertas quando uma imagem se formou diante de mim: a de Robert, com seu jeito irônico, o rosto de couro curtido, os olhos de mármore pintado reluzindo, uma mecha fina de cabelo avermelhado pendendo do crânio franzido, o braço descrevendo um gesto largo.

— *Seja bem-vinda, Alteza...*

Chorei. Eu não queria ser bem-vinda; não queria entrar no reino espectral de Fernando, o reino dos loucos e dos mortos.

Ao clarear o céu, antes do alvorecer, fui sorrateiramente à sacada e resgatei o frasco de *canterella*, depois escondi-o com minhas jóias, antes que Esmeralda acordasse. Em breve, disse a mim mesma. Em breve eu teria força suficiente para usá-la.

Continuei num estado perpetuamente crepuscular. Durante o dia, acompanhada por um guarda a uma distância cortês, vagueava pelos jardins labirínticos até chegar a um estado de esgotamento. À noite, sentava-me numa cadeira na sacada e olhava fixo para a escuridão, às vezes tomada de pânico, por não conseguir enxergar o Vesúvio. Disse a Esmeralda que eu cochilava lá fora, em minha cadeira — mas não dormia nada, e minha mente foi assumindo a nitidez e a velocidade assustadoras que caracterizam as do louco.

Um dia, eu andava freneticamente pelos jardins quando ouvi badalarem os sinos de São Pedro... e, no mesmo instante, as palavras de D. Esmeralda apossaram-se de minha consciência febril e não quiseram me largar. Naquele momento, tive uma revelação divina: soube como fazer com que o julgamento se abatesse sobre os Bórgia. Mas havia necessidade de subterfúgios. Parei em meio a uma passada e esperei que meu guarda arfante me alcançasse.

— Agora subirei à galeria — disse-lhe com meiguice. — Gostaria de ver a cidade.

Voltei rapidamente ao prédio e subi a escada, até chegar à grande *loggia* de onde se avistava a ponte do Castelo Sant'Angelo. A rua larga estava repleta de peregrinos e mercadores, todos tão perto que eu poderia facilmente jogar-lhes algo para pegarem; e estavam bem ao alcance de minha voz.

— Cidadãos de Roma! — gritei, inclinando-me sobre o parapeito. — Peregrinos da Cidade Santa! Ouvi-me! Sou Sancha de Aragão, cujo irmão Afonso foi assassinado por Sua Santidade, Alexandre VI, nas mãos do capitão-geral, César Bórgia! Esse papa é o Anticristo, como disse Savonarola: é um adúltero e muitas vezes assassino! Matou o próprio irmão para obter a tiara, permitiu o assassinato de seu próprio filho, Juan, e agora matou Afonso, duque de Bisciglie, marido de Lucrécia...

Um guarda segurou-me pelo pulso e tentou arrastar-me dali; ri e, com minha força lunática, soltei-me.

— Peregrinos! Romanos! Deus vos convoca a depor Alexandre! Ide agora! Quantos terão que morrer? Quantos terão que ser mortos para que ele seja castigado por seus crimes?

Homens e mulheres juntaram-se na rua lá embaixo e ergueram os olhos para mim, assombrados. Uma freira idosa, com o véu e o hábito brancos de verão, benzeu-se e fez uma prece; um jovem padre de batina negra fez um sinal para seu companheiro e apontou para mim. Plebeus pararam, alguns com o sobrolho carregado, outros rindo.

Por que não agiam?, perguntei-me. Por que não corriam no mesmo instante para o palácio pontifical e arrastavam Alexandre pelas ruas? Minha mensagem era tão clara, tão incontestável...

Continuei a arengar por algum tempo; por fim, um par de soldados conseguiu conter-me. Olhei-os nos olhos, magoada, perplexa.

— Não ouviram o que eu disse? Não conseguem enxergar o mal? Vocês têm braços: usem-nos!

Mas eles não brandiriam suas armas contra o papa; em vez disso, arrastaram-me para meu quarto, enquanto eu xingava e desferia pontapés. Depois, lembro-me vagamente do rosto perturbado de D. Esmeralda e do de um médico, e de ser obrigada a beber uma poção que me deixou num estupor. Finalmente, dormi.

Quando acordei, Jofre apareceu. Desse dia em diante, visitou-me todas as tardes — com mais freqüência do que jamais fizera quando minha presença no Vaticano era bem-vinda. Levava-me pequenos presentes — jóias, lembranças. Uma noite, levou-me às escondidas um retrato em miniatura de Afonso que pertencera a Lucrécia, e que não lhe haviam permitido levar para Nepi.

D. Esmeralda mantinha-se constantemente a meu lado. Eu já não tinha permissão de ficar na sacada à noite, sendo obrigada a deitar em minha cama, ao lado dela, depois de tomar o sonífero amargo. Também fui obrigada a comer ao menos um pouco da comida, toda vez que a traziam, e com isso recuperei uma compostura parcial. Aprendi a interagir gentilmente com Esmeralda e Jofre, quando era necessário, e a manter na presença deles uma aparência de sanidade, embora não a possuísse por completo.

E assim passava dias ociosos, percorrendo os jardins na companhia de uma sentinela. Só então, longe de meu marido e de Esmeralda, é que soltava as rédeas de minha loucura: murmurava entre dentes a cada passo, mantendo longas conversas com Afonso, com meu pai e, acima de tudo, com a *strega* enganadora.

O coração trespassado por uma espada: era isso que eu possuía agora, porém meus esforços de brandi-la contra César haviam fracassado. Eu sentia essa espada dentro de mim, como quem sente um espinho; ela me espetava e me amargurava. "Por que não me deixaram matá-lo?" eu perguntava à *strega*, e a única resposta que recebia, vez após outra, era:

No momento apropriado...

À noite — apesar da poção do médico — eu sonhava: pesadelos em que o corpo branco e retalhado de Afonso era carregado para longe de mim por soldados gargalhantes.

Passaram-se os meses. O verão infausto transformou-se em outono e inverno. Jofre mandou alguns de meus mais belos vestidos para que eu escolhesse entre eles, e compareci em sua companhia à Missa de Natal na Basílica de São Pedro, como se não fosse prisioneira da Casa dos Bórgia. Passei pelo papa e por César, embora nenhum dos dois enfrentasse meu olhar desafiador nem registrasse minha presença. Depois da Missa, não fui convidada para a ceia da família, à qual Jofre foi obrigado a comparecer, e sim banida para meus aposentos no Castelo Sant'Angelo.

Era como se eu não estivesse viva nem morta, mas numa espécie de purgatório: como membro da Casa de Aragão, era considerada perigosa demais para viver entre os Bórgia e partilhar de seus segredos; ao mesmo tempo, como esposa de Jofre, que conhecia tão poucos desses segredos, não era tida como uma ameaça suficiente para ser morta.

Veio a primavera. Eu vivia num torpor, sem o menor sentido, com o tédio de meus dias rompido apenas por minhas conversas com os mortos e pelas visitas de meu marido. Jofre fazia todo o possível para me dar novo ânimo, porém os momentos sem a distração de sua presença eram realmente tenebrosos.

Continuei a passar horas andando pelos jardins, tentando me esgotar, para que o sono viesse com mais facilidade e, com ele, o esquecimento. Uma tarde, quando passava por uma alameda de cascalho ladeada por uma sebe de roseiras em plena e fragrante floração, avistei outra mulher da nobreza caminhando em direção a mim, seguida a uma distância respeitosa por um guarda.

Pensei em dar meia-volta e correr. Não estava com ânimo para companhias nem para conversas leves; mas, antes que eu pudesse fugir, a mulher se aproximou e me cumprimentou com um aceno de cabeça e um sorriso cativante. Voltou-se para seu guarda e informou:

— Caminharemos juntas um pouco.

Seu jovem soldado assentiu com a cabeça e o meu pareceu não se importar; aparentemente, os dois se conheciam e ficaram satisfeitos em caminhar atrás de nós, conversando em voz baixa.

A mulher fez uma mesura. Devia ter uns 25 anos, com cabelos negros e lustrosos e o rosto belo e clássico de uma antiga estátua romana.

— Sou a condessa Dorotea de la Crema.

— Sou a louca Sancha de Aragão.

Ela não se mostrou minimamente chocada; seu sorriso encheu-se de ironia.

— Todas somos as loucas de César aqui; também eu sou uma de suas prisioneiras.

Sua voz abrandou-se com a tristeza e ela disse:

— Quando ele marchou com seu exército entre Cervia e Ravenna, matou meu marido e se apossou de nossas terras.

Em seguida, fixou os grandes olhos negros em mim e comentou:

— Dizem que você foi amante dele.

Depois de viver tantos anos na casa dos Bórgia, a franqueza dela me agradou.

— Fui, em certa época — respondi. — Mas não podia amar um homem que se revelou um assassino. Agora o desprezo com toda a minha alma.

Ela fez um aceno de aprovação.

— Nesse caso, temos algo em comum. Depois de matar meu marido, ele me tomou como prisioneira. Assim como Caterina Sforza, que também está aqui, tratou-me generosamente, mas me violentava todas as noites. Creio que, se eu me mostrasse complacente, isso não lhe teria dado a mesma satisfação.

Desviou os olhos, fitando o lamacento Tibre.

— Agora que estou aqui, ele se cansou de mim e me deixou em paz, pelo que sou grata. Mas, enquanto não for derrotado, ou enquanto o papa não morrer, estou aprisionada aqui.

— O mesmo se dá comigo — disse eu, gentilmente. — Lamento por seu marido.

— E eu por seu irmão — disse Dorotea. Aparentemente, estava a par de todas as notícias a meu respeito.

Caminhamos um bom trecho nesse primeiro dia; com o correr das semanas, começamos a confiar mais uma na outra. Tal como eu, D. Dorotea era franca, fora levada à beira da loucura pelos crimes perpetrados contra ela e já não se interessava por seu destino. Falamos abertamente dos crimes dos Bórgia e de nossa vida. Foi um alívio desabafar segredos terríveis — e foi divertido descobrir que Dorotea já sabia de quase tudo que eu revelava.

Nela encontrei um alívio de minha loucura solitária durante as horas do dia; longe de sua companhia, porém, especialmente à noite, os espectros voltavam: Robert mumificado, Afonso, meu pai, a *strega* enigmática. Todos os dias eu lutava para encontrar forças para enfrentar a *canterella*; todas as noites via que ela me faltava.

Durante esse período, recebi uma carta de Lucrécia, escrita em Nepi. O lacre de cera fora rompido; passei muito tempo sentada em minha antecâmara, com a carta no colo, tentando decidir se deveria entregá-la à chama de uma vela próxima.

Por fim, abri-a e li:

> *Caríssima Sancha,*
>
> *Primeiro, devo pedir perdão por ser uma péssima correspondente e por não lhe haver escrito antes; confesso que, nos primeiros e tenebrosos dias aqui, não tive coragem de pegar na pena. Mas o tempo exerceu um ligeiro efeito cicatrizante e eu queria lhe dizer, tão logo me fosse possível, a terrível falta que sua companhia me faz. Sem sua amizade leal e seu bom coração, os dias são longos e solitários.*
>
> *O pequeno Rodrigo também sente sua falta; pergunta constantemente pela tia Sancha. Você não o reconheceria: ele cresceu muito! A cada dia que passa, torna-se mais parecido com o pai.*
>
> *Há poucas novidades a contar: os dias são todos iguais e se juntam num borrão. Mas devo dizer que, não muito depois de minha chegada, César e seu exército vieram até aqui e*

acamparam por uma noite. Fui obrigada a recebê-lo, assim como aos membros mais ilustres de sua comitiva.

Ele não viaja sem o artista e inventor Leonardo da Vinci. Dom Leonardo veio cear conosco nessa noite. É um senhor gentil, de ar excêntrico, com um nariz adunco, olhos grandes e surpreendentes, cabelos e barba longos e brancos, ambos em desalinho. Apesar da idade, tem a mente excepcionalmente arguta. César diz que ele é um gênio da engenharia e se revelou de grande utilidade em matéria do uso de explosivos na demolição de pontes. Só sei que era muito afável e dotado de refinado senso de humor. Enquanto jantávamos, ele pediu um pergaminho e pegou uma pena e tinta que sempre carrega consigo, e, enquanto César discorria longamente sobre a campanha militar, Dom Leonardo pôs-se a desenhar. Rodrigo apareceu e demonstrou um vivo interesse; eu já estava prestes a levar o menino de volta para o berçário e a repreendê-lo por incomodar um convidado, mas Dom Leonardo foi muito meigo e deixou Rodrigo sentar-se em seu colo e vê-lo fazer seu esboço.

Voltando a César e sua campanha. Devo mencionar aqui um outro membro de sua comitiva, um certo Nicolau Maquiavel — homem desagradável e de pouco falar, que mal tocou em sua ceia, porque escrevia furiosamente num diário enquanto meu irmão falava, como se as palavras de César fossem pérolas.

Meu irmão me disse que se apossou com facilidade das propriedades ao redor de Bolonha e Florença; as grandes cidades assinaram cessões de fortalezas e terras, por medo de seu exército, uma vez que este foi reforçado por uma doação de 10 mil homens, feita pelo rei Luís. Agora César diz que é invencível e pode marchar pela Itália e tomar as terras que bem entender.

Depois que meu irmão parou de falar, no final da ceia, Dom Leonardo presenteou-me com um desenho completo. Fiquei muito lisonjeada, pois era um retrato meu, tal como me achava à mesa; mas surpreendeu-me ver como era triste a minha expressão, pois eu tinha feito um esforço para me mostrar viva e animada para meus convidados.

Abaixo de meu retrato, Dom Leonardo escreveu um verso do poeta Sannazaro:

Per pianto la mia carne si distilla.

Pelo pranto se desfaz minha carne.

Foi muito sábio da parte dele. Dom Leonardo enxerga a própria alma das pessoas, por trás de sua aparência externa, e tem o mágico talento de revelar o que vai num coração, com o mero uso de pergaminho e tinta. Há muitas outras coisas que eu poderia contar-lhe, mas uma carta não é a melhor maneira de transmitir o que desejo dizer. Terei que esperar até poder revê-la em pessoa.

Rezo por você todas as noites, irmã, e penso em você com grande carinho. Nunca encontrei amiga melhor nem mais digna de confiança. Que Deus a conserve.

Afetuosamente,

Lucrécia

Tornei a dobrar a carta e guardei-a em meu pequeno exemplar de Petrarca. Compreendi que Lucrécia não podia partilhar inteiramente suas idéias comigo; compreendi as alusões a sua grande tristeza, os indícios de que ela estava acabrunhada pela culpa, a afirmação de ser "obrigada" a receber o irmão — o que significava que o fizera sem a menor vontade. E ela havia sugerido seu anseio de perdão.

Não pude, não quis responder. Que notícias tinha eu a partilhar? Que havia enlouquecido de tristeza, em parte pela traição dela? Que a única coisa que me trazia alegria era pensar em me vingar de César?

Mais tarde, mostrei a carta em sigilo a Dorotea de la Crema. Seus lábios se comprimiram ao lê-la; por fim, ela balançou a cabeça.

— César vem se apossando das terras que bem entende — confirmou. — E também de todas as mulheres. Ouvi a última novidade: quando conquista uma nova cidade, ele se apodera de todas as nobres para seu harém itinerante. E a cada noite escolhe uma nova mulher para humilhar.

Essa notícia alimentou meu ódio e me fez sonhar à noite: sonhei que pegava a espada ainda cravada em meu coração e a usava para atacar, num clarão de aço, cindindo a cabeça de César de seu corpo, num único e vingativo golpe. Sonhei que sorria ao ver a cabeça despencar e rolar para longe do cadáver caído, e que via o mais perverso sangue que já correra em qualquer veia fluir livremente, como o Tibre.

Curiosamente, no sonho, ouvi a voz de meu irmão repetir, animada: *Você simplesmente tentou matar o homem errado.*

Verão de 1501 – Início do inverno de 1503

XXXVI

O *ovo rachou,* disse Afonso. Como sempre, vestia-se de cetim azul-claro; sua fisionomia estava atipicamente severa, numa advertência. *E, desta vez, é impossível restaurá-lo...*

Acordei arquejante na úmida manhã de agosto, com o som dos gritos de Esmeralda na antecâmara. Saí correndo e a encontrei toda encolhida, como as mãos no coração, como que dominada por uma dor violenta.

— Esmeralda! — exclamei. Precipitei-me para junto dela e segurei seus braços carnudos. Ela estava mais velha e bastante pesada; pensei imediatamente no ataque de apoplexia de Fernando e a ajudei a sentar numa cadeira. — Sente-se, querida... — disse. Levantei, peguei o vinho, enchi uma taça e a levei a seus lábios. — Tome, beba. Depois o guarda irá chamar o médico.

Ela bebeu um gole, tossiu e, com um aceno desdenhoso da mão, disse, com voz ofegante:

— Nada de médicos!

Ergueu os olhos arrasados para mim e declarou, desalentada:

— Ah, D. Sancha! Se ao menos isso fosse algo em que um médico pudesse ajudar... — e respirou fundo, arfante, acrescentando: — Não chame o guarda. Acabei de falar com ele. Foi ele quem trouxe a notícia...

— Que aconteceu? — indaguei.

— Nossa Nápoles — respondeu ela, enxugando os olhos com uma ponta da manga pendurada —, ah, senhora, isso me parte o coração... Seu tio Frederico foi forçado a abdicar do trono e partir para o exílio. O rei Fernando, o Católico, e o rei Luís... eles tramaram uma conspiração e uniram seus exércitos; agora dividem o governo de Nápoles. Hoje, as bandeiras francesa e espanhola estão desfraldadas no Castel Nuovo. Fernando é o regente da cidade propriamente dita.

Soltei um longo suspiro e me ajoelhei devagar ao lado dela. Embora a morte de Afonso me houvesse roubado a razão e a alegria, sempre restava a esperança vaga, ainda que distante, de um dia poder voltar para casa — para o palácio real, para Frederico e seus irmãos e para a família que eu havia conhecido. Agora, também isso me fora tirado.

A Casa Real de Aragão já não existia.

Fiquei aturdida demais para falar. D. Esmeralda e eu permanecemos caladas, lamentando em silêncio por alguns momentos, até eu dizer, com conhecimento de causa e um canto da boca contraído de ódio:

— E César Bórgia... entrou na cidade com o exército do rei Luís.

Ela me olhou, atônita.

— Ora, sim, senhora... Como sabe disso?

Não respondi.

Tornei a mergulhar num desespero entorpecido, no qual nem mesmo Esmeralda e a poção do médico conseguiram penetrar. Meu único alívio surgia durante as caminhadas com D. Dorotea — que agora se encarregava de praticamente toda a fala, enquanto eu ouvia, muda e desinteressada.

Um dia ela me trouxe notícias de Lucrécia, que havia regressado a Roma no outono, atendendo às convocações inflexíveis do pai. Dorotea relatou um encontro entre o papa e sua filha. Na sala do trono pontifical, na presença das damas de companhia de Lucrécia, dos criados do papa e do camareiro pontifício, Sua Santidade informou a Lucrécia que ele e César haviam examinado a fila de pretendentes à mão dela. Tinham escolhido um: Francesco Orsini, o duque de Gravina. Orsini propusera casamento a Lucrécia alguns anos antes, mas fora rejeitado em favor de meu irmão.

No encontro, Alexandre informou à filha que ela se tornaria duquesa de Gravina. Politicamente, era o curso de ação mais sensato.

Não, disse Lucrécia ao pai. Ela não teria nenhuma relação com esse homem.

Perplexo, Alexandre indagou por que razão.

"Porque todos os meus maridos foram muito desventurados!", anunciou Lucrécia, furiosa, e se precipitou para fora da sala sem pedir licença a Sua Santidade.

A notícia espalhou-se depressa por toda Roma. Ao saber da recusa de Lucrécia, o duque de Gravina ficou ofendidíssimo (ou talvez tenha considerado a veracidade das palavras dela) e retirou de imediato sua proposta.

Pouco tempo depois, senti-me inquieta, uma tarde, e comecei a perambular pelos corredores. O inverno se aproximava, e mantive a capa bem enrolada no corpo ao me dirigir à *loggia*, para respirar o revigorante ar noturno.

Antes mesmo de sair do patamar da escada para o piso da galeria, ouvi os sinos de São Pedro, que badalavam um canto fúnebre.

Olhando pela beira da sacada, pálida como o abrigo de pele que usava, estava uma mulher miúda e magra, envolta em arminho branco, acompanhada por guardas que esperavam a uma distância respeitosa. Distraí-me a tal ponto com os sinos, que por pouco não esbarrei nela antes de notá-la.

Era uma das criaturas mais belas que eu já tinha visto, mais bela até do que a ex-amante do papa, a delicada Giulia. Essa mulher tinha pele de alabastro, cabelos dourados e olhos azuis mais brilhantes do que qualquer pedra preciosa; em seu porte havia uma dignidade e graça raras e, em seu olhar, uma profunda tristeza. Compreendi de imediato por que César quisera possuí-la.

— Caterina Sforza — murmurei.

Ela voltou para mim suas feições notáveis e me fitou. Não havia hostilidade em seu olhar, nem tampouco condescendência, apenas um pesar que beirava a loucura.

Chegou um pouco para o lado, abrindo espaço na sacada. Era um convite claro e eu o aceitei, aproximando-me e parando junto dela.

Caterina se manteve calada por algum tempo, tornando a olhar para a *piazza* em frente à grande construção de pedra de São Pedro, onde um cortejo fúnebre iluminado por tochas saía lentamente da catedral em direção à rua. Pelo número de participantes, depreendi que o falecido seria uma pessoa de certa importância.

Por fim, D. Caterina deu um suspiro.

— Outro cardeal, sem dúvida — comentou, com voz mais forte e sonora do que eu teria esperado —, eliminado para financiar as guerras de César.

Após uma pausa, acrescentou:

— Toda vez que ouço os sinos, rezo para que sejam pelo Santo Padre.

— Rezo para que sejam por César — respondi. — Ele é um candidato muito mais digno para morrer.

Ela me olhou, inclinando a cabeça encantadora e me avaliando com franqueza.

— É melhor que Alexandre morra primeiro, compreende? — explicou. — Porque, se o filho o preceder, ele simplesmente encontrará outro César para chefiar seu exército e dará continuidade ao terror dos Bórgia. É um jogo que eles fazem juntos: o papa apenas finge não ser capaz de controlar a crueldade de César, mas, acredite, cada mão sabe exatamente o que a outra faz, em todas as ocasiões. É claro que, se Alexandre morresse... — parou e se inclinou para mim, baixando a voz em tom conspirativo — Com certeza já lhe informei o que o embaixador veneziano me disse sobre César, há muito tempo.

Sorri educadamente.

— Nunca nos falamos, senhora.

Eu não podia censurá-la por sua confusão; eu mesma não estava em plena posse de minhas faculdades.

Caterina pareceu não ouvir minhas palavras.

— Foi há algum tempo, antes de ele assassinar o último marido de Lucrécia. César estava empenhado nas sondagens, jogando a Espanha contra a França e a França contra a Espanha, esperando para saber qual das alianças se revelaria mais vantajosa.

Riu baixinho e prosseguiu:

— Ele era muito inconstante... A certa altura, chegou até a procurar o embaixador veneziano e jurar fidelidade a Veneza. Disse não confiar em que a França ou a Espanha o protegessem, caso alguma coisa viesse a acontecer com o Santo Padre. Ao que o embaixador lhe respondeu, com toda a franqueza: "O senhor decerto precisaria de ajuda, é verdade, pois, se alguma coisa acontecesse com Sua Santidade, os seus negócios não durariam três dias."

Caterina tornou a rir e voltou mais uma vez a atenção para as tochas que se moviam em silêncio pelas ruas escuras de Roma.

Acompanhei seu olhar e contemplei as minúsculas chamas móveis, as pequenas silhuetas negras dos integrantes do cortejo, que se desfaziam na noite circundante. Nascido ou não da loucura, o fantasma de meu irmão dissera a verdade: eu havia tentado matar o homem errado.

Pela primeira vez desde que chegara ao Castelo Sant'Angelo, pensei na *canterella* em meu poder não como um meio de autodestruição, mas como uma solução para os problemas enfrentados por toda a Itália. Voltei a meus aposentos e passei horas sentada, meditando. Eu possuía a arma, porém não tinha conhecimento suficiente sobre seu uso, e tampouco dispunha de meios para fazê-la atingir seu alvo. Eu era vigiada o tempo todo; dificilmente poderia entrar no Vaticano e oferecer uma taça de vinho a Sua Santidade. Esmeralda também era vigiada de perto; já não tinha liberdade para entrar em contato com um assassino.

— Estou pronta — segredei à *strega* na escuridão. — Mas, para que eu cumpra meu destino, você precisa me mandar ajuda. Não posso executar isso sozinha.

No dia seguinte, na hora do crepúsculo, quando eu esperava com D. Esmeralda na antecâmara pela entrega do jantar, as portas se abriram sem a habitual batida cortês. Viramo-nos; os dois guardas que ladeavam a entrada curvaram-se à chegada de D. Maria, primeiro, seguida pela própria Lucrécia.

D. Esmeralda levantou-se e lançou um olhar funesto para as duas mulheres, com os dois braços cruzados no peito, em silenciosa reprovação de nossas visitantes.

Eu não disse palavra, mas fiquei de pé e examinei Lucrécia. Ela vestia saias de seda azul-esverdeada, com um corpete e mangas de veludo para combinar; em seu pescoço luziam esmeraldas, e a rede que cobria seu cabelo era pontilhada de diamantes. Usava um traje suntuoso, no estilo romano, enquanto eu voltara a vestir o preto napolitano, sem nenhum adorno.

Mas nem mesmo todos os ornamentos eram capazes de esconder sua palidez ou devolver a centelha de luz a seus olhos abatidos e encovados. O remorso a havia desgastado; qualquer beleza que ela um dia tivesse possuído fugira.

Ao me ver, ela deu um pequeno sorriso hesitante e abriu os braços.

Não lhe dei boas-vindas. Encarei-a com firmeza, braços caídos junto ao corpo, e vi seu sorriso esbater-se numa expressão de mágoa e culpa veladas.

— Por que veio? — perguntei. Não havia rancor em minha voz, apenas brusquidão.

Ela fez um gesto para que D. Esmeralda e D. Maria fossem para o corredor; depois que as duas obedeceram, ordenou aos guardas que fechassem as portas, dando-nos privacidade.

Uma vez segura de que nossas palavras não teriam testemunhas, Lucrécia respondeu, a voz suave, com um toque de vergonha:

— Eu estava em Roma. Porém não ficarei aqui por muito tempo. Tinha que ver por mim mesma como você ia passando. Andei preocupada, soube que você não estava bem.

— Tudo que lhe disseram é verdade — respondi, em tom decidido. — Perdi completamente o juízo. Mas ele me retorna, vez por outra.

— E tudo que disseram sobre mim é verdade — retrucou ela, com um toque de ironia. — Sou obrigada a me casar novamente.

Eu não tinha resposta para essa declaração — não quando o fantasma de Afonso pairava entre nós, numa reprimenda silenciosa.

O olhar de Lucrécia não se fixou em mim, mas num ponto baixo e distante, num local longínquo do passado, como se sua explicação fosse um pedido de desculpas a meu irmão, não a mim. Seu rosto ficou tenso de desgosto e aversão por si mesma.

— A princípio, recusei, mas sou uma mercadoria política valiosa demais para impor minha vontade. Meu pai e César... não preciso dizer-lhe da pressão que têm exercido sobre mim.

Um leve rubor coloriu suas faces, à medida que uma lembrança não verbalizada provocou sua raiva; ela se recompôs e, por fim, olhou-me diretamente.

— Mas eu os convenci a permitirem que eu escolhesse, deixando a seu critério a aprovação final. Eles concordaram. Fiz a escolha e eles a aprovaram — completou, respirando fundo. — Escolhi um D'Este de Ferrara.

— Um D'Este — murmurei. Meus primos da Romagna. César nunca se atrevera a atacá-los; o exército da família era forte demais. Num passado distante, ele me dissera que preferiria torná-los seus aliados.

— César está satisfeito com esse arranjo, pois acha que ele lhe trará mais soldados — confidenciou Lucrécia. — Fui solicitada a visitá-los, para que o velho duque, meu sogro em potencial, pudesse certificar-se de que eu era uma "senhora de bom caráter", nas palavras dele.

Deu um sorriso irônico e fugaz e prosseguiu:

— Fui aprovada no teste do velho Ercole. Mas o que não contei a meu pai nem a César é que os D'Este jamais serão convencidos a lutar pelo papado. São bons católicos, mas têm bom senso: não confiam no papa Alexandre nem em seu capitão-geral. O duque Ercole insistiu em que eu me case com seu filho em Ferrara e depois fique residindo lá, com o que concordei avidamente. Nunca mais voltarei a Roma. Ficarei com meu novo marido, cercada por uma família forte e um exército forte, que não podem ser dobrados à vontade dos Bórgia.

Sua voz carregou-se de emoção e ela completou:

— O nome dele é Afonso.

Levei um momento para me dar conta de que ela havia pronunciado o nome do futuro marido: Afonso d'Este, primo de meu irmão.

— Portanto, como vê, este será nosso último encontro, Sancha — disse ela, fitando-me com tristonha afeição. — Se houver alguma coisa que eu possa fazer para ajudá-la em sua situação...

— Há — respondi de imediato. — Você pode me fazer um último gesto de bondade.

— Qualquer coisa — disse ela. E aguardou, ansiosa, expectante.

— Você pode me dizer qual é a quantidade de *canterella* necessária para matar um homem.

Lucrécia levou um enorme susto, a princípio, depois recompôs-se e ficou perfeitamente imóvel. Pela expressão distante de seus olhos e sua fisionomia, observei que viajava no tempo, de volta ao convento de San Sisto, à época em que estava grávida do filho de César e tão desesperada que planejava acabar com a própria vida.

Observei-a recordar o frasco de veneno desaparecido.

Nesse ponto, ela me estudou atentamente; nossos olhares se cruzaram, ambos firmes. Nesse diálogo mudo, fomos cúmplices numa trama tão sólida e de objetivo tão explícito quanto qualquer uma das arquitetadas por seu irmão e seu pai. *Para matar um homem*, eu dissera.

Lucrécia soube, pela postura resoluta de meus ombros, por meu queixo erguido, que eu não tinha nenhuma intenção de usar em mim mesma o conteúdo do frasco.

Nunca tive tanta certeza de sua lealdade ou de sua gratidão.

— Apenas algumas pitadas — respondeu ela, por fim. — O veneno é extremamente potente. É um pouquinho amargo, portanto, borrife-o num alimento, alguma coisa doce, como mel ou geléia, ou diretamente no vinho. Desse modo, a vítima não sente o gosto.

Inclinei lentamente a cabeça.

— Obrigada.

No instante seguinte, foi como se nunca houvéssemos falado dessas coisas. A expressão dela transformou-se abruptamente. Um ar de anseio insinuou-se em seus olhos, um apelo. Respondi depressa, antes que ela pudesse formular a pergunta:

— Não me peça perdão, Lucrécia, pois jamais poderei dá-lo.

O último lampejo de esperança em seus olhos morreu, como uma chama extinta.

— Nesse caso, rezarei para que Deus o conceda — disse em tom solene. — E pedirei apenas que você se lembre de mim.

Foi então que cedi. Aproximei-me e lhe dei um abraço apertado.

— Isso eu posso fazer.

Ela retribuiu o abraço.

— Até breve, Sancha.

— Não — respondi com tristeza, encostando o rosto no dela. — Isto é adeus.

Antecipando a partida de Lucrécia para Ferrara, houve numerosas comemorações na cidade. Da *loggia*, nas noites claras, Dorotea e eu vimos toda sorte de nobres e dignitários suntuosamente trajados cruzarem em procissão as ruas e praças, a caminho do Vaticano, para levar seus cumprimentos à noiva. Houve fogos de artifício e disparos de canhão; Dorotea gostou das distrações, mas elas só fizeram alimentar meu ódio.

Certa manhã, quando eu estava sentada na antecâmara, lendo, as portas de meu apartamento se abriram. Ergui os olhos, aborrecida com a intromissão não anunciada.

César Bórgia estava parado na entrada.

A guerra o tinha envelhecido, assim como a sífilis; nem mesmo a barba, agora salpicada de um grisalho prematuro, conseguia esconder as cicatrizes protuberantes em suas faces. Também havia fios de prata em seu cabelo, que começava a se tornar mais ralo, e olheiras sob os olhos fatigados.

— Você continua linda como no primeiro dia em que a vi, Sancha — disse ele numa voz melancólica, macia como veludo. Sua lisonja foi um desperdício. Meus lábios se contraíram à visão dele; com certeza, César só poderia estar trazendo más notícias.

Então vi o menininho solene que segurava sua mão, e deixei escapar um som que foi ao mesmo tempo um riso e um soluço.

— Rodrigo!

Larguei o livro e corri no mesmo instante para o menino.

Fazia mais de um ano que eu não via meu sobrinho, mas reconheci-o de imediato: os cachos dourados e os olhos azuis eram inequivocamente de meu irmão. Alguém o vestira com uma pequena túnica principesca de veludo azul-escuro.

Ajoelhei-me diante dele e abri os braços.

— Rodrigo, meu querido! É sua tia Sancha, lembra-se de mim? Você sabe quanto eu o amo?

O garotinho, agora com quase 2 anos, primeiro desviou o rosto e esfregou os olhos com os punhos, sem graça.

— Vá até ela — murmurou César, encorajando-o, e cutucou Rodrigo em minha direção. — Ela é sua tia, irmã do seu pai... Ela e sua mãe gostavam muito uma da outra. Ela estava presente no dia em que você nasceu.

Rodrigo finalmente me abraçou, com impetuosa afeição. Estreitei-o nos braços, sem compreender por que César me concedia aquela preciosa visita e, naquele momento, sem me importar. Foi puro êxtase. Encostei o rosto no cabelo fino e longo de meu sobrinho enquanto César falava, num tom atipicamente constrangido.

— Lucrécia não pode levar o menino com ela para Ferrara — disse. Não era costume permitir-se que um filho de um casamento anterior fosse criado na casa de outro homem. — Ela pediu que você o crie como se fosse seu. Não vi nenhum mal nisso, de modo que o trouxe.

Apesar de minha alegria, não pude resistir a desferir-lhe uma alfinetada:

— Uma criança não deve ser criada numa prisão!

César respondeu com surpreendente brandura:

— Para ele não será uma prisão, mas um lar. Todos os privilégios lhe serão concedidos; ele será livre para ir e vir, para visitar o avô e os tios sempre que desejar. Qualquer coisa de que ele precise será prontamente fornecida, sem questionamento. Já providenciei para que tenha os melhores tutores, quando chegar o momento.

Fez uma pausa e, em seguida, o tom frio e arrogante que eu conhecia tão bem voltou à tona:

— Afinal, ele é um Bórgia.

— Ele é um príncipe da Casa de Aragão — respondi em tom acalorado, sem afrouxar por um instante meu abraço no menino.

Diante disso, César me brindou com um pequeno sorriso, no qual havia apenas humor, não malevolência.

— Os criados chegarão logo com as coisas dele — acrescentou, retirando-se, e me deixou a pensar em como tamanho monstro, vez por outra, podia ser tão humano.

Chamei D. Esmeralda, para lhe mostrar minha jóia mais nova e mais preciosa; nós duas cobrimos de beijos o menino perplexo.

Lucrécia me traíra e Afonso tinha morrido, mas os dois me haviam deixado a maior de todas as dádivas: seu filho.

Desse momento em diante, todos os vestígios de minha loucura desapareceram. O pequeno Rodrigo devolveu-me a esperança e a determinação. Percebi que eu não havia destruído tudo o que amava, e comecei a contemplar a idéia de fugir com ele para Nápoles, agora governada pelo rei Fernando da Espanha. Eu nunca poderia voltar ao Castel Nuovo, mas não seria mal recebida na cidade que tanto adorava. Minha mãe, minhas tias e até a rainha Joana ainda viviam lá. Eu estaria em família.

Eu dispunha da arma para alcançar meu objetivo; graças a Lucrécia, sabia como usá-la. Faltava apenas uma coisa: o meio para empregá-la. Agora que a sanidade havia retornado, mantive-me paciente, disposta a aguardar o momento certo, a considerar cuidadosamente como cumprir o destino que a *strega* tinha previsto.

Passava os dias cuidando de Rodrigo. Levou tempo para que ele aceitasse a idéia de que nunca mais veria sua mãe; acima de tudo, ele sentia falta de sua ama, que fora para Ferrara como parte da comitiva de Lucrécia. Durante muitas noites, Rodrigo manteve D. Esmeralda e eu acordadas com seu choro — mas, na verdade, dormi melhor do que jamais fizera antes de sua chegada. Felizmente, Jofre também apreciava a companhia do sobrinho; gostava de brincar com ele e, nas noites em que jantava conosco, era meu marido quem o punha para dormir.

Passou-se um ano ameno; o verão se foi depressa e o inverno retornou, cedo demais. Rodrigo vicejou e cresceu. César, por sorte, passava o tempo todo com seu exército; e eu fazia o melhor possível para ser paciente.

Veio o Natal, depois o Ano-Novo. Numa noite do início de janeiro, Jofre apareceu para jantar. Nessa ocasião específica, demorou-se no vão da porta, pálido e abalado, sem sorrir; mesmo quando Rodrigo foi correndo recebê-lo, não se inclinou para levantá-lo no colo, como era seu costume, mas afagou distraidamente a cabeça do menino decepcionado.

— Marido, você não está bem? — perguntei, apreensiva.

— Estou ótimo — respondeu ele, sem convicção. — Esta noite preciso ter uma conversa particular com você.

Assenti com a cabeça e providenciei rapidamente para que D. Esmeralda fizesse Rodrigo dormir cedo, e para que os outros criados, que costumavam servir-nos à mesa, pusessem a comida e o vinho e se retirassem.

Depois que todos se foram, Jofre abriu as portas da frente e dispensou secamente os guardas; em seguida, passou algum tempo fitando o corredor vazio; voltou e espiou a sacada, para se certificar de que estávamos realmente a sós. Só então foi para a mesa e desabou numa cadeira. A luz da vela refletiu-se em sua barba bem aparada, de um tom dourado de cobre, que não chegava a compensar seu queixo reentrante.

Jofre estendeu a taça para que eu lhe servisse vinho; tinha a mão tão trêmula que, quando verti o líquido rubi no recipiente, ele respingou pelas bordas. Uma vez cheia a taça, ele bebeu um grande gole, depois a colocou na mesa e gemeu:

— Meu irmão é o demônio em pessoa!

Inclinou-se para a frente, com um cotovelo na mesa, e segurou a testa com dedos trêmulos.

— O que ele fez agora?

— Ele e meu pai já não estão satisfeitos simplesmente com a Romagna. César desceu pela região de Marche e tomou Senigallia.

Eu nunca estivera em Senigallia, mas ouvira falar dela — uma bela cidade ao sul de Pesaro, na costa leste, de areia tão fina e macia que diziam que as praias eram de veludo.

— Por que você está tão surpreso? — interrompi, em tom áspero. — Com certeza sempre soube que a ambição de seu irmão não tem limites. Ele nunca se contentaria apenas com a Romagna.

Jofre lançou um olhar taciturno para seu prato, sem tocar na dourada perna de peru assado com castanhas que havia nele.

— Então, você não soube *como* ele tomou a cidade.

Balancei a cabeça.

— Ele convocou todos os *condottieri* das cidades da Romagna para marcharem a seu lado.

Jofre referia-se aos chefes das famílias nobres que tinham sido derrotadas; eles eram obrigados a servir como comandantes no exército de César, chefiando seus próprios homens em cumprimento às ordens dos Bórgia. Todos haviam jurado fidelidade — sob a ponta da espada.

— E assim, eles marcharam para Senigallia — continuou Jofre. — O exército papal era tão poderoso, que a cidade abriu os portões e se rendeu, sem nenhuma luta. Mas é nesse ponto que a história se torna horripilante...

Jofre estremeceu e prosseguiu:

— Não consigo acreditar que compartilho a mesma mãe com esse homem; ele é mais traiçoeiro do que os turcos, mais sanguinário do que aquele a quem chamam Empalador, na Valáquia. César queria mais do que a cidade como prêmio. Convidou todos os *condottieri* a entrarem nos muros de Senigallia, dizendo querer que eles inspecionassem o castelo e ceassem em sua companhia, para celebrar a grande vitória. Os comandantes obedeceram; não tinham motivo para esperar nada senão uma recompensa por sua lealdade. Mas meu irmão... ele ordenou que seus homens os cercassem. Em seguida, os portões da cidade foram fechados, isolando os *condottieri* de seus próprios soldados. Pela manhã, César havia matado todos eles. Uns estrangulados, outros esfaqueados ou asfixiados...

Jofre apoiou um braço na mesa e nele deitou a testa.

Fiquei sentada à sua frente, com o rosto petrificado, tentando imaginar o horror do que acabara de ouvir. Famílias nobres e orgulhosas, que haviam exercido o governo durante séculos, tinham sido abruptamente destruídas, levadas à impotência. Os Bórgia haviam enfim realmente controlado a Romagna.

— Meu pai e César já escolheram os novos governantes; estavam todos simplesmente aguardando a ordem de assumir o comando de cada cidade — murmurou Jofre sobre o braço dobrado. Levantou o rosto e acrescentou, arrasado: — Quase todos os dias morrem cardeais em Roma. Sua fortuna é acrescentada aos cofres da Igreja, e tudo serve para financiar as guerras. Meu pai não fala de outra coisa. Orgulha-se de César, orgulha-se de suas vitórias... não consigo suportar.

Jofre começou a tremer com tamanha violência que o prato a seu lado chacoalhou.

— Agora que estão tão cheios de arrogância, nada os deterá. Com Lucrécia em Ferrara, não podem mais manipulá-la... e assim, voltaram os olhos para mim. Ontem meu pai teceu um comentário sobre necessitar de parte da *nossa* riqueza... para as guerras. Falou de Squillace e de outras propriedades que tenho em Nápoles, e de minhas jóias e meu ouro; disse o quanto eles seriam úteis a César e à Igreja. Seu tom foi muito ameaçador. Comecei a temer por minha segurança... À parte meu dinheiro, sou inútil para eles. O que impedirá que façam de *mim* sua próxima vítima?

Diante de sua covardia, não consegui mais calar.

— Por que você treme agora, Jofre? Por que demonstra tanta surpresa? Certamente, não há de ter sido tão tolo durante todos esses anos, mas optou por ficar cego e surdo a tudo que acontecia a seu redor! Você sabe tão bem quanto eu que Perotto e Pantsília eram inocentes, e foram assassinados por saberem demais. Você assistiu sem comentários, com seus próprios olhos, ao enforcamento de Dom Antonio, o convidado do cardeal Sforza. Você sabe que há anos o Tibre se enche até quase transbordar com as vítimas de seu pai e seu irmão. Pior ainda, você deixou César assassinar seu irmão Juan, assim como meu Afonso, e não fez nada para proteger nenhum dos dois! Não venha queixar-se comigo, sua esposa: eu vivo encerrada entre os muros de uma prisão, com mulheres que foram todas violentadas por César!

Jofre soltou um gemido torturado.

— Eu sinto muito, muito, por tudo que aconteceu... mas, o que é que *eu* posso fazer?

— Se você fosse homem, poderia libertar-me disto — respondi baixinho, com aspereza. — Se fosse homem, há muito tempo teria cortado a garganta de sua família perversa.

Jofre tinha o sobrolho carregado de preocupação, mas seu olhar era feroz, e sua voz foi muito baixa quando ele confessou:

— Nesse caso, quero ser homem agora, Sancha. Quero ter a liberdade de ir para Squillace e passar o resto de meus dias lá, em paz.

Sua intenção era tão clara, e tão veementes as suas palavras, que emudeci. Ali estava o meio por que eu havia esperado, mas eu precisava sentir-me segura da firmeza de Jofre. Preferiria escolher um cúmplice com mais força de vontade. No entanto, quanto mais fitava seus olhos decididos, mais certeza eu tinha de que aquela era minha oportunidade.

Por fim, declarei em voz baixa:

— Posso ajudá-lo, meu marido. Sei de um modo de acabar com esse terror. Mas você terá que abandonar os Bórgia e jurar fidelidade unicamente a mim, até a morte.

Ele se levantou da cadeira, deslocou-se rapidamente para junto de mim, ajoelhou-se e beijou meus pés.

— Até a morte — disse.

Verão de 1503

XXXVII

Jofre e eu concordamos em que ele teria de se munir de coragem e aguardar que César retornasse das guerras. Se tivesse notícia da morte do pai, César entraria em Roma com seu exército e nomearia seu próprio papa, alguém que se curvasse a suas ordens com facilidade ainda maior do que fizera seu pai. Não poderíamos investir apenas contra Alexandre.

Nossa espera pareceu interminável, enquanto o capitão-geral dava lenta continuidade a sua campanha na região de Marche.

Uma manhã, porém, trouxe-nos esperança. Acordei com o som distante de trovoadas, mas, ao me levantar e abrir as venezianas, fitei um céu ensolarado e sem nuvens.

O trovão voltou a ribombar. Não era a aproximação de uma tempestade, percebi, mas os ecos de um canhoneio distante. Deixei D. Esmeralda dormindo — ela começava a ficar meio surda — e me vesti. Em seguida, tirei Rodrigo de sua cama e o pus de pé.

De mãos dadas, os dois fomos para a antecâmara e abri as portas. Já então eu tinha apenas um guarda — um novo soldado, Giacomo, de apenas 17 primaveras, que gostava quase tanto quanto D. Dorotea de conversas e mexericos e sabia que podia confiar em mim.

Giacomo não estava junto a minha porta, mas no fim do corredor, olhando pela sacada para um ponto distante. Era magro e alto, e a tensão em suas pernas compridas, de costas para mim, transmitia um ligeiro sobressalto.

— Giacomo! — chamei-o. — Estou ouvindo canhões!

Ele girou nos calcanhares, imediatamente constrangido por ter sido flagrado longe de seu posto. Voltou no mesmo instante.

— Perdoe-me, senhora. É Giulio Orsini com seus homens. O Santo Padre andou prendendo parentes de Orsini, de modo que Dom Giulio está liderando uma revolta. Mas não há nada a temer. O papa convocou o capitão-geral e seu exército — e, nesse ponto, Giacomo baixou a voz e as pálpebras, com ar zombeteiro —, se for possível convencê-lo a vir.

Durante meses, foi *impossível* convencer César a deixar suas guerras; o papa foi obrigado a se arranjar com os poucos soldados que não haviam marchado com o capitão-geral. Alexandre já não podia contar com o apoio da nobreza romana, que se mostrava desconfiada e ressentida, em decorrência do tratamento dado por César aos *condottieri* em Senigallia. Por que haveriam eles de lutar por um papa que depois seria capaz de matá-los?

A força e o apoio de Giulio Orsini aumentaram rapidamente. Uma noite, Jofre deu-me um olhar significativo à mesa do jantar, enquanto D. Esmeralda servia o vinho.

Ele pigarreou, nervoso, e disse com fingida displicência:

— Sua Santidade anda desesperado em busca de auxílio contra os Orsini. Aliás, hoje eu soube pelo cardeal de Monreale que Alexandre ameaçou César de excomunhão, se ele não obedecer à convocação papal e retornar a Roma. César está relutante, enfurecido, segundo o cardeal, mas hoje meu pai recebeu a notícia de que ele e seus soldados estão a caminho.

Estendi o braço sobre a mesa e lhe apertei a mão; o aperto dado por Jofre foi surpreendentemente resoluto e forte. Se Esmeralda viu alguma coisa estranha no olhar de cumplicidade que troquei com meu marido, não disse nada.

No auge do verão, meses depois da convocação inicial do papa, César finalmente entrou em Roma com seu exército. Durante duas semanas, permaneceu inacessível, acampado com os soldados na zona rural romana. Mas o pequeno exército de Orsini não se equiparava à imensa horda pontifical; os nobres rebeldes de Roma foram rapidamente trucidados. Em júbilo, Alexandre ordenou que os sinos de todas as catedrais fossem tocados.

Depois da vitória, meu marido chegou para a refeição noturna. Rodrigo correu para a porta no instante em que ouviu os passos do tio; quando entrou, Jofre ergueu o sobrinho bem alto no ar, o que fez o menino dar gritinhos de prazer; em seguida, beijou Rodrigo abruptamente e o pôs no chão. Apesar dos apelos reiterados do menino, foi impossível persuadir Jofre a brincar nessa noite, e pedi que Esmeralda fizesse Rodrigo dormir cedo.

Uma mesinha fora montada na sacada, para que pudéssemos desfrutar das noites de verão durante o jantar. Enquanto um par de criadas arrumava as travessas, Jofre pediu uma taça de vinho. Uma delas a trouxe e meu marido bebeu a maior parte de um só gole.

Levantei de minha cadeira na antecâmara e fui a seu encontro. Ele estava com o olhar distraído, vagando; havia aparado a barba nesse dia, sem muita firmeza, pois havia em seu rosto um pequeno corte.

— Você traz notícias, meu marido — comentei, em voz baixa demais para que as mulheres na sacada me ouvissem.

Continuamos com a atenção voltada para elas, mas ouvi avidamente a resposta de Jofre:

— César está ansioso por sair de Roma o mais depressa possível e retornar a Marche. Mas meu pai o convenceu a ficar para uma festa da vitória... um almoço a ser oferecido amanhã, em homenagem a César, tendo por anfitrião o cardeal Adriano Castelli. O almoço se realizará ao ar livre, num vinhedo.

— Providencie para sentar-se entre o papa e César — instruí, baixinho. — Com isso, bastará você pedir ao *sommelier* que o deixe entregar-lhes as taças cheias, como símbolo de sua homenagem e sua estima. Proponha vários brindes.

Fiz uma pausa e acrescentei:

— Quando as criadas saírem, eu lhe trarei o que é preciso.

As criadas levaram tempo demais esmerando-se no arranjo da mesa, mas finalmente se retiraram. Fui até o quarto, onde D. Esmeralda estava sentada, costurando, enquanto o pequeno Rodrigo dormia.

— Preciso apanhar uma coisa em meu armário — sussurrei; ela acenou com a cabeça e voltou a espremer os olhos para sua costura, enquanto eu abria o guarda-roupa.

As portas abertas bloqueavam a visão de Esmeralda, de modo que fiquei à vontade para abrir um compartimento secreto no piso e retirar uma caixa. Dentro dela estavam as jóias vindas de meus aposentos no Palazzo Santa Maria, assim como o frasco de *canterella*. Eu já esvaziara previamente um frasco minúsculo de cristal translúcido, que continha uma preciosa essência de rosas da Turquia, oferecida a mim como um presente de Jofre anos antes.

Peguei um rubi e os dois frascos, devolvi a caixa a seu esconderijo, fechei sem ruído as portas do armário e me retirei. Durante toda a minha permanência, D. Esmeralda não ergueu os olhos uma única vez.

Na antecâmara, Jofre andava de um lado para outro. Já se servira de mais vinho e o tinha bebido quase todo.

— Você terá que se controlar melhor, se quisermos ter sucesso — repreendi-o.

— Farei isso, farei isso — prometeu ele, depois jogou a cabeça para trás e terminou o conteúdo da taça.

Fitei-o, insegura, mas nada disse. Em vez de falar, entreguei-lhe o rubi:

— Para o caso de ser necessário um suborno.

No momento oportuno, dissera a vidente. Eu nunca estivera mais convencida de que esse era finalmente o momento.

O frasco verde cintilou com o reflexo da chama. Pensei na luz do sol bailando sobre as águas da baía de Nápoles; pensei na liberdade.

Dentro do frasco, o pó era de um azul-prateado meio fosco. *Bela, bela canterella*, dirigi-me a ele, em silêncio. *Salve-me, canterella...*

Pensei no momento em que matara o jovem soldado que havia ameaçado a vida de Ferrandino. Eu não sentira nenhuma culpa naquela ocasião, nem senti culpa nessa hora — apenas uma alegria intensa e fria.

Mantendo as mãos firmes, destampei primeiro o frasco vazio... e então, com extremo cuidado, o que continha o veneno. Jofre espiou por cima de meu ombro, com a respiração ofegante, curta, nervosa, e esticou o pescoço para a frente.

— Chegue para trás — alertei-o. — Se eu o derramar, não sei se ele matará, caso seja inalado.

Jofre obedeceu, observando em silêncio enquanto eu passava o pó do recipiente maior para o menor. *Apenas algumas pitadas*, dissera Lucrécia; nunca lhe perguntei como havia adquirido essa experiência. Entreguei a Jofre centenas, milhares de grãos — um terço do frasco, o bastante para dizimar o exército papal.

Depois disso, fechei os dois frascos e lhe entreguei o menor, agora metade transparente, metade azul-acinzentado. Ele o guardou num esconderijo invisível em sua túnica.

— Por que não me dá todo? — perguntou, com um toque de petulância ofendida na voz.

— Porque, se formos descobertos — respondi, sem me alterar —, precisaremos de um pouco para nós.

Ele empalideceu ao ouvir essas palavras, mas se recuperou e balançou a cabeça num gesto de compreensão.

Enfiei o frasco esmeralda no esconderijo sob meu corpete.

— Enquanto isso, guardarei esta porção junto ao corpo, em todas as ocasiões, para que, se formos capturados...

Jofre tornou a assentir com a cabeça, dessa vez enfaticamente, para indicar que eu não precisava concluir minha frase.

Ambos voltamos o olhar para a sacada, onde o jantar nos chamava.

— Não tenho estômago para isso — disse ele.

— Nem eu. Chamarei as criadas para que o levem.

Ele fez meia-volta para se retirar; segurei-lhe a mão e disse:

— Não tenho muita fé em Deus. Mas rezarei por você.

Jofre deu um sorriso pálido e, num rompante, abraçou-me e me beijou. Não foi o costumeiro beijo indispensável dado pelo marido na esposa após muitos anos de casamento, mas o beijo de um homem moço na mulher a quem ama apaixonadamente.

Afastei-me um pouco, emocionada, ainda em seus braços; nos olhos e no rosto de Jofre, vi o menino tímido e cheio de desculpas de nossa noite de núpcias.

— Sinto muito tê-la decepcionado, Sancha — murmurou. — Não voltarei a fazê-lo.

E com isso nos separamos. Cumpri minha promessa: rezei por ele durante toda aquela noite insone, com a mão apertada no peito.

O dia seguinte — o do almoço de César — transcorreu com torturante lentidão. Não recebi notícias de Jofre à noite; não as havia esperado, porque a *canterella* requeria tempo para cumprir sua função.

Na segunda noite, porém, quando Jofre não apareceu para me fazer seu relatório, comecei a ficar aflita. Na terceira noite, estava abalada. Teria ele me traído? Teria sido impedido e capturado?

Passei a noite inteira sentada na antecâmara, considerando se deveria ou não usar o frasco verde de cristal fechado em meu punho.

Na hora que antecedeu o amanhecer, fui enfim vencida pela exaustão. Cambaleei até a cama e dormi um sono sobressaltado.

Acordei em minha cama diante da mais improvável das visões: a princípio, supus estar sonhando. A meu lado postava-se D. Esmeralda, imóvel; Rodrigo dormia serenamente em seu berço.

Inclinadas sobre mim estavam Dorotea de la Crema e Caterina Sforza, ambas de camisola.

Pisquei os olhos, mas nenhuma das aparições se desvaneceu.

— O papa foi envenenado — sussurrou Dorotea. — César também.

Sentei-me, risonha, revigorada por uma onda de júbilo.

— Eles morreram?

— Não — disse Caterina, cujo rosto pálido estava radiante de alegria. Meu coração quase parou ao ouvi-la enunciar essa palavra solitária, porém ela prosseguiu: — Mas estão gravemente enfermos e com medo de novos ataques. Nossos guardas foram embora.

— Giacomo foi embora? — perguntei. Acalmei-me. Diziam os boatos que, às vezes, a *canterella* levava dias para agir. Se os guardas tinham partido, isso era um excelente sinal de que não esperavam que Sua Santidade sobrevivesse.

— Foi — rejubilou-se Dorotea.

Corri até o armário e vesti um tabardo.

— Eles compareceram a uma festa — contou Dorotea, radiante. — Na noite seguinte, Alexandre foi acometido de uma febre. Ninguém deu muita importância; afinal, esta é a parte mais quente do verão, e todo mundo sofre dessas doenças; mas *aí*, ontem de manhã, ele exibiu todos os sintomas da *canterella*. E César também está doente. Meu guarda disse que foi geléia envenenada. Só que nenhum outro participante da festa adoeceu até agora. É possível que o envenenamento nem tenha acontecido lá.

— Venham ver — exortou-nos Caterina, extasiada como uma criança, e me pegou pela mão. Levou-me até a *loggia*, no andar inferior — o prédio deserto, sem um carcereiro à vista — e olhamos para o Vaticano, por cima da praça e da rua.

Os portões estavam fechados, bloqueados por uma fileira de soldados em armas.

Caterina debruçou-se tanto sobre o parapeito da sacada, que cheguei a temer que caísse e segurei seu braço. Ela me afastou, impaciente.

— Deixe-me em paz.

— O que você está fazendo? — perguntei, e ela, com o mais doce e mais puro sorriso que eu já vira até então, respondeu:

— Procurando ouvir os sinos.

No dia seguinte, ao meio-dia, quando D. Esmeralda cuidava de Rodrigo enquanto eu empacotava minhas coisas no quarto — procurando acalmar-me com esse ato esperançoso —, Jofre apareceu na porta. Seus ombros vergavam-se sob um peso invisível e o rosto estava transtornado. Ele não trazia boas-novas; apertei com mais força a capa de veludo dobrada em minhas mãos, que eu estava prestes a colocar em meu baú.

— D. Esmeralda — disse Jofre —, preciso ter uma palavra com minha esposa, a sós.

Sua voz parecia a de um bêbado, mas não era o vinho que o fazia arrastar as palavras, e sim o medo. Sua boca estava tão seca que a língua grudava no palato e nos dentes.

Ela balançou a cabeça e levou o pequeno Rodrigo pela mão. Ao passar por nós, lançou-me uma olhadela. Não era nenhuma tola essa minha velha ama: em seu rosto redondo e enrugado havia uma expressão de perfeita compreensão. Sem dúvida, ela havia notado a ansiedade de Jofre e meu desassossego, e os tinha relacionado com os envenenamentos no Vaticano.

Seu olhar perspicaz não manifestou censura, mas aprovação.

Tão logo ela saiu com o menino, aproximei-me de Jofre e corri as mãos por seus ombros e seus braços. Sua túnica estava úmida e ele tinha um débil tremor. Os olhos castanhos estavam vermelhos, pela falta de sono, e meio desvairados; no bigode brilhavam gotas de suor.

— Fale, meu marido.

Num gesto distraído, ele passou a mão nos cachos do cabelo.

— Eles não morreram. Receio que estejam melhorando.

— Que aconteceu?

— Nervosismo — respondeu Jofre, tão envergonhado que não conseguia me encarar. — Eu... eu derramei o pó. Quase todo. Levei as taças de vinho para trás de uma árvore, mas não consegui segurar as duas e o frasco... Sobrou apenas um vestígio.

— Quão doentes eles estão?

Minhas perguntas eram tensas, prementes; não havia tempo para consolá-lo.

— Meu pai é quem está pior. Às vezes não sabe onde está, ou quem está a seu lado. Mas as ânsias de vômito e o sangramento pararam, e hoje de manhã ele conseguiu tomar um pouco de caldo de carne. Na festa, ele bebeu vinho puro... vinho de Trebbia, muito forte, mas César jogou fora parte do seu, depois que o entreguei a ele, e o misturou com água. Ele também está doente, fraco demais para se levantar da cama, porém não tão mal quanto meu pai. Implorou-me que ficasse com ele. Vai se recuperar, eu sei... Acabei pedindo licença, dizendo que precisava descansar.

Jofre estendeu as mãos e agarrou meus braços de repente, para se equilibrar, pois seus joelhos se dobraram; larguei a capa de veludo que estava segurando e o ajudei a andar até a cama, onde ele se sentou.

Cobriu o rosto com as mãos e disse:

— Falhei com você, Sancha. Agora teremos que nos envenenar...

Ante a fraqueza dele, eu poderia ter-me zangado, mas, ao contrário, senti uma calma inusitada. Fui tomada por uma convicção tão irracional quanto misteriosa: soube, sem a menor sombra de dúvida, que Jofre me havia ajudado a dar os primeiros passos na realização de meu destino. Cabia a mim completá-los.

— Não — proclamei em tom categórico. — Não nos sucederá nenhum mal. Só preciso de um pouco mais da sua ajuda. Fale-me da situação deles. Há guardas protegendo-os?

Jofre balançou a cabeça.

— Os únicos guardas que restaram são os que cercam o Vaticano. Os demais fugiram, assim como a maioria dos criados... Mas, se souberem que meu pai e César estão melhorando, talvez voltem.

— Nesse caso, precisamos agir depressa. Quem está com eles agora?

— Dom Micheletto Corella estava sentado com César — disse Jofre, com uma careta de ódio. — Não por lealdade. Ele espera como um falcão, pronto para atacar no minuto em que Alexandre morrer, ou em que o estado de César piorar... e então roubará qualquer tesouro ou poder em que conseguir pôr as mãos. Meu pai está sozinho, exceto pelo camareiro pontifício, que vem sofrendo de verdade.

Por um instante, fiquei perplexa. O destino exigia que o golpe fatal fosse desferido por minhas mãos, porém Jofre dificilmente poderia fazer-me passar pelos guardas, como visitante dos apartamentos dos Bórgia, sem levantar suspeitas.

Pela janela de venezianas abertas, olhei para os corpos minúsculos e distantes que saíam da praça de São Pedro, para as obscuras ondas de calor que se elevavam das pedras do calçamento. Era verão, época do Carnaval, e de repente senti-me transportada para um outro vinhedo, uma outra festa, na qual eu me havia sentado entre Juan e César e me sentira intrigada com o aparecimento de um convidado vestido à fantasia.

Aproximei-me da capa de veludo negro que deixara cair no chão e a levantei do piso de mármore. Tinha um capuz; esconderia meu cabelo. Virei-me para meu marido:

— Preciso de uma máscara. Uma máscara que me cubra completamente o rosto, e também um vestido de cortesã. Quanto mais espalhafatoso, melhor.

Jofre me encarou, sem entender.

Meu tom tornou-se impaciente.

— Você conhece essas mulheres. Poderá arranjar essas coisas. Ande depressa, só temos até o pôr-do-sol.

A máscara que Jofre me trouxe era linda: talhada em couro e moldada na forma de asas de borboleta, com um acabamento cor de bronze nas bordas e pintada em tons de roxo-escuro e verde-azulado. Cobria apenas metade de meu rosto, deixando aparecer meus lábios e meu queixo, de modo que meu engenhoso marido havia arranjado um leque em tons que combinavam, feito de penas de pavão. O vestido de cetim era brilhoso, de um escarlate ofuscante, com um decote obscenamente cavado — nada que eu jamais usasse. Pedi a Esmeralda que tirasse um pedaço de tecido da bainha e criasse um pequeno bolso, "como você fez para o meu estilete". Ela me atendeu sem questionamento; também não disse palavra ao me ajudar a vestir o traje de cortesã e me ver colocar a máscara, amarrá-la e me embrulhar na capa preta. Quando cobri a cabeça com o capuz e abri o leque de penas de pavão, para esconder a boca e o queixo, meu disfarce ficou completo. Faltava apenas uma coisa: guardei no vestido o frasco que continha o resto da *canterella*.

Jofre me olhou, boquiaberto, com franca lascívia; senti-me a um tempo envaidecida e enciumada, pois sua reação me fez lembrar de todas as prostitutas que ele havia possuído durante nosso casamento. Sufoquei minha raiva e lhe estendi o braço.

— Vamos dar um passeio, Dom Jofre — disse-lhe, em tom coquete. — Estou com vontade de aspirar a brisa noturna na praça de São Pedro.

Ele tentou sorrir, mas o medo o afligia demais; notei que carregava sua adaga nessa noite, embainhada na cinta, para a eventualidade de nossos esforços tornarem a fracassar. Segurei seu braço com força, de um modo encorajador, ao sairmos do silencioso Castelo Sant'Angelo, esvaziado de todos os guardas.

Considerada a gravidade do que eu estava prestes a fazer, meus sentidos tinham a agudeza peculiar que eu vivenciara durante a loucura: cada passo dado por Jofre e por mim vibrava e ressoava com uma intensidade excruciante. Havia poucos transeuntes na ponte, sem dúvida porque a maioria das pessoas estava em casa, com medo da criminalidade e da agitação provocadas pela morte de um papa. Observei as luzes tênues que provinham dos palácios e das embarcações que balançavam nas águas escuras do Tibre; em nenhum momento ele me parecera tão fétido, pantanoso e imundo, recendendo tanto a uma década de carne putrefata.

Depois de atravessarmos a ponte, entramos na praça de São Pedro. No ano em que eu fora levada para o Sant'Angelo — o ano do Jubileu —, ela estivera transbordando de peregrinos; agora mostrava-se deserta, a não ser por um ou outro vagabundo desgarrado.

Minha pulsação acelerou-se ao nos aproximarmos dos portões do Vaticano, onde jovens soldados exaustos, de ar carrancudo, fitaram-me com desconfiança; agora havia um número menor deles que durante a manhã. Minha mão apertou com mais força a base do leque, que segurei mais junto do rosto. Entretanto, ao reconhecerem Jofre, os guardas curvaram-se imediatamente e abriram os portões sem nenhuma pergunta.

Subi pela última vez a escada do palácio pontifical.

Doeu-me percorrer aqueles salões tão conhecidos; o ar estava carregado de traição e angústia. Quando entrei nos apartamentos dos Bórgia, o excesso de dourados e ornatos já não me pareceu deslumbrante nem glorioso, mas sinistro.

Passei pela Sala das Sibilas, que fora lavada para retirar o sangue e devolvida a seu luxo anterior, desde a última vez que eu a vira; desviei os olhos e me muni de toda a frieza que havia em meu coração.

— Por aqui — disse Jofre, e me conduziu à Sala dos Santos, cenário de muitas comemorações. Agora estava transformada numa espécie de hospital. Uma grande cama, coberta por um dossel, fora levada para lá; as mesas sustentavam bacias de água e toalhas, assim como jarros de água e de vinho, uma taça e vários medicamentos. Confirmando a informação de Jofre, Alexandre tinha sido abandonado, a não ser por Gasparre, que dormia numa cadeira junto ao leito do pontífice.

No centro da cama — abaixo do afresco brilhantemente colorido que exibia Lucrécia como a sagaz Santa Catarina — deitava-se o papa. Seu solidéu fora retirado, revelando uma coroa calva e uma franja branca e desgrenhada, de fios penugentos e finos como os de um bebê. Ele usava apenas um camisolão de linho; os lençóis tinham sido puxados de modo a cobrir suas pernas finas e metade da barriga redonda e protuberante. Alexandre dormitava, embora tivesse os olhos semicerrados; as pálpebras estavam intumescidas e arroxeadas, a pele, cinzenta, e as faces, encovadas, dando-lhe a aparência de uma caveira.

Soltei o braço de Jofre. Ele se aproximou de Gasparre, pôs-lhe a mão no ombro e o acordou; depois, sussurrou alguma coisa no ouvido do camareiro assustado. Não sei o que lhe disse; senti-me apenas grata pelo fato de a mentira de meu marido ter funcionado, porque Gasparre se levantou e se retirou do aposento.

Voltei-me para Jofre.

— Marido, talvez seja melhor você também se retirar.

— Não — respondeu ele com firmeza. — Quero me certificar de que você saia daqui em segurança.

Aproximei-me da mesa, onde deixei meu leque, e verti uma pequena porção de vinho na taça. Enquanto Jofre vigiava a entrada, tirei do vestido o frasco verde e derramei metade de seu conteúdo no líquido, depois o mexi. Era uma dose maciça, suficiente para cinqüenta homens, porém, embora eu fosse fria o bastante para cometer um assassinato, não era cruel. Desejava que Alexandre morresse depressa, não que sofresse.

Quando me considerei pronta, acenei com a cabeça para meu marido. Ele se afastou da porta, sentou-se na beirada da cama do pai e pôs a mão delicadamente no braço do velho.

— Pai — disse.

As pálpebras de Alexandre tremeram; ele ergueu os olhos, confuso, para aquele que havia declarado ser seu filho.

— Juan?

— Não, pai. Sou eu, Jofre.

As lágrimas assomaram aos olhos de meu marido, cujo rosto contorceu-se de súbita agonia. Segurando a taça, aproximei-me por trás dele.

Alexandre piscou os olhos e me reconheceu prontamente, apesar da máscara que ocultava a metade superior de meu rosto.

— Sancha? — perguntou com voz fraca, fina, mas na qual havia um toque de bom humor; parecia satisfeito em me ver. — Sancha, você veio me visitar... Já está na época do Carnaval?

Era como se ele houvesse esquecido o assassinato de meu irmão e meu encarceramento. Dirigiu-se a mim no tom que usaria para falar com Lucrécia, em busca de consolo feminino.

— Sancha, onde está Juan?

Coloquei-me à frente de meu marido.

— Ele está dormindo, Santo Padre. Como Vossa Santidade também deveria fazer. Tome. Isto o ajudará.

Levei a taça a seus lábios; ele bebeu, a princípio tossindo, mas depois recuperou-se e conseguiu tomar vários goles. Quando afastei a taça, fez uma careta:

— É amargo.

— Os remédios mais eficazes sempre o são — respondi. — Agora, descanse, Santidade.

— Diga a Jofre para parar com essa choradeira — ordenou Alexandre, rabugento, depois deu um suspiro e fechou as pálpebras arroxeadas.

Com o dorso da mão, afaguei-lhe a face descorada. A pele era macia, fina como pergaminho.

Também dei um suspiro, e, com a saída do ar de meus pulmões, veio igualmente uma dor lancinante e prolongada em meu peito, como se dele retirassem uma espada. Nesse momento eu soube que não precisaria fazer mais nada: a *canterella* e eu havíamos cumprido nosso destino.

— Está feito — murmurei para Jofre. — Sem ele, César não tem nenhum poder. Podemos ir embora.

Mas Jofre segurou a mão do pontífice adormecido e disse:

— Ficarei com ele.

Beijei-lhe a cabeça, à guisa de resposta, e o deixei lá. Eu tivera a intenção de regressar prontamente ao Castelo Sant'Angelo... mas, estranhamente, meus pés buscaram um trajeto conhecido, escada acima, num percurso que eu fizera às escondidas, durante a noite, muitos anos antes — até o apartamento de César.

As portas da câmara e da antecâmara estavam abertas. Mantive o leque junto ao rosto; tinha a expectativa de deparar com Micheletto Corella, e havia preparado o álibi de que era uma cortesã amiga de César, tão enamorada dele que tivera de me certificar de que ele se recuperaria.

Mas os aposentos estavam vazios, a não ser pelo homem deitado na cama. Corella, num gesto típico, havia desertado seu senhor.

César estava nu e gemendo, com as pernas longas e o tronco emaranhados nos lençóis; os pés eram de um tom roxo-escuro, inchados ao dobro de seu tamanho normal. Uma única vela ardia na mesa próxima, porém até essa luz tênue lhe provocava dor; ele espremia os olhos e segurava a cabeça em agonia.

Entrei silenciosamente e parei diante da cama, sem saber ao certo por que fora até ali. Eu nunca o vira tão desamparado ou abandonado; os criados ou Corella tinham-se aproveitado de sua condição, pois suas tapeçarias, tapetes de pele e candelabros de ouro haviam desaparecido. Na verdade, todas as peças de valor tinham sido levadas; restavam apenas os tetos dourados e os afrescos. Mas não senti pena... apenas assombro por haver um dia amado um homem tão perverso, assombro por ter sido tão enganada.

Seu olhar torturado — olhos escuros e mortiços num rosto espectralmente branco, emoldurado pelos cabelos negros que caíam em mechas úmidas e embaraçadas — finalmente pousou em mim. Ele fez um esforço para se cobrir, para recuperar um pouco de dignidade, a despeito de sua fraqueza; tentou levantar a cabeça, mas não conseguiu. Compreendi por que não era necessário matá-lo: para ele, seria maior o tormento de sobreviver despojado do poder. Sem o respaldo do papa, ninguém se manteria leal a César. Com sua crueldade e traição para com seus próprios homens, ele se havia enforcado — tão certo quanto o rei Afonso II havia pendido do grande lustre de ferro na Sicília.

— Quem é você? — perguntou-me com voz rouca.

Falei por trás do leque, com a voz abafada:

— Você foi destruído. Seu pai está morto.

César soltou um gemido, não de tristeza, mas de grande incômodo.

— Quem é? — perguntou de novo. — Quem está falando?

Abaixei o leque, tirei o capuz e levantei a máscara, para revelar meu rosto inteiro; exibi-lhe uma régia altivez, digna de meu pai em sua coroação. Sem ninguém que o apoiasse, César não passava de um covarde lamuriento.

— Chame-me Justiça.

XXXVIII

Desci rapidamente a escada e voltei para Jofre; ele continuava sentado, com os ombros arriados de culpa e tristeza, junto ao corpo imóvel do papa. Olhei de relance para Alexandre: seus olhos estavam entreabertos, baços e cegos, fixados num ponto distante, muito além das paredes; a boca fora aberta à força pela língua intumescida, de um roxo quase negro. O grande peito largo enfim se aquietara e não subia mais.

À nossa volta, dois criados, um homem e uma mulher, dedicavam-se a enfiar num saco tapeçarias requintadas, bordadas com fios de ouro; outros, eu sabia, logo se juntariam a eles, e os aposentos de Alexandre não tardariam a ficar tão despojados quanto os de César. No entanto, nem eu nem meu marido fizemos qualquer gesto para detê-los.

Peguei a mão de Jofre. A dele continuou flácida, sem retribuir meu aperto, e deixei que seus dedos escorregassem dos meus. Ele falou num tom desprovido de sentimento, com o olhar fixo no cadáver do homem que por tantos anos o havia reconhecido como filho.

— Gasparre foi contar aos cardeais e fazer os preparativos. Alguém virá lavá-lo e conduzi-lo para o sepultamento.

Permaneci em silêncio por algum tempo, depois disse, delicadamente:

— Vou para casa.

Jofre apreendeu meu sentido tácito e desviou o rosto. Compreendi por seu gesto que ele havia decidido voltar para Squillace; daquele momento em diante, viveríamos separados. Ele não tinha força suficiente para permanecer ao lado daquela que levara a dose final aos lábios de seu pai, não era forte o bastante para viver na presença de nossa culpa comum.

Inclinei-me, depositei um beijo suave em sua cabeça e o deixei.

Quando cheguei novamente aos portões do Vaticano, quase todos os guardas haviam fugido; os poucos que restavam deixaram-me passar sem nenhuma zombaria. Um estranho silêncio abateu-se sobre eles ao me verem, como se intuíssem meu poder.

Atravessei os portões e pisei no calçamento de pedra da praça de São Pedro, sem medo da escuridão, embora fosse uma mulher desarmada. Meu espírito sentia-se leve — como Roma, a Romagna, a região de Marche, finalmente livres da maldição dos Bórgia. O fantasma de meu irmão fora vingado e podia enfim descansar. Ironicamente, César acabara por me dar as coisas que me havia prometido no auge da paixão: minha cidade natal e um filho.

Ao longe, do outro lado do Tibre, erguia-se o Castelo Sant'Angelo, com o arcanjo Miguel abrindo as asas sobre a fortaleza de pedra; várias das janelas minúsculas — as das loucas de César — exibiam um brilho dourado. Sorri, sabendo que Rodrigo e D. Esmeralda ali esperavam por mim.

Às minhas costas, os sinos da igreja de São Pedro iniciaram seu doloroso dobre.

Entrei na ponte e cruzei o rio tenebroso; dessa vez, senti apenas o cheiro de água doce. Meu coração já estava em Nápoles, onde o brilho do sol se reflete nas águas puras e azuis da baía.

POSFÁCIO

Os detalhes do velório e do sepultamento do papa Alexandre VI são particularmente horripilantes. Após sua morte, o corpo foi lavado e vestido e, como era de costume, exposto na Basílica de São Pedro, a fim de que pudesse ser visitado pelos fiéis. Entretanto, durante a visitação pública, o cadáver do papa inchou monstruosamente e enegreceu, assumindo um aspecto tão assustador que precisou ser coberto. O povo começou a murmurar que Alexandre estivera possuído pelo demônio, ou, no mínimo, vendera sua alma em troca do poder temporal. Acompanhado por um pequeno grupo, o corpo foi transportado às pressas para ser sepultado — na capela de Santa Maria della Febbri, para onde Afonso de Aragão fora conduzido poucos anos antes.

O enterro em si foi pavoroso: o cadáver de Alexandre estava tão inchado que não cabia no ataúde, tendo que ser literalmente socado dentro dele com a ajuda de pás. Uma enorme pedra foi colocada sobre a sepultura, para manter a laje em sua posição.

Embora tenha acabado por se recuperar, César foi radicalmente abandonado por todos os que antes lhe tinham dado apoio. O traiçoeiro Dom Micheletto Corella confrontou o tesoureiro pontifical à ponta de faca e fugiu com a maior parte das reservas do pontífice; o rei Luís abandonou César prontamente. Sem amigos, com incontáveis inimigos na Itália e nenhum apoio na França, ele foi preso pelo rei Fernando da Espanha. Fazia anos que o monarca vinha sendo pressionado pela viúva de Juan, que acusou César publicamente de haver assassinado seu marido. Mas o ex-capitão-geral acabou conseguindo fugir, e se distraiu participando de pequenas escaramuças.

Quanto a Sancha, ela conseguiu regressar a Nápoles com seu sobrinho Rodrigo, enquanto Jofre voltou a Squillace para governar. Curiosamente, em 1503, César levou para Sancha o Infante Romano, Giovanni — filho ilegítimo dele e de Lucrécia —, pedindo-lhe que criasse o menino; só nos resta especular que ainda sentisse afeição e respeito por ela. Sancha aquiesceu a esse pedido e passou a cuidar dos dois meninos, cercada pelas mulheres sobreviventes de sua família. Infelizmente, morreu pouco tempo depois, de uma doença não explicitada em registros escritos. Os historiadores discordam quanto ao ano: alguns dizem que foi 1504, outros, 1506.

O interessante é que César não morreu muito depois: em 1507, em Viani, na Itália, quando servia como mercenário, ele cometeu a insensatez de cavalgar tão adiante de suas tropas, que foi imediatamente cercado pelos inimigos e morto. Muitos consideraram sua morte um suicídio.

Lucrécia permaneceu em Ferrara e deu quatro filhos a Afonso d'Este. Já no fim da vida, tornou-se cada vez mais religiosa e passou a usar um cilício sob seus vestidos glamorosos. Em 1518, ingressou na Ordem Terceira de São Francisco de Assis. Morreu em 1519, depois de dar à luz uma menina que teve vida curta.

Jofre voltou para Squillace. Após o falecimento de Sancha, casou-se com Maria de Mila e gerou muitos herdeiros. Permaneceu em seu principado até a morte, em 1517.

Há séculos os historiadores especulam sobre quem teria realmente envenenado Alexandre VI e seu filho mais velho. O mistério nunca foi solucionado.

Sancha de Aragão e os Bórgia proporcionaram encantadoras pérolas de história. Eis alguns dos fatos oficialmente registrados que foram incluídos neste romance: a loucura de Fernando I e Afonso II de Nápoles; o "museu" de inimigos mumificados de Fernando (sim, o monarca conversava com eles); o testemunho do ato nupcial da própria filha com Jofre Bórgia por parte de Afonso II; o abandono de Nápoles e o roubo do tesouro da Coroa por Afonso II; a previsão de Savonarola de que o papa

Alexandre VI seria o Anticristo; a conduta lasciva do papa com as mulheres, inclusive sua predileção por jogar chocolates nos corpetes delas e seu amor por uma amante adolescente, Giulia; a gravidez de Lucrécia fora do casamento e seu incesto com o pai e o irmão; os assassinatos de dezenas de cardeais e nobres pelos Bórgia; o atulhamento do rio Tibre com centenas de cadáveres durante o período do "terror dos Bórgia"; o enforcamento do convidado do cardeal Ascanio Sforza; o assassinato de Juan, duque de Gandía, por seu irmão César; os atos de estupro e barbarismo de César durante a guerra; o assassinato de Afonso de Aragão por Dom Micheletto Corella na Sala das Sibilas; o encarceramento de Sancha e sua enlouquecida pregação posterior na torre do Castelo Sant'Angelo. Omiti a referência a numerosos outros assassinatos para poupar aos leitores a redundância.

markgraph

Rua Aguiar Moreira, 386 - Bonsucesso
Tel.:.(21) 3868-5802 Fax: (21) 2270-9656
e-mail: markgraph@domain.com.br
Rio de Janeiro - RJ